밤길의 사람들

책임 편집·해설 박윤영

일러두기

1. 『박태순 중단편 소설전집』은 박태순의 작품 세계를 집성해 널리 알리고 그 문학사적 의미를 새롭게 조명하려는 목적으로 기획되었다.
2. 수록 작품의 순서는 발표 시기 순에 따랐으며, 최초 게재지를 작품의 마지막에 밝혀 적었다.
3. 맞춤법, 띄어쓰기, 외래어 표기 등은 현행 한글 맞춤법과 외래어 표기법에 따라 수정했다.
4. 한글 표기를 원칙으로 삼았으며, 필요한 경우 괄호 안에 한자를 병기했다.
5. 간접 인용과 강조는 ' ', 직접 인용과 대화는 " ", 단편소설은 「 」, 장편소설은 『 』, 잡지는 《 》, 영화 등과 같은 작품은 〈 〉으로 표기했다.
6. 시 구절, 노래 가사 등의 직접 인용은 들여쓰기로 표기하였으며, 등장인물의 편지글이나 낙서 등은 이탤릭체로 표기하였다.
7. 이제는 사용하지 않아 의미가 불명확한 단어는 각주를 붙여서 설명하였다.

밤길의 사람들

『박태순 중단편 소설전집』을 펴내며

소설가 박태순이 타계한 것은 2019년 8월 30일이었다. 그때 영안실에서 조촐한 추도식을 연 우리 후학들은 고인의 문학 세계를 제대로 정리해 널리 알리는 일의 중요성에 대해 쉽게 의견을 모았다. 그로부터 5년, 우리는 이제 박태순 문학 전집의 첫 번째 성과물로 『박태순 중단편 소설전집』을 세상에 내보일 수 있게 되었다. 스스로 자랑스럽게 생각한다.

주지하듯, 박태순은 소설 이외에도 특히 국토 기행과 현장 르포같은 산문, 역사 인물 평전, 제3세계 문학 번역 등 다방면에 걸쳐 활발하게 집필 활동을 했다. 엄혹한 시기 무소불위의 전제와 폭압에 맞서 자유실천문인협의회(현 한국작가회의)의 창립도 주도했는데, 그 과정을 꼼꼼히 기록하고 정리해 하나의 문학적 유산이 되게 한 것도 오롯이 그의 몫이었다.

소설로 국한하더라도 박태순은 한국 현대문학사에 자못 의미 있는 발자취를 남겼다. 무엇보다 그의 소설은 시대와의 고투 없이 쓰인 작품이 없으니, 중단편의 경우, 예컨대 「무너진 극장」에서 「외촌동 연작」으로, 거기서 다시 「3·1절」과 「밤길의 사람들」로 나아가는 계보가 이를 여실히 증명한다. 월남민의 자식으로 그는 도시 빈민의 삶을 묘사하는 데 자신의 생 체험을 유감없이 발휘했으며, 경제 개발 과정에서 소외되거나 심지어 추방된 또 다른 빈민들의 집단적 형성 과정에도 집요하리만큼 큰 관심을 기울였다. 또한 그는 소설을 쓰되 마치 성실한 사관처럼 당대를 생생히 기록하는 것은 물론, 한 걸음 나아가 시대를 관통하는 정신의 실체를 찾아내기 위해서도 부단히 노력했다. 이는 1960년 대학에 입학하자마자 독재 정권의 흉탄에 벗을 잃은 자의 순결한 부채 의식에서 비롯했으되, 1970년 전태일의 죽음, 1980년 광주 오월에 대한 부채 의식과도 무관하지 않을 것이다. 당대의 총체적인 현실은 늘 그의 소설의 기점이자 마땅히 가 닿아야 할 과녁이었다.

따라서 그는 소설을 쓰되 골방에서 저만의 우주를 구축하는 데에는 관심이 없었다. 그의 소설은 곧 이야기였는데, 고맙게도 장삼이사 필부필부의 이야기는 사방 천지에 널려 있었다. 그는 발품을 팔아 가며 그런 이야기를 듣는 데 실로 많은 시간과 노력을 기울였다. 국토와 민중에 대한 무한한 애정이 그를 추동했다.

그러나 그의 소설에 대해 이런 식의 고식적인 평가만 반복하는 것은 바람직하지 않다. 그가 동시대의 다른 어떤 작가들보다 고집스러운 측면이 많은 것은 사실이지만, 다른 한편 그는 굉장히 풍성하고도 열린 오감의 소유자였다. 문학 청년처럼 오직 사전에만 남아 있을 낱말들을 수두룩 되살려낸 것도 하나의 사례일 터. 게다가 문학에 대한 그의 놀라운 열정이라니! 작품 목록을 작성하는 과정에서 우리는 등단 직후부터 가히 초인적인 힘으로 소설에 매진한 한 사람의 전업 작가를 목격할 수 있었다.

이번『박태순 중단편 소설전집』에는 그동안 거의 언급되지 않았던 작품들도 여러 편 발굴해 실을 수 있었다. 그의 문학에 대한 이해와 평가가 한층 넓어지고 또 깊어지는 계기가 되기를 바란다.

박태순 전집 간행위원회의 얼개를 짠 이후 곧바로 박태순 전집 편집위원회를 구성했다. 소설가 김남일과 시인 이승철, 그리고 부지런히 그의 작품을 읽어 온 후학들로 김영찬, 김우영, 박윤녕, 백시연, 서은주, 오창은, 이수형이 위원으로 참여했다. 이후에도 많은 이들이 힘을 보탰고 짐을 나누었다. 이 자리를 빌려 고인의 가족에게 가장 먼저 감사의 인사를 드린다. 특히 장남 박영윤은 처음부터 끝까지 뒷바라지만을 자처해 간섭은 하지 않되 물심으로 온갖 도움을 아끼지 않았다. 어려운 출판 사정에도 불구하고 기꺼이 출판을 맡아 준 '걷는사람'의 김성규 대표의 결단, 그리고 어렵고 짜증스러웠을 편집과 제작의 실무를 맡아 준 여러 직원의 노고도 기억해야 한다. 일일이 호명해 드리진 못하지만 전집 간행에 시량의 우정을 보태 준 많은 벗과 독자들에게도 고마운 마음을 전한다. 마지막으로, 고인의 동기로 긴 세월을 함께해 온 염무웅 선생이 간행위원회 위원장을 맡아 주셨기에 이 모든 작업의 첫발을 뗄 용기를 얻었음을 밝힌다.

 박태순 전집 간행위원회는 앞으로도 장편 전집과 산문 전집을 계속해서 펴낼 예정이다. 많은 관심과 격려를 부탁드린다.

2024년 12월
박태순 전집 편집위원회

차례

박태순 중단편 소설전집 7권

뜬눈

뜬눈

새로 이사를 온 집은 시구문(屍口門) 시장 뒤에 있었다. 그는 시구문을 들락거리며 학교에 다녔다. 흥인국민학교 교장은 머리가 하얗고 구레나룻 수염도 하얬다. 교장이 눈에 보이면 아이들은 앞으로 나아가서 인사를 했다. 교장 선생님 안녕하십니까? 아이들은 열을 지어 늘어서 있었고, 교장은 일일이 머리를 끄덕거렸다. 운동장의 가녘에는 무궁화꽃이 피어 있었다. 학예회 날 학생들은 노래를 불렀다. 퐁당 퐁당 돌을 던지자. 누나 몰래 돌을 던지자. 퍼져라 멀리 멀리 퍼져라. 자아 지금부터 암산을 한다. 바둑아 바둑아 이리 오너라. 나하고 놀자. 국어책에는 철수와 영희와 바둑이가 노는 그림이 그려져 있었다.

옛날에는 말이야, 죄지은 사람들의 시체를 이곳에다가 버렸단다. 시구문이란 죄지은 사람들의 시체를 버리는 곳이었단다. 그러나 시구문 앞에는 시장이 생겨나 있었다. 시구문 안에는 떡장수, 덴뿌라 장수, 삐기장수 들이 늘어서서 손님을 부르고 있었다. 그는 시구문을 들락거리며 학교에 다녔다. 성터는 남아 있었지만 성(城) 안과 성바깥의 구별은 없었다. 그는 애들과 어울려 시구문 성 위에 올라가 목마 놀이를 했다. 그의 집은 성 바깥에 있었다. 학교에 가자면 성

안으로 들어가야 했다. 을지로6가 쪽으로 나와서 전찻길을 건너야 했다. 옛날에는 말이야, 저 문 앞에 무섭게 생긴 장군이 칼을 빼 들고 지켜 서 있었단다. 저기에 시체가 걸려 있고 갈가마귀 떼가 사람의 눈알을 파먹기 위하여 내려왔단다. 그러나 지금은 떡장수, 덴푸라장수, 삐기장수 들이 늘어서서 손님을 부르고 있었다. 그는 그 시구문을 들락거리며 학교에 다녔다.

저기에 무서운 장군이 칼을 빼 들고 서 있다면 어떻게 될까? 저기에 사람의 시체가 걸려 있고, 갈가마귀 떼가 사람의 눈알을 파먹기 위하여 내려온다면 얼마나 짜릿짜릿할까. 어느 날 시구문 시장의 상인들은 굿을 벌였다. 무당은 울긋불긋한 옷을 입고 있었다. 머리에는 괴상한 모자를 썼다. 무당은 중얼거리며 돌아가고 있었고, 춤을 추면서 다시 중얼중얼하고 있었다. 사람들은 엄숙한 얼굴로 빌고 있었다. 무당의 춤은 점점 빨라지기 시작했다. 그날따라 시구문은 닫혀 있었으며 상점도 문을 닫고 있었다. 이곳에는 죽은 사람들의 귀신이 저주를 퍼붓고 있다고 했다. 그래서 이따금씩 굿을 하지 않으면 재앙이 미친다고 했다.

굿 놀음은 점점 화려해져 갔다. 무당은 뱅글뱅글 돌고 있었고, 징소리는 귀가 따가울 정도로 울려 퍼졌다. 이윽고 무당은 칼을 휘두르기 시작했다. 어린애들과 어른들은 무서움에 와들와들 떨었다. 그들은 귀신들이 땅속으로부터 벌떡벌떡 일어나서 무당의 주문(呪文)대로 거기에—사람들이 서 있는 곳에 도열해 서고 있음을 보는 것 같았다. 그는 아직 죽은 사람을 본 적이 없었다. 사람이 죽으면 어떤 모습을 하고 있을까? 그는 사람이 죽으면 어떻게 되는지 알 수 없었다. 그런 것은 생각만 해 보아도 전신이 짜릿짜릿해졌다.

굿은 계속이 되고 있었고, 그러자 귀신들이 진짜로 벌떡벌떡 춤추고 있음을 그는 보았다. "나는 귀신을 보았다." 하고 그는 애들에게 말했다. 아지랑이가 피어 올라가고 눈앞이 아찔아찔한데, 바로 그러자 저 앞으로 하얀 빛깔의 덩어리가 재빠르게 너무 재빠르게 왔다 갔다 하는 모습이 보였다. 나는 귀신을 보았다. 그는 한편으로는 무섭고 다른 한편으로는 너무 놀라워서 꼼짝도 할 수가 없었다.

장충단공원에는 시냇물이 흐르고 있었고, 왜놈들이 우리나라를 지배했을 때 신사로 쓰던 곳이 남아 있었다. 여름철이 다가오자 거기에 가서 목욕을 하며 놀았다. 산비탈에는 소나무가 울창하였고, 갖가지 벌레들이 꼼지락거리고 있었다. 어째서 김구 선생은 장충단공원에다가 묘지를 택하지 않고 효창공원에 묘지를 택했을까? 어른들은 그것이 이상하다고 말했다. 하기야 그에게도 그것은 섭섭한 사실이었다. 김구 선생의 묘지가 장충단공원에 있다면 매일 해뜨는 시각에 올라가 꽃이라도 꽂아 놓고 올 수 있을 것이 아닌가? 장충단공원에는 독립운동 열사의 묘지가 세 개 있기는 했다.

그중의 한 사람은 일본 천왕을 죽이려다 실패했다는 사람이었다. 그들은 그곳에 가서 놀았다. 그것은 독립운동 놀이였다. 제일 힘이 약하고 병신 같은 녀석은 억지로 왜놈이 되어야 했다. 제일 주먹이 센 녀석은 물론 독립운동 투사였다. 대략 배역이 결정되면 나무 막대기를 총으로 삼아 유격전을 전개하였다. 왜놈이 된 소년은 자기가 맡게 된 배역이 너무 싫고 억울해서 엉엉 울어 댔다. 그러면 숨어 있던 독립투사는 신경질이 나 있었다. 왜놈이 악착스럽게 덤벼들어야 신나게 독립운동을 해 볼 수 있었기 때문이다. 그리하여 참지 못하고 뛰쳐나와서는 왜놈이 된 소년을 두들겨 팼다. 얻어맞은 소년은 이번엔 얻어맞지 않으려고 도망질을 쳤으며, 그러면 본격적으로 독립운동 놀이가 전개되었다. 서로 총을 쏘는 흉내를 내었으며, 그러다가는 돌멩이를 던지기도 했다.

어느 날 그는 세 명의 자기 친구들과 함께 장충공원으로 올라갔다. 고추를 내놓은 채 한바탕 목욕을 한 뒤에는 도마뱀을 잡기 위하여 산기슭으로 올라갔다. 그들은 도마뱀을 존경하고 있었다. 도마뱀은 우리나라가 일본 놈들에게 빼앗긴 것을 억울하게 생각했다. 사람뿐만 아니라 도마뱀 같은 동물 또한 일본 놈들을 싫어했던 것이다. 그래서 도마뱀은 한국인을 절대로 물지 않았다. 반면에 일본 놈들이 나타나기만 하면 여축없이 발뒤꿈치를 물어 댔다. 일본 놈들은 도마뱀에 물려서 많이 죽었다고 누군가가 말했다. 심지어 도마뱀으로 독립군이 조직되기도 했다는 것이었다. 우리나라 사람들은 도마뱀을 수백 마리 잡아서 사육시켰다는 것이었다. 그리하여 일본 놈들이 나타났을 때 일제히 도마뱀을 풀어놓았는데, 그러자 그놈들은 비명도 지르지 못한 채 죽어 나자빠졌다는 것이었다. 그래서 그들은 도마뱀을 존경했다.

도마뱀을 한 마리 잡을 수 있으면, 하고 바랐다. 그것을 한 마리 사육하고 있던 녀석이 있었다. 그 녀석은 사과상자 속에 도마뱀을 넣어가지고 있었다. 그들은 그것을 보기 위하여 놀러 가곤 했다. 그 도마뱀은 어느 날 탈출을 시도했다. 그 녀석의 어머니가 저고리를 상자 위에 놓아두었다. 도마뱀은 저고리 속에 파고 들어갔다가 그 여자의 기다란 머리채 속에 틀어박혔다. 서캐랑 이를 잡아먹었을 것이라고 소년들은 추측했는데, 그 여자가 전차를 탔을 때 도마뱀은 그 여자에게서 다른 남자에게로 건너뛰려고 하다가 그만 사람의 눈에 띄었다. 그래서 애국투사인 도마뱀은 처형당했으며 소년들은 정중하게 장례식을 베풀어 주었다. 그 도마뱀의 무덤은 산기슭에 있었다. 도마뱀을 잡았던 곳이 그의 무덤이 되었다.

소년들은 얼마 동안이고 땅을 뒤졌으나 도마뱀은 눈에 뜨이지 않았다. 애국투사인 도마뱀을 사람들이 알아주지 않은 채 처형해 버렸으니 도마뱀의 왕이 화가 났을 것이다. 산등성이를 타고 올라 갔다. 서울 시내는 눈 아래 들어왔다. 저기가 북악산, 저기가 중앙 청, 저것이 반도호텔, 저기가 시청 건물, 저것이 화신백화점…… 오 후는 저물어 가고 있었다. 자동차들의 행렬이 보였다. 배가 고팠으 나 하산하고 싶은 마음은 없었다.

그들은, 즉 그와 용길이는 소나무 아래 드러누워서 하늘을 바라 보았다. 오후는 어느덧 저물어 가고 있었다. 배가 고팠으나 하산하 고 싶은 마음은 없었다.

"다시 독립운동 놀이를 시작하자."

순돌이는 말했다.

"싫어."

"아니 그러면 우리나라가 왜놈들 지배를 받고 있어도 좋단 말이 니?"

"그건 아냐."

"그럼 독립운동 놀이를 해야 할 거 아니니?"

"좋아. 그러면 시작해. 내가 독립투사 김좌진이다." 하고 그는 말 했다.

"아냐, 내가 김좌진 장군이다. 알겠어, 이 자식아. 너는 일본 놈 헌 병 대장이다."

"싫어. 나는 김좌진 장군이야."

"너 이 자식 맞고 싶니?"

"좋아. 내가 헌병 대장이야."

"그러면 용길이 너는 중국 놈이다. 뚱뚱하고 겁이 많은 짱꼴라란 말야."

독립운동 놀이는 시작되었다. 순돌이는 소나무 가지를 꺾어서 세 개의 막대기를 만들었다. 그런데 그것은 칼이었다. 용길이는 짱꼴라 흉내를 내기 위하여 상의를 거꾸로 입었다. 용길이의 낡은 양복 단추는 가슴에 있는 것이 아니라 등어리 쪽에 달려 있었다. 이윽고 순돌이와 용길이는 산비탈 위로 올라가더니 이내 자취를 감추어 버렸다. 그는 갑자기 혼자가 되었다.

사방은 괴괴했다. 바람 소리는 성난 파도 소리처럼 울려왔다. 그는 무서움을 탔다. 순돌이가 어느 쪽으로부터 공격해 들어오는지 알 수 없었다. 어차피 그는 매를 맞게 되어 있는 것이지만…… 매를 맞을 때에는 맞더라도 이것은 너무 무서운 일이었다.

그는 땅바닥에 주저앉았다. 숱하게 많은 개미들이 꼼지락거리며 싸다니고 있었다. 그는 땅에 글씨를 썼다. 개미를 물끄러미 내려 보았다. 그러자 개미는 왜놈들처럼 보였다. 꼼지락거리는 품이 앙증스러웠다. 개미는 도마뱀과는 달라서 왜놈들 편이었을지 모른다. 비록 나는 본의 아니게 왜놈 헌병 대장이 되어 있지만…….

바람 소리는 더욱 세차고 무서움은 한결 진하게 그를 엄습했다. 그는 잔인한 쾌감에 떨었다. 그는 손톱 끝으로 개미를 한 마리 죽였다. 나는 개미를 죽였다. 나는 개미를 죽였다.

그는 무서움을 탔다. 개미의 영혼이 그의 귓바퀴 속으로 들어오고 있는 것 같았다. 윙윙 소리가 들렸다. 그는 이를 악물고 우들우들 떨었다. 그는 또 한 마리의 개미를 죽였다. 나는 개미를 죽였다. 나는 개미를 죽였다.

그는 또 한 마리 죽였다. 그리고 또 한 마리 죽였다. 그러자 등 뒤로부터 일제히 개미 떼가 달겨들었다. 그는 그만 기절해 버렸다. 개미는 어느새 덩치가 점점 커져서 그에게 복수를 하고 있었다. 그가 눈을 떴을 때에는 순돌이가 기분 좋게 웃고 있었다. 순돌이는 그를 꽁꽁 묶으려 하고 있었다. 순돌이는 혁대를 풀었으며, 용길이도 혁대를 풀었다. 혁대를 이어서 소나무를 휘돌아 그를 묶었다. 그는 그렇게 묶인 채 꼼짝도 하지 않았다. 개미의 귀신이 순돌이에게 옮아 붙어 그에게 복수를 하고 있었다. 그의 눈앞으로 하얀 빛깔을 내면서 귀신들이 맹렬한 속도로 나타나서 달겨들었다. 나는 귀신을 보았다. 나는 귀신을 보았다.

순돌이는 점점 신이 나 있었다. 순돌이는 서커스단이 들어왔을 때 보았던 연극의 대화를 기억해 내려고 애를 쓰고 있었다. 이 민족의 원수야. 이 왜놈아. 순돌이는 말했다. 그의 뺨을 갈겼다. 그가 뺨을 피하려고 하자 이번에는 가슴을 때렸다. 순돌이와 같이 있던 용길이는 말렸다. 그러나 순돌이는 점점 더 신이 나 있었다.

순돌이는 포승을 풀었다. 그에게 막대기를 주었다. 그런데 그것이 칼이었다. 순돌이는 막대기 칼을 들었고 그도 막대기 칼을 들었다. 어차피 그는 져야 하는 것이지만, 피할 도리가 없다. 둘이는 막대기를 휘둘렀다. 순돌이는 신이 나 있었다. 그는 피했지만 피할 도리가 없었다. 그는 막대기를 내던졌다. 항복, 항복…… 그는 눈물을 흘렸다. 그는 울면서 항복, 항복, 항복 하고 말했다.

"이 일본 놈아" 순돌이는 점점 더 신이 나 있었다.

"그러나 나는 일본 놈이 아니잖니?"

"이 자식아, 너 맞구 싶니? 너는 일본 놈이 되어야 한단 말야."

"이제 이것은 끝났잖니?"

"아직 안 끝났어, 이 자식아." 순돌이는 주장했다.

그러자 순돌이는 독립운동 놀이에 흥미를 잃었다. 이번에는 용길이를 골려 줄 마음을 먹었다. 용길이는 아직껏 상의를 거꾸로 입고 있었다.

　상의의 단추는 가슴께에 있는 것이 아니라 등어리께에 있었다.

　"우리 이 짱꼴라, 빨가벗기자."

　순돌이는 용길이에게 달겨들었다. 그는 용길이를 타누르고 옷을 벗겼다. 용길이는 발버둥을 쳤지만 순돌이가 한 대 갈기자 이윽고 가만히 있었다. 순돌이는 상의를 벗겼고 하의를 벗겼고 양말을 벗겼고 그리고 빤쓰를 벗겼다. 용길이는 빤쓰를 벗기지 않으려고 발버둥질 쳤지만 순돌이가 한 대 갈기자 가만히 있었다. 용길이는 순돌이의 옷을 가지고 높다란 느티나무 위로 기어 올라갔다. 나무 꼭대기에다가 그것을 얹어 놓았다. 용길이는 울었다. 순돌이는 점점 더 신이 나 있었다.

　"이건 너무하잖니."

　그는 말했다. 순돌이는 그를 때리면서 결코 너무한 것이 아니라고 말했다. 그러나 그는 순돌이의 말을 듣지 않았다. 그는 나무를 타고 올라갔다. 용길이의 옷을 내리 던졌다. 용길이는 울면서 옷을 주워 입었다.

　순돌이는 기가 꺾였다. 용길이는 옷을 다 입었다. 그는 나무에서 내려왔다.

　"병신자식, 병신자식."

　용길이는 순돌이를 욕했다.

　"그래, 그래, 너는 병신자식이야. 순돌이는 병신자식이다." 그도 말했다.

　"무어가 어째 이 자식들아. 너희들 맞고 싶니?"

"너는 병신자식이다. 남자 자식이 여자 목욕탕에 들어가니 병신 자식이 아니고 무어니? 남자가 여자 목욕탕에 들어가다니 병신자 식이지 뭐야?" 용길이는 말했다.

그러자 순돌이는 기가 죽었다. 순돌이는 어머니를 따라서 여자 목욕탕에 들어갔는데 그것을 용석이가 보았던 것이다. 순돌이는 기 가 죽었다.

그는 여덟 살이었다. 그는 장남이었다. 집 안에 들어가 봤자 재미 있는 일이라곤 하나도 없었다. 마당을 쓸라거니 어린애를 보라거니 심부름을 시키기가 일쑤였다. 그는 좀이 쑤셔서 집에는 늦게서야 들어갔다. 그는 을지로6가로 나갔다. 그는 네거리를 내다보았다. 전차를 타고 싶다. 전차를 타고 싶다. 앞문과 뒷문이 있을 뿐 가운 데 문이 없는 딸딸이 전차는 마구 냉냉거리며 기우뚱거리고 있었다. 전차의 모든 창문은 열려 있었다. 그 속에 타고 있는 사람들이 보였 다. 언제나 남자보다는 여자가 많이 타고 있는 것만 같았다.

여자의 옷은 하얗지가 않고 빨갛거나 파라므로 먼저 눈에 뜨이 기 때문에 그런 것인가? 어른보다는 애들이 많이 타고 있는 것 같 았다. 전차를 타고 싶다. 전차를 타고 싶다. 계림극장 앞에는 많은 사람들이 오글대고 있었다. 연극이 들어와 있었다. 연극을 보고 싶 다. 연극을 보고 싶다. 위대한 애국지사가 왜놈을 혼내 주는 연극이 겠지.

그는 연극을 본 적이 있었다. 그것은 계림극장이 아니라 성남극 장에서였다. 사촌형과, 외삼촌과 이모, 그리고 그까지 네 명이서 연 극을 보러 갔었다. 사각모를 쓰고 까만 학생복을 입은 남자는 왜놈 순경에게 잡혀가고 있었다. 미친 남자가 있었는데 그 사람은 사실은 미친 것이 아니라 속상하는 일이 많아서 잠시 동안 정신을 잃었을 뿐이었다. 그 미친 사람은 너무 속이 상하지만, 우리나라가 왜놈들 지배를 받고 있음을 너무 원통하게 생각하고 있지만, 어쩔 도리가 없어서, 그래서 미쳐 버린 것이다. 울 밑에 선 봉선화야, 네 모양이 처량하다. 길고 긴 날 여름철에…….

　관중석에는 울음이 터져 나왔다. 보기 싫게 주름살이 진 할머니들과 여자들은 연신 치마에 눈물을 닦아 내고 있었다. 왜놈 순사가 등장했다. "죽여라, 죽여라" 관중석에서는 고함이 터져 나왔다. 그러자 어떤 사람이 먹고 있던 빵떡을 관중석으로 던졌다. 그 빵떡은 왜놈 순사에게 맞은 것이 아니라, 선량한 그러나 미쳐 버린 주인공에게 맞았다. 극장은 입추의 여지없이 만원이었다. 어린애들은 숨이 갑갑해서 울어 대고 있었다. '요오깡'을 팔러 다니는 애들은 연극이야 어찌 되었던 '요오깡'을 사라고 고함을 지르고 다녔다.

　그는 계림극장 앞으로 건너갔다. 신문팔이 장사 애들이 있었다. 다이아찡 장사 애들이 있었다. 요오깡 장사 애들이 있었다. 그는 장사하고 있는 애들을 물끄러미 바라보았다. '나도 장사를 해 보았으면…….' 그는 장사가 하고 싶었다. 그러면 돌아다닐 수가 있으리라. 그는 서울 시내를 돌아다니고 싶었다. 그는 아직 서울 시내 지리에 대해서 잘 모르고 있었다. 그는 극장 앞에서 줄곧 서 있었다. '잘하면 외삼촌을 만날 수 있을지 모른다.' 외삼촌 용석이는 신문 장사를 하고 있었다. 그는 용석이를 만났으면 하고 바랐다. 그러면 사정해야지. 나도 신문을 팔 수 있을까? 그는 가슴이 설레었다. 부탁을 해 봐야지. 나도 신문을 팔겠다고…….

　얼마나 기다렸을까 용석이가 나타났다. 그는 신문을 갖고 있지는 않았다. 신문은 다 팔아 버렸고, 그 대신 20여 페이지가량 되는 잡지책을 가지고 있었다.「여운형 선생 암살 사건의 진상」이라는 것이 그 책의 제목이었다. 그러나 한자로 썼기 때문에(하기야 한글로 썼더라도 비슷하지만) 그 내용을 알 수가 없었다.

용석이는 국민학교 4학년이었다. 그보다는 키가 컸고 고수머리였으며, 달리기를 잘했다. 얼마 전까지만 해도 같은 집에서 살았지만 지금은 떨어져 살고 있었다.

"네가 이걸 팔겠다구? 어림도 없어."

"그러나 자신 있는걸."

"좋아, 그럼 팔아 봐. 이거 정가는 얼마냐 하면 40원이란 말야. 알겠어?"

용석이는 그 책을 건네주었다. 용석이는 마흔 권을 자기가 가지고 있었는데, 과연 누가 먼저 팔아 치우나 내기를 하자고 했다. 둘은 신이 나서 서울운동장을 끼고 동대문시장 쪽으로 나아갔다. 전차 창고가 있는 앞을 통과하여 차도를 건너서 시장 안으로 들어섰다. 청계천을 끼고 시장은 쭈욱 잇달아 있었다. '여운형 선생의 암살' 어쩌구 하면서 용석이는 떠들어 대었다. 용석이는 어느 가게든지 무조건 들어서고 있었다. 절을 꾸벅거리고는 무어라고 얘기를 했다. 그러면 주인은 흥미가 생겼다는 듯이 책을 받아서 이리저리 들춰보더니 이내 돈을 내주었다.

"야, 너두 해 봐. 왼쪽에 있는 점포들은 내가 해 볼 테니, 오른쪽의 점포들은 네가 해 봐."

용석이는 그의 등을 밀었다. 그는 침을 꿀꺽 삼켰다. 나라고 못 할 리야 있느냐. 나도 할 수 있다. 나도 할 수 있다. 그는 숨을 몰아쉬고 나서 이윽고 결심을 크게 했다. 그는 점포 앞에 서 있었다. 저 안으로 손님과 얘기하고 있는 부인이 보였다. 그는 안으로 용감하게 들어섰다. 그는 주인을 빤히 바라보았다.

"아저씨, 책 한 권 사세요." 하고 그는 말했다.

"이 자식아, 나가지 못해. 돈 없어. 이 자식아."

주인은 귀찮다는 듯이 내뱉었다. 그는 분했다, 자기를 거지 취급을 하다니. 그러나 주인의 얼굴은 너무 험상궂었다. 그는 바깥으로 나갔다. 용석이는 어디로 갔는지 보이지 않았다. 그는 한참 동안 우두커니 서 있었다. 배가 고프고 피곤하고 외로웠다. 도저히 열 권의 책을 다 팔아 치울 자신이 생기지 않았다. 그는 마구 울고 싶었다. 그러나 이윽고 다시 걷기 시작했다. 청계천 위로는 다섯 개의 돌다리가 떠 있었다. 그는 그 다리들을 바라보았다. 저쪽으로 기울어진 태양빛이 그의 시야를 무지갯빛으로 채워 주고 있었다. 그는 눈을 가늘게 떴다. 그는 더러운 청계천의 물 빛깔과 그 위에 두둥실 떠 있는 돌다리를 정신없이 바라보고 있었다. 돌다리 위에는 많은 상인들이 진을 치고 있었다. 막걸리장수, 설렁탕 가게, 양품점 가게, 순댓국 가게들이 늘어서 있었다. 많은 사람들이 사람들을 비집고 왔다 갔다 하고 있었다. 깨닫고 보니 시장 안은 온통 사람 천지였다. 먼지가 공중으로 뿜어져 올라가 있었다.

서쪽으로 기운 태양은 그 먼지를 투명한 개똥벌레들처럼 빛을 내게 하고 있었다. 그는 청계천변에 쭈그려 앉았다. 이번에는 다리 밑의 하수천을 내려다보기 시작했다. 거기에는 세탁소가 있었고, 염색공장이 있었고, 생사탕을 파는 집이 있었다. 거지 애들도 한 무더기를 이루고 있었다. 거지 애들은 천막을 쳐 놓은 그 안에서 살고 있었다. 올망졸망한 애들은 청계천 하숫물이 침범하지 않도록 모래를 쌓아 놓아 운동장처럼 만들어 버린 그 마당에서 자기네들끼리 '딴지 걸기'놀이를 하고 있었다. 그는 거지 애들을 한참 동안 내려다

보았다. 저 애들의 왕초는 아주 무서운 사람이라는 얘기를 그는 들었다. 그는 박광현이라는 만화가가 그린 만화에서도 그것을 본 적이 있었다.

날은 어둑어둑해지고, 하늘은 짙은 곤색으로 풀어져 가고 있었다. 이제 조금 더 어둠이 내려앉으면 저 곤색의 하늘은 먼지 빛깔의 희미한 하늘로 되어 버린다는 것을 그는 알고 있었다. 그는 이윽고 일어섰다. 오금이 저렸다. 배는 더욱 고프고 발은 무거웠다. 호떡이라도 하나 사 먹었으면…… 그는 호떡 가게를 지나쳤다. 그러자 그는 자기 손에 들려 있는 책을 그때 의식했다. '참, 책을 팔아야지' 아마 용석이는 벌써 다 팔아 치웠을 것이다. 그는 호떡 장사 앞으로 갔다.

"아저씨, 책 한 권 안 사세요?" 그는 책을 내밀었다.

"흠, 〈여운형 선생 사건의 진상〉이라?" 호떡 장사는 책을 들척거렸다.

"그래 얼마냐?"

"40원이에요."

"40원이라? 30원밖에 없으니 그렇게 팔아라."

"안 돼요, 40원이에요."

"원 미친 녀석 같으니라구. 에누리 없는 장사가 어디 있어? 그럼 이렇게 하자, 내가 30원을 주고 여기 호떡을 하나 줄 테니 팔아라, 응?"

"안 돼요, 40원이에요."

"그럼 안 살 테다."

그는 호떡장사 앞으로부터 썩썩 걸어 나갔다. 날은 완전히 어두워져 있었다. 노점들은 가스등을 켜기 시작하였다.

밤이 되었다. 전깃불은 사방에서 반짝거리고 있었다. 밤은 달콤하고 무덥고 지저분했다. 그는 여전히 시장 한가운데서 서성거리고 있었다. 어떤 점포들은 문을 닫기 시작했다. 음식점에서는 말할 수 없이 매력적인 냄새가 났다. 그는 책을 팔고 싶은 마음이 하나도 없었다. 그의 손에는 아직도 열 권의 책이 들려져 있었다. 그는 그러자 슬픔을 느꼈다. 어른들은 무관심하게 지나다니고 있었고, 그는 외로움을 느꼈다. 외삼촌은 책을 다 팔았겠지. 그는 이윽고 시장으로부터 벗어났다. 그는 경전(京電) 사무실 앞으로 걸어 나갔다.

집에 도착해 보니 완전히 깜깜했다. 아마 얻어맞게 될 거야. 어머니는 화가 났을 거야. 이렇게 늦게 집에 들어가기는 근래 처음이었다. 그는 울고 싶었다. 걱정은 걱정을 몰아가지고 왔다. 그는 차마 대문을 두들기지도 못하고 외롭고 비참하게 서 있었다. 그는 눈물을 흘렸다. 아마 나는 죽어야 하지 않을까? 그는 시구문 시장에서 굿을 하던 날 보았던 귀신을 생각했다. 그 귀신은 나를 잡아갈 거야. 이왕 잡혀간다면 일찌감치 잡혀가는 게 좋겠다. 그는 무당을 생각했다. 이글이글 타오르는 시선으로 사람을 쏘아보고 칼을 휘두르던 무당을 머리에 그렸다. 그는 그 무당에서, 그리고 그가 본 귀신에게서 어떤 위로를 받았다. 그는 약간 진정이 되었다. 그는 용감했던 독립투사들을 생각했다. 독립운동가들은 죽음을 무서워하지도 않고 씩씩하게 왜놈들과 싸웠다. 왜놈들을 죽였다.

그는 장충단공원에서 일어났던 일을 기억해 냈다. 그는 왜놈 역할을 맡아서 했던 그때의 초라했던 자기를 회상해 보았다. 그래, 그래, 나는 왜놈과 마찬가지 인간이야. 그는 발가벗기어져 엉엉 울며 하산(下山)했던 그때의 일을 회상했다. 그는 회오에 넘쳐 엉엉 울었다. 그는 오늘 동대문시장에 나갔던 일을 생각했다. 그는 소리 질

러 가며 신문을 팔아 보고 싶었지만 결국 제대로 팔지 못했다. 있는
가? 그는 동대문 시장에서 보았던 하늘 빛깔을 생각했다. 그는 거
지 소년들을 생각했다. 그는 쓰리꾼들을 생각했다. 그는 자기 손에
들리어 있는 열 권의 책을 내려다보았다.

"이 자식, 어디 갔다 왔니?"

어머니가 달려와 있었다. 어머니 옆에는 외삼촌 용석이가 있었다.
그리고 그보다 두 살 위인 사촌누나가 있었다. 그리고 아버지가 있
었다.

그는 무서움에 질려 와들와들 떨었다. 그는 엉엉 울었다. 그는 집
안으로 끌리다시피 하여 들어갔다. 그는 실컷 매를 맞았으면, 하고
그것을 바랐다.

그의 사촌동생인 경혜는 방산국민학교 1학년 학생이었다. 그는
큰집엘 자주 놀러 다녔다. 사촌은 모두 다섯 명이었다. 사촌형인 죽
성이는 그가 존경해 마지않는 중학생 교복을 입고 있었다. 사촌형
은 영어를 할 줄 알았고 한문을 척척 읽어 냈다. 그는 사촌형이 중학
생이기 때문에 사촌형을 존경하고 있었다. 언제 나는 중학생이 될
수 있을까? 그러나 나는 끝끝내 중학생이 되지 못하고 말 거다. 그
는 사촌동생인 경혜와 가장 친했다. 나이가 비슷했으며, 그래서 이
따금씩 싸움을 벌이기도 했다.

경혜는 새침데기였다. 여간 깍쟁이가 아니었다. 열심히 잘 놀다
가도 이유 없이 토라지곤 했다. 경혜는 소꿉놀이 도구를 많이 가지고
있었다. 이따금씩 초콜릿을 가지고 있기도 했다. 큰아버지는 방산
시장에서 옷 장사를 하고 있었으므로, 애들을 위해서 그것들을 사
가지고 오는 것이었다. 경혜는 거울도 하나 가지고 있었다. 조그만

손거울이었다.

어느 날 그는 경혜의 손거울을 뺏들었다. 그 거울 속을 들여다보았다. 경혜의 열굴이 보였다. 그는 거울을 통하여 바라본 경혜의 얼굴을 보고 감탄했다. 거울 속의 경혜는 확실히 실제의 경혜와 똑같았다. 그는 그것에서 부러움을 느꼈다. 실제의 경혜와 거울 속의 경혜가 똑같다. 이것은 놀라운 발견이었다.

그렇다면…… 그렇다면 나도 거울 속에 비춰졌을 때 내 실제의 얼굴이 담길 것인가? 그는 자기의 얼굴을 거울에 들여다보았다. 그러자 거울에 나타난 것은 아주 못생긴 어린애의 얼굴이었다. 까까중이 머리가 그의 눈에 들어왔다. 좁은 앞이마가 그의 눈에 들어왔다. 그의 앞이마의 한가운데에는 흉터가 생겨 있었다. 그 흉터는 그가 서울에서 살지 않고 고향에서 살았을 때, 높다란 툇돌에 부딪쳐 생겨난 것이었다. 그 흉터 아래로는 두 개의 눈이 있었는데, 그는 그 두 개의 눈을 바라보았다. 왼쪽 눈을 끔쩍해 보였더니 거울 속의 왼쪽 눈도 끔쩍거렸다. 그는 코를 바라보았다. 그 코는 날카롭게 솟아 있는 것이 아니라 형편없이 낮았으며, 더구나 콧구멍이 너무 컸다. 그는 콧구멍을 잘 후볐기 때문에 그것이 넓어졌다는 것을 알고 있었다. 그는 입을 바라보았다. 그의 입은 돼지의 그것처럼 삐죽이 튀어나와 있었다. 그는 턱을 바라보았다.

'이것이 나인가?' 그는 이렇게 생각해 보았다. 그는 몹시 서운했으며 몹시 실망을 느꼈다. 어째서 이것이 나인가? 그는 '나'를 몹시 서먹시먹하게 받아들였다. 실제의 나는 이것이 아니다. 그는 거울을 다시 한 번 열심히 들여다보았다. 그러자 경혜가 달려왔다. 경혜는 거울을 뺏들려고 했다. 그는 뺏기지 않았다.

"이리 내란 말야. 이리 내란 말야."

경혜는 여차하면 울어 버릴 것 같은 태도로 말했다.

"이봐, 이봐." 하고 그는 말했다.

"네 얼굴을 이리 가져와. 네 얼굴을 다시 한 번 거울 속에 비춰 보고 싶어."

"싫어싫어."

"그러지 말고 비춰 보자, 응." 그는 달래었다.

"그러면 거울 줄 테야?"

"그래그래."

경혜는 자기 얼굴을 가지고 왔다. 오만스럽고 자신(自信)에 넘친 태도로, 경혜는 자기 얼굴을 거울에 비춰 넣었다. 그는 황홀하게 거울 속을 들여다보았다. 아 저것은 틀림없이 경혜구나. 그는 거울 속의 경혜가 너무 신기해서, 그만 그 얼굴에 완전히 매혹당해 있었다. 경혜는 상냥하게 웃고 있었으며, 약간 얼굴을 비꼰 채 행복에 넘친 듯한 태도로 아양을 떨고 있었다. 그는 경혜가 부러웠으며 경혜처럼 자기가 될 수 있다면 얼마나 좋을까 생각했다. 다음 순간에 경혜는 거울로부터 도망쳤다. 경혜는 마치 거울 속에 자기 얼굴을 들이민 것을 이상한 수치처럼 생각했는지 와아 울음을 터뜨렸다. 그는 얼른 자기 얼굴을 거울 속에 넣었다. 그리고 바라보았다.

'이상하지 않으냐.' 그는 미흡한 느낌을 가지고 생각했다. 경혜의 얼굴을 보면 나는 경혜가 경혜인 줄을 안다. 그는 표정(表情)이라는 언어를 아직 모르고 있었다. 그는 경혜가 경혜의 표정을 가지고 있다는 사실을 너무너무 신기하게 생각했다. '그렇다면 내 얼굴에도 그러한 특징이 있는 것일까? 암만 들여다보아야 나는 나 같지가 않다. 다른 사람들이 나를 보더라도 그것이 나인 줄을 어떻게 알 수 있을 것인가?' 그는 자기가 표정을 갖지 않고 있다고 생각했으며, 그것이 여간 섭섭하지가 않았다. 그는 어째서 자기가 자기인지를 알 수 없었으며 그것에 대해서 묘한 혼란스러움을 느끼고 있었다.

그는 열심히 학교에 나갔다. 그의 담임선생은 양승자라는 이름을 가지고 있었으며 스물두 살이었다. 그의 반에는 남궁동걸이라는 애가 있었다. 그 애는 조그맣고, 머리에 부스럼이 잔뜩 나 있었다. 그 애는 결코 신기한 애가 아니었지만, 그 애의 이름은 아주 신기했다. '남궁동걸, 남궁동걸' 애들은 그 애의 이름을 소리쳐 외쳤다. 대열을 지어 걸어갈 때는 '하나 둘 셋 넷' 하는 대신에 '남궁동걸'을 외쳤다. 그러면 남궁동걸은 엉엉 울어 대었으며, 애들은 울고 있는 남궁동걸이 재미있어서 더 큰 소리로 복창을 했다.

그는 국어를 배웠으며 산수를 배웠다.

그는 부끄러움을 많이 타고 수줍음을 많이 타서 공부 시간에 '저요, 저요.' 하고 떠들어 대면서 선생의 질문에 저저끔들 대답하려고 손을 흔들어 대는 애들 틈에는 잘 끼이지 않았다. 하지만 시험을 치면 그는 늘 백 점을 맞았다. 그는 시계 속에 1, 2, 3, 4…… 의 숫자가 박혀 있음이 신기해서 열심히 시계를 들여다보았고, 거리의 간판들에서 그가 아는 한글을 발견하는 재미에 열심히 간판들을 바라보고 다녔다. 전차를 타고 싶다, 전차를 다고 싶다.

학교의 정문을 벗어나면 바로 전찻길이 나왔다. 그는 전차의 레일에 돌멩이를 놓거나 못을 놓았다. 돌멩이는 부서져서 가루가 되었는데, 그 가루는 약방에서 파는 가루약과 비슷했다. 어떤 애는 약방의 가루약도 이렇게 해서 만든 것이라고 주장했다. 전차가 지나가고 나면 못은 납작하게 되었다. 어떤 애는 지남철이라는 것이 이렇게 해서 만들어진다고 주장했다. 그는 약을 만들기 위해 열심히 돌멩이를 전차 레일에 갖다 놓았으며, 못을 갖다 놓았다. 그러나 그는 끝내 지남철을 만들지 못했다. 그의 친구 중에는 지남철을 갖고 있는 애가 있었다.

그 애는 자기의 지남철을 늘 자랑했다. 그 애는 순돌이었다. 순돌이는 반장이었으며 첫째 가다였다. 순돌이는 언제나 독립운동가였고, 그래서 같은 반 애들 중에서 다섯 명의 '꼬붕'을 가지고 있었다. 그는 순돌이의 부하가 아니었기 때문에 늘 순돌이에게 얻어맞았다. 하지만 그는 순돌이에게로부터는 항상 얻어맞는 것이 원칙이 되어 왔으므로 그것을 분하게 생각하지 않았다. 순돌이가 그를 때리는 것은 하나도 이상할 것이 없는 일이었으며, 그가 얻어맞지 않으려고 발악을 한다면 그것은 도리어 이상한 일이었다.

어느 날 그는 교실에서 오줌을 쌌다. 점점 오줌은 마려워 오는데 선생은 시험문제를 애들에게 돌려주고 나서 딴청을 피우고 있었다. 그는 시험지를 다 메꾸었다. 그는 의기양양하게 첫 번째로 시험문제를 교탁 위에 놓고 바깥으로 나가려고 하는데 "그래서는 못 써요, 알겠어요?" 애들은 일제히 "네에"라고 대답했다. 그는 마지못해 자기 자리로 돌아왔다. 그러나 오줌은 시시각각으로 마려워 오고, 그의 아랫도리는 자꾸 부풀어 갔다. 그는 자기의 물건을 두 손으로 싸쥐고 개새끼처럼 킁킁거렸으나 더 이상 참을 수가 없어서 다시 앞으로 나갔다. "너 왜 또 나왔어? 그 못된 버릇을 고쳐 주어야지 안 되겠다. 시간이 끝날 때까지는 나갈 수 없어."

"선생님, 오줌이 마려워서 그래요."

"거짓말 말아. 너 시험지 여기 놔두고 문 앞에 서 있어."

"선생님 거짓말이 아니에요. 오줌이 마려워서 죽겠어요."

"잔말 말고 문 앞에 서 있어."

그는 두 발을 동동 구르며 문 앞으로 갔다. 시시각각으로 오줌통이 터지는 것 같았지만, 선생은 딴청만 부리고 있었다. 그는 억울하고 분하기도 하고, 오줌이 너무너무 마려워서 정신을 차릴 수가 없었다. 그러다가 그는 결심을 했다. 오줌을 싸 버리자. 그는 오줌을 싸 버렸다. 선생이 달려오고 애들이 전부 그를 바라보았다. 애들은 처음에는 엄숙한 표정을 하고 있었으나, 그러자 영길이가 웃음을 터뜨렸다. 그는 영길이가 웃고 있는 것을 보았는데 그러자 애들이 한꺼번에 교실이 떠나갈 듯이 웃어 대기 시작했다. 선생님은 그의 뺨을 찰싹 갈겼다.

"변소에 가서 싸지 않고 이게 무슨 짓이니 글쎄? 참 속상해 죽겠구나 글쎄."

"선생님이 못 나가게 하셨잖아요? 하셨잖아요? 하셨잖아요?"

그는 너무 억울해서 엉엉 울었다.

"그래 좋아. 너 오늘에 한해서는 먼저 집으로 가도 좋아. 집에 가서 얼른 다른 옷으로 갈아입어라, 응."

"챙피해서 어떻게 집으로 가요? 사람들이 챙피해서 어떻게 거리로 가요?"

그러자 다시 한 번 애들이 와아 웃었다.

그는 바깥으로 뛰쳐나왔다. 그는 운동장으로 나왔다. 햇빛은 하얗게 너무도 하얗게 내리쪼이고 있었다. 그의 눈에 비친 모든 것들이 다 하얗게 보였다. 그는 텅 빈 운동장을 가로질러 철봉대 앞으로 갔다. 그는 어섯 개의 철봉 틀에서 두 번째로 낮은 철봉 틀 앞으로 갔다. 거꾸로 돌기를 한 번 하고 나서 담벼락이 있는 곳으로 갔다. 그 담벼락의 땅속에는 그의 석묵이 묻혀 있었다. 하얀 차돌멩이를 정성스럽게 땅속에 파묻고 나서, 그 속에다가 날마다 한 번씩 오줌을 싸면 그 차돌멩이는 석묵이 되는 것이었다. 그는 두 개의 석묵을 갖고는 있었지만, 썩 질이 좋지 않아서 금이 잘 그어지지가 않았다. 그래서 그는 새로 석묵을 만들려고 하는 것이었다.

그는 날마다 하루에 한 번씩 오줌을 누어 왔는데, 일요일이라도 오줌 누는 것을 거를 수가 없어서 오줌을 누기 위하여 학교에 오기도 했다. 그는 자기의 고추를 끄집어내어서 거기에 오줌을 갈기려고 했다. 오줌발은 잘 나오지 않았다. 대여섯 방울 떨어지다가 그만 그쳐 버리고 말았다. 그는 땅바닥에 엎드려서 자기가 방금 깔긴, 오줌 냄새를 맡아 보았다. 지린내는 약했다. 지린내가 강해야 석묵이 제대로 되는 것이었다. 그는 자기의 오줌에서 나는 지린내가 약하다는 것에 대해서 열등감을 느꼈다. 그러자 학교 종이 땡땡 울리고 애들이 쏟아져 나왔다. 그는 냅다 도망질을 쳤다. 당분간 자기가 오줌싸개라는 별명을 얻어 가지리라는 것에서 암담한 느낌을 받았지만, 그것은 어쩔 수 없는 일이었다.

시구문 시장은 항상 법석대었으며, 약장사는 성문 앞에서 신나게 약을 팔고 있었다. 그는 학교에서 돌아올 때마다 반드시 성문 앞의 약장사가 떠드는 소리를 들었다. 약장사는 청산유수같이 언변이 좋았으며 신기한 재주를 여러 개 가지고 있었다. 보자기를 척 펴들고 그 안에 신문지를 한 장 놓아두는데, 조금 있다가 보자기를 펴 보면 신문지는 온데간데없고 엉뚱하게도 인삼 캐러멜, 해태 캐러멜이 수북하게 쌓여 있었다. 그러면 약장사는 신이 나서 캐러멜을 한 갑 북 뜯어 구경하고 있는 사람들에게 던져 주기도 하였다. 그뿐 아니라 약장사는 곰의 간이니 '옷도세이'의 불알이니 하는 것들을 많이 가지고 있었다. 어떤 때에는 놀라운 약들, 예를 들자면 뱀이 뱀을 잡아먹고 난 지 30분쯤 있다가, 뱀이 뱀을 잡아먹은 바로 그 뱀을 잡아서 인삼 물에 끓였다는 그러한 약을 팔기도 하였다. 구경하는 사람들은 애당초 약장사의 그런 말을 믿지 않았지만, 어느덧 약장사의 언변에 끌리다가 보면 그것이 틀림없는 사실임을 알게 되는 것이었다. 거기에다가 약장사는 노래도 잘 불렀다. 고복수의 노래는 물론이고 심지어 신이 나기 시작하면 〈시나노요루〉라는 일본 군가를 제멋에 겨워 불러 젖히는 것이었다. 그뿐 아니라 약장사는 무지무지하게 긴 여행을 해 본 사람이었다. 중국의 북경과 상해, 남경, 광동 등 안 돌아다닌 데가 없었으며 만주에서는 지청천 장군 휘하에 들어가 독립운동을 해 본 사람이었다. 약장사는 그중에서도 북경에 관하여 자세히 얘기를 하는 것이었다.

"지금 내가 말씀야, 시구문 앞에서 약을 팔고 있지만 말씀야, 이 것은 북경의 천안문이니 이런 것에 대하면 아무것도 아니라 이런 말씀야."

약장사는 신이 나서 그 얘기를 하는 것이었다. 자기가 청운의 뜻을 품고, '잘 있거라 삼천리 강산아.' 하며 만주로 들어가던 때의 이야기부터 시작이 되는데, 신의주 대교를 통과할 때 왜놈이 검색을 나오길래 군말 않고 주먹을 휘둘러 한 대 안겼다는 등 그런 허튼소리가 태반이었다.

중국 놈들이 어떤 놈들인지 아는가? 때국놈 때국놈 하지만 과연 그놈들은 때국놈들이다. 그놈들은 만사가 천하태평이어서 당장 굶어 죽게 되어도 빈둥거리고 세으름을 부린다. 무어니 무어니 해야 중국 놈들처럼 게으른 놈들은 천하에 없을 것이다. 그놈들의 배짱에는 놀라 자빠지지 않을 도리가 없다. 예를 들어 그놈들의 철도운행이라는 걸 보자. 그놈들은 우선 열차 시간이라는 걸 정해 놓지 않는다. 사람들이 열차 안에 꽉 들어찰 때까지는 움직이는 법이 없다. 옴치고 뛸 수도 없이 만원이 되면 그제서야 기관사는 콧구멍을 쑤시면서 나타난다. 기적을 빼액 하고 한 번 울려 놓고는 또 제 마냥 늑장을 부린다.

그리하여 정 무료하다고 생각이 들면 그제야 마지못한 듯 기차는 움직이기 시작하는데, 가도 가도 산 하나 보이지 않는 대평원이라 이놈의 기차의 속도라는 게 사람 걸어가는 속도와 히나도 다를 것이 없다. 그럼에도 불구하고 승객들은 불평 하나 없다. 으레 기차라는 게 그러려니 생각하고 있을 뿐이다. 이제 조그만 정거장에 도착했다. 내릴 사람은 다 내리고 탈 사람은 다 탔다. 그러면 기차는 가야 할 것이라고 여러분은 생각하겠지. 하지만 어림도 없다. 기관사는 약간 졸음이 오는 판이니 만사를 제쳐 놓고 낮잠 한번 안 주무실 수가 없는 것이다. 이런 사정을 내가 알게 된 것은 만주에서인데, 독립운동을 하려니 돈이 필요하기에 어느 시골 동네로 갔다가 거기에서 볼일을 다 보고 기차를 타려고 기다리고 있었다.

그 당시만 하더라도 사방에는 마적 떼가 판을 치고 있고 중국 관헌들과 일본 관헌들은 트집을 잡아 사람들을 올라 넣곤 했기에 여행을 다니자면 여간 몸조심이 필요하지 않았다. 그래 기차가 오기를 기다리고 있었는데, 아침이 가고 오후가 가고 밤이 와도 기차는 나타나지 않았다. 문자 그대로 만만디였다. 더욱 놀라운 것은 기차를 타려고 기다리는 중국 사람들의 태도였다. 이자들은 기차가 나타나지 않아도 하등 놀라워하는 기색을 보이지 않았다. 아예 이부자리를 가지고 와서는 거기에 누워서 잠을 자고 있었다. 그렇게 만만디로 기차를 여유 있게 기다리고 있는 것인데 그놈의 기차가 나타난 것은 이틀이나 지난 뒤였다……

중국 놈들의 만리장성이라는 것을 너희들은 상상도 할 수 없을 것이다. 이 세상에서 가장 미련한 족속이 그놈들임에 틀림없다. 과연 어떻게 맨정신을 가지고 저놈의 성을 쌓았을까 생각해 보면 눈물이 날 지경이다.

중국 놈들의 성벽에 대한 애착심은 굉장하다. 내가 그것을 느낀 것은 북경에 도착했을 때였다. 북경은 높다란 성벽의 그 안쪽에 있었다. 나는 성벽의 안쪽, 다시 말하자면 북경 안으로 들어가야만 했다. 망루에는 중국 관헌이 삼엄하게 감시하고 있었고, 문(門)은 아침 일곱 시부터 저녁 다섯 시까지만 개방되고 있었다. 그 문 앞에는 일 개 대대 병력에 해당될 만한 관헌들이 일일이 검색을 하고 있었다. 그런데 나는 한국 사람이었다. 정탐을 해 보니 한국 사람은 그 안으로 들여보내지를 않는다는 것이었다. 그 당시 한국인들은 북경 안에서도 가장 빈민들만이 사는 변두리 동네에 집단을 이루어 간신 간신히 날마다의 호구지책을 꾸리고 있었는데, 내가 마침 당도했을 때에는 한국 교포 하나가 사고를 일으킨 직후였다. 이 외래 민족을 쫓아내야겠는데, 적당한 구실이 없는 그들은 성벽을 단단히 지키기로 한 것이었다. 한국민족이 얼마나 서글픈 민족인가를 절실히 느끼자면 두말할 것도 없이 한국이 아닌 땅에 가 보면 알 수가 있다. 성(城)이라는 것은 문자 그대로 울타리인데, 이 울타리라는 것은 생명과 마찬가지의, 생명에 대한 울타리였던 것이다. 나는 우람한 성(城), 단단한 성, 고고하게 치솟아 올라간 담벼락을 우러러보았던 것이다.

그러나 보라, 지금 서울은 개방되어 있지 않은가? 우리나라는 저 감격적인 해방을 맞이하지 않았느냐? 지금부터는 잘살고 못사는 일이 모두 우리에게 달려 있는 것이 아니냐. 보라! 우리가 어떠한 해방, 어떠한 독립을 맞이하고 있는지를, 우리의 해방, 우리의 독립이 얼마나 감격적인 것이고, 얼마나 힘들었던 것이고, 얼마나 위대한 것이고, 얼마나 장엄한 것이고, 얼마나 웅장한 것인지를 깨닫지 못하고 있는 도배들이 많으니 큰일이 아니냐. 정신을 차려야 한다. 정신을 차려야 한다. 정신을 차려야 한다. 우리의 더러운 과거는 모두가 물거품이 되어 지나가게 내버려 두어야 한다.

우리 인간들의 더럽고 이기적이며 돼먹지 않은 나쁜 성격은 모두 말소되어야 한다. 가슴 가득히 뜨겁고 차갑고 깨끗하고 힘차며 성스러운 기쁨을 가지고 우리의 조국을 우리의 힘으로 건설할 때가 어찌하여 되지 않았느냐? 그러나 어찌하여 지도자들은 일반 국민들의 뜨거운 열망, 열렬한 마음, 힘찬 절규를 받아들여 주지 못하는가? 이 나라는 어떻게나 되어 가고 있느냐? 해방의 감격스러움을 잃지 않고 해방의 참 의미를 망각하지 않을 것이라면 무엇이라도 좋다. 그러나 보라 독립투사가 아닌 사람이 어디 있고 반일항쟁을 하지 않은 인사가 어디 있는가? 사람들은 어찌하여 해방의 감격을 소화시키지 못하고 사소한 알력, 세력 다툼, 파쟁을 일삼고만 있느냐. 개탄할 일이다, 개탄할 일이다.

우리는 독립 국가를 유지할 만한 능력이 없느냐. 유엔에서 결정한 것처럼 신탁 통치를 받아야 할 저주스럽고 무력한 민족이란 말인가? 똑똑히 정신을 차리고 지금 우리가 처해 있는 상황을 살펴보자. 남쪽은 미군 아래 들어와 있고, 북쪽에서는 로스케 아래 들어와 있다. 저주스러운 38선은 물렁물렁한 줄 알았더니 점점 딴딴해져 가고 있다. 북쪽에서 보내주던 전기는 이제 끊어졌다. 한 민족이 둘로 분리되어 점점 으르렁거리고 있다. 어째서 이것은 이렇게 되었는가? 날마다 시위가 일어나고 있고 데모가 일어나고 있고 싸움이 벌어지고 있지 않으냐. 이것은 어째서 이러하냐. 어째서 위대한 민족의 지도자들이 흉한의 총에 의하여 희생이 되어야만 하느냐. 차라리 이럴 지경이라면 우리는 어째서 해방을 맞이하였는가? 잔학한 일본 제국주의와 목숨을 빼앗기면서 싸웠던 선열 우국지사들은 맨 헛것이 되고 말지 않았느냐. 이 모든 감격을, 이 모든 아픔을 배반하고 허무하게 하고 비참하게 하고 혼란스럽게 하는 자는 과연 누구이냐.

약장사는 이러다가 말을 그쳤다. 그는 갑자기 겁이 난 듯했다. 주변을 두리번거리며 살피더니 이내 짐을 챙기기 시작했다. 사람들은 재미난다는 듯이 듣고 있었는데, 약장사가 말을 그쳐 버리자 일제히들 소리를 내어 웃었다. 원 미친 녀석 다 보겠군. 사람들은 이렇게 말했다. 누가 그걸 모르는가? 다 아는 소리를 혼자 열을 내어 지껄일 건 무어람. 그거 정치인이 될 것이지 기껏해야 약을 팔구 있누? 약장사는 도망치듯이 사라져 버렸다. 멀쩡한 친구 또 하나 버렸군. 저 친구 저렇게 몸조심할 줄 모르다가는 경을 치지, 경을 쳐. 사람들은 이렇게 한 마디씩 내뱉고는 흩어져 갔다.

얼마 시간이 지나지 않아서 거기에는 다만 그 혼자 서 있었다. 그는 약장사의 떠들어 대는 소리와 그것을 듣고 있던 사람들의 무표정한 흥미가 그저 신기했다. 그는 그것을 참 이상하게 생각했으며, 어째서 정치 얘기만 나오면 사람들이 이렇게 열을 띠는지 잘 알 수 없었다. 그러나 그는 배가 고팠으며 피로했다. 그는 목이 말랐고, 그리고 졸음이 오는 것을 느끼고 있었다. 다시 하루는 저물어 가고 있었고, 시구문의 퇴락한 성벽으로는 저녁 햇살의 힘없는 누런빛이 닿았다. 그가 방금 전에 들었던 만리장성의 역사(役事)가 있었을 때의 수많은 사람들의 그 죽음의 애잔한 체취를 풍겨 주고 있었다. 그러자 그는 다시 한 번 귀신을 보았다. 지난번 굿이 있었을 때 보았던 것과 흡사한 그 귀신들은 총알 같은 빛을 사방으로 뿌리면서 그의 피곤한 망막 속을 빠른 속도로 훑어가고 있었다.

그는 어둠에 싸인 시장 거리를 지나서 집으로 향했다. 불이라도 일어난 듯한 황혼이었다. 그는 불타 버린 집을 바라보면서 얼마 전에 시구문 시장에서 불이 일어난 적의 일을 생각하고 있었다. 그는 '아리랑고개'라고 사람들이 부르는 고개 위에 서서 불구경을 했었다. 불길은 하늘을 치솟을 듯이 높이 피어오르고, 장난감 같은 소방차들이 달려왔고 나무 타는 냄새, 옷 타는 냄새, 물건 타는 냄새가 그가 서 있는 곳에까지 전파되어 왔다. 사람들은 아우성을 치면서 가재 집물을 실어 내느라고 경황이 없었다. 그러나 그는 감동에 떨었었다.

불을 보고 있노라니 그의 가슴으로 뜨거운 기운이 솟구쳐 오르고 그의 마음은 화끈하게 더워져 있었다. 아아 불이란 얼마나 황홀한 것이냐. 그는 불 소동에 직접적인 피해를 입지 않았으므로, 그 느닷없는 변괴, 돌발스런 혼잡스러움을 들뜬 마음으로 바라볼 수가 있었다. 그는 불이 일어났을 때 사람들의 당황해하는 태도와, 걷잡을 수 없는 태양빛으로 번져 가는 시뻘건 연소를 사랑하고 있었다. 사람들은 말했었다. 시구문 땅 밑에 잠든 원혼들의 저주와 증오가 땅 위로 넘쳐나서 불이 일어났다고⋯⋯ 그리고 며칠 뒤에 굿이 있었을 때, 그는 그 귀신들을 보았던 것이다.

주창업 씨는 원효로에 있는 낡은 아파트에서 살고 있었다. 주창업 씨는 쉰 살이 조금 넘었고, 두 명의 딸과 한 명의 아들을 가지고 있었다. 그런데 주창업 씨는 황해도에서 월남해 온 사람이었다. 그분은 싸전에서 일을 봐주고 있었고, 고향에 남겨 두고 온 사람들 때문에 항상 근심 걱정이 끊이지 않았다. 그분은 열심히 신문을 읽었고, 세상일 돌아가는 것에 여간 근심이 많지 않았다.

그 아파트는 상당히 낡은 목조 건물이었는데, 마루는 항상 쿵쿵 울리고 있었다. 그것은 마치 천장 위에 쥐새끼와도 마찬가지로 사람들이 돌아다니고 있는 때문이었다. 그 아파트는 옛날 절간이었던 곳을 허물고 들어찬 것이었다. 그래서 그 아파트에는 귀신이 출몰하기도 했었다. 그래서 옛날 납골당(納骨堂)이었던 곳은 지금 아무도 살고 있지 않은 빈방으로 남아 있었다. 그 방에 들어와 사는 사람은 예외 없이 변을 만나곤 했다.

나무 계단은 낡았고 아귀가 빠져 있었다. 계단의 바깥에 댄 받침목은 부서져 버린 것이 많았고, 새로 나뭇조각을 붙이고 못질을 하기도 했는데, 못 아귀는 여기저기 삐져나와 있었다. 아파트의 주민들은 한결같이 가난한 사람들이었다. 당장 끼니가 없어 며칠씩 굶기도 하고, 부황증에 걸려 누런 얼굴로 돌아다니며 구걸도 하고, 공사판을 찾아다니며 노동을 하기도 했다.

여름 방학 중이었다. 태양은 뜨겁고, 먼지는 많이 일어나고, 파리와 모기떼의 기습에는 도리가 없었다. 그는 주창업 씨가 살고 있는 아파트에 가서 지냈다.

"허 그 녀석 몰라볼 정도로 숙성해졌군. 너 몇 살이니?" 주창업 씨는 물었다.

"여덟 살이에요." 하고 그는 은근히 자부 섞인 태도로서 말했다.

"누가 너를 여덟 살로 보겠니? 열세 살은 되어 보이는구나." 하고 주창업 씨는 말했다.

그는 주창업 씨의 말에 놀라지는 않았다. 그런 소리는 너무 많이 들어 왔으니까.

주창업 씨는 외할머니의 동생이었다. 외할머니는 이북 고향에 그대로 남아 있었다. 일 년 전에 한 번 서울에 온 적이 있었다. 38선을 죽을 고생을 겪어 가며 넘어왔었다. 주창업 씨 일가가 월남을 한 뒤 같이 다녀갔었다. 외할머니는 그때 쇠고기를 한 관쯤 되게 가지고 왔었는데, 겨울철이었지만, 그 쇠고기는 상해 버려서 먹지도 못했다. 외할머니는 서울에 두 달가량 계셨다. 그러다가 이번에는 북한에 남아 있는 자식들이 보고 싶은 생각에 그만 참지를 못하고 다시 이북으로 올라가 버렸다. 그 뒤에는 가끔 월남하는 사람들을 통하여 편지 같은 것이 오곤 했다.

아파트 방은 덥고 탁했다. 창문을 활짝 열어 놓아도 바람기라곤 없었다. 신문에는 가뭄 때문에 농부들이 야단이라 했고, 사람들은 비 올 생각도 하지 않고 그저 파랗기만 한 하늘을 쳐다보면서 개탄을 일삼고 있었다. 전기 사정은 좋지 않았다. 석유등을 켜 놓고 앉아서 저녁 식사가 시작되었다.

"웬 밥이 이렇게 뜨겁냐? 이거 더워서 식사를 못 하겠구나."

주창업 씨는 총각이에게 말했다. 총각이는 열아홉이었다. 총각이는 큰딸이었고 이제 얼마 안 있으면 시집을 가게 되어 있었다.

"지금 마악 지은 밥이니까 뜨거울 수밖에 더 있어요?" 하고 총각이는 말하면서 웃었다.

"그래도 너무 뜨겁군 그래?"

"너는 왜 밥을 안 먹지?" 총각이는 그에게 물었다.

"뜨거워서 먹을 수가 없는걸."

"그러나 먹어 둬. 먹다 보면 뜨겁지 않을 걸 뭘 그러니?"

"먹을 수가 없는 걸 어떻게 먹어?"

"그럼 내가 부채로 부쳐 줄까?" 총각이는 일어서서 부채를 가지고 왔다. 총각이는 부채를 부치기 시작했다. 밥에서부터 일어나고 있는 뜨거운 김은 부채에서 일어나는 바람을 받아 바로 그의 코언저리로 불어왔다. 거기에서는 구수한 밥 냄새가 났지만, 그리고 뜨겁다는 것이 이상하게도 기분 좋았지만, 그는 얼굴을 찡그리고 상에서 물러났다. 뜨거운 김이 좋다고 말해 버린다면, 또는 뜨거운 김이 불어오는데도 불구하고 그대로 상 앞에 앉아 있다면, 그는 아주 괴상한 어린애가 되어 버릴 것이다. 그는 상당히 배가 고팠으며, 그리고 뜨거운 김으로부터 나는 밥 냄새에 침이 넘어갈 지경이었으나, 속내 사정을 어른스럽게 참아 내었다.

"자 이젠 상당히 차가워졌을 거야. 이젠 먹어도 될 거야."

"그래 이젠 먹어도 될 거다." 하고 주창업 씨도 말했다.

그는 밥을 한 숟갈 입 속으로 부어 넣었다. 그러자 혀끝이 따가워졌다. 밥은 여전히 뜨거웠다. 그는 참을까 말까 생각했으나, 이윽고 참지 않기로 결심하고는, 입에 넣었던 밥을 상에 뱉어 버렸다.

"원 이 녀석아, 밥을 뱉어 버리면 어떡하노? 그거 얼른 주워 먹지 못하겠니? 쌀을 아끼지 않으면 죽어서도 지옥엘 가. 알겠니?"

그러나 그는 이왕 뱉어 버린 밥을 다시 개새끼처럼 주워 먹을 마음은 갖고 있지 않았다.

"그렇게 뜨거워? 그거 참 참을성이 없구나, 너는?" 총각이가 말했다.

"이 녀석아, 뜨거운 이밥을 먹게 되었으면 네 처지가 얼마나 행복한지 알기나 해라. 지금도 저 아래의 정복길네 가족은 굶고 있어. 사흘째 굶고 있는 걸 너도 알지 않니 이 녀석아. 백옥 같은 이밥을 먹으면서 투정을 부리면 죽어서 지옥에 간다, 지옥에. 그렇게 뜨거우면 찬물에 말아 먹으렴."

"찬물에 말아 먹겠니?" 총각이가 물었다.

"싫어."

"참 그 녀석, 까다롭게 구는군. 그럼 어떡하겠니?"

"밥 안 먹을래. 안 먹겠어."

"너 정말 안 먹겠니? 그럼 먹지 말려무나. 그래 먹지 말려무나. 잘되었지 무어냐. 내가 먹어 줄 테다. 너 정말 안 먹지?"

"안 먹어."

"그럼 내가 밥 먹는 거 구경이나 하고 있어." 총각이는 말했다.

"그거 참 맛있는데? 열무김치가 어쩌면 이렇게 새콤하고 좋을까?" 총각이는 열무김치를 먹었다.

"그리고 이 밥에서는 꿀 냄새가 나는 것 같구나. 아, 맛있어라."

그러나 그는 입을 옹다물었다. 점점 더 배는 고파 오고, 목구멍 속으로 침이 넘어갔지만 그는 어른스럽게 참고 있었다. 밥에서는 여전히 김이 퍼져 오르고 있었고, 열무김치, 된장국, 마늘장아찌, 새우젓을 보기만 해도 그것을 집어 먹고 싶었다. 하지만 나는 안 먹겠다고 말하지 않았느냐. 그는 어른스럽게 참아 내고 있었다.

"밥이 뜨거워서 그렇지, 되기는 아주 잘된 밥이구나. 밥알에 윤이 반짝반짝하는군."

"쌀이 좋아서 밥이 잘되었지 무어예요." 총각이가 응수했다.

"이 쌀이 황해도에서 최 씨네가 가지고 온 그 쌀이냐?"

"네, 그 쌀이에요."

"다른 것도 그렇지만, 쌀이야 황해도 쌀을 따라갈 것이 없지. 그거 이남 쌀은 좋지가 않더라. 밥맛도 없고, 윤기도 없더군."

"밥이 제대로 지어지지도 않던데요."

"황해도 쌀은 왜정시대에도 일본 천황이 몽땅 뺏들어다 먹었다더라."

"너 정말 밥 안 먹지? 아마 안 먹을 거야. 안 먹겠다고 말했으니 먹을 수 없겠지."

"안 먹어." 그는 퉁명스럽게 대꾸했다.

"그러나 저러나 이렇게 비가 안 와서야 금년 농사가 큰일이다. 세상이 하 어지러우니 하늘이 노하셨어."

"고향에서도 굉장한 흉년이겠죠?"

"황해도는 흉년이 되는 해가 없어. 여름철 비가 제일 먼저 찾아와 주시는 곳이 황해도야. 그리고 또 그렇지, 어쩌다 가물다가 비가 오면 농사가 썩 잘 되는 법이야. 그게 어째서 그런고 하니, 가물이 들면 땅이 활활 달아오르거든. 땅의 정기(精氣)가 뜨거운 햇볕을 봐 발칵 왕성해지거든. 그러다가 시원스럽게 비가 와 주시면, 땅은 바짝 흥분했다가 축축하게 해갈을 하게 되어, 아주 비옥해지지. 정말 그건 그렇구말구. 땅이라는 건 참 묘한 것이야. 이곳 서울에서 살고 있는 인간들을 보렴. 빈둥빈둥 놀고먹으면서 일을 하려고 않거든. 그게 벌써 돼먹지 않은 수작이지. 도시 놈들은 그 성질이 못돼먹을 수밖에 없는 것이 아무런 노동도 하지 않고 힘을 기울이지도 않고 밥을 얻어먹으려 하기 때문이야. 농부들이야 어디 그런가? 자기 힘들여, 자기 정성 기울여, 성실하게 농사를 지어서, 그 농사를 가지고 먹고사니, 자연 마음 바르고 행실 바르게 되는 거야. 그놈의 난시를 만나 땅을 빼앗기지만 않았다면야 무엇 때문에 이런 더러운 도시에 와서 살까? 자기 살림살이할 땅만 제대로 있다면 아마 시골로 내려가서 농사를 지으려고 하는 사람들이 태반일 거야. 땅이 없으니까 도시에서 살지, 땅만 있다면야 그 누가 이런 더럽고 각박한 곳에서 살겠니?"

"하지만 농촌에서 고생하는 것보다는 서울에서 취직해 사는 게 생활이 나은걸요."

"벌써 너는 그 못돼먹은 습관이 붙어 버리는구나. 그건 그렇고 인석아, 너 정말 밥 안 먹겠니?" 주창업 씨는 그를 바라보았다.

그는 아무 말도 하지 않았다. 배는 점점 더 고파 오고, 꼬르륵 소리가 났다. 밥에서 일고 있는 뜨거운 김을 바라만 봐도 저절로 먹고 싶은 생각이 동했다. 그는 밥을 안 먹겠다고 한 것을 몹시 후회하고 있었다. 그러나 위신상 밥을 먹겠다고 말할 수는 없었다.

"인석아, 어서 먹어라. 먹어도 놀려 대지 않을 테니. 어서."

"그래 먹어. 먹어도 괜찮아. 이제는 뜨겁지 않을 거야." 총각이도 말했다.

"아냐, 뜨거워, 뜨거운 밥을 어떻게 먹어?" 그는 간신히 이렇게 대꾸했다.

그러자 신통한 생각이 났다. 놀림을 받지 않고서도 밥을 먹을 수 있는 방법이 머리에 떠올랐다. 그는 일어섰다. 주전자의 찬물을 대접에 따랐다. 그것을 그는 상 위에 놓았다. 그런 뒤에 밥그릇을 그 차가운 물 위에 얹어 놓았다.

"그 녀석두?" 총각이가 말했다.

"그거 참 그럴듯하구나."

"이겐 뜨겁지 않을 거야."

그러나 밥은 여전히 뜨거웠다. 하지만 뜨겁다는 말을 하지는 않았다. 아아, 밥이란 얼마나 맛이 있는가? '밥맛'이야말로 얼마나 그럴듯한 것이냐? 마늘장아찌는 또 이렇게 맛있을 수가 있을까? 그는 정신없이 퍼먹었다. 목구멍이 막힐 정도로 꾸역꾸역 처넣었다.

밤이 되면 옛날 절의 본당이었던 곳의 앞마당에 어른들은 망석을 깔고 앉아서 지쳐 하는 법도 없고 싫증 내는 법도 없이 정치 얘기를 하고 또 하였다. 그러다가는 성을 내어 으르렁거리며 싸워 대었고, 삿대질을 했고, 욕설을 퍼부었으며, 서로 극언을 마지않았다. 그러면 어린애들은 어른들을 구경했다. 큰 소리를 지르며 떠들고 싸워 대는 그들을 바라보고 있기란 재미있는 일이었다. 그들이 성을 대고, 안타까운 어조로 자기주장을 내세울 적마다, 그들이 말하는 뜻을 알지 못하는 어린애들은, 다만 그들의 표정과 태도로써 그것을 가늠하면서 그것을 구경하면서 어떤 절실하면서도 심상치 않은 공기를 느끼게 되었다.

여름밤은 짧고 무더웠다. 시원한 바람은 불어오지 않았다. 계속되는 가뭄 때문에 금년은 흉년이 들 것이라는 소리가 높았다. 사람들은 맑기만 한 여름밤의 별자리를 찾아보면서 하늘을 원망했다. 그러나 어린애들은 집짓기를 하기도 하고 "주예수를 믿으시오."라고 소리치며 다니는 목사의 얘기를 듣기도 하고, '8자 가이생' 놀이라고 하는 것을 하기도 하고, 또는 공깃돌 놀이를 하고 있는 계집애들을 방해해 주고 놀려 대고 하였다. 그리고 일본 군대에 끌려 들어갔다가 귀국한 사람들의 얘기를 듣기도 하였다.

"남태평양에는 산호초라는 게 있어요. 그건 참 아름다워요." 하고 그 사람은 이야깃주머니를 터뜨려 놓았다.

"바다 한가운데 말입니다, 쇠뿔과 같은 게 삐죽삐죽 솟아 있습니다. 바닷물이 빠지고 개펄이 되었을 때 보면, 그건 정말이지 수많은 소들이 뿔을 드러낸 채 죽어 버린 것만 같은 형상입니다. 어떤 놈은 웬만한 크기의 섬처럼 공중으로 높이 뻗쳤고, 어떤 놈은 진짜 황소의 뿔만큼밖에는 크지를 않아요. 하지만 산호초라는 것은 아름답기만 한 것은 아니고 위험하기도 한 것입니다. 한번은 제가 죽었다 살아날 뻔한 일이 있었지요.

낮에는 미군기들의 공습 때문에 배가 마음대로 떠다니지를 못했어요. 밤에만 이동을 하는데 마침 우리는 열다섯 명가량이 조그만 연락선을 타고 어떤 섬으로 가는 명령을 받았습니다. 항구를 떠나서 바다로 나와가지고, 암초에 걸리지 않도록 요령껏 항해를 했습니다. 그러다가 한밤중만 하게 되었을 때 재수가 없느라고 우리가 타고 있던 배가 산호초에 걸려 버렸습니다. 산호초는 쇠뿔과 흡사하다고 말씀드렸듯이, 그 뾰족한 끝이 배의 똥구녘을 들이받았어요. 그건 글쎄 무어라고나 할까, 시소 위에 올라탄 것과 같다고나 할까, 약간만 몸을 움직이면 이리 삐딱 저리 삐딱 하는 게 아니겠습니까? 그렇다고 바닷속으로 뛰어 들어가 산호초로부터 배를 잡아 뺀다는 것은 불가능했습니다.

하지만 가만히 기다릴 수도 없는 처지인 것이, 언제 망망대해에 떠 있는 우리가 군함 같은 것에 발견되어 구조될는지 알 수도 없을 뿐더러 또한 쇠뿔과 같은 산호초가 배 똥구녘을 찔러 대고 있으니 그놈의 배가 빠개지지 않으리라고는 할 수 없는 일이었어요. 마침 그 자리에 대학 건축과를 나온 사람이 있었는데 이 사람이 어림을 해 보니, 이놈의 배는 기껏했자 스물네 시간 정도밖에는 견디지를 못할 거라는 겁니다.

사람이 타고 있으니 위에서 누르는 힘이 있지요, 밑의 뾰족한 산호초가 찌르고 있으니, 배가 스물네 시간 정도 지나면 깨어지고 말리라는 건 자명한 일이 아니겠습니까. 이제는 영락없이 죽었구나 하는 생각이 불현듯 듭디다. 하지만 어쩔 도리도 없고 힘을 써 볼 재간도 없으니 그것이 얼마나 딱한 노릇이었겠습니까. 하여튼 거기에서 이틀을 버텨 낸 뒤에 어찌어찌 구조되기는 했지만, 절망이라는 건 사람을 참으로 약하게 만드는 노릇이어서 반수 가량의 사람은 목이 마르다고 소금물을 퍼먹다가 죽기도 하고, 서로 사소한 싸움질을 하다가 죽기도 하고, 참 허무맹랑하게 죽어 버리더군요.”

그 사람은 산호초에 대한 얘기에 이어서 남태평양의 어떤 군도(群島)에 관해서 설명하기 시작했다. 그곳은 사시장철 여름이었다. 배가 고프면 아무 데나 가서 야자수를 따 먹으면 되고, 사람들의 피부 빛깔은 우리나라 사람들보다는 좀 진한 누런빛이지만, 여자들은 거의 벌거벗고 있는데 그 육체의 풍만하기로 말하자면 모두가 굉장하며, 또 그 여자들은 정조 관념이라는 것이 거의 없다시피 해서, 누구든 자기 마음에 맞으면 함께 자고, 같이 살며, 그러다가 싫어지면 헤어지곤 하고, 대동아전쟁이라고 하는 세계대전이 일어났어도 도무지 전쟁이야 어찌 되었든 관심 없다는 듯이 환락을 찾아 헤매기만 한다는 것이었다.

“고향과 부모들이 그리워서 돌아오기는 했지만, 기회가 생기면 아예 그곳에 가서 살고 싶은 마음이 없는 게 아닙니다.” 하고 그 사람은 말을 맺었다.

어린애들은 그 사람을 진심으로 존경했다. 그 사람이 나타나기만 하면 아이들은 벌써부터 흥분이 되어, 어떻게 하면 그 사람과 친해질 수 있을 것인지를 궁리하고 있었다.

용감한 아이는 그 사람의 구두를 닦아 주기도 하고 그 사람이 담배 심부름이라도 시키기를 기다리며 대령해 서 있었다. 그 사람은 어린애들을 좋아하게 되었고, 그러면 쉬지 않고 남태평양의 섬에서 살고 있는 예쁜 여자들의 얘기와, 야자열매, 바나나의 맛, 미군들과 싸우던 때의 일들을 들려주었다.

애들은 그 사람의 말이라면 하나라도 놓치지 않고 정성껏 들었다. 그리고 들은 얘기를 만에 하나라도 잊어 먹는 일이 생길까 봐, 열심히 암기했으며, 나중에 애들끼리 만나가지고는 그 사람에게서 들은 얘기를 서로 회상하며, 마치 과외공부라도 하는 것처럼 그렇게 열심히 익혀 들었다. 그리하여 어느덧 머릿속에는 남태평양의 상하(常夏)의 지대에 속하는 신비스런 섬의 풍경이 의식의 수평선 너머로 나타났으며 그 섬 안에서 야생동물과 신비스런 식물들에 둘러싸여 낮과 밤의 구별도 없이 자유스럽고 자연스럽게 살아가고 있는 사람들의 모습이 얼른거렸다.

그리하여 어느덧 마치 그들이 섬에서 살다가 온 듯한 착각에 빠지기도 했고, 밤에 꿈을 꾸면 벌거벗은 채 산새를 뒤쫓아 온 섬 안을 헤매는 꿈을 꾸기도 했다. 이담에 우리가 성장하면 우리도 그곳엘 찾아가 보리라. 그리하여 야자수 열매와 바나나를 따 먹으며, 근심 걱정 없이, 뜨거운 태양의 즐거운 노래가 되리라…… 다만 불행인 것은 아직 너무 나이가 어려서 그곳에 갈 수 없다는 것과 너무 늦게 태어나서 그곳에 가 보지 못했다는 사실이었다.

그 동네에는 목사가 한 명 살고 있었는데, 그 사람은 도수 높은 안경을 쓰고 있었고, '주예수를 믿읍시다.' 하고 소리치며 다녔다. 그 사람은 전차 정류소 앞에서도 소리를 질렀고, 어린애들이 놀고 있는 곳에 와서도 소리를 질렀다. 그 사람은 하도 소리를 지르고 다녔으므로 목청이 걸쭉하게 틔었으며, '주예수를 믿읍시다'라는 말에는 괴상한 억양이 생겨 있었으며, 아무리 먼 데서 듣더라도 '주예수……'라는 소리가 나오면 틀림없이 그 사람인 줄 알게 되었다.

그 사람은 열렬한 예수꾼이었으며, 사람들이 모여 있는 곳에 가서는 주먹을 부르쥐고 눈을 홉뜨고 절박하고도 비통하고도 예언자적인 목소리로 이 세상이 얼마나 말세인지 사람들이 어찌해서 각성을 못 하고 있는지, 열변을 토하였다. 그래서 그 사람은 어린애들의 친구가 되었다. 어린애들은 그 사람의 목소리를 흉내 내어 떠들고 다녔으며, 그 사람이 들려주는 성경 얘기를 밤늦도록 재미있게 듣는 때도 있었고, 그러면 그 사람은 마치 어린애들로 군대를 편성한 의용장군과도 같이 수십 명의 어린애들을 거느린 채 교회당으로 향해 갔다. 교회당에는 이따금씩 구호물자가 나왔고 이따금씩 밀가루 배급을 주었다.

그 사람은 어린애들에게 찬송가를 가르쳐 주었으며, 삼손과 데릴라에 관해서 얘기했고, 태어난 지 얼마 안 되는 어린애를 상자 속에 넣어 강으로 띄운 왕비에 대해서 얘기했고, 어린애를 놓고 서로 자기 애라고 하면서 싸우다 두 여자에 대하여 누가 진짜로 그 어린애의 어머니인지를 판가름해 준 어떤 왕에 대해서 얘기했다. 애들은 그런 얘기를 재미있게 들었고, 그래서 애들은 그 사람을 좋아하였다.

그리고 그 동네에는 쓰리꾼이 한 명 살고 있었다. 그 남자는 턱이 뾰족하였고. 수염을 기르고 있었는데, 그 수염은 애들이 엿장수 수염이라고 무르는 그런 수염이었는데, 아침 열 시쯤 말끔한 신사복 차림으로 어슬렁어슬렁 시내를 향해 들어갔고 밤 열 시가 넘으면 어슬렁어슬렁 집으로 돌아왔다. 그 사람은 두 명의 딸이 있었는데, 큰딸은 그 동네에 사는 어떤 사내와 항상 붙어 다녔으며, 밤이 이슥해지면 언덕바지에 올라가 서로 껴안고 시시덕거렸으며, 그래서 동네 여자들은 그 딸을 흉보았고, 그 아버지를 미워하였다. 그 사람이 쓰리꾼이라는 것은 온 동네에서 모두 다 잘 알고 있었다. 하지만 그 사람은 동네 사람들에게 나쁘게 해 준 일이 없었으므로 직접적인 미움을 받지 않았다.

그리고 그 동네에는 침을 놓는 노인이 하나 살고 있었다. 그 노인은 중국의 북경에서 살다가 귀국한 노인이었다. 침을 놓는 그 노인은 어린애들을 볼 적마다 "허 그 녀석 참 잘생겼군. 침을 한 대 놓아 줘야겠군." 하고 말했다. 그 노인에게 붙들리면 그 애는 영락없이 침을 맞거나 뜸을 들이게 되었으므로, 애들은 그 노인을 몹시 무서워했다. 그 노인에게 붙들려서 방에 들어가면 발가벗기어지고 고추를 만져지게 되고 그리고 침을 맞아야 했으므로, 어른들은 애들이 말을 안 들으면 "이 자식아, 침놓는 노인을 데리고 와야 알겠니?" 하고 말했으며, 그러면 애들은 말을 잘 듣게 되었다. 그리고 그 동네에는 과부가 한 명 살고 있었다. 그 과부는 일본에서 살다가 귀국했다고 하지만 아무도 그 말을 믿지 않았다.

그 과부는 흥분을 잘했으며, 남의 흉을 보았으며 걸핏하면 아무나 붙잡고는 싸우자고 덤벼들었다. 그 과부는 새벽같이 뚝섬까지 걸어가서 김칫거리를 사다가 용문 시장에 갖다 놓고 팔았다. 그 과부는 성격이 괄괄했고, 그 과부의 아들도 성격이 괄괄해서, 동네에서 첫째 '가다'가 되었다.

김구 선생이 암살당했을 때는 그 동네 사람들은 발끈 뒤집혔다. 사람들은 새벽부터 술렁거리기 시작했다. 어른들은 마당 한가운데에 모여 서서 비통한 얼굴로 김구 선생을 애도하였다.

"아아! 선생마저 가시다니." 하고 어른들은 말했다.

"여러분 이럴 때가 아니라 우리 경교장으로 가서 향이라도 꽂아 놓고 옵시다.”

사람들은 말했고, 그리고 남자들과 여자들은 비통한 얼굴이 되어, 어떤 이는 울음을 터뜨리면서, 어떤 이는 부좃돈을 마련해가지고, 어떤 이는 한시(漢詩)를 지어가지고, 어떤 이는 혈서를 써가지고 경교장으로 밀려갔다. 밤이 이슥했을 적에야 경교장으로 김구 선생의 문상을 갔던 어른들은 되돌아왔다. 어른들은 경교장에서 보고 들었던 일들을 끊임없이 얘기하기 시작했다. 얼마나 많은 사람들이 구름같이 경교장으로 몰려들었었는지, 그리고 얼마나 많은 청년들이 통곡을 하고 혈서를 쓰고 안두희를 죽이라고 데모를 했는지, 그리고 이승만 박사의 뜨뜻미지근한 처리에 대해서 분개했는지, 지칠 줄 모르고 얘기하였다. 그 며칠 뒤에 김구 선생의 장례식이 있었다. 그날은 전 서울시의 상가(商街)가 모두 문을 닫았다고 했다. 사람들은 심상치 않을 정도로 흥분하고 있었다. 사람들은 김구 선생의 장례 행렬에 참가하기 위하여 아침 일찍부터 집을 나섰다. 오후가 이슥해서 김구 선생의 장례 행렬은 남영동을 돌아 성남극장을 거쳐 원효로로 들어오기 시작했다. 사람들은 김구 선생이 했다는 마지막 말, “내가 죽거든 효창공원에 묻어 달라.”라는 말에서 감명을 받았는데, 특히나 그 동네에 살고 있는 어른들은 큰 감명을 받았다. 모든 상점은 문을 닫고 있었다. 장례 행렬이 눈에 뜨이기 시작하자 어른들은 포도에 엎드린 채 일제히 울음을 터뜨리기 시작했다. 선도한 승용차에는 마이크 장치가 되어 있었으며

“아아, 선생이시여, 삼천만 동포를 어디로 가라고 하시고 먼저 눈을 감으시나이까? 백의동포들은 어찌하라고 먼저 가신단 말씀입니까? 눈물이 앞을 가리고 가슴이 메어지는 듯하여 할 말을 잊었나이다.” 하고 말하고 있었다. 어른들은 엉엉 울음을 터뜨렸다. 통곡

소리는 거리에 넘쳐 났으며, 비분한 마음은 한없이 확대되어 드디어는 어린애들까지도 따라 울었다. 울고 울고 또 울었다, 장례 행렬은 웅장하였고 장엄하였다. 사람들은 슬픔에 겨워서 거의 제정신들이 아니었고, 그럼에도 사람들은 마치 그들의 아버지를 잃어버린 그러한 형제나 자식인 것처럼 서로들 일을 서둘러 했다. 연변에 늘어선 집들로부터는 바께쓰에 물을 담아서 행길에 갖다 놓았다. 상복을 입고 장례 행렬에 참가한 사람들은 목이 마를까 봐 자진해서 바께쓰에 물을 퍼서 내놓았다.

"애들아, 너희는 저분께 물을 떠다 드려라." 하고 어른들은 말했다. 애들은 이유 없이 슬펐으며, 그래서 이유 없이 착한 마음이 들었고, 이유 없이 엄숙해져 있었으므로, 여느 때의 장난기는 말짱 없어져 버리고 말았다. 느릿느릿 연변을 행진해 가고 있는 많은 사람들에게 물을 떠다 주었다. 그들은 하나같이 슬픔에 지쳐 피로해 보였으나 애들이 물을 떠다 주면,

"고맙다 고마워. 너희도 목이 마를 텐데 마시렴."

하고 말했다. 드디어 김구 선생의 초상화가 나타났다. 그것은 집 채만 하게 컸다. 김구 선생은 두루마기를 입고 있었고, 동그란 얼굴에 광대뼈 있는 곳이 조금 튀어나왔으며 입술이 두툼했다. 사람들은 김구 선생의 영정을 보자 일제히 "아이고 아이고." 소리를 지르며 가슴을 두들기기 시작했다. 영구차는 무겁게 느릿느릿 지나가고 다음에는 수백 개 아니 수천 개나 됨직한 만장이 뒤를 이었다. 그 만장은 깃발처럼 휘날리고 있었고, 그 만장을 들고 가는 사람들은 한결같이 군인과 같은 표정을 하고 있었다. 이윽고 장례 행렬은 시야에서 차츰차츰 멀어져 갔다. 그러나 구경 나왔던 사람들은 자리를 뜰 줄 몰랐다. 길이 좁다 하고 많은 사람들은 밀려 나와서 장례

행렬의 뒤를 쫓아갔으며, 무어라고 얘기를 주고받으며, 비통한 표정들을 짓고 있었다.

어른들은 그날 밤 늦게서야 집으로 돌아왔으니, 왜냐하면 효창공원까지 따라가서 구경했기 때문이었다. 그리고 그날부터 어린애들은 큰 충격을 받지 않을 수 없게 되었다. 그들은 왜놈과 싸우던 독립투사 대신에 김구 선생의 역할을 저저큼들 맡아서 하려고 했던 것이다. 어른들은 『백범일지』를 펼쳐 들고는 어린애들에게 읽어 주곤 했다. 어른들은 말했다. 김구 선생이 어렸을 적에 얼마나 고집이 세었으며, 얼마나 개구쟁이였던가, 감탄 섞인 어조로 말했다. 어른들은 김구 선생이 동학운동에 참가하였을 때의 나이가 불과 스무 살도 되기 전이었다는 사실을 들어 감격적인 어조로 얘기했다. 그러다가 홍역에 걸려 버린 김구 선생. 그러나 김구 선생은 홍역이라는 것조차 얼마나 영웅답게 물리쳐 이겨 냈는가? 더구나 김구 선생이 왜놈을 때려죽인 얘기가 나오면 어른들은 흥분해서 말했다.

그곳은 황해도의 어느 해변가에 위치한 조그만 여관이었다. 김구 선생은 그 가슴속에 우리나라를 독립시켜야 하겠다는 크나큰 웅지를 품고 계셨으므로, 일부러 지방을 다닐 때에는 허름한 촌놈처럼 행세하고 있었다. 그때도 김구 선생은 어릿거리는 촌놈처럼 여관엘 찾아갔다. 널찍한 방에 열 명가량의 손님들이 한 밤을 지내게 되었다. 여러 명이 모이니까 얘기판이 벌어졌는데, 그 가운데에서도 유독 혼자서 화제를 도맡아 가며 지껄여 대는 자가 있었다. 그자는 틀림없이 한국 사람 같았으니, 왜냐하면 한국말을 지껄이는 품이 전혀 어색하지가 않았기 때문이었다. 하지만 남다른 관찰력을 갖고 있는 김구 선생은 그자가 유창하게 한국말을 할 줄 아는 일본 놈임을 단숨에 알아보았다. 아, 김구 선생은 일부러 바보인 척하면서 그

자의 거동을 살폈다. 그자의 말하는 폼을 보니 틀림없는 일본 놈이라는 확신이 굳어졌다. 김구 선생은 이제야말로 전 일본 놈을 향해서 복수할 때가 되었다는 것을 깨달았다. 아침밥까지 먹은 손님들은 제 볼일을 보기 위하여 바깥으로 나가기 시작했다. 그자가 바깥으로 나갔고 김구 선생도 바깥으로 나갔다. 그러자, 그러자, 김구 선생은 그자를 빙판에 넘어뜨려 때려죽여 버렸다. 여관 손님들은 하나같이 혼비백산이 되어 어쩔 줄을 모르고 와들와들 떨고만 있었지만, 김구 선생은 외친다. 보라, 정신을 차리고 보라. 이자는 우리의 철천지원수인 왜놈이다. 과연 그자의 주머니에서는 왜놈이라는 증거가 나왔다. 사람들은 김구 선생 앞에 무릎을 꿇고 자기네의 경솔함을 사죄했다. 김구 선생은 여관 주인에게 그릇을 가져오라고 말했다. 내가 이 왜놈의 피를 마셔야겠다고 말했다. 이윽고 흥분이 가라앉은 뒤에 김구 선생은 여관 주인에게 이르기를 황해도 아무 곳에 사는 김창수(김구 선생의 본 이름은 김창수였다.)가 일본 놈 아무개를 죽였노라고 방을 써서 붙이도록 했다. 그러고는 일본 관헌이 김구 선생을 잡아가도록 김구 선생은 태연히 집에서 그들을 기다리고 있었다.

　김구 선생의 한문으로 된 자서전을 춘원 이광수가 한글로 풀어 놓은 『백범일지』는 그대로 계속되었다. 관헌에게 피체된 김구 선생이 감옥소에서 어떻게 지냈는가 하는 얘기, 사형 언도를 받아서 인천에서 사형장으로 끌려가던 날(아아, 하늘도 위인을 알아보는가), 바로 그날은 처음으로 전화가 통하던 날이어서, 상부의 지시로 사형이 중지된 얘기, 이 이상 남의 정부의 관리 밑에 놓여 있는 감옥소에 갇혀 있을 이유가 없다고 판단하여 탈옥한 얘기, 충청도 마곡사에 내려가 불목하니로 중노릇을 하던 얘기……

어른들은 김구 선생에 관한 추모의 정에 넘쳐서 새삼스럽게 『백범일지』를 탐독했다. 어른들은 이승만 박사가 안두희의 처벌을 놓고 미온적인 태도를 보이는 것에 분개했다. 하지만 어린애들은 김구 선생이 일본 놈을 때려죽이고, 그 피를 받아 마셨다는 얘기를 들은 다음부터는 맥이 쭉 빠졌다. 사람을 때려죽이고 그 피를 받아 마셨다? 그것은 얼마나 엄청난 일이냐? 과연 사람의 피를 어떻게 마실 수가 있단 말이냐. 그것 때문에 어린애들은 김구 선생을 아주 무섭고 무서운 사람이라고 생각했다. 그것 때문에 머리가 어지러웠고, 그것 때문에 몸의 아래로 싸늘한 기운이 생겨나곤 했다. 김구 선생의 심장이 어떻게 생겼으며, 얼마나 왜놈들에 대한 원한이 골수에 사무쳤던 것이냐? 그리고 그것은 국어 교과서에서도 나오는 화랑 관창에 대한 얘기를 학교에서 배웠을 때에도 그가 느끼게 된 일이었다.

신라와 백제는 국가 운명을 판가름하는 중요한 전쟁을 하고 있었다. 계백 장군이 이끄는 오천 명의 결사대는 단단히 뭉쳐 있었으므로, 김유신 장군이 이끄는 오만 명의 신라 군사는 열 배의 인원수를 가지고도 번번이 패배만을 당했다. 김유신 장군은 품석 장군을 위시해서 많은 장군들을 모아 놓고 작전을 짰지만 도리가 없었다.

백제 군사들은 죽기를 각오하고 싸우는데, 신라 군사들은 겁에 질려 있었다. 그러자 어린 소년인 화랑 관창이 그때 썩 앞으로 나타나서 말하는 것이다. 제가 나가서 싸우겠습니다. 화랑 관창은 약간의 군사를 이끌고 늠름하게 백제 군사들의 진지를 향하여 돌진하였다. 그러나 전쟁은 신라 군사들의 패배로 끝났으니, 백제 군사들이 몰려오자 신라 군인들은 뿔뿔이 흩어져 도망을 가 버리고 말았고, 우리의 화랑 관창은 포로가 되었다. 관창은 늠름한 기색을 조금도 버리지 아니하고, 나를 죽여 달라, 포로로 잡혀 있다는 것은 치욕이다라고 말했다.

화랑 관창은 계백 장군 앞으로 끌려갔다. 계백 장군은 새파란 소년인 화랑 관창을 차마 죽일 수가 없었다. 그의 용모는 씩씩한 기상이 넘쳐흘렀다. 그의 태도에는 비굴함이 없었으나, 그럼에도 그는 어린 소년이었다. 어찌 어린 소년을 계백 장군이 죽일 수 있었을 것인가? 계백 장군은 화랑 관창의 몸을 묶어 말에 태워서 신라 진지로 되돌려 보냈다.

화랑 관창의 아버지 품석 장군과 김유신 장군은 이번의 또 한 번의 패배에 기분이 상할 대로 상했다. 품석 장군은 화랑 관창이 죽지 않고 살아 있는 채로 되돌아온 것을 보니 부끄러운 생각이 앞섰다. 품석 장군은 말했다. 네 이놈, 국가와 민족을 위하여 전쟁터로 나갔으면 국가와 민족을 위하여 그 목숨을 부끄럼 없이 버렸어야 마땅할 터인데도 살아 돌아오다니 이 얼마나 수치스럽고 부끄러운 일인가? 너는 그래 놓고도 신라의 화랑으로서의 긍지를 지킬 수가 있느냐. 품석 장군은 자기의 아들이 죽지 않고 살아 돌아온 것을 기뻐하기는커녕(아니 기뻐할 수 없었던 것이지만) 국가와 민족과 가문을 더럽힌 아들을 꾸짖었다. 화랑 관창은 눈물을 흘리면서 자기가 살아 돌아온 것은 결코 자기가 살고 싶어서가 아님을 말했다. 그는 포승이 풀리자, 다시 말에 뛰어올라, 백제 군인들이 있는 곳을 향해 단신으로 돌격했다.

백제 군인들과의 싸움이 벌어진 뒤에 화랑 관창은 다시 잡혀서 계백 장군 앞으로 끌려왔다. 이제는 도리 없구나. 저 애의 모가지를 잘라라. 계백 장군은 명령했으며, 관창의 목은 잘라져서 신라의 진지로 되돌아왔다.

그제야 품석 장군은 눈물을 흘리면서 자기 아들이 국가와 민족을 위해서 웅장하게 죽었음을 온 신라 군인들에게 알리며, 그제야 신라 군인들은 불길 같은 애국심이 생겨 일제히 백제 진지를 향하여 돌진하니, 아무리 계백 장군이 위대한 장군이었다고 해도 당해 낼 도리가 없었다. 국어 교과서에서 이 글을 학교에서 배웠을 때, 어린 소년인 그는 얼마나 부끄러움을 탔던가? 그의 모가지는 줄곧 간질간질했다. 그리하여 어느덧 칼에 잘려 나간 모가지는 화랑 관창의 모가지일 뿐만 아니라 자기 모가지인 것처럼 생각되었다. 과연 자기가 화랑 관창이었다면 어떻게 되었을까? 얼마나 신라인들은 용감했던가? 자기는 죽기 위하여 단지 죽는다는 목적을 위하여, 다시 백제의 진지로 돌격할 수 있었을까. 아니 나는 그렇지 못했을 것이다. 나는 비겁하고 부끄러움을 많이 타니까 틀림없이 도망쳤을 것이다. 관창이 살아 돌아온 것을 꾸짖었을 때, 만약에 그것이 나였다면 "아버지는 제가 죽기를 바란다면 어째 저를 낳았습니까?" 하고 말했을 것이다. 그렇게 말한다는 것은 물론 있을 수 없는 일이다. 왜냐하면 백제와 신라는 전쟁을 하고 있었으니까, 어느 쪽이든 그 전쟁에서 져서는 되지 않는다. 그까짓 화랑 관창 하나쯤의 목숨은 문제가 안 되는 것이다. 그러나 그것이 나였다면, 죽는다는 목적을 달성하기 위하여 적의 진지로 뛰어들 수 있었을까? 아마 나는 그러지 못했을 거야. 그는 정말 위대한 소년이구나. 그러나 과연 그는 위대한 인간이냐? 아니면 김유신 장군이나 품석 장군이 어린 소년을 죽게끔 인도했다고 볼 수 있는 것은 아닌가? 어찌해서 김유신 장군이나 품석 장군은 자기가 직접 나가서 장렬하게 죽는 대신, 어린 소년을 전쟁의 제물로 삼았느냐. 화랑 관창은 자기 목숨을 버림으로써 후세에 길이길이 남는 소년이 되었지만, 그 죽음은 어리석은 것은 아니냐. 그는 자기의 모가지가 커다란 칼에 뎅겅 잘려 나가는 꿈을 몇 번이고 꾸었다. 자기 모가지로부터 분수같이 피가 흘러나와 산천초목을 붉게 물들이고, 모가지는 잘렸지만 눈과 입과 코는 아직 완전히 죽지 않아서, 자기 모가지가 잘린 것을 보고, 느끼고, 알고, 그리고 자기가 모가지 없는 귀신이 되어 이 세상에서도 가장 저주받은 인간들만이 모인다는 지옥 중에서도 가장 고통스러운 지옥을 찾아 헤매는 꿈을 꾸었다. 물론 그가 이런 꿈을 꾸게 된 것은 소년용 이야기책에서 읽은 온달 장군과 평강 공주의 얘기가 겹쳐서 떠올랐기 때문이었다.

평강 공주는 어렸을 때부터 걸핏하면 잘 울어 대는 계집애였다. 평강 공주는 한번 울기 시작하던 쉬 그치지를 않고 계속해서 울어 대는 것이었다. 임금님은 그러한 자기 딸이 귀엽기도 하고 밉기도 해서 말끝마다 "네가 그렇게 울어 대기만 한다면, 바보 온달에게 시집을 보내고 말 테다." 하고 말하곤 했다. 바보 온달은 고구려에서도 소문이 난 천치 바보였다. 어느덧 평강 공주는 성장해서 결혼할 나이가 되었다. 여기저기서 신랑감이 나타나고, 임금님은 어느 젊은이에게 자기 딸을 줄까, 하고 망설였다. 그러자 평강 공주는 임금님인 아버지에게 말하기를 자기는 아무에게도 시집을 가지 않겠다는 것이다. 임금님은 대단히 놀라서 아무에게도 시집을 가지 않는다니 그게 무슨 소리냐고 물었다. 평강 공주는 대답하기를, 어렸을 적에 아버지는 말씀하시기를, 이담에 성장하면 온달에게 시집을 보내겠다고 하지 않았느냐, 임금님의 입으로부터 나온 말은 권위가 있어야 하며 거짓부렁 말을 할 수가 없는 것이니, 나는 온달에게로 시집을 가겠다,고 말했다.

임금님은 더욱 놀라서 그것이야 네가 시끄럽게 울어 대기에 그랬던 것이지, 어디 온달에게로 시집을 보내고 싶어서 그런 것이냐, 이치에 닿지도 않는 말은 하지 말라, 하고 말했다. 하지만 평강 공주의 고집은 꺾이지 않았다. 평강 공주는 자기 혼자서 온달이 살고 있는 산으로 들어갔다. 온달은 다 떨어진 오막살이에 늙은 어머니를 모시고 나무를 팔아서 흡사 짐승과도 같이 생활을 영위하고 있었다. 평강 공주는 당신의 아내가 되기 위하여 이 집으로 왔다고 말하고는, 온달이 너무 놀라서 정신을 못 차릴 지경임에도 그의 아내가 되는 것이다. 그때로부터 평강 공주는 바보 온달에게 세상 사물을 가르치는 것이다. 온달은 차츰차츰 각성해 간다.

바보 온달, 아마 온달은 나와 같은 소년이었을 거야. 그는 이야기책을 다 읽고 나서 생각에 잠겨 들어갔다. 내가 바보스러운 거와 마찬가지로 온달도 바보스러웠겠지. 아마 온달도 학교에서 오줌을 쌌을 것이며, 못된 친구 녀석들하고 놀다가 왜놈 역할을 맡아 했을 것이며, 그러고는 친구들에게 옷을 발가벗기어, 엉엉 울음을 터뜨렸겠지. 그리고 온달도 동대문시장에 책을 팔러 갔다가 단 한 권도 팔지 못한 채 집에 늦게 들어와 매를 맞았겠지. 아냐, 아무리 온달이 바보스러웠다 해도 나처럼 바보스럽지는 않았을 거야. 그는 온달과 자기가 비슷하다고, 아니 자기가 온달보다도 더 바보스럽지는 않다고 생각하고자 애를 썼다.

그러나 온달에게는 평강 공주가 있었지 않았느냐? 온달이 바보였더라도 그에게는 평강 공주와 같이 세상에서 가장 아름답고 훌륭하며, 덕을 쌓은 여자가 있지 않았느냐. 내게는 어찌해서 평강 공주 같은 여자가 나타나 주지 않을까. 평강 공주 같은 여자, 아니 평강 공주가 아니라도 좋다. 그 비슷한 사람이면 남자든 여자든 어른이든 아이든 상관없다. 내게는 어째서 그런 사람이 나타나 주지 않는가? 아버지 어머니가 계시지만 어쨌든 그분들은 평강 공주가 아니지 않으냐. 그는 평강 공주가 바보 온달을 어떻게 각성시켜 갔는지를 퍽 감동해서 읽었다. 그는 바보 온달이 차츰차츰 훌륭하고 똑똑하고 늠름한 청년이 되어 갔다는 것을 머릿속으로 그려 보았다.

그는 바보 온달이 어떻게 달라져 갔을지를 짐작해 볼 수 있었다. 그리고 바보 온달을 뒤에서 인도해 주고 각성시켜 가는 평강 공주의 세심한 마음 씀씀이가 이해되었다. 바보 온달은 어느덧 고구려 천지에서는 가장 용맹스러우며 믿음직스럽고 위대한 청년의 하나가 되었다. 바보 온달을 놀려 대는 사람은 이제 아무도 없었고, 모두들 온달 장군을 존경하였다. 그는 알렉산더 대왕이 탔었다는 말과도 흡사한 말 위에 올라탄 온달 장군을 상상해 보았다. 그러자 온달 장군의 늠름한 모습이 그에게 보이는 듯했다. 그리하여 어느덧 평강 공주보다 더 훌륭하고 더 뛰어났으며 더 각성한 인간이 된 온달 장군을 그는 속으로 존경하였다. 나에게는 평강 공주와 같은 사람이 나타나지도 않을뿐더러, 이담에 내가 자라나서라도 온달 장군처럼 그렇게 늠름하고 위대하게 될 아무런 건덕지도 없지 않으냐? 그것은 참으로 비참한 일이지만 하는 수 없는 일이다. 그는 그러나 내심으로는 이담에 자기가 자라나면 온달 장군과 같이 되기를 하느님께 빌고 있었다.

온달 장군은 여러 싸움에서 승승장구 위대한 승리를 얻고는 개선해 왔다. 그의 벼슬은 차츰 높아지고, 고구려에서 그는 가장 용맹스럽고 위대한 장군의 하나가 되었다. 그 당시 고구려는 아직 강대국이 아니었다. 북쪽으로는 끊임없이 오랑캐들과 싸워야 했으며 남쪽으로는 백제와 신라와 전쟁을 했어야 했다. 그러한 나라이므로 위대한 사람, 훌륭한 사람은 하나같이 장군이 되어 외적으로부터 국가를 지키는 일에 나서지 않으면 안 되었다. 그랬으므로 온달은 장군이 된 것이다.

만약에 고구려가 끊임없이 전쟁을 치러야 하는 나라가 아니고 예술이나 학문을 숭상해도 괜찮은 나라였다면, 온달은 장군이 되기보다는 예술가나 학자가 되었을지도 모를 일이다. 그는 온달이 위대한 장군이 되었다는 것이 조금 섭섭했으므로, 이렇게 온달을 위해서 속으로 옹호까지 해 주었다. 왜 그런 생각이 드느냐 하면, 평강 공주와 같이 훌륭한 여자에 의해서 차츰차츰 위대한 인간으로 각성해 간 온달은 조금 더 훌륭하고 위대하고 뛰어난 인물이 되어야 했던 것이다.

장군도 물론 위대하지만 그러나 장군보다도 더 위대하게 되었으면 얼마나 좋으냐. 그래야 평강 공주가 훌륭한 여자였다는 사실이 확실히 드러나게 되는 것이며, 온달이 어렸을 적에 바보였었다는 사실이 확실히 드러나게 되는 것이며, 온달이 어렸을 적에 바보였었다는 사실이 좀 더 실감을 주게 되는 것이다. 그래야 바보 온달의 얘기를 읽는 소년들은 더 감동을 받을 것이 아닌가? 자기도 온달 못지않은 바보이지만, 이담에 커지면 온달과 같이 훌륭한 인물이 될 수도 있다는 느낌을 받을 수 있는 것이 아닌가?

그는 온달이 어렸을 적에 바보였다는 사실에 대해서 받는 감동으로 인하여, 어른이 된 온달이 위대한 장군 이상의 위대한 인물이 되기를 바라고 있었다. 그랬으므로 그는 온달의 장렬한 죽음에 대하여는 좀 안타까운 생각을 가졌다. 온달은 마침 남쪽의 신라 군인들이 쳐들어오자 그것을 무찌르기 위하여 전쟁터로 나간다. 신라 군인들은 예상했던 것보다는 강해서 그만 온달은 장렬한 전사(轉死)를 당하고 마는 것이다. 온달의 전사가 장렬한 것은 사실이지만 그러나 온달은 어째서 그 이상의 위대한 인간은 되지 못했을까? 평강 공주는 위대한 장군을 하나 배출시키기 위해서 어렸을 적에 그와 같은 비상식적인 결혼을 했던 것일까? 온달의 모가지는 잘려서 땅에 떨어졌다. 그러자 이상한 일이 생겼다. 온달의 모가지는 땅에 눌어붙어 아무리 그것을 땅에서 떼어 내려고 해도 떨어지지를 않았다.

고구려 군인들은 하는 수 없이 장군의 유해도 갖지 못한 채 귀국했다. 군인들은 임금님과 평강 공주에게 온달 장군의 모가지가 땅에서 떨어지지 않는다는 사실을 보고했다. 그 말을 들을 듣고 나서 평강 공주는 왜 온달 장군의 모가지가 땅에서 떨어지지 않는지 그 이유를 알 수 있다고 말했다. 온달 장군은 조국 고구려의 영토를 지키는 수호자로서의 의무를 저버릴 수 없었던 것이다. 그래서 고구려의 영토를 지키기 위하여 죽어서라도 그곳으로부터 떠날 수가 없었던 것이다.

과연 임금님과 평강 공주가 온달 장군의 모가지 있는 곳으로 가서, "장군이시여, 이제는 안심하소서. 우리나라는 장군의 덕으로 평안을 유지하고 있나이다." 하고 말하니까, 그제서야 온달 장군의 모가지는 땅에 눌어붙지 않아서, 사람들은 유해를 가지고 돌아올 수 있었다. 바보 온달과 평강 공주의 얘기는 이렇게 해서 끝이 나는 것이지만, 어린 소년인 그는 좀 미흡한 느낌을 버리지 못했다. 온달이 조금 더 위대한 인물이 되지 못하고 조국 고구려를 지키는 장군으로서의 의무만을 충실히 이행한 군인으로 그치고 말았다는 미흡감이었다. 그것은 반대로 말하자면 평강 공주의 능력도 그 이상의 것은 되지 않는다는 것을 의미했다.

그러나 그는 깨달을 수 있었다. 우리나라의 옛날 사람들은 우리나라를 지키기 위해서 얼마나 고군분투 노력하였느냐? 그것은 화랑 관창 얘기에서 보아도 나타나고, 온달 장군의 얘기에서 보아도 나타나고, 김구 선생의 『백범일지』를 보아도 나타났다. 나라를 지킨다는 일이 너무도 힘에 겹고 벅차서 사람들은 이 일을 위해 전심 전력을 다하지 않을 수 없었던 것이 아니냐? 그래서 화랑 관창이라는 철부지 어린 소년을 죽여 버림으로써 군인들을 감동시켜 전쟁에서 이기게 하는가 하면, 온달 장군의 모가지가 땅에서 떨어지지 않는다는 사실로써 온달 장군의 국토방위에 대한 열성을 과시하지 않았는가?

그는 그것이 짐작되었다. 『백범일지』에 나오는, 왜놈을 때려죽여서 그 피를 받아 마시는 일을 끔찍하지 않은 일로 받아들이게 하는, 그것을 급기야 이해할 수 있었다. 김구 선생은 그래서 그의 어린 시절을 무섭게 살펴보고 있는 것 같았으며 그는 차츰 죽음이 삶을 구제할 수 있다는 것을 알게 되었다.

장충단공원에는 시냇물이 흐르고 있었고. 여름철이면 거기에 가서 목욕을 했다. 어째서 김구 선생은 장충단공원에 묘지를 택하지 않고 효창공원에 묘지를 택했을까. 김구 선생 묘지가 여기에 있다면 날마다 해 뜨는 시각에 꽃이라도 꽂아 줄 텐데. 학교는 다시 종업식을 가졌다. 신학기는 3월이 아니라 6월에 시작되었다. 그는 국민학교 2학년 자기 반에서 1등을 했다. 하지만 그는 부끄러움을 많이 타서 반장이 되지 못했다. 세 명의 학우와 함께 그는 장충단공원으로 놀러 갔다.

"전쟁이 일어났대." 하고 한 애가 말했다.

"그래 전쟁이 일어났대." 다른 애가 말했다.

"그럼 어떻게 되는 거니? 전쟁이 일어나면 어떻게 되는 거니?"

"몰라." 하고 한 애가 말했다.

어른들은 누렇게 떠 있었다. 하룻밤이 지나고 나자 대포 소리가 들려왔다. 학교에 가니까 공부를 시키지 않았다. 거리에는 많은 사람들이 술렁거리고 있었다. 달구지에 짐짝을 싣고 지나가는 사람도 있었다.

전쟁이 일어나서 많은 사람들이 죽어 버렸다. 시구문 앞에는 시체가 즐비하게 널려 있었다. 시체가 썩는 냄새는 한 달 이상이나 지나가도 그치지 않았다. 사람들은 그 많은 시체를 일일이 매장할 만한 여유를 갖고 있지 않았다. 옛날에 말이야, 많은 사람들이 무덤도 없이 죽어 버렸단다.

시구문 시장에 불이 붙었다. 불길은 이틀 동안 계속되었다. 아리랑고개에서 50여 명의 사람들이 떼죽음을 당했고 시체는 산같이 쌓여 있었다. 파리들이 윙윙대며 돌아다니고 있었다. 불길은 점차 이쪽으로 가까워 왔다. 장충동에 살던 사람들, 시구문 근처에 살던 사람들은 봇짐을 지고 이쪽으로 피난을 왔다. 추석날 밤이었다. 시구문 시장은 여전히 불타오르고 있었고, 불길은 점점 이쪽으로 번져 오고 있었다. 보름달은 붉은 빛깔을 하고 있었다. 하늘은 시뻘겠고 그러다가는 까맸고 조금 뒤에 다시 시뻘게졌다. 대포는 아무 데에나 막 떨어졌다. 그의 집 앞에도 떨어졌다. 시구문 시장은 여전히 불타오르고 있었고, 그는 이불을 뒤집어쓰고 마당 한 가녘에 쪼그리고 있었다. 지하실에 대피하면 매장당해 버릴 가능성이 있었다. 그래서 두툼한 솜이불을 두 겹 뒤집어쓰고 마당 한가운데 쪼그리고 있었다. 파편 조각들이 소낙비처럼 날아왔다.

대문 앞에는 오십여 세가량 된 영감님이 차츰차츰 죽어 가고 있었다. 그 영감님은 낮 열두 시부터 차츰차츰 죽어 가고 있었다. 대포 소리의 짬에는 무섭게 고요한 순간이 있었다. 그러면 영감님의 힘없는 신음 소리가 들려왔다. 하늘은 벌겠으며 달빛도 벌겠다. 다시 대포 소리가 들려왔다. 그것은 귀신이 우는 소리처럼 날카롭고 째지는 듯한 소리를 내다가는 이윽고 둔탁하고 지축을 흔드는 소리를 내었다. 파편은 사방으로 비 오듯이 쏟아지고 있었는데, 그러자 그가 이불을 뒤집어쓰고 있는 바로 앞에서 땅이 쪼개지는 듯한 소리가 났다. 자라처럼 움츠러들다가 고개를 쏙 내밀어 보았다.

파편 하나가 장독대에 떨어져 있었다. 파편은 장독을 맞혔다. 간장독과 고추장독이 터져 있었다. 간장과 고추장이 흘러내리기 시작했다.

"이거 큰일 났군."

하고 어머니는 말했다. 어머니는 양재기를 가지고 왔다. 그것으로 간장을 퍼 담으려 애를 쓰고 있었다. 아버지도 양재기를 가지고 왔다. 그것으로 고추장을 퍼 담으려 애를 쓰고 있었다.

달빛은 벌겋게 이 모든 광경을 비추고 있었다.

그는 간장 냄새를 마시고 있었다. 고추장은 똥물처럼 계속해서 흘러내리고 있었는데, 조금 뒤에 그는 이불을 박차고 그 앞으로 갔다. 고추장을 그는 한 번 찍어 먹었다. 그것은 매웠다. 그는 간장 냄새를 깊숙이 마셨는데, 그러자 웃음이 터져 나왔다. 낄낄낄, 그는 웃었다.

밤은 아직 계속되고 있었다. 시구문 시장의 불길은 여전히 번져 오고 있었고, 시구문 시장 앞에서 오십 명 가까운 사람이 떼죽음을 했다. 비행기는 고공을 날아다니고 있었고, 전쟁이 일어나 많은 사람들이 죽었다. 옛날에 이곳은 사람을 죽이는 곳이었단다. 나는 귀신을 보았다, 나는 귀신을 보았다……. 간장 냄새는 일주일이 지나도 없어지지 않았다. 집 앞에서 신음하던 영감님은 다음 날 아침 팔

하나를 분실한 시체로 되어 있었다. 그는 아버지와 함께 그 시체를 을지로6가 쪽으로 끌고 갔다가 버렸다. 거기에는 많은 시체들이 망가진 고물처럼 쌓여 있었다. 사람들은 시체를 뒤적거렸다.

《세대》, 1972년 9월호

울력 2

울력 2

1.

하늘이 노해 큰물 지고 거기에 산마저 성을 내 온통 물난리가 났다. 세벌댁 집도 '큰내'라 부르는 앞개울이 분수처럼 솟구쳐 올라와 텃밭 잠기고 마당이 개골창 되고 부엌이 목간통 되는 일을 만났다. 급기야는 안방, 건넌방이 모내기 철에 흙 삶아 놓은 논바닥처럼 물마당 되는 일을 겪었다. 개울 쪽으로 축대를 쌓았어야 하는 건데 그것을 안 했으니 사람 잘못이라고 스스로 탓해야 할 노릇이었다.

하늘 원망은 안 했다. 그러나 황톳물에 한바탕 먹을 감은 집 안팎을 대충 추스르고 난 다음 산모롱이 돌아 이십여 분쯤 가야 나타나는 그들의 생명 같은 다랑이 논 결딴난 것을 보고는 하늘 원망을 했다. 다랑이 여섯 배미를 합쳐 고작 2백 평 한 마지기라면 그 층층다리 계단 논이라는 게 올망졸망 어린 자식들 거느려 배곯는 흥부네 식솔들 같다는 것을 짐작할 만하지 않은가? 오죽했으면 삿갓배미, 갈치배미라는 말이 있을까. 갈치처럼 뼘은 없이 길쭉하기만 한 그런 갈치배미, 삿갓 얹어 놓을 만한 너비밖에는 안 되는 그런 삿갓배미 등 금싸라기 논의 사닥다리축대, 그 두둑들이 사태 만나 와르르 무너져 버렸다.

하루아침에 농토 잃은 농민이 되게 생겼다. 악질 지주도 왜놈 동척도 아니면서, 어찌 이런가. 하늘아, 이놈아, 네가 어쩌자고 피땀 흘려 일군 이 사닥다리 뒤엎어 땅 빼앗아 가려고 하느냐. 세벌댁이 통곡을 하자 남편인 황구룡 씨가 나무람을 하였다. 하늘 원망하면 못쓰네. 아무튼 사람 잘못일 밖에 없다고 생각하세.

어찌 되었든 땅은 소중한 것. 천둥지기 봉천답일망정 어찌 이를 없애겠느냐. 개간해서라도 새 농토 지어야 하는 건데, 두둑 일으켜 피눈물로 일구어 낸 다랑이 없애면 나 개인 손실뿐 아니라 이 나라 농토 축내게 하는 노릇이니 다시 일으켜 세워야지 작심을 냈다. 장정들 일당 팔천 원 줘 여덟 명 사서 하루 여섯 참에 맥주까지 사 먹여 가며 여드레 동안 일 시켜 농토는 찾았으나 백여만 원 빚을 삼태기째 얹는 일을 겪었다.

하늘 원망은 하지 말라 하니 세벌댁이 달리 푸념을 늘어놓았다. "아이구, 우리 하늘이 병 걸렸나, 병 걸린 하늘, 이 머리에 어찌 지고 사나." 농투성이들이 언제 나라 덕으로 살았더냐, 하늘 덕으로 살았지……, 하고 늘 두렵게 공경하던 그 하늘이 병 걸린 게 아닌가 의심하였다.

하늘이 병 걸린 것 아닐세. 계절 탓이고 시절 탓이네. 영감이 홍보가 불러제끼듯 그런 소리를 하였다. 시절이 하 수상하니 이런 난리도 만나는 거라네. 그런즉 이 여름철이 왜놈 총독 흉내를 내는 겐가 비, 하였다.

황구룡 씨는 인부들 앞에서 유식한 소리도 떠벌렸다. 옛사람들이 말재간으로 염제(炎帝)라는 문자를 쓰는 것으로 알았더니 진짜로 올여름이 폭군 노릇으로 사람 못살게 구네, 했다. 옜다 물렀거라, 어서 지나거라, 삼복(三伏)으로 이놈의 더위 세 번 꿇어 엎디게 하는 거 아니라 열세 번 무릎 꿇려 어서 가을 입성하게 하세, 하였다.

도시에서들은 최루탄이다, 지랄탄이다 공기가 악독해져 숨 막혀 캑캑거린다더니 산골이라고 어찌 이런 시속(時俗) 벗어나게 할 이치 있겠는가. 하 수상한 세월 어서 물럿거라, 하였다. 그러더니 또 태풍이 불어왔고, 다시 장대비가 쏟아져 내렸다.

"하늘이 병 걸린 거는 아닐 테고, 아마도 빵구가 난 것만은 틀림없나 보이. 이것들아, 느그들도 사람인가 함시롱……." 황구룡 씨도 드디어 이런 소리를 하였다.

산 위 동네 지암곡으로부터 염소 열세 마리 떠내려오고, 그런가 하면 최풍구 언니가 갯가 논둑에 심어놓은 콩깍지 건져 올리려다가 물귀신에게 빨려 들어가 인명 피해마저 발생했다. 저 아래 해바래기(望日洞) 마을에서는 가옥들이 침수되고 바위 더미에 돼지울 깔리는 봉변마저 다시 만나게 되었다. 어이없는 일도 겹쳐 겪으면 이골이 나는 걸까. 사람들이 모두 얼싼 것들처럼 그냥 심드렁한 표정들만 지었을 뿐이었다.

이처럼 해괴한 연사 근래에 없던 것이었으나 사람 겪어 보라 생기는 일 무슨 수로 막나, 견디는껏 견뎌 보는 것이지 뾰족한 재간 있나 하였다.

2.

그렇게 여름이 지나고 가을이 왔는데 사람들이 풍년가 흥얼거리며 경중거려야 할 일 만날 턱없고 이냥 비치닥거리로만 경황없어 하는 중이었다. 입방아들을 쿵쿵 찧고 코 똥인지 콧방귀인지를 끙끙 쌓아대기는 하였다. 수재민 구호에 수해 복구 사업이라, 아무렴, 좋은 문자고말고, 그런데 그것이 어째 텔레비전 화면 속에서만 벌어지는가, 관가 사무소 문서 속으로만 들락거리다 마는가. 우리 자라올 마을에는 라면 몇 봉지에 밀가루 포대 조금 떨어뜨리고 간 거밖에는 없네, 사람들이 남의 이야기하듯 웅절거렸을 따름이었다. "아무렴, 그렇고말고, 그게 그런 거지 뭐, 그렇구말구인 게라." 하였다. 그리고는 허허거리고 웃었을 뿐이었다.

그리고 애들은 노래를 불렀다. '잔치 잔치 벌였네, 무슨 잔치 벌였나. 큰물 잔치, 비 잔치 벌였네.'

애들 노래를 받아 어른들이 다시 흥얼거렸다. '그놈의 잔치 얼마나 대단하였기 비설거지 밑도 끝도 없이 길기만 하더랑가.'

비설거지가 길기는 길었지만 실상 대단한 것은 못 되었다. 저 아래 해바래기 마을로 들어오는 버스 길은 무림 실업이라는 데서 하청받아 갈급한 대로 버스 회사 장사는 할 수 있도록 길닦이를 해놓았다. 그러나 사람으로 비유한다면 상처 덧난 데 무슨 밴드 붙여놓아 더 이상 곪지 않게 해놓은 것이었지 근본적인 치료를 해준 것은 아니었다. 개울둑 무너진 것, 다랑이 논 허물어진 데, 침수된 가옥의 축대 주저앉은 꼬락서니, 지난 대보름 동제 때 마을 사람들 흠향 실컷 받았어도 뿌리 뽑혀 나간 팽나무하며 그냥 그대로였다. 흡사 빨치산 시절 산불 내 콩 볶듯 하던 총소리에 비명 소리, 뒤이어 몇 날 며칠을 두고 큰비 쏟아붓던 무렵의 그 황당하기만 하던 몰골 비슷이 되돌아간 것 같기만 하였다.

버스 들어올 턱이 없는 자라올 마을 안길이야 두말할 나위가 없었다. 이 산길은 버스 타야 할 직장인에 학생들이 시간 줄이느라 이 동네 새마을 합승이라 할 경운기가 만원사례로 덜덜거리며 다니던 그런 길이기는 했다. 버스에 봉고차는 못 다닐지언정 경운기에 지프차는 건드렁거릴 수 있도록 해주어야 할 게 아니냐는 공론은 났었다. 그러나 도시에서는 데모 막기에 바빠 산골 옹색한 사정 알아줄 턱 없고, 이 마을 남정네들이야 제 잘났다는 것을 술 처먹고 쌈질하고 바람질로 느꺼워하기 바빠, 그 뭐라나 숙원 사업으로 미루어두는 수밖에 더 있겠느냐 하였다. 세벌댁이 끼어들곤 하는 큰내 빨래터에서의 여편네들 이야기가 그랬다.

산협 사람들은 그처럼 해야 할 일, 안 할 일 분간도 제대로 못 하고 있었다. 골을 내야 할 일 만나 화낼 줄도 모르며, 그런가 하면 의당 기뻐하고 반겨야 할 일이 생겨도 이게 무슨 꿍꿍이인가 괴이쩍어하였다. 좋아할 일 생겼어도 엉뚱한 해코지 만나는 거 아닌가 하고 이번에는 또 되게 의심들이 많은 것이었다. 그러니 구장 노릇 해 먹기 힘들어 못 견디겠다고 정만구가 푸념을 하였다.

라면 봉지에 밀가루 나눠주는 것보다 더 좋은 소식 있다고 정만구가 사람들 모아놓고 말하였다. 이 마을에 세멘(시멘트) 포대를 풀어놓는다는구만이라.

마을 안길 허물어진 곳에 축대 쌓고 바위 부스러기 쌓인 길 새로 닦고, 지암곡 올라가는 당고개 길목에는 세멘 포장을 한다고 하였다. 세멘 포대뿐 아니라 중기 차에 운전사 등 기술자까지 들어오게 된다 하였다. 또 부역질인가 하고 되게 의심이 많던 마을 사람들도 세멘뿐 아니라 중기 차에 기술자까지 온다는 그 설명에 비로소 낯색들이 환하게 풀렸다. 아무렴, 잘하는 일이제잉. 서울서 좋은 소식 들려오더니, 그 뭣이냐, 민주화된다 하드니만, 그게 우리 마을에도 스며드는갑제잉. 선거가 있게 될 것이라드니, 선거가 좋기는 좋은 것이제잉. 6·29선언이니, 대통령 직선제니 하는 소리를 얼핏얼핏 TV 화면에서 보았던지라, 그들은 선거철 선심 공세를 미리 연결지어보는 것이었다.

하지만 이런 공사를 하자면 아무래도 우리 마을이 맡아서 해야 할 일이 있지 않겠느냐고 정만구가 조심스레 말을 잇자, 그들의 표정이 대번에 실룩왜룩이 되었다. 아무렴, 그렇지. 그렇겠지…….

나라에서 큰 인심을 써서 자재와 장비는 제공해주는 터이니, 이에 따르는 뒷바라지 날품일, 그러니까 비설거지는 우리 동네에서 깜냥을 대야 하지 않겠느냐는 이야기였다.

싫소이다, 할 구실 안 나게 생긴 일인 것만은 틀림없었다. 옛날의 공출이니 울력이니 하던 것에 비하자면 이 경우야말로 문자 그대로 낡은 마을, 부서진 마을 뜯어고쳐 새 마을 만들자는 그런 사업일 것이었다.

"아시겠소들? 새마을 운동이 아니라 사업인 것이여. 지난 유신 시절 사업은 없이 운동만 하라는 노릇에 여러분들 지겨워하던 것 잘 안다 이 말이여. 말이사 바른 말이제잉, 저 위설루다가 자재도 장비도 모른 체함시롱 느그 마을 느그 힘으로 고쳐라, 그런 운동 시켜 뿐담사 꼼짝 못 허고 그 운동도 해 뿔어야 할 것인디, 이거는 사업, 그것도 눈물고개 양반도로 맹글어 주겠다 허는 그런 숙원 사업이란 말이시. 자재에 장비에 기술자 다 선물해 주겠다는…….

마을 사람들 대꾸는 이랬다. 고개를 주억거리기는 하는데, 어째 박수는 나오지 않는다고…….

불평 늘어놓자는 게 아니다. 다만 마을 위해 하는 일이라면 그것을 농한기에 잡아서 일으켜볼 수도 있는 일 아닌가. 어째 하필이면 눈알이 핑글핑글 돌아갈 지경으로 바쁜 이런 때 그런 울력 일인가. 음력 7월 넘긴 달이 8월 초승달도 다시 임신해서 이제 하루 다르게 만삭으로 되어가고 있는 이때가 어느 때냐. 춘궁기 보릿고개보다도 추궁기 피고개 넘기 더 고달프다는 그런 때 아닌가. 당국의 나으리 말대로 춘궁기는 없어졌는지 몰라도 새로이 추궁기 생겨나고 있는 게 지금의 농촌 실정 아닌가. 더욱이 금년 같은 장마에는 강철이 지난 곳은 가을도 봄이다 하는 속담 그대로 온통 사람들 마음이 얼싼년처럼 스산하지 않은가. 을씨년스럽다는 말이 으스스 추운 날씨에 얼싼년 꼬라지 비슷이 몸을 움츠리게 된다는 데서 나온 말이라던데, 그거야 고하간에 우리 모두 오한을 느끼는 중 아닌가.

하지만 그뿐 아니다. 가을 공이에 부지깽이도 덤벙인다지만, 실제로 가을걷이라는 게 사람뿐 아니라 도리깨에 간짓대, 하다못해 부지깽이에 부러진 빗자루 몽댕이마저도 덩달아 날뛰어야 할 만큼 바쁜 마련 아닌가. 또 그뿐인가. 대처 도시 공장 살이 나간 피붙이 푸네기들 금년 따라 연 사흘인가 추석 휴일이라 우르르 떼 지어 들이닥칠 텐데, 사람 태풍 막아내자면 꼭 전쟁 준비라도 해야 하는 것처럼 설쳐대게 생기지 않았나. 자식들 추석 때 찾아오는 게 좋아야 할 텐데 호랑이 들이닥치는 것처럼 무서워진다는 말 생겨나지 않았나. 이즈막 농가월령가는 일 년 열두 달 중에서 한가위 철이 제일 피곤하고 고달프다 할 형편으로 변해버렸는데, 하필 이런 때에……

구장 정만구는 그러나 할 말이 있었다. 비설거지 미루어두고 있어 나락 걷이에 추석맞이 해볼 경황없다고 한 것은 바로 당신들 아니었던가. 당국이 모처럼 만에 세멘 포대, 중장비에 기술자 대주겠다는데 시기 탓을 하면 어쩌느냐, 고맙습니다 하고 넙죽넙죽 받아먹어야지…….

그러나 정만구의 이야기가 머리로는 들어오는데 가슴에는 와닿지를 않는 것이었다. 마을 사람 하나가 가지고 온 이야기에 의하면 저 아래 동주읍의 직행 버스 닿는 국도가 쌍놈 길(비포장 도로)에서 양반 도로로 출세하게 되었다는 것이었다. 그 기회를 잡아 다른 계획도 세워져 있나 보다 하는 이야기였다. 천봉산이 도립공원으로 지정받아 구경이라면 사족을 못 쓰는 팔도강산 건달들이 모두 침을 흘리는 중 아닌가. 그런 구경에 선전도 할 겸, 아울러 도립공원 관광 개발이 지역사회 발전에 어떻게 기여하고 있는지 브리핑 자료를 신문에 내보내기도 할 겸, 그 높은 분을 천봉산에 행차시켜 볼 계획을 고려하는 중이라는 바, 이에 이 고을 사투리 쓰는 아전님들이 '만약'을 대비해서 해바래기, 자라올, 지암곡의 숙원 사업을 풀어 주기로 하였다는 설이 들리더라…….

구장 정만구가 기막혀 하였다. 왜 민주화가 어려운지 아시겠소들? 당신들의 그 입방아, 유언비어 탓이란 말이시. 사람들이 묵묵히 앉아 반성들을 하는 빛을 보였고, 그리하여 울력질 공론이 끝났다. 내 마을 가꾸기 사업이 그렇게 하여 일어났다.

3.

세벌댁은 예순일곱 살에 이른 영감님(그러니까 그보다 세 살 아래지만) 바라지를 하면서 자식 농사만은 일찍이 3남 2녀를 거두어 자식 가난만은 면한 처지였다. 그런데도 집안에 저 혼자 몸뿐이었다. 마을에서 벌어지는 울력질에 내보낼 사람이 없었다. 객지 나가 제가끔 다른 노릇으로 폴싹거리는 자식들더러 오라 할 수도 없고, 또 선건시녕이라도 있었나, 영감마저도 "나 광양에 쪼매 댕겨올라네." 하고 훌쩍 집을 나가버린 그다음 날 울력질 공론이 났다. 하기사 황규룡 씨가 집안에 누질러 있었다 한들 그런 일에 나서지도 않았을 것이지만.

돈 주고 사람 사서 제 몫을 메울밖에 없었다. 이런 사정은 마을 거개의 집들이 놓인 처지이기도 했다. 일할 만한 장정들은 모두 도시가 뺏어 가버렸고, 늙은네들이 속 빈 강정처럼 낙오해서 뒷목 차지 몰골로 허전해 하고 있는 중이었다. 참으로 딱한 일이었다. 난리통이 아니면서도 이산가족 아닌 집이 드물게 되었다. 일가 권솔 뭉긋거리며 다보록하게 모여 사는 모습은 아련한 옛이야기가 되고 말았다. 뿐인가, 도시 올라가 기술자 노릇할 주제도 못 되는 아이들은 산골 부랑자들로 헤매다니고들 있었다. 부역 할당이 떨어질 적에 돈 받고 품을 파는 인부들의 세계가 그랬다. 이런 산골내기 드역꾼들이 시골인심 마구잡이로 해찰을 놓은 것도 여간 문제가 아니라는 것이었다. 당장은 현금을 만질 수 있어 헤매다니지만 그런 뿌리 빠진 돈으로 무엇을 하겠는가. 그냥 허공으로 흩어지고 말 뿐이었다. 사람이라는 게 제 뿌리를 내리고 있어야 그 삶의 윤곽이 잡히는 것 아닌가, 미국 영화에 나오는 서부 활극 같은 시대가 전개되고 있어서 마음잡아야 할 청년들을 뒤흔들어 얼을 빼놓아 급기야 그들을 뜨내기로 잡아먹고 있다는 한탄이었다. 세벌댁이 생각할 적에 생돈을 처들여야 할 일도 안타깝지만, 부질없이 헤매다니는 뜨내기 인생을 당신이 뒷바라지하는 셈이 되는 것도 참으로 내키지 않는 것이었다. 하기사 자기 품 안의 자식들도 다 뛰쳐나가 방랑자 생활을 하는 격이니 세상 탓이나 해보게 될까 더 이상 할 말도 없지만…….

그런데 뜻밖에 구장이 세벌댁에게 다른 주문을 하였다. 장정 사서 보내는 대신 일꾼들 먹일 새참을 대라 하였다. 따져보니 그것도 졸연한 일은 아니지 싶었다. 자라올에 번듯한 식당이 있는 것도 아니잖는가. 일꾼들 배굶지 않게 먹이는 노릇, 동네에서 떠맡지 않을 수 없는 일이겠구나 짐작이 갔다. 그렇기는 하나 음식 장만하자면 그 나름으로 돈이 나가는 일이고 또 그 수고가 번거로울밖에 없으니 그것도 생색낼 일 없이 사서 하는 고생이 될 것이었다. 하지만 동네 사정을 뻔히 아는지라 세벌댁이 군말하지 않고 그러마 하고 응낙했다. 첫 차례로 내일 점심을 차리기로 약조가 되어 있었다. 촌 일꾼들 입맛 따지지는 않겠으나 양껏 먹일 수 있을 만치는 차려내야 할 일이었다. 세벌댁이 식전아침부터 아픈 허리 놀려 꾸물꾸물 굼지럭거렸다.

부엌세간이 빤빤 강산이었다. 남들 비웃음 살 노릇이었다. 세벌댁이 생각해 봐도 이런 살림이 다 있을까 한탄이 나올 지경이었다. 옛사람들이 다른 것은 몰라도 불씨 꺼트리는 거와(당성냥이 흔해지기 전 일이니 요새 애들에게는 영문도 모를 일이 되겠으나), 장 떨어지는 거는 소박맞아 싼 일로 여길 만큼 소중히 해왔던 것 아닌가. 또 이른 봄철 메주를 띄우면 그걸 방 안에 매달아 놓되 짝수가 되지 않게 하였다. 그래서 방 네 귀퉁이에 네 개를 걸고 이어서 크기가 좀 작은 아기 메주를 아랫목 천장 한가운데 매달아 다섯 개가 되게 하였다. 메주 잘 뜨게 하는 방편도 되려니와 악귀에 벌레들 쫓는다는 그런 속신도 전해져오는 것이었다. 세벌댁이 어김없이 해오던 이것을 지난봄에는 하지 못했다. 장에 내다 팔 강낭콩과는 달리 두벌콩이라 해서 장 담글 가용으로 일 년에 두 번 심는 콩을 별도로 지어 왔던 것인데, 작년에는 영감이 고집을 부리며 두벌 콩밭에 들깨를 함께 심어서 소출이 적었다.

그나마 것을 음력 설에 내려온 며느리가 얌체머리 없이 달라고 하였다. 세벌댁이 기가 막혀 "우리 메주는 어쩌구." 하며 소리쳤으나, 영감이 며느리 두남을 두었다. 그까짓 것 가지고 그러느냐는 이야기에 분이 나 내주고 말았다. 그래서 기회를 놓쳤다. 시골 살림에 콩을 거두지 못했으면 된장, 고추장 못 담그는 것이지 도시 주부마냥 시장에서 비싼 돈 주고 사다가 담그는 것일까. 자식들 품 안에 넣어 며늘애기라도 데불고 있다면 모르지만 두 늙은이 고려장 치듯 뒤처져 지내는 판에 입맛 찾을 거 무엇 있냐 하는 배짱으로 그리 된 일이었다. 아무튼 세벌댁이 세간 살림 참 어둑하다 소리 들어도 할 말이 없기는 하였다. 그러나 엉망인 것이 어디 그것뿐일까. 인부들 먹이자면 엉터리 식품을 사다가 풀 수는 없는 노릇이고, 어느 집 메주가 제대로 떴던가, 된장, 고추장 꾸어올 궁리부터 했다.

　국거리에 찌개는 그렇다 하고 소금에 고춧가루야 있는지라 세벌댁은 푸성귀 다듬어 겉절이김치에 나물 가지들을 얼추 마련했다. 아무래도 시장을 봐야 하게 생겼으니 뜬금없이 나들이 거리가 붙었다. 안개는 아직 걷히지 않았으나 돋을볕이 달콤한 것으로 보아 날이 좋을 모양이었다. 세벌댁은 지난 물난리 때 최풍구 언니 빠져 죽은 논둑을 지나 큰내 자갈밭으로 내려섰다. 흔히들 동네 여편네들이 머슴 바위라 부르는 곳으로 갔다. 소용돌이치며 흐르는 물살을 디귿 자 모양으로 된 그 바위가 막아주고 있어서 동네 여편네들이 머리도 감고 벌거벗고 목욕도 하는 곳이기도 하였다. 세벌댁에게는 슬플 때나 기쁠 때나 찾아들곤 하여 나름대로 인연이 쌓인 곳이었다. 냇물 흐르는 소리는 어째서 꼭 한 쌍인 여편네의 숨죽여 흐느끼는 소리처럼만 들리는 것일까. 세벌댁은 손으로 물을 떠서 마시기부터 했다. 천봉산은 벌거숭이가 되어 허물어지는 중이었으나 물맛은 예와 다름없이 한봉 꿀맛이었다. 세벌댁은 갓 시집온 새색시같이 마음이 싱그러워져 쪽을 풀어 머리를 감았다. 쭈그렁 바가지 얼굴도 서러운데 파 뿌리 같은 흰머리로 나댈 수 없다는 생각으로 염색하고 있는 게 과연 온당한 노릇일까. 도시 것들은 샴푸를 쓴다지만 머리야 빨랫비누로 감는 게 제맛이고, 어쩌면 서답 사푼에 창포 짜낸 것을 썼던 옛날이 더 재미가 있었던 것이 아니었을까. 염색이 벗겨져 흰머리가 그대로 드러났다. 수건으로 문지르고 나서 그는 머슴 바위 위로 올라가 청자 담배를 태워 물었다. 굴뚝새 한 마리가 까불락거리며 물속으로 들어갔다 나왔다 하면서 놀고 있었다. 소리 없이 흐느껴 우느라 흐릿해졌던 눈앞이 차츰 트여오는 것처럼 아침 안개가 걷혀가고 있었다. 세벌댁은 서른 때, 마흔 때, 당년만 해도 이런 새벽녘에 마음 내키는 대로 물속에 뛰어들어 멱을 감곤 했는데, 어쩐 일인지 그러고픈 기분이 되살아났다. 하지만 할 망구가 벌거숭이가 된 모습, 얼마나 보기 흉할까. 그는 기운이 빠져 집으로 되돌아오고 말았다.

4.

첫 버스는 벌써 지나갔을 것이고 두 번째 버스가 열 시 십 분경 해바래기 마을에서 떠나니 걸어가는 데 걸리는 시간을 삼십 분으로 잡더라도 아직 여유가 있었다. 간밤에 쓸데없는 생각으로 밑진 잠을 벌충하려고 눈을 감았다 깨어 보니 시간의 느낌이 많이 달라져 있었다. 괘종시계는 고장이 나 버렸고, 그는 텔레비전을 틀어서 아홉 시가 조금 넘은 시각이라는 것을 짐작해냈다. 그는 장 보러 나갈 준비를 슬슬 하기 시작했다.

시젯돈 만지게 뭐 들고 나가 팔 게 없나 살펴보았으나 아무것도 없었다. 찰가난에 빠진 생활, 된장, 고추장도 없는 살림, 문자 그대로 죽지 못해 연명하는 꼬락서니로세, 하고 그는 탄식하였다. 도대체 이 산협에서 생계를 어찌 꾸려왔던고, 농사야 건성으로 짓는 것이지 그걸로 언제 대본(大本)을 삼아 본 적 없으니 농사꾼 살림은 아니었다. 게다가 영감은 손 하나 까딱하지 않는 꿔다놓은 손님 같은 군식구였을 따름이었다. 여느 때는 통감 같은 거라도 읽고 있어 제법 유식하다는 소리도 듣지만 술만 들어갔다 하면 행패 부리고 게정을 내는 낮도깨비 같은 존재였다. 실은 살림 가난보다 이런 마음 쓰라림이 더 못 견딜 노릇이었다. "나만 하니까 그나마 살아온 게지라……."

느느니 빚이요, 나오느니 한숨이라……. 내 집 손님도 아니건만 음식 바라지로 생 돈을 써야 하다니 달팽이가 바다를 건너갈 노릇 아닌가. 그나마 얼마 전에 가을 누에 내다 판 돈이 조금 남아 있으니 달거나 쓰거나 그것을 축낼 수밖에 없었다. 베틀 일이야 요새 세상에 안 하지만 누에를 치면 그것을 사가는 수집상들이 다녔다. 그래서 세벌댁이 저 장마 건너느라 경황없는 중에도 시장 나가 PVC라던가 그런 합성수지로 만든 개량형 누에섶을 사 가지고 왔다. 영감은 누에 같은 거 왜 치려느냐 소리나 텅텅 늘어놓았을 뿐이었다. 세벌댁이 가정 부업이라기보다 본업으로 열성을 바쳐 뽕녀 흉내를 냈다.

이 년 전에 세벌댁이 고집을 부려 곳간, 여물막, 머슴방, 소달구지 같은 게 놓여 있던 행랑을 모두 밀어버리고 큰방을 들어앉힌 것이 천 번도 잘한 일이었다. 곳간 있던 곳 앞에는 수백 년은 되었을 홰나무가 시름시름 말라 죽어가고 있었다. 방 들어앉혀놓고 보니 홰나무가 서 있는 그곳이 보강지 군불을 때는 바로 옆자리가 되었다. 홰나무도 뜨뜻한 구들목이 좋은 것일까, 아무튼 이 늙은 나무가 기운을 차려 싱싱하게 되살아났고 지난번 큰물 졌을 때 그 거센 질풍 뇌우 속에서도 의젓하게 버텨냈다. 그것이 어찌 길조가 아닐 것인가. 이즈막에는 비닐하우스에 누에를 치기도 하지만 아무려면 그게 큰 방에 장작 지펴 따뜻하게 보살펴주는 짓에 당할까. 뽕은 넉넉했고, 시도 때도 없이 군불 때서 정성을 바치니 누에가 잠을 잘 잤다. 그놈의 누에들 뽕잎 갉아먹는 소리를 듣는 맛이 어떤지 과연 겪어보지 못한 것들이 느낄 수 있을까. 그렇게 해서 그 누에 판 돈이나마 있었기 망정이지, 아니라면 이 가을 어찌 넘겼을 것인가.

행랑 칸을 헐어 넓게 꾸민 방이 이처럼 봄, 가을 누에 치는 곳이 되었을 뿐 아니라 예상 안 했던 다른 용처가 되기도 했다. 어느 적이었던가, 면장이 들여다보며 "민박이라는 거 안 해볼라요?" 한 적이 있었다.

"그게 다 뭔 소리라요. 그런 거 모르겠구만이라." 하고 시큰둥하게 대답하였는데 그냥 우습게 지나갈 일이 아니었다. 천봉산이 도립공원으로 지정받은 뒤로 몇 번인가 텔레비전 회사 사람들이 카메라에 별 이상한 장비 들여다 놓아 나댔던 일이 있었다. 관광버스들이 저 아래 해바래기 마을에 자주 들이닥치고 등산쟁이들이 야호 야호 갈까마귀 우는 소리 내지르는 것을 듣는 일이 새로운 풍습이 되었다. 아무튼 배낭쟁이들 잠자리 구걸하러 아무 집이나 들쑤시고 하는 게 귀찮아 보였는데, 그게 그렇게 여길 게 아니라 반가워해야 할 일이라는 것을 알게 되었다. 그 참에 면사무소에서 "민박합니다." 하는 팻말 붙여놓을 집을 지정하게 되었는데 세벌댁 네가 그중 하나로 뽑혔다. 안방 건넌방에, 누에 치는 바깥방까지 남아도는 데다가 단출하게 두 늙은이들뿐이라 조건이 맞는다는 것이었다. 늙어 꼬부라져 여인숙, 술막쟁이 노릇인가 언짢았으나 그렇게 생각할 일이 아니라는 걸 깨달았다. 밥 같은 건 해줄 수 없다는 조건을 내세워 오직 잠자리 처소로만 민박을 받았다. 하루 방값 회계로 삼천 원도 받고 오천 원도 챙기고 더러는 만 원짜리 놓고 가는 그런 부부들도 만났다. 아무튼 현금 만져볼 언턱거리 없는 살림에 그것은 쏠쏠한 벌이가 아닐 수 없었다. 여인숙, 술막쟁이 노릇은 아니었다. 그러나 영감 표정이 가난해져 가기만 하는 것을 세벌댁이 모를 수는 없었다. 남의 동네 들어서면 나이 많은 이 공경할 줄 알아야 하며, 다른 집 잠자리 빌리면 문안 범절 깨끗이 해야 한다 하지만, 등산쟁이들이 이런 예절 알 턱이 없는 것에 울화 솟는 때문일까, 아니면 지나가는 나그네 괄시는 하지 않는다는 풍습과는 달리 돈 받는 게 던적스러워서일까, 집구석이 장바닥처럼 들벅거려 세벌댁네 사생활이라 할까, 그런 것이 망가져 버렸다는 것만은 틀림없는 사실이었다. 그러나 어쩌랴, 세상이 과연 어느 끝으로 가나 따라가 볼밖에 없는 것 아닌가. 영감이 부쩍 바깥나들이 잦아지는 까닭을 그가 짐작하기는 했다. 차라리 영감이 곁에 있는 게 부담스러운 적도 있었다.

이 가을철에 배낭쟁이들 얼마나 몰려올 것인구? 올여름에 그 난리들을 쳤으니 나무들마저 시달림이 심해 단풍 곱게 들기 틀리지 않았나? 자라올 사람들은 단풍이 축축하게 보기 싫은 모양으로 드는 것을 "생단풍 들었다." 하였다. 눈고픔 면하고자 이 생단풍이나마 보겠다고들 등산쟁이들이 깃을 칠 것인지……

3남 2녀 자식 농사 지은 것 대처 도시에 빼앗겨버린 데 이어 이놈의 민박 때문에 영감마저 마음 붙이지 못해 도망가버리는 것 아닌가. 세벌댁은 염색한 머리에 쪽을 져 예전 본때로 오랜만에 은비녀를 꽂아볼 생각을 했다. 농촌 여편네들은 언제부터 한복 아니라 '몸뻬' 같은 거나 걸치고 다니게 되었을까. 남자, 여자를 막론하고 옷은 한복이 제격이 아니던가.

"여보 영감, 그깟 등산쟁이들 우리가 인간으로 치부해버리지 않으면 될 거 아니랑가요?"

세벌댁은 남편 황구룡 씨의 진솔 한복 대주는 일에는 정성을 바쳐왔다. 잘 입어 옷이 아니요 제대로 입어야 멋인 것이 옷이었다. 배낭쟁이들의 차림새, 그게 어찌 제 옷이라 할 수 있을까. 영감이 쓸쓸해 하던 모습을 떠올리자 세벌댁은 등산쟁이 수발 든다고 남편을 귀찮게 여기기도 했던 것을 반성하게 되었다. 세벌댁은 머리 손질을 끝낸 다음 농 안에 넣어두었던 옥색 한복을 꺼냈고 파란색 브로치까지 끼워 찼다.

산골 살림은 고기반찬이 귀물이겠지만 건성 드뭇 나들이 나서보는 재미가 맛이었다. 산골 아이들 문자로 하자면 '외지 버스 한 번 쳐다보는 게 어디라고?' 하는 이야기일 것이었다. 도시 사람들이야 웃어댈 노릇이겠으나 세벌댁은 흰 고무신을 물걸레로 닦아서 옷장 속에 넣어두고 있었다. "저 할머니는 방 안에서 고무신 신고 나오네." 어떤 민박쟁이 처녀애가 킬킬거렸던 적이 있었다. "그렇소잉. 흰 고무신 신어 나댕길 일이라는 것도 귀한 것잉게 말여. 여그 할망구는 호랭이 담부 피던 시절 적 사람인갑시로잉." 하며 그가 웃었다.

세벌댁은 장롱 자물통을 잠그고 바깥으로 나와 방의 자물쇠를 채웠다. 그래도 미심쩍어 다시 한번 문풍지를 통해 확인해 보았다. 뿔 빠진 산골이었던 것이 이제는 뚜껑을 열어놓은 마을이 되어버려 도둑이 들었다. 그럴밖에 없는 것이 도로 공사 인부다 품팔이 일꾼이다 등산쟁이다 낯모를 사람들이 들락거리는 길갓집이 되었기 때문이었다. 구식에 신식, 두메와 장바닥이 얼간이젓처럼 뒤섞였다.

마을 노인들이 모이는 동구 밖 느티나무 앞을 벗어나다가 세벌댁은 우연하게도 길동무를 갖게 되었다. 왜룩거리기를 잘하는 민순이 어매가 평소에 잘 입던 월남치마 차림과는 다르게 밤색 드레스로 모양내 길에 나서는 것을 만났다.

"씨주머니 가지고 시장 가나베?"

"폴(팔)아묵을 씨주머니라도 있당가? 이녁이야말로 씨나락 까먹는 이약은 허지 말고, 뭔 일이라야? 고상허니 군수 사모님 같은 모습으로다가?"

"엉, 남 존 일 좀 해 줄라구."

민순이 어매는 그냥 웃기만 했다. 남 좋은 일? 궁금증이 일어 남 좋은 일이 무엇이냐고 치근덕거리며 물었으나 대답을 안 했다. 남 좋은 일이라. 민순이네는 자기 좋은 일만 바치는 그런 왜룩데기 아니었던가. 무슨 별일이 있기는 있는 모양인데, 과연 그것이 무엇인가 알아내고야 말아야지 하고 세벌댁은 앵통한 마음을 가졌다.

가던 날이 장날이기는 한데 버스 운전사를 잘못 만났다. 하루 네 번 다니는 지방 버스 운전사들은 어째서 쌍통을 우그러뜨리는 데만 선수들일까. 산협 사람들은 천 원 단위가 아니라 백 원 단위, 십 원 단위로 사는 사람들이었다. 고쟁이 허리춤 줌치에 십 원 동전 낱개 꺼내놓고 몇 번씩 헤아려가며 벌벌 떠는 것은 그들이 겁쟁이인 탓이 아니었다. 흔들리는 버스 칸에서 돈 꺼내는 데 시간이 좀 걸리기로 무슨 야단맞을 노릇인가. 더욱이 경로 우대증 보이지 않으면 노인들의 나이를 알아보지 못하는 것일까. 도시에서는 무료라는데 지방 버스는 할인 혜택밖에 주지 않으니 이것도 사람 차별 아닌가. 늙더라도 도시에서 늙어라, 그 뜻일까. 텅텅 비다시피 운행되는 버스 칸의 사람들 표정에 수심이 깊어만 보이는 것이 운전사를 사령관님으로 모셔야 하는 탓이었을까.

장바닥은 한산하였다. 시장통은 도시에서 내려온 물건들만 잔뜩 쌓였지 시골 사람들이 장에 내온 것들은 초라하기만 하고 또 별것이 없었다. 씨주머니 가지고 장에 온 사람들일지라도 공탕만 친 채 쭈그려 앉아 있을밖에 없을 것이었다. 농사꾼에게 제일 소중한 것, 찰가난이 아무리 심해도 다음 농사를 위해 소중히 갈무리해야 하는 것이 씨나락이며 그것을 보관하는 씨주머니(보통 볏짚으로 만들지만)인 것이었다. 그러니 씨나락이나 씨주머니는 까먹어 버리거나 장에 가지고 갈 수는 없는 일이었다. '씨주머니 갖고 장에 가느냐.', '씨나락 까먹는 소리하는구나.' 하는 속담 말이 이처럼 농심(農心) 발언인 것이었다(농심라면 광고가 아니다).

　그런데 시골장에는 그렇게 내온 농산물마저 천대받고 있는 듯이 보였다. 큰물져 보낸 이 가을이 정말 헐떡거리고 있구나, 세벌댁은 이런 짠한 느낌만 맺혀올 뿐 장 구경이 전혀 신나지 않았다. 출출해서 찰떡 두어 개 사서 우물거리며 씹었으나 목이 메었다. 그러고는 다음 버스 시간이 남아돌아 하릴없이 대합실 의자에 기대 앉아 있었다. 휘휘 장터 돌아볼 마음도 생기지 않았던 것이었다.

　그처럼 싱겁게 오후 세 시 반 차로 돌아오는데 아까 그 버스 운전사를 또 만났다. 안내양인지 조수인지 그런 인간도 없이 '자율버스 협조'만 내세우는 것도 마찬가지였다. 먼젓번 기사는 "안녕하시게라." 소리도 하고 짐 싣는 것도 거들어주고 그랬다.

　주책바가지 오안걸 영감이 잔뜩 취해서 허튼소리 늘어놓는 게 민망한 노릇이기는 하나 그보다도 운전사의 구박이 보통을 넘었다. 그것은 또 그렇다 치고 담배 좀 태우면 안 되나? 마실 뜸으로 이사 간 해남댁이 환희 담배를 주길래 불붙여 물었다가 마이크 쳇소리를 높여 "담뱃불 꺼요." 하는 고함에 간이 떨어질 뻔했다. 늙은 할

망구 무심초(無心草) 피우는 거 남편도 아무런 소리 안 하는데 무슨 큰 죄라도 되는 걸까. 골짜기 사는 탓에 이런 업수이 얻어 받는 게 살림 가난보다 더 서러운 노릇이었다. 예전 시대처럼 걸어다니며 바깥 행차 나서던 적이 좋았지, 세벌댁은 이런 생각마저 났다. 도포자락 너펄거리며 걷는 사내, 자주 고름 입에 물고 옥색 치마 휘날리며 길에 나선 아가씨, 남끝동을 댄 은조사 깨끼저고리에 염낭주머니 찬 반물치마 입고 노랑나비 모양의 코를 붙인 갓신 신은 노마님과 그 뒤를 쫓아가는 색동옷의 계집애…… 길에서 마주치면 모르는 이들이라 해도 서로 수인사를 하고 덕담을 나누곤 하던 그런 시절이…….

아련히 옛일을 떠올리다가 세벌댁은 저도 모르게 킥 하고 웃었다. 인공 시절 생각이 났던 때문이었다. 그 난리통에 죽은 여동생이 그때 적에 아직 처녀였다. 그 동생이 남끝동을 댄 저고리를 입은 채 시집간 제 언니 집에를 찾아왔더랬다. 생사가 엇갈리는 그 경황 중에서도 두 자매는 웃음을 터뜨렸다. 원래 끝동을 댄 저고리는 처녀가 아니라 기혼 여자가 입는 것이었다. '서방 있는 여자요.' 하는 표시가 곧 끝동 댄 저고리를 입는 뜻이었다. 난리가 아니라면 문밖 출입조차 어려운 처녀가 끝동 저고리를 입고 나섰으니 그것이 그렇게 우스웠다. 하기사 그게 다 지나간 이야기인 것이고 요즈막의 두서없는 한복쟁이들은 그런 거 알기나 할까.

버스가 마실뜸에 멈추고 해남댁이 "빠이 빠이." 하며 내릴 적에, 이어서 민순이 어매가 웬 처음 보는 여편네를 하나 달고 차에 올라탔다. 쉰나믄 살쯤 될까 눈꼬리가 추켜 올라간 것이 좀 암상맞은 인상이기는 하나 인중이 두툼하고 아랫볼 살이 붙어 있어 또한 고집스러워 보이기도 했다. 번질거리는 인조견 레이스 상의에다가 쥐색 투피스를 입고 있었는데, 딴에는 외출복 차림으로 멋을 부렸다는 것을 짐작할 만했다. 피부 색깔이 까무스름하고 손이 거친 것을 보면 고생깨나 하며 살아온 여인임이 분명한데 민순이네와 어찌 동무가 되는지 도무지 모를 노릇이었다. 민순이네가 세벌댁 앞자리에 앉았고 그리고 핼끔거리며 뒤를 돌아보았다. "누구?" 하고 세벌댁이 입속말로 물었으나 민순네는 딴전을 부렸다.

"우리 마을 손님이지 뭐. 충청도 청양이라고 바깥 먼 외지에서 찾아온……."

요상스런 여편네 같으니라고, 속 시원히 말해주면 무슨 비밀이라도 새나간다는 걸까.

"이따 저녁때 들를 텡께, 오늘 밤 만나게라우. 꼼짝 말고 집에 있시쏘."

버스에서 내릴 적에 민순이 어매는 이런 말을 남긴 채 그 외지 여인과 먼저 가 버렸다. 세벌댁은 신경통이라나 디스크라나 그 허리 아픈 증세가 다시 일어 한참 우두커니 서 있었다. 전어, 꼬막 따위 해물에 돼지고기 국거리, 막걸리 안주로 내놓으려고 큰맘 먹고 산 천엽에, 부침개 부칠 밀가루 됫박에 숙주나물……. 별것이 아닌 짐인데도 저걸 머리에 이고 갈 일이 난감하였다.

해바래기 마을 일대에는 탈탈탈 소리 내는 정미소 탈곡기가 제법 가을 분위기를 돋워내고 있었다. "평안하시게라." 망일 상회 주인 노계득이 인사를 당겨왔다. 말없이 받기는 했지만 세벌댁은 이 사내가 싫었다. 논독이 올라도 그게 너무 경사 급하게 차올라 버린 게 이 사내였다. 사람들에게 안 좋은 일거리 만들어내고 또 무슨 일등 가는 유지라고 거드럭거리며 출랑거리는 게 자꾸 눈에 박히는 것이었다. 노계득은 무슨 말인가를 꺼낼 듯하다가 그냥 입을 다물고 말았다. 세벌댁이 자리를 떠서 큰내 위에 놓인 망일교를 건넜다. 이장을 지냈던 황계동 논에서는 그 아들이 운전대 붙잡아 기계로 벼를 베고 있었다. 저 기계 이름이 뭐라더라? 콤마키? 콤바인? 옛날 같으면 머슴 여럿 거느렸을 부농들이 요사이는 머슴 대신 비싼 기계를 사들여 여보란 듯 자랑해대고 있었다. 황계동은 논두렁에 뒷짐 진 채 서 있었고 그 마나님에 며느리, 손주 녀석까지 나와 있었다.

"새참 좀 들고 가." 황계동 댁네가 노랑 수건을 고깔처럼 쓴 채 말했다.

"싫어. 이웃사촌 논농사 잘되는 거 심술나고, 그 심술로 배가 불러 못 먹어." 세벌댁이 웃으며 말했다.

"세벌댁 고약한 맘뽀, 여그 막걸리로 가심해 보더라고."

"아냐, 장에서 이것저것 많이 먹어서……."

세벌댁은 사양하며 그 앞을 지나쳤다. 세상은 여전히 돈 있는 자들의 것이기는 한데, 거기에 달라진 인심마저 없는 건 아니라는 생각을 그는 했다. 자식들 대처 나가 돈 잘 번다는 소리가 자랑 아니었다. 제 자식 영농 후계자 만들어 시골 지켜 대가족으로 사는 게 부러운 그런 시대 되었다. 그런 이치 누가 모르랴마는 세 없고 돈 없으면 도시로 줄행랑 놓게 되는 것이지 별수 있나. 영농 후계자 무리가 되고 싶어도 그게 턱에 닿지를 않으니 양친 부모 못 모셔 타관살이로 이산가족 되는 것 아닌가, 따져보면서 그는 한숨을 쉬었다.

동네 여편네들이 큰내 개울가 빨래터에 모여 토란 줄기를 가늘게 쪼개며 잡담들을 나누고 있었다. 겨울 반찬으로 제격인 저것도 근에 이천 원 정도 시세가 이루어져 있으니 손놀림 감은 되었다. 세벌댁도 집에 토란대를 갖다 놓아두고는 있으나 팔자에 없는 장터 구경만 다니는 중이었다. 내가 주책이지, 새벽부터 머리 감아 염색하고, 작은딸이 준 모조 반지 찾느라 방 안을 뒤진 그런 시간은 있고 토란대 만질 시간은 없으니……, 그는 이렇게 반성했다. 큰내의 자갈마당에는 끝물 늙은 호박을 얇게 썰어 말리는 곳이 보였다. 호두알, 빨간 고추, 녹두 따위 널어놓은 데도 있었다. 아이구, 할 일이 태산같이 밀려 있는데 내가 무엇을 하고 돌아다니나. 지난 장마 때 곰팡이 슨 옷가지들, 애들 사진이 들어있는 앨범, 영감 약술 담가주어야 할 오미자, 백지황, 바구미가 잔뜩 슬었을 수수 좁쌀, 데뎅이가 끼였었을 녹두잎, 벌거지(벌레) 들었을 다른 씨나락들, 모두 손봐야 할 일뿐 아닌가. 비설거지를 못 끝내고 있을 뿐 아니라 추수 동장은 미처 꿈도 못 꾸고 있는 것 아닌가. 조금 있으면 들이닥칠 아이들한테 쥐어 줄 들깨라도 어서 거두어 말려야 하는 건데……. 다랑이 논 벼 베기도 가능하면 품 사지 않고 내 손으로 해내겠다고 큰소리를 쳐놓고 있건만.

집으로 돌아오니 울바자 밑에 피어난 접시꽃, 과꽃, 맨드라미, 코스모스가 더욱 진하게 제각기 색깔들을 뿜어내고 있었다. 그게 마치 제 딴에는 막바지 가을 농사 짓는 데 안간힘을 다 내고 있음을 내보이는 것 같았다.

가을도 이미 젊은 게 아니니 벌써 늙은 가을 때이었다. 저 꽃들은 막내딸년이 뿌렸던 것인데 이 추석에는 내려올 게고 그리하여 제 생명 심어준 사람에게 잘 보이려고 마지막 채비를 서두르고 있는 것만 같았다. 이렇게 모두들 바쁜데 치맛자락 너펄거리며 무슨 나들이가 잦으냐고 저 꽃들이 나무람하고 있는 듯하였다. 울력질 바라지하자면 어쩔 도리 없는 것이기는 했지만, 남의 노릇 때문에 내 일 망쳐놓고 있는 게 아니냐는 억울한 느낌을 더는 것은 아니었다.

5.

세벌댁은 자물통 잠가놓은 안방 문을 열려고 부시럭거리기도 귀찮았다. 마음은 바쁘고 몸은 아프고……, 누에 쳤던 방에 늘어져 청자 담배 한 대 피워 물었다가는 그대로 도둑잠이 들고 말았다. 부지깽이도 덤벙이는 이 바쁜 계절, 객지 나간 자식들은 안 오고 그 대신 병이 찾아들려나, 몸 아플 틈도 없이 바쁜 건데, 바쁜 건데……, 하고 줄곧 중얼거렸던 것 같으나 그게 꿈속에서 그랬나 보았다. 컹컹거리며 길 건너 애현네 집 개가 짖었다. 잠에서 풀려나기는 했는데 온몸이 천근같이 무거웠다. 징조가 영 좋지 않았다. 귀찮은 사람 찾아오거나 반갑잖은 일이라도 만나려나, 내가 늘어져 있을 시간 없는 건데 하고 중얼댔으나 꼼짝도 하기 싫은 것을 어쩌지 못하고 있었다. 그렇게 한 시간여 이상 보냈을 것이었다. 마당 쪽에서 사람들 웅절거리는 소리가 났다. 그와 동시에 문 잠가놓은 안방으로부터 전화 울리는 소리가 쩌렁쩌렁 들렸다. 아이구, 저놈의 전화 참 성화네, 하며 간신히 몸을 일으켜 세웠다.

"알았어, 알았어. 곧 가는고만."

신발도 제대로 꿰어신지 못한 채 마당으로 나서는데 그는 여러 사람들과 마주쳤다. 아까 해바래기에서 얼굴 맞대했던 망일 상회 주인 노계득이 웬일로 그의 집에 들어와 있었다. 뿐 아니라 군에서 갓 제대한 그의 아들 필만이가 오토바이를 울바자 쪽에 세워놓는 중이었다. 처음 보는 사람들이 또 거기에 있었다. 질이 좋은 점퍼를 입고 있는 풍골 좋은 노인 하나와 그의 부인이라 짐작되는 등산복 껴입은 그런 마나님이었다. 노계득이 앞으로 나서면서 무슨 말인가를 하려고 하는데 다시 전화가 쩌렁거렸다.

"기다리랑께. 아그그, 그만 좀 보채쌓게라. 곧 간다니께."

미처 노계득의 말을 들어줄 여유 없어 손짓으로 잠시 기다리라는 시늉을 하며 세벌댁은 안방 문 쪽으로 내달았다. 문을 열려고 하는데 자물통이 덜컹 소리를 낼 뿐 열리지 않았다. 열쇠가 어디 있더라, 허리춤을 뒤적거렸으나 주머니를 차고 있지도 않았다. 손지갑에 넣어두었던 것이 생각나서 제 손을 내려다보았으나 지갑을 쥐고 있는 게 아니었다. 누에 쳤던 방으로 종달음을 쳤다. 다시 쩌렁쩌렁 전화 소리가 났다. "알았다니께. 금방 문 따고 받을 터잉께, 기다리던 참에 쪼매만 더 참제라. 착하제, 착해……."

노계득 뒤에 서 있던 낯선 부인이 깔깔거리며 웃기 시작했다.

"전화가 할머니 말 알아먹나요? 착하다고 달랜다 해서 전화벨 안 울게 해 참을 거 같아요? 시골 사람들이 참 저렇게 순진하다니까."

간신히 열쇠꾸러미를 찾아 마당으로 나오며 세벌댁이 얼핏 그 이야기를 들었다. 열쇠를 따다가 말고 그가 뒤돌아보며 한 마디 내뱉었다.

"기계야 알아먹든 말든 그런 소린 지분대봐야 내 속이 편해지는 걸 우짠다요?"

세벌댁이 처음 보는 사람한테 안 할 말을 했나 하는데, 그 여자가 다시 깔깔거리며 웃었다.

"참 재미난 분이셔요. 하기야 지성이면 감천이라는데, 전화한테도 통할지 모르겠네요. 안 그래요, 여보?"

"응, 응." 하며 그 남편이 대꾸했다. 전화는 부산 나가 있는 작은 딸, 그 막내동이한테서 온 것이었다. 잘 있어요? 나, 잘 있어. 왜 그렇게 전화 안 받아? 궁금해서 그냥 걸어본 거예요. 오빠랑 추석 때 내려가요. 아버지는요? 뭐라구? 어디 가셨다구요? 홍보가 타령하러 가셨다니, 그게 무슨 이야기인지…….

세벌댁은 전화통에 대꾸질하는 게 고역이었고, 뿐 아니라 쓸데없는 전화질로 헛돈 쓰는 딸이 미워 죽을 지경이었다. 야 이것아, 빨리 전화 끊지 않고 뭣해쌓냐? 소래기를 빽 질렀다. 추석 때 내려와 자세한 이야기 해뿔고, 전화 놓는다이, 하면서 일방적으로 수화기를 얹어버렸다.

"누가 전화 필요하댔나, 객지 나간 제깟 것들 공연스레 미안해함시러 달아주고 쓸데없는 전화질 아인가. 저놈의 기계 미워서 못 견디겠구만이라……. 무소식이 희소식잉게, 저놈의 거 찌릉거리면 아그들헌티 무슨 일 생겨뿟나 가슴 철렁거리고 아무 일도 아니면 아닌 맨치 사람 놀래키니, 저놈의 기계가 뭔 시집살이 시키는 것인지……."

세벌댁이 누구에게라 할 것 없이 이런 소리를 웅절거렸다. 그러다가 문득 정신을 차려 찾아온 손님들 맞이할 생각을 했다. 그 사이에 사람들이 더 늘어나 있었다. 아까 버스 칸에서부터 이미 취해 있었던 오안걸 영감이 또 공연히 나서서 뭐라 떠들어 대고 있었다. '안타깨비'라는 별명을 갖고 있는 엉터리 미장원쟁이 영구 어매, 그 남편 홍정필이 웬일로 올라와 있었다. 문 바깥 쪽에는 남의 일 참견하기 좋아하고 무슨 구경거리 없을까 늘 심심해하는 마을 사람들 몇몇이 얼씬거리고들 있었고…….

"뭔 일이다요? 우리 집에 웬 손님들이 이렇게……."

"제가 소개 말씀을 올리지요." 노계득이 나섰다. "여기 이 어르신이 정 회장님이시고, 그리고 사모님이십니다. 지금은 물론 은퇴하였지만 우리 도(道)의 건설 국장으로 재직하셨고, 또 도지사님 되시는 것도 시간문제라고들 누구나 그랬구만요. 국회의원 선거가 있었던 어느 적에 부당한 이유로 공직에서 물러나 안타까워들 했지라우.

하지만 워낙 신망이 두터우셔서 여러분들 권유로 사업에 나서셨고요. 건설업계하고 운수업계에 종사하셨구만요. 참 지역발전에 큰 이바지를 했지라. 지금이사 자제분들께 다 넘겨주시고 남들 부러워하는 노후 생활 편안히 즐기시누만요. 영광스럽게 우리 마을 찾아주시지 안 했겠습니까?"

"안녕하십니까?" 그 노신사가 명랑한 목소리로 말했다.

"이런 누추한 집을, 집안 꼴이 이래놓아서 워짤 것인지……"

노계득이 재랄을 떠는 것으로 보아 돈푼깨나 쥐어 호강하는 노인인 것은 틀림없어 보였다. 설마 이 집에 와서 묵으려고 하는 것일까, 세벌댁이 그를 바라다보았다.

"예고도 없이 갑자기 찾아와서……" 그 사모님이 나섰다. "조금도 다른 걱정은 마시구요. 우리 집주인이 올해 칠십이구요, 나는 예순둘이에요. 이 세상 부러울 게 없이 살아오기는 했는데, 집주인에게 풍증(風症)이 있지 뭡니까? 종합 병원이니, 용한 한의원이니 찾아다녀 봐도 그렇게 썩 개운치를 안 해요. 그러는데 여기 망일 상회 노 선생이 우리 집 찾아와 이런 말을 해요. 풍에는 뭐니뭐니해도 약뱀이 최고다 하구 말예요. 생사탕 아시죠? 그거 어린애들 군것질하는 날사탕 아니라, 왜 뱀탕 말이에요. 더구나 지금이 한창 가을적 아니어요? 겨울잠 들어가려고 천봉산의 온갖 기화요초며 영물들을 섭취해 약뱀들이 한창 독이 오르고 또 살이 찔 때니 좋은 철이다 하누만요. 더욱이 천봉산 약뱀은 전국적으로 유명하다 하고……"

"하면이사, 그게 참말로 그렇제라우." 오안걸 영감이 끼어들었다.

"그런데 요새 세상이 시끄렁 시끄렁하네요. 물 맑고 공기 좋은 곳 휴양 나서서 머리 식혀야겠다는 생각 불쑥 들어 그냥 자가용 줄달음으로 예까지 찾아왔네요. 망일 상회 노 선생도 이리 예고도 없이……, 하며 놀랬고요."

그 사모님이 장난꾸러기 같은 표정으로 호호거리며 웃었다.

"글쎄 말입니다." 노계득이 얼른 말을 이었다. "저희 집에 우선 모실까 했는디, 버스정류소를 겸하고 있응께 시끌벅적하단 말이제라. 그래 생각해 보이께네 아주머니 집이 비록 낡기는 혔으나 방도 넓고 식구도 단출해 그런 나름으로 휴양하시기에 알맞춤하다 싶은 거구만요. 옹색한 대로 한 일주일 지내시는 데에는……."

사모님이 다시 나섰다. "민박하는 값은 후하게 쳐서 드리겠고요. 식사니 약뱀 끓이는 거니 다 알아서 할 거예요. 그저 장소만 빌려주시는 것으로 생각하면 됩니다. 어떠세요, 형편이?"

세벌댁은 무엇이 어떻고 형편이고 따져볼 마음이 아니었다.

"으쩌까잉, 귀하신 분들이 이런 누추한 집에서……." 이런 말 외에 무슨 소리를 할까. 저희끼리 남의 집 보고 누추하느니 뭐니 먼저 해쌓으니, 그 소리 꺼내기도 마땅찮지만…….

"호호, 우리 집주인이 풍류남아이셔요. 워낙에 자연을 좋아하시걸랑요. 벌써 이 집 들어서면서 꽃 전문가가 되셨지요. 접시꽃, 맨드라미, 과꽃, 코스모스 보면서 젊은이처럼 감동에 빠져들었다구요."

"참 농담도 잘하시지요. 접시꽃은 숨겨놓아야 할 것을 숨겨놓지 않고 드러내놓고 있는 그런 미인과 같다 하시니, 참말로 그게 그렇잖안험니까잉." 하면서 노계득이 웃었다.

모두들 웃었다.

"하지만 나는 과꽃이 좋구먼. 맨드라미는 정열적인 남국 아가씨 같고, 코스모스가 청초한 외국 여배우 같다면 과꽃은 수줍음 잘 타는 산골 처녀 같지. 수수한 산골 처녀가 제일인 거라." 노신사가 한마디 했다.

하면이사, 암믄 그렇제라우, 하고 사람들이 고개를 끄덕거렸다.

"참, 저 양반 한창때 여자깨나 따라붙었어요. 남들한테 한량 소리 들었는지 어땠는지 몰라도, 내 소가지 태우게 하더니, 여직 껏……." 하면서 그 사모님이 눈을 흘겼다.

"이 집이 마음에 듭니다. 비록 낡기는 했지만 내 어렸을 적 살던 집을 대하는 것 같군요. 마당도 넓고 전망이 좋군요. 호두나무에 감나무, 모과나무, 그리고 이건 제법 오래된 홰나무로군요. 흔히들 괴목나무로 부르기도 하는……. 그건 그렇고 저 빨랫줄에 매달아 놓은 게 뭐지요?"

회장님이 물었고 노계득이 기회를 놓칠세라 대답했다.

"두꺼비 세 마리 잡아서 말려놓는 중이로군요. 저게 치질에 특효라 하등만요."

노계득이 아는 체를 내며 자잘하게 설명했다. 두꺼비를 바짝 말려놓고, 그런 다음 벼루 집에 가서 품질 좋은 놈으로 먹을 사온다. 두꺼비 배때기 속에 그 먹을 집어넣고 이어 황토 흙을 이겨서 두꺼비 겉쪽에 바른다. 흙 속에 파묻어 불을 질러 굽는다. 그것을 다시 넉 달쯤 말려서 황토 흙을 벗겨낸다. 그런 다음 가루로 곱게 빻아 나누어 복용하면 치질이 쉽사리 떨어진다.

"하, 그래요? 아줌마, 저 두꺼비 나중에 파세요. 내가 값을 후하게 쳐 드릴 테니까. 그렇잖아도 치질 때문에 고생이라서……."

사모님이 말했고 다시 노계득이 새로운 제의를 했다.

"누에 치던 이 방이 넓기는 한데 아무래도 좀 썰렁하겠네요잉? 부엌도 딸려 있고 전화도 있는 안방을 쓰시는 게 좋겠구만이라. 안 그렇겠습니까?"

노계득이 세벌댁에게 물어보지도 않고 이렇게 결정을 지으려고 했다.

"으쩐다요? 안방이 쓸데없는 세간들로 너저분할 것인디…….

"너저분한 거 상관없습니다." 회장님이 안방을 들여다보며 말했다. "저 위쪽 창문으로 뒤뜰이 참 좋게 내다보이는군요. 앞으로는 기암괴석이 바라보이고 그 사이를 개울물이 흘러가고……, 집이 좋은 터를 골라서 자리 잡았어요. 가상(家相)이 참 좋아요. 내가 시조 하나 읊을 테니 들어들 보시겠소?"

회장님이 시조창(唱) 흉내 아니라 현대 시 읊듯이 그렇게 시조를 외워 나갔다.

"십 년을 경영하여 초가 한 칸을 지어내니, 반 칸(間)은 청풍이요 반 칸은 명월이라, 청산은 들일 데 없으니 둘러두고 보리라…….

청풍에 명월, 그리고 청산으로 지은 초가……, 누추한 집이 문제 아니고 자연 경치 좋은 게 중요하다. 서울, 광주의 좋은 집 놔두고 그런 산수 경치 찾아 내려온 것이니 염려 놓으시라고 풍골 좋은 노인은 말하면서 남의 집 안방 차지라더니, 그 방 쪽으로 다가갔다. 정작 이 집 주인인 세벌댁은 숨을 내쉬고 들이마시고 하듯 "집이 누추하기는 한 것인디……." 하는 이야기만 달싹거린 채로 그냥 뻬쩡하게 서 있었을 따름이었다.

6.

"참, 촌사람들은 하는 수 없어. 방 벽에는 저런 식으로 사진들을 걸어놓는단 말야. 너절한 액자에 가족사진들 주워 담아 저렇게 매달아 두는 거 보기 좋은 걸까? 앨범도 없나 보지?"

사모님이 혼잣소리로 중얼거렸다. 세벌댁이 간이 상수도 틀어 걸레 빨고 싸리비 가지러 부엌 들어갔다 나오다가 그 말을 들었다. 사진 너절하다는 소리가 꼭 이 집 식구들 꾀죄죄하다고 무안 주는 듯여겨져 세벌댁에게 치미는 게 있었다.

"애루밤이 우짜 없으까잉? 있제라우. 냉중에 보여드릴끼라. 저 사진 액자는 내가 잠자리 드러누워 불 끄기 전에 말이제라, 쟈들 오늘 무사히 보냈을라나, 지금쯤 나맹키로 잠자리 들었을랑가 우짤랑가 생각하며 쳐다보는 거란 말이시. 고런 재미루다가 들누워 올려다보기 딱 좋은 고런 위치에 걸어 붙였제라우. 뿔뿔이 흩어져 지내제마는 사진틀 속에는 오순도순 모였응께 그 뭣이냐, 이산가족 아니고 여전 함께 지낸다는 기분 느껴뿐제라우. 하면이사 남들 보여주는 거는 아닌 거구만요. 내가 저 사진 쳐다보아야 잠이 드는 것잉께 저 웃방 갖다 놓을라요. 그 점 염려 마시게라."

"할머니 말씀이 참 합당하십니다. 가정 화목하고 모두들 열심히 사는 듯싶으니 행복허시겠습니다." 하고 정 회장이 말했다.

"몇 남매나 두셨어요?" 사모님이 물었다.

"3남 2녀. 원래는 3남 3녀였는디 하나 잃어뿔렀지요. 큰애는 마흔여섯인디 이리공단 무슨 수출공장 주임이라나 그렇고요, 둘째 아는 부산에서 버스 운전하고요, 셋째 아들내민 농업전문학교 나왔는디 우리 집에서 유일하게 대학 간 아그로구만요. 장차는 영농 후계자가 될 꿈을 가졌는디 지금은 순천 근처에서 직장 다니제라. 무슨 식품회사라 하제마는, 아직 장가 못 갔구만요. 큰딸 아그는 육군 대위한테 시집가서 전방 어디에 있고요. 막내 아그는 부산 제 오빠네 집에 얹혀 있는디 콤퓨터라나 그런 거 배웠다 하등만요. 그래갖고 수출회사 경리사원 되았는디, 그 아그가 모지락스럽지요. 제 노력으로 야간일망정 여고 졸업했고, 글씨 버스 안내양 노릇도 했다는 걸 나중사 알았제라. 지금도 즈 오빠한티 공짜 신세 안 진다고 5만 원씩 내놓고 또 집에도 돈 부쳐 오는구만이라. 즈 오빠는 그 돈 적금 넣어 줬는디 냉중에 갸 시집갈제 줄 거라고, 그때꺼정 비밀로 해놓자고 나한티 그러등만요. 사모님한테 내일쯤 갸 아르밤 보여드릴 텡께 한번 보더라고요. 이런 일 인연되야 혹시 알랑가, 사모님 우리 양념딸 중매라도 서주는 일 일어날랑가, 그런 것도……."

미소를 지으며 다시 정 회장이 물었다. "주인어른이 안 보이시는데 어디 가셨습니까?"

"아, 광양 갔제라우. 광양 백운산 밑에 나헌티 올케가 되는, 그러다가 우리 오빠 죽어뿌러 과부 된 채로 사는 그런 집이 있어라. 그가 또 저헌티 올케 되는 벙어리 노처녀랑 함께 세 마지기 정도 농사 지으며 사제라우. 그런디 한 열흘 전에 쩌릉거리며 전화가 왔드란마시, '판소리 홍보가 중에서 박 타는 대목 있지 안 허요잉?' 올케가 전화에 대고 이런 한가한 소리하기에, 뭔 실없는 이약을 해쌓소 했더니만 실은 다급한 사정 있다 하더라고요. 금년 같은 흉년에 그 집에서는 바가지 풍년 들었다는구만이라. 어거리 풍년 소리야 있으나 바가지 풍년이라니 여전 말장난하는 줄 알았더니, 진짜로 바가지 심가서 풍년들었다고 합니다. 요새 세상이 플라스틱 세나는 그런 세상인디, 바가지라는 거 가용이라면 모를까 뭔 소리냐 했어라. 그런디 그 이약이 다르더라고요. 바가지 쪽박 깰 일만 있는 건 아니라 해요. 그게 뭣이라더라, 민속품이라등가 민예 상품이라등가 그런 걸로 바가지를 찾는 데가 있다하등만요. 그 올케 딸이 서울에서 공장살이를 허는디, 바가지에 무슨 그림 그려 백화점에 팔고 또 수출도 한다는 공장이랍디여. 그 딸내미가 많이 심거만 놓으면 파는 거는 자기가 책임진다는 소리에 텃밭에 그놈의 거 잔뜩 심갔는데, 구슬은 꿰어야 보배가 되고 박은 슬근슬근 톱질을 해야 바가지 되는 거 아니겠어라? 그러면서 이런 말 하는구만요. '우리 시누도 아시다시피 나한티 도무지 손이 없으니 우쩐대요? 시누 남편 쪼매 빌렸으면 싶은디, 빌려줄라요?' 내가 어이없어 '올케, 그 무슨 이약이 그리 징하요?' 했더니 '새경은 넉넉히 드릴 팅께 머슴 노릇 해보라는 이약 좀 해줄라는지, 원.' 하면서 웃등만요. 그래서 내가 영감헌티 그런 이약 전하며…….

"아, 그래서 흥보가 중에서 박 타는 타령 하실라구 광양 백운산 가셨단 말이지요?"

사모님이 좀 귀찮아하는 표정으로 말을 끊었다.

"야, 그래 가지구서……, 그래 가지구서 영감 말이 새경 받는 머슴하고 품 파는 드역꾼 구별도 못 하니 임자 올케가 큰 농사꾼 될 소질은 안 가진갑지 함서릉 씰룩 웃더라고요. 우리 영감이 술고래가 아니라 술악어인디…….

"술악어? 그런 말을 첨 들어보는데요." 정 회장이 흥미 없어 하는 표정이다가 이렇게 반응을 나타냈다.

"술만 마셨다 허면 악어가 돼 뿌리지라우. 여늬 때는 풍신 좋게 점잖다가도 술만 들어가면 악어가 돼 뿌러서 득득 이빨 갈고 아무거나 집어던지고……. 내니까 살았제, 내만 하니까 그 소동 속에서두 자식들 이 집에 붙어나 컸제……. 지금서두 술 마시는 사내헌티 시집가려는 처자 있으면 좁쌀 벤또 싸 갖고 댕김서러 말려뿐제라우."

"왜 쌀밥, 이밥 도시락 아니고 하필이면 좁쌀 벤또인가요?" 정 회장이 실실거리며 물었다. 세벌댁이 웃었다.

"원 참, 별거를 다 물으시네요잉. 모르제라, 우짜서 좁쌀 벤또여야 하는지는……. 좁쌀이 더 찰져서 그러까잉, 우짜 그러까? 아무튼 우리 영감 술 먹고 지랄 놀 때는 그 뭣이냐, '지구를 떠나거라.' 하고 잡제라우. 젊었을 적에는 그이가 군대 살이로 집에라면 일 년에 한 번 들를까 말까 그랬어라우. 그 시절 이 산골 우쨌겠는지 말도 못 할 노릇 아니었겠어라. 그런디 이제 나이 늙어뿐께 그때 적하고 아주 달라져뿐게라요. '지구를 떠나거라.'까지야 물론 아니겄제마는 '나가 놀아라.' 소리는 예사로 나오지라우. 내가 그러코롬 테레비 웃기는 사람 같은 말을 해도 영감이 '그 꼴에……' 할 뿐 끄덕도 안 하지라. 늙어 기 죽어 저러는가 안됐기도 하고……. 아무튼 술 마셔 뿔면 악어 되는 양반이 '임자 권유로 홍보 노릇이나 해보까잉.' 하더니 광양 갔제라. 술탐이 많은 영감잉께 박을 타라 할 제에는 술이야 주겄지 하는 생각 들었나 우쨌나……. 광양 백운산이라는 데가 또 영감 젊었을 때 꼭 죽게 된 거를 살아난 곳이기도 허고요잉……. 우리 사는 기 늘 이렇제라. 막일 떠나보낸 영감 안쓰러워하는 기 아니고 씨원하면서 쑤월쑤월 뒷전 뒷말이나 늘어놓고, 나 혼자 있으니 만고에 편하지, 하는 마음쩡이나 갖고……."

세벌댁은 이제 대충 방을 치웠다. 조, 녹두, 오미자 따위 종자 넣어둔 뒤주를 바깥으로 끌어낼 채비 해놓고 그 자리를 훔치고 닦았다. 물론 사진틀도 떼어놓았고 작은아들 혼수로 들여 앉혀놓고 가져가지 않는 장롱도 비웠으며 또 필요하면 손님들이 쓸 수 있게 해놓았다. 사진 앨범도 꺼냈다. 앨범장 들척거리는 것도 잠 안 오는 밤 빼놓을 수 없는 일거리이기도 하였다.

아무튼 상대편이 듣고 싶어하든 말든 된소리, 안 된소리 한바탕 떠들어댔다. 세벌댁은 우선 갑갑하던 마음이 한결 후련하였다. 제 집 안방 빼앗겨 뒷목 차지밖에 못 하나 앵돌아졌던 기분도 조금은 누그러졌다. 굿이나 구경하며 떡이나 먹을 마음 챙겨두면 되는 노릇 아닌가. 남들이야 뭐라 하거나 나는 이런 푼수로 산다는 것을 감출 까닭 없다는 뱃보도 다시 차릴 수 있었다. 당신들이야 잘난 이들이겠지만, 아무려나 우리는 바보처럼 살아오는 것이니께 우짤 것인가.

정 회장 부부는 토방 마루에 걸터앉아 있었는데 방으로 들어가서 짐이라도 풀어야 하는 것인지, 이런 산협에서 얼마간 지나기 위해 산골 무지렁이들 사는 꼬라지에 눈 훈련부터 시켜야 하는 건지 분간이 안 된다는 표정을 짓고 있었다. 망일 상회 노계득이랑 그 아들 필만이, 오안걸 영감, 나대기 좋아하는 홍정필과 '안타깨비' 별명 가진 그의 처 영구 엄마 들은 대(竹)평상에 늘어앉아 무슨 의논들을 계속해서 하고 있었다. 정 회장이 아무래도 방 안에 들기는 싫은 모양이었다. 가지고 온 짐들만 안으로 밀어 놓아두고 마당으로 나섰으며 사모님은 세벌댁에게 방 열쇠를 달라 하였다.

저보다 잘난 사람에게는 살살이요, 저만 못한 사람에게는 왕왕이 노릇으로 눈을 지릅뜨곤 하는 노계득이 다시 애교 웃음을 잔뜩 머금었다. 세벌댁은 이제 뒷방 청소를 하면서 그들이 나누는 이야기를 들었다.

"에또라, 저희가 회장님을 우짜 모셨으면 쓰겄느냐 대충 의논들을 짰구만이라요. 사모님께서두 쪼매 이리 오씨시소."

"나는 약뱀에 대해서는 아무것도 모르지만, 아무튼 풍에 좋고 허리 아픈 데, 정력에 그만이다 하니 무엇보다 그 몸보신하는 일이 제일 중요해요. 돈이 얼마 들어가든 그것에 정성을 바쳐주세요." 사모님이 운을 뗐다.

"하면이사 그렇제라우. 어차피 사모님께서 수발도 드셔야 할 테잉께. 제가 약뱀 탕을 으떻게 들어야 하는가. 그 기본 요령이라 할까, 쪼매만 말씀드리기로 허겠습니다. 비암(뱀)이라 하는 거를 대충 나누어 본다면 살무사, 독사, 부독사, 이 부독사를 여그 사람들은 까치독사라 부르제마는, 대충 이런 종류의 것들을 우선 꼽게 되겠구만이요. 독이 있어서 사람이 물리면 화를 입는 게고, 또 그런 맹키로 약효도 좋구요, 값도 비싸지라우. 두 번째로 나눌 수 있는 기 화사, 그러니까 꽃뱀 종류인디 또 여그에는 빛깔 따라 흑질이니 흑질백장이니 산무애비암이니 그렇게 부르제라우. 이런 꽃뱀 같은 것들 허고 여그 사람들이 널부대 늘구리라 부르는 것들이 있는디, 이게 말하자면 2류급 뱀이지요. 그리하여 첫 번째 두 번째의 이것들이 약뱀이고, 마지막으로 값어치가 떨어지는 3류급의 잡뱀들이 있게 되는디 이놈들은 또 그런대로 소용이 닿는구만요. 탕을 우짜 끓이는가 하면 살무사, 독사 종류 한두 마리, 화사 널부대 같은 것들 한두 마리 그리고 잡뱀 서너 마리, 이렇게 대충 일고여덟 마리를 가마솥에 넣어 장작불로 하루 종일 끓이지요. 그거 서양 요리에 나오는 수프맹치로 고아서 드시게 되는 거구만요. 바로 그거이 한 탕이 되제라우, 하루에 한 탕씩 들어 가지고 일곱 탕에서 열 탕가량 잡솨 보면 인삼, 녹용 같은 거 거기엔 당키나 할랑가요? 회장님께서 예정 없이 일찍 내려오셨응께 약간 차질이 생겨 뿟지만, 여그 정필 씨랑 사람 풀어 마련해 놓은 기 우선은 있으니 내일부텀이라도 그걸 끓이기로 하겠고, 그리고 지금 당장 사람들 수소문을 해서 울력 시켜 가지고 천봉산 귀물들을 모두 모으도록 할 거구만이라."

"수고롭지만 좀 그렇게 해주셔요. 돈 걱정은 마시고……."

"아니제라, 회장님 건강 되찾게 하시는 일인디, 제가 정성껏 모셔 알아서 할 기구만요. 사모님은 그냥 계시면……."

"그거, 전에 말했던 백사는 어찌 구해놓았는지?" 정 회장이 물었다.

"아 그거, 여그 사람들은 '대미'라 부르제라우. 버스 두 대 값은 받는다고들 말하는 거인데, 반드시……."

"그거나 꼭 구해놓도록 해주소. 돈이야 치를 테니, 그걸로 내가 신세를 지는 것이겠제. 내 몸이 말이 아니어서 그게 필요한 모냥이라. 하여튼 여러분 모두 고맙소. 내자하고 동네 한 바퀴 구경하고 돌아올 테니, 자 그럼……."

정 회장이 대평상에서 일어났고, 그리고 모두들 배웅을 하였다. 남은 사람들은 의논을 계속하였다. 노계득은 정 회장에게서 제 공로를 인정받지 못했다고 느꼈는지 약간 침울해져 있었다. 하지만 그것이 그 자리에 모인 마을 사람들 변변치 못한 탓이라는 듯 화난 표정을 지었다.

노계득이 궁리 끝에 사람 풀어 뱀 잡아 오면 그 값을 어떻게 쳐줄 것인지 정했다. 잡뱀은 1만 원에서 2만 원, 2류급의 널부대 늘구리는 3만 원에서 5만 원, 2류급의 꽃뱀과 1류급의 살무사·독사는 5만 원부터 30만 원, 그리고 백사 '대미'는 부르는 값대로 얼마든지…….

"그런 값이라면……, 서울 거간꾼들 거두어가는 값보다 나은 기 아니네요잉. 도리어 그보다도 눅은 값이 되는……." 하고 누군가가 볼멘소리를 했다.

"모르면 가만히 입 다물고 있더라고." 노계득이 덜컥 화를 냈다. "그냥 선물로 드린다 해두 도리어 부족할 지경인디. 알겠어라? 정 회장이 진짜로 대난한 사람잉께, 이 마을 위해 도시 돈 끌어들일 생심 가져뿐사, 바로 그날로 천지개벽 일어날 판인디, 산지 수집상에 넘기는 금세하고 어쩌고 따진다고, 허 그거 참. 하여튼 말이제라 여러분들, 왼 산 뒤져야 하게 생겼응께 그 수고비 회계해보는 것인디,

이거이 일거리로 쳐도 하루 이틀거리는 아닌 거드란 말일시, 내가 내놓은 값이 결코 억울한 것이 아니라는 걸 안다면 다른 소리는 하지를 마소. 저 어르신이 누추한 산골에 내려와 지내려 할 적에야 없는 것투성인 이런 산협에, 그래도 뭔가 있어서가 아니겠어라? 서울, 광주의 궁궐 집에 없는 무엇이 여그에 있으까잉? 과연 고것이 어느 코름 되겠는지 생각들 해 보소, 여러분들이 지성으로 모시느라면 감지덕지할 일 만나게 될 거라고, 그렇게 여기면 틀림없구만이라."

노계득의 욱쳐대는 말에 사람들이 입을 다물었다. 따져봤자 소용없다고 느끼는 듯했다.

하기사 임금님 다스리던 시절에도 한봉 꿀 진상이다 뭐다 했다. 또 낙향해 사는 아들 귀한 양반집에 '씨받이'다 뭐다 하는 거 바라지하던 일도 이 산협에서 있었다 했다. 일본 총독 시절에 사냥이다 뭐다 길잡이로 울력질 다녔다. 빨치산 시절, 토벌대 시절 부역질은 어땠던가? 또 지금 세월에도 등산 안내니 어쩌니 뜬벌이 해 내고 있지 않은가. 말하자면 그런 울력질 비슷한 것으로 생각하고 억울한 마음일랑 꿍쳐두면 될 일이었다.

그건 그렇고 독사에 화사, 잡뱀 따위를 섞어 하루에 일고여덟 마리로 탕을 한다면 그게 몇십만 원짜리나 될까. 그러다가 백사라도 잡는 날이면 그 국 한 그릇은 몇백만 원짜리, 몇천만 원짜리가 될 것인가. 그뿐인가? 방값 따로 내고, 약뱀 끓여주는 동자치 별도로 부려야 할 테고 또 밥은 밥대로 먹어야 할 거고……, 저 영감 내외는 도대체 휴양 나서면서 돈 보따리를 얼마나 싸매고 온 것일까.

세상에, 원 세상에……, 정 회장이라는 사람은 무슨 팔자 타고났기에 이런 신선놀음 해볼 처지 되는가, 세벌댁은 벌어진 입이 다물어지지 않았다. 백 원 단위 십 원 단위로 사는 산골짜기에 백만 원 단위 천만 원 단위 아무렇지도 않은 이가 들어왔으니, 과연 무슨 금벼락에 돈 태풍 소소리바람 일어나게 될 것인가. 세상에, 원 세상에…….

그따위 마을 길 닦는 건 부역도 울력질도 아니었다. 정 회장 몸보신시키기 위해 천봉산 발칵 뒤집히게 하는 진짜 울력질이 불어닥치고 있는 판이었다. 6천 원, 8천 원 일당 받는 도로 인부 문제가 아니었다. 자라올 마을에 진짜 울력질이 생겨났다. 남녀노소 가릴 것 없이 온통 산으로 떼 지어 올라가지 않으면 안 될 일이 생겨났다. 이럴 줄 알았더라면 만사 제쳐놓고 땅꾼 노릇 일찍 배워놓을 것을…….세벌댁의 머리에 당장 떠오르는 것은 올 같은 흉년에 나락 농사 결딴난 거 문제 아니지 않는가 하는 것이었다. 나락 농사 아니라 엉뚱 생뚱한 돈 농사 지어볼 거리 생긴 것 아니냐 싶었다. 방 빌려줘 뒤치다꺼리하는 뜬벌이가 아니라 버스 두 대 값은 너끈하다는 백사 하나 만나볼 일 꿈꾸어보자는 것이었다. 그러다가 세벌댁은 어렴풋하게나마 세상 이치라는 게 그런 것이 아닐 텐데…… 아닐 텐데…… 하는 생각이 들었다. 길 닦는 울력질이 아니라 천봉산 신령 노하게 만들 이런 땅꾼 울력질이 과연 제대로 된 것일까 하는 억하심정 같은…….

7.

시간이 어떻게나 지나갔는지 모를 지경이었다. 날이 어둑어둑해지는데 민순이 어매가 찾아들었다. 저놈의 여편네 남 좋은 일 해준다고 재랄을 떨더니 제가 갖고 있는 비밀보다도 더 큰 소식, 이 집에 들이닥친 정 회장 소문 듣고 찾아왔나 보구나 싶어 고소한 기분이

들었다.

"빨리 옷 차려입고 나와. 함께 갈 데가 있지야."

"뭔 일? 남 존 일?"

"그래, 아까 그 여자, 내가 데불고 온 여자 안 있어라? 실은 고완중 씨 중매 들어줄라구."

"뭣이라? 고완중 중매 들어줘?"

민순이 어매가 꽁꽁 숨겨놓았던 '남 좋은 일'이 바로 그것인 모양이었다. 고완중 중매 들어줄 일이라면 충분히 새로운 소식이 되고도 남았다. 천하에 둘도 없이 답답한 남자, 그나마 쉰여섯 나이에 아홉 살짜리, 열한 살짜리 어린것 매달렸고, 마누라 대신에 열다섯 살짜리 맏딸이 지어주는 밥 얻어먹고 지내는 째지게 가난한 살림살이, 웬 여자가 그런 집 들어오려고 할까? 워낙 푼수 머리가 갑갑해서 중매 말조차 나서지를 않아 은연중에 마을의 골치 머리를 썩히는 그런 사람이었다. 오죽했으면 토끼 같은 자식들 놓아둔 채 그 집 지어미 가출해 버렸을까?

아무렴, 그런 일이라면 좁쌀 벤또 아니라 이밥 도시락 싸 들고 가서 훈수라도 놓아주어야지. 세벌댁은 급히 옷 갈아입을 준비를 했다. 남 좋은 일일 뿐 아니라, 잘만 되면 국수 얻어먹게 될 자리니 아무런 옷이나 내 입을 수는 없었다. 세벌댁은 다시 옥색 한복에 브로치, 모조 반지까지 꿰차고, 그리고 흰 고무신을 방에서부터 신곤 바깥으로 나왔다.(오늘은 이놈의 신발을 두 번씩이나 닦게 되었으니, 참 별일이지야. 생각하면서……)

"잘될까?"

"글쎄 몰라. 둘 다 고 모냥이니." 하며 그들이 울바자를 벗어 나오는데, 정 회장 부부가 마을을 한 바퀴 둘러본 다음 돌아오는 중인가 보았다. 제법 소득이 있었던 셈일까. 정 회장 부인의 목에 둘렀던 머플러가 보자기로 둔갑해 있었다. 제법 볼록하니 많은 것들을 싸 놓았다. 보나 마나 덜떨어진 생감에 밤, 호두, 도토리 부스러기 같은 것이겠지. 서울내기들은 밤이니 감이니 열린 게 남의 농사인 줄 생각 않고 무턱대고 싸가려 덤벼드는 것이었다. 그런 면으로 극성 스러운 것은 궁진한 시골아이들보다 더했다.

그런데 정 회장인지 사장인지 그 늙은 내외가 커다란 돌멩이를 들어서 밤나무 밑둥을 사정없이 쥐어박는 걸 세벌댁이 보았다. 왜 그러는지 능히 짐작되었다. 밤송이가 촘촘하게 벌었으니 견물생심 이라고 그것들을 떨구어낼 작정일 것이었다. 제법 큰 밤나무인지라 손으로 흔들어봐도 흔들려지지 않으니 바위만 한 돌멩이로 개 패 듯 하는 게 틀림없었다. 세벌댁은 물론이지만 민순네 기색도 안 좋 았다.

"하이고, 돈 사태 일으킨다는 도시 부자가 우짜 저러까잉." 민순 네가 소곤거렸다. 세벌댁이 못 본 체하려다가 그 소리에 그냥 지나 칠 수 없었다.

"하이고 아자씨두 참, 그 밤나무 무슨 죄졌어라? 우짜 그리 모지 락스럽게 때려쌓는당가?" 세벌댁이 그러면서도 얼굴로는 웃음을 지어 보였다.

"밤송이가 하도 탐스러워서, 밤밥이나 지어 먹을까 하구요." 정 회장 부인이 대신 나서면서 말했다. 그러다가 그 여자가 약간 무안 을 느끼는 표정이었고 이윽고 깔깔거리며 웃었다. "아주머니는 참 별난 분이에요. 아까는 전화통에 대고 착하지 착해, 조금만 기다려 라……, 하고 얼러대더니, 또 이번에는 우리더러 밤나무 죄졌느냐 왜 때리느냐 하니 호호 참 아주머니두, 아니 이게 밤나무 때리는 거예요, 원참……."

"집 마당에 간짓대도 있고 빨랫줄에 장대도 걸렸지라. 밤이야 얼마든 따도 상관없응께, 그렇게 때려쌓지 말고 그걸로 따가씨소. 그건 그렇고 마을에 경사 난 일 있어 내사 쪼매 마실 다녀오겠구만요."

두 산골 할망구들은 얼른 그 자리에서 벗어났다. 정 회장과 그 부인이 밤나무로부터 떨어져 나가면서 저희들끼리 웃어대는 소리가 들려왔다. 아마도 산골 무지렁이들 어쩔 도리 없다고 비웃어대는 게 틀림없었다.

"그 댁네 사모님 말이라, 자식 못 낳아 본 후실 댁인기 틀림없어 뵈지라." 민순이 어매가 소곤거렸다.

세벌댁이 말없이 고개를 끄덕거렸다. 그 또한 그런 생각을 하고 있는 참이었다. 멋쟁이이기는 한데 자식 농사 지어 거두어들이는, 그런 살림 살아온 여자 같아 보이지는 않았다. 안마나님 아니라 문자 그대로 사모님 노릇만 해온 여자, 텔레비전 연속방송 문자대로 하자면 외부 선전용이라나 손님 접대용이라나 그런 후취 부인이지 싶었다. 두 할머니는 그러면서 속으로 쿡 웃었다. 우리야 워낙에 별수 없는 인종들이지만, 당신들인들 별 볼 일 있으까잉, 하는 묘한 억하심정이 생겨났다. 자식 키워본 그런 지어미라면, 사람뿐 아니라 나무한테도 제 자식(그러니까 열매지만) 소중할 거라는 거를 어찌 모를까. 밤나무에 열매 많이 열려, 그게 죄가 되어 등산쟁이들한테 시달림 받는 꼬라지를 대할 적마다 자라올 사람들은 이유 없이 속이 상하던 것이었다. 더구나 세벌댁이 이야깃거리를 하나 뿌리기도 했다.

어물전 망신은 꼴뚜기요 과일전 망신은 모과라 하던 것도 옛말이어서 요새는 그 나무를 도시 정원수로 쳐 주고 또 그 열매를 커피병에 넣어 집술 담그는 것으로 호가 나고 있다는 것쯤이야 산협 사람들도 알고 있었다. 세벌댁 뒤란 쪽 울타리 바깥에 서 있는 모과나무가 등산쟁이들 따위에게 번번이 수난을 당하는 중이었다. 세벌댁은 그 나무를 볼 적마다 제 처지를 돌이켜보곤 하였다. 태풍에 장마로 야단일 적에도 그 나무는 제 몸으로 건사하기 힘들 만큼 많은 열매를 매달았다. 그것들을 부양하자니 너무 힘들어 잎사귀들이 축 늘어질 지경이었다. 그쪽 식물 살림살이도 억척 가난이고 정 못 견딜 형편이었던가? 채 영글지도 못한 제 자식(열매)들을 떨궈내기도 하였다. 그럼에도 모과는 억척같은 끈기를 지녔다. 갈바람이 조금만 불어도 벌써 낙엽이 되곤 하는 플라타너스 따위와는 다르게 이것은 서리가 내릴 지경까지 푸른 이파리로 버텨내는 것이었다. 그렇게 제 열매를 키우기에 오랜 시간과 공력을 들였다. 작년에 그렇게 열매를 많이 지어 한 나무에서 몇 포대인지 모를 지경으로 모과가 열렸다. 그러나 그게 탈이었다. 오며 가며 온갖 잡것들이 그 나무를 못살게 굴었다. 세벌댁은 그럴 적마다 내달아 욕설을 퍼부어 댔다. 쩨쩨하게 그런다고 그들이 흉을 보았다. 물론 장에 내다 팔아 시겟돈을 삼기는 했다. 하지만 세벌댁은 손재수 만난다고 화낸 것이 아니었다. 그의 욕설은 아주 다른 사설로 이루어졌던 것이다.

"이 싸가지없는 것들아. 너그들헌티는 에미두 없냐. 우짜 저 어멈 나무를 못살게 군다야?"

모과나무를 '어미' '어멈'으로 불러대는 세벌댁의 소리를 처음에는 사람들이 낯설게 들었다. 그러다가 나중에는 "헤헤, 그거 말 되는구먼." 하고 웃어들 댔다. 그로부터 그 말은 동네 아이들 입에 발리기 시작하여, 온 마을 사람들이 항용 입에 담는 이야기로 발전되었다. 민순이 어매가 세벌댁에게 지나가는 말로 한 이야기가 이런 사연을 염두에 두어서 하는 소리였다.

"자석들이 애물단지잉게 그게 편할지 몰러. 우리 모과나무를 봐. 해거리라는 말이 있긴 하더만서두, 작년엔 그렇게 많이 열리더니, 금년에는 딱 다섯 개밖에는 안 지었어. 작년에 하 고생을 해 싸서, 저 나무가 금년에는 아예 자석 농사 작파해버린 것이지야. 그러니 저 에미 나무가 금년에 얼마나 편해하는지……."

"하지만 뭔 소용이다야? 내년에는 또 많이 열어 고생을 해쌓을 긴데……."

민순이 어매가 제 처지 생각하는지 한숨을 쉬었다. 그에게는 딸만 셋이었는데, 모두들 시집을 가기는 하였으나 하나같이 객지에서 어렵게들 살고 있었다. 더욱이 그 딸들이 외손녀, 외손자들을 떠맡기곤 하였는데, 민순이 어매가 제 손자들을 그렇게 귀찮아할 수가 없었다.

고완중은 여지껏 루핑 얹은 집을 고칠 염을 내지 못한 채 살고 있었다. 살림살이 개차반이라는 것도 그 정도에 이르면 기똥차다는 말밖에 나올 게 없었다. 텔레비전 웃기는 문자대로 하자면 '인간아, 왜 사니, 왜 사니?' 하는 탄식인지 야유인지 퍼붓게 될 노릇이었다. 자라올에 밤도망질 나가서 빈집이 세 채나 되는데 고완중네 집이 이번 차례 다음 차례 후보에 오르곤 했다. 아직까지는 사람들의 기대를 어긋나게 하는 것이 신통한 일이었을까. 그는 삶의 의욕을 상실한 그런 위인의 표본이었다. 인생 한번 막가는 길로 접어들면 원상회복이 그만큼 어려운 모양이었다.

사람의 생이라는 게 들쥐나 박쥐 같은 짐승의 그것보다 나을 게 하나도 없었다. 자라올이라는 마을 자체가 사람의 마을이라기보다는 온갖 날탕 뜨내기들이 막판으로 몰려오는 그런 인간 파락호의 서식지 꼴이었다. 고완중이는 왜정 시대에 화전민 마을에서 마저도 머슴 비슷이 살던 그런 집 자식이었고 사람 대접 받지 못한 채 컸다. 그러다가 천봉산에 빨치산이 진을 칠 적에 그가 십 대 소년으로 입산했다. 그리고 붙잡혀서는 거꾸로 공비 토벌의 앞잡이 노릇을 했다. 휴전이 될 무렵 자라올에 맨 먼저 뿌리내린 것은 노계득과 같이 토벌대로 이 고장에 들어왔다가 얼굴 밴밴한 생과부 여편네를 차지하여 공것으로 땅마지기에 집 마련해서 눌러앉은 자들이었다. 아마 정책적으로 그랬던가 보았다. 그리고 이제 와서는 그런 자들이 다 토박이 유지 노릇 하고 있었다. 고완중은 빨치산일 때도 그렇고 빨치산 토벌 선봉대가 되어서도 그랬고, 또 그 뒤로 민간이 되어서도 그랬다. 한 번도 사람 대접을 받지 못했으므로 한 번도 제 인생에 빛을 보지 못했다. 자라올 같은 산골 살림이 도리어 면사무소 직원의 빽이라도 있어야 견딘다는 소리가 있는 곳인데 고완중에게 그런 선이 닿을 리 없었다. 한때는 견디지 못하여 지방 도시로 나가기도 했으나 거기서는 더욱 삶 자리를 닦을 수 없었던지 다시 기신거리며 기어 들어왔다. 산골이 험악하기는 하나 자연의 힘은 인간을 먹여 살리게 하는 데에 뜻을 두고 있어서 사람을 제 품 안에 거두어들이는 것이었다. 제 부지런을 피우면 하다못해 송기죽에 칡 뿌리 핥아 먹으며 너구리, 오소리처럼 산중에 진을 칠 수는 있는 일이었다. 산을 타는 데는 그가 능해서 온갖 천덕꾸러기 일을 맡아 하며 동네 머슴처럼 살았다. 고완중이 장가도 가볼 생념을 내지 못한 채 그렇게 지내다가 마흔 살이 넘어서야 그 자신처럼 기구한 여자를 만나 살림을 마련했으니 늦깎이로 그가 제 살림을 가져보나 하였다. 그러나 엉뚱한 사단으로 동주읍 경찰서 신세를 진 일이 생긴 뒤로 다시 얼이 가버린 얼간이가 되었다. 그 마누라가 얼싼년이 되어 도망쳐 버리자 고완중의 유일한 취미가 제 새끼 두들겨대는 일이 아닌가 싶게 포악해졌다. 옛날이라면 멍석말이해 몰매 놓은 다음 마을에서 추방시킬 노릇에 해당되었는데, 그런 향청마저 안 열린 다는 게 그에게는 다행이었을까. 하지만 정말로 하늘이 그를 측은 하게 여긴 것이었는지, 아니면 천봉산 신령이 그를 도와주려고 하였던 것이었는지 믿을 수 없는 일이 생겼다. 버스 두 대 값 나간다는 백사를 천봉산 신이 그에게 내려주었으니……

　들리는 말로는 노계득이 거간 노릇으로 나서서 새치기로 대부분 챙겨 가졌고 고완중에게는 조금밖에 나누어주지 않았다 했다. 그러나 그에게 그것은 큰돈이었다. 고완중이 그 이후로 노계득을 원수같이 알지만 돈 계산보다도 천봉산이 그에 대한 노여움을 풀어 자기를 받아주었다는 생각에 마음을 돌려 잡은 모양이었다. 여자도 아니면서 산지당에 치성드리는 일은 누구보다도 앞머리에 나섰고, 작년 동제에는 그가 제관 후보자 중 하나로 거론되는 감격적인 일도 만났다. 하여튼 산에 들어가 며칠이고 치성드리고 나왔을 적의 그의 표정이 참으로 개운해 보였다. 또 고완중의 시중드는 그 집 큰딸 애옥이가 참으로 괜찮은 성품이었다. 마을 인심도 돌아서서 이제 저 집이 안돈 되려나 보다 하고 느꼈으며 중매를 들어주어야할 텐데 하는 공론이 생기게 된 것이었다.

　"잘돼야 쓰겠는디." 하고 민순이 어매가 고완중의 집 마당으로 들어서면서 말하였다. "그 청양댁이 마음 내켜할지 문제인 것인디, 고 씨야 군말 없을 테고 말여. 그 일만 제대로 성사되면 다른 일도 풀릴 거 아닌가비. 노계득이 고완중을 부르건 말건 그 회장님이라 나 하는 이에게 백사를 구해다 줄 사람도 그가 될 테고 말여."

천봉산 신이 정말로 고완중에게 '빽'을 쓰게 하는 줄로 민순이 어매가 믿고 있는 듯해서 세벌댁이 가만히 웃었다. 아무려나, 왜룩거리기를 잘하는 민순네가 정말이지 남 좋은 일을 해주는 듯싶어 그는 이 뚱보 여자를 괜찮게 생각했다. 민순네는 세벌댁뿐 아니라 동네 구장 정만구에게도 기별을 놓았나 보았다. 좁아터진 방 안에 고완중과 충청도에서 왔다는 그 청양댁, 정만구, 오안걸 영감의 부인 하동댁, 그리고 민순이에게 고모가 되는 마실뜸의 여편네도 와 있었다.

고완중의 어린 자식들이 두 눈 올랑하게 뜨고 마당가를 서성거리고 있었고 좁아터진 방 안에서는 어색한 침묵 속에 기묘한 집회가 열리는 중이었다. 그래도 맞선 자리인지라 고완중이 다림질조차 되지 않은 양복에 넥타이를 매기는 했다. 볼품없이 늙어 버린 꾀죄죄한 모습만이 돋보이게 해줄 뿐이기는 했다. 쥐색 투피스를 입고 있는 충청도 여자는 아예 등을 돌려 앉은 채 먼 산 바라보기로 딴전만 피우고 있는 중이었다. 구장 정만구가 어떻게든 구닥다리 서방에 낡은 각시의 데이트를 성사시키려고 살살 눈치를 보는 중에 세벌댁과 민순이 어매가 들어서는 것을 반색하며 맞아들였다.

"체면이고 염치고 격식이고 순서고 모든 것 필요 없제잉. 뚫린 입아구이니께 이야기야 씨원씨원 해뿌리는 게 좋은 것이여. 먼첨 내가 각시에게 묻겠구만이라. 각시는 고향이 어디시랑가?"

세벌댁이 수다쟁이라는 소리를 듣기는 하지만 이럴 때는 남들이 못 하는 몫을 해내는 것이었다. 세벌댁이 자리에 앉자마자, 마치 재판하는 것처럼 다짜고짜 물어댔다. 충청도 여편네가 픽 웃으며 그를 바라보았다.

"충청도 홍성이래유."

"그런디 내가 듣기로는 충청도 청양서 왔다고 하던디…….”

"그리루 시집을 갔지유.”

"그러면이사 이혼을 해뿌렸소?”

"어찌 그리 되았구면요. 남편이라는 기 걸핏하면 사람을 북어 패 쌓듯 하기에 도망쳤지유. 이리 떠돌아 댕기믄서 그렁저렁 지내다가 한 이 년쯤 만에 자석 새끼들 보고 싶어 들어가 봤더니, 딴 여자 들여 앉히구 내 호적을 파 버렸던 것이오. 누구 맘대루 호적을 파버렸느냐 대들었더니 그 뭐라나 행방불명돼 가지구 얼마 세월이 지나면 그게 이혼깜어리가 된다데유. 그런지 워떤지 따지기두 구찮아서 나와버린 거지유.”

"그래, 여그 땅은 어찌 오게 되았소?”

"가을철이라, 저 아래 버스 댕기는 마실뜸 마을에 나락걷이 품을 팔러 들어온 거지유.”

민순이 고모가 거들 차례가 되었다.

"이 아주머니가 고생 복을 타고 났는지는 몰루두 참 참하고 소박한 사람이다 싶더라고요. 아무려나 마음 붙여 좋은 사람 만나 살아야지 이렇게 떠돌아다녀서야 쓰겠느냐고 내가 그랬지라우. 그랬더니 이 아주머니 웃으면서 워디 좋은 사람 있나유, 그러등만이라. 암믄, 사람이 워째 없을 기냐고, 그래 내가 민순이 어마이한테 중매 들어보라 이야기했던 거지라.”

"우리 충청도댁 사정을 들었고, 그럼 이제 고완중 씨헌티 묻겄소잉. 술 좋아하요, 안 허요? 술 마실 줄 안다면 패악질해쌓소, 안 쌓소?”

고완중이 헤벌쭉하게 웃었다.

"먼저 마누래 도망가뿔고 속상한께 한때 술 망나니 노릇으로 동네 꾸중깨나 들었지라. 하지만 작년에 천봉산 신령님 도움으로 백사 대미 선사 받은 다음서부텅은 딱 술 안 마셔뿐께 동네에서 고완중이 사람 됐다고 이렇게 중매도 서 주는 기 아니겠어라."

"그 이야기는 그것으로 됐고, 다음으로 집 생긴 것이 우짜 이리도 누추하요. 지붕도 고쳐뿔고 담벼락도 손질해야겠구만이라."

"그찮아도 추석이나 지나서 새로 손을 볼라는 중인디, 이런 일 생길 줄 알았어라 워디, 이거 남우세스러워 어쩔 바 모르겠구만이라."

세벌댁이 웃으면서 정만구를 바라보았다. "이제 내가 할 이야기는 끝났고 구장이 나설 차례 아닌가 모르겠소."

"두 분이 서로 인연이 닿는가싶소잉. 공탁금 오십만 원씩 낼 일만 남아뿌렀어."

"공탁금이라니, 그기 뭔 소리랑가?"

"신식중매를 그러코롬 한다누만이라. 공탁금 오십만 원씩을 신랑 신부 후보헌티서 걷어 가지고 이장이나 면장에게 맡겨놓는다, 그 말이시. 우짜 공탁금을 걷느냐? 서로 함께 살다가 혹여 헤어지자는 소리 나오는 거 방지하기 위해서더라고, 네가 먼저 살자고 옆구리 쿡쿡 찔렀지, 내가 먼저 살자고 옆구리 쿡쿡 찔렀냐 함시롱 부부싸움도 나는 거 아니겠어? 더욱이 뜬구름끼리 만나듯 하는 재혼 자리가 그렇다지라? 그런즉 안 살겠다고 먼저 이혼 말 꺼내는 쪽의 공탁금을 몰수해뿐다 그거여. 그러이까네 헤어지고 싶은 맘 있어도 공탁금 달아날 생각에 못 헤어질 거 아닌개비? 참말로 요새 사람들 머리 쓰는 거 못 낭하는 거랑께. 어때요, 고완중 씨. 걸겠소?"

"요새 세상이 그런 법을 만들었다 하면이사 융자든 빚이든 내서라도 걸든지 내든지 따라야지요."

"워때요, 충청도 양반 아주무이? 걸겠소, 내겠소?"

청양댁이 이상하게 얼굴을 우그러뜨리면서 웃었다.

"그런 데 바칠 돈 어디 있남유? 아니 그래, 내 돈 써가면서 누가 그런 일을 해요? 혼자 지내는 기 편한 걸유. 돈 아까워서라두 재혼할 맘 달아나 버렸어유. 이 이야기 없었던 걸로 해야겠네유."

"아주무이, 혼자 사는 기 편하다 하는 말두 아주무이 그전 결혼 생활 고달팠던 데서 나오는 것 같은디, 나이 먹을수록 뒤가 허전혀서는 못 견딘다 안 허요? 뜨내기 떠돌이 생활도 젊을 적 이야기지 나이 들어서는 따스한 안방 차지로 들어앉아야 쓰는 것이요잉."

"사는 데꺼정 살다 가는 게지유. 밭에서 죽으면 그 밭 농사꾼이 묻어줄 테구, 논일하다 죽으면 논 임자가 장례 치러줄 거구, 길 가다 죽으면 그 마을 면장님 발인 서 주겠지유. 사람한테 치이는 거, 부대끼는 거 진절머리 나네유."

청양댁이 어느새 눈물을 흘리고 있었다.

"치이는 것이 사람헌티서지만, 위함을 받는 것두 사람으로부터라요. 그러니 사람이 혼자 못 사는 것이고, 함께 살아나가야 하는 것 아니겠어라? 지금 당장 결정을 내릴 일은 아닌 거 같고, 하루 더 생각해보도록 하는 기 합당허겠소. 더 생각을 해보아 내일 다시 만나 결론을 내리도록 하는 기……." 세벌댁이 이렇게 참견하였다.

"그기 그렇겠소." 하고 정만구가 말하였고, 맞선은 일단 하루 더 연기되었다. 민순이 어메가 청양댁을 데불고 자면서 잘 구슬려보겠지.

화제는 세벌댁 집에 와 있는 정 회장 몸보신 위해 온 동네가 땅꾼 울력질 나설 일로 발칵 뒤집혔다는 이야기로 돌아갔다. 세벌댁은 내일 길닦이 인부 새참 장만으로 된장, 고추장 꿔야 할 일을 의논하였다.

8.

밤새도록 도토리 굴러떨어지는 소리로 자라올 마을이 조용하지를 못했다. 도토리란 놈이 땅에 이마빡을 박으며 딱 소리를 내고, 이어서 그 충격의 여세를 몰아 땅바닥으로 구르면서 데구루루 음향을 끌게 되는 것이었다. 밤송이 툭하고 땅에 박히는 것과는 대조를 이루었다. 전해오는 말이 도깨비들이 한밤중 잔치에 무서워하는 게 없는데 유독 도토리 떨어져 구르는 소리에 질겁을 낸다 하였다. 도깨비방망이 두들겨대는 게 그런 도토리 떨어지는 소리 이겨내기 위해 흉내 내는 것이라 하였다. 세벌댁이 마실 갔다 온 후에도 새참 음식 마련으로 늦게서야 잠자리에 들었는데 도토리 뚝딱 데구루루 소리에 뒤척거리다가 먼동이 트기도 전에 그만 잠 서리에 빠져 깨어나고 말았다. 설움에 겨워 흐느끼는 듯한 큰 내의 물소리도 그러하려니와 도토리 뚝딱거리는 소리가 꼭 실성한 여편네 다듬이질 방망이 두들기는 것 같기만 하여 가슴을 파고들었다. 작년에는 천봉산에 도토리 흉년이 들어 상수리, 굴참나무 등속들이 동티 나고, 밤보다도 도토리 값이 세 곱절이나 되는 이상한 일도 겪었는데, 올가을에는 다람쥐 양식들만 잘되고 있는지 이 며칠 밤 내내 금 나와라 뚝딱 은 나와라 뚝딱, 그런 소리가 여름철 악머구리 끓듯 하다는 개구리 소리 못지않게 요란한 것이었다.

남의 집 안방을 차지한 정 회장 부부는 내외간에 야간 작업이라도 벌이는 걸까, 두런두런 속살거리고들 있었다. 아마도 도시 소음에 젖어왔던 사람들이니 이런 밤 소리에 귀설어하는 것이지 싶었다. 깊어가는 가을밤 가슴 사무치게 하는 느낌이 어떠한지를 새삼스레 걸러내고 있는 듯하였다. 말로는 자기들도 억척 가난에 들었던 산골 출신들이라 했다. 그런데 무슨 조홧속으로 그들은 회장님에 사모님이 되고, 이켠들은 예나 제나 다를 바 없는 산협 무지렁이로 들쥐, 박쥐 같은 처지에 하냥 놓여만 있는 것인가. 세벌댁은 이 사람들의 뒤치다꺼리 맡는 일에 짜증이 날수록 신세 한탄이 절로 나왔다.

마치 난리를 만나 짓쳐온 외지인들의 무슨 임시 작전 본부인 것처럼 세벌댁 집이 그렇게 변해버린 것에 처음에는 그냥 심드렁하기만 했다. 그러다가 젊은 시절 몸서리나게 겪었던 일들이 저절로 회상되었다. 그 여순 반란 시절, 세벌댁이 자라올 아니라 광양 백운산 턱밑 마을에서 살았는데, 그때도 그의 집이 바깥에서 들어온 낯선 사람들에게 징발 비슷이 점령당하던 일을 거푸 겪었다. 뿐 아니라 바깥사람들 시키는 대로 울력질에 동원되곤 했다. 그것도 한쪽이 아니라 양쪽에서였다. 밤손님들 들이닥쳐 지겟짐 지워 산길 걷게 만드는 게 죽을 맛이었으나, 그 못지않게 낮에 들이닥치는 손님들 접대에 온갖 다그침 받아내는 것이야말로 얼을 싸게 하는 노릇이었다. 그 토벌대들의 울력질 시키는 것이 사람 의심으로부터 나오는 것이어서 더욱이 그러했다. 산골에서 사는 죄, 게다가 총칼 앞세운 사내들에 둘러싸여 몸 둘 바 없는 여자로 태어난 죄가 어찌 그토록 크기만 했던지, 세벌댁은 지금도 진땀이 나고 오금이 저려 오는 느낌을 지울 수 없었다.

"할머니는 어째서 개도 닭도 안 키워요? 돼지, 소 안 먹이는 거야 그런 게 수지 맞출 가망 없다 하니 이해가 되지만 말예요." 정 회장댁이 지난 저녁에, 일에 매달린 세벌댁을 앉혀 물어왔다.

"와 그런지 아시게라? 치어뿌러서 그렇지라우. 영감이다 자석들이다, 그렇게 제 식구들헌티 치이는 것만 해두 나이 늙어 신물 나고요, 또 마을 사람들이니 바깥사람들이니 얼마나 성가시게들 굴어쌓는지…… 짐생이라는 것두 모두 저 위해 달라고만 하니 징한 일이지라. 때맞춰 끼니 대 주어야 하구, 귀여워해주는 척을 내야 하구, 그 뒷수발 신물 나는 거구만요. 바둑이에 염소, 토끼 같은 거 멕이다가 다 치워버리니 치이는 게 없어 얼마나 개뿐한지 모르겠어라. 사람이 늙어뿐게 고목 같어뿐지러. 그래 내가 사람이나 짐생 아니라 풀꽃이랑 나무들하고 그런 것들하고 유정하게 지내드란 말이시. 그런 것들허고 이야기 나누며 사는 것이랑게요. 나무들은 보채는 거 없지라. 넌지시 이짝 마음을 짚어주드란 말이시. 저 밤나무, 모과, 홰나무, 저 호두나무, 감나무, 그리고 우리 양념딸이 씨 뿌려 돋아난 과꽃, 맨드라미, 접시꽃, 코스모스, 이런 것들하고 서로 마음을 통하지 안 허겠소잉?"

노계득은 그 밤늦은 시각까지도 망일 상회 제집으로 돌아갈 염도 없이 무슨 의논질이 그리도 많은지 정 회장과 얼굴을 맞대 간살을 떨고 있었다. 더펄거리는 홍정필이 흡사 작인들 대령시켜 잘난 체 까부는 도마름처럼 사람들에게 이런이런 지휘 내리며 돌아가고 있었다. 마당에 전깃불 외등시설도 해놓지 않았다고 나무라더니, 세 군데에 볏짚으로 만든 홰를 세워놓았다. 그리고 회장님 약뱀과는 별도로 사모님 몸보신용으로 토종닭에 오골계 필요하다 하여 구해왔는데 그 촌닭들이 꼭꼭거리며 부산을 떨어대고 있었다. 약뱀 끓일 동자아치는 나름대로 그런 일에 익숙한 일손이라야 했고, 그것은 삼계탕이라 예외 아니라 하였다. 홍정필이 '안타깨비' 별명 듣는 제 마누라에게 맡겨보려다가 퇴짜를 맞았다. 세벌댁에게 어떤 사람이 좋은지 소개해 주거나 아니면 직접 맡아서 해보지 않겠느냐 물었다. 약뱀이야 남자가 수발드는 게 낫겠고, 임시로 동자어멈 필요하다면 말해줄 사람 있다고 그가 한마디 했다. 세벌댁이 언뜻 생각나는 게 있어서 맞선 보러 나타난 충청도 청양 여자를 천거

한 것이었다. 정 회장댁 말인즉 바깥주인은 입이 짧아 아무나 담가 놓은 김치는 들지 못하니 안 된다 하였다. 결국 오안걸 영감 부부가 안팎으로 그런 일을 맡아서 하고 또 심부름도 해주기로 하였다. 뱀탕 끓이는 값으로 하루에 이만 원씩을 준다 하였다.

"풀꽃이랑 나무들하고 유정하게 지낸다니, 정말로 그런 게 가능해요?"

"하면이사, 내 나이 일흔 아니더라고요? 흙이 구수하게 느껴지는 나이 되야뿌렀지요."

"흙이 구수하다니요?"

"옛 노인들이 그랬더만요. 죽을 나이 가까워 오면 흙 속에 파묻히는 때 되어가니 흙이 구수하고 달콤해지는구나, 소리 해쌓고 워쩌고……."

"참, 지독하기도 하지. 아니 그래, 사람 싫고 가축도 싫고, 식물들에 흙이 좋다니 사람이 어째 그럴 수 있어요? 쓸쓸하고 외롭지도 않으세요?"

"우리가 워찌 살아왔어라? 우리처럼 모진 세월 견뎌온 인간들, 앞 세상두 없구 뒷 세상두 없구 천지 어디에도 없어라. 자석들도 그기 그런 줄은 모르제라. 품 안에 넣어 자석들이지, 품 밖에 놓이면이사 지그들 딴사람처럼 살아가겠지 믿어 그만이제, 허전하다 느낄 것도 없제라. 내야 모진 세월 메꾸어 이 몸땡이 가루가 되든 말든 액맥이를 해놓은 것이고, 그러코름 되야서, 이제 이 세상은 내 세상 아니라 너그들 것이다 하게라우. 미처 안 죽어서 내가 그냥 남의 세상에 얹혀 지내는 거제마는 신세는 안 질란다, 내 살아왔던 모진 세월 내가 챙겨서 슬슬 거두어가는 게고, 너그헌티는 그 잘못된 세월 물리받으라 하지두 않고 물려줄 마음도 전혀 없는 게라 하지라우. 서

서히 그런 준비를 해야 하게라우. 흙으로 돌아가더라도 완완히 깨
끗하니……"

"세상에 원, 할머니 이야기 도통 못 알아듣겠어요. 잘은 모르나
남다른 데가 있기는 하네요. 말 못 할 사연 같은 거라두 가지셨나
봐."

정 회장 부인은 알쏭달쏭 미심쩍어하는 표정을 지었다. 정 회장
이 그때 밤이 늦었으니 모두들 돌아가라는 말을 해서 사람들이 자
리에서 일어들 섰다.

집 안이 조용해지자 도리어 서먹하고 이상할 지경이었다. 세벌댁
은 꾸물거리며 음식 장만으로 계속 마당에 서성거리고 있었다. 원
래 초가 네 칸이던 이 함석집 안방 쪽 부엌을 빼앗겨 버렸으니 세벌
댁이 윗 골방 바깥에 놓인 아궁이에 불을 지펴놓아 찬거리를 만들
고 있었다. 정 회장은 토방 마루에 걸터앉아 밤공기를 쐬고 있었고,
그 부인은 배낭에서 부탄가스 버너를 꺼내 뒷돌 위에 놓고 주전자
물을 얹어 놓고 있었다.

"할머니, 이리 오세요." 하고 그 여자가 불렀다. 도시 사람 항용
마시는 커피라도 타 주려는가 하였더니, 끓는 주전자 물에 넣어서
데운 색 유리병에 든 쌍화탕을 마시라며 내주었다.

"아까 마실 가서 사이다 마셨는디, 이런 거 또 마신당가."

"원 할머니두, 사이다 드셨다구 다른 거 마시면 안 되나요?" 하고
정 회장 부인이 말하다가 다시 깔깔거리며 웃었다. "오호라, 이런
음료수라는 것도 할머니 생각에는 음식처럼 제 끼니 찾아 한 번 들
면 되지, 간식하는 것처럼 하루에 몇 번씩 군주전부리할 게 뭐냐 하
는 거지요?"

"산협 것들이야 냉수 마시고 속 차릴 줄밖에는 모르는 것들이 돼

뿌러서 그게 그렇소잉, 우짜 되얐든 일부러 주시는 거잉께 내 고맙게 들어볼라요. 회장님이 좀 추우실 터인데, 아궁지 불땀이나 제대로 들었을라는지…….”

“노계득 씨가 장작에 관솔을 바리째 갖다주어 아궁이 뜨거워질 정도로 지폈는 걸요. 도리어 문 열어놓고 자야 할지 모르지요. 참, 그건 어찌 생각하세요? 아까 노계득, 그 사람 말로는 이제 도로도 뚫리고 하면, 이 마을이 굉장히 달라질 거라던데…… 관광객이 미어질 거구, 교통 편해져 별장에 목장에 산장 같은 것두 늘어설 거라 하던데 말예요.”

세벌댁이 가만히 그 여자를 바라보았다. 그냥 지나가는 말로 물어보는 것은 아닌 듯하고, 무슨 투자인지 투기인지 그런 거라도 해보고 싶어 의뭉을 떠는 게 아닌가 싶었다. 수양도 할 겸 내려온 참에 노후 보낼 별장이나 목장 같은 거라도 차려보려는 것일까, 아니면 애초에 엉뚱한 사업 계획 같은 거라도 꿍꿍이속으로 가졌는지도…….

“모르제라. 나는 그런짝 사정은 도모지 모르겄고요, 노 씨야 귀신 불따구 쳐불게 잘 알겄구마잉. 그 사람 동서로 번쩍, 남북으로 번쩍, 돈벼락에 천둥지둥 일으키는 데 이골이 났으께잉. 다만 내가 아는 자라올이라는 데는 호랑이 없어지니께 지가 산중 왕인 줄로 아는 멧돼지에 너구리 같은 것들 진 치는 곳이다 하는 거제라우. 사람으로 따져도 들짐생에 가까운 미사리들이나 깃을 들이는 곳일까, 그렇제라우.”

“미사리라니, 그게 무엇인가요?” 정 회장이 물었다.

“미사리가 뭣이냐고요? 사람이지라, 사람, 천둥벌거숭이 인간말종, 뭐랑가 학상들 표현으로 하자면 원시인 같은 사람.” 세벌댁이 느물거리며 웃었다.

둘째 아들이 삼십몇만 원 돈을 대주어 엉터리 치과쟁이한테 틀니를 해 박았지만 잘못 웃어대다가는 그대로 빠져버리고 마는 것이어서, 세벌댁이 그렇게 웃고 싶은 웃음에 조심, 조심을 하였다.

"산협에서 풀뿌리, 나무, 잎사귀 같은 거에 열매나 따 먹고 사는 그런 야만스런 종자를 미사리라 안 한다요. 온몸에 털이 많고 사납고, 그런 사람……."

정 회장 부인이 얼굴을 찡그렸다. "하지만 앞으로 교통이 좋아지면 관광 개발도 될 거고, 달라지지 않겠어요? 전국에서 등산객, 관광객들이……."

그 여자가 말을 끝내지도 않았는데, 영감님이 그 말을 새치기해서 화제를 바꾸었다.

"아까 아주머니 말씀이 바깥어른께서 젊었을 적 군에 들어가 집에 잘 오지 않고 그랬다 하셨는데, 군인이셨던가요? 나도 군 생활을 한 적이 있어서 묻습니다마는……."

"그랬지라우. 사연이 좀 있을 거구만요. 병정 나갈라 해서 나간 기 아니고 반란군이다 토벌대다 난리 치를 적이니, 그 적에 남정네들 군인 아니면 아닌 만큼 좀처럼 견디기 어렵고, 여인네들 제 몸 간수하기 참으로 힘들었제라우. 우리 영감이 열 번두 더 죽을 뻔하다 살아났던 일 겪었지라. 그거는 내도 그렇고……."

"우리도 째지게 가난한 농촌 출신인 걸요. 이 양반도 그렇고 나도 그렇고……. 참 그때 살벌하던 시골 사정이라니……, 다행스럽게두 우리는 웬수 같은 고향 때맞춰 떨구어내고 도시 나와 남보다 먼저 앞가림을 해서……." 잰 체하며 사모님이 말했다.

세벌댁이 이 사모님 곰비임비 잘난체 나대는 말에 마음속이 구드러져 이렇게 대거리를 하였다.

"그게 그럴 듯할갑소잉. 헌디, 우리는 워따매로 고런 이치도 모르고 경치 좋다 하고 산으로 들어간다는 기 꼭 호랑이굴로만 간다드키, 산골 무지렁이 미사리 노릇으로만 한평생 보냈으까잉. 회장이 회장님 되야 가고 있을 적에 우리는 도무지 뭔 짓을 해쌓으면서 대가리 처박고 지냈는지……, 원."

"우리 역사가 기구하지요. 더구나 이제 죽을 일밖에 남지 않은 우리 연배들이 만들어온 역사가……." 정 회장이 다시 말머리를 돌렸다. 세벌댁 나이가 칠십이라는 말을 아까 엿들은 듯했으며, 곳 아닌 곳에서 동갑내기를 만나게 되었다는 뜻을 은연중 비치는 것 같았다. "어수선한 시대에 떨구어진 인간들일수록 그 운명이 엉뚱하게 결판이 나곤 하는가 봅니다. 바깥어른께선 그래 어떻게 군인이 되었으며, 또 아닌 말로 지금이 군인 세상인데 어째 이런 산골에만 노박이로 터를 잡았는지……."

"그거이사, 우리 영감 못난 인생이어서 그렇제라우. 이런 소리 해뿔믄 영감은 화를 발칵 내며 싸우자 덤벼드니 내가 항복 문서 내놓고는 하지만 말이제라우, 우리 영감은 잘났는디 이놈의 세상이 나쁘고 못난 세상이라, 그 꼴 보기 싫어 산자락 옆대 있는 것뿐이라고, 그런 이약을 그이가 하지만 말이제라. 우리 영감은 잘났는데 세상이 못나서 그랬는지 그 반대인지 그거는 잘 모르제마는……. 허기사 조선 여편네들 모르는 기 그뿐이간디요, 남정네들은 주의 주장 내세워 뭐시라 뭐시라 해쌓드만, 무식한 여편네들 그런 것두 모르고 그런 거 저런 거 다 모르제마는, 그러나 아는 기 있어라. 알기되는 거 있고만이라……."

세벌댁은 저도 모르게 담배를 꺼냈다가 주춤하였다. 정 회장이 서양 사람처럼 어깨를 들썩하면서 손짓을 하였다. 담배 얼마든지 태워도 좋고, 하고 싶은 이야기 얼마든지 해도 좋다는 표시로…….

담배를 태워 물면서 세벌댁이 다시 입을 열었다.

"우리 영감이 원래는 여그 태생이 아니고 저 광양 백운산 자락인디, 그 뭣이냐, 여순 반란 사건이 나뿌러서 그 뒤로 외지사람 변덕 따라서 몇 번째 세상이 번갈아 뒤집히고 하였으니 그런 난리가 없었제라. 영감이 삼 형제 중간으로 그 밑에 동생이 참 사람이 괜찮어라. 왜정 말에 징병 끌려갔다 귀국하믄시롱, 이제부텀은 남의 노예 아니라 내 나라 군인 되어뿌리야 쓰겄다 해서 자원해 군인 안 되었어라. 그래 진주에서 군 생활을 했는디, 여순 사건이 터진께 그 부대를 오라고 그랬다만이라. 헌디, 그 부대장이 눈치를 보다 안 온께, 너그 부대는 반란부대 편을 들어라 해부렀단 말이더라고요. 시동생, 그 아래 군인이 뭣이나 알았겄어라? 아무러허든 잡히면 죽게 생겼응께 산으로 들어갔고만이라. 그런즉 우리가 그 뭣이냐 반란군 집안에, 나중에 가서는 빨치산 가족이 되어뿌렀고만이라. 허나 그 뿐이었어야? 우리 시아주버니 되시는 분은 집안 장손으로 시부모님 모시고 있었는디, 그때 백운산이 오죽했어라? 또 그런 일뿐이겄어라? 내 친정집이 겹쳐 말이 아니게 되어뿌렀으니, 내도 그렇고 우리 남편도 그렇고 우째서 쓰겄는지 그나 나나 다른 기는 몰라도 우리 시동생 참 불쌍탈지, 억울탈지, 그기 사상 문제겠어라?"

"그때 나도 처음에는 경찰에 있다가 나중에 군에 놓이게 되었는데, 그런 혼란이 있을 수 없었지요. 양민이 억울하게 피해를 입고 그랬던 건 사실입니다. 그런데 그럴수록 얌전히들 지내야 하는 건데 사람들이 도리어 날뛴단 말예요. 날뛰던 것들 경을 치게 되는 거, 그런 비상시에는 어쩔 도리 없었던 점도 있는 겁니다."

"뭣이라, 날뛰던 것들 경을 치게 된다고 하셨어라? 하이고메, 날뛰던 것들 경을 친다고요? 하이고메, 그래도 군인들은 점잖하고 그랬지라우. 경찰들, 특히나 일정 시대 친일파 노릇 했던 지방 경찰들 우쨌는지 알지라우? 오죽혔으면 군인들허고 지방 경찰들허고 사이가 그토록 나빴을라는지."

"당시 국군은 어중이떼중이 모여들어 문란하고 불순하고 무질서했던 게 사실입니다. 경찰들 중에는 친일파도 있었으나 무질서하기나 그렇지는 않았지요. 아무튼 다 지나간 이야기예요. 그래, 이 집 주인양반은 어떻게 군에는?"

"갈 것을 갔어라, 어쩔 수 없이 갔지러. 집안 결딴나고 끔찍한 일이 한두 가지였겠어라? 그 이야기 성한 입으로는 못 하는 것이고. 뭣이냐, 우리는 이미 그때 다 죽어버린 기나 매한가지지라. 마음이 죽어뿌렀는데 몸뚱이 살아 있음 어디 그게 살아 있는 거더라고요? 우리 영감에게 철천지원수가 세 사람 있는데, 우리 집안 결딴낸 왜놈 앞잡이던 경찰 정보원 하나허고, 제 부하들 몽땅 떼죽음 만들게 해놓고 혼자만 내빼 배신한 상관 하나허고, 간에 붙었다 쓸개에 붙었다 제 이웃 해꼬지한 같은 동네 사람 하나허고……. 아무렇든지 영감이 55년이든가 56년이든가 그때까정두 군에서 제대를 안 허고 있었는디, 고향이 원수 같고 집식구들이 꼭두 선 귀신 같응게 일 년 열두 달이 됐든 이 년 스물넉 달이 되든 기별조차 안 했지라. 어쩌다 불쑥 나타났다 하면 술만 퍼마시고 두들겨 패고 세간 부수고 그냥 휑하니 가 버리고……. 남편이라는 거 차라리 없는 것이 낫겠네, 하는 생각 여러 번 했지라. 자석내미들 탓에 죽을 수는 없어서 생명 부지는 했지만, 언제 살 것을 살았당가? 자석들 장성한 뒤에도 그때 이약은 안 하는구만이라. 다만 아그들이 묻는 적은 있어라. 남들이 워째서 어매더러 세벌댁, 세벌댁 그렇게 부르느냐고요. 내가 그 대답은 해준당게요. 친정어머니가 붙여준 것인디, 내가 자석들헌티 말하지라우. 너그 어매는 다른 사람이 한 벌 인생이라면, 그기 두 벌도 아니고 세 벌이다, 그래 세 벌 인생이고, 세 번이나 죽을 거를 죽지 못해 살고 있는 쓰레기 인간이다. 그래 세벌댁이 되야 뿌렀다고 말이지라. 아그들이 구체적인 거는 잘 모르고요잉, 이런 산골짝 숨다시피 지내제마는 세상 무서운 거는 여전하고요잉, 인생 애착 같은 거는 애시당초부텀 없었지라……."

처음 보는 사람, 그것도 살아온 풍속이 전혀 다르다 할 도시내기 앞에서 왜 속냇이야기를 내보였을까? 공연히 기분이 언짢아져 세벌댁은 간밤의 일을 반성하였다. 정 회장인가 하는 인간이 그런 소리만 안 했던들……. 날뛰던 인간들은 경을 치게 되는 것이라니, 아니 그 시절에 누가 날뛰었단 말인가? 똥 싼 기저귀 들썩거릴수록 냄새만 나는 것이고, 이쪽만 바보 되거나 의심 사게 되는 것을……. 세벌댁은 새벽 한기를 느끼며 일어나 앉았다. 남편한테 죄를 지은 것 같고 자식들이 나무람하는 듯하였다. 봉 창문이 희끄무레해지려는 것을 보면 갓밝이 여명 무렵이 되어가나 하였다. 그는 전등을 켜서 사진틀에 걸려 있는 크고 작은 사진들을 치올려다 보았다. 그러자 내가 이렇게 허약한 마음 먹어서는 안 되지 하는 생각이 절로 났다. 뭣이라, 날뛰던 것들 경을 치게 된다고? 그제나 이제나 산협 사람들은 죄 없어도 죄진 듯, 발명 내고 싶은 것 있어도 찍소리 못 하고 있지만 그럴수록에 날뛰는 짓만 벌이던 것은 다른 쪽들이었다. 무고한 사람 물고 내고, 없는 이유를 달아 행패 부리고 야단이었던 것들……. 그 날뛰던 것들이야말로 경을 치기는커녕 더욱 기승을 부리고 더 거들먹거리지 않았나, 죗값을 받는 줄 알았더니, 출세를 하고 권세만 부리지 않았나, 도리어 죽었습니다 하고 지내니까 더욱 윽박지르기만 하고 그랬지라. 도리어 깨달았제.

말은 바로 해야제잉. 모자락스럽게 굴지 않으면 경을 치게 되는 것이여. 허약한 마음 먹어뿐사 안 되고, 죽는 날까지 모질게 견뎌야지, 하고 그 아픈 허리를 두 주먹으로 두들기며 세벌댁이 스스로 다짐을 놓았다.

봉창문을 열자 기다렸다는 듯 건들바람이 그의 콧등을 슬쩍 두들기며 지나갔다. 큰내의 흐느끼는 듯한 물소리가 마치 왜 이제서야 아는 체를 내냐는 듯 파고들었다. 그는 남의 차지가 되어버린 안방 부엌 쪽으로 갔다. 부뚜막 위켠 쪽 벽에 단을 내 놓아둔 조왕 단지는 그대로 있었다. 그는 사발을 찾아내 큰내 쪽으로 갔다. 간이 상수도를 설치한 뒤로는 별로 찾지 않지만 느티나무 아래 너럭바위 있는 곳에 동네 사람 아닌 이들은 찾아내기 힘든 조그만 샘물이 있었다. 그 생긴 모습이 여축없이 여인네의 어느 신체 부위를 닮아 제법 영험이 있다는 소리도 들었다. 세벌댁은 조심스런 마음으로 사발에 그 물을 담아 다시 부엌 쪽으로 가지고 가서 조왕 단지 위에 부었다. 무슨 믿음이 있어서가 아니라 그래 보아야 마음이 놓이기 때문에 세벌댁은 새벽 첫걸음으로 정화수를 떠놓고 조왕신에게 지성으로 빌곤 하는 것이었다. 간밤 꿈자리가 뒤숭숭하기만 해서 우리 영감 집으로 평안히 돌아와 주십사 하는 것부터 맨 앞에 내세워 빌었다.

그래도 영감이 무던한 사람이었다. 이런 산골짜기 들어와 미사리로 살았어도 실상 우리만큼 떳떳한 사람들 있을까. 이런 생각을 하면서 세벌댁은 감았던 눈을 떴다.

"이게 뭐예요?" 정 회장 사모님이 곁에 와 있었다. 조왕 단지를 만지려 하기에 그것만은 황급히 막았다.

하지만 뭐라 설명하기 귀찮아서 세벌댁은 그냥 가만히 있었다.

"새벽 치성 드리는 건가 부지요? 그런데 서낭당도 아닌 부엌에서? 그렇잖아도 내가 물어보려던 참이었어요. 천봉산에 치성 드리는 곳 있겠지요? 그런 곳 좀 알려주세요. 이왕 산에 온 김에……."

"아이구메, 남 부러울 것 없는 사모님헌티 무슨 그런 일 있을라고……."

"아새끼들이 데모다 뭐다 해서 요새 세상이 시끄렁하거든요. 공기 좋고 물 좋은 데서 세상 어찌 되든 나 몰라라 사는 할머니가 도리어 부러운 거예요. 속 끓이는 일, 한두 가지 아니에요. 그러지 마시구 돈은 후하게 드릴 테니 할머니가 나서서 그냥 치성 좀 드리게 해주세요. 그걸 뭐라고 그러죠? 서낭당 아니고, 산속에 있는……. 하여튼지간에 굿하는 거 있잖아요?"

"글씨, 천봉산 신이 원래 여신이라 허기는 허지만서도, 산속에 당산 할머니 모신 산짓당(山祭堂)도 있고, 얼음터라는 곳에 굴바우당도 있지만……. 그러자면 사흘 밤은 꼬박 새야지라. 사흘 치성 드릴 수 있겠어라? 한둔하며 지성으로 빌어야 하는디……."

"한둔이 뭐예요?"

"한둔? 어메 참, 그 뭣이냐 한뎃잠 자는 거 말여, 그거 노숙……. 산신 할머니는 부정 탄 사람은 빌어쌓아도 영험을 내려주는 기 아이라 합디여. 그러니 마음을 정하게 묵어 지성으로 빌자면 진짜 마음으루다가 그래 하지 않으면 안 되고요잉. 그리고 산신 할머니가 새벽 한 시에서 두 시, 어떤 적에는 두 시에서 세 시 사이에 내려오는디, 전신으로 느낄 수 있어야. 호랑이 만난 맨크롬 온몸이 떨리고 정신이 까마득해지는디, 그걸 제대로 견뎌뿐저야 산신 할멈이 영험을"

내려주시는 거잉께······."

"정말 그럴라구요? 호랑이 만난 기분이라면······."어딘가 불안한 기색으로 회장댁이 말했다.

"그러지 말고 이렇게 하는 기 낫겠고만이라. 저 천봉산 올라가다 보면 천룡사라는 절이 있지러. 거그에 칠성각, 산신각 있응께, 사람 하나 사서 심부름시키고 또 스님한테 말씸 잘 드려 발복 축원해 달라하는 기 합당하겠구마이."

"그럴까요?"사모님 부인이 비로소 안심이 되는 듯하였다.

"그런디 무슨 고민이 많다 허요? 치성 드리자면 우짜 그럴라 하는지 씨원씨원 이야기해뿌러야 한다 하등만서두."

"속 썩이는 거 한두 가지 아니에요." 주저주저하면서도 회장 사모님은 원래 성격이 단순한 여자인지 고민거리를 늘어놓았고, 세벌댁은 직수긋하게 듣는 체하고 있었다. 그러고 보면 정 회장 집이라는 게 여간 복잡하지 않아 보였다.

9.

두메산골의 구메농사라니, 자식 떠나버리고 영감 잠시일망정 나가버리고 늙은 할망구 어찌 허위허위 감당하는가. 세벌댁은 다랑이 논 산머리에 앉아 혼자 푸념을 늘어놓았다. 지난여름 물난리에 그 야단을 쳤으니 그 농사가 오죽했을까. 하지만 서울 난민촌의 무허가 판잣집들 올망졸망 비탈길에 매달리듯, 겉으로 보아서는 이 다랑이 논의 알곡들이 그런 난민촌의 어린것들 흉내를 내는가 하였다. 큰아들 서울서 고생할 때 세벌댁이 상경해서 그런 말을 했었다. 난민촌이 꼭 다랑이 논 같구나잉. 아주 못쓰게 되어버린 다랑이 논들이 없는 것은 아니었으나 어떤 데에는 예년의 작황은 되었으니 말이었다. 세벌댁은 제 혼자 힘으로 나락 걷이를 하겠다고 큰소리 쳤던 것이 전혀 가망 없는 노릇임을 새삼 확인하고 있었다. 허리 힘 이 없어 도저히 안 되겠다고 아예 그 일은 뒤로 미루었다. 마을 여편 네들이랑 할망구들을 품팔이 반, 품앗이 반으로 꼬드겨볼 공론이 라도 내보아야지, 하고 계교를 생각하면서 논두둑에 심었던 들깨 들을 추슬렀다. 반 뼘 땅이라도 놀릴 수 없어 그런 것들을 뿌리기는 했으나 딱히 제대로 될 거라 믿지는 않았다. 소두 한 되 폭이나 될 까, 그렇게 모아놓고 나서 세벌댁은 허허거리고 웃었다. 이것은 농 사가 아니라 그 무엇인가. 서울사람들 원예를 한다더니 그런 격이 겠구나.

오전 내내 새참을 대느라 경중거렸더니 오후가 빙글빙글 어지럽 게 돌아가고 있었다. 풀섶에 누워 한숨 낮잠이라도 청하면 그 밤손 님이 찾아오려는가. 담배를 태워 물고 세벌댁은 손주 죽은 할망구 같이 멍한 표정으로 산비알 아래쪽을 굽어보았다. 벌써 오후 햇발 이 이 골짜기에서 거두어 올라가려 하고 있었다. 봄볕은 며느리 쪼 이게 하고 가을볕은 딸애기 쪼이게 한다더니, 그런 심술스런 시어 머니 심보 안 가졌다 해도 이 가을볕이 다디달다는 것을 그는 느끼 고 있었다. 일 년 농사 끝막음만은 제대로 해주도록 해야겠다고 하 늘이 생각했는지 온 천지에 찰찰 넘치도록 햇볕을 쏟아붓고 있었 다. 그것이 말하자면 물난리 아니라 볕발 사태 일으키는 듯하였다. 빛과 볕이 넘쳐나서 하늘이며 골짜기며 큰내가 광채와 열기에 휩싸 여 있었다. 농사꾼이 이 맛으로 살제잉, 하고 세벌댁은 너무 좋은 가 을 날씨에 이팔청춘 큰애기처럼 감동하며 자리 털고 일어섰다. 큰 물 졌을 적에는 그걸로 세상이 끝나는 거로 여겼으나, 그것이 바로 이런 가을 한때를 비축해두게 하는 조홧속인 줄 어찌 짐작이나 했을까. 세벌댁은 술 취한 사람처럼 건들거리며 다랑이 논에서 나와 서덜길을 걸어갔는데 강아지풀, 질경이, 엉겅퀴, 개쑥, 싸리풀 같은 잡초들마저 기운 뻗쳐 하는 것이 도무지 밉지 않았다.

그런데 정작 자라올 마을로 내려오니 그 일대에서 벌어지고 있는 풍경들이 마음을 산란스럽게 하였다. 들깨 거둔 것 갈무리하려고 집 안으로 들어섰는데, 낯선 손들이 그득먹하게 들어차서 난장을 치고 있었다. 약뱀 잡으러 산에 올라갔던 장정들이 벌써 하산해 돌아온 모양이었다. 노계득이 또 와 있었고, 홍정필이 여전히 마름 흉내를 내고 있었다.

"할머니, 그 들깨 파실 기예요?"하고 묻는 회장 사모님의 서울말씨도 역겨웠다.

대꾸도 하지 않고 윗방으로 들어간 세벌댁은 자루 속에 넣어두었던 녹두잎들을 꺼내 가지고 밖으로 나왔다. 덕석을 질질 끌어서 큰내 자갈밭으로 나갔다. 덕석을 펴서 녹두잎을 널었다. 아침에 했어야 할 일을 늦게 하고 있으니 이따 밤이슬 내리기 전에는 다시 거두어야 할 판이라 헛고생하는 격이겠지만, 아무튼 집구석에서 도망칠 거리를 장만한 셈으로 쳐서 상관없었다. 큰내 자갈밭에는 동네 여편네들이 꼬여 들어 있었는데, 제각기 손놀림감들을 마련해 가지고 모인 것이었다.

"하이고메라, 어떤 사람 팔자 좋아……, 어떤 사람 팔자 기구하여……."

어떤 여편네가 노래 가사 늘어놓듯 탄식하고 있었다. 정 회장 부부 몸보신에 빗댄 타령이겠지. 늙은 호박을 끝물로 따서 겨울 반찬할 요량으로 썰어 말리고 있는 여편네들 쪽으로 다가가자 그들이 세벌댁 앉을 자리를 내주었다.

"너그들 팔자타령 늘어놓을 거 없지라. 팔자 중 칠자꺼정은 다 벗겨묵었던 것들잉께." 세벌댁이 나무라듯 입을 열어 말했다.

"대관절 그 사람들이 누구들이랑가요?" 누군가가 정 회장 부부를 막연히 지칭하면서 물었다.

"관심 둘 거 없는 사람이지야." 하고 세벌댁이 말했다. "값어치 없는 사람들이제잉. 돈이라는 것도 내 주머니에 들어있어야 돈 아닌가비? 딴사람 돈 많다는 기, 우리헌티 대단한 거 아니지라."

모두들 영문을 모르겠다는 듯 눈을 동그랗게 떴다.

"도시 것들은 우리에게 값어치 없는 인간들이라 이 말이제잉. 도리어 속상할 일 뿌리고 갈지도 모를 그런 사람들, 그러이까네 그 뭣이냐, 도시서 온 중간 상인, 복부인이라 하등가 그런 사람이라 치부해뿌리면 될 것이랑게. 우리는 우리대로 속 차리고 살아두면 되는 것잉께."

여편네들은 세벌댁이 왜 열을 내는지 잘 모르겠다는 표정들이었다. 세벌댁이 평소에 수다스럽기는 해도 경우에 어긋나는 말은 하지 않으며 또 남의 험담은 별로 하지 않는다는 것을 그들이 알기 때문이었다.

세벌댁이 그런 분위기를 눈치채 털버덕거리고 주저앉아 그 자신 일손을 거들기 시작했다. 이 할머니가 평소와는 달리 무슨 하고 싶은 속냇말이 있는가보다 싶어 다른 여편네들이 살살 그의 눈치를 살피며 침묵을 지켰다.

"물론 점잖은 노인 부부들이지야. 인사성 밝고 예절 분명허고, 붙임성 좋고. 그러나 그게 다 돈이 시키는 것이지라. 돈 있음사 누구나 그런 거는 차릴 줄 아는 것인디, 돈 갖고 안 되는 기 있제잉. 그것이

뭣일라는가?"

"뭣이란다요?"

"자네들 최원달 생각나제? 그기 60년대 말이던가, 70년대 초던
가? 최원달이 서울 외촌동이라등가 그런 난민촌에서마저두 못 견
뎌 귀농 사업인가 하면서롱 이 골짝 들어왔을 제 우리가 을매나 뒤
를 살펴주었던가비? 하지만 최원달 어땠어라? 동네 사람들 을매나
해꼬지하고 돌아댕겼고, 급기야 무슨 짓 저질렀지라? 술 마셔 생지
랄 지랄해쌓고, 동네 여자들 몸 망쳐 가정불화 만들고, 돈 떼먹어
알거지 생기게 허고, 모함에 투서질로 경찰서 댕기게 허고……."

"그 최원달 이약은 우짜……?"

"지금 세상은 그래두 사람들이 깨어서 다르제마는, 저 8·15 무렵,
불경이, 퍼렝이 돌아당길 적에 못된 망나니들 우짠 짓들 벌이며 돌
아댕겼어라? 남정네들 주의 주장 내세워 뭐시랑 뭐시랑 해쌓아도
애먼 사람 쥑이뿔고 남의 집 여자 강간허고, 미처 영글지 못한 꽃봉
오리 짓이기뿔고, 그것두 모자래서 생매장해뿔고, 그런 짓거리들이
워째 일어났간디? 주의 주장 다른 데서 나오는 충돌도 있었제마는
그게 아니었등만, 못된 망나니들 날뛰는 탓이드란 말이시."

세벌댁이 치를 떨면서 말해가는 동안 다른 여자들은 덩달아 꼼
짝을 못 했다.

"쉽게 말해 최원달이 온갖 해꼬지 끝에 밤도망질로 대처 도시 나
갔는디, 거기서 더욱 부자 되고 출세해서 우리 산협 무지렁이 비교
안 될 높은 위치 되어뿔릿다 해 보더라고, 그런 일 가당키나 하겠냐
고 웃지들 말고, 과거에는 그게 가당했더란 그 말이여. 지금이라고
달라졌는지 모를까? 아무튼지 그래서 우리 같은 할망구 다 죽고
났을 무렵쯤 떡허니 이 마을 나타나 나도 옛날 한때 이 마을에 살았

는디, 그 시절 그리워 여그에 별장이나 짓고 노후를 보낼까 찾아왔 노라. 그런 말을 해뿐다 이거여. 세월이 바뀌었응께 최원달이 이 마을 살았을 제 워쨌는지 아는 사람은 많지 않단 말이제라. 그렇다 하면이사 워찌 되까잉? 하이고, 다시 찾아주잉께 감사하므네다, 함시롱 왜놈 순사질 지내던 놈 반겨 하는 맹크롬 감지덕지해야 할랑가 우쨀라능가 원……."

세벌댁이 태워 물었던 담배가 다 타들어갈쯤 되었어도 입을 여는 사람이 없었다.

"세벌댁이 알 만한 분이드랑가요?" 한참 후에 예순두 살 먹은 임백수의 마누라가 물어왔다.

"아아니, 전혀 모를 사람이제잉, 내가 우짜 세벌댁인디? 나 겉은 기 뭐 하나 제대로 기억하는 기 있을 턱 없고, 그나매라두 기억하는 기는 좋은 추억 하나 없제잉. 모두 숭한 것들뿐이라, 아예 아무렁 기억두 안 해뿌린 지 오래인디, 무슨 기억해쌓겠어라? 아이구 허리야, 이놈의 허리. 쭈그려 앉아 소피보는 것도 힘들어 못 하겠어라."

이러면서 세벌댁이 일어섰다. 여편네들 중에는 어리둥절해 하는 쪽도 있었고 짐작 가는 게 있다고 고개를 주억거리는 쪽도 있었다.

세벌댁은 자기 집으로 되돌아가기가 싫어 머슴 바위 있는 곳으로 갔다. 병풍처럼 둘러친 머슴 바위의 양쪽 사타구니 사이로 시냇물은 천방지고 넌출지며 우르르 콸콸 쏟아져 들어와 합수하고 있었다. 두 발을 물속에 담근 채 세벌댁이 넋을 놓고 잠시 옛날 일에 빠져들었다. 산중에서 생겼던 일, 그때도 갯물은 저렇게 몸부림을 치다가는 다시 아무 일도 없다는 듯 하염없이 흘러가고 있었다. 그는 걸레 조각처럼 너덜거리던 제 몸을 씻고 또 씻었다. 겉옷은 바위 위에 벗어놓고 메리야쓰 내의를 그대로 입은 채 세벌댁은 물속으로 뛰어들어 목만 바깥에 내놓고 가만히 있었다. 습기를 말짱 거두어간 가을볕을 하루 종일 쪼였던 탓이었을까, 영광굴비처럼 푸석거리던 전신에 금방 생기가 되살아났다. 세벌댁은 벌컥벌컥 냇물도 들이켰다. 고목에 피어나는 꽃이라더니, 이렇게 싱그러운 느낌을 얻게 되는 줄 알았더라면 진작 먹을 감았을 것인데. 세벌댁은 다시 머리를 풀어 대충 물에 씻어내렸다. 시름도 포한도 그렇게 빨아버렸다. 이윽고 온몸이 알알해지면서 찬 물기운을 느끼자 더는 참을 수 없어 바위 위로 올랐고 그냥 그대로 엎어져 조청보다 더 찰진 가을볕을 쪼였다.

큰내 빨래터에 모인 여편네들 앞을 다시 지나쳐 가려는데 거기에 새 얼굴이 보였다.

"안녕하시게라." 그 중년 부인이 세벌댁에게 말했다.

"여축이 없구마잉. 때 되어븐께 강청댁이 그 방울눈 들이미네잉."

"작년에 왔던 각설이 죽지도 안 허고 또 왔제라우."

강청댁이 들고 온 보자기에는 막걸리와 간단한 안줏거리가 들어 있었다. 세벌댁이 권하는 김에 한 사발 얻어 마셨다.

"암만해도 내일 이 동네에 또 다른 울력질 생겨나겠구마이. 공론 나면 나헌테도 기별허소. 참, 그리고 우리 다랑이 논 나락 걷이하는 거 힘 좀 모아야 쓰겠는디……."

세벌댁 말에 여편네들이 "하면이사, 그라제라우." 하였다.

"그거는 그러허고……, 아까 말씀이 뭔 소리다야? 쪼마 자세히 이약을 해뿌리소. 정 회장인가 하는 이……." 임백수 마누라가 물었다.

"울력질이라 하는 기, 품앗이맨코롬 우리 동네 사람들 사이에서 해뿌리는 거는 좋아도 바깥에서 호령하듯 짐생 새끼들 부리듯 우리에게 시켜뿌리는 거 워떻디여? 빨치산 토벌 시절, 인공 시절, 수복 시절 울력질하던 맛 좋았등가 워쨌등가? 울력질뿐이랑가, 그 이상의 짓거리도 당하게 했제잉? 그런디, 지금 세상에두 그런 울력질, 약간 방법만 바꾸어 계속하고 있응께 우리가 도대체 워떤 종자들이 까잉?"

"내 이약을 하시는 겐가, 워쩌까잉?" 강청댁이 끼여들었다.

"그 이약 아이고, 내 이약은 산골짝 사람들 지난 세월 겪었던 울력질, 하도 치가 떨린다는 그 이약이지러, 옛날일 상기시켜주는 일, 다시 만나서는 안 되겠다는 이약인 기제, 강청댁 두고 하는 말 아니지라."

세벌댁은 이러면서 그 자리에서 일어났다. 강청댁은 오 년 전 이 마을 큰물 졌을 때 제 서방 떠내려 보낸 뒤 자식들 데리고 동주읍으로 옮겨가 사는데, 매년 이맘 때쯤이면 얼굴을 보이곤 하였다. 천봉산이 워낙 큰 산인지라 산밤이 온 산에 그득하였다. 강청댁이 산지 수집상으로 이 밤들을 거두어들였다. 그러면 온 동네 여편네들이 처녀 적 나물하러 떼 지어 산에 오르듯 밤 주우러 함께 올라들 가는 일이 있을밖에 없었다. 하기야 그것은 신나는 일이었다. 저 여자가 나타났으니 내일 그런 산역(山役)이 생겨날 판이었다.

마을 길로 올라서 보니 여전히 사람들로 붐비적거리고 있었다. 자라올 사람들은 대체로 세 군데에 집합 장소를 갖고 있는 셈이었다. 동구 밖 느티나무에는 그 그늘이 좋아서 자연적으로 노인정 비슷한 구실을 했고, 술과 담배에 간단한 일용 잡품들을 갖다 놓은 정용득네 가게 앞은 오며 가며 목이 컬컬한 사내들의 놀이터가 되었고, 그리고 여편네들은 빨래터에 모이는 것이었다. 그 세 군데에 모두 장이 선 것 같았다. 길 닦으러 들어온 인부들은 느티나무 아래 소주 파티를 벌이고 있었고 정용득네 가게(바로 세벌댁 집과 길을 마주보고 있지만) 마당에는 약뱀 찾으러 산에 올랐던 이 동네 남정네들이 목축임을 하고 있었다. 세벌댁이 그 앞을 지나가려니 주책 소리를 듣는 임백수가 떠벌리고 있었다. "나는 그냥 놀기만 혀도 술값은 생기드란 말이제. 아 글씨, 아까 점심 먹고 소 몰아 들에 가는디 길섶으로 무언가 뽀르르 지나가더란 말여." 임백수는 별달리 수고도 하지 않고 뱀 잡은 이야기를 늘어놓는가 보았다.

"아이구, 이 인간아, 같은 말이라도 좀 다르게 표현할 수는 없나? 놀아도 술값 생긴다 하지 말고 밥값 생긴다 하든가, 아니면 아이들 공책 사줄 일 생긴다 하지……." 세벌댁은 제 일도 아니면서 혀를 끌끌 찼다. 그러는데 "이보더라고요. 저기서, 댁에서 부르는갑소잉." 하는 소리에 세벌댁이 그쪽을 돌아보았다. "전화 왔당께, 전화……." 홍정필이 소리치고 있었다.

"알았어라, 금방 갈 낑께, 쪼매만 기다리락 하소잉." 세벌댁은 그놈의 전화 왔단 소리에 정신이 아득해져서 오리걸음으로 허둥거렸다. 착하제, 착해……. 쪼매만 기다리그라이…….

집 마당으로 들어서 보니 정 회장 부부가 옷을 갈아입고 다시 배낭 짐을 싸는 등 어수선하였다. 심심해서 등산이라도 다녀오려고 저러나 싶기는 한데 미처 물어볼 여유도 없이 안방으로 내달았다.

"빨리 전화 받지 않구서 뭣한다야?" 그것은 광양 백운산 찾아간 영감 목소리였다. "집안이 우짜 시끌법석한 것 같은디, 뭔 일이랑가?"

"뭔 일 아니고요, 언제 오실라요?"

"대충 끝났응께, 낼 오후에는 집에 도착하겠지."

"알았어라, 그럼 길 조심하고요잉, 무사히 건너오더라고요."

무사히 건너오라니, 먼 길 나선 영감에게 하는 소리로 이게 말본새가 맞는지 어떤지 세벌댁이 생각해보아도 우스웠다.

　전화통만 불잡고 있으면 나오던 말도 목구멍에서 그냥 감겨들기만 하는 것이 이상하였다.

　"옛날 임자 살던 데를 가 봤는디, 그 이약은 냉중에 허기로 허고……. 알았당께, 그럼 들어가세이." 이러면서 영감이 먼저 전화를 끊었다. 세벌댁은 그럼에도 그냥 수화기를 든 채로 가만히 있었다. 그는 다시 젊었던 시절의 일들을 기억해내고 있었다. 집안에는 얼씬도 않고 군대 막사에서만 살던 젊었을 적의 남편을 세벌댁은 원망해본 적이 없었다. 언젠가 라디오에서 들어보니 화냥년이란 말이 참 해괴한 연원이 있었다. 중국과 전쟁을 했다가 진 다음 그 중국에 잡혀갔다 고향으로 되돌아온, 그렇게 환향(還鄕)한 여자를 가리킨 거라 했다. 그거 참 말이 되기는 하는데, 사람들 인심이 지독스럽기도 하지, 하고 그가 속으로 생각했던 적이 있었다. 따지고 보면 영감이 술고래 아닌 술악어여서 그렇지 무던한 성격이기는 했다. 하기야 내만 하니깐 견뎌내긴 했지만…….

　"저어 할머니, 미안해서 어쩌나?" 정 회장 부인이 말하였다.

　"뭔 일인디요? 뭔 일 났어라?"

　"사모님께서 천봉사에 가보고 싶다 하시더만이라. 그래 내 자석 필만이가 오토바이 타고 휑하니 댕겨왔는디, 그쪽으로 자리를 옮겨 가셨으면 한다 하시지라우. 세벌댁두 알다시피 내가 잡아놓은 낡은 집도 하나 있으니 탕은 거그서 끓이고 잠은 절에서 주무시든가 허시고……." 노계득이 말했다.

　"아 그러제라우. 그찮애도 이 집이 협소하고 낡아뿐저 조마스럽고 그랬는디, 잘되았고만이라."

"할머니, 이거 소란만 떤 것 같아 미안합니다." 하고 정 회장이 말했다.

"아니제라, 그 절이 좋은께 휴양해 보신 잘하씨소잉."

세벌댁은 나름대로 예절을 차려 대꾸하였다. 아마도 이 도시 사람들은 세벌댁이 돈벌이 떨어졌다고 서운해하리라 생각했나 보았다.

이윽고 그들 일행이 떠나고 나자 세벌댁은 한숨을 크게 쉬었다. 반란군에 토벌대에……, 그때도 그들이 떠나고 나자 그렇게 안도의 한숨이 나왔었다.

이제 내 살림살이를 되찾게 되겠구나. 세벌댁은 우선 지저분한 안 마당부터 쓸기로 생각을 냈다. "새벌댁, 내일 다섯 시 떠나요잉." 동네 여편네 하나가 지나가면서 통기하였다. 산에 밤 따러 마을 여편네들 우르르 떼 지어 새벽 다섯 시에 들어간다는 소리였다. 내일 하루 신나는 원족거리 생겼네. 나물 뜯으러 어울려 산에 들던 처녀 시절의 일들을 그는 회상하였다. 영감이 자실 술 담기 위해 오미자도 많이 뜯어야겠네, 하고 그는 다시 생각하였다. 술주정하는 영감 지긋지긋해 하면서 술 담가줄 생각이라니, 하며 그가 속으로 웃었다. "잘하면 성사가 될 것 같고만이라. 이따 꼭 참석하씨소잉." 영구 어매가 지나가며 이런 말을 던졌다. 하면이사 가야제, 하고 세벌댁이 대꾸하였다. 그 충청도 여자 여그 사람 되면 좋겠는디, 하고 그는 잘되기를 바랐다. 아이구 바빠라, 바쁜 일이 쌓이고 또 쌓여 있었다. 비질을 하며 그가 남도창을 흥얼거렸다.

　　　새가 날아든다. 온갖 잡새가 날아든다. 저 소꿉새가 울음
　　을 운다.
　　　이 산으로 가며 소꿉 소꿉 저 산으로 가며 소꿉 소꿉 에

에이 좌우로 다니며 울음 운다.

저 두견새가 울어 야월 공산 깊은 밤에 저 두견새 울음
운다.

이 산으로 가면 귀촉도 저 산으로 가면 귀촉도 에허……
좌우로 다녀 울음 운다.

저 집 비둘기 날아든다. 막둥이 불러서 비둘기 콩 주어라.

파란 콩 한 줌을 덤뻑 쥐어 좌르르…… 허쳐 주니 숫비둘
기 거동 봐.

춘비 춘홍을 못 이겨 주홍 같은 혀를 내 파란 콩 하나를
입에다 덥석 안고

암비둘기를 덥석 안고 광풍을 못 이겨 너울너울 춤만 춘다.

노루 장화 촌놈 옆에 두고 청풍명월로 놀아보자.

《월간경향》, 1988년 1월호

연작 소설

고향 그리고
도시의 벽

검정 고무신

해가 뉘엿뉘엿 넘어가고 있는 해거름 녘 청석내 불당골을 향해 타달타달 걸어 들어가는 두 여인이 있었다. 임덕진과 강춘분은 참으로 오랜만에 도회지를 떠나 고향으로 찾아드는 길이었다. 덕진은 춘분이 등에 업혀 있던 두 살배기 제 딸아이 영림이를 포대기째 받아서 들쳐 업었다.

"어휴 다 와 가는구나. 이놈의 곳은 예전이나 지금이나 멀기만 하지 무어냐."

삼십 대 초반으로 보이는 덕진이 말했다.

"고향 찾는 길은 늘 그래유."

처녀티가 나는 춘분이가 실뚱머룩 이렇게 대꾸하였다.

과연 그런 것일까. 나이 든 쪽의 덕진은 춘분이 내뱉은 말을 제 속마음으로 씹어보았다. 하기사 고향이란 딱히 감회를 가져다주는 곳도, 회귀의 심정을 주는 곳도 아니었다. 다만 덕진으로서도 금의환향이란 말이 어떤 느낌으로 쓰이는 것일지 따져본 적은 있었다. 남들에게 으쓱거려도 괜찮지 않을 처지의 인간에게는 고향 찾는 길이 가깝고 반갑고 마음 당기게 하는 일이지만, 객지에 나가 살아도 살림 형편이 옹색하고 주접이 든 이의 고향길은 멀고 고단하고 데

면데면 욱수그리고 싶은 심정이 되기 마련이라는 것쯤은 자신의 그
전 경험으로서도 알고 있었다. 그렇다면 이번의 뜻 아니한 고향길
의 그의 기분은 어느 쪽일까. 역시 멀기만 한 곳인가.

저녁 이내가 포근하게 끼어들고 있었다. 저 위쪽으로 북숭산 날
망은 마치 편안히 드러누워 있는 소 잔등처럼 구릉을 펼쳐놓아서
넉넉하게 불당골의 정안 마을을 안아 뉘이고 있었다. 이 모든 풍경
이 덕진의 눈에는 마치 그의 두 살짜리 딸 영림이의 말간 표정만큼
이나 늘상 선하게 낯이 익은 것이었다. 아무렴, 콘크리트와 아스팔
트로 휘갑을 쳐서 들풀 하나 보이지 않는 도시의 풍경에 댈까, 그러
고 보면 그동안 참으로 내 눈이 고팠을 거야. 도시와 농촌의 차이라
는 것은 덕진에게 있어서는 귀가 시끄러우냐 눈이 즐거우냐 하는
것의 다름과 같다고 생각되었다. 시골은 눈요깃감이 풍성하였음에
대해 귀에 들리는 것이 가난하였다. 도시는 항상 귀때기를 크게 열
어놓아 온갖 소음을 받아들여야 했지만 눈에 보이는 것은 너무 단
조로웠다. 나물 뜯고 땔감 찾고 소여물 구하러 북숭산을 헤매 다니
곤 하던 계집아이적 체험을 가진 덕진은 그런 것 하나 찾아볼 것 없
는 도시에서 항상 눈이 고팠었다.

"이제 저는 어떻게 해유? 날랑은 여기 떨구어놓고 언니는 달랑 도
시로 올라가 버릴 텐데, 나는 어떻게 여기에 떨구어져서…?"

"잔말하지 말앗. 당분간은 꼼짝 말고 고향에서 지내는 거야."

마을이 코앞에 닿일 지경이 되자 춘분이는 자못 걱정이 되는지
코맹녕이 소리를 내었고, 이에 덕진은 지청구를 틀며 쇳소리를 내어
쳐 막아 주었다. 덕진이가 열여덟 살 춘분이를 도회지로부터 빼내어
고향으로 되돌려서 아예 동행을 해주고 있는 데에는 나름대로 까
닭이 있었다. 춘분이만 한 나이였을 적에 자신이 겪었던 일들이 떠

오른 때문이었다.

　계집아이로 태어나 자라서 처녀 되어 시집갈 때까지 쌀 한 섬밖에는 먹지 못한다는 말이 전해오는 가난한 농촌 마을. 처녀 시집가는 나이를 옛 조혼 풍습으로 따져 스무 살로 잡는다 쳐도 그 이십 년 동안에 쌀 한 섬밖에는 먹지 못했다면 그 굶주림이 원수일 밖에는 없었다. 언젠가 신문을 봤더니 요즈음 한국인의 연평균 1인당 쌀 소비량이 두 가마가 넘는다 하지 않았던가.

　청석내 불당골 정안 마을은 원래 윗마을과 아랫마을로 이루어져 있었다. 사람들은 윗몰 아랫몰로 부르기도 하고 윗뜸 아랫뜸으로 부르기도 하였다. 아랫몰은 나름대로 양반 후손이라 뻐기는 강씨네 씨족 부락, 집성촌이어서 먹고사는 경황이 그래도 윗몰에 비해 옹색하지 아니하였다. 더구나 해방이다, 6·25다 하는 북새에 윗몰은 엉뚱한 이들이 설쳐대고 북숭산 너머 개벽산에 웅크렸던 빨치산들로 인해 애꿎게 앙화를 입어서 4·19가 일어난 뒤의 세월에 이르기까지 쑥죽이며 송기죽으로도 연명하기 힘들다 할 정도로 피폐되어 있었다. 그 시절의 어린 체험은 덕진의 가슴에 옹이가 되어 박혀 있었다.

　이산가족. 텔레비전에서 이산가족 찾기 운동을 벌이기도 했지만, 그런 가족은 황해도다 평안도다 하는 이북 사람들만이 겪는 것은 아닌지도 몰랐다. 바로 덕진네 집안도 이산가족이 되어 흩어져 사는 중이었다. 고향인 불당골 정안 마을 윗몰에는 오직 그의 늙은 어머니 혼자 남아서 살고 있었다. 장성한 아들들이 도시로 나오셔서 함께 지내시라 해도 청산댁은 들은숭 만숭 제 고집을 꺾지 않았다. 하기야 그런 노친이 계시니까 이렇게 뜻 아니한 고향 나들이도 하게 되는 셈이었다.

"먼저 우리 집에 들러서 요기나 한 담에 너네 집으로 올라가자, 응?"

덕진이가 춘분에게 말했다. 춘분의 집은 산 모롱이를 하나 더 돌아 들어가서 있었다. 춘분의 아버지는 원래 도편수로 돌아다녔는데 허리를 다친 뒤로 지방 도시 생활을 청산한 다음 아랫몰 강 씨네 선영을 봐주는 산지기로 들어와 있었다. 또 아랫몰 강 씨네 종가가 되는 강 신만 씨는 신문지상에 오르락내리락하는 서울의 중앙 관서의 장(長) 자리에 있었는데 은퇴한 다음 낙향할 것에 대비하여 과수원을 보아둔 것이 있어 그 별지기 노릇도 겸하고 있었다. 이렇게 따진다면 춘분이네 살림 형편이 그런대로 견디어나갈 만하지 않겠느냐 싶지만 실제로는 그 정반대였다. 그의 어머니 섭섭댁이 푼수 종판 대가리가 모자라는 데다가 자식들이 객지로 뛰쳐나가 푼돈이나마 보태기는커녕 제 부모에게 덤터기만 씌우고 있었기 때문이었다. 춘분이도 제 오빠 언니들 본새로 도회지로 뛰쳐나갔던 것이지마는 무엇 하나 이룬 것 없이 사람만 망치겠다 싶어 덕진이가 이렇게 끌고 들어오는 중이었다.

"아이고 소식도 없이 네가 웬 발걸음이지야?"

청산댁은 오랜만에 보는 딸에게 이런 소리부터 하였다.

"게다가 우리 손주 새끼까지 들쳐 업구서. 인내라. 너야 품에서 벗어난 자식이니 그렇다마는, 이 손주 새끼 어디 좀 안아보자."

청산댁은 딸보다도 외손녀인 영림이에게 더 눈이 가는 듯하였다. 그것이 덕진에게 앵통하지 않은 것을 보면 내리사랑은 있어도 치사랑은 없다는 옛말이 그른 것 같지 아니하였다.

"오랜만이에요, 작은 아가씨."

흔들이 엄마도 아는 체를 하였다. 항상 몸을 떨고 있어서 흔들이로 불리던 안오갑은 지금 울산 공단의 무슨 화학 회사의 계장인가로 있다고 했다. 흔들이 엄마는 옛날 덕진이 할아버지가 보천교라는 신흥 종교 단체의 지방 포교원의 장(長) 자리에 있을 때 데려다가 키운 고아라고 했었다. 그런 인연으로 덕진이 어머니 청산댁은 흔들이 엄마와 소박맞고 돌아온 그의 큰딸 회춘네와 중학 다니는 아들과 여지껏 함께 사는 것이었다. 어떻게 따지자면 청산댁이 더부살이를 하는 셈이었으나 흔들이 엄마는 사람이 어련무던해서 꼭 제 친어머니 모시듯 하고 있으니 한집안 식구나 다름이 없었다.

"아이구 가슴이 콩콩 뛰는구나. 그래 너한테 물어보자꾸나. 도대체 웬일이냐? 무슨 일이 일어난 거여?"

잠시 사이를 두었다가 청산댁은 손으로 외손주를 어르면서도 걱정이 가득한 빛으로 덕진에게 물었다.

"일은 무슨 일이에요? 아무 일도 없어요."

"아무 일도 없음서 불당골 고향엘 다 온단 말이냐? 도시 것들 시골 내려올 적에는 그게 고향 찾는 수구초심은 아니더라. 큰일, 나쁜일 저질러놓고 애매한 시골 사람 간 빼먹기 위해 오는 것만 같아 놓으니, 무소식이 희소식이라고, 대처 도시 나가 사는 것들 예고 없이 불쑥 나타나면 아이고 무슨 똥 맞은 일 났나, 가슴부터 철렁 내려앉더란마시. 정말 아무 일도 없는 거냐? 네 서방도 직장 잘 다니고?"

"양덕 씨야 일하고 술이 튼튼하니 안심 놓아도 돼요. 그야 제 마누라보다 술이 더 좋은가 싶으니, 제 꼬라지가 양덕 씨를 남편으로 둔 게 아니라 술을 남편으로 둔 셈이기는 하지만 말예요."

"제 서방더러 양덕 씨, 양덕 씨 하는 네 말본새가 소박맞게 생겼다. 정말로 부부 싸움 벌여 소박맞은 것처럼 쫓겨오는 길이냐? 그게 그렇다면 출가지 외인이라고 네가 여기 붙어 있도록 할 수는 없는 일이다마는……."

"그렇지 않대니까요. 춘분이 때문에…… 쟤가 저 혼자서는 고향 찾기 뭐하대서 데려다 주러 오는 길에요. 저한테는 아무 일 없으니 안심 놓으시래두요."

그제야 청산댁은 딸한테 별일은 없는 줄로 안심하는 눈치였으나 비로소 춘분이가 덕진과 동행 중임을 알아차린 것 같았다. 모정이 눈을 멀게 한다더니 불쑥 나타난 딸인 덕진에게 무슨 일이 생겼나 싶어 걱정이 된 나머지 춘분이의 존재를 미처 눈여겨보지 못한 모양이었다. 이런 어머니를 보면서 덕진이의 가슴이 짠하였다. 딸은 자식이 아니라 원수라더니만 나 또한 그런 꼴이 아닌가 해서…….

흔들이 엄마가 서둘러 지은 저녁참을 들면서 덕진은 어머니에게 설명을 하였다. 열여덟 살짜리 강춘분에게 어떤 일이 있었는가 하면….

춘분이네는 도편수로 다니던 아버지가 허리를 다쳐 불당골로 내려온 뒤 생활이 어려워졌고 그보다는 집안이 화평하지를 못해서(섭섭댁은 후취여서 전실 자식들을 귀찮고 뻑뻑해하였다) 그 자식들이 깍두기판처럼 쪽쪽으로 갈라져서 뛰쳐나가는 일들이 생겼다. 가화만사성이란 말이 공연한 소리가 아닌 것이 한 번 덧나기 시작한 이 집안은 무엇 하나 제대로 되는 것이 없었다. 큰아들은 친구와 함께 수출용 완구 공장을 차리겠다고 뻥뻥대며 아버지를 윽박지르다시피 해서 이백여만 원을 강탈하듯 빼돌리더니(마지막 남은 땅뙈기 문서가 이참에 달아났다) 사기꾼 좋은 일만 시킨 뒤 휑하니 감옥 구경도 하고 나와 그 사회생활이 앉은뱅이 꼴이 되었고, 둘째 아들은 중동 노무자로 나간 뒤 종무소식이었고, 큰딸은 애당초 연애 사단 벌려 대처 도시로 총알처럼 뛰쳐나간 뒤 행방이 불명하였다. 춘분이만은 제 형들과는 달리 착실하리라 여겼지만 공단에서 불어오는 바람을 쏘이지 않을 수는 없었다. 또한 시겟돈 만져볼 턱도 없는 시골 구석에서 지내느니 공단에 취직을 해서 작은 돈일망정 매단단하게 모아 제 앞가림 갈무리하는 게 좋으리라고 생각할 만큼은 부모들도 세상 물정을 튀어 가지고 있었다. 춘분이가 어렵사리 저축도 하고 또 불당골 우체국 집배원 통해 제 아비 도장 필요하게 만들어 적은 돈일망정 부치고는 하였을 때 마을 사람들이 저 집은 춘분이가 일으켜 세울 것이라고 칭송이 자자했었다.

"춘분이는 그제나 지금이나 춘향이 마음처럼 곱고 착한 거예요. 춘분이는 이렇게 비단결 같은데, 문제는 그게 아니라…… 글쎄 제 큰오빠가 괴롭힌다 하구 또 어떤 녀석이 자꾸 연애하자고 덤벼들어서……."

훌쩍거리고 있는 춘분이를 앞에 놓고 덕진은 자세한 말은 할 수가 없어서 대충 어떤 까닭으로 그가 당분간 고향 내려와 지내어야 할지 설명을 하였다.

청산댁이 춘분이의 등을 토닥거렸다.

"그래 알겠다, 알겠어. 네가 그 고운 마음으로 정신 가난이 어떠했는지 내가 짐작을 하겠다. 너만 그런 일 겪는 거 아니고, 너만 한 나이였을 때 여기 덕진이한테도 그 비슷한 일 있었지러."

"그래요, 어머니. 저두 춘분이에게 말했어요. 춘분이 나이 적에 나한테도 그런 고통 겪은 일 있었다구 말예요. 그때에 어머니 찾아 고향 와서 마음 가다듬지 않았더라면 어떻게나 되었을지 까마득해요. 그래서 춘분이 혼자서는 고향 내려오기 힘들어하길래 아예 제가 따라나선 거예요."

"그래 알았다. 덕진아, 니는 고단할 테니 쉬거라. 내가 춘분이를 제 아비한테 데려다주고 오겠다. 내가 충분히 설명을 해 줄 테니 다른 걱정이랑 하지 말고."

청산댁은 이러더니 홰를 두 개 준비하였다. 덕진은 참으로 오랜만에 횃불을 들고 밤마실 가는 어머니를 보게 되었다. 춘분이도 한결 밝은 표정으로 뒤를 따라나섰다.

이 마을에는 아직 전깃불조차 들어오지 않아서 사방은 깊은 밤중처럼 캄캄하였으나 덕진은 어두움 속에서 청석내의 냇물 흘러가는 소리를 들으며 밤기운을 쏘이고 있었다. 잘 사는 게 아니라 제대로 사는 게 중요한 기여. 어머니는 대처 도시에서 기진맥진되어 돌아온 딸을 앉혀 놓고 이런 말을 했었지. 잘 왔다. 네 어미가 왜 고향을 뜨지 않고 지키는 줄 아냐? 객지에서 어떤 때 오도 가도 못할 심정에 잠겼을 적에 돌아갈 곳이 있다는 것, 어미의 품이 기다리고 있고 찾아갈 고향이 있다는 것을 너희들에게 알게 해주기 위해서이지라.

그러고 보면 덕진에게는 튼튼한 '빽'이 있는 셈이었다. 뒷갈망을 해주는 어머니 덕분에 얼마 후 그는 도시로 나아가 악착같이 일하고 부지런히 착실하게 사는 생활의 궤도를 찾을 수 있었다. 그의 남편 오양덕 또한 착실한 청년이었다. 사람은 다 제 눈의 안경이 있기 마련이었다. 하지만 오양덕과의 연애 이야기는 다음으로 미루기로 하고…….

다음 날 아침 덕진이가 눈을 떴을 때 어머니는 이미 잠자리에 없었다. 키우고 있는 다섯 마리 염소 새끼들이라도 몰고 나갔는가 보았다. 툇돌에는 검정 고무신이 놓여 있었다. 버선코처럼 솟아오른 고무신의 앞머리는 찢어져서 삼실로 꿰맨 자죽을 그대로 남겨 가지고 있었고 다 닳은 뒤축을 어쩌지 못해 슬리퍼처럼 그 뒷부분을 가위로 잘라낸 검정 고무신이었다. 어머니는 저 고무신을 아마 삼십 년 가까이 아껴가며 신었을 것이었다. '그냥 검정 고무신이 좋은데 왜 버리겠냐.' 하면서.

　오랜만에 내려온 딸자식 마음 살펴주느라 어머니는 전에 왔을 적에 딸이 사 갖고 내려온 운동화를 신고 들로 나갔으리라. 딸은 어머니의 검정 고무신을 신어 질질 끄는 소리를 내며 어머니를 찾아 나섰다.

《열매》, 1985년 1월호

되는 집

엄마가 수놓은 흰 꽃버선
오똑한 내 코가 버선코래요

엄마가 줄을 탈 때 난 무등 타고
꽃버선 쳐다보며 미끄러지고

꽃버선은 삭아서 누더기 되고
엄마는 내 머릴 곱게 빗기고

   얼마 만에 와 보는 고향인가. 얼마 만에 어머니가 지어 주는 밥을
먹어 보는 것인가. 덕진은 두 살짜리 딸아이 영림에게 소젖 말려서
가루로 만든 것 물에 풀어서 거기에 '거버'라는 상표 붙인 미제 '씨
리얼'이라는 것을 타고 다시 계란 가루를 넣어서 뜨거운 물이 덜 뜨
거워질 때까지 휘저으며 방안에 틀어박혀만 있었다. 넌 애나 보며
방 안에 가만있거라, 하고 청산댁은 도시에서 내려온 출가외인의
딸에게 말했다. 그래서 딸은 호강하기로 작정한 마님처럼 방 안에
만 죽치고 들어앉아 있는 중이었으며 늙을 노(老) 자, 노모는 흔들

댁과 함께 모처럼 도회지에서 내려온 딸자식에게 아침 공양 지어 바치려고 꾸부정한 허리가 더 휘도록 정지깐(부엌)에서 달그락 덜그락 소리를 내고 있는 중이었다. 무언가가 잘못되어도 한참이나 잘못되었다고 덕진은 느끼기도 했으나 내리사랑은 있어도 치사랑은 없다는 속담 말이 있지 않으냐고 뻔뻔스럽게 어머니가 차려줄 밥상만 기다리며 죽치고 들어앉아 있는 제 처지를 변명하였다. 하지만 미안한 마음은 없지가 않아서 어머니의 귀에 들리도록 여중 시절 때까지 늘상 부르곤 했던 '버선코' 노래를 흥얼거리며 두 살짜리 딸 영림에게 계란 가루와 씨리얼을 섞은 분유를 물에 타서 먹이고 있었다. 영림이는 배가 고팠던지 그야말로 송아지 새끼처럼 제 어미가 마련해 준 소젖을 꿀꺽꿀꺽 잘도 마시고 있었다. 그 모양을 내려다보면서 가만히 따져 보니 그게 또한 가관이었다. 덕진은 오랜만에 고향에 내려온 김에 어머니와 흔들댁이 지은 농사로 거둔 이밥에다가 직접 담근 조선간장에 된장, 농약 풀지 않은 배추와 무로 담근 김장 김치, 그리고 조미료 따위 섞지 않은 동태찌개(하기야 그 동태는 그가 사 갖고 온 것이었지마는)를 참으로 오랜만에 맛보겠거니 하며 군침을 흘리고 있지 않은가. 저는 그러면서 두 살짜리 제 딸자식 영림에게 먹이고 있는 것은 정작 무엇인가. 말린 소젖(분유)에 곡물이라는 뜻의 영어 말인(그것도 말려 놓은) '씨리얼', 그리고 (또한 말려 놓은) 닭알 가루, 그러니까 계란 가루를 물에 타서 먹이고 있지 않은가. 저는 어머니가 차려 줄 맛난 음식을 기다리면서 정작 제 딸자식에게는 '인스턴트'의 가공식품만 주입해 주고 있었다.

"장모님이 지어 주신 음식은 그렇지 않은데 덕진이가 차려 준 밥상은 왜 이 모양이지?"

하면서 그의 남편 오양덕은 툴툴거리곤 했었다.

"음식 타령 하려거든 지 마누라 음식 전문가 노릇 하도록 해 주면 될 거 아냐?"

덕진의 이런 항변에는 이유가 있었다. 도시 살림이란 '내 집 마련'의 싸움이라 할 수 있었다. 오양덕의 월급의 절반가량이 이른바 주거비로 충당되는 것을 견디다 못해 덕진은 집 마련이라는 고지 탈환 작전에 돌입했었다. 요구르트라는 이름을 붙인 시금털털한 우유 배달이 그것이었다. 사람들이 생우유 놓아두고 신 우유를 왜 좋아하는지 그가 분석해 본 적은 없었으나, 그야 어찌 되었든 그는 가장 실적 좋은 세일즈우먼 중의 하나가 되었다. 불당골 정안 마을 덕진이는 도시 나가더니 떵떵거리며 잘 산다더라, 하는 소문이 고향 마을에 돌게 된 내력에는 그의 이런 극성과 바지런 그리고 저축을 장려하는 기관에서 표창을 줄 만한 알뜰에다가 살뜰의 내핍 정신이 밴 까닭이 있었다.

"음식 타령 하려거든 시골 내려가 우리 엄마하고 살도록 해주란 말야. 우리 엄마 음식 맛 좋다는 건 누군들 모를까. 다시 말해서 시골 살아도 생활 걱정 안 한다면 누가 공해투성이 이런 도시에서 살려고 하는 거야? 난 맛있는 음식 만들 줄 모른단 말야. 개같이 벌어서 정승같이 사는 사람들도 있겠지만 난 달라. 개같이 살아야 남 앞에서는 흉물 안 떨 수가 있는 걸."

"알았다, 알아. '든 부자 난 가난'이냐 '든 가난 난 부자'냐, 이거지? 음식 타령 안 할 테니 그만해 둬."

오양덕은 덕진의 항변에 이렇게 본전도 못 건지고 만 적이 있었다. 잘 먹고 잘 지내기만 해서는 돈을 모을 수 없다는 덕진의 생각은 집을 장만한 뒤에도 변하지 않았다. 집 마련할 때까지는 표독스럽게 자식 농사마저도 거절하고 있었던 그에게 딸 영림이가 생겼는데, 남편 밥상에 정신 팔기보다는 영림이를 제대로 키우는 것이 중요하다고 느꼈기 때문이었다. 물론 요구르트 배달 다닐 적에 확보해 두었던 고객들을 상대로 보험 가입 권유하는 일거리도 손에서 놓지를 않았다. 그 자신도 매달 물어야 하는 보험료에 기타 융자받은 상환금을 스스로 벌어야 하는 일 또한 남편 밥상보다 중요하기도 하였으니…….

남들이야 그가 도회지 나가 떵떵거리며 잘 산다고 입방아를 떵더쿵 떵더쿵 찧고 있을지 몰라도 덕진이 자신은 그처럼 도시 생활의 마음 가난을 이겨내어야 하는 고충이 컸었다. 물질의 가난을 모면하자면 마음 가난은 감수하는 수밖에 없었다. 그러했기에 그는 물질적으로는 가난할지언정 마음만은 늘상 부자로 지켜가면서 한사코 고향에 외홀로 남아 지내고 있는 어머니를 그리워하였다. 어머니한테 찾아가 봐야 할 텐데……, 할 텐데 하고 벼르곤 했던 것도 어머니 얼굴이 보고 싶어서만은 아니었다. 없는 것투성이 속에서도 항상 유족한 듯이 지내는 어머니의 그 모습을 대하고 싶어서였으며, 고향 마을의 천연 그대로의 경치가 아슴하니 눈에 박이는 때문이었다. 도시에서는 늘 맛없는 음식만 먹어 주고 있지만 어머니가 끓여주는 따뜻한 이밥에 된장 국물을 먹어봐야 할 텐데……, 할 텐데 하고 벼르곤 했던 것도 정말 이러다가는 어떤 게 맛있는 음식이고 어떤 게 맛 없는 것인지 식성조차 잃어버리고 말겠다고 느끼는 때문이었다.

"역시, 달라요."

덕진은 어머니가 끓여 준 된장찌개를 먹으면서 감탄사를 뱉았다.

"그러니 오서방이 무던하지 무어냐? 너 겉은 걸 마누라라고 얻어서 그 손방 없는 솜씨로 차려주는 밥상도 음식이라고 먹어 주고 있으니…."

하면서 청산댁은 웃었다.

"요새 세상은 달라요. 살림 솜씨는 음식 솜씨하고는 상관없다구
요."

"되는 집은 간장 맛만 보아도 안다는 속담 말도 있니라. 너 줄라
고 메주 떠 놓았으니 이담에 수하물로 부치더라도 운수 회사에 가
서 찾기 귀찮다고 이런 건 왜 부치느냐고 까탈 부리지 말아라. 으이
구, 이 손주 새끼가 불쌍도 하지. 날마다 쇠젖만 먹으며 크고 있으
니…. 넌 어땠는 줄 알어? 네 살 다섯 살 되도록까정, 엄마 나 젖 줘,
젖 줘, 하고 염소 새끼처럼 칭얼거렸니라. 어미 젖 먹고 자란 년이 제
딸에게는 쇠젖밖에는 줄 줄을 모르니 너 어미한테 물려받은 빚은
어떻게 갚을라구 그러냐?"

"잘 사는 게 복수다, 이런 말도 유행하데요."

"잘 살아 보자, 잘 살아 보자 하는 타령 그만큼 해둬라. 잘 사는
게 중요한 게 아니라 제대로 사는 게 중요한 기여."

"아네요. 제대로 살기 위해서는 잘 살아야 해요. 우리 집을 보고
사람들이 뭐랬대죠. '되는 집은 역시 다르구나.' 하고 사람들이 말하
더라고 어머니가 그러셨잖아요? 남들처럼 먹을 거 다 먹고 입을 거
다 입고 차릴 거 다 차려 가지고서는 어떻게 돈이 모이고 어느 세월
에 제 집 칸 하나 장만해 보겠어요? 그러니까 못 살아야 잘 사는 게
된다는 역설이 성립되는 거예요. '못 사는 잘 삶' 바로 그런 게 제대
로 사는 게 되는 곳이 도시 생활이더라구요. 그건 그렇구 역시 이 김
치가 제맛이네. 어째서 난 이런 김칠 담글 수 없지?"

"도시 것들은 조미료가 음식 만드는 건 줄로만 알고 있으니…….
우리네 손속 좋던 음식은 그놈의 조미료가 다 망쳐뿌렸지야? 어디

음식뿐이겠냐? 사람 사는 본새도 서로들 간에 특색이 없어져 버리고 말았던구나. 조미료가 김 서방네 김치와 최 서방네 된장찌개 맛을 똑같이 들척지근하게 만들어 버린 만치로 말이다. 그게 왜 그런지 알어? 음식에 조미료 쳐서 버려 놓듯이 돈이 사람들을 버려 놓더란마시. 김 서방도 최 서방도 인간성이란 없고 돈이 들어앉아 뿌렸으니, 이놈이 그놈이고 저놈이 이놈이더란마시."

"음식도 평준화, 인간도 평준화, 거기에다가 민주주의까지도 평준화된다면 그게 바로 현대 사회인 거라구요. 옛날 사람들은 초가집에 살았을망정 텃밭까지 따진다면 적어도 제 살림 공간을 수백 평은 거느리면서 살았다구요. 그런데 일천만 명이 살아야 마땅할 땅에 삼천만 사천만 명이 살게 됐다구요. 이 많은 사람들 치다꺼리가 마땅치 않아 도시라는 게 생겨났을지도 몰라요. 집 지을 땅이 부족하니 아파트라는 걸 지어 여덟 평, 열 평, 스무 평 정도의 허공에다가 그들을 모두거리로 가둬 놓아 살게 하구 말예요. 이렇게 따진다면 오늘날의 사람들은 옛날에 비해 정말이지 협소하게 살고 있는 것 아니겠어요? 그러니 그런 불평은 하지 말아야 해요. 문제는 그런 평준화에도 따라붙지를 못해서 낙오하고 있는 사람들에게 있어요."

"허기사 너는 그 무어라나 평준화에는 뒤처지지를 않는 것 같으니 그것만으로서도 다행이기는 하다마는……. 그러니 잘난 내 딸이라고 상을 주랴, 남들한테 자랑을 하랴?"

이렇게 청산댁이 말해서 덕진은 까르르 웃고 말았다.

"네가 평준화니 뭐니, 그런 말을 꺼내기에 하는 말이다마는 그거 춘분이네 말이다."

"왜요? 역시 '안 되는 집'은 다르던가요?"

덕진이가 청산댁에게 물었다. 그가 이런 이야기를 묻는 데에는 이 시골 마을에 전해져 오는 풍문이 있는 까닭이 있었다. 북숭산 날망 아래 청석내 불당골에는 덕진네와 춘분네 두 집을 놓고 사람들끼리 쑤근거리는 말이 있었다. 덕진네를 가리켜서는 '되는 집은 역시 뭔가 달라도 달라' 하고 말하였고 춘분네를 두고서는 '안 되는 집은 역시 달라'하고 사람들이 쑤근거렸었다. 두 집은 6·25 난리통을 만나 똑같이 망할 망(亡)자, 망쪼가 끼었다고 했었다. 두 집의 큰아들이 똑같이 비명횡사를 했고 왼편쪽(좌익)으로부터 당했느냐 오른편쪽(우익)으로부터 당했느냐를 따지지 않는다면 똑같이 알거지 신세들이 되었다. 사람들이 보기에 그런데 한 집안은 일어섰고 다른 한 집안은 계속 주저앉은 채로 허우적거리고 뚱딴지같은 사단들을 벌여서 마을에 덤터기를 씌우고 있다고들 하였다. 되는 집이라거니 안 되는 집이라거니 하는 차이는 있어도 그처럼 덕진네와 춘분네는 '역시 달라도 무언가 다른' 집안들로 소문이 나 있다는 점에서는 이 마을에서 유명짜하게 알려져 있는 집안들이었다. 덕진네 엄마 청산댁과 춘분네 엄마 섭섭댁은 50년대에 다 같이 고향을 떠서 객지 타향살이 신세들이 되었으나, 그 십여 년 후에 청산댁은 잃었던 전답에 새집을 지어 금의환향하였고 섭섭댁은 도편수로 다니던 제 남편이 사고로 병신이 되었을 뿐 아니라 전실 자식들마저 속을 썩이는 가운데 할 수 없이 고향으로 쫓겨들다시피 하였다.

"그 집안이 '안 되는 집'이 아니라 '되는 집'이겠더라. 조금 더 정확히 말하자며는 '될성부른 듯싶은 집'이 되겠다마는……."

"어머 그래요? 어떻게 말예요?"

"어제 춘분이를 데려다주러 마실을 가지 않았더냐? 가 봤더니, 걔 오래비가 들어왔더구나. 완득이 말이다. 완득이를 보니까는 그 집안이 되어도 무언가 되기는 되겠더라."

　강완득이라면 덕진이도 잘 알고 있었다. 실인즉 어릴 적 소꿉놀이를 할 때에(60년대 초에 그들은 북숭산 날망을 함께 오르락내리락했었다) 서방 각시 노릇을 하기도 하면서 컸었다.

　서로 자란 다음에 둘이는 도시에서 우연히 만났는데 강완득은 빵집으로 끌고 들어가더니, 너는 내 각시였었지? 나는 네 서방이었구……, 어쩌구 하면서 소꿉놀이할 적 이야기를 꺼내면서 공연히 제 편에서 얼굴을 붉힌 적이 있었다. 그때에 사춘기 소녀 마음으로 덕진이는 이 머저리 같은 녀석이 나를 그동안 줄곧 외짝사랑이라도 해왔더란 말인가, 하면서 속으로 코웃음을 친 적이 있었다. 그리고 그 뒤로는 물론 한 번도 만난 적이 없었다. 들리는 풍문으로는 중장비 차량을 운전하는 무슨 기술사 자격증을 따가지고 지구의 저 반대쪽 끝 편에 붙은 아프리카의 어떤 나라로 취업 나가 있다고 했다.

　"가 보니까 완득이가 외국에 노무자로 나갔다가 돌아왔다고 하면서 와 있던데 말이다…"

　이러면서 청산댁이 말하는 내용이 이러하였다. 강완득은 이 년 동안 아프리카며 중동이며 돈을 벌기 위해 온 세상이 좁아라 하고 쏘다녔다. 고국에서 지낼 적의 그의 청춘은 울퉁불퉁하여서 미욱진 짓도 저지르면서 돌아다녔지만, 해외에 나가서는 전혀 달랐다. 성실, 근면, 노력, 인내……. 좋은 의미의 어휘들을 모두 스스로 실천하기로 작정한 사람이 바로 그 자신이었다. 이렇게 삼 년 동안 뼈 빠지게 일했으나, 자립할 생각으로 손을 댄 용역 회사가 예상치 않았던 사기꾼 동업자를 만난 화근으로 망해버려서 귀국할 적에는 그야말로 무일푼, 빈털터리 신세가 되고 말았다.

　"그렇다면 계속 안 되는 집이잖아요? 도시에 여공으로 나갔던 춘분이가 돈도 못 벌고 타락할 지경이 될 것 같아 제가 끌고 들어온 것만 따져도 가년스러운데, 그 오빠마저 그 경우가 되어 시골집에 들어왔다면 말예요?"

덕진이가 딱해 하면서 이렇게 묻자 청산댁은 머리를 흔들었다.

"그게 그렇지 않다. 완득이 말이, 이 지구를 온통 쏘다녔어도 자기가 살 곳은 불당골 청석내뿐이라는 걸 비로소 깨달았다고 하더라. 앞으로는 결코 이 고향을 뜨지 않겠다더라. 그러니 그 집은 이제 주춧돌이 마련된 거다. 그 집은 이제부터 되는 집이다."

청산댁의 말에 임덕진은 자기가 어떤 뜨내기 신세일까 곰곰 생각해 보았다.

《열매》, 1985년 2월호

나두야 간다

　동구 밖, 청석내 간이 버스 정류소에 모인 여덟 명은 모두 청석내 사람들일밖에 없었다. 직행 버스들은 마치 '이런 촌것들!'하고 약을 올리듯 횡횡 내빼버리고, 완행 버스는 좀처럼 와닿지를 않는다.

　"그만들 들어가자니까요."

　하고 임덕진은 다섯 번째로 똑같은 말을 반복한다. 청산댁, 흔들이 엄마, 그리고 임춘분과 섭섭댁도 나와 있다. 하기야 섭섭댁은 가루개 장터에 나가려 하는 중이지마는.

　"언니, 나두 곧 따라 올라갈게요."

　이윽고 버스가 와서 두 살짜리 딸아이 영림이를 들쳐 업고, 보통이 두 개를 양손에 든 채 임덕진이 차에 올라탈 적에 강춘분은 이렇게 소리를 지른다. 자기는 이런 시골 고향에 낙오되어 있을 몸이 아니라 당연히 도시 사람으로 살게 되어 있다고 다짐이라도 하려는 것처럼.

　도시와 마찬가지 모양의 시내 버스가 군 소재지마다 다니게 된 지는 얼마 안 되었으나, 이놈의 '시내 버스'는 도시의 출퇴근 때의 만원 버스 저리 가라 하게 군민(郡民)들과 짐 덩어리들로 숨이 막힐 지경이다. 거기에다가 이놈의 버스는 지방 방송국의 유행가를 틀어

놓고 있어서 그야말로 온 세상이 떠나갈 듯하다.

> 나두야 간다.
> 나두야 간다.
> 젊은 나이를
> 눈물로 보낼 수 있나.
> 사랑 찾아 꿈 찾아
> 나두야 나두야 간다.

김수철이라는 녀석이 불러제끼는 이런 유행가가 시골 완행 버스를 들었다가 놓았다가 하고 있고 임덕진은 '저런 빌어먹을 녀석!'하고 애꿎게도 젊은 유행 가수에게 욕설을 던진다. 말하자면 삼남 땅의 남단에 뒤처져 살고 있는 촌것들이 만원 이룬 완행 버스에 시달리며 갈 적에 그들의 기분을 한껏 심란하게 해주기 위해 저런 유행가를 만들어 뽑는 것 같았으니…….

장날을 만난 가루개(갈현)에 도착했을 때는 벌써 아침 열한 시. 섭섭댁과 헤어진 후 덕진은 이곳에 결혼해 사는 소꿉친구 완실이를 찾아가 볼까 했으나 시집에 매인 몸, 어찌 그런 여유가 있으랴 해서 포기하고 그 대신 분식 센터에 들어가 자신은 계란 푼 라면 하나 끓여 달라 해놓고 영림이에게 쇠젖을 먹였다. 그로서는 이런 식의 끼니 때우기가 호사 부리는 일이고 관광객 기분 내는 일이 되는 것 아닌가.

직행 버스 승객이 되었을 적에 덕진은 다시 〈나두야 간다〉라는 노래를 듣지 않을 수 없었다. 한번 어떤 노래가 유행되기 시작하면 이 한반도의 어디를 가든 그 노래를 안 들어주는 도리가 없는 것,

말하자면 그것이 바로 '전국 일일 생활권'의 의미가 되는가 보았다.

　　　봄이 오는 캠퍼스, 잔디밭에 팔베개를 하고 누워 편지를
쓰네.
　　　호랑나비 한 마리 꽃잎에 앉아 잡으려고 손 내미니 날
아가 버렸네.
　　　종이비행기를 만들어 날려 버렸네.
　　　나두야 간다. 나두야 간다. 젊은 나이를 눈물로 보낼 수
있나.

　'빌어먹을 녀석'하고 덕진은 다시 애꿎게도 젊은 유행 가수에게
욕설을 던진다. 봄이 오는 캠퍼스 어쩌구, 편지를 쓰고 어쩌구, 호
랑나비 잡고 종이비행기 만들고 어쩌구……. 도대체 무슨 소리들일
까? 물론 젊은이라는 걸 그런 식의 들척지근한 언어들로 휘갑을 쳐
서 설명해 보고 싶기도 하겠지. 맛으로 따진다면 젊음은 아주 쓰디
쓴 소태 맛이어서 거기에 화학 조미료 치고 설탕 섞는 무슨 맛나라
거니 다시다라거니 하는 것도 듬뿍듬뿍 넣어서 꼬리곰탕 같은 맛
을 내게 하고 싶기도 하겠지. 싱숭생숭한 심정으로 연애나 해봤으
면 하는 막연한 느낌 비슷한 것이 젊음의 의미인 줄로 알면서 말이
다. '하지만 그게 아니야, 유행가 씨'하고 덕진은 속으로 말하며 웃
는다.
　젊음이 지나간 자리─ 과연 거기에 무엇이 남았나? 흰죽 사발 같
은 남편 오양덕에 스물네 시간 어미에게 찰떡처럼 붙어서 떠나지 않
는 두 살짜리 딸 영림이, 잘난 것도 없고 돈 가진 것도 없이, 그저 야
구장의 관중처럼 득실거리는 시집 식구들, 그 떨거지들, 그 푸네기

들의 뒷바라지, 결혼식 참석에, 돌잔치, 생일, 제사, 부조금에 학비 조달, 그리고 갖가지 인생 상담에 둘째 며느리 역할, 그리고 곗돈에 이잣돈, 할부금, 월부금 등 온통 돈타령, '증오와 위선' 따위의 연속 방송극에 눈물 흘려주기……

'나두야 간다, 나두야 간다, 젊은 나이를 눈물로 보낼 수 있나' 박용철의 시 구절을 여고 시절에 처음 읽었을 적에는 정말이지 '나두야 간다' 하는 심정을 가졌었던 기억이 그에게 났다. 내 인생을 헛되게 보내서는 안 되겠다는 비장한 느낌 같은 것…….

그러나 젊음을 전송 보낸 지금 그에게 와닿는 것은 아무 데에도 갈 데가 없다는 것, 철저히 소꿉장난 같은 소시민의 생활에 붙들려 버렸다는 것, 뿐 아니라 물에 빠진 사람이 지푸라기 붙잡듯 이런 서민의 삶을 일편단심 춘향이 마음으로 사랑해야 한다는 자각일 뿐이었다, 모처럼 늙은 어머니 만나고 떠나오는 고향길이 이처럼 그에게 심드렁한 것이었다. 시골 고향 떠나 도시로 가는 길은 처녀 적과는 달리 더 이상 '나두야 간다' 하는 그런 길은 아니었다. 가도 가는 게 아니고 떠나도 떠나는 게 아닌 길이 시집살이의 길이 되는 것일까.

"그저께 내려왔어요."

오양순이가 말했다. 양순이는 덕진의 남편 오양덕의 누이동생이었다. 그러니 덕진이와는 올케 시누 사이가 되는 셈이지만, 지방 도시에 사는 올케와 서울에서 O.L[1]로 지내는 시누이는 서로 만날 기회가 거의 없어서 덕진이는 이런 촌수에는 서툰 편이었다. 그런데 덕진이가 청석내 불당골로 친정어머니 만나러 간 사이에 그의 집에

---

1) 일본식 영어 Office Lady의 준말.

시누이가 와 있었을 줄이야 짐작도 하지 못했던 일이었다.

"웬일이에요? 이런 강남시(江南市)에? 아무튼 잘 오셨어요. 그건 그렇구 모처럼 먼 발길을 했는데 나마저 없었으니 이게 참……."

"아뇨, 올케언니도 안 계시는 집에 제가 황야의 무법자처럼 쳐들어왔으니 미안해해야 할 쪽은 제 편인 걸요."

오양순이 이런 말을 해서 두 여인은 함께 웃었다.

강남시는 한반도의 남단에 위치한 공업 도시 중의 하나였다, 그래서 사람들은 흔히들 '여공의 도시'라고 불렀지만 다르게 따지자면 외로움 타는 아내들의 도시가 되고 있는지도 몰랐다. 남편들의 직장 따라 이런 객지 도시에 들어와 살림을 차린 아내들은 모든 것이 낯설고 생소하기만 한 이런 신흥 도시에서 마치 유배당해 사는 느낌에 빠지는 것이 어쩌면 당연할 것이었다. 그래서 이런 아내들은 사람 그리움증 같은 것에 흔히 빠져들었다. 그러니 덕진이가 시누이 양순이를 반긴 것은 반드시 그가 착한 올케이어서만은 아니었을 것이었다.

"참말이지 언니는 대단해요."

양순이는 덕진이를 올케라는 말 대신에 언니라고 부르면서 감탄해 하는 듯한 표정을 지었다.

"무슨 소리예요?"

"언니 안 계시는 집에 쳐들어와서 저는 요모조모로 이 집 살림 규모를 뜯어보았거든요. 무엇 하나 허술한 구석이 없구 어떤 물건 하나 언니 손때가 묻지 않은 게 없더라구요, 빈틈없이 모든 것에 언니의 정성이 뻗쳐 있더란 말예요, 아, 진짜 살림꾼이란 이런 거로구나, 하고 저는 배웠어요."

"말도 안 되는 소리, 20평짜리 성냥 집 같은 이런 아파트의 살림이라는 게 오죽해요?"

덕진은 두 손을 홰홰 저었다. 하지만 양순의 칭찬 말이 제 귀에 서걱거리는 것은 아니었다. 오양덕과 갓 결혼해서 이 썰렁한 아스팔트의 숲으로 처음 왔을 적에는 그야말로 모든 것이 '빤빤 강산'이었다. 오양덕은 가정적으로 행복하다고는 할 수 없는 집안의 둘째 아들이어서 애당초 무일푼이었고 덕진 또한 혼숫감 넉넉히 장만한 처지는 아니었으니 그들은 일테면 '제로(零)의 행진'으로부터 출발한 셈이었다. 게다가 오양덕의 집안 사정이 복잡해서 뒷돈을 대고 가정불화를 여러모로 수습해야 할 책임도 있어서 덕진으로서는 그야말로 시집 잘못 왔다고 느끼게 되는 적도 있었다. 그러나 양순이로서도 결혼한 오빠가 이런저런 어려움을 겪어 이나마 살림을 일군 것을 짐작하고 있을 터이니 올케에게 덕담의 말을 늘어놓게 되나 보았다. 그러자 얼핏 덕진에게 떠오르는 바가 있었다.

"혹시…… 우리 시누이한테 좋은 일 있는 것 아니에요? 그래서 이런 강남시로 내려오게 된 거라면……."

양순이가 얼굴을 붉혔다.

"언니 눈치는 못 따라가겠어요. 실은 저도 결혼이라는 걸 하게 되려나 봐요. 그래서 언니 살림 솜씨를 눈여겨보게 되는 듯해요."

양순의 말에 따르자면 상대방 남자는 이 도시의 제강 공장으로 전근해 온 기술직 사원이라 하였다. 반년쯤 전에 우연히 알게 되었는데 이른바 T.Q.C.[2] 경진 대회장에서였다 했다. 양순이는 아동(亞東) 재벌의 어느 계열 회사의 경리직 여사원으로 있었는데 산하 기

---

2) total quality control. 1970년 후반 일본에서 시작된 전사적 품질 관리 운동. 소비자 입맛에 꼭 맞는 품질의 제품을 경제적, 합리적으로 만들어내는 체계를 갖추기 위해 회사 전체가 노력하는 것.

업 근로자들의 경진 대회에 파견 근무를 나갔다가 자기처럼 못생긴 인생을 가진 남자를 만났다는 것이었다.

"월급은 이십팔만 원쯤 되구요, 대학 다니는 동생에 여중 다니는 막내 누이가 있는 집안의 장남이래요. 이 사람은 고교밖에는 졸업을 못 했지만 말예요. 아버지는 시골에서 농사를 짓고 있고, 어머니는 안 계시고⋯⋯."

"정말이지 축하해요. 이 강남시에서 함께 살게 될지도 모르겠네."

"그런데 막상 결혼해야겠다 생각하니 모든 게 복잡해지기만 해요. 영 자신도 없어지구 말이에요. 비로소 오빠와 올케의 신혼 생활이 어땠을까 짐작이 가요. 그때에 저는 철이 없어서 오빠랑 올케에게 불만도 터뜨리고 그랬지만⋯⋯."

그때? 덕진은 오양덕과 신혼 시절을 회상했다. 정말이지 어려운 시절이었지. 돈도 돈이지만 오양덕 집안이 온통 깍두기판처럼 쪽쪽으로 갈라져 나가 있었다. 이 집안의 큰아들은 전혀 장남 역할을 하지 않았다. 둘째인 오양덕이 그 모든 덤터기들을 맡았다. 이러는 말은 오양덕의 아버지 오완갑 씨가 완구 공장을 하다가 망해서 빚더미에 올라앉은 데다가 이혼을 해 버렸던 것이다. 양순이를 비롯해서 딸들은 모두 어머니 편을 들었고, 집안은 풍비박산이 되었다. 오씨네 가족은 그야말로 이산가족이 되었었다. 본부인과 이혼한 오완갑 씨는 전라도 목포에 삼십 대 여인과 살림을 내어 막국숫집을 꾸리면서 살았다. 다른 한편으로 이혼당한 그의 부인은 파출부로 다니면서 한을 짓씹었다. 큰아들은 서독으로 가버렸고 둘째 아들은 그 와중에 결혼을 했고 딸들은 때 아닌 고아들이 되어 버렸다. 도무지 가망이 없는 집안 같았다.

그러나 세월이 약이라던가? 이혼한 오완갑 씨 부부의 재결합은 이루어지지 않았지만 적어도 그 자식들의 세대는 이제 와서 그럭저럭 안돈이 되어 있는 셈이었다. 비록 경향 각지로 뿔뿔이 흩어져 살고는 있을망정.

"시집가는 누이를 위해서 오빠네가 해야 할 일이 어떻게 되죠?"

덕진이 물었다. 그의 머릿속은 한참 열나게 돌아가는 컴퓨터처럼 회전하고 있었다.

"올케 살림이 빠듯한 것 아니까 많은 부좃돈을 요구하지는 않을 거예요."

하면서 양순이는 마음씨 좋은 빚쟁이처럼 웃었다.

"다만 다른 부탁이 있기는 해요,"

"어떤 부탁?"

"제가 아버지 원망을 많이 했거든요. 평생 어머니 고생만 시키더니 그것도 부족하다는 듯 노래(老來)에 이혼까지 시키다니 그게 사람으로 할 노릇이에요? 지금도 그 생각에는 변함이 없지만……. 달리 따진다면 사람이 성장하여 인생을 이해한다는 것은, 이해할 수 없는 것마저 이해해야 한다는 의미가 되는 게 아닌가 싶기는 해요."

"그래서요?"

"결혼식장에 들어가는 신부는 아버지가 인도해야 한단 말예요. 그래서 아버지한테 부탁을 드릴까 어쩔까 하는 중이에요. 시집가는 딸 결혼식 단으로 인도해 주겠느냐 안 해주겠느냐 하고 말예요."

"오빠는 뭐래요?"

"오빠야 원래 둔하잖아요? 씨익 웃으면서 부모가 이혼했다 해서 부모가 아닐 수는 없으니 네가 비로소 자식 노릇이 뭔지 느끼는구나, 그런 말만 하데요."

그러는데 호랑이도 제 말 하면 나타난다더니, 오양덕이가 유행가를 흥얼거리며 불쑥 아파트 문을 밀고 들어섰다. 나두야 간다, 나두야 간다, 젊은 나이를 눈물로만 보낼 수 있나아…….

"아이구 저놈의 유행가 소리?"

덕진이가 진저리를 내는 것에 상관 않고

"어, 언제 왔어? 장모님은 물론 평안하시겠지?"

양덕이는 히죽거리며 이런 소리를 했다. 그는 영림이를 부쩍 추켜 세워 안았다.

"아이구, 영림아, 내겐 네가 중요하지 네 엄마는 별 볼 일 없단다. 나두야 간다, 아, 젊은 나이를 눈물로만 보낼 수 있나아."

"오빠 그 노래는 금지곡이 됐대요. 조금 전에 라디오 뉴스에서 그러던데? 박용철의 시를 표절했대서 말예요. 그러니 부르지 말아야."

양순이가 말했다.

"거기서두 그 얘기 들었겠지? 양순이 또한 나두야 간다, 나두야 시집 간다, 젊은 나이를 눈물로만 보낼 수 있나……. 하는 중이라는 거 말야. 시누이 결혼 부조 때문에 우리 깍쟁이께서 속병 앓게 생겼는데, 그래 무얼 해주기로 하지? 아예 툭 털어놓고 생각을 말해봐."

"오빠, 나 거지 아니에요. 하지만 올케가 과연 무얼 해주려는지 궁금하기는 하네요."

이러면서 양순이는 궁금하다는 듯 덕진을 바라보았다.

"그거야 물론……. 오빠네가 해주어야 하는 것을 해야죠. 아버지는 아버지가 해줄 것을, 어머니는 어머니가 해줄 것을 해야 하듯이 말예요. 그 모든 것을 다 갖추었으니 얼마나 축복이에요?"

《열매》, 1985년 3월호

오늘도 걷는다마는

　오완갑 씨는 하염없이 신문을 들여다보고 있었다. 신문에 또 무슨 가슴 쿵쾅거리게 할 기삿거리가 났나, 왜 저 어른이 저러시나……. 며느리인 임덕진은 살살 눈치만 살펴보고 있는 중이었다.

　시누이인 오양순의 결혼 문제는 순조롭게 풀려가는 중이었다. 이산가족이 아니면서도 산지사방 각처에 흩어져 살고 있는 오 씨네 집안에서는 참으로 오랜만에 화합 분위기가 조성되고 있었다. 본부인과 이혼하고 목포에 다른 젊은 여인과 살림을 내어 막국숫집을 꾸려서 살고 있는 오완갑 씨는 고명딸의 혼삿말에 눈물을 주르르 흘렸다고 했다.

　"내가 참으로 너한테 아비구실 한 게 없구나. 오냐, 오냐, 내 정성일랑 있는껏 쏟아서 너 시집보내 주마. 식장에서 신부 살림 장만은 이 아비가 인도해 주어야겠고."

　늙마에 영감과 이혼한 채 일수 돈 놀이를 하며 서울에서 살고 있는 오양순의 생모는 그 역시 눈물을 주르르 흘리며 "우리 양념딸 시집 간다는데 네 애비라는 영감은 뭘 해주고 있고, 네 에미 청승 떠는 꼬라지는 또 이게 뭔일꾸? 그나저나 네 혼사만은 남 부럽지 않게 치러야 할 텐데, 내 눈에 흙이 들어가두 그놈의 영감 망태기는 만나지 않을라구 했지만 혼인을 위해서는 도리가 없으니 가서 네 아버지 만나 이리저리 되었노라고 일러라."

해서 오 씨네 가족들의 재회가 이루어지게 된 것이었다.

그리하여 내일이 드디어 결혼식 날이었다. 어련무던한 신랑은 서울에서 결혼식 올려 무슨 배가 부르겠느냐, 직장이 있는 이곳 강남시에서 신식으로 올리고 이어 노부모들이 계시는 시골로 들어가 구식으로 잔치판을 한 번 더 벌이자 하였다. 이렇게 해서 오씨 집안의 둘째 아들인 오양덕의 스무 평이 채 못 되는 아파트에는 전국 각처에서 몰려든 여남은 명의 사람들로 붐비적거렸고 그리고 임덕진에게는 신부 뒷수발 들어주라, 시댁 식구들 맞아들이랴, 눈 끔뻑 코 훌쩍거려 볼 짬도 없을 정도로 일복이 터졌다.

"야, 며늘아가야, 여기 술 좀 더 내오니라. 그거 맥주는 관두고 쐬주를 가져오도록 해라."

안방에 진을 치고 있는 시아버지 오완갑 씨가 여전히 신문에서 눈을 떼지 않으며 말했다.

"워낙에 염치라고는 없이 얌체만 그득한 줄은 알았지만, 제 여식 아이 여의느라고 경정거리는 이 집안을 무슨 술청으로 아는지, 청루로 아는지, 어째서 그 모양일까."

마루의 소파에 앉아 있던 시어머니가 볼멘소리를 웅절웅절 뱉아냈다. 오양덕이 얼른 나와서 마시다가 남겨둔 인삼주를 가지고 들어갔다.

"너 신문에 난 이것 보았겠지."

오완갑 씨가 이윽고 아들에게 신문을 건네주면서 물었다.

"네에, 백두산 천지 사진 말씀이로군요. 신문마다 일제히 났던데요?"

"내가 묻는 건 그게 아니고, 이 백두산 사진서껀, 비룡폭포서껀, 그리고 기행문 글 써놓은 것서껀, 이런 걸 읽고 보는 네 느낌이 어떻던지, 그걸 묻는 거다."

"백두산이 역시 아주 장엄해요."

"그래 네 느낌이 그것뿐이더냐?"

"그야 우리 분단 현실이 안타까와서 가슴이 뭉클해지고 또 심각한 기분에 잠기게 되었지요 무어."

"어떻게?"

"백두산은 우리의 국토 통일을 염원하는 온 겨레의 한마음의 상징이 아닙니까? 그런데 현실 속의 백두산은 정작 국토 분단, 민족 분열의 가슴 아픈 비원을 상징하고 있는 것 같으니, 이것이 어째 모순이 아니겠어요? 더구나 그 백두산마저 한쪽은 중공 땅으로 돼 있다고 하고, 또 이 사진들이 중공을 통해 들어가 가지고 박았다고 했다니 말입니다."

"그래, 그게 그렇겠다. 하지만 너는 표면적인 것만 알지 그 심층에 도사린 진짜 가슴 뭉클한 것이 어떤 건지는 모르는 것 같으다. 이 사진을 보면서 이 애비가 느끼는 심사는 그리 단순치가 않구나."

"그야 아버지는 백두산도 가 보시고 만주 벌판도 헤매다니셨다고 했으니 저희하고야 다르겠지요. 저는 이 세상에 태어났을 때 이미 국토 분단이 돼 있었구 동족상쟁을 벌이고 난 뒤였단 말이에요. 백두산은 제가 상상할 수도 없는 지구의 저 바깥쪽 끄트머리에 놓여 있는 걸로 생각해 온 걸요."

"하기사 그게 네 죄는 아니지."

오완갑 씨는 가슴이 무너지기라도 한듯 깊이 탄식을 하더니

"아무래도 안 되겠다. 내가 오늘은 너희들 모두에게 들려줄 이야

기가 있다. 우리 막내딸마저 혼사를 치르게 되었으니 애비 구실 제대로 못 해 온 것에 대해 발명도 할 겸 꼭 해야 할 말이 있으니 좀 이따가 이리들 모이거라."

이러면서 다시 백두산 천지를 싣고 있는 신문 쪽을 들여다보았다.

"홍 애비 구실 제대로 못 해 온 걸 알기는 하는구먼. 그걸 안다면 나로서는 입이 열이라도 할 말이 없겠다마는……."

마루칸에 나앉은 이혼당한 마나님이 다시 웅절거렸다. 임덕진은 싱크대 앞에서 함진아비들 줄 음식 장만에 바쁜 체하면서 속으로만 웃었다. 집안마다 가풍이 다른 줄은 알았지만 그의 친정과 시댁의 분위기는 어쩌면 이렇게 서로 다를 수 있을까 싶었다. 시댁 식구들은 깍두기판처럼 제각각으로 놀아나고, 또 그 제멋대로 거리낌 없이 아웅다웅 으르렁거리고 반목 불화 일으키는 것만으로 보자면 흠을 떨려도 한창 떨릴 집안인 것 같은데, 또 달리 생각하면 부모 형제간에 거침없이 제 의견 늘어놓고 자유분방하게 격식 차리지 아니하고 제 하고 싶은 대로 사는 것을 보아서는 서민적이면서도 민주적인 데가 있는 듯하였다. 더구나 시아버지가 될 오완갑 씨는 아비 역할 시아버지 노릇 제대로 하지는 못하였다 하겠으나(물론 남편의 도리를 가장 못 했겠지만) 그렇다고 해서 그분이 그냥 밉상스럽고 주책바가지인 그런 노인으로 보이지 않는 것이 묘하였다. 인생의 짊어진 짐이 무겁다 보니 그러신 거지, 본래 우리 아버지는 좋은 분이라구, 하고 오양덕은 늘상 제 마누라에게 부친 편역을 들기도 했었다.

"내가 너희들 불러앉히고 할 이야기가 있다는 것은 다른 게 아니고, 기왕지사 너희들 애비는 시대를 잘못 타고나고 또 역마 직성이 있어서 인생에 좌절 실패를 거듭해 온 처지이다마는, 바로 그렇기에 너희들은 애비 본을 따르지 말고 실패하지 말기를 새삼 당부하고 싶어서인데……. 그러노라니 아까 백두산 사진을 보면서 생각나는 게 있지 무엇이냐?"

함진아비들이 돌아가고 난 뒤 오완갑 씨는 자식들과 며느리를 상머리로 부르더니 이윽고 이렇게 입을 열었다.

"무슨 말씀이신데요, 아버지?"

내일이면 면사포를 써야 할 오양순이 약간 짜증스런 어조로 재촉을 했다.

"나는 방황하느라 인생을 놓쳤던 바가 있는데, 너희들은 그러지 말거라."

"아버지, 그런 거는 저희들도 알고 있어요."

"아니다, 너희들은 몰라. 너희들은 애비 고향이 어디인지 알기나 하니? 그래 경북 봉화 두메산골이 고향이었지, 너희들은 애비 고향을 한 번도 못 가보고 말았구나. 일개 면(面)에서 중학 진학하는 애가 하나 있을까 말까 한 그런 산골에 태어난 나 또한 중학 갈 처지가 못 되었다. 그렇다면 그 인생이 어찌 되겠니? 돈 벌기 위해 고향 떠서 흘러 다녀야 했지. 그거 고복수 노래에 '오늘도 걷는다마는 정처 없는 이 발길'이라는 가사가 있지만, 바로 그대로였니라."

"아버지만 그러셨나요? 저희들도 그랬죠."

"오냐, 네 애비 탄핵을 해두 좋다. 나두 어렸을 때 그랬니라. 그때가 지나 사변이 막 일어나려고 하던 무렵이었는데 안경이나 만년필 같은 거 싸 들고 북만주에 들어가, 요새 말로 세일즈맨 노릇 하면 벌이가 괜찮다는 말 듣고 아저씨뻘 되는 이를 따라 내가 십 대의 어린 나이에 남의 나라 땅을 헤맸다."

"그때 백두산 구경을 하셨군요."

"그래, 식민지 백성으로 압록강 건너 만주 쪽에 붙은 백두산엘 올랐지. 여기 신문 사진으로도 난 비룡폭포를 내 눈으로 보았다. 비룡폭포 아래에 경백호(鏡白湖)라는 호수가 있구, 그 호수의 수구가 되는 곳이 조수루(祖水樓)라는 곳인데 소나무는 없고 몇 아름짜리 버드나무가 울창했지. 만주 팔경 중의 하나로 꼽히는 곳인데 그로부터 목단강(牧丹江)이 전개되어 송화강에 합류하게 된다. 원래 이 일대는 청 태조 태어난 곳이라 해서 사람 범접을 못 하게 했는데 한말에 우리 조선 백성이 도강하여 들어가 살기 시작했다. 만주에는 그때까지도 콩이나 수수밖에는 심을 줄을 몰랐는데 우리 조선 사람들이 처음으로 벼농사를 시작해서 보급시켜줬다. 벼의 씨나락을 모종 부어 심는 게 아니라 그냥 뿌려 가지고 보리 농사 짓듯 해서 물꼬를 댔는데……. 그 이야기야 자세히 할 것 없구, 하여튼 그 아래쪽에 동경성(東京城)이란 중국인 마을에 사병(私兵)을 오십여 명이나 거느린 궁궐 같은 중국 토호 집에 머물렀던 기억도 생생하다. 그 동경성으로부터 봉천 어구까지는 산수가 우리 한반도와 비슷하다마는 그 지경을 넘어서면 몇백 리 몇천 리를 가도 산이 하나도 없는 수수밭으로만 꽉 찬 들판이 나온다. 당시 서울 인구가 오, 육십만 정도였을 텐데 할빈[3] 인구가 삼백만이었지. 소련 공산 정권에 밀려난 백계 러시아인들이 할빈의 상권을 장악하고 있었다. 할빈을 지나서 북만주로 들어가니 그 몽고족 골상의 인간들이 어찌나 순박하던지 모르겠더라. 너희들은 그 사람들 유목 민족의 풍속은 짐작도 못 한다."

---

3) 하얼빈.

오완갑 씨는 당신이 뱉아 놓는 이야기에 취했는지 들이켠 술에 취했는지 얼굴이 새빨개져 있었고, 모인 가족들은 낭신이 빙둥서님 펼쳐 보이는 백두산과 만주 일원의 풍광을 머리에 그리면서 이윽고 조용해지고 말았다. 어떤 까닭인지 오완갑 씨는 갑자기 추연한 표정이 되어 말문을 닫은 채 거푸 몇 잔의 술만 다시 들이켜고 있었다. 가족들은 당신께서 과연 무슨 말을 하고 싶어서 백두산 이야기를 꺼내었던지 그제서야 궁금하게 여기기 시작했다.

"물론 너희들 애비는 나이도 어렸던 데다가 자각도 없어서 백두산 올랐다 하여 민족 정기를 생각해 보지도 못했고 만주벌판을 헤맸다 해서 대장부의 웅지를 키우지도 못했다. 실은 그게 정반대였을 게다."

"아니 도대체 그게 무슨 말씀이세요, 아버님."

눈물을 흘리고 있는 시아버지를 향해 임덕진이 놀란 눈을 뜨면서 물었다. 이 분은 어떤 설움, 어떤 한(恨)을 갖고 있는 것일까.

"하기사 식민지 백성의 설움이 어땠는지, 남의 나라 사람한테 구박받는 걸 뻔히 알면서도 정든 제 고향 떠나 유리걸식하며 방황하고 그것도 모자라 왜놈의 총칼에 쓰러져 나가고 그 비참함이 어땠는지, 너희들은 짐작도 못 할 게다. 그러나 그건 변명이 안 된다. 네 애비가 못난 인생살이를 할 수밖에 없게 되었다는 변명은 안 돼. 양력 5월이었는데 북만주에는 눈이 펄펄 내리고 있더라. 신경(지금은 장춘이라 부른다더라마는)에 오니까 잔디가 마악 푸릇푸릇 돋아나고 신의주에 당도하니 미루나무 잎사귀가 이미 한창 신록을 뽐내고 있더구나. 하지만 나는 고향에는 다시 내려가지 못하고 이냥 서울에 주저앉았는데, 그때로부터는 무엇 하나 제대로 일군 것 없고, 어느 하나 올바로 쌓아 놓은 것 없는 채로 네 어머니와 자식들에게 죽도록 고생보따리 내던져 주고 이렇게 남의 덤터기 인생으로 짜부라지고 말았구나."

"고정하세요, 아버지, 우리 집 식구 중 누구도 아버지 원망을 하지는 않는다구요. 다른 사람들도 다들 이렇게 살고 있는 것 아니겠습니까?"

오양덕이 부친께서 왜 이렇게 허약해지셨나 하는 표정으로 말했다.

"그런 소리 듣자구 내가 이런 이야기 꺼낸 것은 아니다."

잠시 뒤에 오완갑 씨는 진정이 되었다.

"너희들 지금부터 내가 하는 말 새겨들거라. 아까 내가 고복수 노래의 한 구절을 말했지 않냐? '오늘도 걷는다마는……' 그래, 그건 좋으니라. 사람이란 끊임없이 움직여야 하고 쉬지 말고 걷고 활동해서 제 태어난 값을 해야 한다. 하지만 분명히 말하는데, 오늘도 걸어야 하지만 '정처 없는 이 발길'이어서는 안된다. 정처 있는 발길이라 해야 한다. 정처(定處)를 어떻게 재는가……. 그거야 각자 자기 나름으로 다르겠지. 어찌 되었든 정처는 있어야 해. 태어난 고향이 정처일 수도 있겠고, 자기가 벌어먹여야 할 집, 또는 자기가 지켜야 할 가정이 정처일 수도 있겠지. 너희들 고향 잃어버려 객지 도시 헤맨다고 해서 정처 없는 몸이라 여긴다면 인생 허랑방탕하게 된다."

"저희들 모두 그건 알고 있어요."

거의 이구동성으로 오 씨네 자식들과 며느리가 대답하였다.

"내가 오늘 백두산 사진 보면서 말하고 싶었던 게 이런 이야기였다. 그런데 너희들이 잘 명심하고 있다니 참으로 다행이다. 그래서 내가 또 하나 꼭 하고 싶은 이야기가 있는데……."

"말씀하세요, 아버지."

하지만 오완갑 씨는 다시 신문 속의 사진을 들여다보면서 굳게 입을 다문 채로 꼼짝도 하지 않았다. 그렇게 하고 있는 노인네의 태도가 하도 진지하여서 가족들은 다시 긴장이 되고 슬그머니 겁이 나기도 하였다. 아버지께서 또 무슨 불호령을 내릴까 걱정이 되는 표정들로 서로 곁눈질을 하며 잠잠히들 앉아 있었다.

"정처 없이 겅정거려서는 안 된다는 것, 그러니 정처는 있어야겠지만 말뚝에 매여 꼼짝도 못 하는 망아지 새끼 꼬라지가 되어서는 안 된다, 이놈들아."

도대체 무슨 말씀인가? 더구나 잘 나가시다가 왜 화를 내시는 것일까?

"나야 정처 없이 발길 닿는 대로 방황하다가 백두산엘 올랐다마는 너희들은 정처가 있는 몸들이라고 자부를 하는데, 아니 그렇게 똑똑한 인간들이 이 백두산 사진 보면서 별다라한 느낌이 없다는 말이냐? 나라가 반동강이가 되어 견문이 좁아들었기로소니, 내 자식들이 이렇게 소인배들이 되었으니 내가 너희들한테 무슨 기대를 할까?"

이미 술에 취해버린 주책바가지 노인 푸념에 그들은 그냥 어안이 벙벙해 할 뿐이었다.

《열매》, 1985년 4월호

빚잔치 인생

축하합니다. 오랜만이구려. 기쁘시겠습니다. 아이구 고맙습니다.
별고 없으신지요. 어머 이게 누구야? 정말이지 먼 걸음 하셨습니다.
올해 성칠이가 연세대학교에 들어갔다면서? 오늘은 우리네에게서
자고 내일 올라가도록 해. 자, 안으로들 들어가시죠…….

  결혼식이 시작되려 하자 이런저런 이야기들을 나누던 사람들은
식장 안으로들 몰려들었다. 사회자는 '신랑 입장' 소리를 질렀는데
양복에 넥타이 맨 청년 하나가 마치 기록 경신을 위해 마지막 골인
지점을 향해 서둘러 달려 들어오는 마라톤 선수처럼 급해맞게 앞
으로 후다닥 나가 버려서 '저 신랑이 되게 급했군'하는 말과 더불
어 사람들의 웃음을 샀다. 이어서 딴따라 서양 작곡가 멘델스존 씨
의 행진곡에 맞추어 마치 세상 모든 아버지를 대신하여 시집가는
딸을 전송 보내는 감회를 극적으로 얼굴에 나타내 보이기로 결심
한 듯한 오완갑 씨가 양념딸(이라기보다는 신부이지만) 오양순의
팔을 끼고 장중하게 들어섰는데 시누이인 임덕진이가 보기에도 신
부는 참으로 예쁜 모습이었다. 주례는 단상에서 하느님 같은 표정
으로 단하의 이른바 내빈들을 굽어보고 있었다. 신랑은 감히 주례
가 올라서 있는 단상에까지 한꺼번에 다다르기에는 민망해서 그보

다 한 계단 아래에 멈추어서 바야흐로 주례와 마찬가지의 기혼 사회인으로 새출발할 각오를 다지는 듯하였는데 그러자 신부가 낭도하였다. 그런데 신랑은 신부 아버지로부터 신부를 인계하기 위해 한 계단 밑으로 내려가서 목례를 한 다음 신부를 모시어 한 계단 위로 등단해야 하는 절차를 까먹은 채 그냥 뻐청하니 서 있어서 사람들을 조마조마하게 만들어놓고 있었다. 신부가 재치 있게 스스로 한 계단 올라섬으로써 사람들은 그럭저럭 안심을 했는데, 글쎄, 이번에는 신부가 신랑의 팔을 끼고 붙어 서 있어야 할 순서를 잊었는지 어땠는지 꼭 남북 대화하는 대표들처럼 떨어져 서 있어서 사람들이 다시 애가 탈 것만 같았는데 신랑이 선수를 쳐서 자기 팔을 내맡김으로써, 안도의 한숨, 그러니 신랑과 신부는 서로 한 번씩의 실수를 주고받은 셈이었다. 바로 거룩한 주례께서 이러한 신랑 신부를 자상하게 내려다보면서, 아무렴 그럴 수도 있는 일이지 하는 표정으로 바야흐로 이 결혼식을 주재할 채비를 하였는데, 때를 놓칠세라 장발족의 사회자가 '에에 그러면 지금으로부터…….' 하고 말소리를 길게 빼었다.

결혼식에 몰려든 사람들. 신랑 신부의 직계 가족, 방계 가족, 일가 푸네기, 직장의 동료, 학교 동창, 그 밖에 각종 연고 각종 인연으로 얼굴 디밀고 있는 사람들. 바로 이런 모임 자리에서 짙게 풍겨 나오기 마련인, 그러니까 지식인들의 용어로 해서 '공동체 문화의 표정' 같은 것을 임덕진은 이번의 시누이 결혼식에서도 다시 한번 찐득하게 확인해 보고 있는 셈이었다.

도대체 결혼식이란 걸 왜 해야 하는 걸까, 이런 의문도 실뚱머룩되따져 보면서 말이었다. 왜 그러냐 하면 남자와 여자가 다 자라서 성인이 되어 서로 좋아하는 사이가 되고 서로 함께 있고 싶어 하며,

그리하여 인류의 보존 법칙을 수행하기 겸하여 벌거벗고 한 잠자리에 들고 싶어 한다면, 아무렴 능히 그래 보아야지, 하고 묵인해 주면 그만일 텐데 어쩌자고 일가친척 푸네기에다가 먹고살기 바쁜 남의 사람들마저 한자리에 동원시켜 '두 몸이 한 몸 되는 거 허락해 주는 거지?' 식으로 확답을 받으려 하느냐 귀꿈스럽게 의문 가져봄 직하지 않은가 하였다.

장본인으로 따지자면 결혼식이란 당자들을 위해서 치르는 게 아니라 내빈들의 덧뵈기용으로 동원되는 게 아닌가 싶어 임덕진은 짠하면서도 근질근질하고 또 어지럽고 안타까운 느낌도 가지게 되었다. 어째서 그러냐 하면 그 자신 신부 화장을 하던 결혼식 날 아침에는 집안 어른들이 매련스럽게 굴어서 눈이 퉁퉁 붓도록 울어 버리는 일이 있어 결혼식이 하나도 재미없던 추억이 되살아나는 때문이었다.

더구나 결혼식 한번 치러 내자면 신랑 신부의 양가는 경황없이 몸살을 앓게 되고 북데기처럼 흩날려 가는 돈다발로 생활 바탕이 휘청휘청 흔들리게 되지도 않던가. 야릇하여라 인간의 문화, 삶의 풍속, 그 예의범절이라는 굴레가……

"저분이 국회의원 세 번 낙선한 당숙이고, 그 옆이 시골 중학교 교감인 다른 당숙, 그리고 금테 안경 쓴 저 회색 바바리코트 입은 분이 전진건설 사장으로 아마 2억쯤 되는 주택에서 살고 있는 외오촌 아저씨인데, 그리고 저분, 어라, 강옥이 엄마도 왔네. 아이고 강옥이 엄마가 웬일일까?"

오양덕이 속삭였다. 임덕진이 보기로는 남편인 오양덕의 집안 푸네기들처럼 그 사는 모습이 들쑹날쑹인 집안도 드물겠다 싶었다. 신부의 시누이라는 위치는 이런 결혼식장에서 결코 중심 권역에 놓인 존재는 아닌 것이고 따라서 이리 핼끔 저리 흘끔 남편 집안 권솔 떨거지들의 모양새를 훔쳐보고 '인사드려라' 소리나도 일이끼면 공순한 모양 꾸미기, 방글방글 웃어주기로 능청 생청 떨며 인간 품평회에 나서고 있는 세음을 잡기에 맞춤하였다.

남편인 오양덕의 직계 가족들은 이들 해주 오 씨네들의 전반적인 수준들에 대자면 밑으로 처지는 쪽인 듯싶고 방계 쪽으로 또는 외가 쪽으로 봐서는 여봐라는 듯 떵떵거리며 시내는 이들도 있는 듯싶었다. 국회의원 세 번 낙선한 당숙은 혹시 네 번째는 당선될 수 있을지 모르는 일이며, 2억 짜리쯤 되는 집에서 사는 외오촌 아저씨는 건설 붐을 타서 조만간에 3억짜리 집에서 살게 될 것이고…… 그리고 강옥이 엄마는…….

"항렬로 따지자면 오국한 씨는 내 조카뻘이 되지만 우리 해주 오 씨 충의공 파의 종손 집안이거든. 문중의 장손은 기둥뿌리라 해서 시제사 때 초헌관 시켜야 하는 대신 방계 겨레붙이들이 호위를 해 주어야 한다 해 가지고 추렴 돈을 거두어 저 양반 대학 공부를 시켰대지. 우리 오 씨네가 이런 집안이라구."

"그거 참 대단들 한 걸."

"아무렴."

"그런데 그런 오 씨네 장손이 문중 행사일 이런 결혼식장엔 왜 안 왔지?"

"그러니까 대신으로 부인을 보냈잖아? 강옥이 엄마가 오국한 씨의 부인이거든. 참으로 오국환 씨는 결혼 하나만은 잘했어. 부인이 어쩌나 능란한지 말야, 문중 대소사에 남편 대신으로 나서서 뒷수발을 들기도 하는데 도무지 빈틈이 없어."

강옥이 엄마는 2억짜리 주택에서 산다는 오양덕의 외오촌 아저씨 옆자리에 앉아 무어라 무어라 귀띔을 건네는 중에 있었다. 그러니까 강옥이 엄마는 대단한 수완가일 것이라는 사실이 임덕진에게도 짐작이 되었다. 2억짜리 외오촌 아저씨는 남편인 오양덕의 어머니 쪽의 친척일 터이니, 강옥이 엄마와는 그저 먼 사돈간일 밖에 없었다. 그러니까 강옥이 엄마는 오 씨네 문중 대소사 얼굴을 내밀어 종부(宗婦)로서의 소임과 역할을 과시하는 일방으로는 먼 사돈마저도 친척 간인 것처럼 끌어당겨 놓는 수완도 내보이는 게 아닌가 하였다.

어느덧 결혼식은 끝판에 다다라 있었다. 부귀다남을 축원하던 것이 주례사이던 시절은 지나고 딸 아들 구별 말고 둘만 낳자고 호소하던 시절도 지나고 요즈음은 '축복 속에 자녀 하나, 사랑으로 튼튼하게'라거나 '행복한 가정은 가족 계획 실천으로'식의 이야기를 주례가 해야 하는 것이되…….

"글쎄올시다, 내가 농사꾼 자식이 되어서 그런지는 몰라도 그것이 벼농사든 자식 농사든, 농사인 바에야 풍성하게 수확을 거두라고 말하고 싶기도 하지마는……. 하기사 그것도 양이 문제 아니라 질이 문제 아니겠습니까?"

이런 소리 끝에 부디 행복하라는 치사로 주례는 덕담을 마치었고 하객들 중에서는 '그거 주례 한번 잘 본다'는 칭찬의 말도 나오는 등 그야말로 잔치 기분을 내며 이윽고 결혼식이 끝났다.

한 분도 빠지지 말고 요 아래 하동관에서 국수 대신 설렁탕 한 그릇씩 꼭 들고 가시라는 안내 방송도 있고 하여서 사람들은 장소를 옮기었다.

"인사드려. 제 처입니다."

오양덕이 강옥이 엄마에게 말했다. 임덕진이 나붓이 고개를 숙여

보이자

"아이구 그렇지 않아도 우리 아재가 살림꾼 부인 맞았다는 이야기는 귀가 닳도록 들었더니만, 영락없네."

강옥이 엄마는 임덕진의 손을 꼭 쥐어 주었다. 오양덕이 오국환 씨의 숙항(叔行)이 된다면, 그렇다면 나는 이 아주머니의 아주머니뻘이 된다는 것일까, 생각하면서 임덕진은 웃음이 나오는 것을 간신히 참았다.

"이렇게 일부러 낸 걸음을……, 오늘은 저희 집에 들르셨다가 내일 상경하도록 하세요."

"글쎄, 그렇잖아두 내가 강동시에 볼일도 있고 해서 그럴까 했지만……, 그렇다면……."

강옥이 엄마는 이렇게 하여 그날 하루 임덕진 신세를 지며 그의 집에서 묵어가는 것을 기정사실로 만들었다. 음식점에서도 강옥이 엄마는 치맛바람 일으키며 이리저리로 나비처럼 날아다녀 인사 건네고 이야기보따리 끄르는 등 분주하기 그지없었다.

"오국환 씨가 무능주의자이거든. 벽시계 군소 공장에 아크릴 유리 납품을 대 주는 공장을 차렸다가 쫄딱 망했단 말야. 그러니 집안에 궁(窮) 자가 들었을 거 아냐? 오국환 씨야 남 앞에서 궁색한 소리는 도저히 못 하니까 강옥이 엄마가 저렇게 나대게 된 거야. 염치고 나발이고 굶어 죽을 수는 없는 일 아냐?"

오양덕이 이런 식으로 강옥이 엄마가 어떤 종부의 역할을 하고 있는지 설명해 주었고 임덕진도 고개를 끄덕거렸다. 무능한 남편 만나 집안이 어려우니까 부인이 저렇게 일가친척 뒷수발 들면서 다른 한편으로는 치맛바람 일으켜 사람들을 쫓아다녀 거간꾼 비슷한 노릇, 브로커 비슷한 노릇도 하면서 적지 않게 생계에 보탬이 되

는 도움을 얻어내는 게 아닌가 싶었다. 더구나 오국환 씨가 문중의
장손이라니까 종가를 모른 체할 수만은 없을 것이니 요새 같은 경
제 시대에 딱히 그것을 나쁘게 볼 것만도 아니라는 동정론도 있을
법하겠구나 하였다.

이제 결혼 잔치는 설렁탕 집에서의 행사도 대충 끝을 내게 되었
고 제3차의 단계로 옮아갈 때가 되었다. 그러니까 신부 쪽으로 보
더라도 갈 사람들은 제 갈 길로 뿔뿔이 흩어져 떠나갔고 열댓 명쯤
되는 사람들이 우르르 오양덕의 아파트로 몰려들 갔다. 임덕진은
같은 아파트의 제 또래 여편네들을 동원시켜 놓았으므로 음식 수
발드는 것은 걱정이 안 되었으나, 잘난 오 씨네들의 사람 수발드는
일에는 적이 기진맥진이 되어 있었다. 아니나 다를까 강옥이 엄마는
잠시도 가만히 있으려 하지 않았고 눈에 뜨이는 것 하나하나 꼬치
꼬치 캐묻고 탄성을 지르고 제 소견을 늘어놓았다.

과연 그것은 어떤 소견이었을까? 빠듯한 월급쟁이의 살림. 그나
마 남편 수입만으로는 턱도 닿지를 않아서 아내가 부업도 하고 세
일즈도 하는 등 애면글면 바지런을 떨어 간신히 마련한 20평짜리
사원 아파트. 소꿉장난 같은 살림 도구들에 감출 것도 들킬 것도
없이 내핍, 절약, 근검 따위를 실천해 보이고 있는(성실하지 않을래
야 성실하지 않을 수 없는) 그러한 생활 모습이 아니었던가. 부끄
러울 것도 없고 그렇다 해서 '내가 이렇게 알뜰살뜰하답니다.' 하고
자랑할 짓도 없는 그런 생활 공간…….

"내가 참 여러 집을 다녀봤시만 이렇게 깔끔하고 요렇게 단란하
고 마음 푸근하게 꽉 찬 분위기를 가진 집은 처음 봤다우. 다들 이
렇게 사는데 우린 어쩌자구 빚잔치 인생이 돼서 맨날 허덕허덕 깡그
리고 지내어야 하는지……."

강옥이 엄마는 이러면서 눈물이 그렁그렁해져서 그 자리에 모인 일가 푸네기들을 숙연하게 만들었던 것이었다. 남편인 오국헌 씨는 그냥 도덕군자이기만 하여서 도무지 이런 경제 시대에 적응을 하지 못하며, 짧은 밑천이라도 있으면 남들이야 무어라고 하건 강옥이 엄마가 팔 붙이고 나서 보겠는데 집안이라야 빤빤 강산에 있는 것이라곤 눈사태처럼 부푸는 빚뿐이고 찾아오는 사람이라야 빚쟁이들뿐이어서 그야말로 허구헌 날 빚잔치 벌이는 게 인생 사는 것인 줄로 알고 있으니……. 강옥이 엄마의 넋두리인지 푸념인지 모를 이야기가 이렇게 이어졌던 것이었다.

"글쎄 그거 하다못해 문중 회의라도 열어서 무슨 대책이라도……."

이렇게 누군가가 말하자 강옥이 엄마는 '무슨 염치로 그런 것을 감히…….' 하면서 다시 눈물을 지었다. 강옥이 엄마는 아마도 난경을 헤쳐나가기 위한 궁여지책으로 세일즈 비슷한 것을 하는가 보았다. 가방을 열어서 꺼내놓는 것을 보니까 무슨 보험증서 같은 것도 있었고 가전제품의 팸플릿이라든가 홍콩을 경유하여 들어왔다는 우황 어쩌구 하는 한약이라든가 심지어는 패물 같은 것도 있었는데 그것은 외국 나들이 다녀온 여고 동창이 누구에게든 팔아서 살림에 보태 쓰라고 내준 것이라 하였다.

강옥이 엄마가 하도 안되어 보여서 덕진은 월부로 붓기로 하고 가전제품을 하나 사기로 하였고(현지의 대리점에서 물건을 배달해 준다고 하였다) 다른 사람들에게도 권유를 하여 동네 여편네들도 더러더러 물건들을 구입하였다. 고마워하는 강옥이 엄마를 보면서 임덕진 또한 한결 기분이 가벼워지는 것 같았다.

그 얼마 뒤의 일이었다. 임덕진은 서울 다녀갈 일이 있어서 상경

했던 기회에 강옥이 엄마에게 전화를 걸었다. 결혼식에 다녀가면서 강옥이 엄마는 상경할 기회가 있으면 꼭 연락하라 했던 것이었다. 그래서만이 아니라 고생하는 강옥이 엄마를 위해 그 여자가 해봄 직한 부업 자리 하나 소개해볼 수 있을 것 같아서이기도 하였다.

전화를 걸어 위치를 확인하여 찾아간 강옥이 엄마의 집. 40평은 넘어 보이는 호화 아파트의 으리으리한 실내. 온통 외제들로 휘갑을 쳐놓은 호화 가구에 삐까뻔쩍하는 살림 도구들. 영국 영화에 나오는 백작 부인 모습으로 나타난 강옥이 엄마.

"놀라지 말아요. 초라한 꼴을 보이면 빚쟁이들이 달려들 것 같아서 허장성세로 이렇게 꾸며 놓고는 있지만, 우리 집안은 아무것 없이 빚더미 위에 올라 앉은 빚잔치 인생인 거니 말예요. 그러니 내 속이 오죽이나 타는지 알아요?"

생글생글 웃으며 이렇게 말하는 강옥이 엄마를 임덕진은 아무 소리도 못 하고 그냥 멍하니 바라보고만 있었을 따름이었다.

《열매》, 1985년 5월호

앞서거니 뒤서거니

"농사꾼 마음으로 살아야 한다는 거, 심은 대로 거두리라, 하는 정신이 좋다는 거 누군들 모르겠어요? 하지만 도시 생활이란, 특히 서울 사람이란 그런 삶을 허락해 주지 않는 듯싶어요."

강옥이 엄마는 한숨을 폭폭 쉬면서 임덕진을 앞에 두고 이런 소리를 하였다. 고급 음향 기기로부터 '서울, 우리의 서울' 하면서 신이 나서 못 견디겠다는 듯 에프엠 방송의 유행가가 흘러나오고 있는 40여 평은 실히 넘어 보이는 고급 아파트, 서향 창(西向窓)으로부터 엇비스듬히 비껴 들어오는 늦은 오후의 햇살은 양탄자가 깔리고 포마이카 칠이 은은한 가물(家物)들과 서화들이 잘 배치되어 있는, 그리고 한지를 바른 등나무의 백열 조명등이 골고루 빛을 분배하고 있는 응접실의 분위기와 멋진 조화를 이루어 임덕진은 마치 스스로 귀부인이 되어 '핵 시대와 현대인의 고독' 따위의 철학적인 주제로 담소를 나누기 위해 고급 살롱과도 흡사한 이 아파트를 내방 중인 것처럼 착각이 들 지경이었다. 지방 소도시에서 애면글면 빠듯하게 살아가는 농촌 출신 남편의 농촌 출신 마누라인 것이 그 자신이어서 그런지 임덕진은 단박에 주눅이 들어 버렸던 것이었다.

강옥이 엄마는 천의 얼굴을 가진 여자임에 틀림없었다. 이 여자는 남편이 사업에 실패해서 친척 푸네기들에게 구걸하듯이 동정을 구해 세일즈우먼 노릇도 하고 아들의 학자금 마련도 해야 하는 형편이라고 지난번 강남시에 내려왔을 적에 분명히 그렇게 말했건마는, 상경 길에 그가 처음으로 찾아와본 이 아파트의 분위기로 보아서는 그 두 가지 현실 중 어느 하나는 분명히 거짓이어야 수작이 될 수 있을 듯싶은 것이었다.

이 아파트의 어느 구석을 보아도 사업에 실패한 남편 탓으로 아내가 소매 걷어붙이고 산지사방 연고 있는 사람들을 찾아다니며 손을 벌려야 할 만한 그런 절박한 사정이나 궁(窮) 자 낀 모습을 찾아볼 도리는 없기 때문이었다. 그렇다면 강옥이 엄마는 거지 근성이 몸에 배어서 남에게는 온갖 천덕꾸러기 짓을 다 내보이면서도 근검절약과는 전혀 반대로 내일모레야 어찌 되든 오늘은 신나게 먹고 마시고 떵떵거리며 살아보기로 작정을 내고 있는 그런 빚잔치 인생의 귀부인, 어떤 면에서는 그런 복부인이 아닌가…….

임덕진이 이렇게 생각하는 것 같은 눈치를 보이자 강옥이 엄마는 '핵 시대와 현대인의 고독' 같은 고전 담론과는 전혀 상관없는, 농사꾼 마음으로 사는 게 좋은데 서울 생활은 그게 되지를 않는다는 이야기를 끄집어내고 있는 것이었다. '내가 농사꾼 자식으로 보여서 그러는 걸까? 그럴 필요는 없는데…….' 하고 임덕진은 속으로 생각하였다.

"분수를 모르고 잘산다고 생각하실 것 같아서 변명 삼아 하는 말이 아니라…….''

"아 아뇨, 그렇게 생각 안 해요. 생활이란 늘리기도 어렵지만, 특히 줄이기가 어려운 것이니까, 더구나 남의 체면이란 것이 있으니……. 강옥이 엄마께서 고충이 많으시겠어요."

"네, 그게 그래요, 하지만 그것만도 아니에요. 옛날 남산골 샌님들은 냉수 마시고도 이빨을 쑤셨다지만, 그게 왜 그러냐 하면 님들 앞에서는 너비아니로 한 상 잘 차려 먹은 것처럼 꾸며야 양반 체모가 선다고 생각해서 말이지요. 우리는 그런 남산골 샌님의 기질을 가져서 어긋나게 잘사는 체하는 것만은 아니고……. 실은 이게 다 절박한 이유가 있어서예요. 그러니까 말하자면 시내 중심가에 벼룩이 운동장만 한 점포를 내는 사람이 속으로야 골병 걸리건 말건 그거 실내 장식이라는 것만은 삐까뻔쩍하게 꾸며놓아야 하듯이……. 바로 그런 이유가 있어서인데 우리 양덕 아재의 댁내한테는 내가 기탄없이 다 말하겠어요."

강옥이 엄마는 다시 아파트가 무너져라 하고 한숨을 내쉬었다. 그러는데 마침 도시가스 레인지에 올려놓은 커피포트에 부어놓은 물이 뜨거움에 견디지 못하여 데모라도 벌이듯 부글부글 끓어오르는 소리를 듣고는 '잠깐만요.' 하면서 그쪽으로 갔다.

"연유 타세요? 설탕은 몇 숟가락 넣으면 되겠어요? 레귤러 커피는 블랙으로 마시는 게 제맛을 볼 수 있어서 묻는 거예요."

강옥이 엄마는 이런 소리를 하면서 커피 시중을 드는 것, 즉 손님 접대의 에티켓을 깍듯이 차린다는 것을 충분히 과시하면서 이윽고 미국 지도가 그려져 있는 특수 유리 쟁반에다가 두 개의 커피잔을 담아 가지고 다시 응접세트 놓인 쪽으로 와서 앉았다.

"누울 자리 보고 다리 뻗으라거니, 오르지 못할 나무는 쳐다보지도 말라거니 하는 속담 말이 있기는 하지만 이게 도시 생활에서는 맞는 이야기일 수도 없거든요. 다리부터 뻗고 보아야 누울 자리를 차지하는 거고, 쳐다봐야지만 그 나무를 오를 것인지 말 것인지 생각해 볼 수가 있는 거란 말예요. 그야 양덕이 아재처럼 꼬박꼬박 월급 타다 부인에게 가져다주면 그 범위 안에서 알뜰 주부 노릇을 해 볼 수 있겠지만 우리 사람은 그게 아니어요. 도무지 근검절약 저축 같은 거와는 거리가 먼, 뜬구름 잡으러 쫓아다니는 것 같은 이런 생활…… 좀 더 정확히 말해서 이런 생활고(生活苦), 그 정신적인 번민을 짐작이나 하실까?"

"저로서는 솔직히 말해서……."

"그래요, 생활이란 일종의 질서이고, 음악과 같은 것이 되어야 해요. 그런데 우리네는 겉은 번지르르하지만 무질서에다가 소음 덩어리 혼란이거든요. 빛 좋은 개살구……, 시거든 떫지나 말아야 하는 건데, 나쁜 쪽은 모두 골고루 갖추어 놓은……."

"아이, 무슨 그런 말씀을……."

"우리 속담에 '밑 빠진 독에 물 붓기'라는 말이 있잖아요? 우리네 살림 본새가 바로 그래요. 양덕이 아재와는 달리 강옥이 아빠는 아래를 내려다보지 않고 위만 바라보면서 살아왔어요. 해주 오 씨네 장손으로 문장(門長) 노인한테 배운 게 가문이니 법도니 하는 것뿐이었구, 일 년에 열두 번 봉제사에 한식 추석 성묘에 각종 모임 자리에 얼굴 들이미느라 무능 거사가 다 되어 버렸지요. 그러니 시쳇말로 인격 유지비가 엄청난 데다가, 이런 경제 시대에 묘한 인생론을 배워 버렸지요. 오늘은 아무개 만나고 내일은 조카사위 만나서 무슨 협회의 건(件)이라느니 성사가 되기만 하면 하늘에서 회전의자가 내려오고 돈벼락이 굴러떨어지게 되어 있단 말예요. 그런데 그 '금방'이라는 것이 일 년이 되고 오 년을 넘겨서 허구헌 날 고상한 꿈 먹어대기에 배가 부른지 고픈지 모를 지경이거든요, 이런 집안 살림 꾸려대느라 나 또한 묘한 인생론을 배워 버렸구……."

커피 한잔 마시면서 나누는 대화치고는 묘한 이야기가 되어 버렸으니 임덕진은 뭐라고 대꾸해야 할지 몰라 그냥 잠잠하니 앉아 있을 수밖에 없었다.

"알겠어요? 이런 호화 아파트에 분수없이 사는 것도 유분수지, 그야말로 푼수 종판 대가리 없이 살고 있는 까닭 같은 거 말예요. 빛 좋은 개살구……, 그 맛이 신 것까지는 좋은데, 거기다가 떫기까지 한 이런 모습……."

"아이 너무 그러지 마셔요. 저 자신도 반성해야 될 일인 걸요. 사실 우리는 가난 벗어나기에 너무 갈급스러워 해서 그랬는지 처지에 걸맞지 않게 모두들 너무 헐렁헐렁하게 나사를 풀어놓고 사는 대목이 있는 게 아니냐 싶기는 해요. 나라 전체 사정으로 봐도 외채가 굉장하다던데……. 외채를 이기는 길은 절약뿐이다 하고 신문에서 이야기하기도 하던데 사회 상층부들은 그걸 실천하지 않고 아래 사람들에게만 훈계 놓고 있는 것 같기도 하고……. 제가 뭘 알기나 하겠습니까마는, 강옥이 어머니께서 너무 그러시니 민망해서 하는 얘기예요."

"저축, 절약하면서 사는 생활이 좋은 거예요. 정말이지 그렇게 살아봤으면 싶지만, 하고 싶어도 못하는 게 우리네 생활이에요. 내가 왜 아까 우리네 살림이 밑 빠진 독에 물 붓기라고 했죠? 이 말을 곰곰이 생각해 보세요. 밑 빠진 독……. 남들이 봐서는 밑이 빠졌는지 어땠는지 알지 못하는 거예요. 밑은 겉으로 드러나 보이는 게 아니니까요, 그러니 밑 빠진 독일수록, 그 옆구리는 불룩하게 배가 불러 보여야 하는 거예요. 알겠어요? 바로 내 집 모습이 이래요. 이런 호화 아파트에서 사는 이유가 그래요. 남들 느끼기에 저 집이 잔뜩 배가 불렀구나 싶게 보이도록 해줘야 하는 거거든요. 어머나, 내 정신 좀 봐, 시간이 벌써 이렇게 됐나?"

"계모임이 있는데 내가 나가봐야 해요. 완실이 엄마한테서 급전을 돌려 가지고 선이자를 떼고 임실댁을 잠깐 만난 다음 태평장으로 가서 갈비탕 한 그릇 얻어먹고 곗돈 붓고, 그리고 미스 최한테 사정을 해 봐야지요. 강남의 무슨 안마시술소의 여자 종업원이라던데 이번에 목돈 타거든요. 내가 그 돈을 좀 빌리려고 하는 중이에요. 그게 여의치 않으면 오 마담하고 김 사장 댁과 어울려 밤새도록 고스톱 쳐야 될 거구… 비위 맞춰주어서 돈 좀 융통하자면 말예요."

외출 준비를 하면서 강옥이 엄마가 주섬주섬 섬겨대는 말이 이러하였다. 임덕진은 진심으로 강옥이 엄마를 존경하기로 하였다. 위대한 활동가, 수학의 천재, 계꾼 여편네들의 지도자이며 동시에 억척스러운 생활꾼……. 거기에 대하자면 임덕진 자신은 참으로 초라한 존재에 불과한 듯싶기만 하였다. 어느새 강옥이 엄마는 화사하게 한복을 차려입고 우아한 핸드백에 고상한 빛깔의 스카프를 두른 중년 부인으로 둔갑되어 있었다. 두 여자는 아파트의 문을 벗어났다. 엘리베이터 쪽으로 왔다가 강옥이 엄마는 다시 되돌아 갔다.

"강옥아, 엄마는 좀 늦을지 모르겠다. 바빠서 식사 준비 못 했구나. 라면은 잔뜩 사다 놓았으니 배고프면 우선 끓여 먹고, 쌀은 담가놓았으니 웬만하면 밥을 짓도록 해라. 전화 연락할 거다."

이런 쪽지를 문틈으로 집어넣은 강옥이 엄마는 엘리베이터를 타고 일 층으로 내려온 다음 경비원에게 다시 무슨 부탁인가를 하였다. 시간이 늦어서 안 되겠다며 택시를 탔고 그들은 아파트촌을 벗어났다.

"차암, 내가 경황이 없어서 우리 집에 처음 찾아오신 손님 대접이 엉망이 되었네요."

"아이 무슨 말씀을, 저는 전철역이 있는 곳이면 아무 데든 내려주시기만 하면 돼요. 도리어 저 때문에 바쁘신데 시간을 빼앗겨서……."

“안 돼요. 나랑 같이 가요. 태평장 설렁탕은 아주 진국이거든요. 내가 계의 ‘오야’는 아니고 중간 ‘오야’쯤은 되는데 내가 긁어모은 계원들 중에는 모임에 전혀 나타나지 않는 이들이 있어요. 그런 숨은 계원 중의 하나라고 할 테니까 전혀 상관없어요. 갈비탕에 갈비 한쪽쯤 더 먹는다 해서 오늘 곗돈 타는 미스 최한테 손해 끼치는 일도 아니고…….”

“하지만 저는…….”

“도망갈 생각 말아요. 태평장 설렁탕 맛도 맛이지만, 내가 이 바닥의 칙칙한 생활 표정을 견학시켜 드리고 싶은 심정도 생겨서 그래요.”

“그러시다면…….”

“왜 그런 줄 알아요? 심은 대로 거두리라, 하는 농사꾼 마음으로 사는 게 좋다는 거 그걸 확인해 보라고 그러는 거예요. 아끼고 줄이고 근검절약에 저축하며 사는 양덕 아재의 그런 생활이야말로 아름답고 건강하다는 것을 스스로 느껴보도록 하세요. 참, 내가 이상한 여자이지요?”

“이상하다기보다도…….”

임덕진은 교통이 막혀 무한정 멈춰 서 있는 택시 안에서 사람들이 삶에 대해서 갖는 태도란 서로 비슷한 것인지 엄청나게 다른 것인지 잘 모르게 되어 버린 심정으로 생각에 잠겨 들었다.

“저축하며 사는 생활의 갑갑함 같은 것도…….”

“물론 저축하는 삶을 가진 사람들이 서울 와서 흥청망청 돌아가는 이들을 보면 화도 나고 허무하기도 할 거예요. 우린 이렇게 내핍 생활을 하며 참고 견디는데 저자들은 우리의 내핍 덕을 보면서 별해괴한 망나니짓을 다 벌이고 있구나 하는…….”

"사실 그런 심정이……."

"그럴 때에는 주저 말고 이렇게 생각하세요. 빛 좋은 개살구가 아니라 개살구일수록 빛이 좋기 마련인데, 이 개살구들이 얼마든지 빛을 뿜내렴. 나는 빛을 뿜내지 않는 진짜 살구다, 하고 말예요."

"나는 살구가 아니라. 그냥 평범한 서민, 그러니까 나름대로 열심히 살고 싶어 하는 하나의 사람인 걸요."

이러면서 임덕진은 약간 쓸쓸하게 웃었다.

그리하여 그날 오후 그 여자가 보았고 느꼈던 것, 태평장의 설렁탕은 확실히 맛이 있었다. 그리고? 태평장은 그런 설렁탕을 먹으러 들어온 각양 각종의 남자와 여자들로 몹시 붐비고 있었다. 여종업원들은 눈코 뜰 새 없이 바쁘게 돌아가고 있었는데 그의 고향 처녀 하나가 그런 종업원이 되어 있음을 보기도 했고.

그리고? 여자들, 계꾼들은 온통 돈 얘기뿐이었다. 남자들, 향군 훈련을 받고 떼거리로 들어온 청년들은 소주잔을 들이켜면서 흔히 그들이 'Y담'이라고 말한다는 음담패설을 고즈넉이 주고받고 있었다. 다른 종류의 남자들, 양복을 입은 중년의 신사들은 국회가 어떻고 미국이 어떻고 시국담, 정치담에 열을 올리고 있었다.

그러니까 남자들은 저희들끼리 모였을 적에 정치 이야기를 하거나 섹스 이야기를 하면서 사회생활을 측량하고 여자들은 돈 이야기로 삶을 계측하는 그런 풍토가 도시 생활인가 보다 하고 그는 느낀 것이었다. 이로써 보자면 돈의 흐름을 쥐고 있는 것은 여성의 권한으로 되고 있는 세상인 듯하였는데 그것이 그런 줄도 모른 채로 앞서거니 뒤서거니 돌고 도는 것이 또한 돈인 듯하였다. 아, 어지러워라…….

《열매》, 1985년 6월호

길바닥에 뿌리는 돈

"종업원만 해도 이십 명이 좀 넘는 음식점이라면 그 규모가 어느 정도인지 알 수 있는 거 아니어요?"

윤실이는 이런 말을 했었다. 설렁탕이 맛 좋기로 이름난 태평장의 여종업원이 된 윤실이는 같은 고향 출신으로 우연히 서울 바닥에서 만난 임덕진에게 자기 직장 자랑을 하는 것이었을까. 강옥이 엄마의 계모임에 따라와 설렁탕 한 그릇 먹고 나갈 적에 임덕진은 제복을 입고 있는 이 아가씨의 낯이 익다는 것을 알아보았다. 윤실이 어머니 월산댁은 임덕진의 외가 쪽으로 먼 친척이 되기도 하였다. 그래서 빤히 그를 처다보고 있는데 윤실이는 이럴까 저럴까 망설이는 표정을 짓더니

"안녕히 가셔요. 또 오셔요."

하고 문을 열어주면서 인사를 했고 잠시 후에

"저어……. 저 아시겠어요? 저 윤실이에요. 덕진 언니 아녀요? 청석내 불당골의……"

하면서 약간 반편스럽게 웃었다.

"그래 그래, 참 너 건강해 보이는구나. 그렇잖아두…… 어머니랑 오빠들은 다 안녕하시고?"

"그러믄요. 저희 가족들은 총출동 중인걸요."

"총출동?"

"제2차 5개년 가족 계획을 세워서."

"가족 계획?"

"그래요, 올 안으로 5백만 원을 모으기로 목표를 세워서 총출동 중이어요."

윤실이가 말하는 가족 계획이란 '딸 아들 구별 말고 하나만' 하는 구호를 외치는 그런 계획이 아니라는 걸 짐작할 수 있었다. 집 마련 같은 걸 위해 온 식구가 모두 돈벌이에 나서서 열심히 뛰고 있다는 것을 윤실이가 들은 풍월로 무슨 5개년 가족 계획이니 하는 투로 말하고 있다는 것을 임덕진은 이해하게 되었다.

사람들은 어떻게 살아가고 있는 것일까. 빚잔치 인생 강옥이 엄마의 그런 삶이 있는가 하면 음식점 여종업원 윤실이의 5개년 계획 제1차년도 목표 달성 운동에 불철주야 매진하는 그런 삶도 있는 것이다.

"우리야 술에 물 탄 듯, 막걸리에 밥 말아 먹듯 그렇게 사는 거지 뭐. 빚잔치 인생도 무섭지만, 무슨 5개년 계획의 삶 또한 으스스하잖어? 안 그래? 난 바보 마누라 두었을까 봐 걱정이지만 너무 똑똑한 마누라 얻었을까 봐 겁나는 거니까. 이봐요 당신 너무 세상살이 잘 아는 척하지 말어."

오양덕은 이런 멍청한 소리를 했던 것이었다. 갑자기 서울 본사로 출장 올 일이 생겼다면서 오양덕은 임덕진이 묵고 있던 그의 친구 집으로 전화를 해왔었다. 그리하여 두 부부는 때아니게 객지인 서울에서 상봉하게 되었다. 딸내미는 친구 집에 맡겨놓고 그들은 멋쩍은 듯 시내 한복판에서 만났다. 마누라 서울 올려보내니 바람이라도 피울까 봐 겁났던가 부지, 이런 식으로 임덕진이 이기죽거리자, 잔말 말고 따라와, 하면서 오양덕이 덮어놓고 여관으로 끌고 들어가는 것이었다. 도대체 이게 무슨 짓이람. 명색이 부부간인데 지방 도시의 자기 집은 놓아두고 백주대낮에 여관 나들이가 가당키나 한가? 오양덕은 어느 쪽이냐 하면 '신식'이 아니라 '구식'이었었다. 적어도 연애 시절에는 그랬었다. '전진건설'은 그 당시만 해도 그리 커다랗게 전진하고 있지는 못한 하도급 아파트 건설 회사였었고 임덕진은 아홉 명의 관리직 사원들이 들락거리는 그 회사의 본부 사무실의 홍이점(紅二點) 중의 언니 역할을 하는 경리 직원이었었다. 지방 소도시에서 여고를 졸업하고 돈을 번답시고 서울로 진출하여 꿈이 큰 게 아니라 현실을 더 무거워하는 그런 O·L의 처녀 시절을 보내고 있었다. 칼날 위에 올라선 선무당 같은 서울에서의 직장 생활— 무섬증과 곤두박질할 것 같은 현기증 사이에 놓여 있는 곡예사와 같은 심정이 그 시절의 임덕진에게는 있었다. 유일한 위안은 길바닥에 돈 뿌려가며 고향의 어머니 품으로 돌아가는 추석이니 구정이니 하는 명절 맞이였으니 그는 여느 상경 소녀와 하나도 다를 바가 없었던 것이 아니었던가. 당시의 임덕진의 소망은 대학 진학이었었고 그래서 더욱 건조하게 서울 생활을 '드라이클리닝' 시켰는지도 몰랐다.

물론 그의 주위로 얼씬얼씬 몇 명인가의 청년들이 기웃거렸었다. 오양덕은 신식 청년다운 기질은 하나도 없었다. 어릿거리고 괜히 저 혼자 얼굴 붉히고 데면데면 욱수그리면서 회사의 공무와 사무를 분간 못 하는 얼간이로서 임덕진의 시야에 포착되어 들어오고는 하였다. 하지만 오양덕은 점점 더 또렷하게 핀트를 맞추게 된 카메라의 피사체처럼 임덕진에게 잡혀 들어왔다. 멍청한 남자로부터 마음만은 꽤 괜찮은 사내쯤으로 인정이 되게 하였다. 그가 '임덕진 씨'에게 보낸 연애편지는 결혼한 뒤에는 아내로부터 가장 빼앗아 없애 버리고 싶어 하는 그런 물건이 되었다. '나는 결심했습니다. 무단가출은 아니라 할지라도 상경 소녀 한 명을 구출해 주기로 결정했습니다.' 이런 따위 구절은 그 남자가 얼마나 연애편지에 소질이 없는지를 증거하기에 충분한 것이기는 하였다. 하기야 상대방으로 하여금 화를 내게 하는 것도 한 방법이었을까. '그 여자는 인생의 기로 앞에 와 있습니다.' '멍청한 여대생이 되게 하느니 순박한 여편네가 되게 하여야 한다는 것을 그 여자는 모르고 있습니다. 누가 이런 기로에서 엔테베 작전[4]을 펴서 그 여자를 구출해 줄 수 있을까요?' '디데이 에이치아워는 내일 오후 다섯 시이며 장소는 남산 팔각정이니 작전에 차질이 없도록 하여 주시기 바랍니다.'

하기야 장가가는 것이 남자의 일이라면 시집가는 것은 언젠가는 여자가 거쳐야 할 노릇일 것이었다. 좋은 신랑감이야 얼마든지 수두룩하겠지만 '좋은 경치 찾으려다가 호랑이 굴로 들어갈까 겁난다'는 속담도 있으니 에라 모르겠다, 내가 여대생 되지 아니한다고 하여 대학교들이 문을 닫게 되겠느냐, 대학교 교정 가는 거 생략해 버리고 예식장으로 달려가는 것도 나쁘지 않겠지 뭐, 나중에 내 딸이나 가보라 하고……. 따위의 현실적인 생각이 임덕진에게 있었다. 그래서 그는 오양덕의 작전에 참가를 했었다.

"어, 배고파, 어디 가서 무얼로 배를 채운다?"

하고 오양덕이 말했다.

"연애 시절에야 짜장면이 고작이었으면서 뭐?"

---

[4] 1976년 서독과 팔레스타인 테러범들에 의해 우간다 엔테베 국제공항에 억류된 승객들을 구출하기 위해 이스라엘 정부가 펼친 대 테러 작전.

"보신탕이나 먹었으면 좋겠는데……."

이런 저런 얘기를 하는 중에 임덕진은 윤실이가 여종업원으로 일하는 그 설렁탕 전문의 태평장 음식점이 생각난 것이었다.

"그래? 그렇다면 그 설렁탕집으로 가지 뭐."

그날이 마침 일요일이었다. 아주 화창한 날씨였는지라 일에 지치고 공해에 찌들린 시민들은 대거 교외의 산과 강으로 탈출을 해 버린 듯하였다. 북데기 실 흩뿌려놓은 것처럼 사람들로 버글거리던 태평장은 그야말로 태평하게 낮잠이라도 자는 것처럼 한산하였다. 윤실이도 일손에서 놓여나 있었는데 임덕진을 보자 반갑게 웃었다. 임덕진은 카운터에 나앉은 여주인 앞으로 다가가 인사를 하기로 하였다. 윤실이가 같은 고향의 먼 친척 아이인데 우연히 어제 여기서 일하는 것을 보게 되었다는 것. 이 음식점 주인에게 인사도 드리고 윤실이를 잘 부탁드린다는 당부의 말씀도 하기 겸하여 이 집의 맛있는 설렁탕 생각이 간절히 나기에 다시 이렇게 찾아뵈었다는 것을 임덕진은 말하였다.

"아 그러셔요? 고맙습니다. 윤실이는 착실하게 일을 잘하니 대견합니다."

하고 여주인도 낯 좋은 빛으로 덕담의 말을 늘어놓았다.

"이 애 윤실아, 오늘은 한가하니 너 이분들과 함께 이야기나 나누렴."

"설렁탕이 원래는 선농탕(先農湯)이었다고 해요."

윤실이는 이 음식점의 자랑인 설렁탕의 내력을 설명해 주었다.

"저 왕조 시대에 왕은 음력 2월 상신일(上辛日), 그러니까 신(辛)자가 든 첫번 째의 날에 지금의 제기동에 있었던 선농단(先農壇)으로 행차해서 그해 농사가 풍년 들기를 바라는 제사를 드렸대요. 생

쌀과 기장, 그리고 소 돼지를 죽이기만 하여 통째로 놓고 제사를 드린 뒤에 직접 쟁기질을 한 다음 큰 가마솥에 쌀과 기장으로 밥을 짓고 또 소를 갈라서 국을 끓이고 돼지는 삶아서 썰어 놓았대요. 반찬이 되는 김치를 마련 못 하니까 파를 썻어 놓고 또 간장을 가져올 수 없어 소금으로 간을 맞추는데 이렇게 밥과 국을 말아서 파와 소금을 넣어서 내놓은 게 선농탕이고, 그게 발음이 변해서 설렁탕이 된 거래요. 이 설렁탕 잘 끓이는 음식점들이 제기동 아래쪽 이문동에 많이 있었고, 이 이문동 설렁탕의 전통을 이어받은 음식점의 하나가 이곳 태평장이라지 뭐래요? 이 집은 3대째로 내려온다나요? 그게 참 묘하지 않아요? 음식 솜씨 하나만으로 대물림하여 사는 이들이 있는가 하면 우리 집안처럼 뜬벌이 돈 몇 푼을 챙기기 위해 온 가족이 고향 떠서 객지로 나서 가지고 별의별 직업을 다 전전하면서 살아가고 있는 '인스턴트 인생'들도 있으니 말예요."

이러면서 윤실이는 자기 집안 사정을 늘어놓았다. 설렁탕의 유래에 대한 이야기는 들어줄 만하였지만, 윤실이의 신세타령은 가슴에 짠하게 맺혀 들어와서 임덕진 부부는 숙연한 기분이 되었다.

"그야 가업을 대대로 이어가면서 사는 삶이 좋은 줄은 누군들 모르겠니? 우리야 농사꾼 자식들로 태어났으니 고향을 그리워하는 마음에서 벗어날 수는 없지만……."

"아 아뇨, 저는 차라리 이런 도시 생활이 좋은 것이라고 생각하기로 했어요. 농촌은 달리 어떻게 해볼 기회가 적지만 도시는 그 기회라는 게 많거든요, 실은 우리 집에서도 가족회의를 많이 가졌댔어요. 늙으신 어머니는 고향에 남아 있겠다고 하셨거든요. 일할 수 있는 자식들이랑 아버지가 서울에서 악착같이 돈을 벌어 땅뙈기를 마련하고 고향 집을 재건하자는 것이었어요. 하지만 아버지 뜻은 달랐거든요. 이왕 가족이 총출동하여 '경제 개발 계획'을 세우기로 작정했으면 아예 뿌리를 뽑아 객지의 뜨내기 삶으로 나서자, 그래야 정신 바짝 차려 푼돈이나마 모을 수 있을 게다. 고향 살림과 서울 살림을 둘로 차린다면 왔다 갔다 하느라 길바닥에 돈다발을 깔아놓게 되고 아무것도 안 된다, 이러셨거든요. 아버지 의견을 따르게 되었지만, 그 말씀이 옳지 않았나 싶어요."

"어떻게 생각해, 당신?"

"무얼?"

"길바닥에 돈다발 깔아놓기 식의 삶 말야."

"아깝다는 것과 아껴야 한다는 것을 동시에 만족시킬 수는 없지 뭐."

"어제 윤실이 말을 들으면서 난 이런 생각을 해봤거든. 우리의 산업화 시대라는 건 가출의 산물이었던 게 아닌가 싶어. 무단 상경 소녀의 가출, 탈향의 서울 가는 길, 돈 벌러 대처 도시 떠나는 아들의 그런 힘으로 이루어진 게 이 시대의 국부(國富)이고 민부(民富)였을 것이란 말야. 그렇다면 길바닥에 뿌리는 돈을 그냥 아까워할 것만은 아니었지 않았을까 싶기도 하더란 말야. 내가 그런 돈을 뿌렸었구 당신도 그런 돈을 뿌려서 서울로 왔기 때문에 우리 영림이도 이 세상에 태어날 수 있었구 또 우리 영림이가 군것질로 이렇게 길에 돈을 뿌려 대고 있기도 하고 말야."

"이봐요 오 서방님, 유식한 줄은 알겠는데 무슨 말씀을 하려는 건지는 모르겠네요."

"내 말은 우리가 도시와 농촌을 적대 관계로 구분시키거나 서울과 지방을 상대적으로 나누는 사고방식으로부터 탈출할 때가 되었다는 얘기야. 알겠어? 오늘의 한반도는 도시와 농촌, 서울과 지방이 따로따로 나뉜 게 아니라 그냥 하나의 통일된 삶터로 되어가야 한다는 사실이야. 물론 지난 유신 시대에 이런 통일된 삶터 일구기 작업을 했었어야 했는데 착오를 일으켜 중앙 집권적인 빛깔에다가 지방색이라는 색깔까지 깔아 가지고 사분오열시킨 대목이 보이지만 이것의 통일 작업이 있어야겠다 이 말이야. 답답해 보이는 건 서울 사람들이고 막혀 있고 닫혀 있는 우물 안 개구리가 도리어 서울이 되어 버렸어. 우리가 지방 도시에 살고 있는 관계로 도리어 한반도 전체를 한 생활권으로 하는 것처럼 지내고 있다면 서울 시민들은 한반도를 한 덩어리로 볼 줄을 모르게 되어 버렸단 말야."

"신문에 누군가가 칼럼을 썼는데 아침에 제주도 비행기 타고 가서 볼일 다 보고 한라산 넘고 바다 구경 실컷 하고도 시간이 남아 마음껏 즐기고 그날 안으로 비행기 타고 서울 올라왔다는 얘기를 했더란 말야. 그걸 읽고 내 친구가 이러던데? 모든 사람들이 다 이렇게 다니는 것일까? 선창가 뱃고동 인생은 없는 걸까? 모든 사람들이 다 이렇게 일일 생활권으로 살 수 있는 날이, 그런 생활터전이어서 되어야 할 텐데 하던 걸."

"하기사 '서울 가는 길' '고향 가는 길' 사이의 균형이 잡혀 있지는 않은 게 사실이겠지. 올라갈 때의 느낌과 내려갈 때의 느낌이 한갓지지 않다는 것으로부터 내가 무얼 발견하고 있는지 나중에 집에 도착하면 중대 발표를 할 테니까 기대해 보라구."

오양덕이 무슨 발표를 하겠다는 것인지 아닌 게 아니라 임덕진은 궁금증을 가졌다.

《열매》, 1985년 7월호

메뚜기의 한철

'아유 더워.' 소리가 절로 나오게 만드는 폭염이 계속되고 있었다. 무더위는 낮만이 아니라 밤에도 생사람을 삶아댈 듯이 기승을 부리고 있었다. 그런 어느 날의 일이었다.

"아이구 더워, 날씨가 병에 걸려도 단단히 걸렸어."

오양덕은 아파트로 들어서자마자 자기 집이 목욕탕인 줄로 착각이라도 한 것인지 옷을 벗어 던지며 짜증을 부리었다. 임덕진이 남편의 그런 모습이 우스워서

"날씨도 병에 걸리나 무어? 혼자 더위를 독차지한 것처럼 그러네."

"그럼 이렇게 더운 게 정상적이란 말이야? 열병에 걸려도 단단히 걸린 날씨가 아니고 무어야?"

오양덕은 더위에 지친 분풀이로 대거리를 해볼 상대라도 만났다는 듯 화장실로 가면서 미욱진 소리를 내뱉었다.

"그런 말 하지 마, 더위를 사 가지고 땀 흘리는 사람들도 많단 말야, 농부들은 이런 땡볕 속에서……."

"농부들이 더위를 산다구? 산업 일꾼들은 더위를 팔기 위해 얼마나 피땀 흘리는지 알아? 그런데 내가 바로 그런 산업 일꾼 아냐? 하

루 종일 먹어 두었던 더위를 바로 내 집으로 돌아와서 게워내는데 무슨 잔말이 그렇게 많니? 집에 돌아오니까 더위 타령하지, 직장에서 그런대?"

"정말이지 별일이 반쪽이네? 직장에서 속상하는 일 있으면 바깥에서 삭히고 말 일이지 그걸 공해 물질처럼 집에까지 가지고 와서 풀어놓아 오염시켜야 마땅할까?"

임덕진은 얼굴로는 웃고 있었으나 말로서는 잔뜩 토라진 것처럼 응수하면서 싱크대 있는 쪽으로 갔다. 오양덕이 아마도 술 한잔을 마시지 않으면 안 될 기분인 듯싶어 보여서, 술상 차릴 준비를 하였다.

'어유 시원해라.' 하면서 조금 뒤에 오양덕이 그냥 팬츠 차림으로 마루로 나왔다.

"창밖의 여자들이 창 안의 벌거벗은 남자 들여다보고 있는 줄 모르시나?"

아파트 단지의 창이란 창들은 모두 열려 있었으며, 마치 저 어디인가에 교향악단의 지휘자가 있어 그에 맞추어 합창이라도 하는 듯 아파트의 방들마다 텔레비전 방송의 여름 노래가 일제히 입체 음향으로 울려 퍼지고 있었다. 두 살을 갓 넘긴 딸내미 영림이는 텔레비전 앞에 착 달라붙어 주위의 사정에 아랑곳을 하지 않고 있었고…….

"정말이지 무더위 땜에 사람들 고생이 몇 곱으로 겹쳤어. 내가 그럴 주제도 못 되면서 연민을 느끼게 되겠지 무어야. 인생의 맹염고(猛炎苦)에 대해서 말야……."

"말은 그렇게 하면서 왜 집에 와서는 연민 아닌 짜증을 낼까? 어느 철학자가 그랬다지. 먼 이웃에게는 사랑을 말하면서도 가까운 이웃에게는 괴롭힘만을 주었다던데, 오양덕 씨가 바로 그 꼴?"

임덕진의 이기죽거리는 말에 오양덕은 화를 내려는 표정이다가 낯빛을 바꾸었다.

"당신은 집에 있으니까 우리 산업 일꾼들이 이런 더위에 얼마나 고생을 하는지 모르는 거야. 오늘 낮에 거래처인 알루미늄 생산 공장에를 갔었거든. 고물 알루미늄들을 긁어모아 재생시키는 작은 공장이야. 600도의 온도로 펄펄 끓여서 주물시킨 알루미늄 열괴를 커다란 가위 같은 것으로 운반해 내고 있는 그 공장의 노동자들이 숨이 막히겠니, 안 막히겠니? 그런 데다가 일감이 밀려서 도무지 제정신들이 아니었거든. 저절로 내가 얼음덩이를 하나 사 가지고 그 일하는 사람들에게 갖다주게 되더란 말야. 이러면서 나는 생각했지. 우리는 참으로 힘든 고생을 해 가면서 이 현실을 붙들어 올리고 있는데, 왜 서로 간에 도탑게 위해줄 줄을 모르는 걸까? 어째서 힘든 노동을 함께 하는 마음가짐으로 서로 격려하고 북돋아 줄 줄을 모를까 생각되더란 말야. 내가 가 있을 동안에 마침 그 공장에서 사고가 났거든, 큰 사고는 아니었지만 불똥이 튀어서 화상 입은 젊은 녀석이 생겨나더란 말야."

오양덕은 이렇게 말하다가 말고 '아이고 금방 또 더워 오네.' 하면서 다시 화장실로 뛰쳐들어가 물바가지를 뒤집어쓰고 나왔다.

"물론 여러 가지 어려움도 있고 모순도 없지는 않지. 공장은 영세하고 일하는 아이들은 뭐랄까 방황하면서 물 흐르듯 흘러 다니는 인생들이어서 여차하면 집어치울 작정들을 하면서 일에 매달리고 있으니 분위기가 제대로 잡히지를 않는단 말야. 그러니 걸핏하면 짜증이고 욕설이며 시비 붙고 싸우자고들 한단 말야. 일이 고되다는 것도 그렇지만 사람을 서로 위해줄 줄을 모르는 이런 분위기로 해서 삼복더위가 더 괴롭더란 말이거든. 그래서 내가 생각하게 되는 바가 있더란 말야."

"여보, 이야기는 천천히 하기로 하고 술 한잔 가심이나 해요. 정말이지 이 땡볕 속에서 당신이 하루 종일 비지땀 흘려가며 노심초사하고 있다는 거 줄곧 생각했어요. 정말이지 감사하는 마음을 가졌었다구요. 하지만 여름에 열매를 맺게 해야 가을에 가을걷이로 수확을 거둘 수 있는 거니까 힘을 내도록 해요."

임덕진이 이러면서 술을 따라 남편에게 권하자 오양덕은 약간은 머쓱해 하였고 그리고 텔레비전에 넋을 팔던 영림이가 안주 하나 집어 먹으려고 상 앞으로 달려들었다.

"당신이야말로 나를 머슴으로 부려먹는 데에 이골이 난 주인인 것 같군그래? 게다가 나를 위해줄 줄을 아는 듯하니 꼼짝 못 하고 감사하는 마음도 가져야 하게 생겼고 말야."

오양덕은 조금은 더위가 가신 듯한 표정으로 약간은 말갛게 웃었다.

"그래도 우리는 산과 강과 전원에 둘러싸인 이런 지방 도시에서 살고 있으니까 나은 편일 거예요. 서울 사람들은 얼마나 더 숨이 막힐까. 하기야 뭐 우리가 서울 시민 걱정하게 생긴 팔자는 아니지만……."

이러면서 임덕진은 웃었는데, 문득 그에게 생각나는 일이 있었다.

"서울도 서울이지만 농촌의 여름 보내는 풍속도 달라진 것 같아요. 아까 춘분이가 찾아왔었어요. 걔가 제 오빠랑 왔었는데 당신한테 부탁할 일도 있다구 했으니 아마 다시 들를 거예요."

강춘분은 농촌 고향에서 벗어나 이곳 강남시로 나와서 신발 공장에를 다녔었다. 그런데 춘분이가 객지 생활에 제대로 적응이 되지 못하는 것을 알게 된 임덕진이 청석내 불당골에서 삼이웃 간으로 지내온 정리를 생각하여 춘분이를 고향으로 데려다주었었다. 춘분이는 착실히 농사일을 거들면서 마음을 안돈시킨 모양이었다. 제 또래의 친구들 권유도 있고 하여 다시 강남시로 나왔는데 그전과는 달리 여물게 직장 생활을 해볼 수 있게 된 듯하였다. 아무튼 다행스러운 일이었다. 그 집의 큰오빠는 중동에서 목돈을 만들어 가지고 와서 텃밭을 좀 넉넉하게 장만하여 고향 살림을 일으켜 세웠고, 군에서 갓 제대한 둘째가 형 대신으로 고향을 지키기 위해 내려와 있다고도 하였다.

"그렇다면 춘분이네 집은 이제부터는 별걱정이 없겠네. 고향에서는 농사로 벌고 자식들은 도회지에서 열심히 일하고 있다니 말야."

술잔을 비우면서 오양덕이 말했다.

"그런가 봐, 얼마 전까지만 해도 우리는 농촌과 도시, 고향과 객지 삶이 서로 대립되는 것으로 생각해왔지만, 이제부터는 아마 그게 서로 화해를 하는 관계로 되나 봐요."

"도시와 농촌이 화해를 한다? 그거 어려운 얘기군그래."

"춘분이 둘째 오빠인 정만이가 비닐하우스에 메뚜기를 사육하고 있대요. '메뚜기도 한철'이란 속담은 옛말이고 이제는 메뚜기가 사시사철인 모양이던데?"

"메뚜기 사육이라니, 그게 무슨 소리인지 잘 모르겠네."

"메뚜기에 설탕 쳐서 튀겨낸 것이 아주 고급 맥주 안주라는 거예요. 그래서 메뚜기를 비닐하우스 속에서 인공적으로 대량 사육시키는 농가 부업이 고소득원이 된다는 설명이에요. 정만이는 사육뿐 아니라 판로까지 직접 개척해볼 욕심으로 강남시에 들른 거래요. 당신을 만나고 싶어 하는 것도 혹시나 그런 계통에 아는 데가 있지 않나 싶어서인 것 같은데, 아무튼 자세한 사정은 잘 모르겠고, 찾아오거들랑 구체적인 이야기를 들어보세요."

"메뚜기를 사육하는 세상이라……."

혼잣말로 중얼거리며 오양덕은 어린 시절을 그려보는 표정을 지었다. 시냇가에서 물장구치며 가재 잡고 누렇게 익어가는 황금 들판 쏘다녀 낮에는 메뚜기 잡고 밤에는 개똥벌레 여러 마리 끌어모아 별빛과 밝기 내기하던 그런 시절은 확실히 옛날이야기처럼 되어버리고 말았다. 농사는 농약과의 싸움이라는 말이 나오는 세월이 되면서 메뚜기는 더 이상 들판에서 겅정거리지 않게 되었을 터이니 말이었다. 아울러 논두렁에 더 이상 거머리, 방게, 우렁, 물뱀과 같이 고약한 놈들이 살지 않게 되었으니 다행이라 할 것인가.

강춘분을 앞세워 그의 둘째 오빠 정만이가 이 집에 나타난 것은 다음 날 새벽이었다. 한눈에 보아서도 강정만은 아주 착실한 농촌 청년의 표정이었다. 겉으로는 약간 어수룩해 보이지만 뱃심과 끈기와 녹녹치 않은 강단으로 무장이 되어 있는 듯하였다.

"농업진흥청에서 나온 메뚜기 사육에 관한 보고서를 우연히 보게 되었거든요. 그런 데다가 군대 동기 중의 하나가 사육을 하고 있다는 걸 알게 됐어요. 그는 작년 가을 논에서 메뚜기를 어렵사리 몇 마리 잡아 올 수 있었대요. 알 낳는 것을 체로 쳐서 그놈들을 열심히 온도와 습도 맞추어줘서 봄에 부화시켰어요, 내가 그걸 얻어왔어요. 온도 섭씨 27~28도, 습도는 80퍼센트 이상으로 맞춰 주어야 해요. 비닐하우스 속에 부화장을 설치하고 또 구멍탄 보일러 파이프를 땅밑에 깔아서 인위적으로 한 여름철을 만들어주는 것입니다. 이때에 조심해야 할 다른 것으로는 메뚜기가 바깥으로 탈출하지 못하도록 포위망을 단단히 구축하는 거지요. 이렇게 해 놓으면 보름 정도 걸려 메뚜기는 부화가 됩니다. 메뚜기 사료가 될 옥수수도 비닐하우스 속에 심는데 그 둘 모두 생명력이 왕성해요. 메뚜기는 일 년에 세 번까지는 부화를 시킬 수 있고 그 번식력은 한 마리가 한 회에 최소한도 45배 이상이 될 정도니까 그 점은 다른 어떤 사육과도 비교할 바는 아니구요."

강정만이 브리핑을 하듯이 늘어놓는 메뚜기 사육의 요체가 대개 이러하였다.

"하기야 암소도 인공 수정을 시키는 세상이니, 메뚜기가 제철을 어떻게 만나는지 짐작 못 할 것도 없겠네."

오양덕은 이렇게 말은 하면서도 과연 그것이 하나의 '사업'으로서 어떻게 성립될 것인지 미심쩍어하는 표정을 지었다. 강정만의 설명에 의하면 제대로 자란 메뚜기 성충의 무게는 대략 10그램이라고 했다. 1킬로그램을 단위로 한다면 1백 마리에서 1백 50마리 정도를 채워야 하는데 일본으로 수출하는 상인들이 수집해 간다는 것이고, 또 국내의 가공 공장도 생겨나서 설탕 넣어 볶은 메뚜기에 새우 땅콩 따위를 끼운 봉지로 만들어 맥주 안주용으로 판다고 하였다.

"하지만 문제는 이런 데 있는 게 아니거든요. 저는 여러 번 시행착오를 거듭하여 아직은 메뚜기 사육에 바람직스럽게 성공했다고는 할 수 없어요. 그러나 실수는 성공의 어머니라니까 사육에 있어서는 자신이 있어요. 농민의 기질이란 단숨에 수지를 맞추려고 덤벼드는 건 아니거든요. 1년에 안 되면 5년, 5년으로 모자라면 10년의 긴 안목을 가지고 밀고 나가려 하거든요. 메뚜기 사육도 그렇지만 나는 불당골 너머 개암산에 더덕을 그냥 자연 채취하는 게 아니라 재배해 볼 작정을 내고 있는 중인데, 이것도 최소한 5년 이상의 긴 세월을 이겨낼 결심이 서야 하거든요. 아시겠습니까? 도시에서는 '뛰면서 생각하라'는 식이고 농촌의 삶이란 두더지처럼 웅크리고 앉아 '꼼짝 않고 생각하자'는 격이란 말예요. 도시 생활이란 칼날 위에 곤두선 것 같아 한 달 두 달 뒤의 일을 따져 볼 경황 없이 돌아가지만, 농촌 살림이란 10년이고 20년이고 먼 앞날을 바라보며 견디어야 하는 거예요. 어떻습니까, 제가 이 도시로 들어와 우리 덕진 누님 댁을 찾아온 뜻이 어디 있는지……."

강정만의 길다란 설명이 끝나자 오양덕은 깊은 생각에 잠겨 들었다.

"글쎄……. 도시의 삶과 농촌 삶의 상호 연결, 그 조화라는 게……."

"덕진 누님도 어제 그러셨지요. 서울과 지방이 따로 나뉘는 게 아니고, 도시와 농촌이 서로 화해되는 세상을 만들어가야 하게 생겼다고요. 저도 동감입니다마는……. 어떠세요? 제가 해 보려는 메뚜기 사육에 관심을 가져보고 싶지 않으세요?"

"어떻게?"

"방법이야 여러 가지로 많죠. 장기적으로 먼 앞날을 보며 제가 농촌에서 메뚜기와 씨름하는 동안 단기적으로 이의 판로라든가 투자라든가 경비라든가 하는 세부 사항은 도시에 사는 이들이 대책을 세워본다든가 하는 방식으로 말예요."

"그러노라면 무더운 여름만 계속되는 게 아니고 수확의 계절도 다가오고 또 개미와 매미의 겨울이 닥쳐오리라는 것도 깨닫게 되겠네요."

임덕진이 옆에서 한마디 거들었다.

"특히 이번 여름이 예년에 없이 무더워서 저는 얼마나 좋은지 모르겠어요. 메뚜기의 한철이거든요."

강정만이 여름 더위 예찬론을 풀어 놓아서 그들은 모두 함께 웃었다.

《열매》, 1985년 8월호

태풍과 인간

'지난여름은 위대하였습니다.'라고 릴케의 「가을날」이라는 시는
시작되고 있었지.

라이너 마리아 릴케의 여름. 소녀 시절의 꿈의 여름. 그런 여름이
지나갔다. 그래서 무엇이 남았을까. 임덕진은 한숨을 포옥 쉬면서,
일기장을 백지장으로 남겨놓은 채 책상머리에 망연히 앉아 있었다.

릴케의 여름은 시인의 시 속에서나 있을까. 그것이 현실일 수는
없는 모양이었다. 더욱이 그런 시에서 감동을 느끼던 시절은 사라
져 버렸다. 두 살짜리 딸아이의 어머니가 되어 버린 임덕진은 신선
한 충격으로 가득하던 소녀 시절, 처녀 시절로부터 그가 아득히 멀
어져서 떠내려온 것처럼 생각되는 것이었다. 지난여름은 위대하지
아니하였다. 거기에 태풍이 세 번씩이나 불어와 뿌리 깊은 나무들
마저 바람에 뽑혀 나가고 샘이 깊은 물은 불어나고 강은 넘쳐서 홍
수가 나고 그리고 진땀 나게 무더운 여름밤에는 꿈 같은 것을 꾸어
볼 턱도 없었다. 이런저런 일들이 마치 지난여름의 추억 속의 쓰레
기 더미를 이루어 가을맞이를 하는 그 여자의 마음을 산란하게 하
였다. 두 살배기 딸내미 영림이가 틀어놓고 있는 텔레비전 광고가
이때에 또 임덕진의 마음을 헝클어놓았다. 가을철 피부 손질 어쩌

구 저쩌구 하면서 시작되는 화장품 광고는 '당신의 피부로부터 여름철을 지우세요.' 하는 따위의 맹랑한 소리를 늘어놓고 있었다.

어쩌면 그럴는지도 몰라, 하고 그 여자는 한숨을 포옥 쉬면서 다시 생각하였다. 여름은 더 이상 땀 흘리며 일하는 자들을 위해서, 또는 그런 자들에 의해서 예찬되는 것이 아니고……. 바캉스니 여름휴가니 따위를 잔뜩 부추겨대는 저런 광고 문안의 정서로서, 사람들의 추억을 점령해 버리려 하는지도 모른다는 사실 같은 것을…….

물론 임덕진은 자신의 이런 생각이 틀린 것이기를 바랐다. 그렇기는 하지만 지난여름, 과연 그의 생활 주변에 어떤 일이 있었던가, 남편 오양덕이 근무하는 산업체가 남해안의 바닷가 근처에 자리 잡게 된 것은 물론 그 회사원들의 여름 바캉스 철 휴가 걱정을 덜어주도록 하기 위해서는 아니었을 것이었다. 공업 단지가 내륙에 놓이면 공해, 수질 오염 등 여러 가지 문제점이 발생하기 때문에, 임해 공단이라는 걸 세웠을 것이었다. 그러나 해수욕장들이 설치된 바닷가로부터 멀지 않다는 이런 지리적 환경으로 해서 그의 집안이 겪게 되었던 일들…….

여름을 잊고 사는 노동자들의 세계와 여름을 기화로 요란스럽고 뻑적지근한 바캉스를 준비하는 휴가 인생들의 세계. 그리하여 그가 사는 지방 도시뿐 아니라, 청석골 불당내의 시골 고향 사람들이 겪게 되었던 일들.

임덕진은 문학 소녀의 흉내를 내어 그의 일기장 속에 이렇게 적어 넣었다.

'여름의 섭리. 여름의 질서. 그러나 여름의 주책. 한반도 속에 갇힌 여름, 또는 여름이 가두어 버린 한반도. 여름으로부터의 대탈출극.

도망치는 사람들을 추격하는 더위. 시인이여, 지난여름은 추악하였나이다.'

교통이 편리하기 때문에 생기는 불편함. 전국 어디나 전화질을 할 수 있다는 문명의 이기가 가져다주는 가정생활의 침해.

지난여름이 시작되려 할 무렵, 임덕진네에게는 다섯 건의 '예약'이 있었다. 남편에게 온 것이 두 건, 임덕진이 받았던 것이 세 건, 그렇다면 그의 가정은 무슨 콘도미니엄 같은 것이었을까.

'가족들과 함께 바캉스 계획 세웠는데, 강남시를 지날 것 같으니 너희 집에 들러볼 예정. 자가용 주차 시설은 있을 거고, 그러니 사람들 주재시킬 준비 마련 요망'

이런 따위의 전화는 여고 시절의 동창에게서 온 것이었으며,

'아스팔트에서 자라는 아이들이라 '벼 나무'를 보고 싶다고 야단이구나. 이모 집의 영림이도 보고 싶다 하고. 그러니 너희 집에 이틀쯤 '여름학교'를 개설해라. 다음에 청석골 불당내 외할머니 집에 좀 보내주렴. 우리 부부는 나중에 불당내에서 아이들을 인수할 거다. 모처럼 맞는 여름휴가, 아이들 떼어놓고 우리 부부 호젓하게 바캉스 보내려 하니 협력해 주기 바란다.'

이런 전화는 해외 파견 근무를 하고 온 남편을 둔 그녀의 언니에게서 온 것이었으며,

'언니, 시집도 못 가는 노처녀 배낭 짊어지고 심술 여행을 하려고 해요. 언니가 사는 강남시 근처에 남종산, 대덕암, 청자 도요지, 그리고 애런포해수욕장, 그리고 '과부 마을'이 있다고 들었어요. 풍수 지리적으로 어찌구저쩌구해서 그 마을의 남자들은 모두 빌빌거리고 그러다 보니 그런 별명이 붙은 마을이라던데, 아무튼 언니네 집에다가 '전진 기지'를 설치코자 하는 거니까 시집도 못 가는 문학

지망생 후원회장 사양 마시기를…….'

이런 편지는 잘못 걸린 '펜팔'로 해서 알게 된 정순남에게서 온 것이었고……. (정순남이란 이름의 주인공이 여고생일 줄은 몰랐던 것이었다.) 남편인 오양덕은 공교롭게도 8·15 광복절 날이 생일이었는데 그의 30세가 되는 기념일을 축하하기 위해 가족들 재회가 있다고 하였으며, 또 서울 본사에 근무하는 동료들이 습격을 준비하고 있다 하였다.

"우리 어머니 쪽으로 고종사촌 되는 분의 남편이 자유당 시절에 도지사로 있었다는 거야. 그이가 푸념을 했다는 소리가 있어. 당신은 그에 비하면 약과이니까 불평은 삼가란 말야."

임덕진이 '금년 여름' 넘길 일을 걱정하자 오양덕이 이런 뚱딴지 같은 소리를 했다.

"그분은 '월하 대책에 만전을 기하자.'라는 표어를 자신이 부임하고 있던 지방의 곳곳에 써 붙이도록 했다지, 아마?"

"월하 대책?"

"달빛 아래에서 춤추자는 그런 대책은 물론 아니야. 그분 생각은 이런 것이었지, 겨울철에 '월동 대책'이 있다면 여름철에 '월하 대책'이 왜 없겠느냐 이거지. 가뭄, 홍수, 태풍, 병충해……. 농촌의 여름 나기는 오죽이나 힘드느냐, 이거지."

하기사 '월하 대책'이란 아이디어를 떠올릴 만하겠다 싶기는 했다. 일반인들이야 알아먹든 말든…….

"그런데 도지사로 다닐 적에 그분이 가장 노심초사해야 했던 '월하 대책'은 그게 아니었어. 그분이 남해안을 끼고 있는 삼남 땅의 도지사로 부임을 했는데 여름철이 되자 서울로부터 꾸역꾸역 '높은 분'들이 행차를 했더란 말야. 공무 수행으로 도지사의 집무실을 들르는 분도 있고, 여름휴가차 도내에 와 있다는 것을 비서진들이 수소문해서 보고하게 되는 그런 분도 있었다는 거야. 그런데 그때가 제2 경무대니, '귀하신 몸'이니 해서 '빽'이란 말이 유행하던 세월이 었단 말야. 도지사의 하는 일이 이런 귀하신 몸들 뒷수발 드는 걸 가볍게 여기지 못할 지경이 되니, 그 '월하 대책'이 어떻게 되었겠냔 말야."

자신이 무슨 도지사 나으리라도 되는 것으로 착각하는 걸까? 임덕진은 입 밖으로 내뱉지는 않았으나 속으로 이런 앵돌아진 생각을 하였다.

"그분이 그러다가 충북 도지사로 옮겨 앉았는데, 비로소 한숨을 놓았다는 거야. 서울의 높은 분들은 당일치기로 다녀가는 거지, 그곳에서 하룻밤 묵는 경우가 드물었대거든. 그러니 얼마나 홀가분했을 거야? 하기사 다 지나간 시절의 이야기이지만……."

오양덕과 임덕진은 이런 식의 우스갯소리를 나누면서 '월하 대책'을 의논하였던 것이었다. 이윽고 결론을 내리듯이 오양덕이 말했다.

"우리는 무슨 대책 같은 거 세울 필요도 없어, 평소대로 하는 거야. '월하 대책' 운운했던 그분은 4·19가 나자 그야말로 대책 없는 분이 되었다거든. 올바른 일에 대책을 세워야 하는 거지 쓸데없는 뒷수발의 대책에 만전을 기한다 해서 그게 온당할 것일 리 없거든. 평소의 우리 일상생활에 어떠한 변동도 있을 수 없는 거야."

지난여름을 맞이할 무렵 그들 부부는 이러한 말로써 여름나기의 대책에 이상이 있을 수 없음을 확인코자 했었다. 그리하여 드디어 여름이 왔다. '여름, 여름, 즐거운 여름…….' 하고 아이들이 노래 부르는 그런 계절, '바다로 가자, 바다로 가자.' 하고 유행가 조로 뽑게 만드는 그런 '서머 타임'이 왔다.

"물론 옛 공동체 사회에서는 '일과 놀이'가 구별되지 않았지. 하지만 산업사회의 노동과 여가(레저)는 하나일 수가 없는 거야."

재벌 회사의 중간 간부를 남편으로 둔 임덕진의 여고 동창생은 이렇게 주장했다. 그 여자는 이틀 동안 묵었다.

"일과 놀이가 구별되지 않았던 공동체 사회에서는 일이 그 자체로 축제성을 띠었는지도 몰라. 하지만 산업 사회의 노동은 재화를 벌기 위한 수단일 뿐, 결코 즐거운 일이 되어야 할 까닭은 없는 거야. 따라서 노동의 고통은 여가와 레저의 즐거움을 상쇄시키고 또는 균형 잡아야 한단 말야. 우리는 일 년에 한 번 맞이하는 바캉스만은 결코 돈을 아끼려 하지 않는 거야. 스케줄인지 새끼줄인지 하는 것도 미리미리 짜 놓고 말야."

그 여자는 과연 주도면밀하였다. 임덕진의 아파트에서 머무는 것 또한 공짜로 신세 진다는 것이 되지 않도록 배려하였다. 말하자면 2류급의 호텔에 들른 것 같은 식의 '지불'을 하였다. 그뿐 아니었다. 저녁이 되자 그들 부부는 오양덕 부부를 무도회로 초대하였다. 디스코 클럽. 선남선녀 아닌 갑남을녀들이 흔들어 대고 있었다. 임덕진은 과연 그런 곳에 그처럼 많은 사람들이 뒤범벅을 이루고 있음을 처음 알았다.

송장메뚜기, 사마귀, 박쥐 나비, 도마뱀, 조개껍질, 해파리, 산 산 산, 나무 나무 나무, 바다 바다 바다, 모래 모래 모래…… 아스팔트의 아이들은 그 모든 것들에 대하여 탄성을 질렀다. 푸른 하늘 은하수, 산 위에서 부는 바람, 낮에 나온 반달, 내 귀는 소라껍데기, 노를 저어라 어기여차 어기여차……. 그들은 아무리 하찮은 것일지라도 감동하기로 작정하고 덤벼들었으며, '어린이 여러분 잠자리에 들

시간입니다.' 하고 텔레비전이 알려주고 있어도 막무가내로 소용이 없었다. 좁은 아파트는 자연 박물관이 되었고 인간 수족관, 해변 학교로 돌변하였다. 임덕진은 서둘러 그 아이들을 데리고 청석골 불당내로 가서 외할머니에게 인수인계를 하였다.

"시골에 살다 보니 별 치다꺼리를 다 하지 무어냐? 이 좁은 골에 도시에서 내려온 아이들로 넘쳐나지 않는 집이 없구나. 그러나저러나 시골은 도시 것들 뒷바라지에 신물에 겨워 단내마저 나게 생겼구나."

하고 청산댁은 푸념하였는데 그러거나 말거나 임덕진은 그 '미아 보호소'로부터 탈출하였다. 미국이나 어쩌면 영국에 살고 있을 아름다운 소녀 키티. 키티 양이 한반도를 방문하려 하고 있었다. 원래 이 아가씨는 일본이거나 중공으로 여행해 볼 계획을 세웠던 모양이었는데 갑자기 생각을 돌려먹었나 보았다. 이 아가씨를 어떻게 맞이하여야 하는가를 놓고 엉뚱하게도 한국의 기상대 직원이 분주해하였다. 인공위성이 보내는 사진, 무선 전신으로 들어오는 기상 통신을 점검하면서 이 아가씨의 '방한 일정'을 놓고 방송국의 일기 예보 해설 위원은 거국적인 준비 태세를 갖출 것을 요망하고 있었다.

"가는 날이 장날이라더니, 하필이면 태풍이 밀어닥칠 게 무어람."

마룻바닥에 배낭을 풀어놓았다가 챙겼다가 하면서 문학 지망생 노처녀는 태풍 아가씨에 대하여 질투하기를 서슴지 않았다. 그런데 이 아파트는 이미 각처에서 몰려든 사람들로 북새를 떨고 있었다. 오양덕의 서울 본사 근무 동료들이 '집단 이주'해 왔을 뿐 아니라, 아버지, 어머니, 누이, 고모, 아저씨들이 밀려와 있었고 심술 여행가마저 합류해 있었으니 말이었다. 한낮이었음에도 날씨는 캄캄해져 가기만 하였다. 그것은 어린애들이 장난으로 하는 말, 그러니까 저 위에 계시는 하나님이 오줌을 누고 있는 그런 류의 빗발이 아니었다. 노아의 홍수와 방주, 하늘이 깨어져 하늘 그 자체만 한 크기의 은하수의 물벼락이 밑으로 밑으로 쏟아져 떨어지는 것 같은데 그것만으로는 모자라는지 으르렁거리며 강풍이 몰아닥쳤다. 마치 온 땅덩어리를 휴지 꾸겨놓듯 할 참인 것만 같았다. 폭풍으로 난파된 배, 그리하여 표랑 끝에 간신히 당도한 손바닥만 한 무인도에 서로 절망과 증오로 모인 사람들처럼, 그들은 그렇게 남해안 연해 도시의 좁은 아파트 방에 오구구 모여 붙어 있었다.

여름의 태풍, 아니 여름은 그 자체로 질풍노도의 성질을 가지고 있었다. 그 위엄, 그 위대한 힘 앞에 인간들이 얼마나 무력한 것인가를 느끼도록 하는 것이야말로 이 계절의 초상화를 만들고 있었다. 하물며 '피서' 운운으로 떠드는 자들에게 있어서야.

그리하여 태풍 일과, 그리고 그 여름은 지나갔다. 친척들이 먼저 가고, 직장 동료들이 흩어졌으며, 심술 여행가 노처녀가 답사를 끝마쳐가고 있었다. 울 밑에 선 봉선화는 처량하였고 섬돌 밑이 아니라 베란다 구석쟁이의 귀뚜라미 울음소리가 청승스러웠다. 심술 여행가 노처녀마저 떠나갔다. 여성지들은 지난여름 바닷가에서 만난 남자에게 순정을 바친 처녀의 이야기들을 채우느라 바쁠 터인데, 나는 이게 무어람, 이번 여름도 또한 허탕을 치고 말았으니……, 따위의 너스레를 늘어놓으면서…….

"내년 여름은 어떻게나 보낼지?"

밤기운이 제법 차갑고, 사람들로 들벅대던 집안이 텅 빈 듯한 것이 반갑기도 하고 서운하기도 하여 임덕진이 혼잣소리를 했다.

"내년 여름? 염려 마. 안 찾아오지 않을 테니까."

"흥, 여름이 아니라 사람들 찾아올……."

"그것두 염려 마. 사람들 찾아오지 않을 테니까 말야. 왜 찾아오겠어? 우리가 여름에 놀아나지 않기로 작정을 해 가지고 우리의 생활에 충실히 한다면 말야. 자아, 집 안 청소나 하실까."

그들은 지난 여름철의 쓰레기들을 치우기 시작했다. 여름의 열음, 그 열매를 따는 것이 아니라 쓰레기를 치우는 일이 따분하기는 하였지만…….

《열매》, 1985년 9월호

잎새에 부는 바람

'이봐요, 오양덕 씨,
신문에 결코 나지 않는 일들,
그런 사정들이 얼마나 더
심각한지 아시나요……?'

환절기 탓이었을까, 찬바람이 나무 이파리들을 떨구어내고 세상 풍경을 가난하게 만들어 마음이 흔들리고 있었을까. 그날 아침 오양덕 부부는 도대체 싸움거리가 되지 않는 일을 가지고 말다툼을 벌였다. 그날은 국경일이어서 오랜만에 오양덕이 늦잠을 자는 중이었다. 그런데 그는 간밤에 마신 술로 속이 타서 냉수 가져오라고 소리를 질렀다. 아내는 자리끼를 머리맡에 놓아주고서 스킬자수를 만지고 있었다.

'참 볼 만하네.' 하고 아내가 이기죽거렸다. 왜 이렇게 술을 마셨담, 하고 그는 후회하다가 얼핏 떠오르는 일이 있어서 입을 열었다.

"참, 어제 신문에 난 것을 보니까 말야."

임덕진은 손놀림을 멈추지 않은 채 두 눈을 떠서 한심하다는 듯 남편을 흘겨보았다. 오양덕은 아내의 이런 태도에 김이 샜다.

"어제 신문을 보니까 어떤 게 실려 있었느냐 하면……."

임덕진의 표정이 더 어수룩해졌다.

"흥, 신문은 누구나 다 본단 말야."

"그야 그렇지. 그러니까 나두 남에게 뒤질세라 봐 두는 거 아냐? 하여튼 신문에 무엇이 났는가 하니까는……."

오양덕은 화제를 이끌어보고자 안간힘을 내었으나 슬며시 부아가 일어나서 말을 끊어 버렸다. 싱싱한 생선처럼 맛이 있어 보이는 새 소식……. 그러한 정보를 아내에게 알려주려 하였는데, 덕진의 새무룩한 태도로 해서 그 뉴스는 벌써 한물이 가 버린 꼴이 되고 말았다.

"도대체 왜 그래? 신문이 무슨 잘못이라도 저질렀나?"

오양덕은 이렇게 언론의 대변인이 되었다. 임덕진은 여전히 코를 발름거리며 맹꽁하게 앉아 있었다. 조금 뒤에 그 여자는 만지고 있던 스킬자수 바늘을 내려놓고 나서 남편을 똑바로 응시하였다.

"신문에 무엇이 났는지 중요하겠지만…. 이봐요, 오양덕 씨, 신문에 결코 나지 않는 일들, 그런 사정들이 얼마나 더 심각한지 아시나요? 우리 집 살림 꼬라지가 어떤지 신문에 날 턱은 없지만, 그런 문제에 관심을 가져 봐야 하지 않을까요?"

아, 그래서 화가 났나? 하기야 그렇겠군. 왜 그렇게 날마다 술을 퍼마셨을까. 간밤에는 두 시가 넘어서야 들어왔고, 그 전날, 그리고 그 전날……. 그러니까 나흘째가 되도록 계속 술을 펐었다. 탄도 유도탄처럼 아침에 집으로부터 뛰쳐나가서는 너덜너덜 꾸겨진 휴지 조각 꼴이 되어 밤늦게 돌아와서 그대로 고꾸라지고……. 그러니 그 나흘 동안 그들 부부는 서로 말다운 말 한마디 나누어볼 틈이 없었다.

오양덕은 이번의 말싸움에 있어서는 자신이 일방적으로 패배할 수밖에 없다는 것을 알았다. 덕진의 말이 옳았다. 신문에 나는 사실보다는 신문에 나지 않는 일들이 더 중요할 것이 틀림없었다.

그 자신만 하더라도 지난 나흘 동안 계속 술을 펐던 것은 회사에서 벌어지고 있는 '작은 소동' 때문이 아니었던가. 사회 전체로 보자면 그것은 그야말로 신문의 지방판의 단신란에도 끼일 턱이 없는 것이겠지만, 적어도 이십여 명의 당사자들에게는 심각한 인생 문제로 부닥쳐왔던 것이 아니던가. 저 위 바닥이 맑은지 탁한지 하는 것이야 신문을 통해 짐작할 수 있겠으나, 오양덕의 주변 사정이 얼마나 각박한가 하는 것은 오직 그 자신만의 일인 것이지 그 누가 알아줄 턱이 없는 것이었다. 자기 주변의 일이 어찌 돌아가는지 관심을 가져보지 못하고 신문 타령이나 한다고 아내에게 타박을 들을 만하다고 생각되었다.

그는 이번 달의 집안 형편이 엉망이라는 것을 잘 알고 있었다.

"신문에 날 만한 것은 아니겠지만, 정말로 기막힌 일들이 얼마나 많은지⋯⋯."

한숨을 폭 쉬면서 아내가 말했다.

"왜 무슨 일인데 그래?"

화제가 바뀐 것만은 다행스럽게 여기면서도 오양덕이 물었다.

"거 왜 윤동주의 시에 이런 구절이 있지 않아요? '잎새에 부는 바람에도 나는 괴로워했다'라는 구절⋯⋯."

그런 구절이 있다는 것을 오양덕은 물론 잘 알고 있었다. 덕진과 연애하던 시절에 그는 시인의 그러한 감수성을 열심히 지금의 아내에게 이야기했었다. '큰바람만이 바람이겠어? 잎새에 이는 바람에도 괴로워하는 마음으로 살아보려 해야 할 거야⋯⋯.' 그는 이런 소리를 했었다. 그때 덕진은 두 눈을 상큼하게 떠서, 아 정말이지 죽는 날까지 하늘을 우러러 한 점 부끄러움이 없기를……. 하고 되뇌었었다. 오양덕은 담배를 한 개비 피워 물었다.

"'잎새에 부는 바람'이 아니라 '잎새에 이는 바람'이라고 윤동주는 적었었지."

"'별을 노래하는 마음으로 / 모든 죽어가는 것을 사랑해야지'라고도 했어요."

임덕진이 이렇게 그 시의 다음 구절을 암송했고

"그리고 '나한테 주어진 길을 / 걸어가야겠다'고도 했지. 나는 이 구절이 좋아."

그들 부부에게 윤동주의 시 구절이 심각한 인생론이 되는 것으로 여겨 이를 암송하던 시절이 있었다는 사실……. 과연 그때로부터 무엇이 얼마나 달라진 것이었을까.

"그런데 실제로 잎새에 부는 바람에 괴로워하는 영혼이 있단 말예요. 바로 내 주변에서."

임덕진은 화가가 그린 소녀상같이 깊은 상념에 젖어 든 모습으로 이렇게 말했다.

"그게 누구야?"

"그러다가 그 영혼은……, 오 헨리의 단편소설에 나오는 '마지막 잎새'가 되어서……, 다행히 떨어지지는 않았다지만……."

오양덕은 술기운이 달아나는 것을 느꼈다. 아내는 무슨 일로 충격을 받은 것일까. 이런 감수성을 아내가 가지고 있다는 것을 어떻게 그가 짐작이나 할 수 있었을까. 독한 소주에 안주로 집어 먹은 김치 냄새 풍기며 코 골기에 바빴했을 뿐이 아니던가.

"왜 생각 안 나요? 지난여름 우리 집에 찾아왔던 '심술 여행가' 말예요."

심술 여행가? 물론 그는 생각이 났다. 선머슴처럼 짧게 깎은 머리에, 작은 키, 약간 부은 듯한 얼굴, 그러나 눈, 코, 귀, 입을 그 얼굴 면적에 수용하기에는 모두 너무 크다 싶게 표정이 풍부했던 그 아가씨.

'언니, 시집도 못 가는 노처녀, 배낭 짊어지고 심술 여행을 하려고 해요. 언니네 집에다가 '전진 기지'를 설치코자 하는 거니까, 문학 지망생 후원회장 사양 마시기를……'

그는 그 심술여행가 정순남이 아내에게 보냈던 이런 편지 구절을 떠올렸다. 그리고 그 여자가 태풍 때문에 일주일여 이 아파트의 골방 구석에 처박혀 있다가 떠나면서 옹알거리던 말도 생각이 났다.

"나는 이게 무어람? 여성지들은 특집으로 이 여름, 바닷가에서 만난 남자에게 순정을 바친 처녀의 이야기들을 채우느라 바쁠 터인데, 나는 이번 여름도 또한 허탕을 치고 말았으니……"

말재주가 비상하고, 명랑하고, 아주 건강하고, 그리고 씩씩하게 인생을 살아갈 것 같은 처녀였었다고 그는 회상했다. 그런데 그 여자에게 무슨 일이 있었을까?

"그게 누구였죠? '바람이 분다 / 살아봐야겠다'라고 읊었던 불란서 시인 말예요. 그런데 그 애한테 불어닥친 바람은 잎새를 흔드는 정도가 아니라 뿌리째 뽑아버리려는 것이었단 말예요. 잘난 한국 남자들, 잘난 애인, 잘난 아버지, 잘난 오빠……"

"그 아가씨, 아주 튼튼해 보이던데 왜 그래? 물론 한국 여자들은 잘났는데 남자들이 못나서 엉망진창이라는 건 익히 알고 있지만……"

"결혼은 어째서 남자가 여자를 선택하는 것이 될 뿐인가요? 싫다고 하는데도 결혼하겠다, 그러다가 단념하겠다, 그러다가 이년 저년하고 '년'자 동원해가며 괴롭히고 뜯어가고, 이른바 성적 폭력을 행사하려고 덤벼들고……. 그런 무슨 특권을 사내들이 가지고 있어요?"

"없어. 당신 말에 전적으로 동의해. 다만……."

"다만이 무슨 하다가 만 말이에요? 내 이야기 더 들어보세요. 옛날 사람들은 '남존여비' 사상을 가졌는지는 몰라도 자기 딸, 자기 마누라, 자기 어머니는 별당, 안방, 내당에 고이 모셨고 적어도 길바닥으로 내몰아 밥벌이하게 만드는 노릇은 수치로 여겼어요. 지금 남자들은 딸, 아내, 어머니에게 여공 노릇, 파출부 들락거리게 하거나 외판원 행상꾼 노릇을 시키면서도 도무지 미안해할 줄을 몰라요. 그 뒤에 버티어 손 내밀고 돈 더 가져오라 윽박지르는 아버지, 오빠들……. 이게 도대체 어찌 된 일이죠?"

"당신 말에 동의해. 거시경제가 중요한 게 아니라 미시경제가 소중하다는 거, 인식해야 하고말고. 남자들이 거시경제를 망쳐놓으면서 여자들더러 미시경제 올바로 꾸리지 못한다고 윽박지르는 거, 밥도 막걸리도 아니라는 거 틀림없으니 말야."

"옛날에는 가족이 공동체를 이루었는지 몰라도, 지금의 가족관계란 이상하게도 돈 관계로 변해버렸어요. 죽어라 일해서 돈 벌어와야 하는 딸, 그리고 그걸 뜯어내기에 혈안이 된 이른바 부양가족의 관계로 말예요. 순남이가 이런 효녀였으니……. 그런데 고마워하거나 미안해하는 게 아니라, 미워하고 화풀이 대상으로만 여겼다는 거니, 걔가 참 얼마나 무던했던지 몰라요."

오양덕은 정순남이라는 처녀를 둘러싸고 벌어졌던 일들이 어떠한 것이었을지 짐작이 되는 듯하였다. 하지만 그가 말을 꺼내기 전에 임덕진이 다시 이야기를 이었다.

"그런데 이 아가씨가 진짜로 결혼할 생각을 했대요. 남자는 고등학교 국어 선생으로 무슨 시 동인지의 멤버라는데, 서로 마음에 들었다나 봐요."

"잘됐군. 당신이 부조깨나 해야겠네."

"이야기 들어보세요. 결혼하겠다는 의사를 순남이가 밝히자 어떤 일이 일어났는지 아세요? 우선 집안 어른들이 펄쩍 뛰며 반대를 한다는 거예요. 내세운 명분은 남자의 집안이 가난하고 또 뭐라더라, 뼈대 있는 가문이 아니더랬다든가……. 도대체 아버지, 오빠라고 해서 그럴 수 있는 거예요? 딸을 무슨 사유재산처럼 여겨서, 놓아주려고 하지 않는 거라고 순남이는 판단했대요."

아무러면 그럴 리가 있을까, 하고 오양덕은 속으로 생각하였지만 분개해 하는 아내의 심정을 건드리고 싶지 않아서 잠자코 있었다.

"순남이가 그대로 결혼하려는 뜻을 굽히지 않자 맞대 놓고 방해 공작을 폈다는데……, 게다가 걔를 따라다니며 괴롭힘을 주던 사내까지 짝짜꿍이 맞아서, 그만 놓아두지 않겠다느니, 어쩌니 하며 눌어붙었대요. 생사람이 생병 날 일이 아니구 뭐였겠어요?"

"잎새에 부는 바람이 아니라 태풍이었다면 그거참, 정말이지 애처로운 일이구만그래."

"남의 이야기라고 관전하는 재미 너무 즐기려 하지 말아요. 여성해방은 말뿐이에요. 얼마나 많은 속박이 여자들을 얽어매고 있는 거예요? '나도 인간이 되련다.' 하는 건 남자들만이 내뱉을 수 있는 구호인가요? 순남이를 묶어두려고만 할 뿐. 놓아주려 하지 않는 그 아버지에 오빠, 그리고 자칭 짝사랑한다는 얼간이. 아무튼 통속 치고도 너무 저질이어서 순남이가 비상한 방법을 강구한 거예요."

"가출?"

"흥, 그런 방법 가지고는 안 통해요. 그보다 더한 비상 탈출구가 있어야 해요. 그게 뭐냐 하면……."

"글쎄, 그게 과연 무엇일까?"

"순남이가 입원을 했대지 뭐예요? 그것도 정신병원에……."

임덕진의 눈에는 눈물이 그렁그렁하였다.

"물론 가짜로 병에 걸린 건 아니에요. 진짜로 병이 나서 헛소리하고, 한마디로 돌아 버린 거예요. 알겠어요? 순남이에게는 집 안팎의 잘난 남자들로부터 탈출할 수 있는 유일한 방법이 정신병에 걸리는 것밖에는 달리 없었던 것에 틀림없어요."

오양덕은 똑바로 일어나 앉았다.

"그거 참 안됐네. 그렇기는 하지만 당신 너무 지나치게 판단하는 거 아냐?"

"순남이가 그 지경이 되고 보니 그제야 걔를 포위하고 있던 집 안팎의 남자들이 반성하고 무엇이 잘못된 것인지 뉘우치게 되었다나 봐요. 그제야 순남이 병을 걱정하고 회복되기를 바라서 가족회의를 열고 했다나 봐요. 순남이는 이렇게 놓여나고 있는 중이거든요."

임덕진은 다시 스킬자수를 만지작거리기 시작하였다.

"나는 걔가 그 병을 극복할 수 있으리라고 믿어요. 당신 말처럼 순남이는 원래 튼튼하니까 말예요. 그런 병에 걸린다는 게 그게 벌써 걔의 건강함을 말하는 거거든요. 나 같아도 더 이상 버티지를 못하고 주저앉았을 텐데, 순남이는 병에 걸릴망정 굴복하지는 않았단 말예요. 알았어요? 내 말?"

임덕진이 오양덕을 똑바로 바라보면서 채근질을 하듯이 물었다.

"인습과 속박의 굴레. 당신은 아내인 나에게 바로 이런 굴레를 뒤집어 씌워놓고는, 결혼생활이 그런 거니라, 하고 있단 말예요. 좋아요, 난 여성 해방 운동가는 아니니 그 굴레를 뒤집어쓰겠어요. 하지만 당신 또한 그 굴레를 함께 쓰지 않으면 안 되는 거예요. 집안 구석이 어찌 돌아가는지 하는 문제는 내버려둔 채, '신문을 보니까는……' 따위의 소리나 하는 남편은 굴레 벗은 망아지인가요? 알겠어요, 내 말?"

"알겠어. 잎새에 부는 바람에도 괴로워하며, 나에게 주어진 길을 걸어갈 거야."

《열매》, 1985년 10월호

나비야 청산 가자

아내의 직감력, 임덕진은 남편의 세계에 무슨 심상치 않은 일이 일어나고 있음을 눈치채고 있었다. 오양덕은 친구 좋아하고 술 바치는 천성이어서 집에 들어오는 때가 일정치 않았으나 그거야 능히 그럴 수 있는 일이겠거니 하였다. 문제는 그의 표정이 요 근래 이상하게 가난해져 있다는 점이었다. 속엣 느낌을 제 얼굴로 내어 밀기 전에 그 어느 선에서 스스로 차단시켜 놓고 있었다. 감 껍질처럼 속을 벗기고 또 벗겨보아야 남편의 마음은 항구여일로 똑같으리라 여겨서, 그런 믿음성 하나로 애면글면 마누라쟁이 노릇 견디어나 간다고 여겼던 덕진으로서는 자연히 긴장할 수밖에 없었다. 사과처럼 겉은 혈색 도는 빛깔을 띠고 있으나, 속은 핏기 가신 하얀빛인 듯 보였다. 무슨 말 못 할 걱정이 있는지, 철학자처럼 인생에 회의가 생겼는지, 그도 저도 아니라면 바람이라도 피우고 돌아다닌다는 것인가. 혹시 제 친구들 대해주듯 하는 습성으로 물렁물렁하게 구미호 같은 계집애를 좋은 쪽으로만 받아주다가 덜커덩 물려 버린 것은 아닐까. 만약 그렇다면? 어찌 되었든 다림질이라도 해서 얼굴을 활짝 펴 놓고 있으면 무심한 듯 속아 넘어가 주기라도 하겠는데 잔뜩 우그러뜨려 놓고만 있으니, 의혹은 이를 미궁 삼아 더욱 깊어만 가는 것이었다. 거기에 입을 꾹 다물고만 있으니 더 갑갑하기만 하였다. 아이고, 이 화상아, 무슨 소리가 되었든 시원시원하게 말이라도 좀 하면서 지내면 못쓰겠나, 하고 아내는 속으로 이렇게 웅얼거리며 애를 태웠다. 남편이 꼭 제 손으로 키워 물가로 내보내 놓은 어린애 같기만 하여서 도대체 그 사회생활에 어떤 조난이라도 만나고 있는 게 아닌지 안심이 되지 않았다. 시름이 걱정되고, 걱정이 고민된다더니, 혹시 바람이라도 났다면, 나는……. 하는 따위의 생뚱스런 잡념에 지구가 흔들흔들해지는 듯하기도 하고…….

'저런 빌어먹을 것들…….'

그날은 오양덕이 모처럼 만에 귀가 시간이 빠른 쪽이었었다. 그래 봤자 그가 들어온 시간이라는 것이 밤 아홉 시 TV 뉴스가 막판에 와서 내일 날씨를 말하면서 개이다가 흐리겠고 지역에 따라서는 비가 오고 또 안 올 수도 있다는 일기 예보를 마지막으로 내보내고 났을 무렵이었다.

"엄마 젖이 묽어지면 무슨 무슨 분유로 갈아 먹이라니, 저런 광고 문안이 도대체가……."

"그게 뭐가 어쨌다구?"

"뭐가 어쨌다니? 저건 쇠젖(우유) 팔아먹기 위해 신성한 모성을 모독하는 수작 아니냔 말야. 어느새 그대는 완전히 광고에 중독되어 의식이 마비되어버렸어."

그럴까? 하기야 물론 그렇기도 하겠지. 하지만 뭐 그깟 것쯤 가지구서? 못난 이는 모유를 먹이고 잘난 이는 우유를 먹인다는 식으로 여성 세계를 마비시킨 것이 어제오늘 일도 아닌데……, 하고 임덕진은 생각하다가 말고, 어쩌면 오늘은 남편으로부터 씨원씨원하게 무슨 말이든 들어 볼 수 있겠다는 희망을 가지게 되었다.

여성의 직감력. 덕진은 남편의 부아를 돋구어 줄 필요를 느꼈다. 남자들이란 여자보다 하등 동물이어서 눈치가 청맹과니이고 코치가 코맹녕이였다. 그러니 낌새를 차리지 못하게 하면서 기습적으로 찌르고 후벼 파면 얼김에 눈물에 재채기 쏟아내듯 제 속마음을 토설하게 되는 것이었다.

　'어찌 된 일일까? 지난번에는 신문 보니까는 무슨 일이 있다더라 하면서 신문 날 턱이 없는 우리 생활 이야기는 전혀 모르는 체하더니, 오늘은 TV 광고의 돼먹지 않은 일에만 열을 내면서도 당신 자신이 어떤 걱정을 끼쳐주게 하는지는 아랑곳을 하지 않으니⋯⋯.'

　여성의 직감력. 그것이 맞지 않는 수도 있는 걸까. 오양덕은 한번 눈을 흡떠 보였을 뿐 이렇다 하게 탓을 내는 말을 하지 않은 채 잠자코 있었다. 더구나 TV에서는 체력만이 국력이라는 주장을 펴는 광고가 나가고 있었다. 아내의 말이 듣기 싫다면 꽥 소리를 질러 제 속의 고민을 늘어놓을 기회로 삼아야 했고, 적어도 '저것 끄지 못해!' 하고 소래기라도 질렀어야 정상적이었는데 그러하지를 아니하였다. '못날 것들, 체력만이 국력인가. 진짜 국력은 보다 심원한 데에 있는 거야' 따위로 흥분하면서 말이다. 오양덕은 어깨를 웅송그리고 앉아 담배만 빨아 대었다.

　여성의 직감력. 그것은 틀린 것일 수가 없었다. 임덕진은 도리어 가슴이 철렁하였다. 오양덕이 불끈해 가지고 대거리를 해야 마땅할 일에 평소답지 않게 장님이 컬러TV 보듯 실뚱머룩 가만히 있기만 하다는 것이 예사 징조가 아니었다. 진짜로 마음속에 말 못 할 걱정이 있거나 철학자처럼 인생에 회의가 생겼거나, 어쩌면 '미워도 다시 한번'식의 연애 사단을 만들어놓은 것이거나 한 것이 틀림없어 보였다.

그날 밤의 오양덕은 게다가 여느 때와 다르게 무료해 하였다. 통말도 없고, TV 연속사극에도 시들해 하였다.

마치 낯선 집 찾아간 손님 놀 듯하였다. 하기사 집에 늦게 들어오는 데 이골 난 남편들이란 술 마실 일도 없이 집에서 보내는 저녁 시간을 무료스럽게 여긴다는 것쯤 짐작 못 할 바는 아니었지만, 오양덕의 태도는 짜장 그런 것만도 아니었다. 그럴수록 조바심이 난 임덕진은 찬장을 뒤지다시피 하여 평소에 잘 마시지 않던 홍차를 찾아내어, 거기에 위스키라는 것을 몇 방울 떨구어 함께 홀짝거리는 기회를 가져보는 식으로 안달복달을 떨었다. 아내로서는 남편의 입을 열게 하고자, 이처럼 열심이었고 그게 아니라면 적어도 화젯거리는 만들어주는 셈이었다.

'지난번에 위스키 남겨두었던 것 쓸모가 있네' 하는 이야기쯤은 평소의 오양덕이라면 능히 하였을 것이었다. 선물로 보내는 게 어떻겠나 싶어 임덕진은 없는 돈에도 이놈의 물건을 시장 보아서 갖다두었다. 오양덕은 선물은 무슨 놈의 선물이야. 하면서 머퉁이를 놓았었고, 그리하여 그들 부부는 양주 위스키를 집에서 마시기도 하는 고상한 족속이 되었었다. 오양덕에게 이런 소리를 해볼 기회를 주었건만 묵묵부답이어서 임덕진이 약오르는 대로 제 입으로 말을 틔어 보았는데, 그 대꾸라는 게 참으로 따분하였다.

"시거든 떫지나 말라더니, 이게 꼭 그렇군그래."

"뭐가?"

"떫은 홍차에 시큼한 위스키를 섞었으니 그 맛이 시떫단 말야. 이런 거 홀짝거리다니, 그야말로 나 자신이 시떫다 이거지 뭐."

"정말이지, 요새 왜 그런지 모르겠더라. 시떫은 표정만 짓고 앉아서……."

"내가?"

"바깥에서도 위스키 탄 홍차만 마시는 모양인가?"

"무슨 소리 하고 있어? 내 배때기 속이 화학주 발효 공장이 된 지가 언젠데? 그나마 그놈의 소주도 넌덜머리가 나. 사람 몸뚱이가 화학 합성체는 아닌 모양이지. 으이구, 내일은 또 아침부터 기신거려야 하니, 잠이나 두 홉쯤 마셔 두어야지. 그만 잡시다."

하지만 오양덕은 전혀 잠에 취해 보려는 기색이 아니었다. 그는 술의 모주꾼일 뿐 아니라 잠의 불취객이기도 한 것일까.

"에이 안 되겠어, 잠에 취하지 못할 지경이면 술에 취해 두기라도 해야지. 여보, 그거 위스키 가지고 와."

"왜? 다 마시려고?"

"그래. 오늘 그놈의 병, 비워 버리자. 내 주제에 그런 거 신경 거슬린다구. 시거든 떫지나 말지, 시떫게 그런 거 찔끔찔끔 남겨두면서 마신다는 게 갓 쓰고 자전거 아닌 자가용 모는 격이란 말야."

임덕진은 웅얼거리면서 한밤중의 술상 차리는 일에 넌더리를 내는 체했으나 속으로는 이제 제대로 되나 싶었다. 오양덕은 이렇게 주책을 떨어야, 그게 제격이고, 정상인 것이었다.

"언제 청석골 불당내, 당신 고향에나 가 봐야겠어. 당신이 동행해 준다면 더 좋고, 아니라면 나 혼자서라도 말야."

"갑자기 그런 생각을 다 내다니? 장모님 좋아하시겠네."

"그것만은 아냐. 나야 이 도시, 저 도시 헤매기만 해서 고향도 없고 시골 바람도 모르거든. 그러니 당신 고향이 꼭 내 고향 같기만 하거든. 그곳 사람들도 내게 격의를 두는 것 같지는 않고 말야. 사람에게는 역시 고향이 있어야겠더란 말야. 비빌 언덕 같은 게…….

이 남자의 이런 발언은 무슨 의미일까? 임덕진은 마치 이산가족 고향 방문단을 주선해 주는 실무자와 같은 심정으로 의문을 품어 보았다.

"그게 누구지? '청산에 살으리랏다' 하는 가곡 지은 사람 말야. 나야 도무지 그럴 처지는 못 되지만……. 왜냐하면 청산에 살면 돈은 누가 벌고, 어떻게 버느냐 하는 문제가 있기 때문에 말야. 그러나 이따금씩은 나비가 될 필요가 있겠다 싶기는 해."

"나비?"

"왜 있지 않어? 나비야 청산 가자. 범나비, 너도 같이 가자. 오늘은 꽃에서 자고, 꽃이 구박하면 내일은 잎에서 자고 가자, 뭐 그런 식으로 노래하는 시조 말야."

임덕진은 자리에 누워 그냥 귓결로 남편의 말을 듣고 있었으나, 아무래도 안 되겠다 싶어 전깃불을 모두 켜고 정색을 해서 남편을 똑바로 마주 보며 앉았다.

"오양덕 씨, 말해보세요."

그는 오랜만에 남편의 이름에 '씨' 자를 붙여 호명하면서 그동안의 의혹을 풀 기회가 왔다고 생각하였다.

"우리 집안의 가장으로서, 왜 그런 말을 하는지, 그리고 무슨 일이 있는지……."

"왜? '나비야 청산 가자, 꽃에서 자고' 어쩌고 하니까 내가 무슨 연애 끼(氣)라도 발동되어 있는 듯해서?"

"오양덕 씨, 정신 차려요. 이른바 산업 사회란 청산이나 찾아가고 싶어 하는 나비 따위는 용납을 못 하게 하는 아스팔트 정글이 아니던가요?"

"그야 물론 그렇지."

"그렇다면……?"

"접속사를 잘못 쓰고 있군그래. '그렇다면'이 아니라 '그래서'야. 산업 사회란 아스팔트 정글이기 때문에, '그래서' 청산 찾아가는 나비가 될 필요도 있는 거야. 아스팔트 속에는 청산이 없거든."

"그렇다면 그 나비는…….'

"또 접속사를 잘못 쓰네. '그래서' 그 나비는 청산의 힘을 도로 찾아내어 아스팔트 사회를 생명이 깃들게 할 수 있는 곳으로 바꾸어 놓는 거야."

"그게 과연 말이 되는 소리예요?"

"고향을 떠나서 나비는 도시로 나왔단 말야. 그러다가 어떤 계기에 그는 도시의 벽에 제 몸뚱이를 부딪쳤단 말야. 도시의 벽은 강철과 아스팔트로 되어 있기 때문에 누구도 그걸 뚫을 수는 없어. 도시의 벽에 부딪치면 그 반동으로 일단 청산으로 고향으로 되돌아가고픈 심정이 될 수도 있다는 거지 무어. 비유를 써서 말하자면 내 이야기가 그렇다는 것뿐이야."

임덕진은 잠시 말을 끊고 그가 하는 말을 속으로 음미하였다. 얼마 뒤에 그는 오양덕을 바라보며 물었다.

"그렇다면 오양덕 씨는……. 아니지, 그래서 오양덕 씨는 도시의 벽에 부딪친 건가요? 오양덕 씨는 임덕진이란 여자의 남편이고, 또 영림이의 아빠이기 때문에 이 가정의 주부로서 내가 알아야 해요."

임덕진은 부드러운 목소리로 말해야 한다고 생각하고 있었으나 자기 어조가 딱딱하게 떨려 나오고 있음을 느꼈다.

"뭐 약간의 일이 있었지. 하지만 이젠 지나간 일이야."

"나빠요. 내가 모르는 일을 혼자만 가지고 있었다니?"

"나 때문에 회사에서 쫓겨났다고 믿게 된 직원이 생겨나서……. 내가 사표를 제출해 놓고 이 며칠간 하회를 두고 보았던 거야."

오양덕이 입을 열어서 그 일을 잠깐 설명하였다. 서울로부터 이곳 지방 공단 도시에 명사 한 분이 내려왔다는 것이었다. 그야말로 신문에 오르락내리락하는 그 명사가 강연을 했는데, 과연 명사가 다르더라 싶었다는 것. 이치 따져 사리 분명하게 강연을 하는데 여태까지는 왜 이런 것을 몰랐던고 싶을 지경이었다는 것. 그런데 그 강연장에 참석을 하지 않은 직원들이 있어서 이를 체크하게 되었는바, 한이라는 스물세 살짜리 그의 과 직원이 있었다는 것. 이 녀석이 창고 안에서 낮잠을 즐긴 것까지는 그렇다손 치더라도 포장을 마쳐 출하하려는 물건들 위에 나자빠져 나뒹군 통에 포장지들을 적지 않게 망쳐놓았다는 것.

"그래서 내가 야 인마 남의 돈 받을 적에는 남의 일을 내 일로 여길 줄 알아야지 이게 뭐냐 했거든. 그날 강연 중에 그런 말이 나왔었지. 이 녀석이 나더러 노예근성이 어쩌구 하더란 말야. 하여튼 그걸로 끝날 일이었는데, 이 녀석이 홧김에 내뱉은 말이 위쪽의 귀에 흘러 들어갔어. 내가 거느린 직원을 쫓아낸 꼴이 되었구, 또 나두 떳떳하지는 못했어. '남의 돈 받을 적에는 돈값만큼은 해야 한다고 말했다는데 그게 무슨 소리요?' 하고 위에서 추궁을 하더란 말야. 내 말은 돈을 따지자는 뜻은 아니었고, 문제 될 발언으로 보이지도 않는데 오해가 생기더란 말야."

그런 일이 있었던가. 하기야 직장 사회에서 어떤 일인들 없을까. 임덕진은 그동안의 의혹이 풀리어 개운한 게 아니라 더 무거운 심정이 되어 생각에 잠기어 들었다.

"당신과 의논하는 게 당연한 줄은 알지만 사안 자체가 경미한 것인 데다가, 말을 해 놓고 보면 필요 이상으로 걱정할 게 분명해서 알리지 않은 것뿐이야."

"그건 그래요. 그래서 청산 찾아가는 나비가 될 결심도 해 본 거예요?"

"아 아니. 내가 왜 나비인가. 사람인걸. 더구나 청산에 가서 어떻게 사나? 머루랑 다래랑 먹고 살 수가 있어?"

"그렇다면 도대체 뭐예요? 앞뒤가 안 맞는 얘기만 늘어놓고 있으니……."

비로소 웃음을 지으며 임덕진이 이렇게 타박의 말을 늘어놓았다.

"청산에 찾아가지는 못하지. 그렇지만 청산으로 찾아가 보고 싶구나, 하는 바람마저도 가져 보아서는 안 된다는 걸까? 그런 꿈마저도 허용 안 된다면 도시의 벽이 너무 두텁고 높기만 할 거 아냐?"

이렇게 말해서 부부는 함께 웃었다.

《열매》, 1985년 11월호

고향의 벽 그리고 객지

『그대 다시는 고향에 못 돌아가리』임덕진은 이러한 제목의 소설을 읽고 있는 중이었다. 그것도 제목은 같으나 내용은 서로 다른 두 개의 소설이었다.

그 하나는 미국 작가가 쓴 것이었다. 산업화가 한창 이루어지고 있을 당시의 미국 농촌. 땅값이 올라 하루아침에 부자가 되는 사람이 생겨나는가 하면 농촌 사회도 도시 바람이 불어 농사짓던 사람이 거간꾼도 되고 세일즈맨 노릇도 하며 직매점 대리점으로 상점을 차리기도 하는 등 한바탕 법석이 일어나고 사람들이 허둥지둥 허황하게 놀아나는 모습을 그 작가는 소설에 썼다. 고향 사람들은 이 작가에 대해 노발대발했다. 제 고향을 나쁘게 그렸다는 것이 그 이유였다.

이 작가는 그 후 다시 찾아가 본 자기 고향의 풍경에 대해서 다시 실망하고 어느 면으로는 절망했다. 사람들은 무섭게 변해버린 것이었다. 자신의 삶의 뿌리가 뽑히어 나간 것을 깨달았다. 그것은 무엇으로도 회복시키기 어려운 슬픔이고 고통이었으나 그는 영원히 타향의 도시를 헤매는 방랑자가 되리라 생각하게 되고 다시는 고향으로 돌아가지 않으리라 결심하게 된다는 것이었다. 현대 사회라는 것의 비정함, 뿌리 뽑힌 자들의 고단한 영혼, 그렇지만 이 작가는 '바람은 불고 강물은 흐른다'고 말하고 있었다.

또 다른 작품. 전쟁과 가난, 그리고 사람 사이의 증오가 여전히 고여 있는 경상도 어느 농촌 마을, 도시로 나갔다가 고향 찾은 청년의 방황과 음산한 추억의 찌꺼기들……. 작가들이란 어째서 제 고향을 말할 적에 그처럼 착잡한 표정을 짓고만 있는 것일까. 왜 한갓지게 고향을 일편단심으로 그리워할 줄 모를까. 수구초심이라는 말도 있던데…….

임덕진이 이렇게 고향에 관해서 쓴 작품들을 새삼스럽게 찾아 읽게 되었던 것은 그가 식구들과 함께 고향에를 갔다가 왔기 때문이었다.

"늦가을 철의 오후 햇살은 짧은 만치 더욱 아쉬운 게 아니냐? 하지만 그렇다고 너무 미련을 둘 것도 없어야."

임덕진의 어머니 청산댁은 다만 이렇게 말할 따름이었다. 그러니까 청산댁 자신이 늦가을 철의 오후 햇살과 같다는 뜻일 것이었다. 인생의 봄철, 여름철 다 지나고 수확의 가을걷이도 거두어서 이제 삶의 한 세월을 마감하는 때가 가까워졌으니 너무 미련을 둘 것도 없다는 체념 어린 깨달음일 것이었다.

그것은 청천벽력 같은 소식이었었다. 교통사고라는 게 도시에서만 있는 것으로 알았지 불당내와 같이 궁벽진 시골구석에 그런 일이 생기다니 도무지 어이없는 노릇이었다.

하기야 어머니는 자동차나 경운기도 못 되는 달구지에 치이었다는 것이니 구식 노인네의 품격은 지니신 것이었을까. 하필이면 그것도 강순분이가 몰던 소달구지가 고샅길 밑으로 굴러 밭머리에서 구부정거리고 있던 어머니를 불시에 넘어뜨렸다는 것이니 그만하기가 천만다행이었다. 근력이 쇠해진 노인네를 맞바로 받았다면 온전하지 못할 것은 말할 나위가 없거니와 병원 입원으로 끝날 일도 아니었을 것이었다. 달구지의 옆댕이에 살짝 스친 정도였기가 천만다행이었으나 강순분이가 축구 선수처럼 이 할머니를 들이받은 것은 참으로 불행이었다.

이러한 급보는 오양덕이 다니는 회사의 전화를 통해 전해졌다. 임덕진은 마침 집에 없었다. 오양덕은 용달차를 간신히 하나 수배해 놓았다. 직접 자신이 운전을 하여 집으로 왔으나 아내는 돌아올 줄을 몰라서 그는 화가 났다. 아마 밤 열한 시경이나 되어서야 그들은 청석골에 닿았을 것이었다.

여기에서 아스팔트가 몇 년 전에서야 깔린 지방도로와 이별하고 그들은 황톳길로 접어들어 불당내로 향하였다. 날씨마저 그날따라 심술스러웠다. 하늘은 잔뜩 찌푸려 있는 데다가 간혹 눈발마저 찬바람에 섞여 용달차의 앞길을 방해하였다. 세 살짜리 딸내미 영림이는 춥다는 것인지 징정거리고 임덕진은 잔뜩 화가 나 있는 남편 옆에서 자꾸만 눈물이라도 쏟아질 것처럼 마음이 되어 안절부절못해 하고 있었다.

무서리라도 내리고 있을 춥고 음산한 한밤중에 불길한 예감을 미처 떨구어내지 못한 채 짐차 끌고 고향 찾아가는 길, 그것은 그야말로 '찾아갈 곳은 못 되더라 내 고향'식의 유행가처럼 심란하고 청승맞은 것이었다. 어두움 속에 떨지 말고 광명 찾고 싶어 하는 것은 아마도 가로수로 서 있는 플라타너스 같은 것도 마찬가지인 듯싶었다. 임덕진에게는 어렸을 적 일이 생각났다.

시골에서 자라는 계집아이들에게는 학교 가는 길이 참으로 먼

훗날에 이르도록 추억거리로 남게 되는 것이었다. 집과 학교 사이의 거리는 꽤나 멀리 떨어져 있었다. 거지반 십리 길은 되었을 것이었다. 불당내의 아이들은 대체로 모두 함께 모여 단체 여행 떠나듯 학교로 갔고, 그것은 또한 마을로 돌아올 적에도 마찬가지였다. 이러한 공동체적인 생활을 통하여 아이들은 삶을 익히고 세상 넓은 줄을 배우게 되었다. 너 나 없이 가난했으므로 산으로 나무를 하러 가거나 풀을 뜯을 때에도 그들은 학교 길에서의 그런 장난과 유희를 연장시켰다. 사내애들은 상여를 멘 향도꾼의 흉내를 내면서 꼴을 베러 다녔고, 계집애들은 새색시 꽃가마 타는 흉내를 내면서 나물을 뜯으러 산으로 올라갔다. 불당내는 예부터 유명했다는 거찰의 절터 자리였다고 하는 만치 마을 뒷산이 마치 범이 웅크려 앉아 있는 듯, 비록 높은 산은 아니었으되 산세가 사납고 골이 깊었다.

어느 날 덕진이는 동무들과 헤어진 채 윤옥이라는 제 또래의 계집애 하나와 나물을 캐는데 재미가 나서 시간 가는 줄을 몰랐다. 이제 그만 돌아가야지 생각했을 때 해는 이미 뉘엿뉘엿 넘어가고 그들이 어드메쯤 와 있는지 종잡을 수가 없었다. 곧이어 밤이 내려앉고 짐승 우는 소리마저 들리고 귀신마저도 달겨드는 것 같았다. 아, 그때 그 산에서 장승처럼 앞길을 탁탁 막아서던 상수리나무, 돌배나무 따위들이 어쩌면 짐차 끌고 불당내로 들어서면서 이 한밤중에 마주치는 저 잎사귀마저 빼앗기고 만 플라타너스들과 똑같을까.

참으로 맹추 같은 사람들이었다. 노인이 다쳤으면 무슨 수를 내든 대처 동네의 병원으로 모시어 진찰을 받게 할 노릇이지 그냥 방 안에만 앉혀서 어쩌겠다는 것일까. 청산댁은 허리를 다쳐 꼼짝 못하고 자리보전으로 드러누워 끙끙 신음 소리를 내뱉고 있었다. 하다못해 그 무슨 파스라거나 연고제 따위도 챙겨 놓지를 않고 있었다. 임덕진은 어머니를 보면서 울었다.

고향에 달랑 당신 혼자만 노구로 남겨놓은 채 객지로만 떠도는 불효자식들의 설움이 복받쳐 올랐다.

"내가 왜 고향 안 뜨는지 아는겨? 내가 고향 지키고 너희네 잘난 집안의 선산 지키고 앉아 버티어 있어야 너희들이 어미 때문으로라도 고향 잊지 않을 거 아녀? 언젠가 객지 삶이 허전하거든 어머니 생각하듯이 이 품 안으로 돌아오고 싶은 마음도 나게 되겠지. 내가 이렇게 이 터전을 지키는 이유를 너희들이 알게 될 거여."

늘마에 교회에 나가기 시작한 어머니는 이렇게 고향을 지켜 왔었다. 하기야 그것은 사실이었다. 어머니가 고향에 버티어 있으니까 객지 떠도는 그들에게 고향이 남아 있는 것이지, 어머니마저 서울 사는 오빠네에게로 갔다면 그들에게는 고향 찾을 일조차 없어지고 말게 될 것이었다. 아버지 제사 지내러 산소 찾아 일부러 내려오게 될까.

"사람은 혼자 사는 게 아니라 함께 살아가는 게다. 외로우면 못 쓴다. 우리 집안이 번열한데 너희들이 어째서 쓸쓸하게 버림받듯이 살아야 한다는 게냐? 너희들 눈에 세상이 넓더냐? 좁더냐? 화목하게 지낼 때에는 온 세상이 한 동아리가 되지 않더냐? 이런 정신으로 우리가 남북통일을 해야 하는 것이 아니더냐? 왜 우리가 이산가족으로 흩어져 살아야 한다는 것인지 도무지 모르겠다. 그나마 내가 오종종하게 병아리 떼 품고 있는 어미 닭처럼, 이렇게 고향에 버티어 뿔뿔이 엇나가서 사는 너희들을 이렇게 내 품 안으로 끌어모으니까 너희들에게 아직꺼정은 고향도 있고 아재비에 조카에 사돈에 오 서방, 이 서방, 올케, 시누이가 서로 한 피붙이로 지내게 되는 것이지, 이제 나 하나 없어져 보렴. 너희들이 일 년 열두 달 가야 서로 얼굴 맞대겠냐, 전화 한 통화 걸어 서로 근심 걱정 나누어 주기를 하겠냐, 고향 발걸음을 과연 떼어 보기나 할라는지……, 참으로 나는 모르겠다."

전, 국, 각, 처……. 온전 전(全)이라는 전국에, 제각각이라는 각(各) 곳에 흩어져 있는 사람들. 제각각의 각(各)이 온전 전의 전(全)으로 모일 수 있었다는 것은 어찌 보면 당연하고 달리 보면 참으로 신기한 것이었다. 그렇게 그들은 청석골 불당내로 모이어 들었다. 서울 사는 오빠와 올케는 조카들인 덕만이, 금실이, 연실이와 함께 레코드라나 카세트라나 하는 차를 타고 밤 세 시쯤 도착했고, 그 자동차로 어머니를 뉘여 인근 도시의 병원으로 어머니를 입원시키고 났을 아침나절에는 부산에서, 광주에서, 목포와 구미에서, 대전과 인천에서 어떤 이는 기차에 영업용 택시로, 어떤 이는 고속버스에 지방 버스로, 어떤 이는 터덜터덜 걸어서 불당내로 모이고 또 병원으로 찾아들었다.

"흥, 죽은 제갈공명이 살아 있는 누구를 어떤다더니, 너희들이 송장 치러 부랴사랴 얼굴 들이민단 말이지러? 그래도 평소에 조금쯤은 미안한 마음들이 남아서 말이구나."

청산댁은 말은 이렇게 퉁명스레 내뱉고 있었으나, 사람들로 북새를 떨게 된 것이 전혀 싫은 눈치가 아니었다. 도리어 그 반대였다. 청산댁은 당신이 크게 다쳤다는 소식이 들려서야 이렇게 찾아든 피붙이들에게 아쉬워하는 마음을 가지기는커녕 그냥 대견스러워만 하는 것이었다.

"이제 저것들이 그 뭐라드라 「양 치는 소년」의 우화에 나오는 동네 사람들처럼 되겠지?"

청산댁은 손자들과 어울리곤 하던 덕분에 필요할 만큼은 유식하고 또한 신식이기도 한 할머니가 되어 있었다. '늑대 나타났다.' 하는 거짓말로 동네 사람들 불러모으는 일에 재미를 들였다가 정작 늑대가 나타났을 적에는 아무도 와 주지를 않아서 양 치는 소년이 죽게 되었다더라 하는 동화를 청산댁은 알고 있었을 뿐 아니라 그것을 엉뚱하게도 당신의 경우에 견주어 피붙이들에게 경종을 울려 줄 만큼의 꿍꿍이속도 가지고 있었다.

하지만 당신이 이렇게 무심하듯이 내뱉는 말을 듣고 있는 '병아리 떼'들의 심정은 그야말로 착잡하기 이를 데 없었다. 왜냐하면 이 노인네의 말씀이 모두 사실이었기 때문이었다.

뿐 아니라 그들은 야속한 대로 야멸차게 다시 온전 전(全)에서 제각각(各)으로 흩어지지 않으면 안 될 사정들을 가지고 있었다. 청산댁의 우환이 이 정도로 그친 것이 다행이다 싶기는 하였으나 청석골 불당내에서 더 이상 주춤거리고 있을 시간들이 없었다.

"죄송합니다, 어머니."

"일간 다시 내려오겠습니다."

"꼭꼭 전화 올리겠습니다."

"네 그래요, 전화로 자주자주 연락해야 할 거구, 그럼 이만……"

회자정리(會者定離)이니, 모이었던 그들은 다시 전국 각처로 흩어져 나가려고 하면서 궁색한 변명들을 한가락씩 뽑아내느라 쩔쩔매었다. 청산댁은 너희 사정이 도토리 키 재기 식이지 별수 있겠느냐 하는 표정이면서도

"어여들 가거라. 어여들 가란 말야. 나는 멀쩡하니 아무 걱정 말고, 생업들 찾아 빨랑빨랑 가란 말이구나." 하였다.

임덕진은 당분간 어머니 옆에 남아 있기로 한 많지 않은 사람들 중의 하나였다. 너무 안타까운 생각이 들어 그는 장남에다가 큰며

느리 노릇 제대로 못 하고 있는 것처럼 보이는 큰오빠와 올케, 조카들(그들 모두 직장과 학교를 가지고 있었다. 토요일 오후에 일요일이기망정에 내려올 수 있었을 것이었다)을 보면서 말했었다.

"모두들 원대복귀 해야겠지만, 그러기 전에 가족회의라도 열었으면 해요."

"그래그래, 참 그렇구나. 우리 모두 의논을 해 보자."

정신이 번쩍 났다는 듯 이 집안의 장남이 가족들을 불러 모았다. 청산댁이 없는 자리에다가.

"옛날과는 달라서 고향을 지키자면 그것은 그냥 되는 것이 아니고 능력이 있어야 하는 거구, 노력을 해야 하는 거란 말예요. 마찬가지로 우리가 어머니를 빼앗기지 않으려면 우리의 능력과 노력을 어머니 계신 곳으로 모아야 하는 거란 말예요. 어찌들 하실 거예요? 고향도 필요 없고 어머니 안 계셔도 괜찮다고 생각하는 분들은 빠지고, 그럴 수는 없다고 생각되는 분은 구체적인 노력을 어떻게 바칠 건지 말해보세요."

과연 그것이 말이나 되는 소리였을까. '다시는 고향에 돌아가지 않으리.' 하고 내뱉는 소설들을 읽으면서 임덕진은 곰곰 되씹어보는 것이었다. 퇴원하여 불당내 집으로 돌아온 어머니를 그곳에 혼자 놓아둔 채, 다시 객지 땅의 제 살림집으로 떠나와서 고작 그런 생각이나 해보고 있는 것이었다.

《열매》, 1985년 12월호

밤길의 사람들

밤길의 사람들

1. 영등포의 밤

1-1 공장 노동자들이 잔업까지 끝내고 바깥으로 몰려나오는 그런 어간의 시각이었습니다. 행상꾼에 노점상, 포장마차 들이 부탄가스에 카바이드 등불을 밝혀 놓기 시작하고, 안산이니 성남이니 수원이니 시외로 빠져나가는 각종 버스에 합승 택시 호객하는 소리로 요란해지는 무렵이 바로 이런 때입니다. 그런데 거기 분위기가 심상치 않았습니다. 전경들을 실은 닭장차에 수송협회 버스가 십여 대 이상 길 가녘에 도열해 있다든가, 지하도로 들어가는 입구에 사복을 입고는 있으되 머리카락이 짧은 청년들이 여러 명 늘어서서 신분증을 보자 하고 가방을 들추고 있다든가, 포도에 바삐 걸어다녀야 할 행인들이 그냥 걸음을 멈춘 채 하늘이 무너지려나 땅이 꺼지려나 궁금해하는 듯 빼곡히 늘어서 있다든가, 여느 때의 노동자들 거리답지 않았습니다.

그러자 여기저기에서 전난이 뿌려지고 플래카드가 추켜세워지는가 했더니 가자! 가자! 소리가 일고, 노동삼권 보장하라! 구호가 터지고, 우리 승리하리라! 등등 인간이 제 목구멍으로 낼 수 있는 온갖 악에 받친 듯한 소리가 쏟아져 나왔습니다. 포도에 늘어선 젊은 남녀들이 순식간에 대열을 지어 우격우격 차도로 삐어져 나왔습니다. 그와 동시에 두꺼운 투구에 방패, 몽둥이, 국방색 누비옷(이라기보다는 갑옷 같지만), 그리고 무거운 군화를 신은 전경들이 마치 티브이 만화영화에 나오듯 고약한 별에서 평화로운 지구를 공략하기 위해 파견한 우주군단처럼 둔탁하게 대오를 갖추어 돌진하기 시작했습니다. 이어서 조립용 장난감 같은 괴상한 장갑차들로부터 팡! 팡! 하얀 김을 무럭무럭 쏟아 내며 불꽃을 튀기는 다연발탄인가 지랄탄인가가 터져 나왔습니다. 그와 동시에 온 행길 천지가 재채기, 토악질에 눈물바다로 변했습니다.

만약에 우리가 타임머신을 타고 이 시대를 찾아왔다면 도대체 이처럼 이상한 야단법석이 어떻게나 되어 버린 통구니인지 이해할 수 있을까요? 이 사람들이 참으로 괴팍하게 공포와 고통의 축제를 즐기나 보다, 하고 그런 생각을 하게 되지나 않을지?

하지만 우리는 타임머신을 타고 다른 시대로부터 날아온 그런 인간들이 아니네요. 도리어 우리는 절박함, 절실함을 준비하지 않고서는 우리 시대를 도저히 이해하지 못하는 것이 아닐까요. 축제는 금지된 장난이랍니다. 교통법 위반 정도가 아니고 소요죄에 저촉되는 수준이 아니지요. 그것은 나라의 변란을 꾀하고, 국가의 안보를 해치는 행위랍니다. 노동삼권 보장하라느니, 보장할 수 없다느니 하는 티격태격이 그와 같이 어마어마한 사단(事端)을 불러일으키는 거랍니다. 어떤 집회에 나갔더니 누군가가 그러데요. 70년대 초 중엽에 3백만 노동자, 70년대 후엽에 6백만 노동자, 80년대 초엽에 8백만 노동자 하다가 이즈막에 와서는 1천만 노동자라 하게 됐으니 그 가족까지 따진다면 절대 다수 인구가 노동자층 아닌가. 그들이 그런 노동자 권익을 행사하겠다는 것도 아니고 다만 당장 보장하라! 소리 굶주린 듯 외쳐 대는 것만으로 어마어마한 중벌죄에 해당된다는 것이니 어찌 된 일이냐. 어린아이들 문자대로 하자면 우리가 얼마나 아이큐 낮은 시대에서 살고 있다는 것인지, 이런 질 나쁜 세상에 놓이어 있다는 것을 실감하게 되는 겁니다.

그건 그렇고 나는 이런 시위가 있으리라 알고 찾아왔던 것은 아니었습니다. 그런 연락을 받을 위치에 있지도 못한 근로자 출신이니까요. 하지만 어느새 나 또한 그 시위의 한가운데에 휩쓸려 버렸습니다. 노동삼권 보장하라! 두 주먹 불끈 쥐어 팔이 떨어져 나가라 흔들어 대면서 열나게 외쳐 댔지요.

끌려가지는 않았습니다. 잠시 뒤에 노동자 시위는 밀물이 아니라 썰물이 되어 밀리어 가기 시작했습니다. 내일 신문에 일단짜리 기사감은 되려는지? 영등포의 밤은 여느 때의 모습을 되찾습니다.

1–2 이미 늦은 밤이 되었습니다. 사람들이 마음을 비워 냈는지 어땠는지는 몰라도 거리는 차츰 비워져 갔습니다. 청소부에 구청 직원들, 완장을 찬 사람들과 취로사업으로 동원된 가난한 집 부인네들이 거리 청소를 하고 있었습니다. 과연 질서에도 선진질서가 있고 후진질서가 있는지 잘 모르겠으나, 대충 살펴보았을 때 시위자들이 독재 질서에 대해 무질서를 몰고 오는 인간들이 되겠구나 싶기는 했습니다. 취로사업에 동원돼 청소를 하는 아주머니들은 시위자들이 매직잉크로 도처에 써 놓은 대자보, 소자보(小字報) 들을 지우느라 애들을 믹고 있었습니다. 어쩌면 이 아주머니의 아들딸들이 써 놓은 건지도 모르지만, 아무튼 시위 수법도 날로 기발해져 가는 것만은 틀림없습니다. 금년, 1987년에는 길바닥, 담벼락, 하다못해 정차 중인 자동차 몸뚱이에다가도 개발새발 반항적인 낙서를

해 놓곤 하는 것이 새로운 방편으로 등장되고 있거든요. 더구나 전단, 유인물로 홍수를 이루고 있는 거구요. 이 시대를 연구하는 후세의 역사가들이 데모사(史)를 기술할 적에 참으로 성가시다는 느낌을 갖게 되지 않으려는지? 타는 목마름으로 네 이름을 쓴다, 민주주의여 하고 어느 시인이 읊었다고 하더니, 노동자들이 진짜로 행길 바닥에 그런 걸 써 갈길 줄이야 그 시인인들 알았을 것인지?

그 남자와 나는 대로에서 더 이상 데모를 해야 할 일도 없게 되어 뒷골목으로 들어갔습니다. 술집과 다방과 여관 들이 도리어 한창때를 맞이하고 있었습니다. 주고 싶은 마음, 먹고 싶은 마음, 구멍가게는 이런 상품 선전 구호를 달고 있었는데, 어쩐 일인지 그 문구를 보면서 바보처럼 실룩실룩 웃었습니다. 시위자들이 대자보, 소자보로 전해 주고자 하는 말과 이 광고의 말씀은 어떤 관계에 놓인 걸까. 주고 싶은 마음, 아마도 그건 여자의 마음일까요? 먹고 싶은 마음, 어쩌면 그게 남자의 마음이라는 건지? 아니, 도리어 그 반대일지도? 아이스크림 생긴 모양새와 그걸 먹어 대는 아가리의 모양새를 연상할 적에……

참으로 한심한 여자. 어떤 노동자들은 국가보안법 위반으로 붙잡혀 갈 각오를 하며 나섰던 거리에서, 다른 근로자 출신 남녀는 데이트를 하고 있었지요. 어떤 노동자들은 붙들려 가 물고문, 불고문을 받고 있을 적에, 다른 근로자 출신 남녀는 성고문을 받는 게 아니라 이성 교제를 하고 있었지요. 먹고 싶은 마음, 주고 싶은 마음 써 놓은 선전 간판 아래에서.

메아리 없는 동굴 같다고 남자가 근엄한 표정을 지으며 말했습니다.

"이 시대가 앞뒤로 꽉 막혀 있어요. 그 누구도 바깥으로 나가는 길을 찾아낼 수 없습니다. 그래서 메아리 없는 함성이나마 질러가지고 갑갑하게 옥죄어 오는 이 현실을 확인하려는 거 아니겠어요?"

남자의 말을 받아 여자가 말했습니다.

"그나마 다행 아닌가요? 우리가 사막처럼 고요하기만 하고 죽음처럼 침묵뿐이기만 한 그런 시대에 살고 있는 것만은 아니라는 사실이 왁자왁자 시끌덤벙한 시대에 끼여 있음을 사랑해야지요. 감사해야지요. 아무렴 그렇고말고 아니어요?"

벌써 자정을 넘기었습니다. 우리는 어쩌자고 밤늦도록 거리를 배회하고 있는 것일까요? 술집과 여관과 다방 사이를 헤집으면서 말입니다. 우리는 주고 싶은 마음, 먹고 싶은 마음을 서로 나누고 있었던 것일까요? 선남선녀들은 집으로 돌아가는 게 아니라 연신 술집, 다방, 여관으로 찾아들고 있었습니다.

그런 모습들을 곁눈으로 보면서 남자가 말했지요.

"요즈음 이발소까지 간이숙박업소처럼 활용된다데요. 입에 담기조차 거북한 서비스를 받는……"

여자가 말했습니다.

"나도 다방을 싸구려 합숙소처럼 심야 경야(經夜)했던 체험은 가져 봤어요. 그러니까 그게 심야다방이라는 거지만……"

영등포의 밤에는 여관값마저 마련 못 해, 다방 이발소 만홧가게 독서실 같은 데에서 하룻밤을 넘겨 버려야 하는 변변치 못한 인종들이 참으로 많다는 데 대해 우리는 의견의 일치를 보았습니다.

우리는 어찌해서 이런 따위 너절한 이야기들이나 나누고 있었던 것일까요? 노동삼권 보장하라는 외침 소리 퍼져 나가던 영등포 거리에서 다른 근로자 출신 남녀는 퇴폐이발소에 심야다방을 화제로 삼는 데이트인지 맞선인지 그런 걸 하고 있었습니다. 남자는 서른

한 살, 여자는 스물여덟 살. 우리는 우리의 나이를 서로에게 이해시키기 위해 벌써 두 번째 만나고 있는 중이었습니다.

1–3　여자가 말했습니다. 나는 시집을 가려고 한다. 열여섯 나이로 일자리 찾기 시작해 스물여덟, 이 나이까지 노동일을 해 왔다. 이제 그 방면의 환갑 나이 되었고 은퇴할 시기가 되고도 남았다. 내 몸이 엉망으로 부서져 버렸고 마음적으로 지치고 멍들었다. 뿐 아니라 집에서도 성화를 부린다. 나를 위해서 해 주는 말인 듯하지만, 골치 아픈 일 만날까 보아 치워 버리려는 뜻이 있을 거다. 이 나이 되어 인생론 거들먹거린다면 말이 될까? 내 인생 존재하지 않았던 거고, 때늦게 처음으로 인생 문제 심각히 생각해 보기 시작했다면 그게 무슨 이야기일까. 어머니는 사주팔자 따져 보고 점을 치자 한다. 비구니 청정 보살 되어 버릴까 하는 생각을 해 본 적도 있다. 노동자 권익 위한 운동가 될 수 있다면 그렇게 하고 싶다. 노예처럼 부려 먹으려 꼬여 내는 것인 줄 모르고 회사 부설 야학 교실로 대입 자격 검정고시 따 놓은 바 있으니, 에라 여대생이나 되어 볼까.

이런 생각, 저런 궁리 끝에 나처럼 못난이 가장 손쉬운 선택이 결혼 아닐까 짐작이 갔다. 그런데 강간하려 덤벼드는 사내 있었어도, 살림 내자고 말해 줄 남자 마련 못 했다는 걸 깨달았다. 아무튼 이런저런 중매로 이 가을까지는 결판을 내려고 한다. 어떤 남자 아니라 그냥 남자에게 시집가는 일.

남자가 이런 말을 했습니다. 고교 졸업한 게 11년 전이고 군대 제대한 게 7년 전이다. 따라서 7년 전까지만 해도 나는 평균적인 대한 남아였을 게다. 지방 고교, 그나마 집안 고민 많아 성적 아래쪽에서 맴돌기는 했을망정 사명감 갖고 이 땅에 태어났다는 교육헌장 민거라 했다. 대학 진학 엄두 못 내고 상경해 마장동의 철공소에 월급도 못 받는 직공 보조 생활하다 군에 들어갔다. 제대 만년에 만난 5·17 때에는 서울 숙명여대를 접수하는 계엄군 노릇 해 보았으나, 아무튼 이것이 신성한 국방 의무를 수행하고 있는 거겠거니 믿어 두기로 했다. 그 뒤로 어떻게 되었던가? 모두 잃어버리고 내 신분이, 어쩌면 내 계급이 엉뚱하게 결정되어 버렸다. 이른바 밑바닥 노가다.

여자가 따졌지요.

"그건 일본말 아닌가요? 우리말 놓아두고 왜 왜말을 썼어요? 노동자라는 말 어때서?"

남자가 여자 항의 묵살한 채 말을 이었지요. 군에서 제대했을 때 나는 심신이 엉망진창이었다. 숙명여대에서의 숙영(宿營) 생활은 전혀 신나는 캠핑 같은 게 아니었다. 완벽을 기해야 하는 작전이었으며 비상한 근무를 수행해야 하는 출동이었다. 말뚝을 박으려다가 관둔 것이 그때의 조인트 당하던 체험 때문이었다. 고향에 가 보니 이른바 광주 사태의 후유증이라는 게 우리 집안에도 기다리고 있었다. 도대체 어떻게나 된 세상인지 종잡을 수 없었다. 게다가 나를 향하는 고향 사람들 눈총에 견딜 수 없었다. 그때에 당신의 고종사촌 오빠인 최충섭이를 우연히 만났는데 이런 충고를 해 줬다. 네 고민은 무어냐? 두 가지일 거다. 하나는 너 자신의 마음속에서 일어나는 것일 게고, 다른 하나는 네 측근들이 선물하는 걸 게다. 그러니까 암에 걸린 아버지, 평생 사람대접 못 받고 작은댁 소리 들어 온 어머니, 이부형, 동복누이, 옥중에 있는 동생, 출세 중인 고교 동창, 돈독 오른 고향 친구, 군대 동기 등 너를 잘 알고 있는 주변 사람들이 듬뿍듬뿍 괴로움 주는 것일 게다. 떠나거라. 지구를 떠날 수야 없지만 이 땅에서 떠나거라. 너 자신으로부터 탈출하고 네 측근들의 눈총으로부터 벗어나는 거다.

그래서 사우디로 내뺀 거지요. 3개월간 알루미늄 새시 조립 기능을 견습해서 말이지요. 사우디에서의 생활. 아침 다섯 시 반 회사 트럭에 실려 한 시간 반 사막을 달려 현장으로 출근, 시간당 1불 40센트 받고 일하는 노무자 생활. 일본시대 징용이니 정신대니 하는 게 별거이겠어요? 처음 한 달은 도무지 견딜 도리가 없었습니다. 이런 터무니없는 생활이 어떻게 존재할 수 있다는 걸까. 빠삐용의 기분이었지요. 절망과 체념이야말로 인간이 가장 배우기 힘든 공부인 겁니다. 두 달째부터 어거지로 적응되기 시작했습니다. 첫 달 내 통장에 30만 원 정도 그려졌었는데, 그게 52만 원, 58만 원, 61만 원으로 기재돼 나갔지요. 밤 아홉 시, 열 시, 열한 시 반까지 이를 악물고, 기를 쓰고 특근을 했으니까. 나 자신을 잊어 먹기 위해, 나를 알고 있는 모든 사람들로부터 내 존재를 지우기 위해…… 하지만 차라리 노무자로 그냥 남의 땅 밟고 있는 게 나았을 건데, 1년 8개월 만에 귀국을 해 버린 게 더욱 화근이 된 겁니다.

1-4 우리는 둘 다 못생긴 인생을 부둥켜안고 있다는 것을 알아보았습니다. 따라서 얼마나 못생겼나를 서로에게 알려 주기 위해 만나야 할 필요가 있었던 게 아닌가 합니다. 우리가 나누는 대화라는 게 그런 것일밖에 없지요. 나 이렇게 못난 인간이오, 광고하는 게 바로 우리의 살아온 이야기인 것이니까요. 우리는 그런 것들을 알아낼 만큼 알아냈지요.

우리는 서로 경멸하고 있었던 것일까요? 어쩌면 우리 자신의 인생 문제라는 게 전혀 중요하지 않은 것처럼 느끼고 있었을 것입니다. 어차피 세상은 그 세상이 갖고 있는 냉혹한 힘으로 사람들을 지배하는 것 아닌가? 우리의 못생긴 삶, 세상의 이런 소용돌이 속에서 무슨 대단한 자리매김을 하고 있다고.

우리는 솔직히 제 못생긴 인생 털어놓은 것일까요? 그런 거라기보다 우리의 삶이 빤빤강산으로 너무 뻐언한 거니까 숨기고 자시고 할 것이 없었던 거겠지요. 우리는 서로 경멸하고 있었을 겁니다. 우리 인생 문제라는 게 하찮게 보일수록, 그것이 상대방의 변변치 못함 때문에 생기게 된 것처럼 느끼고 있었을 것입니다. 차라리 우리에게 필요한 화제는 노동운동이라든가, 인간을 인간 대접 않는 독재 사회의 이런 분위기라든가, 최루탄 만들어 떼돈을 버는 재벌의 내막이라든가, 아니면 싸구려 주간지 따위에 실려 있듯 남녀의 데이트에 있기 마련이라는 감미로움, 행복감 따위 염치없는 감정의 토로이어야 했을지도 모릅니다. 아니, 그런 감정을 갖기란 도저히 불가능한 일이고 우리에게 필요한 것은 분노, 절망 그리고 우리 자신을 포함한 모든 것들에 대한 증오와 적의의 감정 같은 것이지 않았을까 합니다. 우리의 만남에는 웃음도 없었고 눈물도 없었습니다. 이 삭막한 느낌으로 어떻게 헤어지나? 이 아무렇지도 않은 듯한 비참함을 왜 내가 선물받아야 하나? 우리가 미적미적 헤어지지 못한 채 영등포의 노동자 거리를 헤매고 있었던 까닭은 서로의 못생긴 삶을 어떻게든 이해받아야겠어서였을 것입니다.

최루탄 연기 밤안개처럼 괴어 있는 영등포의 노동자 거리, 자정에 이르는 밤 시간의 비탈길. 우리는 서로 의심하며 험악한 고갯길 넘는 잘못 만난 길동무처럼 그렇게 밤 시간의 비탈길을 허벅허벅 타 넘었을 것입니다. 영등포의 밤거리는 실속 없이 시끌벅적하였으므로, 서로의 마음속에 앵돌아진 엉뚱한 생각들을 은밀하게 다독거리기에 좋을 것입니다. 서로의 살아온 인생, 그 시간의 살갗들이 다르듯, 우리는 비록 함께 있었을지라도 그 시간들을 겹접어 모아 두는 게 아니라, 요기까지는 내 시간, 저기부텀은 네 시간, 물과 기름처럼 따로 동뜬 시간들을 억지로 버무려 놓고 있었다 할까 그랬을 것입니다.

열두 시 이십 분. 우리는 걷기에 지치어 어느 구멍가게에서 길바닥에 내놓은 오리 의자에 앉아 음료수를 마셨습니다. 소주라는 이름의 음료수. 자, 그만 일어나세요. 가게 주인이 문을 닫으려 하면서 말했습니다. 고단한 육체에 휴식을, 지친 영혼에 평화를…… 그리고 물론 마음 통하는 이들 사이에는 오늘에 못다 한 꿈을 위하여 사랑을 나눌 그런 밤…… 하지만 우리는 아직 거리의 사람으로 배회하고만 있었습니다.

1-5 밤길을 걷는 것도 무척 오랜만이라고 약간 취기 어린 목소리로 남자가 그런 말을 했습니다. 여자가 그 말을 받아 밤을 새우곤 하던 일, 야근에 대해서 말했습니다. 한 달에 여섯 번씩 새벽 세 시 반까지 특근을 시키던 봉제품 수출회사. 그런 특근 있는 널도 아침 일곱 시 반 정상 출근은 어김없이 해야 합니다. 집에 돌아갔다 회사 나올 시간의 자투리가 모자라는 여성 근로자들의 기숙사 아닌 합숙방에서 생기곤 하던 일. 그 이야기를 받아 남자가 야근도 그렇겠지만 야방 생활 고달픈 거 말 못 해요, 하고 말했습니다.

"야방이 무언데요?"

여자가 물었습니다.

남자가 설명했습니다.

"밤 야(夜)에 안방 건넌방 하는 방(房)."

건설 공사장에서 '노가다'들이 쓰는 말이랍니다. 공사판 현장에 머물러 스물네 시간 생활하며 물건 도둑맞지 않도록 지키기도 하고, 노동자들의 뒤치다꺼리에 안살림 같은 것도 도맡아서 하는 그런 '노가다'를 야방이라 한다는 것입니다.

"야방이라는 게 그러니까 방을 가리키는 게 아니고 사람을 말하는 거로군요?"

여자가 물었습니다.

"그래서 '노가다판은 야방의 엿장수 마음대로이다' 하는 말 있어요. 야방이 농땡이 놓기로 들자면 난리거든요. 요즈막 아파트 공사판 같은 데에서는 어림 반 푼도 없는 이야기이지만……."

남자는 제 말에 제가 웃었습니다.

낮에는 물론이고 밤에 일하며 살아온 우리들. 하지만 그 밤은 우리의 것이 아니라 남들의 것이었습니다. 밤거리를 걷고 있는 이 시간 또한 상대방에게 도적질당하고 있는 것이나 아닌지?

밤 한 시 오 분. 늦은 시각이었습니다. 우리는 걷고 또 걸어서 대방동 보라매공원 앞길에 와 있었습니다. 남자는 참으로 많은 이야기를 하였으나 여자에게는 그 말이 다가들지 않았습니다. 당시의 고종사촌 오빠 최충섭이 당신을 만나 보라 했을 적에 사실은 내가 거절을 했었다. 그냥 웃기만 했다. 당장의 형편이 옹색한 판에 무슨 맞선을…… 50만 원 보증금에 월세 5만 원짜리 막서리 방값이 두 달째 밀려 있고, 사실은 석 달째 실직 상태나 마찬가지이다. 우선은 교통비에 생활비 벌충하는 일마저 다급해 여타의 다른 생각을 할 처지가 못 된다.

"지난 일주일 동안에 용돈이라 할까, 사회생활 비용이라 할까, 서춘환 씨 주머니에서 나간 돈이 얼마나 되나요?"

여자가 물었습니다.

그 남자, 서춘환은 지난 일주일 동안 제가 써 버린 돈이 얼마인지 회계해 보았지요. 버스 토큰 1천2백 원어치 열 개, 지하철 3천 원짜리 복수 승차권, 은하수 담배 한 보루 방에 사다 놓은 것 3천3백 원, 라면 1백50원짜리 여덟 개, 계란 한 줄 1천8백 원, 쌀 반 말 지난달 사 놓은 것은 아직 남아 있고…… 방에서 혼자 마신 소주 세 병 1천2백 원…….

"아니, 이렇게 계산하는 것보다는 주머니에 들어왔던 돈이 어떻게 되는가 따져 보는 게 더 빠르겠네요. 고윤팔한테서 십만 원 받아냈던 게 언제였더라……?"

이러면서 서춘환은 제 주머니에 들어 있는 돈을 모두 꺼내어 역(逆)으로 계산해 보기 시작했다.

"지난 열흘 동안에 대충 2만 3천 원가량 쓴 거 같습니다. 오늘은 아가씨 만나는 날이라 1만 5천 원 거금 준비해 갖고 나왔고……."

담배를 한 대 물고 나서 서춘환은 비로소 처량한 표정을 지었지요. 그가 부끄러워하는 어조로 말했습니다.

"내가 못난 인간임을 드러내 보여도 조애실 씨는 실망했다거나 속았다거나 하는 표정을 짓지 않는군요? 그게 편하다기보다는 실상 불편해요. 사대육신이 멀쩡하고, 무슨 일이든 해 볼 힘을 갖고 있으면서두 도대체 너는 무어냐? 생각 안 할래야 안 할 수 없네요."

이 사내는 이어 변명하듯 말했습니다. 다만 나는 무능한 인간은 아니며, 일시적으로 이 세상이 나를 무능한으로 시험케 하는 중일 것이다. 계획하고 있는 일이 서너 가지 있고, 또 남한테 받아 내야 할 돈이 3백만 원가량 있다. 그 무엇 중 하나라도 풀리게 되면 보람 갖고 챙겨보려는 사업 있다. 장래 걱정은 않는다. 그 장래가 그냥 먼 게 아니다. 나에게 조금만 시간을 줄 수 없겠는가.

"시간을 주다니요? 내가 무슨 시간을?"

"맞선 상대 감으로 나를 판정하는 데 걸리는 시간 말예요."

요컨대 결혼은 장래의 일로 놓아둔 채 우선 교제에 연애만 하자는 이야기와 다른 소리였을까요? 여자는 그 말에 들은 체도 않은 것입니다.

"나는 금년 가을까지는 시집을 가야 하는걸요. 어떤 남자한테가 아니라 그냥 남자한테."

큰 보자기를 획 날리게 하여 남자와 여자를 덮씌우려는 듯 강바람이 씽하니 달라붙었습니다. 좌석버스가 또한 이때에 포도를 걷고 있는 두 사람 앞을 무섭게 질주하면서 한바탕 소소리바람을 일으키게 했지요. 여자는 정말로 지쳐 있었습니다. 더 이상 무한정 걷고 있을 수 없었습니다.

드디어 여자가 말했습니다.

"다시 만나 뵐 일은 없을 것 같으네요."

남자가 한참 만에 말했습니다.

"유감이지만 그런 것 같습니다."

두 사람은 같으네요, 같습니다. 서로 불확실한 듯이 말하고 있었습니다. 이면 이다, 아니면 아니다, 말해 버리면 예의에 어긋날 것처럼 느끼는 듯이.

"그러면 이만 헤어지는 게……."

더 어쩔 도리가 없다는 어투로 여자가 말했지요. 남자도 말했지요.

"네에…… 그러면……."

얼마 동안 말없이 서 있었습니다. 그러면서 여자는 속으로 말했지요.

'그러면이라…… 과연 우리 사이에 그러면에 해당될 무엇이 있었기에 이런 소리를 덩달아 되풀이하고 있는 걸까.'

1-6 어슬렁어슬렁 영업용 택시 한 대가 다가와서 섰지요. 여자에게는 택시값 정도 미리 꽁쳐 두었던 게 있었습니다. 말하자면 인격 유지비라 할까, 요조숙녀용 비상금이라 할까 그런 것이었겠지요.

이제 작별의 시간이 왔습니다. 안녕…… 안녕히…….

여자의 집은 국립묘지 뒤쪽 관악산 기슭의 난민촌에 있었습니다. 고교에 다니는 남동생, 공장에 다니는 여동생과 함께 자취방을 얻어 지내고 있었습니다. 맏딸인 그녀가 지금까지 학비도 대고 송아지도 사 보내고 하며 뒷바라지를 했는데, 어언 스물여덟의 나이로 비로소 제 인생 회수 작업 벌이는 걸까요? 남동생, 여동생이 마침 이 며칠 집에 없었습니다. 그래서 밤늦도록 길바닥 쏘다니는 것도 가능해졌지만, 이제 아무도 없는 그 자취방으로 돌아가야 할 때가 되었습니다.

자동차 도어를 열어 왼발과 궁둥이를 반만치 안으로 욱여넣다가 말고 여자가 남자를 돌아다보았지요. 이제 택시를 타고 휑하니 가 버리면 저 남자는 어찌 될까? 버림받은 고아 신세처럼 느끼며 맥살을 내겠지. 서춘환은 아버지 얼굴을 거의 보지 못하고 자랐다 했습니다. 어머니는 제 자식을 애물단지로만 여겼다 했습니다. 아버지는 장암으로 죽음을 앞두게 되면서 여러 자식들 중에서도 특히 그에 대해 미안해하였다 했습니다. 애비 노릇 해 준 게 없구나, 중학생일 적만 해도 주위 칭찬을 듣던 아들이 고교 시절부터 허물어지기 시작해 중동 노무자로 헤매게 됐으니 아부지가 참말로 할 말이 없구나 하는 편지 보내었다고 했습니다. 하지만 그 아버지는 끝내 아들을 해방시켜 준 게 못 되었다는군요. 임종이 가까워 오면서 그를 꼭 머리맡에 앉혀 놓고 보아야 눈을 감겠다 했다는 것입니다. 도중 하차해 버리듯 부랴부랴 귀국을 서둘렀다 했습니다. 해외 노무자로 좀 더 썩히었던들 지금처럼 비실거리지는 않았을 거라구요. 서춘환은 단지 두 번 만났을 뿐인 여자에게 그런 말을 했었지요. 푹 썩혀 버려야 사람이 제 갈 길을 찾는 건데, 덜 썩혔다구요.

저 남자는 택시 붙잡아 타고 제 집으로 돌아갈 주제도 못 될 거다, 하고 여자는 그런 생각을 하고 있었습니다. 한강다리 걸어서 용산역 앞의 지분거리는 창녀들 떼밀치면서 이 밤새 걸어가겠지. 남자의 셋방은 한강을 넘어 강북으로 거슬러 올라가 그 북녘 변두리 쪽에 있다고 들었습니다.

"같은 방향까지 동행하시다가……."

한강다리 있는 곳까지라도 동승해서 가다가 그곳에 남자를 떨구고 여자는 자기 갈 곳으로 가…… 여자는 순간적으로 이런 생각이 들어 말했습니다. 하지만 막상 이야기를 해 놓고 보니 그것만은 아니었습니다.

이 여자가 어찌해서 이런 제의를 하고 있는 걸까, 남자는 궁금해하는 표정이 되었습니다. 이어서 남자의 모습은 '생각하는 사람'의 그것으로 되었습니다.

여기에서 이대로 헤어지면 영영 이별이 될 텐데 그렇게 종지부를 찍어 버리느냐, 아니면 헤어질 때에는 그렇게 되더라도 우선은 동반자가 되고 보느냐 방설이는 듯했습니다. 또 혹시 모르지. 함께 택시를 타고 가다가 "댁에까지 바래다 드리겠습니다." 이어서, "이왕 댁 앞에까지 왔으니 냉수라도 한잔……." 이어서, "밤이 늦었으니 날이 밝기까지만……."

여자가 민망하다는 듯, 안타깝다는 듯 남자를 말갛게 바라보고 있었지요. 여자의 발름한 코가 맹꽁스러워 보인다고 남자는 오직 그런 생각만 하고 있는 듯 보이었지요. 뚝뚜라 땍 뚝뚜라 떽, 도깨비 방망이 두들겨 대는 소리를 내며 밤 시간이 두근두근 흘러갔지요.

"그러면 안녕히……."

여자는 억지로 꾸며 내는 듯한 표정에 목소리로 작별을 고했습니다. 여자는 택시 안으로 삼키어졌고 문이 닫히고 그리고 덜럭거리며 자동차가 움직여 나아갔습니다.

택시는 이어서 노들강변을 달리고 있었습니다. 저 느린 시간과 이 빠른 시간의 흐름. 그렇지만 한밤중의 어두움 속에 파묻혀 아무도 보아 주는 이 없는 가운데 쉬지 않고 떠내려가고 있을 강물과도 같이 시간은 느린 것도 아니고 빠른 것도 아니게 유장하게 흘러가고만 있었을 것입니다. 강물은 서로 만나며 또는 헤어지며 무슨 이야기를 나누고 있기에 그 물이 흐르는 소리를 내는 것일까요? 너는 강원도 산골짜기를 거쳐 왔니? 나는 남산 밑에서 곧장 시궁창 물 신세가 되었지 무어니? 이런 이야기를 나누는 것일까요?

하지만 사람들은 나이 차서 어른이 되었어도 시냇물의 신세에서 벗어나지 못한 채 대하(大河)를 그리워만 하다가 마는 것인가요? 아, 이 무슨 되다 만 문학소녀 같은 넋두리?

하지만 그때에 차를 타고 노들강변을 스쳐 가면서 나는 서춘환 씨에 대해 곰곰 생각해 보고 있었습니다. 한 사람의 여아(女兒)로서, 나는 한 사람의 남아인 당신으로부터 모욕을 받았던 것이 아닙니까? 해명해 주시기 바라겠습니다. 아울러 설명해 주셔야겠습니다. 서춘환 씨, 당신은 누구이며 무엇인가요?

2. 실직자의 새벽

2-1   서춘환은 무덥고 긴 여름밤을 뜬눈으로 지새우고 있는 중이었다. 아니 그는 이 밤을 힘들어하며 건너가고 있는 중이었다. 며칠 전 밤 두 시경 터무니없이 길고, 서럽도록 멀기만 한 한강다리를 걸었던 때의 일이 되살아났다. 그때의 그런 도강처럼 그는 이 괴롭고 어두운 밤을 헉헉거리며 종주해 나아가고 있는 것처럼 느끼고 있었다. 모기떼, 파리떼가 그를 괴롭혀 대고 있었다.

그의 잘못이 있었다. 이 조그만 방의 유일한 출입문에 그 흔하디흔한 망사 씌워 문틀을 달아 놓아야겠다 하면서 그것마저 해 놓지를 못했다. 그렇다 해서 방문을 닫아놓고 누워 있자니 도무지 더위를 참을 도리가 없었다. 모기장 같은 거야 요새 세상에 구경하기 힘들게 되었고 모기약, 모기향이라는 것마저 준비를 해 놓지 못한 불찰이 있었다. 피의 맛을 찾아 모기떼들이 연신 앵앵거렸고, 파리들은 위협적으로 붕붕거리면서 날아다니다가는 땃벌떼처럼 공격을 해 오곤 했다. 그렇잖아도 시내에서는 매일같이 최루탄에 독가스를 담은 장갑차에 전경차들이 앵앵거리는지라 그는 과연 길바닥에 나앉은 것인지 자취방에 드러누워 있는 것인지 분간 못 할 지경이 되었다. 앵앵거리는 모깃소리, 붕붕거리는 파리 소리가 비상 출동 중인 경찰차의 사이렌 울림인 것처럼 착각되었던 것이다. 그는 이날도 최루탄 냄새를 제 몸과 옷에 잔뜩 묻혀가지고 이 자취방으로 돌아왔었다. 시위 대열에 끼이자 해서가 아니라 사람들 만나러 무사분주로 돌아다녀야 하는 처지이어서 가는 곳마다 그 독가스의 관문에 부딪히게 되는 탓이었다.

"아유, 저 냄새. 도대체 학생은 집에꺼정 우리를 상대로 데모를 하려는 거유 뭐유?"

주인 여자는 이러면서 코를 감싸 쥐었다. 왜 주인집 여자는 서른한 살 노총각인 그를 학생이라고 부르는 걸까? 총각들은 무조건 학생으로 보이고 학생이라면 데모가 직업인 것으로 여기는 것인지? 옷가지를 벗어 대얏물에 담가 놓고 라면을 안주로 삼아 소주한 병을 비웠다. 술을 마시면서 인편에 보내온 편지를 반복해서 읽었으며, 취기에 걸맞지 않게 이런저런 생각에 빠져들었다.

조애실. 애실이는 따졌었지. 노가다, 건 일본말 아니에요? 우리말 놔두고 왜 왜말을 써요? 노동자라는 말 어때서……? 서춘환은 그 질문에 대답을 안 했었다는 생각을 떠올리고 있었다. 실은 그때에 마음속으로 떠오른 게 없었던 것은 아니었다. "그 뭐라더라, 억압당하고 구박에 멸시받던 식민지 백성의 고약한 심사라 하던가요? 그런 일제 잔재가 밑바닥 세계에 고여 있는 것 아니겠어요? 억압에 구박, 멸시받기는 마찬가지라 그들은 노동자이기 이전에 계속 노가다라 느끼는지도 모르지요." 그는 이런 말을 하려 했으나 과연 제 소견이 맞는 것인지 문득 의심스러워져서 대답을 않은 것이었다. 말하자면 수백, 수천 명이 근무한다는 봉제회사 여공들쯤 되면 우리는 노동자다 하는 의식도 가질 만하고 어용노조 물러가라 하며 노동운동이라는 것도 몸에 배어들겠지만, 공사판 인부들 세계는 온통 일본어로 통하는 각종 명칭에 욕설과 음담패설 섞지 않으면 대화가 되지 않는지라 어느 따위로 굴려먹는 노가다냐 소리가 입에 발리게 되지 않는가 하였다. 어쩌면 그는 순간적으로 열등감을 느낀 건지도 몰랐다. 대입 검정고시도 따 놓았다 하고 큰돈은 아니지만 시집갈 비용 조금 마련도 했고 앞머리에 나선 것은 아니지만 노조 활동에 끼이기도 하고 그런저런 집회에 따라다녀 보기도 했었다는 조애실에게는 노가다일 수는 없는, 문자 그대로 노동자라는 말이 어울리는 듯싶었다. 반면에 서춘환 자신은 그런저런 조직적인 세계에 익숙하지 않은 막노동자, 일당 따먹는 노가다로 한 단계 품격이 떨어지는 위치에 있는 게 아닌가 하는 자격지심이 생겨났었다.

술기운으로라도 잠이 올 줄 알았는데 그게 아니었다. 원흉은 모기떼, 파리떼 때문이겠으나 인편에 받아 쥔 조애실의 편지가 기실은 더 그를 괴롭히고 있었다. 막말로 이 계집애가 나한테 미련 갖고 있어서 지랄 떠네, 그러니 꼬셔 봐야지, 어떻게 꼬셔 볼까 궁리해 봐야 할, 어쩌면 신나는 일 아니냐 싶기도 하나 그게 아니었다. 그는 분명 모욕당하고 있는 중이었다. 그것도 이른바 '인간적'으로⋯⋯ 밤 한 시, 한 시 반, 두 시, 세 시 반⋯⋯ 주인집 마루에 걸려 있는 괘종시계의 뗑뗑거리는 소리를 그는 마치 한강다리 건너던 때의 쇠난간 헤아리듯 새겨서 듣고 있었다. 끝내 이 한강다리 못 건너는 게 아닌가 아득한 심정이 되기도 했었는데, 바로 그때처럼 이 밤이 영영 이렇게 계속되어 나가기만 할 것 같은 까마득하고 암담한 생각이 들었다.

2-2   그건 그래, 내가 노가다라는 왜놈 말을 푸념처럼 지껄여대고 했던 건 옳은 태도가 못 되지, 하고 그는 또 엉뚱한 상념에 빠져들었다. 조애실은 나의 그런 태도에 실망했을 것이다. 자기가 자기를 경멸하는데 어찌 남들로부터 인간 대접을 받을 수 있단 말인가. 더욱이 당면한 인생 문제가 결혼에 걸려 있다고 진지해하고 절박해하면서 상대 남을 찾고자 하는 여자의 눈에 어찌 비치었을까. 어째서 내가 이처럼 비굴해졌지? 그는 중동 노무자로 나갔을 적의 일을 회상해 보고 있었다. 공사판에서는 쓰레기가 많이 나왔다. 그 사막의 나라에도 온갖 폐기물들을 모아 놓는 난지도 같은 하치장

이 있었다.

거기에는 파키스탄이나 방글라데시 같은 나라로부터 막일하러 와서 살며 쓰레기들을 뒤지는 눈 큰 여인들이 있었다. 이따금씩 그가 차에 실어서 내다 버리는 쓰레기 중에는 고철 같은 것들이 껴묻는 경우가 있었다. 회교도의 여인네들은 그런 물건에 탐을 냈다. 차도르로 얼굴을 가리고 있어서 더 커 보이는 눈에 웃음기를 담은 여인네들 중 하나가 손짓으로 그를 부르더니 사람 눈 안 뜨이는 곳으로 데리고 갔다. 차도르를 더욱 여미면서 손으로 제 앞가슴을 가렸다. 큰 눈이 감겨져 있었다. 유방 한번 만져 보는 것이 곧 고철을 모아서 가져다주는 대가가 되었다. 백성들의 남녀 관계를 엄격하게 다루기로 유명한 그 나라에서 수륙 몇만 리 건너와 오직 일벌레로 견디는 그에게 그것은 낭만적인 뒷거래가 아닐 수 없었다. 사람의 체온을 느낄 수 있다는 것만으로 그냥 좋았을 따름이었고 자책감 따위에 시달릴 일은 아니라 생각되었다. 빵 부스러기에 이스트를 섞어 몰래 담가 마시는 술 한 모금과 함께 그러한 일은 '아, 내가 사람이지?' 하는 걸 느끼게 하는 드문 경우였을 것이다. 숨이 컥컥 막히는 열사의 땅, 더욱이 집단 포로수용소라 한들 이 지경일까 싶게 절망적인 사역에 못 견뎌 하는 노무자 세계. 여행 중에 들른 회사 간부들을 멱살잡이하는 따위 일들이 드물지 않게 일어나곤 하는 그런 생활 중에……

그건 그렇고 그 방글라데시 여인의 젖가슴이 조애실의 일과 도대체 무슨 관계가 있다고 떠오른 것일까. 석유왕국 그 부자 나라도 여러 가지 사회 모순을 갖고 있었지만, 그 대표적인 것은 신분 낮게 태어난 사내들한테는 결혼이란 엄두도 못 낼 일인 것처럼 되어 있다는 점이었다. 회교도들인지라 일부다처제가 허용되지만 그건 위 바닥 풍습이고, 아랫바닥 수컷들은 엄청난 결혼 조건에 신분적인 제약에 걸려서 평생 홀아비로 늙어 가는 것이었으며, 더욱이 남녀유별의 까다로움이라니…… 서춘환은 말이 좋아 노무자이지 실은 부역돼 온 노예 같은 대접 속에서 은연중 나 같은 자, 장가 한번 못 가 보고 죽을 게다 하는 체념 같은 걸 배웠던 것은 아니었던가 되생각해 보고 있었다. 현지 건설회사 간부들은 노무자와 달라서 이런저런 빌미를 만들어 출장을 구라파 쪽으로 다니며 온갖 자유해방을 구가하고, 중간 관리자들은 필리핀이니 태국이니 하는 데의 섹스 여행담을 떠벌리곤 했는데, 과연 그는 어떠했었던가.

한 사람의 여아로서 나는 한 사람의 남아인 당신으로부터 모욕을 받았던 것이 아닙니까. 해명해 주기 바라겠습니다. 아울러 설명해 주셔야 하겠습니다. 서춘환 씨, 당신은 누구이며 무엇인가요? 서춘환은 인편에 보내온 조애실의 편지 말미에 써 놓은 이런 문장을 다시 되뇌어 보고 있었다. 하도 여러 번 읽어서 그 문장들은 새무룩한 애실이의 목소리로 되어 머릿속에 녹음되어 있었다. 서춘환은 이런 비난을 남으로부터 받아 본 적이 없었다고 메마른 분노를 되씹었다. 하지만 그 분노는 어찌 된 일인지 조애실에게 가 닿는 게 아니라 그 자신을 겨냥하고 있었다. 조애실은 제 유방을 만져 주기라도 바랐던 것이었을까. 그럴 리는 없었다. 조애실은 그런 여자는 아니었다. 그따위 공상이야말로 제 못난 줄을 모르고 남을 비방하여 나쁜 사람이라 몰아붙이는 야비한 짓일 것이다. 하지만 남녀의 만남에는 이성의 결합을 은밀하게 공상해 보면서 속으로 혼자 낯을 붉히어 되씹어 보는 간지러운 느낌 같은 게 있게 마련이며, 있어서 당연한 게 아니던가? 인간이면 누구나 갖게 마련인 이런 자연스러운 가려움증조차 느낄 줄 모르는 뻣뻣한 장작개비 같은 인간, 뻘정하게 서 있는 장승같은 사내라고 조애실은 혹시 그를 몰아붙이는 말은 아닐까. 서춘환 씨, 당신은 누구이며 무엇입니까? 내가 누구냐고? 노가다라고 입에 발린 소리 내뱉지만 나 또한 인간이다. 사명감 갖고 이 땅에 태어나고 신성한 의무 완수하여 신성한 권리 누릴 자격 있는 평균적인 대한 남아이다. 11년 전 졸업 때 그랬고 7년 전 군대 제대했을 때 그랬을 뿐 아니라 지금에 이르러 더더욱 그렇다.

몸살을 앓듯 괴로워해야 할 일이 그에게 남아 있었다. 대단히 어려운 숙제를 끙끙대며 풀어야 할 일이 그에게 남아 있었다. 이 땅에 태어난 사명감, 신성한 의무, 노가다, 노동삼권 보장, 인간다운 대접…… 그는 이른바 불온책자에 써져 있는 융통성 없는 소리들을 딱딱하게 접하고 있는 것처럼 이런 단어들을 되뇌고 있었다. 나는 누구이며, 무엇인가?

2–3 김포공항에 그는 삼열 횡대로 늘어선 스무 명가량의 인간들 중에 하나로 끼여 있었다. 콧대 높은 외국인들, 제복의 남자와 여자들은 모두 안하무인인 듯 보였고, 아울러 환영, 환송 나온 사람들도 이 세상 꺼릴 것 하나도 없다는 듯 쩌렁쩌렁 울리는 메아리를 만들며 공항 청사를 들개들처럼 쏘다니고 있었다. 저 사람들 눈에 그 자신의 꼬라지가 어찌 비칠 것인지 정말이지 따분하였다. 더구나 한눈에 해외 파견 노무자들임을 알아볼 수 있는 이 떼거리들은 눈들이 올랑해져 있었다. 왜정시대의 징용이니 정신대니 그것이 별것이었을까. 바로 이런 몰골로 관부 연락선 타기 위해 몸을 옹송그린 채 부두에 대기하고 있었을 것이며, 신의주 건너 만주 시베리아로 가는 열차 타려고 대합실에 쭈그려 앉아 있었을 것이었다.

공항 청사에 들어서서 비행기에 오르기까지 계속되는 각종 수속

통관절차는 모든 면에서 그를 서툴기 짝이 없는 인간인 것처럼 느끼게 했다. 인솔자를 비롯한 모든 사람들에게 겁을 집어먹게 했다. 그것은 드디어 비행기가 하늘로 날아오른 뒤에도 마찬가지였다. 기차에도 특급에 완행이 있듯, 그가 탄 비행기는 쓸데없이 여러 나라들을 거쳐 가면서 사람들을 짐짝처럼 실어 냈다 부렸다가 하는, 일테면 삼등 완행 같은 노선이었다. 그는 낯선 나라들, 피부 색깔과 말이 다르고 공항 관리들의 친절 불친절에 차이가 나고, 또 뇌물 강요와 소지품 검사의 까다롭기 따위가 각양각색으로 다른 지구촌의 여러 공항들을 견문하였다. 그것은 곤혹과 곤욕을 함께 느끼게 하는 지루한 여행이었다. 하지만 그러는 가운데 그는 무엇인가를 눈치채게 되었다. 어디에를 가든, 무슨 수속 절차를 밟고 있는 사람들이 자기 패거리를 어떠한 눈으로 바라보고 있으며, 어찌 대접하는지 공통점을 찾아낼 수 있었다. 일행 중에는 세 번째 해외 나들이이자 마지막 취업으로 비행기 타는 거라고 똑같은 소리를 되풀이하는 고참의 늙은 노동자가 있었다.

"이 사람아, 왜 그렇게 비칠거려? 모든 건 요령이야."

그가 말했다.

"못난 위인이 제 모가치를 찾아 먹기 위해선 어찌 굴어야 하는지 아나? 썩히어야 해. 그것도 푹 썩히어야 하는 거란 말이지."

그는 높은 사람 잘난 사람만 외국 공항 출입하는 거 아니라고 주장했다.

"가령 이린 게라. 똥 냄새 몹시 풍기는 위인이 있다고 해 보잔 말이야. 주위 사람들 코를 싸매 줄 게 아닌가. 이런 자 비행기 타고 해외 노무자로 들락거린다 해 보자구. 공항 관리들, 여행자, 여행 관계 종사자들 역시 코를 싸매 줄 거 아닌가. 수속이고 통관이고 대강

대강 해 주어 얼른 쫓아 보내려 할 거 아닌가. 냄새 피하고 볼 일이니 말이야. 바로 이런 거라네. 신사 못 되고 냄새 풍기는 인종이라는 걸 미안해할 것 없지. 무지막지한 노무자라는 거 감추려 할 게 아니라 도리어 나타내 놓고 막 구는 거라네."

그런 사실 그대로였다. 부친위독급래 소식에 그는 귀국 비행기에 올랐다. 그 고참 늙은 노동자도 조국의 가족들한테 무슨 일 생겼고, 또 병원 신세 질 일 있어 그와 동행이 되었다. 올 때와는 달리 돌아갈 때에는 두 사람뿐이어서 외롭기도 하고 켕기기도 했다. 그러나 겁내 할 것은 없었다. 천연덕스럽기 한없는 고참 노동자가 척척 알아서 해내었다. 곱사등이처럼 몸을 뒤틀고 바보처럼 헤헤거렸다. 그러니 만사 오케이였다. 늙은 노동자는 도처에서 무사통과였다. 뿐 아니라 그는 이른바 보따리 무역이라는 것에도 이골이 난 듯했다. 홍콩 마닐라 따위의 암시장도 환히 꿰뚫고 있었다. 서울 돌아가 조금이라도 이문을 남기어 팔아 버릴 온갖 물건들을 샀다.

전자제품, 액정 시계, 의약품, 어린애 장난감, 옷가지들…… 그는 별로 짐 검사에 겁을 내지 않았다. 손짓 발짓에 온갖 죽는 시늉을 부려 여러 나라 관리들의 눈살을 찌푸리게 하고 어이없이 웃게 만드는 일을 계속 만났다. 하지만 일단 그 과정을 통과하면 그는 더욱 여유롭고 유들유들해졌다. 까다롭기로 이름난 김포 세관에서도 그는 끄떡없었다. 헤어지려 할 때 늙은 노동자가 말했다.

"푹 썩히어 내려면 시간깨나 걸리겠구먼. 자네는 사장 될 사람이 잘못돼 노무자 돼 버린 깃 같은 표정 짓고 있어."

이어서 그 늙은 노동자의 입에서 예상도 못 할 용어가 튀어나왔다.

"이 세상에서 제일 편한 게 만국 노동자의 팔자라네. 자네는 자격 미달이네."

만국 노동자? 오금이 저리는 책자에 나오는 선동의 말 아니던가. 각종 반공교육 통해 들어왔던 소리 중에서 만국 노동자여 단결하라 따위 수작에 넘어가선 안 된다는 얘기가 항상 들어 있었다.

"만국 노동자에게는 그거 어디에를 가든 그 세상이 내 세상이라네."

늙은 노동자는 이 말을 남기고 빠이빠이 하며 손을 흔들었었다.

일 년쯤 뒤에 우연히 그 고참 노동자를 그는 서울 거리에서 만났다. 그는 여전히 쾌활하였다. 자네 사우디에서 번 돈 헛되이 날려 버렸지? 대뜸 그런 질문부터 했는데 춘환이 얼굴을 붉히며 사기 비슷이 떼어 먹혔다고 말하자, 아암 그럴 테지 하였다. 나도 마찬가지야. 당연히 그럴밖에 없지. 상일꾼에게 돈이란 염불 같은 거니까. 허드렛일복(福)만으로 충분한 게 상일꾼이여.

"상일꾼이라……"

서춘환은 과연 자신이 그런 상일꾼 될 자질이나마 있는지 생각하며 중얼거렸었다. 고참 노동자 입에서 뱉어져 나온 '상일꾼'이란 것이 그에게 택도 닿지 않는 위치에 서 있는 그런 사람일 것 같았다.

조애실 씨, 그 늙은 노동자가 마지막으로 나에게 해 준 충고가 무엇인지 아세요? 제가 잘난 위인인데 무언가 잘못되어 아래로 굴러떨어졌다는 생각 같은 거 해 보지 않은 사람이 상일꾼이래요. 동시에 내가 잘해 보기만 하면 위로 튀어 오를 수도 있다는 마음 먹지 않는 사람이랍니다. 물론 나는 그 영감태기의 그런 말 이해할 수 없었을 뿐 아니라 이해하지도 않은 것입니다. 아무튼 나는 상일꾼도 노동자도 아니고 무언가 잘못되어 일시 노가다 신세에 주저앉아 있는, 그러나 앞으로 약간만 풀리면 잘되게 되어 있는 그런 인간이라고 믿고 있는 겁니다. 내가 누구인지, 무엇인지 약간 알게 되

었나요? "그래서요? 그래서 어찌 되었다는 거예요?" 하고 조애실
이 재촉하듯 묻는 소리가 들려오는 듯했다. "그래서……." 뗑뗑뗑뗑,
주인집 마루에 걸린 괘종시계가 네 번을 쳤다. 내년의 올림픽 빌미
로 갑자기 실시한 서머타임 제도로 세 시이어야 했을 시각이 네 시
로 되었으므로 아직 한밤중인 셈이지만, 이미 새벽 기운이 다가오
고 있다는 것을 느낄 수 있었다. 그래서 그런지 모기떼, 파리떼의 극
성 또한 한풀 꺾인 듯하였다. 아득하게 길고, 서럽도록 멀기만 한 한
강다리를 그는 이제 웬만큼 건넌 모양이었다. 그때 조애실과 헤어
지고 저 혼자 터덜터덜 걸어가고 있을 적의 까마득하던 밤의 느낌
도 한강다리를 절반 넘어 건너게 되면서 약간 덜어 낼 수 있었다. 도
대체 당신은 무엇인가요? 택시 동승해 가자고 하는 여자의 말 뿌리
치고 기껏 걸어서 야행(夜行)하는 당신은? 그는 조애실로부터 이런
질문을 받고 있는 것처럼 생각하고 있었으며, 과연 나는 무엇일까
비참해하며 한강다리를 건너가고 있었던 것이었다. 그는 잠깐 서서
땀을 훔치며 강물을 내려다보았었다. 옛날에는 이 부근에서 풍덩
강물로 뛰어드는 자살자가 많았다지. 그는 마치 자살을 하고 싶어
진 것처럼 그렇게 속으로 중얼거렸었다. 그는 담배를 태워 물고 이
번에는 하늘을 올려다보았다. 쇠 난간 위로 뛰어올라가 무슨 요구
조건을 내세워 엉뚱한 농성을 벌이곤 하는 사람들에 관한 기사를
간간이 신문에서 보았던 기억이 났다. 긴급 출동한 경찰과 대치하
다가 붙잡혀 가는 것으로 끝나는 그런 소동도 이런 한밤중에는 구
경꾼이 없으니 벌일 수 없겠구나 하고 공연히 아쉬운 마음을 먹었
었다.

　그날 조애실과 헤어지고 난 뒤 그는 밤새도록 걸어서 새벽 다섯
시경에야 이 집 앞에 도착했었다. 하지만 대문 열어 달라고 할 엄두

가 나지 않아서 그냥 길바닥에 쪼그려 앉아 날 새기를 기다리다가 깜박 잠이 들었었다.

2-4 서춘환은 다시 기승을 부리기 시작한 모기떼, 파리떼의 소리를 듣고 있었다. 그것은 이어서 요란한 사이렌 소리, 호각 소리에 쫓기고 있는 듯한 그런 답답한 느낌과 겹치어졌다. 그러다가 그는 어슴푸레 정신이 들었다. 깜박 잠이 들었던 것일까. 날이 밝아 있었다. 더위는 가셔 있었고 그는 눅눅한 곰팡내 풍기는 습기를 맡았다. 방 바깥으로부터 갓난애 울음소리, 이어서 또 다른 어린애 울음소리가 들려왔다. 그리고 보니 그가 무엇을 착각, 혼동하고 있었는지 깨달을 수 있었다. 아, 지긋지긋한 새벽이 다시 돌아왔구나. 네 가구가 껴묻어 사는 이 불량주택의 새 아침은 얼마 전부터 두 어린애의 울음소리로부터 시작되곤 했다. 생후 7개월짜리 갓난쟁이와 두 돌 반을 넘긴 계집애는 이날도 온 동네가 떠나가라 울어 대는 것으로 새날이 왔음을 알려 주고 있었다. 그는 뜨거운 머리를 떠받치듯이 하여 상체를 반만치 벽으로 밀어 올렸다. 담배를 태워 무는데, 조애실의 얼굴이 떠올랐다. 어린 시절에 관한 이야기를 그들은 했었고, 그리고 불우아동을 화제로 삼았었다. 그들 또한 불우아동의 시절을 간직하고 있었지만.

강물은 서로 만나며 또는 헤어지며 무슨 이야기를 나누고 있기에 그 물 흐르는 소리를 내는 것일까요? 너는 강원도 산골짜기를 거쳐 왔니? 나는 남산 밑에서 곧장 시궁창 물의 신세가 되었지 무어니? 이런 이야기를 나누는 것일까요? 서춘환은 인편에 보내온 조애실의 편지에 씌어 있는 이런 구절을 상기했다.

하지만 사람들은 나이 차서 어른이 되었어도 시냇물의 신세에서 벗어나지 못한 채 대하(大河)를 그리워만 하다가 마는 것인가요? 그 여자애는 서춘환의 가슴을 묘하게 건드리는 이런 문학적 표현을 썼었다. 나이 서른한 살이라면 분명 시냇물은 아니고 장강대하에 들어선 것 아닌가? 그 여자애는 그런데 '나이 차서 어른이 되었어도 시냇물의 신세에서 벗어나지 못한 채' (바로 그다음 문구가 그의 비위를 뒤집어 놓았던 것인데) '대하를 그리워만 하다가 마는' 그런 인생에 놓인 것이 너 아니냐. 더구나 이 계집애는 독심술이라도 지녔는지 '이 무슨 되다 만 문학소녀 같은 넋두리……' 하는 푸념의 말을 집어넣음으로써 슬쩍 자기는 비켜서 버리고 서춘환에 대해서만 철딱서니 없는 어른이라 몰아붙이는 셈이었다.

조애실이 심술만 늘어난다는 노처녀의 마음보로 비아냥거린 것만은 아닐 것이었다. 성장과정의 제 고민을 다스리지 못한 채 삭막한 어른의 세계로 들어와 버렸다고 느끼는 것은 그녀 자신도 마찬가지이었을 것이었다.

어린 시절 울고 또 울어도 "그만 울어라 애야" 하고 말려 줄 어른조차 없는 거, 그런 체험 가져 봤어요? 제풀에 지쳐 울음을 그치기는 하였어도 울음의 뒤끝은 남아 있는 거 말예요. 그래 꺽꺽거리고 쿨진거리고 있을 적의 그 울렁거리던 가슴 같은 거 있잖아요? 서춘환은 이런 소리를 지껄이다가 혼자 중얼거리듯 말했었다.

"그런 울음의 뒤끝이 아마 어른으로 된다는 것의 느낌인가 봐요."

"서춘환 씨에게는 울음을 달래 줄 누군가가 필요하겠네요."

조애실이 아는 체를 냈었다. 그들은 두 번의 만남 중에 '어른이 되었어도…… 대하를 그리워만 하다가 마는' 그런 이야기를 분명 나누었을 것이었다. 하지만 그래서 그게 어찌 되었다는 것일까. 경기라도 걸린 듯 째지게 울어 대는 두 어린것들 때문에 서춘환은 저 자신도 가슴이 쓰라려 오는 것을 느끼고 있었다. 조애실은 그의 아픈 상처를 덧나게 해 놓은 셈이었다.

2–5　서춘환은 그 여자를 처음 만났을 적부터 이상한 예감을 느끼기는 했었다. 분명 처음 보는 얼굴인데 낯설지가 않았다. 그저 평범한 여름옷에 화장기 없는 얼굴, 더구나 향수 냄새 풍기지도 않는 그런 대수롭지 않은 차림이었다. 이렇다 할 특징이 드러나지 않았기 때문이었을까? 그래서는 아니었다. 사람의 얼굴은 그의 인생 이력서라 하던가? 그 얼굴 표정이 익숙하게 다가왔다는 것은, 이 여자의 살아온 전반부 인생이 그 자신과 어슷비슷한 일들을 가지게 했다는 것을 뜻하는 게 아닐까 싶었다. 이렇게 따진다면 맞선을 보는 자리에서 만난 여자의 얼굴이 낯설지 않아 보인다는 게 좋은 느낌인 것은 아니었다. 너도 별수 없는 여자이겠구나 하는 깔보임의 대상이 되게 하고, 내가 별수 없는 인간이라는 거 부끄러워할 것만도 아니겠지, 하는 묘한 자기 위안도 삼아 보게 하는지 몰랐다.

아마 그런 이유가 분명히 있었을 것이다. 서춘환은 처음부터 자기가 맥살을 내고 있는 처지임을 숨길 생각을 하지 않았다. '어떤' 남자 아니라 '그냥' 남자한테 시집가기 위한 운동 벌이는 중이라고 조애실이 말했을 때, 물론 그는 건조하게 웃기는 했었다. '어떤' 남자인지 조건 따질 것 없고 '그냥' 남자면 맞선 대상 된다는 소리 아닌가? 그런데 그는 '그냥 남자'이기는 하니까 조애실 시집가기 운동에 예선 통과는 해낸 셈이었을 것이다. 하지만 마음이 풀린 것은 아니었다.

"나는 '그냥' 남자 축에도 못 끼일걸요."

그가 불쑥 그렇게 말했었다.

최충섭이 두 사람을 면대시켜 놓고 사라진 지 30분쯤 되었을까 할, 첫 번 만남 무렵이었다.

"어째서 그런 생각을⋯⋯?"

조애실은 사지가 멀쩡한 남자가 별소리 다 한다는 투로 반문했었다.

"인간 서춘환도 건사하지를 못하는데, 하물며 남자 서춘환을 어떻게 내가⋯⋯."

당연히 웃어 줄 줄 알았는데 조애실은 그러지 않았다.

"왜 건사 못 한다고 생각하시나요?"

"지금 형편이 옹색해서 그렇기도 하지만, 내 출신 성분이 복잡해서⋯⋯."

"출신 성분이 복잡하다구요?"

그녀의 언성이 높아졌었다.

"그런 것이 단순한 사람도 있던가요? 이 반동가리 나라의 삼남 땅 출신 쳐 놓고?"

그때에 서춘환에게 문득 떠오르는 생각이 있었다.

"예를 하나 들어볼까요? 출신 성분이 얼마나 복잡해질 수도 있는 것인지."

그는 마른침을 삼켰다.

"지금 내가 세 들어 있는 집 말예요. 네 세대가 끼여 있지요. 그런데 이 불량주택의 새벽이 어떻게 시작되는지 짐작됩니까?"

"변소 쟁탈전이 벌어지겠네요. 서춘환 씨는 참고 견디느라 방 안을 뱅글뱅글 맴돌 거구."

"그렇기도 하지요. 하지만 이 집의 새벽은 두 울음소리로부터 출발한답니다."

"두 울음?"

"생후 7개월쯤 된 사내애와 두 돌 반을 넘긴 계집애가 서로 경쟁하 듯 앙앙거리고 액액거리는데요, 정말이지 피를 말리는 것 같애요."

"주인집 부부 자식 욕심 많으나 보네요."

시들한 어조로 그녀가 말했었다.

"주인아주머니는 벌써 오십 넘은 나이인걸요. 애 엄마로 두 울음 덩어리 키우는 게 아니에요. 한 아이한테는 할머니가 되고, 다른 한 아이에게는 대리모가 되는 겁니다."

"대리모? 그게 뭔데요?"

조애실은 약간 궁금해하는 표정이 되었다.

"정상적인 가정은 드물고 거개가 이산가족으로 살아가고 있는 세월이지만 이 집 또한 그래요. 성장한 자식들 뿔뿔이 흩어져 도망 가 버리고. 그뿐인가요, 어린것까지 할머니한테 떠맡겨 놓은 채 딴 짓들 하는 거지요. 또 다른 한 아이, 생후 7개월쯤 되는 핏덩이는 그 와는 사정이 또 다르죠. 어폐가 있는 말을 그대로 쓰자면, 일종의 가정부업인 셈이랄까⋯⋯ 순전히 돈 때문에⋯⋯."

"가정부업? 돈?"

무슨 얼토당토않은 말이냐는 듯 조애실의 언성이 다시 높아졌다.

모자원, 또는 아동복지회. 이른바 사회사업을 하는 그런 단체에 서 대리모를 모집한다는 것을 서춘환은 처음으로 알게 되었다.

"대리모를 알자면 먼저 미혼모의 이야기부터 해야 합니다."

미혼모의 세계. 원치 않은 임신, 축복받지 못할 잉태. 이른바 배꼽 수술로 지울 수도 없거나 다른 딱한 형편에 놓인 젊은 여성. 미리 각 서를 받는다 하였다. 출산 때까지 먹여 주고 재워 주며 건강관리를 해 준다. 뿐 아니라 앞으로 '새사람'이 될 수 있도록 신앙심을 키워

주고, 또 본인이 원하는 바에 따라 자립이 가능하도록 간단한 부업 기술 같은 것들을 습득시켜 준다. 다만 산월이 되어 출산했을 때 그 신생아에 대한 모든 권리를 포기한다는 전제가 따르는 일이었다.

　세상의 빛을 본 새 생명. 하지만 이 신생아는 탄생하자마자 고아가 되어야 한다. 영원히 부모의 곁을 떠나 복지회에서 마련한 육아원으로 옮겨져 보모들 손에서 자라난다. 그리하여 해외여행이 가능한 상태가 된다고 판단되는 때에, 입양아로 비행기를 타고 출국하여 외국의 양부모 품에 안기게 되는 것이다. 물론 국내 입양도 있기는 하지만…….

　"그런데 미혼모의 아이들이 모두 육아원에서 자라나는 것만은 아니래요. 시설은 모자라고 신생아는 많고…… 그래가지고 일부 핏덩이들은 일반 가정집에 위탁시켜서 키우는 겁니다. 바로 대리모들입니다. 물론 여러 조건들을 따지어 어린것 구박받지 않도록 유념한다는 거지만, 글쎄……."

　대리모에게는 육아에 필요한 여러 것들, 그러니까 우유라든가 기저귀, 옷가지 따위를 고급품으로 대 주며, 또 양육비로 월 8만 원가량 지급되는 돈이 있었다. 서춘환은 집주인을 통해 이런 사정을 짐작할 수 있었다. 주인집 아주머니가 대리모로 지정받은 게 아니라, 시집간 딸이 용케 그러한 '가정부업'을 맡아가지고 왔다. 그렇지만 자기는 쏙 빠지고, 더욱이 제 딸마저 할머니한테 떠넘기어 어처구니없는『장화홍련전』을 재현해 내고 있는 중이었다.

　"어쩐지 아세요?"

　서춘환은 비감 어린 목소리로 말했다.

　"보통 아이와는 달리 미혼모에다 대리모까지 두 어머니를 가진 갓난애 말예요. 게다가 대리 할머니 손에서 자라는 그 아이는 보호

자가 많은 만큼 행복해야 할 텐데, 과연 그럴 것 같습니까? 저주받는 새 생명. 당연히 그 핏덩이가 누려야 할 우유, 기저귀 따윈 엉뚱한 언니한테 빼앗겨 버리고, 애정? 그런 건 눈곱만치도 바랄 처지 못 되는 채로, 증오와 저주 그리고 폭력으로 사육당하는 겁니다. 생후 7개월짜리는 본능적으로 자기가 구박덩이임을 아는 거지요. 하지만 이 7개월짜리가 무얼 어떻게 하겠어요? 고슴도치처럼 웅크려 절망에 떠는 모습. 상상이 갑니까? 유일의 자기 보호 수단이자 방어는 울어 대는 것뿐이지요. 이런 고약한 세상 어서 무너져라, 왜 태어났던고…… 사람의 품 안을 바늘 끝처럼 파고들어 찌르는 것처럼 울어 댈 뿐……."

2-6 늘상 서러운 새벽, 학대받는 인간들…….

"저 물건 되돌려 보내란 말이야. 집구석이 이래가지고서야……."

어린것 울음소리 대신에 어른들의 욕설과 싸우는 소리가 등장되어야 할 차례가 되었다. 주인집 여자가 웅절거렸다.

"한번 안아 주기를 했소? 업어 주기를 했소? 당신은 그런 말을 할 자격조차 없는 사람이에요."

"이놈의 여편네, 아예 나를 내쫓을 모양이로군그래? 그런 맘보가지고 일부러 저 물건 끌어들여 나 못 견디도록 하는 것 아니야?"

주인 남자의 말에 응대라도 하듯 잦아들던 핏덩이의 앵앵거리는 소리가 다시 높아지기 시작했다. 이어서 두 돌 지난 이 집의 손녀딸이 그 울음에 합세했다.

"학교 다녀오겠습니다아."

옥실이네 방에서는 그 집 맏딸 옥님이가 부러 큰 소리를 내며 말하고 있었다. 집에서는 공부가 되지 않는다 하여 다만 잠자리 거처로만 삼는 옥님이가 대문 나서는 것으로 미루어 지금 시각은 여섯 시 십 분경일 것이다. 마당 수도간에는 또 다른 셋방의 미스 강이 개숫물을 붓고 있었다. 여고 동창이라는 세 처녀가 자취를 하는데, 그중 미스 강은 늘 유행가를 흥얼거리는 습관이 있어서 항상 제 있는 곳을 알게 했다. 주인집 여자가 핏덩이에게 약을 먹이려는 모양이었다. 어린 생명이 그것을 먹지 않으려고 안간힘을 다해 울어 대는 중임을 벽 사이로 환히 알 수 있었다. 주인 남자가 출근을 서두르고 있음이 분명했다. 그는 서울 근교 철도 역무원으로 다니다가 그만둔 뒤 줄곧 놀고 있었는데, 요즈음에서야 새벽부터 바쁜 티를 부려도 될, 그런 직장을 얻었다. 서울 교외의, 어느 전직 공무원이 장만한 1만 평쯤 되는 농원에서 이름만은 고상한 정원사로 다니고 있었다. 주인 여자가 남편에게 용서를 빌고 있었다. 일 나가야 할 사람 신경을 거슬리게 했으니 의당 그래야 할 일이었다.

"아주머니, 어린것 저한테 주세요. 들쳐 업고 가게 갔다 올 테니까요."

컴프레서 기능공 오 씨의 아내가 방 바깥에서 말하고 있었다. 삼십 대 초반인 그들 부부에게는 아직 자식이 없었다.

이 집에 거주하고 있는 사람들 중 소릿기 없이 가만히 있는 것은 서춘환과 오 씨밖에는 없는 셈이었다. 오 씨는 아직 단잠 중에 있을 것이니, 서춘환 혼자서 등신 노릇을 하고 있는 것임에 틀림없었다. 그는 변의를 참으며 여전히 바깥 동정에만 신경을 쓰고 있었다. 난리법석이 한바탕 지나가고 나야 그가 마당으로 나서 볼 수가 있는 일이었다. 그는 이 집에서 항상 조금쯤은 위축된 상태로 지내고 있었고, 다른 사람들의 눈에 뜨이는 것을 싫어했다. 더욱이 방값이 두 달에서 석 달 사이로 밀려 가고 있는 중이니 주인집 여자와 눈 마주

칠까 겁을 내는 중이기도 하였다.

새벽부터 바삐 설쳐 대는 생활이 참 좋은 것이련만…….

서춘환은 요 근래 아침 시간을 넘겨 보내는 게 참 고역이었다. 서둘러 출근해야 할 데가 없었다. 그렇다 하여 누구들처럼 아침 운동한다고 트레이닝복으로 설쳐 보아야 할 까닭도 생기지 않았다. 차라리 늦잠 자는 체질이라도 되었으면 좋겠는데, 농촌 출신 무지렁이한테는 그런 습관마저도 사장님이나 나리들에게나 있지 싶은 것이었다. 쇠여물 쑤고 나무 해오고 하는 따위의 식전 일거리라도 있다면 얼마나 좋을까.

그는 오늘 하루를 어떻게 보내어야 할지 그 생각을 해 보고 있었다. 당장 일터를 잃어버린 형편이니 용돈벌이가 될 무엇이라도 바삐 찾아나서 봐야 마땅했다. 이치상으로 따지자면 정상적인 사회인보다 더 갈급스레 바지런을 떨어야 했다. 그런데 실제로는 그 반대였다. 일터를 놓친 자는 '바쁘다, 바빠' 소리 지를 수 있는 자격마저도 박탈당한 상태에 놓이게 되는 것이었다. 꼭두새벽부터 부어터진 얼굴로 남의 사무실을 들락거릴 수는 없는 일이며, 이쪽 사정이 갈급스럽다고 조바심친다 해서 일거리가 때맞추어 찾아지는 것도 아니었다. 시간이 없어 쩔쩔매는 자들은 시간이 남아돌아 진땀이 나도록 빈둥거리는 자들의 그런 시간마저도 빼앗아 독차지하고 있는 것 아닌가. 그 시간을 쪼개어 나누어 가져도 좋으련만…… 그러니까 말하자면 그는 일터를 구해야 하는 것만이 아니라 이 도시로부터 제 모가치의 시간을 획득해 내야 한다는 절박함에 사로잡혀 있는 것이었다.

그는 결심을 하고 변소에를 다녀왔다. 컴프레서 기능공 오 씨 부인이 두 울음덩어리를 모두 거느리고 가게에 갔는지라 이 집의 새벽은 평온을 회복했다. 다행히 좁은 마당에서 아무도 만나지 않았다. 밀린 방값 물어낸 다음 다른 집을 구해 옮겨야 할 텐데, 하는 따위의 생각을 그는 잠깐 해 보았다. 아직 가정을 가질 처지는 못 되지만 셋방이나마 안온하게 지낼 권리는 있을 것이었다. 방 안으로 다시 들어서면서 그는 조애실의 생각을 또 해 보고 있었다.

"이 사회에 미혼모는 어째서 생기는 것일까? 나쁜 사내들 때문이라고 생각하고 넘겨 버리면 그걸로 끝나는 이야기일까요?"

서춘환의 대리모 이야기를 들은 조애실은 한숨을 쉬면서 미혼모 문제를 들추어냈었다. 그녀는 조금 사이를 두고 그를 바라보며 물었다.

"왜 이야기 안 해 주세요? 서춘환 씨는 어째서 미혼모와 대리모 사이에서 불우해지는 그 핏덩이 이야기를 꺼냈던 것인지……."

그는 가슴이 답답해 오는 것을 느끼고 있었다. 그는 부친과 모친의 생각에 잠깐 빠져 들어갔다. 부친은 자유당 시절에서 박정희 시대 초기까지 민주당 구파 계열의 골수 야당인 당인(黨人) 생활을 했었다. 부친은 본의든 아니든 두 부인을 거느렸고, 평생 이렇다 할 직업을 가진 바 없이 당대에 가산을 탕진했다. 그리고 불우한 만년을 보내었으며 자식들로부터 원망을 사게 되었다. 알량스런 야당 국회의원 뒷바라지나 하며 고향에서 당인 생활을 한 것은 부친이 그런 것으로나마 명분을 세우자는 것이었지 무슨 경륜 같은 게 있어서는 아니었다. 가문이 멸망해 가는 것을 자신의 몸으로 때우는 그런 인생을 부친은 가졌었다. 벌써 8·15 때 거덜이 났었다. 부친에게는 일제시대의 학창 시절에 단짝 친구가 있었다. 그 친구는 8·15 이후의 혼란기에 좌익이 되었고 비참하게 죽었다. 그 친구의 부인은 유복자를 데리고 참으로 어렵사리 살았다. 친구와의 우정을 생각하여 도움을 주고자 하였던 것이 결국 작은 부인으로 되게 하기에 이르렀다. 서춘환에게는 이부형이 있었는데, 그는 일찍이 죽은 자기 아버지 쪽의 친척 찾아 가출을 결행했고, 그리고 고학으로 대학을 마치어 외국에 철학 전공 택해 유학 중에 있었다. 국민학교를 졸업할 무렵 그는 집안 분위기며 자신의 출생이 어찌 되는지 벌써 고민에 잠겨 들어갔었다. 그는 부친에게 증오를 품었고 모친에게는 경멸을 느꼈었다. 물론 자기 자신에 대해서는 비참한 열등의식을 가지고 있었다. 나는 결혼 같은 것은 안 한다. 어떤 일이 있어도 자식은 만들지 않는다. 잘난 사람은 되지 않는다. 남 앞에 나서서 설친다는 게 결과적으로 주위 사람들 해코지나 하게 만드는 그런 자는 안 되고 밑바닥 인간으로 살 거다…….

"그 이야기는 나중에라도 할 기회가 있겠지요. 아무튼 나는 지금 결혼 문제 생각해 볼 처지가 못 된다는 것만 말해야겠군요. 당장 형편이 옹색하고 복잡한 출신 성분이라는 걸 내 마음속에서 정리하지도 못하고 있으니……."

조애실은 한숨을 푹 쉬었다. 그러나 더 이상 그 문제를 채근하지 않고 먼눈을 지었다.

"그 핏덩이, 미혼모를 앗김당하고 대리모의 거친 손에서 사육되다가 해외 입양아로 비행기 타게 될 애들 말이오. 비행기 여비 벌충하느라 그런 핏덩이 운반해 주는 여행객한테 또 얼마나 구박을 받는다던가요? 나도 들은 이야기 있어요. 해외 입양되어 미국인도 되고 스웨덴 사람도 되어 과연 행복해지게 될까요? 증오의 땅에서 뿌려진 씨앗들이 말예요. 그 애들은 21세기를 어떤 역사로 만들어 가는 걸까요?"

"21세기?"

"그러니까 우리는 어떤 죄악의 씨앗을 미래에 뿌리며 오늘을 살아가는 건가요? 비참한 현실에, 독재 사회이어서 어쩔 수 없다 하는 말이 통용될까요? 나나 서춘환 씨는 그런 일 벌이는 인간과는 전혀 다른 종자일까요?"

"흔히들 그런 말 하데요. 우리는 인간을 증오해서는 안 된다. 내게 이부형이 있는데 서독에서 철학 공부를 하고 있지요. 편지를 주고받는데, 나한테 어려운 소리 많이 써 보내요. 우리 역사가 기본적으로 잘못되어 있다는 거, 이게 문제다 하지요. 노동자로 사는 네가 제대로 사는 거다, 소리도 하구요. 잘못되어 있는 역사의 희생자로 되는 게 아니고, 이겨 내어 제대로 고치려고 낑낑대 보는 것, 그게 우리 인생 몫이다. 그런 따위 거창한 이야기 꺼내면서 말예요. 꼭 나를 약 오르게 하는 소리 같아서 기분은 안 좋지만, 꽁생원의 말 어련할까 모른 체해 버리는 거지요. 나 그런 거 하나도 모르우. 고달파 죽겠어, 형. 나는 내가 해야 할 일을 못 찾아내고 있어. 우리 부모 날 무엇에 써먹으라고 만들어 준 걸까. 하지만 살다 보면 어차피 나도 깨우쳐 알게 되는 건 있겠지 하는 생각은 해요. 형이 철학 공부하듯, 아마 나는 내 나름대로 공부하는 거 있는가 봐 지금. 말하자면 밑바닥 인생으로 거듭 태어나기 공부 같은 거…… 이런 답장이나 띄우는 거지요."

지방의 여고 동창생이라는 세 처녀가 자취를 하고 있는 방으로부터 텔레비전 아나운서가 일곱 시를 알려 드리겠습니다 하고 말하는 소리가 들려왔다. 이어서 뉴스가 나오기 시작했다. 불법집회, 불순분자의 난동에 대해서는 엄단할 방침이라는 당국자의 강경대응 대책이 보도되고 있었다. 서춘환은 멍하니 앉아 있다가 갑자기 후다닥 일어섰다. 그는 외출 채비를 서둘렀다.

3. 한낮의 더위

3–1　서춘환은 구두 소리를 내지 않은 채 살그머니 주인집 방문 앞을 지나가려 하였다. 하지만,

"이봐요, 서 씨 학생, 나 좀……."

까탈을 부리고 싶어 하는 듯한 목소리의 주인 여자의 덫에 걸리고 말았다. 비닐 끈으로 엮은 발을 쳐 놓고 있었지만 방 안에 형광등이 켜진 채여서 주인 여자의 쭈그려 앉아 있는 모습이 눈에 들어왔다. 그는 바쁜 흉내를 내었다.

"저 시간이 좀 바빠서…… 이따 저녁때 뵙도록 하지요."

"그래요, 그러면…… 요새 우리가 몹시 옹색한데……."

서춘환은 골목길로 나섰다. 방값이 그토록 밀려 있으니 주인 여자의 가계부도 옹색하겠지만 그 마음이 먼저 궁상스러워져 있을 게 당연했다. 오늘은 어떻게든 돈을 변통해야겠는데…… 그는 새벽부터 골백번도 더 되뇌었던 돈 마련 수, 어쩌면 빚 마련 수를 생각하느라 발걸음이 느리어졌다.

리어카마저 들락거릴 수 없을 만치 좁아터진 골목길을 벗어나는 모퉁이에 구멍가게가 있었다. 공중전화는 제자리에 놓여 있는 게 아니라 점포 안의 과자 나부랭이들이 놓인 좌대에 있었다. 전화 한 번 쓰게 해 주십시오, 하고 그는 속옷 바람인 여자에게 말했다. 달갑지 않은 기색으로 그 여자가 전화기를 옮겨 놓았다. 서춘환은 콩물(두유) 하나와 재벌회사에서 만든 더럽게 맛없는 빵 두 개를 억지로 먹고 삼키었다. 그는 동전을 넣어 나이얼을 돌렸다. 그러다가 고쳐 마음먹고 전화 거는 것을 그만두기로 했다.

관악산 기슭의 난민촌 지역인 사당동에 조애실은 두 동생과 함께 방을 빌려 살고 있다 했었다. 전화를 하기는 해야겠지만, 아예 사

당동으로 쳐들어가서 걸어 보자고 그는 생각을 고쳤다. 인근 빵가게 같은 데 즉시로 나오라고 해야지, 그는 조애실을 어찌 되었든 만나야겠다고 조바심을 치게 된 것이었다. 편지까지 보내어 제 마음을 이쪽한테 열어 보였는만치, 어떤 방식으로든 그에 대한 답변이 있어야 할 일이었다. 조애실처럼 편지를 통해 자기 마음을 열어 보일 자신은 없었다. 그러니 박치기 수법으로 만나가지고 담판을 지어야 할 일이었다.

그는 큰 거리로 나와 버스 승객이 되었다. 전철역 있는 데로 가서 4호선을 타고 그 종점까지 가리라 생각했다. 전화로 불러내어 과연 어떤 말을 해야 하는가 골몰히 따져 보았다. 최근에는 출근 시간 때의 버스는 타 본 적이 별로 없어서 그는 만원 버스의 승객 노릇에 서툴렀다. 하지만 기분은 좋았다. 겉으로만 보자면 누구 하나와도 다를 바 없이 직장인의 폼을 재고 있을 것이었다. 조애실을 만나면 어떻게 말을 붙이지? "아이 러브 유, 밧……." 중학생식의 영어 실력을 발휘해 볼까, 내 입으로 그런 소리는 못 하지. 그 중학생 영어를 우리말로 번역한다면 어찌 될까. "난 너를 이해해. 그런데 말야……." 그는 중학생 목소리를 흉내 내어 이렇게 조애실에게 말하고 있는 그 자신을 상상해 보고 있었다. "나는 당신을 이해합니다. 인생에 대해 가지는 엄숙한 자세 같은 것 말입니다. 그리고 공감합니다. 인편에 보낸 당신의 편지 읽으며 많은 생각 했지요." 그는 중학생이 아니라 신파영화에 나오는 남자 주인공이 된 기분으로 이렇게 그 대사를 고치어 다시 되뇌어 보았다.

버스에서 내려 그는 지하도로 들었다. 그는 '안전선 밖'에서 전철을 기다리고 있었다. 열차가 들어오고 있으니 안전선 밖으로 물러나 주시기 바랍니다. 스피커를 통해 여자 목소리의 안내방송이 말하고 있었다. 전철을 타려고 기다리는 사람들 들으라고 하는 소리라면, 안전선 밖으로 물러나라는 이야기는 맞지 않는 것이다. "안전선을 넘지 말기 바랍니다." 식으로 말해야 옳을 것이다. 서춘환은 시민의 한 사람으로 이런 따위 생각을 해 보느라 조애실의 일을 잠시 등한히 했다.

그는 전철 안으로 들어섰다. 스포츠신문을 열심히 보는 사람들. 언제 나는 저런 사람들의 지위로 올라서게 될까. 자기 직장이 있고 가정이 있어 그 생활에 충실하다 보니 다른 여유를 가질 수 없는 사람들, 그리하여 선심이라도 쓰듯 야구 경기가 어찌 풀렸나 들여다보는 것으로, 이 세계에 대한 관심을 벌충해 버리는 그런 소시민들. '불법집회 엄단방침' 누군가가 펴 들고 있는 조간신문에는 이런 제목이 보였다. '연세대생 이한열 군 중태.' 그러니까 홈런을 날린 선수에 관한 이야기가 들어가야 할 자리에 그 일간신문은 정치적인 사건으로 채워 놓고 있었다. 회사 일만 해도 골치 아파 죽을 지경인데, 불법집회에 관한 것, 어제 최루탄 맞아 사경 헤매는 연세대생 이야기, 왜 알아야 한단 말인가 하고 짜증을 내고 있을 소시민들의 그런 심리를 그는 다시 반추해 보았다. 조애실과 어떤 담판을 지어야 하느냐 하는 문제와 조간신문이 이야기해 주는 이 현안 문제. 일간지 기사는 그런 비겁함을 알려 주는 듯했다. 정말이지 전심전력으로 데모라도 해 보았으면…….

나는 당신을 충분히 이해합니다. 당신이 인생에 대해 가지는 엄숙한 자세 같은 것 말입니다…… 아까 버스 안에서는 이런 대목까지 생각해 보았었다. 그는 갑갑한 현실에서 도피하려는 듯 다시 조애실과의 현안 문제 쪽을 따져 보았다. 물론 조애실을 직접 만났을 때 이런 근엄한 목소리를 말할 수는 없겠지만…….

이해? 과연 나는 조애실을 '충분히' 이해하고 있는 것일까? 그는 인편에 보내온 편지의 한 구절을 머리에 떠올렸다. '여자가 말했습니다. 나는 시집을 가려고 한다. 열여섯 나이로 일자리 찾기 시작해 스물여덟, 이 나이까지 노동일을 해 왔다…… 내 인생 존재하지 않았던 거고, 때늦게 처음으로 인생 문제를 심각히 생각해 보기 시작했다면 그게 무슨 이야기일까?'

그게 무슨 이야기일까 하고 그는 속으로 되뇌어 보았다. 사방팔방으로 죄어 오는 것들에 부딪히고 있는 스물여덟의 여자. 여공 생활 더 이상 견뎌 내는 게 불가능하고, '골치 아픈 일 만날까 보아' 성화 부리며 재취 자리까지도 막무가내로 시집보내려 하는 집안 어른들, 노동운동가 될까 여대생 될까 비구니 청정보살 될까 이런저런 궁리 끝에 '그냥' 남자한테 시집가려는 운동 벌이는 중인 노처녀. 구체적인 사정은 문맥에 나타나 있지 않지만, 이 여자애가 실상 절박한 처지에 있다는 것을 그는 새삼스럽게 따져 보고 있었다.

여공 노릇으로 남동생 학비 대고 시골집에 송아지도 사 보내온 처녀. 제 한 몸 희생해 가족 부양했으니 조애실의 편지 그대로 '내 인생 존재하지 않았던 거고', 대학생식으로 따져 집안 식구에게 착취당한 것이 되는 그런 조애실. 때늦게 처음으로 심각히 생각해 보기 시작한 인생 문제.

정미소 집 남자, 돈 많고 자상하지 않으냐, 재취 자리 무슨 대수냐. 그 사람 어릴 적부터 너 눈여겨보았다더라(나 그런 데에 시집 안 가요). 어쨌든 금년 가을까지는 결판을 내야 한다(어른들의 최후통첩).

직장 후배의 성화─언니는 비겁해요. 순자랑 형애랑 어젯밤 형사한테 끌려갔어요. 그냥 이러고만 있을 거예요? 그래 언니 혼자서만 직장 관두면 그만이야? 우린 놔둔 채 그냥 시집이나 가겠다 하는 생각 먹을 수 있어요? 모레 어디에서 노학 연대투쟁 있다던데, 우리는 누가 나서지요? 언니 꽁무니 뺄 거예요? 최 주임이 이현실 건드렸대요. 애 가졌대요. 낳겠대요. 걔애, 해외 입양아 만들도록 내버려 둘 거예요?

남동생—누나, 정말이지 누나가 불쌍해. 나 공부시키고 집에 송아지 사 보내느라 금쪽같은 청춘 시절 뼈 빠지게 바쳐 버린 누나. 이제부턴 누나 인생 찾아야 한단 말야. 너무 늦은 건 아냐. 내가 볼 때 누나한테는 문학 소질 있는 것 같애. 내년에 대학 가요, 가서 마음껏 공부하고 누리고 싶은 일 해 봐요. 시집갈 생각 하지 말고…….

3호선 전철이 지하철 공사장 붕괴사건이 일어났던 독립문 아래쯤을 통과하고 있을 적이었다. 남방 차림의 청년 한 명이 주위 눈치를 살피더니 《한국인》 잡지 기증 꽂이가 있는 곳에 무슨 종잇장들을 집어넣고 얼른 사라져 버렸다. 아마 무슨 상품 선전 광고물을 뿌리는 거겠거니 짐작하면서 서춘환은 그 종잇장 하나를 집어 들었다. '민주헌법 쟁취하여 민주정부 수립하자!' 고딕체로 써 놓은 이런 제목이 그의 눈에 들어왔다.

그는 주위 눈치 살피며 그 종이를 바지 주머니에 집어넣었다. 공연히 마음이 긴장되었다. 조애실의 절박해하는 표정 대신 어이쌰! 어이쌰! 승리하리라! 외쳐 대며 외계인 비슷하게 눈 귀 코 입에 유니랩이라든가 가제 마스크 따위를 집어 쓴 청년 데모대들의 모습이 눈앞에 어른거렸다. 속이 울렁거려 그는 가래를 긁었다. 그러자 오줌이 마려워졌다. 그는 전철이 정거하자 바깥으로 나왔다. 화장실이 역 구내에 있어 표를 새로 사지 않아도 되었다. 아침에 세수를 하지 않았다는 생각이 들자 세면대로 가서 건성으로 얼굴을 문지르고 그는 아래쪽으로 내려와 비어 있는 장의자에 가서 앉았다. 그러고 나서 주머니에 든 종이쪽을 꺼내 들었다. 그는 그냥 그 활자들을 읽었다.

　'민주헌법쟁취국민운동본부'는 이 땅에 민주헌법을 확립하고 그를 토대로 하는 민주정부를 수립하는 것을 목표로 다음과 같은 국민운동 실천원칙을 세웠습니다. 첫째, 국민에 의해, 국민의 힘으로 정부 선택권을 비롯한 모든 권력기구의 주권자로서의 권리를 회복하고 주민자치를 실현한다. 둘째, 인간의 존엄과 권리회복, 민주화를 염원하는 모든 세력, 각계각층, 전 지역, 전 주민을 조직화하고 민주실천역량을 조직화한다. 셋째, 생활과 운동을 일치시켜 일상의 삶 속에서 잘못된 제도와 정책, 지시를 비판하고 규탄하며 거부한다.
　이 땅의 민주화를 염원하는 모든 국민 여러분은 다음과 같이 행동합시다.
　一. 주변의 친지나 이웃과 함께 민주화를 위한 광범한 토론을 전개합시다. 그 일환으로 '반상회'를 민주화운동을 위한 토론장으로 만듭시다.
　一. 경찰이나 공무원의 부당한 행위에 대해 저항하고 각종 정부 기관에 항의 전화를 겁시다.
　一. 민주화운동을 위한 모든 집회와 행사에 적극 참여하고 민주 성금을 보냅시다. 제일은행 125—20—022586 조흥은행 325—6—063122 국민은행 008—24—0061—771 오충일.

민주헌법쟁취국민운동본부》 종로구 연지동 기독교회
관 312호. 전화 774—2844.

그 전단의 뒷면 쪽에는 또 이렇게 씌어 있었다.

생각하자! 깨어나자! 행동하자!
오늘은 6월 10일 일제의 침략에 항거하여 온 국민이 만세
를 불렀던 날입니다. 이제 우리는 지난 27년 동안 거짓과 폭
압으로 이 땅의 국민을 우롱해 온 군부통치가 또다시 대를
물려 계속될 것인가 하는 역사적 기로에 서 있습니다. 다 같
이 참여합시다. 그리고 외칩시다.

더 이상 못 속겠다, 거짓정권 물러가라.
동장에서 대통령까지 우리 손으로.
행동하는 국민 속에 박종철은 부활한다.
국민합의 배신하는 호헌주장 철회하라.

3-2　사당역에서 내린 그는 지하의 계단을 밟아서 지상 세계로
떠올랐다. 아침 여덟 시 십오 분. 바야흐로 거리의 대이동이 시작되
고 있는 러시아워였다. 다르륵 다르륵 다르륵, 신호가 세 번 저쪽
수화기로 흘러 들어가고 있었다. 고교에 다닌다는 남동생은 이미
학교에 가 있을 거고, 공장 다니는 여동생도 출근을 했겠지. 전화
받을 사람은 역시 애실이밖에 없겠구나. 혹시 새 직장 얻어 벌써 나
간 건 아닌가 하고 생각하는데 "여보세요" 하는 여자 음성이 들렸
다. 억양은 비슷하지만 조애실의 목소리는 아니었다. 주인집 전화

를 프락치해서 쓴다고 하였지만, 그녀의 여동생임이 분명하였다.

"애실 씨 동생? 언니 좀 바꾸어 주겠어요? 나 서춘환이라고 하는 사람인데?"

미래의 형부가 될지도 모를 그런 사람의 위엄과 친근감 띤 목소리를 그는 송화기에 흘려 넣었다. 저쪽에서는 잠시 동안 아무런 반응이 없었다. 언니 전화 왔어, 서춘환이란 남자라는데 하고 말하는 중일 것이었다. 없다구 해라 하고 애실이가 따돌리는 게 아닌가 싶어 그는 약간 애가 달았다.

"안녕하세요? 어쩐 일루다가?"

일부러 지친 듯한 목소리를 내는 것인지, 아니면 밤잠을 설치다가 새벽 눈을 붙이는 중이었는지, 애실이는 사뭇 무관심하면서도 귀찮다는 듯한 음성을 보내왔다. 무슨 말을 해야 할지 서춘환은 잠깐 심호흡을 했다.

"전화 몇 번 넣었었는데 닿지를 않데요."

"네에, 시골에 좀 갔다 왔지요."

"시골에는 어쩐 일루다가?"

서춘환은 자기와 그녀 사이에 서로를 동여매는 무슨 끈 같은 것이라도 있다는 듯 재우쳐 물었다.

"네에, 집안에서 선보라는 남자 있어서……"

"인편에 보내준 편지 잘 받아 보았습니다. 만나야겠는데요."

조애실은 이렇다 할 반응을 보이지 않은 채 침묵을 지키고 있었다.

"무슨 일루다가?"

"오늘 오후쯤 뵈었으면 합니다. 그러니까 강북에서……"

서춘환은 자기가 사당동에 와 있다는 것, 그러니 지금 당장 만나

자는 소리를 하려다가 갑자기 생각을 바꾸어 이렇게 말했다. 그는 더 이상 빌빌거리며 치근거리는 노가다 사내이어서는 아니 되었다.

"오늘이 6월 10일 아닌가요? 시위가 벌어져 시내 교통 엉망이 될 텐데, 무슨 약속을 어떻게……."

이것이 그의 불찰이었다. 조금 전에 지하철 정거장 안에서 전단까지 보았으면서도 그새 깜빡 그 사실을 잊어 먹은 것이었다.

"어차피 나도 오후에는 구경하러나 가 보려던 참이거든요. 애실 씨도 봐 두어야겠다고 생각하셨겠죠? 그러니 좀 일찍 서울역쯤에서 만나지요."

서춘환은 약속 장소와 시간을 댔다.

"다섯 시에 서울역 그릴에서 만나도록 할까요?"

"그릴에서는 비싼 식사를 하는걸요. 커피는 그릴 입구가 있는 일층 계단 쪽 휴게실에서 팔던걸요."

"네에, 그럼 이따가 그 휴게실에서 만나도록 하지요."

"하지만 오후에는 다른 일이 걸린 게 있어서……."

진짜로 약속이 있다는 것인가, 아니면 핑계를 대는 것일까? 편지 띄워 보내 미련 남아 있는 것처럼 굴 적은 언제고, 정작 만나자 하니까 다른 소리는 또 웬 노릇일까.

"오후 여섯 시 동대문에서 약속을 해 놓은 게 있다구요. 벌써 며칠 전부터 확정해 놓은 것이어서 꼭 지켜야 하는걸요. 그냥 사람만 만나는 게 아니라 직장일 관계로 약속한 것이어서 준비해 갖고 나가야 할 것도 있어요. 하지만 잠깐 얼굴은 뵐 수 있겠네요. 지하철 타고 쪼르르 달려가면 될 테니까. 혹시 못 나가더라도 그건 부득이한 일 때문에 그런 것일 테니 다른 오해는 하지 마시구요, 아니 99 퍼센트는 나가도록 할 테니까. 그럼 이따가 만나도록 하지요. 네에,

그럼 안녕히⋯⋯."

전화를 끊고 나서 서춘환은 일단 안도의 한숨을 놓았다. 하기사 조애실의 입장에서도 그럴 것이었다. 지난번 영등포에서 헤어질 때 그들은 그러지 않았던가? 다시 만나 뵐 일은 없을 것 같으네요. 네에, 그럴 것 같습니다⋯⋯.

이제 애실의 얼굴을 다시 보게 된다면⋯⋯? 아, 내가 과연 결혼을? 내가 과연 내 신부를? 그는 전신을 부르르 떨었다. 이런 일이 나에게 일어날 수 있다는 말일까? 아무튼 나는 내 태도를 보여주면 되는 것이다. 애실이는 자기 태도를 보여줄 것이고⋯⋯.

사당동 길거리가 대하처럼 바다처럼 넓어 보였다. 그렇지, 언제까지고 시냇물로 머무를 수는 없고, 대하로 도도하게 흘러 들어가야 한다. '나는 대하다' 하고 그는 속으로 중얼거렸다.

아침 여덟 시 사십 분, 그는 내처 걸으면서 디데이 에이치 아워 작전을 구상하는 참모의 기분으로 되어 갔다. 이따가 다섯 시의 만남이 있게 되기까지 그가 해야 할 일들이 어찌 되는가를 거듭 궁리해 보고 있었다. 그런데 지금 당장은 아무것도 해야 할 게 없었다. 남의 사무실 찾아가기에는 이른 시각이었고 단골 다방에 일찌감치 출근하는 사람이 되기에는 너무 젊은 나이였다. 그러자 목욕탕 간판이 눈에 뜨이었다. 그는 옷을 벗고 탕 안으로 들어갔는데 초여름이어선지 손님이 아무도 없었다. 벌거벗은 제 몸뚱이를 문지르다 말고 그는 어린애처럼 물장난을 쳤다. 그리고 증기탕에 냉온탕을 거푸 번갈아 하며 땀을 뺐다.

목욕재계. 무언가가 달라져야 하며 동시에 달라지게 될 것이다. 그러고 보면 이렇게 목욕부터 하게 된 것이 우연스런 일은 아니고 무슨 계시라도 받은 듯했다. 새 출발을 다짐하도록 초자연적인 힘이 시킨 게 아닐까 싶었다. 이제부터는 달라져야지. 얼마나 못나게 살아왔더란 말인가.

"선을 볼 적마다 그런 생각하곤 했었어요. 얼마나 못난 노릇만 해 왔나, 하구요."

조애실도 그런 말을 했었다.

"내게 내 인생이란 없었던 거구, 또 인생 문제라는 걸 나는 한 번도 생각해 본 적이 없었던 것이 분명하다 싶어요."

"인생 문제란 결국 어떤 문제인 건가요?"

그가 물었었다.

"그건 거창한 것도 어마어마한 것도 아니에요. 그건 유치할 정도로 단순하고 소박한 거예요."

조애실은 한숨을 푹 쉬며 말을 이었었다.

"흔히들 노동자의 어머니라고 부르는 그런 할머니가 한 분 계셔요. 이 어머니가 청계피복 애들을 데리고 일 년에 한 번씩 여름철에 수련회를 가거든요. 나는 청계피복은 아니지만 회비 내어 따라갔었어요. 사람은 끼리끼리라던가요? 못난 것들만 모였어서 그랬을까요? 우리는 노래하고 즉석 무대 만들고 토론하고 그리고 꽝지르며 홀락거렸어요. 그냥 그런 것으로 더할 수 없이 좋았어요. 모두들 횃불놀이에 끼어들었던 마지막 밤이 특히 그랬어요. 사랑도 명예도 이름도 남김없이 한평생 나가자던 뜨거운 맹세…… 그냥 합창으로 부르는 이런 노래만으로 우리 가슴은 뜨거워지고 우리가 살아야 할 앞으로의 인생은 보람으로 가득 차야 한다고 느끼게 되었어요. 무럭무럭 용기와 힘이 솟아났어요. 눈물을 흘리며 속으로 생각했지요. 그렇구나 우리는 사람들이 그리웠던 거겠구나. 그냥 가슴을 열어 보일 수 있고, 아무 말 안 해도 서로 이해가 되고, 함께 있다는 것만으로 뿌듯한 그런 거, 소위 '인간적 분위기'라던가요? 우리의 인생 문제란 복잡한 게 아니거든요. 바로 그 같은 인간적 분위기를 나 자신으로부터 회복해 내는 거, 내 이웃으로부터 찾아내는 거, 그런 것 이외에는 다른 것일 리 없어요. 노동자는 인간 대접을 못 받는 거거든요. 저임금도 저임금이지만."

3-3 아홉 시 이십 분. 그는 다시 지하철 정거장으로 들어갔다. 일부러 두 대의 지하철을 보내 버렸다. 아홉 시 삼십이 분. 학생들이나 작업인들은 더 이상 승객 노릇을 하지 않게 되는 그런 시각이었다. 이제는 아주머니, 사모님, 할머니 들의 차지가 되어 가고 있었다. 어린것들을 데리고 있는 부인네들도 꽤 있었다. 집안에서 사모님 자리에만 충실해도 괜찮을 주부들이 궐기라도 하듯 이렇게 길바닥으로 쏟아져 나와 무사분주로 설쳐 대고들 있다. 물론 여러 가지 볼일에 돈벌이 나들이 감들을 갖고 있을 것이다. 서춘환은 서글픈 생각이 들었다. 가정주부들도 저렇게 바쁜 척을 내고 있는데, 한창 일 재촉에 경황없어야 할 노동인력인 자기는 아침부터 시간을 어찌 죽이나 하는 노릇에만 겨워하고 있다. 바쁜 일감 이쪽에 맡기기도 하고 나누어 주기도 하여, 시간을 공평 분배하면 무엇이 덧나는 걸까? 서울은 만원이다인 것이 아니라 시간이 만원이었다. 그리하여 시간의 부익부, 빈익빈 현상이 일어난다. 주부 승객들은 지하철이 더디게 움직인다고 화를 내는 것 같은 낯빛들을 짓고 있었다. 그런데 서춘환은 서둘러 발차를 하며 신경질 부리듯 덜컹거리는 이 전기 기차가 못마땅한 것이었다. 약속 시간을 정해가지고 장주완 사무실에를 찾아가는 게 아니니 급해맞은 게 없었다. 그는 장주완에게 분명 달갑지 않은 내방자일 것이었다. 오전 열 시의 시간대에 나

이 어린 빚쟁이 얼굴 만나면 그 작자는 오늘 일진이 나쁜 운세라고 여길지도 모를 일이었다. 기분 덧나게 할 건 없지. 장주완 사무실에는 아침 열 시의 시간대보다도 열한 시의 이십 분이나 삼십사 분쯤에 찾아가는 것으로 하자 하고 속으로 생각했다. 돈을 받아 내자면 이쪽에서 트집 잡히지 말아야지.

오전 열 시 십이 분. 그는 지하도에서 다시 지상으로 올라왔다. 그는 오 분쯤 걸어서 경찰서 정문 쪽으로 접근했다. 옷매무새를 가다듬고 그리고 약간 긴장이 되어 있었다. 주민증을 맡기고 그는 수사과로 들어섰다. 강 형사는 자리에 없었다. 어쩔까 망설이다가 옆자리의 사복 경찰에게 물었다.

"강 형사님, 어디 먼 데 나가셨습니까?"

"무엇 때문에 그러시오?"

미심쩍어하는 표정으로 강 형사의 동료가 그를 노려보았다.

"이군섭 씨 사건의 참고인으로 언제든 한번 출두해 달라는 연락을 받은 적이 있어서요."

"이군섭 사건, 무슨 사건인데?"

여전히 볼펜을 굴려 무언가를 쓰면서 그 사내는 건성으로 물었다.

"주택 건설현장의 부품 절취사건으로……."

"오늘은 비상이라 만나기 힘들 거요. 시위 벌어지지 않는 날짜 잡아 다시 오는 게 나을 거요."

"고맙습니다."

그는 얼른 그 자리에서 빠져나왔다. 경찰서 정문을 벗어나고 있을 때 이유 없이 마음이 홀가분하였다.

오전 열 시 이십칠 분. 그는 장주완 사무실까지 걷기로 하였다. 아마 이십 분쯤은 걸리겠지. 네거리에는 전경들을 실은 버스들이 벌써 도처에 배치되어 있었고, 지하도 입구마다 사복 청년들이 부동자세로 지켜 서 있었다.

무교동 언저리에서는 고성능 스피커를 통해 성난 듯이 외쳐 대는 소리가 들려왔다. 아, 저기가 임시로 민주당 당사로 쓰이고 있는 민추협 사무실 들어 있는 건물이지, 하고 그는 기억을 되살렸다. 이민우의 신민당으로부터 탈출하듯이 해 버린 김대중, 김영삼이 지난 4월에 만든 통일민주당. 이에 도전이라도 하듯 민주정의당이 헌법 개정은 안 한다, 현재 헌법을 그대로 물고 늘어진다 해서 나온 4·13 조치. 그런데 5월 들어서면서부터의 분위기 역전. 김승훈 신부의 박종철 군 고문치사 사건의 위장 은폐 폭로. 내무부장관의 경질. 6월 10일 오늘, 체육관에서의 민주정의당 전당대회 개최 예정. '총재에게 영광을. 후보에게 축하를. 국민에게 화합을.' 민정당의 캐치프레이즈. 이에 맞서는 민주헌법쟁취국민운동본부의 결성과 '박종철 군 고문살인 은폐 규탄 및 호헌철폐 국민대회.' 오후 여섯 시 소공동 성공회로 모이자. 차량들은 경적을 울려 대고 밤 아홉 시 텔레비전 뉴스를 보지 말 것이며 전깃불을 끄도록 하자.

서춘환은 뉴스 해설가처럼 이 한 달여 사이에 있었던 일들을 이렇게 대충 머릿속에서 추슬러 보았다. 사람들의 정신이 돌아 버린 것일까, 아니면 이 시대라는 게 지랄증에라도 걸린 것일까.

"더 이상 못 속겠다, 거짓정권 물러가라."

"국민합의 배신하는 호헌주장 철폐하라."

"행동하는 국민 속에 박종철은 부활한다."

아무래도 관심이 생기어 서춘환은 통일민주당 임시 당사로 쓰이고 있는 그 건물 쪽으로 다가갔는데(전경들의 눈치를 슬금슬금 보며 그랬다), 그 건물의 창문 쪽으로는 이런 플래카드가 길게 내려뜨려져 있었다.

어느 시민이 말했다.

"영삼이는 나왔고 대중이는 연금이래."

"열 시부터 민주당이 행사를 시작했다누먼. 영구집권 음모 규탄 대회를 한다고 신문에 나와 있는 거 말야."

건물 정문에는 새로 출범한 이 야당의 청년당원들 몇십 명이 도열해 있었다. '더 이상 못 속겠다, 거짓정권 물러가라' 하는 대형 플래카드를 들고 있었다.

"연세대생 이한열이 말야, 죽었다는구먼. 지금 저 안에서 영삼이가 그렇게 발표를 했대. 저 옥외 방송이 그렇잖어."

시민들이 운집하기 시작했다. 몇백 명은 좋이 넘을 숫자였다. 외계인 군단 같은 전경들이 뒤뚱뒤뚱 다가들기 시작했다.

"해산해, 해산하란 말이야."

성난 목소리가 쏟아져 나왔다. 민주당 청년당원과 전경들 사이에 몸싸움이 벌어졌다.

"다시 알려 드립니다. 정정합니다. 이한열 군은 사망한 것이 아니라 혼수상태에 중태입니다. 정정합니다. 사망한 것이 아니라 중태입니다."

옥외 방송이 거듭 되풀이 말했다.

"다행이구먼. 민정당에게 말이지."

누군가가 말했다.

전경들과 청년당원 그리고 시민들과의 몸싸움은 손에 잡히는 아무 물건이나 집어 던지는 단계로 발전했고, 서춘환은 이쯤에서 소인 물러갑니다 하는 기분으로 그 자리를 벗어 나왔다. 과연 오늘의 시민대회가 성과를 거둘 수 있을까? 야당과 재야세력의 시위는 작

금년만 해도 벌써 몇 차례였나? 번번이 무산되고 좌절되었다. 시위자보다 전경들의 숫자가 더 많은 지경을 만나기도 했지만, 무엇보다도 직격탄, 다연발탄, 최루탄, 독가스, 지랄탄…… 그 위력을 어찌 당하나? 서춘환은 그러다가, 나는 어떤 시민일까 민망하게 따져보며 한숨을 쉬었다. '민주시민' 될 자격도 없는 뜨내기 실업자, 나.

열한 시 이십오 분. 서춘환은 넋 나간 사람처럼 장주완 사무실의 한쪽 편에 놓인 의자에 앉아 있었다. 이 사무실에 도착한 지 벌써 이십 분쯤 지났는데, 장주완은 한 번도 그를 거들떠보지조차 않았다. 장주완은 회전의자에 앉아 계속 제 몸을 회전시키고 있었다. 그러다가는 생각이 났다는 듯 전화를 걸곤 했다. 만나자는 이야기, 술이나 하자는 이야기, 농담 같은 통화 내용뿐이었다. 서춘환은 그가 한가해하는 표정을 지을 적마다 앞으로 다가서기를 벌써 세 번이나 했다.

"오늘은 어떻게 좀……."

빚진 죄인 아니라 빚 준 죄인이 서춘환이었다. 이자는 서춘환이 사우디에서 벌어 온 3백만 원을 꿀꺽했으면서도 눈 하나 깜짝을 않고 있는 것이었다. 장주완은 어머니의 이종사촌이었다. 그가 귀국한 직후에 별세한 부친의 장례식 때에 만났었다. 그런데 그 장주완이의 처가 쪽으로 '남대문금속'이라는 제법 큰 공장을 운영하는 이가 있다 했었다. 이 금속회사가 음료수를 만드는 어느 재벌회사의 신제품의 유리병 뚜껑을 납품하고 있다는 것이었다. 그런데 그 병뚜껑에는 다시 상품 이름과 회사 명칭을 인쇄해야 하는 것인데, 아예 그것마저 함께 수주를 받았다 했다. 스크린 인쇄라는 걸 한다는 설명이었다. 장주완이 브로커로 먹고사는 걸 아는지라 "어디 형부가 스크린 인쇄 계통을 알아봐요. 납품할 물건은 확보돼 있으니 따

놓은 당상이래요." 하는 권유를 받았다는 것이었다. 장주완은 장례식 때에 이런 설명을 늘어놓으며 서춘환의 의향을 물어 왔었다. 서춘환은 사우디에서의 생활이 지긋지긋했던지라 건설 현장 노가다 노릇에서 벗어나고 싶었다. 무엇이 되었든 다른 계통에 손을 대 보고 싶었었다. 말하자면 그는 장주완 밑에서 월급쟁이 생활을 하는 거겠거니 그렇게 생각했었다. 서울로 올라와 그는 이 낯선 업계에 뛰어들었다. 장주완은 회전의자에 앉아 빙글거리기만 했고, 그가 이리 뛰고 저리 찾아다녔다. 스크린 인쇄를 하는 업자를 찾아내어 재하청 놓고, 일 감독하고, 물건 운반하고 하는 따위의 심부름이었다. 그것까지는 그런대로 순조로웠다. 재벌회사는 하청, 재하청 놓은 물품에 대해서는 '네고'를 통해(그게 네고시에이션인가 뭔가 하는 영어의 약어라는 건 나중에 알게 되었지만) 3개월짜리 어음으로 끊어 주는 게 통상적인 관행이이라 했다. 그런데 때가 마침 비철인데다가 투자 중인 데가 있다면서 6개월짜리로 받게 되었으니 울며 겨자 먹기였었다. 영세하기 짝이 없는 인쇄업자가 대금 결제를 앞당겨 달라고 하소연을 했다. 일본말로 '와리깡'을 해도 좋다 하였다. 그 사정이 하도 간절한지라 서춘환은 자신이 갖고 있는 돈으로 대신 갚아 버렸다. 재벌회사의 어음 결제가 돌아오면 그 즉시로 받기로 하고…… 그리고 일감은 보장되어 있는 만치 무리를 해서라도 인쇄기계 하나 사가지고 직접 하청을 따 볼 계획도 세우고…….

그러나 얼마 지나지도 않아 모든 게 개차반으로 되어 버렸다. 재벌회사는 어음결제를 했는데, 장주완은 그 돈을 서춘환에게 건네주지 않았다. 그뿐 아니라 인쇄업이니 무어니 하는 것도 모두 백지화되어 버렸다. 악질적인 사기사건이라고 할 수 있겠는데, 벌써 2년이 지났건만 장주완은 단돈 한 푼 변제할 생각을 하지 않은 채 딴전만 부리는 것이었다.

"제가 어거지를 부리는 겁니까? 무리한 말씀 드리는 건가요?"

서춘환은 거위먹은 목소리를 냈다.

"이봐 서춘환이."

장주완은 다시 한 번 회전의자를 돌리더니 이윽고 그를 정면으로 바라보았다.

"나는 간하고 쓸개하고는 제자리 아닌 뒷자리에 놓아둔 채 살아가는 사람이야. 그런데 왜 이러는 거지? 간하고 쓸개하고 아예 나에게 없는 줄 알아?"

"나야말로……."

"이봐, 내 말 못 알아듣는 것 같은데 다시 들려주지. 첫째, 내 사정이 지금 어렵단 말이야. 둘째, 안 주겠다는 게 아닌데 왜 이래? 셋째, 따라서 얌전히 기다리란 말야. 넷째, 이렇게 귀찮게 하면 감정 사는 거야. 다섯째, 안 찾아와도 때가 되면 연락할 거야. 여섯째, 그러니 기별이 갈 때까지는 다시 찾아오지 말아. 기다리고 있어."

하도 화가 나서 서춘환은 현금 박치기든 몸뚱이 박치기든 결판을 내고 싶었다. 이런 자한테 이런 식으로 당하고 있을 수만은 없지 않은가. 하지만 장주완은 회전의자를 빙글빙글 돌리며 그 얼굴에 여전히 빙글빙글 미소를 그려 놓고 있었다. 서춘환은 숨이 차올라 호흡을 일시 정지하고 침을 삼켰다.

"이제 알아들은 모양이군? 그럼 오늘은 가 보라구. 나 약속이 있어서 일어나야 할 참이야. 가능한 한 내가 빨리 기별하지."

"전화 한 통화 쓰겠습니다."

잠시 뒤에 서춘환은 서글픈 심정이 되어 이런 소리를 한 다음 다이얼을 돌렸다. 다만 몇 푼이라도 받아 내야겠다고 조바심치는 그가 정말로 잘못되어 있는 게 아닐까. 그는 오늘 비록 돈을 못 받게 된다면 어떤 일이 있더라도 다짐은 받아 내야 한다고 생각했었다. 하다못해 약속어음이라도…… 이 작자는 약속어음을 써 주었다가 기막힌 감언이설로 그것을 찢어 버린 적이 있었다.

"삼흥이죠? 최충섭 씨 좀 바꿉시다."

그런데 최충섭은 자리에 없었다. 맥없이 수화기를 내려놓은 다음 그는 담배를 태워 물었다.

"사흘 뒤에 다시 들를 겁니다."

그는 고작 이런 말밖에는 못 했다. 더 이상 이 사무실에 눌어붙어 있어야 할 이유가 없어진 그는 인사도 않고 바깥으로 빠져나갔다. 두고 봐라. 내가 결코 포기는 안 할 테니까. 서춘환은 이를 악물며 거리로 나섰다. 어디에 가서 누구를 만나 돈 마련을 하나? 일거리를 찾나?

3-4　　열한 시 오십 분. 서춘환은 황자동이를 그의 청계천 가게 로 찾아가 만났다. 전화를 걸지 않고 곧바로 쳐들어간 것이 잘된 셈 이었다. 전화했더라면 이자는 틀림없이 꽁무니를 뺐을 것이다.

"어 자네 왔나?"

황자동은 이런 소리를 인사말로 삼았으나 물론 반기는 기색은 아니었다. 서춘환 역시 시큰둥한 표정을 지어 보였을 뿐이었다. 오 늘은 어떻게든 황자동으로부터 어김없이 그 돈을 받아 내야 한다 는 조바심이 그런 표정을 짓게 했을 것이었다.

바로 반년쯤 전이었다. 황자동은 그동안 동거해 오던 여자에게 정식으로 면사포를 씌워 주게 되었다고 좋아했었다. 그런데 아내 는 면사포뿐만이 아니라 보증금 50만 원을 더 내어야 하는 그런 방을 얻어 이사 가기를 바라고 있었다. 성화에 못 이겨 덜컥 계약을 했다는 것이었다. 그런데 아무래도 30만 원이 모자란다고 울상을 지었다. 며칠간만 변통한다면 틀림없이 갚을 수 있으며, 하다못해 부좃돈이라도 조금 생길 것 아니냐 했다. 바로 그날이 잔금 치르는 날이라면서 어쩔 바를 몰라 하였다. 황자동은 서춘환보다 6개월쯤 먼저 입대하여 같은 부대에서 지내게 되었던 그런 상급자였었다. 복무할 적에 그는 그런대로 의리의 사나이였었다. 그런데 그때가 바로 서춘환이 50만 원 전세 보증금 방 하나를 얻으려고 하던 무렵이어서 꽁쳐 두었던 30만 원가량이 있었다. 며칠 여유가 있는 돈이었으므로 거듭 다짐을 받은 끝에 황자동에게 빌려주기로 하였다. 구청장이 주례를 서는 합동결혼식에는 그도 따라갔었다. 그 지역 출신 국회의원이 주는 앨범 선물을 받아 쥔 황자동 부부와 기념사진도 박았다. 하지만 황자동은 서춘환의 돈을 갚지 않았다. 서춘환은 전세방을 얻을 수 없었다. 이 자식 때문에 그는 정말이지 큰 곤욕을 치르지 않으면 안 되었다. 고교 동창인 강도엽은 지하실방 하나를 얻어 신혼살림을 내고 있었다. 염치 불고하고 거기에 껴묻어 잠자리 동냥을 해야 하는 신세가 되었던 것이었다. 문제는 강도엽이 일주일에 한 번 또는 두 번 야근을 해야 하는 데에서 일어났다. 심지어는 강도엽이 노골적으로 말하기도 했었다. 내가 회사에서 야근하는 날만은 너두 다른 데 가서 잤으면 싶다. 내 마누라가 도저히 용납 못 하겠대지 무어냐.

최충섭이 마침 그 무렵 일자리를 하나 찾아내 주어 급한 불은 끌수 있었다. 황자동은 30만 원 중에서 20만 원은 물어내었고, 그래서 서춘환은 지금의 그 셋방을 간신히 구할 수 있었다. 하지만 황자동은 아직껏 나머지 10만 원을 안 갚고 있었다. 서춘환이 약이 올라 당신 마누라한테 이야기하여 받아 내겠다고 하였다. 황자동은 제발 그것만은 참아 달라고 하며 자청하여 돈 갚겠다고 약조한 것이 바로 이날이었다. 그러니 서춘환은 오늘 자기 받아 마땅한 돈을 받아 내게 될 것이었다.

"이봐 춘환이, 점심이나 하러 가자구. 요 아래 6백 원짜리 추어탕 집이 있어. 값싼 것이 비지떡이 아니더라구. 서울에 순 경상도식으로 미꾸라지 끓여 주는 데는 거기뿐인 것 같더란 말야. 우리 이야기는 식사나 들면서 하기로 하고."

시장 바닥의 허름한 가건물에 들어찬 추어탕집은 이미 발 디딜 틈도 없이 만원이었다. 미꾸라지탕은 맛이 있었다. 하지만 그게 문제가 아니라 어수룩한 서춘환 그 자신이 문제였다. 일주일만 기다려 주면 틀림없이 해결하겠다고 황자동은 오리발을 내밀었다.

사정을 하다못해 애원을 한 것은 황자동이 아니라 서춘환이었다. 그는 오늘 해 넘어가기 전에 다만 얼마만이라도 꼭 구해야 할 다급한 사정이 있다고 거듭 말했다. 황자동은 알아듣는 것 같았으나 일주일 뒤에 보자는 이야기에는 변함이 없었다. 미안해, 정말 미안해, 하면서 그는 서춘환을 이끌고 억지로 다방으로 갔다.

"이런 커피 살 돈 있으면 빚 갚으라 이런 말입니다."

서춘환이 신경질을 내었다. 황자동이 부은 얼굴을 하였다.

"이봐 춘환이, 내 말 잘 들어 봐. 서울서 살자면 빚지고 빚내는 한이 있더라도 커피는 사 마셔야 하는 거라구."

과연 그런 것인가. 서춘환은 그 말에 대꾸하지 않았다.

"나 전화 좀 걸구 오겠수, 형."

그는 공중전화 부스로 갔다.

"삼흥이지요. 최충섭 씨 좀 바꾸쇼."

그런데 최충섭은 아직도 자리에 붙어 있지 않았다. 부지런히 선풍기가 돌아가고 있었으나 그는 더위를 탔다.

고윤팔은 공사판 용어로 말하여 '오야지'였다. '쓰미'라는 일본말로 부르는 벽돌 쌓기 하도급, 그러니까 재하청을 맡아서 했다. 그의 현장은 봉천동의 어느 연립주택 공사장에 있었다. 전화를 거니까 마침 그가 받았다.

"응, 알았어, 언제든지 와. 잔금 조금 남았지 아마."

고윤팔은 선선히 그의 말을 받자 해 주었다.

"여기는 길어 봤자 보름 정도 있으면 끝나고, 다음 일은 중계동에서 하는데, 어때 춘환 씨, 함께 붙어 볼 거야?"

고윤팔은 적을 적에는 여섯 명 정도 많을 적에는 열두어 명가량 자기 밑에 인부를 구성해서 공사판의 재하청 십장 일거리를 맡았다. 따라서 차질이 생기지 않도록 예비 인력을 확보하고 있어야 했다. 고윤팔은 서춘환을 그런 '똘마니'로 비축해 놓고 있는 '오야지' 흉내를 내는 중이었을 것이다.

열두 시 사십칠 분. 황자동과 헤어진 다음 그는 다시 전철 승객이 되었다. 요 근래 될 수 있으면 버스를 타지 않으려 하는 쪽으로 습관이 바뀌어 있었다. 버스가 더 불친절해서라기보다는 전철 승객 노릇 하는 게 이런저런 공상을 하기에 좋았기 때문이었다. 한낮의 더위는 지하의 땅에도 밀려와 있었다. 이 여름철 남방샤쓰 차림이 아니라 양복에 넥타이 매어 돌아다니는 자들을 그는 관찰해 보았다. 한 칸에 정원이 어찌 되는지 알 수 없으나, 양복쟁이 일곱 명을 그는 꼽아 볼 수 있었다. 이 더위에 양복 걸쳐 입고 사회생활 하는 자들과 그렇지 않은 자들의 차이는 어찌 되는 걸까. 양복쟁이들이 다 직장인들이고 사무원들일까. 남방샤쓰 사람들은 또 어떨까?

나처럼 실업자도 있는 거 아닐까. 저 모든 승객들이 다 나름대로 직장일 보러 다니는 중이며 돈 한 푼 위해 뛰고 있는 것일까. 내가 서 있는 자리가 과연 어떤 자리일까. 내가 설 자리가 어디일까. 모두 돈 때문에 저렇게 움직거리는 거라면 나는…… 못 견뎌, 못 견뎌. 농담이다, 농담이겠지…… 그는 속으로 킬킬거렸다.

그는 봉천동 산비탈길을 타고 올라 연립주택 공사판에서 고윤팔을 만났다. 그는 8만 원가량의 돈을 손에 쥐었다.

"이군섭 사건은 어찌 되었지요?"

그는 아까 경찰서를 찾아갔으나 담당형사를 못 만나고 헛걸음친 이야기를 했다.

"군섭이? 자네처럼 즉심 먹었다니까 그나마 잘 해결된 셈이지 무어."

고윤팔의 말에 의하면 구류 25일이 떨어졌고 정식재판 청구했으니 사흘쯤 뒤면 풀려날 것이라 했다.

"그나마 다행이네요."

서춘환도 안도의 한숨을 놓았다. 고윤팔이 바쁜 티를 내고 있었으므로 그는 이내 하직을 고했다. 한 시 오십 분. 어쨌든 주머니에 돈이 생겼다. 공사판에서 피땀 흘려 일한 대가이니 공짜 돈일 수는 없었다.

다섯 시 약속까지는 세 시간이 남았다. 차 타고 가는 데에 걸릴 시간을 뺀다면 두 시간 남짓 공백이 생기는 셈이었다. 최충섭이 그다지 멀지 않은 곳에 있다는 것을 그는 생각해 냈다. 그는 아예 전화걸 것도 없이 최충섭한테 찾아가 보리라 작정했다. 만나면 다행이고 못 만난다 해도 남아도는 시간 메꾸는 셈은 되는 것 아닌가. 그는 버스를 탔다.

3–5　최충섭은 시멘트, 블록 따위의 도매업소 '삼흥건업'에 다니고 있었다. 그러나 그곳은 동네 아줌마나 아저씨 들 상대로 하는 물역가게 같은 데는 아니었다. 실제로는 하도급, 재하청 알선해 주는 것을 주된 사업으로 하는 그런 중개업소였다. 건설업계는 참으로 복마전을 이루고 있어서 그곳을 들여다볼수록 '우리 시대는 기묘한 건설을 하고 있는 중이구나' 느끼도록 만드는 것이었다.

　종합건설회사는 무엇이며 단종면허업체라는 건 왜 존재하게 되는 걸까. 하청 중소업체, 개인 중개업자는 또 무엇이더란 말인가. 그리하여 그 아래쪽으로 펼쳐지는 밑바닥 십장(오야지)들과 잡부들의 세계. 최충섭이 다니는 삼흥건업은 하청 중소업체에 건자재 중간상을 겸하고 있는 그런 회사인 셈인데 노가다들은 몸 파는 창녀에 비유한다면 포주쯤에 해당될까. 여관 주인쯤에 해당될까. 아무튼 삼흥은 아직 단종면허업체로 인가받을 만한 요건은 갖추지를 못하였다. 하지만 비공식적으로 돈을 주어 그런 증서를 빌리는 경우가 있는 것이었다. 증산 수출 건설 따위 구호가 요란하던 시절, 특히 건설업계는 대소 공사를 어떻게 따내느냐 하는 것 자체에 회사의 사활을 걸고 있었던가 보았다. 굵직한 공사 입찰이야 큰 회사들의 독점물이 되었고, 또 그것이 공식화되어 도급 한도액이니 랭킹이니 하는 게 정해져 버리게 되니 참으로 모를 노릇이었다. 하여튼 공공연한 뇌물로 각계에 상납해야 하는 돈과, 온갖 비열한 수단을 다 동원하여 밑바닥 인부들의 노임을 줄이는 일이 바로 건설회사의 운영 방침일밖에 없는 듯 보이었다. 그리하여 생겨난 것이 하청에 재하청으로 임시고용 내지 단기고용으로 인간 노동을 싸구려값으로 부리는 일이었다. 그런 풍토 속에서 과연 어떤 일들이 일어나게 되었던 것일까. 저 위쪽에서는 부당한 금전거래에 온갖 부조리가 난무하고, 이 아래쪽에서는 상상도 못 할 비인간적인 노역에 약육강식의 폭력이 판을 치고 있었다. 그럼에도 사람들은 밥을 먹고 잠도 자고 술도 마시니 세상은 아무렇지도 않게 돌아가나 보았다. 그저 상식이 잘 통할 수 없는 '노가다판'의 특이한 생리이겠거니 여겨서 그만이었다.

최충섭은 이런 '노가다판'에서 늘 서춘환의 선배 노릇을 했다. 그들의 인연은 십 대 소년 시절에 이루어진 것이었다. 최충섭은 워낙 집안 형편이 개차반이어서 농촌 지대의 조무래기 깡패 노릇을 했다. 아무도 그를 거들떠보지 않았다. 하지만 서춘환과의 사이에는 이른바 소년의 우정이라는 것이 생겨 서로의 마음을 열어 놓았었다. 누군가는 그들이 도련님과 망나니 머슴의 관계 비슷하다고 비웃었다. 하지만 그로부터 10년쯤 지나 서울에서 만나게 되었을 때 두 사람의 위치는 바뀌어 있었다. 최충섭은 밑바닥 세계일망정 제 영역을 확보해 놓고 있었다. 최충섭은 벗바리가 좋았다. 그는 타고난 '노가다'였다. 힘이 좋거나 황소처럼 우직하다는 것이 아니요, 요령이 좋고 이른바 통빡을 재는 눈치가 빨랐다. 자기보다 힘이 있는 사람에게는 살랑거리고, 자기보다 약한 사람에게는 인간적이라는 것과 의리라는 것을 내세우는 체하며 이용해 먹을 줄 알았다. 모나게 구는 것은 없어도 눈에 띄게 비굴한 표정을 짓지 않는다는 게 사람들의 호감을 사는가 보았다.

그런데 서춘환이 최충섭 앞에 모습을 나타내는 경우라는 것은 대체로 보아 오도 가도 못할 막다른 처지에 놓이었을 적이었다. 사우디에 중동 노무자로 나가 볼 작정을 하게 된 것도 최충섭의 충고를 받아들여서였다. 부친의 중환 소식에 도중하차하듯 귀국하여 장례를 치르고 나서 그는 다시 최충섭을 찾아갔었다. 그는 시무룩해하는 표정이었다. "노가다 체질이 못 되는가 봐. 다른 길을 찾아 보는 게 낫겠네." 하고 그는 엉뚱한 소리를 했었다.

서춘환은 친지들 속에 어울려 몇 가지 다른 사업과 일거리에 손을 대 보았었다. 그러나 모두 허무하게 헛물만 켜다가 말았다. 과연 그가 해 볼 수 있는 일은 무엇이었으며 적성에 맞는 것은 어떤 것이었을까. 따분한 표정 지어 최충섭 찾는 짓을 하지 않으리라 작정했던 그였지만, 지난번에는 어쩔 도리가 없었다. 황자동 편의 보아준다는 게 제 몸 누일 단칸 셋방조차 마련 못 하는 궁지에 빠져 버렸으니까……

"비빌 언덕이 따로 있지 나한테 와서 개갤 거야?"

최충섭은 삼겹살에 소주를 사면서 모욕적인 언사를 늘어놓았었다.

"무슨 일이든 하겠다, 이거란 말이지? 좋소, 일당 8천 원짜리 잡급직이라도 괜찮다면 알아볼 테니까……"

그렇게 되어 사우디까지 갔다 온 알루미늄 새시 기술자는 임시 방편일 뿐이다. 스스로 달래면서 잡부가 되었다. 고윤팔이 '오야지'로 하는 하도급 팀에 서춘환을 끼워 준 것이었다. 그는 유신시대에 고관을 지냈다는 사회 명사의 개인주택을 짓는 공사장에 투입되었다. 안 박사라고 하는 그 사회 명사는 서춘환도 이름을 들어본 적이 있었으니 대단한 인물이었을 것이다. 세상이 바뀌어 그 명사는 더이상 신문지상에 오르락거릴 일이 없게 된 듯했다. 그래서 제가 살 집을 본때 있게 지어 보려는 것인 듯하였다. 지레짐작으로 사회 명사의 집 짓는 공사판이니 인심은 각박하지 않겠지 했었다. 적어도 사우디의 그 현장하고는 다른 것이라 생각했다. 사우디에서 그는 경찰 청사를 짓는 일에 동원되었었다. 건설도 건설 나름이지 하필이면 남의 나라 백성들 붙잡아 가두는 건물을 건설하게 될 게 무어람, 하고 제 분수에 맞지 않는 푸념을 해 보았던 적이 있었다.

그리하여 노동자들은 건설을 시작했다. 하지만 건설도 건설 나름이었다. 초장부터 서춘환은 예상 밖의 상황을 만났다. 제 살 집을 짓는 것이면서도 사회 명사는 현장에 한 번도 얼씬을 하지 않았다. 그 대신 그의 비서라는 홍만준이 진두지휘를 했다. 이자의 까다로움, 사사건건 시비를 붙이고, 터무니없는 요구조건에 모욕적인 욕설로 성깔을 부렸다. 거기에는 그럴 만한 까닭이 없는 것이 아니었다. 이 주택을 짓는 데 들어가는 각종 건축자재와 비품들이 외국제뿐이었다. 그 고관은 현직에 있을 때 해외 나들이를 자주 했는데, 그럴 적마다 최고급품 자재들을 특별 통관시켜 왔던 것이라 했다. 검정 벽돌에 꽃무늬 타일, 대리석에 이르기까지 다 이태리제니 어디 제니 그랬다. 외장재뿐 아니라 각종 내장재, 장식품 들에 대해서도 노동자들은 신주 모시듯이 해야 했다. 이군섭이 전기 콘센트 하나를 잘못 다루어 망가뜨린 일이 있었다. 그 일로 뺨따귀를 얻어맞고 그리고 청계천변을 몽땅 뒤져서도 똑같은 제품이 나오지를 않자 외국에 국제전화 걸어 특별 주문에 수송해 오는 비용까지 물어내지 않을 수 없었다.

하지만 그뿐이었던가. 그 홍만준이란 자와 현장 소장과의 사이에 불화가 겹쳤다. 종합건설회사의 과장 차장을 거쳐 해외 파견 근무까지 하여 부장이란 직함에 올라 있는 처지에 개인주택 공사나 맡고 있는 게 불만인 강 소장은 아침부터 술이나 마시고 있었다. 그러면서도 밑의 사람들을 심하게 닦달해 냈다. 더욱이 하도급 업자들에 대해서는 막무가내로 병신 대접뿐이었다. 그러자 그 일이 터진 것이었다. 이태리에서 특별 수입해 온 문고리를 빼돌리고, 그와 디자인이 똑같은 국산 제품으로 바꾸어 저기를 하였다면서 홍만준이 길길이 날뛰었다. 공사는 일시 중단되고 각종 자재들의 총점검이 있었다. 경찰서에 신고가 들어가고 형사들이 들이닥쳤고 심문 조사가 진행되었다.

노동자들은 그냥 어이없어하기만 했다. 힘없고 돈 없고 배짱 없고 용기 없는 노동자가 어찌 감히 외제 물건 바꿔치기를 해 볼 수 있더란 말인가. 전직 고관의 위세를 너무도 잘 알고 있는데, 그런 짓은 엄두도 못 낼 일이었다. 하지만 그것은 순진한 밑바닥 사람들의 생각일 뿐, 조사를 받기 시작하는데 처음부터 중범죄인 취급이었다. 서춘환도 불려 가서 각종 신원 조회로부터 시작하여 닦달을 당하며 하룻밤을 새우고 나왔다. 노동자들의 농성이 벌어지기 시작하자 수사과 형사들만 아니라 정보과 사람들마저 달려왔다. 진상이 드러나게 되기는 하였다. 절도는 아니고 국내 회사에서 모조 제품 만들어 볼 양으로 샘플 삼아 빌려 갔다가 잘못 바꿔치기가 된 것이라는 변명이었다. 임시직이 아니라 본사에서 나온 관리직 사원이 관련된 일이었다. 그에 대한 처벌과는 별도로 농성자들이 모두 구류를 먹었다. 물건 바꿔치기 혐의 벗은 것이 대수로운 게 아니고 불순난동을 벌였다는 것 자체가 시국사범이 될 수 있는 것이라 하였다. 서춘환도 물론 즉결재판을 받아 유치장 구경을 하는 신세가 되었다. 그뿐인가. 구류자가 생기자 얌전히 뒷전에서 움츠려 있던 밑바닥 동료들이 웅성거렸다. 이와 관련해서 이태리제 전기 콘센트를 망가뜨린 이군섭이 전직 고관 비서의 미움을 사게 된 다른 일이 있었다. 아무튼 서양 영화에 나오는 영주의 성(城) 같은 전직 고관의 저택 공사는 말썽의 연속이었다. 부실공사니 무어니 하던 끝에 고관 비서의 뒤늦은 고발로 이군섭이 구속되고 다른 노동자들이 참

고인으로 소환되는 일을 다시 겪었다. 물론 구류자들이 경찰서를 모두 벗어 나온 한참 뒤의 일이었다. 이군섭을 교도소 보낼 양이면 결코 좌시하지 않겠다고 웅성거린 덕에 즉결재판에 회부되는 것으로 끝났으니 그나마 다행인 것이지만……

서춘환이 경찰서 유치장에서 구류를 살고 있을 적에 마침 대학가에서 데모 바람이 불었는데 학생들이 많이 초대를 받아서 와 있었다. 서춘환은 거기에서 엉뚱한 녀석을 하나 만났었다. 다름 아니라 조치현이 불법 시위로 달려 들어와 있었다. 조치현은 어느 사립 대학 국악과를 다니고 있었는데 휴학 중이었다. 등록금도 벌고 사회 경험도 쌓을 겸 자기에게 고종사촌형이 되는 최충섭에게 부탁을 해서 공사판의 임시 고용직 자리를 얻어 일하곤 했다.

아무튼 이래저래 서춘환으로서는 처음 와 보는 유치장 생활에 맛을 들였다. 그가 석방되던 날 조치현도 만기이어서 그들은 함께 경찰서 문을 벗어날 수 있었다. 최충섭이 마중을 나와 주어서 그들 셋은 함께 식당으로 갔었다.

"자빠져도 코가 깨진다더니 우리 서춘환 씨가 하는 일은 모두 산통이네."

이렇게 말하면서 최충섭은 혀를 끌끌 찼었다.

두 시 사십 분. 서춘환은 최충섭을 만나러 오랜만에 삼흥건업에 들른 참이었는데 다른 아는 얼굴들은 보였어도 정작 그는 없었다. 집에 어린애가 잘못 화상을 입어 병원 간다는 전화가 왔었다 했다. 조애실을 알게 해 준 것이 최충섭인지라 그동안에 있었던 일을 의논해 볼 참이었는데, 그 일은 단념해야 했다.

되돌아오다 말고 서춘환이 다시 전화를 걸었다. 조치현이 마침 전화를 받았다.

"어디 있어, 형? 오늘 시위 구경하러 슬슬 나가려던 참인데, 잠깐 만나요."

조치현이 반가운 목소리를 보내었다.

조치현은 최충섭의 고종사촌 동생이자, 조애실과는 친사촌 간이었다. 그리고 그들은 서춘환의 고향과 그리 멀지 않은 고장의 출신들이기도 했다.

"그렇지 않아도 이따 다섯 시에 네 사촌누이 만나기로 했다."

서춘환이 전화통에 대고 말했는데 조치현이 자기도 그리로 나오겠다 하였다.

3-6   그때에 경찰서 유치장에서 풀려 나오는 길로 서춘환은 최충섭, 조치현과 함께 허름한 순댓국집으로 갔었다. 기분이 그렇지 않아서 머리 고기를 놓고 아침부터 술을 펐다. 그러다가 서춘환이 변소에를 다녀왔다. 다닥다닥 붙은 여러 음식점 술집들이 공동으로 사용하는 곳이어서 그 악취에 지저분하기가 말도 못 할 지경이었다. 밑씻개로 뜯어 발기다가 만 주간지가 있기에 그는 무심코 주워 들었는데 우연히 펜팔난을 보게 되었다. '우리는 모두 사랑하는 사람들' 어쩌구 나발을 까는 펜팔난에는 남자 13명과 여자 8명의 사진과 신상명세서가 소개되어 있었다. 나이, 키, 취미, 학력, 직업, 주소 따위들이 적혀 있었다. 8명의 여자 중에는 임계숙과 오연희라는 이름이 들어 있었는데, 둘 다 22세, 취미도 서로 같은 수예였고 또 모두 고졸이고 직업은 임계숙이 유아원 교사라 되어 있었고, 오연희는 디자이너라 되어 있었다. 제깟 년들이 무슨 유아원 교사이고 디자이너일까. 탁아소 보모이거나 재단사 보조, 어쩌면 '시다' 정도이겠지. 서춘환은 이렇게 코웃음을 쳤는데, 어쨌거나 마치 그녀

들을 만나 본 적이 있었을 뿐 아니라 서로 잘 아는 처지인 사이인 것 같은 생각이 들었다. 주소는 임계숙이 안양이고 오연희는 성동구 성수동이었다. 기억해 보려고 한 것이 아니었음에도 두 여자의 신상 명세서와 주소까지 모두 또르르 그의 머릿속에 들어와 있었다.

"이제 형은 건실한 산업역군 돼야 해요. 물론 결혼도 해야 하고……."

조치현이 이렇게 말하며 술잔을 건네었었다.

"결혼은, 사우디에 가 봤더니 웬만한 놈 아니면 못 하는 거로 되어 있더라."

그는 그저 웃어넘기고 말았다.

"하기사 내게 두 명의 애인이 있기는 하지. 임계숙이라는 애하고 오연희라는 애인데, 계숙이는 집이 안양이고 연희는 성수동에 살고 있지."

시침 딱 떼고 서춘환은 금방 전에 주간지에서 본 펜팔 여자들의 신상명세서를 읊었다. 그런데 조치현은 그의 이야기를 진짜인 것으로 알아들었나 보았다. 호기심을 나타내 보이며 계속 채근질을 하였다. 그래서 계숙이의 취미는 어찌 되고 연희의 키는 몇 센티미터라는 등 서춘환은 말이 되어 나오는 대로 아무렇게나 씨부렁거렸다. 그러다가 그는 어쩐지 시들하고 서글퍼졌다.

"야, 우리 허튼소리는 하지 말자. 사실은 말이지……."

그는 변소간에 굴러다니는 주간지에서 본 것임을 실토하고 말았다.

"주간지에서 본 거라서가 아니라 그따위 애인 자랑이 허튼수작이라는 거다. 내가 반성할 테니 더 이상 허튼소리는 하지 말자꾸나."

조치현은 처음에 배꼽을 잡고 웃더니 나중에는 엄숙한 얼굴이 되어 말하였다.

"맞았어. 그건 허튼소리야. 우리에게는 진지한 이야기가 필요한 거야."

"그렇게 하지. 내가 반성하마."

웃으며 그도 말하였다.

"그런데 우리에게 필요한 진지한 이야기는 어떤 것인지, 이제 네 말을 듣자꾸나."

조치현이 서춘환의 물음에 대답을 않고 그 대신 최충섭을 바라보았다.

"어떻게 생각해요? 애실이 누님 말예요?"

"애실이?"

최충섭이 반문했다.

"그거 생각해 볼 일이겠는데?"

그는 머리를 끄덕거렸었다.

그처럼 엉뚱한 이야기 끝에 서춘환은 최충섭의 소개로 조애실과 만나게 되었던 것이다. 처음에는 그저 웃기만 했었다. 옹색안 내 형편에 누구네 집 규수 실망시키려고 맞선은 무슨…….

"그쪽 형편 옹색한 건 나두 알지. 그러나 인간 서춘환 자체가 옹색한 거는 아니겠지. 그건 애실이도 그래, 우리 집안의 골칫덩이거든. 하지만 걔에게는 우리 친척들이 안 갖고 있는 무언가가 있단 말야. 그러니 가외 인생끼리 한번 만나 보는 게 어떨까 싶다는 거지."

최충섭이 조르다시피 하여 서춘환은 마지못해 응낙을 했던 것이었다. 그 일이 그렇게 발단이 된 것이었다. 그런데 만남의 자리가 이루어졌을 때 최충섭이 제 고종사촌누이 애실이에게 서춘환을 소개해 준다면서 꺼냈던 말이 그 주간지 펜팔 이야기였다. 서춘환이 얼굴을 붉히며 무안해하자 조애실이 딱해 하는 듯한 표정으로 웃었던 것이었다.

"평소에 펜팔 같은 거 더러 해 보셨던가요?"

서춘환은 은근히 약이 올라 "아니, 전혀……" 하고 서둘러 부인했다. 그러다 보니 더욱 민망스런 느낌이 들어 시무룩한 표정을 지었다.

"서춘환 씨는 저렇게 순진하단다."

최충섭이 옆에서 변죽을 울리며 웃었다.

"부끄럽게 그런 이야기 꺼낼 게 무어야?"

서춘환이 부은 목소리를 내자, 조애실이 그를 두둔하는 말을 해 주었다.

"숨기지 않고 사실대로 말하셨잖아요? 주간지라는 것도 사람 보라고 만드는 건데요 뭐."

이에 최충섭이 화제를 돌리어 외제 일색으로 저택을 짓던 전직 고관의 공사장에서 서춘환이 겪었던 일을 이야기하였고, 조애실이 "나쁜 자식들" 하면서 분개했었다. 곧이어 최충섭은 자리를 떴고 그들은 노동 문제를 화제로 삼았었다.

조애실을 만나기 위해 약속 장소인 서울역으로 가는 버스에 실리어 졌을 적에 서춘환은 이렇게 지난 일을 떠올렸다. 버스가 틀어 놓고 있는 카세트로부터는 '바보같이 살았군요.' 하는 가사가 나오는 노래가 들려왔다. 서른 살 넘은 나이에 기껏 펜팔이나 화제로 삼았다니 정말이지 바보같이 살아왔었다고 그는 반성해 보고 있었다. 무언가가 딜라져야지. 미혼모의 아이로 태어나 대리모의 거친 손에서 사육되어 해외 입양아로 나가는 그런 아이의 애비 같은 인간인지도 모를 나. 그런 사내자식도 제 인생에 고민 겨운 사연은 있었을 것이다. 서춘환 씨, 당신이 누구이며, 무엇인가요?

4. 명동의 밤

4-1　오후 네 시 이십 분. 서춘환은 시간이 넉넉하다 싶어 갈월동에서 버스로부터 내려섰다. 그는 서울역 쪽을 향해 걷기 시작했다. 그런데 그와 같은 방향으로 걸어가고 있는 청년들이 의외로 많았다. "민주헌법 쟁취하여 민주정부 수립" 하고 중얼거리면서 걷는 녀석들도 있었다. 간편한 복장에 가방 같은 것도 들고 있지 않았으나 대학생들일 거라 짐작되었다. 요새 아이들은 옛날하고 달라서 데모를 해도 이른바 '출정식'이라는 걸 미리 캠퍼스에서 가진 다음 집결 장소를 찾아간다는 이야기가 신문에 나곤 했었다. 미루어 짐작하건대 '박종철 군 고문살인 은폐 규탄 및 호헌철폐 국민대회'라는 명칭을 달고 있는 오늘 저녁의 시위에 가담하려고 저렇게 이동 중인 모양이었다. 서울역의 사정이 어떨지 몰라 미리 한 정거장 앞서서 하차하여 주위 상황 파악부터 해 가며 걸어가고 있는 게 아닌가 싶었다. 거리는 겉으로 보자면 평온하고 사람들은 도무지 표정이 없었다. 하지만 여느 때의 행길과는 무언가가 다르다는 것을 누구나 다 실감하고 있는 것에 틀림없었다. 멀리 서울역 광장이 보이면서부터 사람들의 숫자는 더 많아졌다. 후암동 쪽으로 오르는 골목마다 장갑차들과 전경들이 대기하고 있었다. 그들은 그냥 심심해하고 있었다. 그러나 막상 시위가 벌어지면 상황이 달라지겠지. 행인들은 별로 전경들을 두려워하는 것도 아니었다. 하기야 시위의 돌팔매질, 진압의 최루가스 맡는 거야 문자 그대로 시민 생활이 되어 버렸으니 익숙해질 만도 한 노릇이었다.

서울역 광장은 여느 때의 광장하고는 사뭇 달랐다. 기차 타려는 사람들이 몰리는 곳 아니라 전경들이 완강하게 점령해 놓고 있었다. 나치 시대의 레지스탕스 영화에 나오는 파리의 개선문 앞이거나 로마의 플라자 같았다. 보행인들의 왕래를 금지시키고 있는 것은 아니었으나 도처에서 검문검색을 하고 있었다. 통행자들보다는 그냥 우두커니 서서 주위를 두리번거리는 자들이 태반이었다. 서울역 광장이 대학생들과 노동자들의 제1차 집결지 중의 하나로 선정되어 있는 것이 분명했다. 겉으로 표현은 안 하지만 누구나 다 그것을 알고 있다는 표정들이었다. 당장 시위가 벌어지는 것은 아니니까 내버려 두고 있지만 전경들은 여차하면 카니발이라도 벌이듯 다연발 최루탄에 직격탄을 쏘아 붙일 만반의 태세를 갖추어 놓고 상관의 명령을 기다리는 중이었다. 어제 있었던 것과 마찬가지로 제2의 연세대생이 오늘 이 광장에서 나오지 말라는 보장은 아무것도 없었다. 서춘환 자신 그런 자가 되지 말라는 보장도 없었다. 그러나 광장에 들어차 있는 사람들 중 누구도 그런 사실을 염두에 두고 있는 것 같지는 않았다.

시인이라면 어떻게 읊어 볼 수 있을까? 서춘환은 엉뚱한 생각에 빠져 있었다. 우리 시대의 기묘한 사랑법 서설(序說)?

조애실이 그랬었지. 사막처럼 고요하기만 하고 죽음처럼 침묵뿐이기만 한 그런 시대 아니라 왁자왁자 시끌덤벙한 시대에 끼여 있음을 사랑해야 하고 감사해야 한다고, 아무렴 그렇지 그렇고말고라고. 서춘환은 조애실과 만나기로 약속한 서울역 그릴 쪽으로 다가갔다.

"부천서 성고문 사건 보면서 그랬어요. 박종철 군 고문치사 사건 보면서 생각했어요. 우리는 우리 시대를 어떻게 사랑하고 있는가. 다른 게 따로 없을 거예요. 최루탄 터뜨리면 그걸 머리에 맞아 주는 거예요. 붙들려 가 성고문 물고문 불고문 주는 대로 받는 거구요. 우리 시대에 대한 우리의 사랑이 그래요. 누구나 그런 처지에 놓일

밤길의 사람들　　　　319

수 있는 거니까요. 우연하게 그런 일 안 만나고 있다 뿐이지 말예요. 그러니 누구나 민주시민 될 자격 있어요. 역설 같지만, 우리는 참으로 이상한 방법으로 우리 시대를 사랑하고 있는 거라구요."

조애실은 생글생글 웃으면서 이런 소리를 늘어놓았는데, 서춘환은 도저히 웃을 수 없었다. 그 이야기하는 내용도 그러하지만, 저런 소리 누구한테 촉이라도 잡히면 어쩌나 겁이 났었기 때문이었다.

어떻게 해서 그런 이야기가 나왔었더라? 그는 약속 장소인 휴게실 안으로 들어가면서 기억을 더듬었다. 아, 참 그랬었지. 최충섭이 자리를 뜨고 났을 때 펜팔 연애로부터 차츰 노동자의 사랑 이야기로 화제를 옮겨 갔었다. 조애실이 이런 말을 했었다.

"싸구려 연애라는 거 내 주변의 여자애들도 더러더러 하는 걸 보았어요. 미팅이니 하는 걸 흉내 내는 공돌이 공순이의 공팅에도 여러 종류 있대던가요? 애들이 제일 부러워하는 건 공순이가 대학생 애인 만나는 학팅이라는 거구, 그와 반대로 얼간이 대학생이 제일 만만하게 보는 것은 공순이 애인 만드는 순팅이라던가?"

서춘환은 그때에 짓궂은 질문을 던졌다. 이 여자애는 아까 "평소에 펜팔 같은 거 더러 해 보셨던가요?" 하고 물어 왔었지.

"평소에 그런 미팅 같은 거 혹시 해 보셨던가요?"

"내가요? 글쎄요."

조애실은 깔깔거리며 웃었다.

"펜팔도 못 해 보고 미팅도 못 해 본 얼간이들끼리 만났네요."

얼른 서춘환이 능쳐 잡았다.

"어떤 노동자들은 국가보안법 위반으로 붙잡혀 갈 각오를 하며 시위 나서던 거리에서 다른 근로자 출신 남녀는 맞선인지 데이트인지를 하고 있는 거네요? 우리는 얼간이일 뿐 아니라 맹한 사람들이

군요."

"나는 노동자라기보다 노가다입니다마는…… 노가다의 사랑이
라는 게……."

서춘환의 바로 이런 이야기를 받아 조애실이 그 소리를 했던 것
이었다.

"노가다의 사랑이라뇨? 노동자의 사랑이겠지요. 노동자의 사랑
이 별다른 건가요? 아니, 도대체가 사랑이 별다른 것이겠어요?" 조
애실이 이러더니 "노동자의 사랑이 별다르다면 노동이 별다른 것
일 텐데…… 글쎄요, 이른바 노동운동 한다는 애들 이야기가 그렇
대요. 최루탄 터뜨리면 머리에 맞고, 붙들려 가면 고문 주는 대로 받
는, 우리 시대에 대한 우리의 사랑……."

"그렇다면 그 사랑은……?"

서춘환은 '냄새' 풍기는 이런 대화가 마음에 들지 아니하였으나
묻지 않을 수 없었다.

"노동자의 사랑은 싸구려 연애인 게 아니에요. 확실히 옛날하고
는 달라진 거예요. 게으르고 못나고 인간성 나쁜 것이어서 밑바닥
살이를 하는 거 아니냐? 성실하고 근면하다면 왜 그런 처지 뛰어넘
지 못하느냐? 이런 따위 말은 더 이상 안 통하는 겁니다. 다 옛날식
문제예요. 노사협의회니 무어니 참석해 보면 알 수 있어요. 성실하
고 근면한 것은 분명 '노' 쪽이거든요. '사' 쪽은 정신 자세부터 틀려
먹어 있거든요. 대개는 그렇대요. 싸구려 연애는 '노' 아닌 '사'의 인
간들이 벌이고 있는 거예요. 음란하고 서속한 건 분명 돈 있는 자들
이 벌이는 장난이지, 어떻게 노동자 몫일 수 있어요? 요새 애들 얼
마나 성실하고 진지한데 그래요? 좀 더 열심히 일하고, 한 푼이라도
더 벌고, 한 자(字)라도 더 배우겠다고 바둥대고 낑낑거려요. 더욱

이 운동권 애들은 불량하지도 않고 불순한 것은 더더구나 아니에요. 바로 그런 이유로 개들이 불온해 보이는 건지는 몰라도…… 멍청한 내가 제3자의 처지에서 살펴보니까 그렇게 되데요."

아 그렇구나, 너는 바로 그런 '운동'에 조금쯤은 뛰어 본 적이 있었구나. 서춘환은 서먹하게 조애실을 바라보면서 그런 엉뚱한 관찰을 하고 있었다.

"그렇다면 노동자의 사랑은 노동이라는 것하고……."

"노동자의 사랑은 인간의 사랑과는 다르다는 건가요?"

"내 나이 서른하나이거든요. 이십 대 청춘 시절 소비해 버렸어도 내가 이루어 놓은 게 아무것도 없다고 탄식을 했더니, 어떤 늙은 노동자가 그러데요. 사람은 자기 재주 있다고 믿어 미술가가 될 수도 있고, 교육에 대한 신념 지니어 국민학교 교사를 하기도 하는데, 나는 노동이 신성한 것이라 생각한다고 선택을 해서 노동하는 거냐고 말이지요. 노동은 하는 게 아니라 되는 거라데요. 그러니 노동자 사랑이라는 것도 노동이라는 것하고……."

"하지만 요새 애들 생각은 다르던데요? 노동자는 되는 게 아니라, 자부심 갖고 해야 하는 거라고 느껴요."

"되는 게 아니라, 하는 거라……."

"아무렴요. 산업사회가 뭐길래요? 일천만 노동자라 하면 그 가족까지 포함해서 국민 대다수가 노동자인 그런 사회 아녜요? 못나고 비천해서 노동자 되던 시대는 지났어요. 옛날에는 워낙 사회가 엉성해서 사장 되고 무어 하고 엿장수 마음대로였겠지만, 지금 얼마나 빡빡하게 짜여 있고 콱콱 조여 놓고 있어요? 도리어 지금 모두들 사장 되겠다고 꿈꾼다면 그게 되겠어요? 요새 운동권 애들 강조하는 게 바로 그 점이라고요. 노동자는 비참하다. 따라서 그 처지 벗어나겠다는 생각이 잘못이라는 거죠. 노동자는 비참하다. '그러나' 벗어나지도 도망가지도 않으며 그걸 뜯어고치자. 노동삼권 보장받아 사람답게 사는 사회 만들자. 객관적으로 우리 시대 노동자 사회라 할 수 있는데 도망갈 데 어디 있나 하는 거여요. 이 실세 무시하고 무슨 하품 나는 이야기들이냐? 신문기자들 무엇 하는 인간들이고 문학인들 무슨 잠꼬대냐 하는 거예요. 언젠가 내가 전태일 묘지가 있는 모란공원에를 갔던 적이 있었어요. 거기 비석에 '삼백만 근로자 대표 전태일의 묘'라고 씌어 있었어요. 그 삼백만 근로자가 일천만 노동자로 확대됐다구요. 노동운동이 드세어진 게 아니라 노동자 사회로 그 구조가 바뀐 거란 말예요. 이런 시대적 요구를 군사정권이 덮어 놓고 억누른다 해서 과연 억눌러지겠느냐 하는 거라구요. 노동자 개개인의 인간적 고민 문제 아니라 이 사회의 구조가 바뀌어야 하는 것이 당면 과제, 이거다 하는 거예요. 학생이 민주화하던 4·19 시절 지난 거고, 노동자가 민주화하는 세상 된 거예요."

"과연 그것이 우리 사회에 실현되리라 믿는 거예요?"

서춘환은 호흡을 끊은 채 조애실을 낯설게 바라보았다.

"믿고 안 믿고 상관없어요. 현실적인 상황이 그렇다는 걸 말하는 것뿐이에요. 나야 워낙 바보라서 억울해할 줄도 모르고, 그냥 남자에게 시집가기 운동이나 벌이는 중이지만…… 민주화의 대열에서 이탈될 수 없다는 거, 온몸으로 느끼는 걸요. 아, 참 노동자의 사랑 이야기 하고 있는 중이죠? 노동자의 사랑은 아무것도 다를 거 없어요. 인간의 사랑, 그거라구요."

4–2   왜 안 오는 걸까. 서춘환은 실내의 벽에 달린 시계와 5천 원 주고 산 자기의 액정 시계를 번갈아 살펴보며 출입구 쪽에 누가 나

타날 적마다 긴장하곤 했다. 시간과 사람의 싸움, 기차는 뜨려고 하는데 사람은 나타나지 않고 있는 그런 영화 장면, 그 기차를 과연 타게 될 것인가. 드디어 약속 시간인 다섯 시. 그런데도 조애실은 나타나지 않았다. 오르막의 막바지에서 시간이, 그리고 물론 시계가 내리막으로 철렁철렁 굴러떨어지고 있는 것 같은 느낌을 그는 받고 있었다. 조애실과의 짧은 인연이 이것으로 영영 끝장이 나 버린 것이 아닐까. 이 며칠 사이 그는 온통 조애실에 관한 생각으로 차 있었다. 그녀를 거울로 삼아 그 자신의 못생긴 삶을 열심히 비추어 보았었다. 비유를 들자면 문학인이 자기 소설 주인공의 모습을 생생하게 드러내 보이려고 심혈을 기울여 따져 보고, 맞추어 보고, 역지사지로 사람의 심리를 파 들어간다고 한들 서춘환만치 고심해 보았을까 싶게, 그런 열성으로 그 자신과 조애실에 관한 '인간 공부'를 해 온 셈이라 할 수 있었다. 그리하여 이제 어느 정도 그 자신의 마음을 비운 셈이었다. 그리고 조애실에 대해서 담담한 심정으로 이야기해야 할 바도 가지게 되었다. 그런데 조애실은 왜 안 나타나는 것인가. 너 자신이 얼마나 엉터리 인간인지 살펴보라, 하고 코웃음 치며 골려 볼 생각뿐이었던 게 아닐까. 다섯 시 오 분.

"내가 조금 늦었어, 형. 아무래도 교통 소통이 잘 안 되는걸. 종로 쪽, 시청 쪽, 남대문 앞, 다 꽹장치두 않아."

조치현이 나타났다. 그는 마치 현장 중계에 동원된 아나운서같이 약간 흥분된 목소리로 말했다.

"애실이 누나도 그래서 좀 늦는 모양이지?"

다섯 시 십 분. 왜 이렇게 늦지, 하면서 서춘환은 아까 오전에 전화로 약속을 하였던 일을 되풀이해서 말하였다.

"여섯 시에 동대문 앞에서 미리 선약해 놓은 게 있다고 했다구?"

"그래 직장 관계 일루다가……."

"형, 애실이 누나는 여기 안 나올 것 같아. 못 나오는 거겠지 만……."

"아니, 왜?"

서춘환은 영문을 알 수 없다는 표정으로 물었다.

"애실이 누나가 동대문에서 여섯 시 약속해 놓은 게 있다면……."

"아니, 그게 혹시…… 시위 참가하기로 한 그런 약속일지 모른다 는 거냐?"

"잘은 모르지만…… 대학생들하고 노동자들하고 사람 동원하 기 위해 조직적으로 움직이고 있는 것만은 사실이니까 말야. 동대 문 쪽은 청계피복도 있고 봉제회사들이 몰려 있고 하잖은가 말야. 직장 관계 일로 약속해 놓은 게 있다면…… 물론 지난번 해고된 직 장이 아니라 새 직장 얻으려는 그런 약속일 수도 있지만, 다른 것일 수도 있다는 거지. 어쩌면 전화를 믿을 수 없어 약속 장소를 둘러댄 것일 수도 있겠고……."

서춘환은 멍한 표정을 지을 수밖에 없었다. 과연 그런가? 어찌해 서 나는 그럴 수 있으리라는 가능성을 한 번도 생각해 보지조차 않 았단 말인가?

"대학생이나 노동자뿐만이 아냐. 요새 내가 책을 내려는 선배 위 해 어떤 출판사에서 아르바이트를 하고 있는 중인데, 그쪽에서 들 으니까 문학인들, 언론인들, 연극인들, 민중미술 쪽들도 옛날 중앙 일보 뒤쪽에 다섯 시 반까지 모이기로 되어 있다는 거야. 거기에서 시청 쪽으로 진출해 성공회 쪽으로 가려는 계획이래. 젊은 문화패 들은 남대문 쪽에서 밀어붙이기로 되어 있다 하구 말야. 성공회 집 결하는 게 여의치 못하면 최종 집결지는 명동성당 쪽이고……."

서춘환은 아무 말도 할 수가 없었다. 지구는 돌고 또 돌았던 것인가. 멍청한 것은 항상 그 자신일 따름이었다. 저 혼자 외톨박이로 버림을 받고 있었던 것 같은 느낌에 그는 다만 암담하고 참괴스러울 뿐이었다. 조애실은 나오지 않을 모양이었다.

서울역 광장 쪽에서는 이미 시끄러운 소리들이 터져 나오고 있었다. 다섯 시 이십 분. 조치현은 여기에 앉아 있으니 입구 쪽에 나가서 기다리며 구경을 하자 하였다. 그들은 자리에서 일어섰다. 광장은 훳훳하게 이질적인 두 개의 세력이 서로 맞물려 가고 있었다. 시위 진압대와 시위 촉발 가능성 시민 세력. 시간의 비탈길은 이 광장에서 여섯 시를 향하여 가파른 오르막길을 계속 올라가고 있는 중이었다. 서춘환과 조애실의 약속 따위는 도대체 아무런 문젯거리가 될 턱이 없었다. 다섯 시 이십팔 분. 시청 쪽으로 가 보자구, 형. 오늘은 될수록 많이 돌아다녀서 여러 추억거리들을 남겨야 할 거란 말야. 이담에 자식 낳으면 들려줄 이야깃거리 마련하기 위해서 말야.

"너는 마치 오늘이 사일구 날처럼 될 것으로 생각하는 모양이구나?"

웃으면서 서춘환이 말했다.

"꼭 그런 건 아니야.『백범일지』를 보니까 이런 말이 나와요. 이조 오백 년 동안 모든 게 다 망가져 버렸는데 남아 있는 게 꼭 두 가지가 있다구 말야. 도둑놈 의리하고 지독한 악형, 그러니까 요샛말로 하자면 고문이라는 게 되겠지. 해방 사십몇 년에 다른 건 다 발전했는데 제자리걸음으로 주저앉아 있는 게 두 가지이거든. 저질의 통치하고(그러니까 정치가 못 되는 거지 무어), 정권의 뒤치다꺼리하는 경찰 수법하고 말야. 그 막강한 경찰력을 어떻게 이겨 내? 무산되고 좌절되고 마는 게 뻔하겠지만, 그거는 그거고 추억은 추억이야. 그런데 민중들은 정통 한국사보다는 무용담에 활극이 가득한 신화나 전설을 더 좋아하거든."

그들은 남대문 쪽으로 이동하기 시작한다. 개인적인 볼일로 길거리 걷는 그런 행인은 아니고 동원되어 나왔거나 구경하러 나섰거나 한 것에 틀림없어 보이는 사람들로 인도는 움직이기조차 힘들 지경이었다. 높은 빌딩들이 창문마다 모두 열려 있었다. 감꼭지들처럼 사람들의 얼굴이 거기에 달려 있었다. 벌써 심상치 않은 일들이 벌어지려 하는 중이었다. 질서, 질서…… 하는 외침 소리가 들려왔는데, 어떤 청년 하나가 전경들에게 질질 끌려가고 있는 중이었다.

다섯 시 사십 분. 그들은 상공회의소 골목으로 하여 서소문 쪽으로 나아가고 있었다. 옛날 명지대학이 있던 건물 부근 골목에도 뚜벅뚜벅 순찰하는 전경들이 여러 팀 지그재그로 길바닥을 누비고 있었다. 이곳 또한 집결 예정지 중의 하나인 모양이었다. 다섯 시 오십 분. 서울시 전체가 그 자체로 하나의 커다란 시계가 되어 몹시 힘겨워하며 덜컹덜컹 1초, 1초씩 초침을 옮겨 놓고 있는 소리가 들리는 것 같기만 하였다.

"저기 송건호 선생 모습이 보이네. 이쪽에 시인 김규동 씨가 지팡이 짚고 있어. 저기 젊은 사람, 시인 김정환인데?"

조치현이 구경거리 만난 어린애처럼 중얼거렸다.

"문동환 박사도 나왔는걸, 그래."

여섯 시. 시청과 남대문 사이. 그러니까 동방플라자 쪽으로부터 함성이 들려왔다. 서소문에서 시청 사이, 그러니까 법원 후문 쪽으로부터도 함성이 들려왔다.

따, 따, 따, 따, 다연발 최루탄이 터졌다. 재채기, 토악질에 온 행길 천지가 눈물바다로 변했다. 문인 언론인들이 대오를 정비하여 동방플라자 주차장 쪽으로 내려가고 있음을 그들은 바라보고 있었다. 누군가가 보따리를 끄르려 하고 있었다. 아마 그 안에 플래카드가 들어 있는 모양이었다. 하지만 어림도 없었다. 이 골목길을 순시하던 여러 전경 팀들이 일제히 돌진해 왔다. 이 골목에도 최루탄이 발사되었다. 대열은 흩어지고 구멍가게들은 서둘러 문을 닫았다. 눈알이 튀어나올 것 같았고 목구멍에 권투 선수의 큰 주먹을 집어넣은 것 같았다. 그들은 무작정 뛰었다. 어디로 가야 할지, 왜 움직이는지 따져 볼 경황도 없이 그렇게 경정대었다. 하지만 아무 데나다 마찬가지였다. 다람쥐 챗바퀴 돌아 봐야 바깥으로 빠져나가지 못하는 것과 마찬가지로 최루탄 독가스를 마시지 않을 데라곤 없었다. 독 안에 든 생쥐 꼴이라는 게 꼭 이런 모습일 것이었다. 역시 젊음이 좋은 것인 모양이었다. 시민들은 구경꾼 신세에서 벗어날 수 없는 존재들일 따름이고, 젊음만이 대열을 만들 수 있는가 보았다. 기세를 돋우려고 대학생들이 함성을 질러 대고 있었다. 보도블록이 결딴나고 돌멩이들이 날아다녔다. 누가 화염병을 던졌다. 전경들이 달려들었다. 일보 후퇴 다시 일보 후퇴, 반보 전진, 다시 반보 전진. 지나가는 자동차들이 연속적으로 경적을 울려 대고 있었다.

"사람이 다쳤다. 어떤 아주머니 머리에 최루탄 맞았다."

동방플라자 쪽에서 사람들이 외치고 있었다. 중년 여인 하나가 앞머리 쪽에 피를 흘리며 전경들에게 질질 끌려가고 있었다. 이놈들아, 하고 소리를 질러 대는 것으로 보아 의식을 잃어버릴 정도의 중상은 아닌 모양이었다. 그 커다란 건물이 사람들을 뱉어 내고 있었다. 건물 안쪽에서 최루탄이 터졌는가 보았다.

"여기서 물러서면 어디에를 갑니까. 갈 데가 없다구요. 어르신네들이 나와 주세요. 연설 한마디만 해 달라 이겁니다. 우리에게는 격려가 필요하다구요.”

어떤 대학생이 외쳐 댔다. 즉석 토론회를 벌입시다. 다른 누군가가 거들었다. 그러나 다시 전경들의 돌진. 과연 무엇이 어떻게나 되어 가려는가. 터무니없이 시계는 여섯 시를 넘기면서 그냥 망가져 버리고 만 모양이었다. 시간이 정지되어 버려서 덩달아 시계마저 고장이 난 것 같았다. 시도 때도 없이 밑도 끝도 없이 범시민적인, 아니 범국민적인 고통의 축제는 마냥 계속되기만 할 모양이었다. 어떤 바람과 무슨 보람을 얻으려고 이런 집단적인 광기를 부리고 있는 것인가.

“집단적인 광기라고요? 그야 물론 광기인 거지요. 이성(理性)은 아닌 겁니다. 그런 무엇이 있어야지요? 시내 도처에 써 붙여 놓았데요. 질서는 좋은 것, 아름다운 것, 질서를 가장 무시해 버렸던 자들이 이제는 자기들만의 안보를 위해 좋은 질서, 아름다운 질서를 마구잡이로 강박해 대는 거 아닙니까? 독재 질서보다는 최루탄 눈물 쏟는 무질서가 더 신바람난다고 사람들이 느껴워하는 이걸 어떻게 말립니까? 도시락 싸 들고 다니며 애원한다 해서 그게 될 일입니까. 어쨌든 이렇게 억지 눈물 흘리고 있노라면 가슴이 후련해 오는 걸 어쩝니까? 남미의 어떤 소설가는 『백년 동안의 고독』이라는 소설로 노벨문학상 탔다던데. 이거 ‘오천년 동안의 압박’인 것이니 그 용수철이 더는 못 누질리겠다고 하는데 무슨 수로 막습니까? 물론 몸뚱이로 그걸 막아 낼 수야 있겠지만, 그 마음을 어찌 막아 내느냐 하는 거죠.”

서춘환은 텅 비어 있는 어느 건물의 주차장 철책에 궁둥이를 붙이고 앉아 조치현이 늘어놓는 이런 강의를 들으며 담배 한 대 태울 시간 동안 휴식을 취했다. 그들은 시가지 순례에 나서기 위해 다시 일어섰다.

4–3 명동 쪽으로 이동하려면 삼엄하게 보초를 서고 있는 남대
문 지하도의 아가리 속으로 삼키어져야 했다. 심호흡에 결의라도
하듯이 하여 그들은 지하 세계로 떨어졌다. 독가스로 그곳은 지옥
을 연상하게 했다. 그들은 그 지옥의 전선 지대를 돌파하여 남대문
시장 쪽으로 떠올라 왔다. 울며불며 백의민족의 후예들은 남대문
시장 입구를 지나 신세계백화점 앞쪽으로 한국은행 본점 쪽으로
유랑의 길을 가고 있는 중이었다. 노랫소리도 들려왔다. 앞에서 끌
어 주고 에루아, 뒤에서 밀어 주고 에루아 에루얼싸, 우리 모두 협력
하여 에루아 에루얼싸, 이 어둠을 밝혀 보세 에루아 에루얼싸.

신세계백화점 앞에서 서춘환은 예상해 본 적이 없었던 장면을 목
격하였다. 엄청난 인파에 포위된 전경들이 미처 최루탄을 발사하
고 말고 할 틈서리조차 빼앗겨 버린 채 고립무원의 상태에 빠져들
어 있었다. 이것은 참으로 이상한 일이었다. 깜짝 놀랄 만큼 충격적
인 사건이었다. 상식에 위배되는 광경이었다. 상식이 어떻게 되어 있
었던가. 수백 수천 수만 명이 시위를 벌여 봤다고 한들 별수 없는 노
릇인 것이었다. 수십 수백의 전경들이 최루탄을 발사해 대면 견디지
못하여 '자진 해산'하는 것으로 되어 있었다. 그것이 누구나 다 환
히 알아 온 상식이었다. 그 상식이 바야흐로 무너지려 하는 중이었
다. 서춘환은 어린애 문자로 어안 벙벙 눈을 의심했다. "질서 질서,
비폭력 비폭력" 하고 외치는 시민들이 있었다. 어떤 청년이 두 발로
공중제비를 하며 전경을 구타하려는 중이었는데, 시민들이 전경의
편을 들어 비폭력을 외쳐 대고 있었다. 이것도 상식적으로 이상하
였다. 무언가가 한참 동안 거꾸로 되어 버렸다. 그 전경은 구출을 받

아 제 동료들 쪽으로 옮아갔고 그들은 차도 쪽으로 이동을 했다.

명동은 시민들의 해방 공간으로 변해 가고 있었다. 커다란 삼태기에 콩을 잔뜩 담아 까불리기를 하고 있는 모습과 흡사하였다. 병신춤, 배꼽춤을 추듯이 하는 사람들. 문자 그대로 길길이 날뛰고들 있는 사람들. 독재타도 호헌철폐를 열나게 외쳐 대고 있는 청춘들. 더욱이 처녀애들. 온 길바닥이 난장판이었다. 판화에 벽화에 소자보에 유인물에 지저분하기가 말로 다 표현할 수 없었다. 사람의 피, 그 혈서를 연상시킬 만큼 붉은 색깔로 무어라 무어라 써 놓은 수건을 머리에 질끈 동여매 놓고 싸돌아다니는 코미디언 같은 청년. 비싸게 사 입었을 남방샤쓰에 개발새발 과격 구호를 그려 놓고 있는 아가씨. 미친 듯이 호루라기를 불어 대는 인간, 그런가 하면 빨주노초파남보 무지개 색깔 공부라도 하는 것일까. 형형색색의 헝겊 조각들을 기워서 만든 술을 달고 거드럭거리는 녀석, 그 모든 인종들이 살판났다고 설쳐 대는 중이었다. 무슨 비상한 방법을 쓰든 간에 사람 눈에 이색적으로 뜨이게 하여 '독재타도, 호헌철폐'를 주장하고 싶은 자기의 뜻을 알려 보이기 위한 온갖 기묘한 아이디어들을 다 짜내고 있는 것 같았다. 그야말로 병신 꼴값들을 하는 것이었으며 놀랄 노 자(字)의 한바탕 춤판이 벌어지고 있는 중이었다. 그러나 어쩔 것인가. 이 혼란, 무질서가 좋은 것, 아름다운 것, 사랑스러운 것으로 느껴지는 것이었다. 시간은 고장 난 것이 아니었다. 시간이 폭발한 것이었다. 그리하여 시간이 해방을 구가하고 있었다. 서춘환은 시간이 어떻게 지나가고 있는가를 정말이지 완전히 잊고 있었다.

4-4 밤길의 사람들 속에 서춘환은 날마다 끼이어 있었다. 해가

넘어갈 무렵이 되면 저도 모르게 그는 명동의 밤 속에 들어와 있었다. 이른바 6·10 대회는 서울만이 아니라 전국 22개 도시에서 벌어졌다 했다. 그러니 밤길의 사람들로 되는 그런 사람들은 전국적으로 엄청나게 불어났을 것이었다.

그날은 6월 13일이었고, 그리고 물론 밤이었다. 6월 11일, 12일에 이어 그날도 그는 밤길의 사람이 되어 있었다. 명동성당에 농성자들이 '해방구'를 설치하였다고 주장한다 했었다. 밤길의 사람들은 그 농성자들과 합류해야 한다는 것을 한 번쯤은 생각하게 되는 듯했다. 마치 알지 못한 자력에 끌리기라도 하듯 그들은 밤마다 명동으로 모여드는 것이었다. 그러면 날마다 최루탄의 축제가 벌어지고 있었다.

과연 명동성당 농성자들은 어찌 될 것인가. 미문화원 사건, 건국대 사건에서 보듯 분쇄당하고 마는 것인가. 밤길의 사람들은 모두들 이러한 의문과 의혹을 품고 있는 듯하였다. 그리하여 입 꾹 다물어 말은 안 하지만 각자들 자기 나름으로 커다란 빚에 의무를 지니게 된 듯이 느끼는 듯했다. 성당으로 가자, 성당에 모이자, 하는 유인물이, 구호가 하루 종일 전 시가지를 들쑤셔 놓고 있었다. 그리하여 명동 일대가 팽이 추처럼 되어 전 시가지가 팽글팽글 돌고 있는 듯했다. 미문화원 사건, 건대 사건의 복사판 같은 일이 다시 일어나게 해서는 안 된다. 80년의 광주 도청 진압 사태 같은 게 벌어져서는 안 된다. 농성자들을 죽게 해서는 안 된다. 그것은 우리 아들딸을 죽이는 짓이다. 역사의 재앙을 불러온다. 어찌 되든 막아야 한다. 시민들이 해야 할 일 있지 않으냐. 대학생 노동자들이 그냥 방관만 하고 있을 거냐. 밤길의 사람들은 유령처럼 헤매는 게 아니라, 무언가 자기가 해야 할 일이 반드시 있는데 출구를 찾지 못해 애를 태우듯이 때 지어 몰려다녔다. 시위대는 매일 밤마다 명동을 순회하고 있었고, 강강수월래를 하고 있었다. 을지로 쪽에서 와아와아 하다가 신세계 쪽으로 돌고 퇴계로 쪽으로 술래잡기를 하다가 다시 충무로 쪽으로 제일백화점 앞으로, 그리하여 명동성당 쪽으로 원무의 무대를 바싹 좁혀 놓곤 했다. 밤길의 사람들은 새로운 기질을 만들어 가고 있었다. 최루탄이 터지면 마치 불꽃놀이에 놀란 강아지들처럼 흩어졌다. 그러나 금세 다시 모여들었다. 결코 집으로 돌아갈 생각을 하지 않았다. 멀리멀리 달아나는 것도 아니었다. 달 밝은 밤에 고무줄놀이하는 계집애들. 집 뺏기놀이 하는 사내애들. 음력 대보름에 벌이곤 했던 석전놀이. 시골 국민학교의 운동회 날 만국기 펄럭이며 기마전을 벌이던 아이들. 꼭 그런 놀이에 굶주린 아이들 같았다. 얘들아, 집에 가서 그만 자거라 해도 말을 듣지 않았다. 헝클어진 실타래처럼 종잡을 수 없게 시간은 흘러가고 나날들이 어찌나 빨리 지나가는지 알 수도 없었다. 아마도 6월 12일, 그러니까 어저께 밤이 고비였던가 보았다. 수군거려 대는 사람들의 말이 그러했었다.

　대학생 휴교령, 야간 통행금지의 부분적 실시, 경찰만으로는 감당이 안 되니 일부 군병력 투입. 그러니까 무력 진압, 강제 해산 방안이 아주 구체적으로 논의되고 있는 중이라 했었다. 명동성당은 어찌 되는 건가. 농성자들 중에서 다시 죽어 나가는 사람이 나오는 것 아닌가. 제2의 광주 사태 발생하는 것 아닌가. 밤길의 사람들은 어둡고 괴로움에 가득한 표정으로 어둡고 괴로워라 밤이 길더니, 삼천리 이 강산에 먼동이 트네, 이런 노래를 부르며 다녔었다. 어둡고 괴롭고 긴 밤이 지나 삼천리 이 강토에 먼동이 터 오르려면 아직 멀었다는 듯이.

서춘환은 그 13일 밤에 약간 취한 상태로 밤길의 사람이 되어 있었다. 그는 그냥 시위 구경하러 밤길의 사람이 되곤 하였던 것이 아니었다. 그는 정말이지 명동성당 안으로 들어가 보려고 안간힘을 쓰고 있었다.

　"애실이 누나는 집에 안 들어왔대요."

　11일 아침 조치현이 전화에 대고 한 소리였다.

　"아무 연락도 없어요."

　12일 아침 조치현은 걱정이 되는 목소리로 말했다.

　명동의 밤은 확실히 어제와는 달랐다. 어제는 사람들을 아예 명동 근처에 얼씬도 못 하게 할 지경으로 경비가 삼엄하기 그지없었다. 미도파백화점 쪽, 충무로 쪽, 삼일로 쪽, 을지로 쪽이 모두 차단되어 있었다. 다시 하루가 지나 이날 밤 삼일로 쪽에서 명동으로 들어가는 어귀에 경찰 병력이 배치되어 있기는 했으나 삼엄하지는 않았다. 옛날 성모병원 영안실로 통하던 뒷담 쪽에는 명동성당 농성자들이 나와서 데모가를 불러 대고 있었다. 그 자리가 곧 헌금수집 장소로 변해 있었다. 서춘환은 구멍가게에서 깡통 주스를 2천 원어치 사가지고 담벼락 안으로 건네었다. 박수 소리가 나왔다. 그는 퇴계로 쪽으로 갔다가 다시 중앙극장 쪽으로 내려왔다. 그는 데모가 부르는 청년들에게 농성자 중에 조애실이라는 이름의 여자가 있는지 묻고 싶었으나 차마 그럴 수가 없었다. 개인의 안부 따위 묻고 있을 경황이 아니었다. 명동으로 빠지는 골목 어귀에는 여전히 전경들이 지켜 서 있었으나 차도는 개방해 놓았다. 무력으로 명동성당을 진압하는 일은 생기지 않을 거라고 오늘 신문이 보도했다. 아마도 무슨 대화와 타협, 양보와 화해의 조짐이 전혀 없지는 않은가 하였다. 그렇다면 제2의 광주 사태 같은 것은 정말로 일어나지 않게 되는 것인가. 서춘환은 용기를 내어 전경 앞으로 다가갔다.

"안 됩니다. 못 들어가요."

서춘환은 사정을 했다. 그리고 술 냄새를 일부러 풍기면서 화를 내는 척을 해 보였다. 5·17 때에는 숙명여대에 출동했던 부대에 내가 있었다. 뿐인가, 제대 만년에는 삼청교육대 조교까지도 해 보았다. 너희들의 대선배이다. 나 명동에 볼일 있어 간다는데 왜 막는 거냐. 안 됩니다, 못 들어가요.

50대는 넘었을 것 같은 영감 한 명이 소주병을 꿰어 찬 채 다른 전경과 실랑이를 벌이고 있었다. 안 됩니다. 못 들어가요.

"이봐 청년, 나하고 술 한잔해."

영감이 서춘환을 불렀다. 그들은 전봇대 앞에서 깡소주를 마셨다.

"나 신림동에서 밑바닥 노가다 노릇 하는 영감쟁이지만 여기 안 오면 안 될 것 같애서 이렇게 와 본 거야."

"나는 어떻게 하든 명동성당 안에 들어가려고 해요."

"아무렴. 들어갈 수만 있다면야."

"막는다 해도 오늘 밤에는 들어갈 겁니다."

"왜? 애인이라도 그 안에서 농성하고 있는 거야?"

"그래요. 바로 그렇다니까요, 아저씨."

하지만 술 취한 영감은 농담으로 알아듣는 모양이었다.

"예끼, 젊은이가 쩨쩨하게 변명이 유치하군그래. 민주화 이 땅에 찾아와야 한다는 일념으로 농성장 들어가련다, 하는 말 왜 못 해? 인마, 대장부가 민주화 주장하는 거 당연한 것이지, 어째 그 모양이야?"

밤 열한 시가 넘었다. 전경들은 길바닥에 주저앉아 있었다. 경찰이 철수할 거라는 이야기가 있다 하는 소문이 퍼져 가고 있었다. 정말 그런 일이 일어나는 것일까. 서춘환은 후닥닥 뛰어서 명동 길로 들어갔다. 성당 입구에는 신부들이 나와 지켜 서 있었다.

"아침에 오세요. 여섯 시에 해제된다고 해요. 이제 고비는 넘겼습니다."

신부님이 서춘환을 만류하면서 말했다. 서춘환은 주민증을 꺼내었는데 "당신, 술 냄새 풍기누만요. 내일 아침에 오세요." 하고 신부는 엄격한 표정을 지었다.

밤 열두 시가 넘었다. 경찰 병력은 열두 시에 철수하기 시작했다. 다만 성당 입구만은 예외였지만…….

신부들과 청년들이 성당으로 걸어 나왔다. 바리케이드를 철거하기 시작했다. 서춘환은 그 일에 자신도 끼어들었다. 바리케이드의 밑받침이 되고 있던 덩치 큰 나무 하나를 그는 울러메었다. 나무에서는 최루탄 잔류 냄새가 지독히 났다. 신문기자들이 플래시를 터뜨려 가며 사진을 찍고 있었다. '보도' 완장을 찬 다른 신문기자들의 한 떼거리는 그냥 아스팔트 바닥에 주저앉아들 있었다. 아마 그렇게 이 밤을 지새우려는 것인가 보았다. 기자들도 고생이군, 하고 그는 생각했다. 제도언론 어쩌구 비난을 받기도 하지만…….

기자들의 앞에는 4홉짜리 소주병들과 돼지 머리 고기 따위들이 신문지 펼쳐 놓은 위에 널려 있었다. 서춘환은 술 욕심이 생겨 슬그머니 그쪽으로 다가가 쭈그려 앉았다. 아까의 그 신림동 산다는 영감이 자작 술을 따라 마시고 있었다. 그는 다른 영감 하나와 수작을 나누고 있었다. 상계동 철거민이라 했다. 명동성당 안에 천막 쳐놓고 지내는데, 오늘은 기쁜 날이라고 그는 말하고 있는 중이었다. 기자들은 불청객들이 소주를 빼 들어 마시건 말건 여전히 축 늘어진 채로들 앉아 있었다.

"네 그래요, 농성자들은 무사히 귀가시켜 주기로 했답니다."

기자 하나의 재우쳐 묻는 것에 귀찮다는 어조로 간단히 그렇게 말하고 있었다.

서춘환이 노래를 불렀다. 어둡고 괴로워라 밤이 길더니, 삼천리이 강산에 먼동이 트네…… 바리케이드를 철수하고 있는 중인 밤길의 사람들 몇몇이 그의 노래를 따라 부르기 시작했다.

4-5 서춘환 씨를 명동성당에서 보게 되리라고는 생각하지 않았습니다. 6월 14일 일요일 아침이었지요. 일반인들의 출입이 허용된 일요일의 명동성당. 예배드리러 온 신도들만은 아니었을 것입니다. 다시 시위가 벌어졌지요. 그 시위자들 속에 서춘환 씨가 끼여 있는 것을 나는 얼핏 보았습니다. 저 사람이 여기에 어떻게……? 하다가 6월 10일 약속을 어겼던 기억이 났습니다. 아 저 사람, 내가 명동성당 농성자로 들어와 있다는 걸 추측해 냈구나. 그래서 밤길의 사람이 되어 찾아오곤 했었구나, 하고 짐작이 갔습니다.

나는 내 노래 하나를 가지게 되었습니다. 노동자들이 농성을 하거나 할 적에 흔히 부르곤 했던 노래 '작은 세상'. 그 노래가 나의 노래로 되었습니다. '함께 나누는 기쁨과 슬픔 함께 느끼는 희망과 공포. 이제야 비로소 우리는 알았네 작고 작은 이 세상. 산이 높고 험해도 바다 넓고 깊어도 우리 사는 이 세상 아주 작고 작은 곳.'

'작은 세상'을 이처럼 나는 확보했습니다. 6월 10일 첫날밤에는 1천 명도 넘는 농성자들이 있었는데, 15일 마지막 해산할 적에는 그 숫자가 213명이더군요. 5박 6일의 기나긴 여행. 일반인들은 80명쯤이었고 그 나머지들이 대학생들이었습니다. 그들은 동부, 서부, 남부식으로 대학이 위치해 있는 곳에 따라 편성을 하더군요. 일반인들은 노동자나 회사원 따위로 나눌 수도 없는 것이어서 연령이고 무어고 구분하지 않고 그냥 조를 나누었지요. 10명이 한 조가 되고, 그리고 7명으로 집행부를 구성해서 자치적으로 자율적으로 농성에 들어갔어요. 이 공동생활, 어떻게 그 느낌을 설명할 수 있을까요?

내가 꼭 필요한 경우를 만나는 것, 그러니까 내가 필요한 사람이 되었구나 하는 느낌 같은 것, 글쎄요, 아무튼 처음 느껴보는 심정이었어요. 상계동 철거민으로 명동성당 마당에서 천막 생활을 하는 사람들 고생 많았지요. 천막촌 앞에 노천 식당 비슷이 만들어 식사 뒷바라지를 했지요. 첫 밤을 새우고 나니 벌써 쌀 두 가마에 라면 30상자 있던 것 동이 나 버렸다 하데요. 하지만 성금에 물품이 계속 들어와 굶지는 않았어요. 굶기는커녕 '밥 공동체'의 고마움을 이처럼 절실히 깨달았던 적이 없었어요.

10일 첫날 밤, 정확히는 11일 새벽이라 해야겠지만, 세 시가 넘도록까지 경찰과 공방전을 벌였지만, 그것은 하나도 괴로운 일은 아니었어요. 문제는 12일 밤이었어요. 정확히는 13일 새벽이겠지만.

예상은 하고 있었으나 경찰의 습격이 있을 거라는 소식이 날아온 겁니다. 추기경께서도 짓밟겠거든 먼저 내 몸뚱이부터 타고 넘으라 하셨다 해요. 신부님 다섯 분도 사복으로 갈아입고 신분을 밝히지 않은 채 함께 끌려가겠다고 했어요. 새벽 네 시에 쳐들어오기로 되어 있다는 것이었습니다. 아무렴 그렇겠지, 제2의 광주 사태가 벌어지는 거겠거니 생각이 들면서 이제부터 각오를 하고 있어야겠구나 느꼈습니다. 우리에게 광주항쟁은 무엇이었던가를 생각하는 시간을 가졌습니다. 비디오테이프로 본 것들, 알음알이로 사람들에게서 들었던 체험담, 목격담 들. 이제 그것이 우리의 차례가 되었고 내 눈앞에서 벌어지게 되어 있는 것입니다. 죽게 되겠지. 기껏 잘돼야 감옥에 몇 년 처박히는 게 최선의 결과일 테고…… 거짓말 같게도 떨리지는 않았습니다. 내 살아온 인생 가만히 생각해 보았지요. 아쉬움은 없다고 느꼈습니다.

토론이 시작되었습니다. 대체로 세 가지 방향으로 의견이 갈라지리라 생각했지요. 자진해서 항복하자는 쪽, 비폭력 무저항으로 끌려가자는 쪽, 최후의 일각까지 최후의 일인까지 싸워 보아야 한다는 쪽. 예상했던 것과는 달리 항복파는 거의 없다시피 하였습니다. 무저항파와 투쟁파 사이에 격론이 벌어졌습니다. 놀랐어요. 절대다수가 투쟁파였던 것입니다. 끝까지 싸워야 한다는 것이었습니다. 나는 어느 편이었을까요?

그런데 새벽 네 시에 아무런 일도 일어나지 않았습니다. 새벽 여섯 시 좀 지나서 상황이 급변했다는 것을 느꼈습니다. 무력 진압은 없을 모양이구나. 13일이 토요일이었거든요. 일요일 성당 예배를 보아야 할 테니까 성당을 개방시켜 주자면 무력 진압의 기회가 이 새벽밖에는 없었던 거니까요.

나는 내가 영광스럽습니다. 나 같은 보통 쪽도 못 되는 여자가 이러한 역사적인 삶을 가질 수 있다니, 자랑스럽습니다. 내가 찾아낸 '작은 세상', 열심히 살아야겠습니다. 다만 모를 일은 있습니다. 6월 15일 해산하던 날 말입니다. 213명의 사람들은 다시 격론을 벌였던 것입니다. 안전 귀가를 시켜 준다고 경찰이 말하고 있고 설령 그것이 사실이라 해도 우리가 이렇게 흩어져 버리면 다시 어느 기회를 붙잡을 수 있겠느냐. 6월 18일 최루탄 추방 시민대회가 열리기로 되어 있다니까 그때까지만이라도 버티자. 어떻게 해서 마련된 '해방구'인데 함부로 농성을 풀 수 없다는 의견이 강력하게 대두되었어요. 10명씩 한 조로 되어 분임 토론을 벌이고 그리고 표결에 들어갔어요. 21개조에서 4개조만 해산에 찬성한다는 것이고, 그 나머

지 17개조에서는 계속 농성하자는 놀라운 결과가 나왔어요. 우리
는 주위를 재정비하고 머리에 두르는 띠 같은 것도 다시 새롭게 만
들었습니다. 안전 귀가에도 거부를 하게 된다면 이번에야말로 경찰
도 강공책을 쓸 것이 틀림없다는 것은 각오해야만 합니다. 우리가
피의 밑거름이 되어야 하는 것이겠지요. 그러나 분명한 사실은, 거
짓말 같게도 겁은 나지 않았습니다. 농성자들은 한 걸음 더 나아가
문화관이 아니라 성당에서 농성을 할 수 있도록 해 달라고 성당 쪽
에 요구했습니다. 신부님들도 이번에는 단호했습니다. 온몸을 쥐어
짜는 듯한 설득이 있었습니다. 신부님이 말했습니다. 당신들의 표
결 방식에 문제가 있다. 10명 1조씩, 조 단위로 표결할 게 아니라 전
체 표결을 해야 한다고 주장했습니다. 농성자 측 집행부가 이 문제
를 논의했습니다. 집행부는 물론 강경파 쪽이었는데, 자신이 있었
던 것입니다. 전체 표결에 붙여도 해산파가 다수일 턱은 없다고 믿
었던 것입니다. 그런데 결과는 그게 아니었습니다. 해산파가 일곱
표를 더 낸 것입니다. 농성 계속파가 소수 세력이 되었습니다. 세 번
씩이나 다시 표결을 해 보았지만 결과는 대동소이했습니다. 그렇게
해서 15일 오후에 우리는 당국이 내주는 버스를 타고 해산을 했던
것입니다마는 내가 말하고 싶은 것은 그런 지나간 사실이 아닙니
다. 해산하기로 결정을 보고 나서 헤어지려고 할 적에 우리 모두 엉
엉 울었다는 사실입니다. 설움이 복받쳐서 모두 견딜 수 없는 마음
으로 되어 있었습니다. 우리는 왜 울었을까요?

다시 원점으로 되돌아가는 것 아닌가 해서였을까요? 민주주의
는 우리에게 아직 오지 않았다고 느껴서였을까요? 울기는 왜 울었
을까요? 못난이들같이……

아마 그랬을 것입니다. 우리가 못난이 되는 거야 무슨 상관이겠

어요. 그렇게 그렇게 갈구했어도, 이 땅에 우리 모두가 원하던 것은 아직 오지 않았다는 것, 그러니 우리의 농성은 성공한 게 아니라는 사실이 너무도 속상하고 분해서 울었던 것이 아니었던가 하는 사실입니다.

'작은 세상', 우리들의 차지로 될 수 있을까요?

『밤길의 사람들-신작중편선 1』, 1988년

‘소설의 죽음’에
관한 우울한
보고서

'소설의 죽음'에 관한 우울한 보고서

1.

서로 대립되는 둘 이상의 세력이 각종 수단을 동원하여 상대의 의지를 강제하려고 하는 행위, 또는 그러한 상태.

전쟁에는 종류가 참 많기도 하다. 정규전 비정규전, 장기전 지구전, 단기전 우발전, 일상전 소모전, 정의의 전쟁 불의의 전쟁, 범죄와의 전쟁 부정부패 퇴치전투 등등.

전쟁의 역사는 깊기도 하고 길기도 하다. 활자와 화약이 발명되는 15세기 무렵부터 전쟁의 양상이 달라지기 시작했다는데 힘의 우위만 아니라 기술의 우위를 놓고 승패를 겨누게 되었기 때문이다.

원칙도 없고 원리도 없이 전개되는 무한경쟁시대. 끊임없는 위기와 끊임없는 기회의 동시다발적인 발생. 과잉투자에서 나타나는 소모 전쟁의 양상이 도처에서 보이고 있었다.

1995년이 저물어 가던 무렵이었다. 직장 분위기가 심상치 않은가 하였더니 해산건설 상무 이만평이 권고사직을 당하게 되었다.

해산건설은 황해그룹 13개 계열회사 중의 하나였다. 재계 랭킹 60위 안에 들어가는 황해그룹이 처음에는 거액 뇌물 공여 및 로비 의혹으로 조사를 받다가 그 불똥이 엉뚱하게 튀었다. 한동지구 택지개발사업에 참가하여 대단위 아파트를 짓고 있는 황해그룹 계열회사인 해산건설과 관련된 리베이트 사건마저 불거져 나오게 되었다. 해산 경영진들이 검찰의 내사를 받는 등의 일을 겪다가 적당한 선에서 사건이 종결된 것은 그나마 다행이었다. 그렇기는 하지만 이러한 일로 이 회사의 누군가가 책임을 져야만 하게 생겼는데 오영백 사장, 한구평 부사장, 강남우 전무를 놓아둔 채 상무인 이만평이 엉뚱한 총대를 메게 된 것이었다. 그는 전문엔지니어 출신으로 현장들을 총괄하는 건설 본래의 업무에만 충실해 왔을지언정 섭외, 로비, 담합 같은 것은 윗선에서 처결해 주던 것일 따름이었다.

이만평으로서는 자기가 벌여 놓은 것도 아닌 일로 해코지를 당해 옷을 벗게 된 것이 억울하다기보다는 어처구니없는 노릇이라는 느낌이 들기는 하였다. 그러나 어쩌랴. 갑자기 우박이 쏟아지면 운나쁘게 이를 맞아 주어야 하는 사람도 생겨나는 법.

이만평이 건설회사가 못 되는 건축회사를 아예 자립으로 차려볼까 궁리해 보기도 하였으나 아직 그렇게 자기를 밑바닥 눈금으로 낮출 때는 아니라고 판단했다. 업계에서는 이만평의 능력을 모두 인정해 주고 있었다. 도리어 야비한 상사 때문에 희생이 된 것이라는 소문이 나돌면서 은밀히 그를 스카우트해 보려는 움직임들이 있었다.

이만평이 비록 규모는 작지만 실속을 차리고 있는 마한건설회사 전무로 전격 발탁되어 직장을 옮기게 되었다. 마한은 종합건설 도급순위 300위 정도에 드는 중소업체인지라 해산건설과는 도무지 규모의 면에서 비교가 되지 않았다. 그렇기는 하지만 이만평이 직장을 옮기면서 상무에서 전무로 직급이 높아진 것을 따진다면 내리막길로 그의 사회생활이 하강 국면에 접어들었다고 판단을 내릴 그런 계제는 아니었다. 아무튼 이러한 사정으로 그가 1995년 연말에 모처럼 만의 휴식 기간을 가질 수 있게 되었다.

그로서는 휴식이라기보다 휴전이며 정전의 기회를 맞아 보는 격이었다.

복잡다단하던 한 해가 저물어 오늘의 태양은 이미 져 버렸다. 내일에는 또 내일의 태양이 뜨겠지.

새 직장에는 신년 들어서 두 번째 주일이 시작되는 1월 8일 월요일 아침부터 출근하기로 되어 있었다. 이만평이 1995년 마지막 밤을 가족들과 함께 전송 보내어 1996년 첫 일출을 동해안에서 맞아볼 계획으로 콘도미니엄 두 채를 잡아 놓았다. 교통이 막혀 바닷가 별장에는 늦게서야 도착했다. 그에게는 송구영신의 감회라는 것을 느껴 볼 나위도 없었지만 가족들은 모처럼 만의 나들이에 드리없이 서그러져 있었다. 아이들은 다른 채에서 묵어 날밤을 새웠다지만 정작 그는 늦잠을 자느라 새해의 첫 해가 뜨는 광경을 제대로 살펴보지도 못했다. 아내인 정숙이가 몹시 아쉬워하며 왜 깨우지 않았느냐 안달이었다.

〈모래시계〉라는 텔레비전 연속극이 인기를 끌게 된 뒤로 동해안 일출맞이는 새로운 관광 상품이 되어 있었다. 양정숙이 물론 모래시계 세대는 아니지만, 동해안에서 낭만적인 아픔과 풍성한 고뇌를 그 텔레비전 드라마에서처럼 자기 몫으로 맛보고 싶어 하는 듯했었다. 동해안 휴가를 제안했던 아내에게 신선하면서도 감동적일 수 있는 해맞이 기회를 그가 제대로 살려 주지 못했으니 어쨌든 미안한 마음이 앞섰다.

바다 구경을 하고 돌아온 큰딸 내외와 막내아들이 일출 광경이 참 좋더라 떠들어 대는데 둘째 딸만은 사람들 홀락거리는 짓거리들이 한심하더라고 흉을 보았다. 그러다가 제 어머니 심기가 불편한 것을 보고 머쓱한 표정들이 되었는데 둘째 딸 아경이가 이런 말을 했다.

"엄마가 해맞이를 못 했다고 1996년이 태양 없는 1년이 되는 것두 아니잖아요? 사람들이 보건 말건 태양은 이해에도 돌고 또 돌 거니까요."

"태양은 이해에도 돌고 또 돌 거라고? 그래, 잘도 돌겠지. 가장의 낮바대기조차 볼 수 없었어도 그럭저럭 돌고 돌았던 우리 집안 구석처럼 말이구나."

동해안 해맞이 타령이 엉뚱하게 가장에 대한 공격으로 돌변하고 있었는데, 둘째 딸 아경이와 제 어미의 이런 대화를 그가 유심하게 들었다.

'햇볕 들지 않는 집안'이라느니 '해바라기 아니라 달맞이꽃 신세'가 자기라느니 하는 푸념을 정숙이는 걸핏하면 늘어놓았었다. 다른 집안에서들은 권위적인 가부장제 가장 노릇만 하려 드는 남편 때문에 그 아내들이 속을 끓인다지만 정숙이는 오히려 그 반대였다. 이만평이 토목공학도로 사회에 나온 이래 중동이니 아프리카니 하는 데에까지 나다니며 현장의 사나이가 되어 버리는 통에 세월이 어떻게 흘러가는지 제대로 느끼지도 못했지만 그보다도 가장의 역할을 권위 세워 행사해 보지 못했던 것이 더욱 비난받아야 할 사실이 되고 있었다. 남자는 하늘이라지만 그는 해가 어디에서 뜨고 어디로 지는지 하늘을 바라보고 살아온 것이 아니었다. 그런 면에서 그는 두더지처럼 땅을 파면서 흙과 돌과 쇠만 만져 온 음지의 사나이였을 수가 있었다. 만평은 가정이라는 울타리 너머로부터 먹이를 물어 오는 아비제비 역할은 해냈겠지만 때로는 바깥에서 빙빙 돌기만 하였던 것도 사실이었다. 가정을 등한시해 오기만 한 가장이라는 불명예를 벗어나기 위해서는 그가 금년에 배전의 노력을 기울여야 할라나 보았다.

울타리. 아내 말에 의하면 항상 햇빛과 꽃이 부족하기만 한 울타리.

그러니 울타리 안으로 들어와서는 아내가 얼마나 알뜰하게 성주 노릇을 잘 해내고 있는지 감동과 찬사를 아끼지 않는 그런 역할을 소홀히 할 수는 없을 일이었다. 큰딸은 제대로 시집을 가서 흥잡힐 소문을 내지 않고 있으니 다행스런 노릇이고, 광고기획회사에 다니고 있는 둘째는 말썽꾸러기 기질이 있어 소위 운동권이라는 데에서 촐랑거린 적도 있었으나 뾰족한 자기 개성을 창끝처럼 활용하여 직장에서 제법 능력을 발휘하고 있는가 보았다. 아내는 지금에 이르러 고2짜리인 외동아들 명한이의 진학 문제를 인생 최대의 화두로 삼고 있는 중이었다. 간혹 가다가 남편의 건강관리가 엉성하기 그지없다는 선문답을 게을리하고 있는 쪽이 아니기도 했다. 하지만 그 자신의 건강은 늘 괜찮은 쪽이었고 반대로 아내 쪽이 약골이었다. 그는 아내를 '감독관'이라 부르고 있었는데, 아이들도 이런 별명은 수긍을 해 주고 있었다.

가장인 그는 가족들에게 '왕따'를 당해 올 값에 자기를 들키게 하는 어리석음을 범해 오지는 않았다고 할 수 있었겠는데, 과연 앞으로도 그것이 잘되겠는지 이즈막에 들어 썩 자신할 수 없는 처지가 되어 가고 있었다.

"아버지는 푹 쉬셔야 해요. 운전은 제가 할 테니까 우리 산과 바다를 보러 나가기로 하고요."

서울에서 싸가지고 온 쌀과 고기와 채소로 조리를 하여 아침 식사를 마치고 커피를 마시고 있을 적이었다. 아경이가 어머니와 시집간 언니 부부와 남동생 명한이를 안동하여 이렇게 나들이 나갈 일을 말하였다. 제 딴에는 아버지 혼자만의 시간을 갖도록 해 주고 싶은 모양이었다. 딸의 제안에

"네 아버지 혼자 남겨 두고 우리가 어디 간다는 거냐."

정숙이는 이렇게 남편 걱정을 하였으나

"아버지를 해방시켜 드리세요. 어머니가 해방되고 싶으시다면요."

아경의 강력한 주장에 가족들 중에서 아버지 혼자서만 처지게 되었다. 만평이 늘어지게 개잠을 자고 나서 텔레비전을 틀었는데 볼 만한 프로가 없었다. 둘째 딸 아경이가 콘도 관리사무실로 전화를 걸어 와 그가 받았는데 설악산에 들어와 있다 하였다. 어머니가 문학소녀처럼 그냥 계속 감동 중이세요. 아경이 이런 말을 하며 홀락거리더니

"어머니를 모시고 제가 아예 화진포 쪽으로 드라이브 갈까 해요. 아버지는 오늘 밤 혼자 주무시게 될지도 몰라요. 사흘 연휴 나온 참이니까 우선 푹 쉬셔야죠."

"이렇게 버림받도록 해도 괜찮은 거냐."

만평이 일부러 불평을 내뱉었으나

"버림받기는요? 아버지는요, 이제부터 슬슬 고독이 필요할 연배 아니시겠어요? 제가 잔뜩 짊어지고 온 것들이 있잖아요?"

아경이 지청구를 틀었다.

이만평이 바깥으로 나가 바닷바람을 쏘이고 나서 생선 횟감 같은 것을 사갖고 들어와 저 혼자 들이켜는 술에 취해서 곯아떨어졌다가 눈을 떠 보니 새벽 한 시쯤이었다. 딸아이의 제 아버지 따돌리기 작전에 슬그머니 부아가 나기도 하였는데 잠기운이 달아나자

도리어 정신이 맑아졌다. '혼자만의 시간'을 모처럼 만에 갖고 있음을 그가 일깨우게 되었다.

그렇기는 하지만 그가 가장 싫어하는 것이 '앞으로 내 인생은 어찌 될 것인가' 하는 따위의 화두였다. 큰 직장에서 작은 직장으로 옮겨 가고 있는 중이니 고민을 하기로 들자면 한도 끝도 없을 것이겠지만…….

서울을 벗어날 적에 아경이가 신년특집 일간지에 주간지며 잡지에 이르기까지 한 보따리를 챙겨 들어 차에 실었는데, 그때에는 그런 것들이 요긴하게 필요하게 될 줄을 알지 못했었다. 아경은 그런 인쇄물들을 제가 보기 위해서가 아니라 아버지더러 읽게 하기 위해 마련해 놓았던가 보았다. 직장 옮겨 사회 이동을 하고 있는 중이니 세상 물정이 어찌 꿈질거리고 있는지 눈동냥이라도 해 두라는 것이겠지.

과연 세상은 어찌나 돌아가고 있는 것일까. 신년특집으로 잡지책만큼이나 두툼한 중앙일간지들부터 그가 건성으로 보아 나가기 시작했다. 1996년은 15대 총선을 앞두고 있는데, 정치는 항상 말이 많은 편이었고 경제는 늘 복잡할밖에 없는 쪽이었다. 김영삼 대통령의 인기가 날로 떨어져 가고 있는 것이 재계로서도 걱정이라는 소리가 음미해 볼 만하였다. 성수대교 붕괴에 이어 삼풍백화점이 폭삭 무너져 수백 수천 명이 죽고 다치고 하는 어이없는 참사가 지난가을에 벌어졌었다. 한 사람의 건설맨으로 그가 따져 보아도 참으로 어이없는 사고였다. 하지만 이만평이 이런 개탄마저도 마음 놓고 하지를 못했었다. 해산건설 비리 사건의 주범으로 찍히어 부정부패를 저지르고 다니는 하수인 격이 된 그가 유구무언일밖에 없게 되었기 때문이었다. '부실공사의 백화점'이야말로 박정희식 경제개발의 실체였던 것이 아니었느냐 하는 냉소주의가 중산층들에게까지 만연되고 있으니 이는 김영삼 정권에게도 큰 부담이 된다고 했다. 어느 신문은 '3흉'에 관해서 말하고 있었다. 공연히 개혁 소리를 남발하는 바람에 이 정권을 보수(保守)해 주려던 사람들마저 반개혁적인 성향을 가진 것처럼 만들게 하고, 섣부른 금융실명제 실시로 진짜 보수 쪽의 지지기반을 잃어 놓은 데다가 이번에 다시 와르르 무너져 버린 '사상누각'으로 인해 문민정부에게 3풍일 수 있었던 그 모두를 '흉'이 되어 버리도록 한 것이 아니냐 하는 것이었다. 이런 신문 기사가 나오는 것을 보면 처음에 문민정부임을 내세우던 기세에 밀려 그동안 은인자중하던 각계 보수 세력들이 현 정권을 향해 본격적으로 반격을 퍼부으려 하는 모양이었다. 하기야 와이에스로서는 개혁은 커니와 보수의 보수(補修)마저도 버거울 노릇일 것이었다. 군웅할거 보수 세력들이 각계를 틀어쥐어 막무가내로 거칠 것이 없는 것이 한국 사회의 심층구조 아닌가.

작년 여름에 처음 실시한 지방자치제 선거에서 여당은 죽을 쑤기만 했는데 금년에 있을 제15대 총선 전망마저 밝은 쪽은 아니라고 미리 진맥을 하는 다른 신문의 기사도 있었다. 그래서였을까 전 대통령 노태우의 전격적인 구속에 이어 전전 대통령이던 전두환마저도 구속을 집행하여 세밑을 소란스럽게 장식하게 했던 그런 사건마저도 엉뚱한 추측을 불러일으키게 하고 있다 했다.

구랍 12월 중순부터 대통령은 '역사 바로 세우기 운동'을 전 국민적인 차원에서 일으키기 위해 각계의 명망 인사들과 오찬을 나누며 광범위하게 의견들을 듣기 시작했다. 이수성 서울대 총장을 처음 만난 데 이어, 불교 조계종 총무원장, 가톨릭 추기경, 개신교 각 교파 원로 목사들, 원로 정치인 이철승 씨 등을 차례로 접견하였다. 문학계와 예술계 및 연예계의 인사들도 초빙하였던 바 예총위원장, 문협 이사장 등 문학예술단체 대표들에다가 소설가 이문열 씨, 인기 탤런트 김혜수 양 등과 오찬을 함께하였다. 두 전직 대통령의 구속이 가슴 아픈 일이기는 하지만 이 땅에 다시는 부정한 권력이 부패한 세상을 가져오도록 해서는 아니 된다는 것에 대한 진지한 논의들이 이루어졌다고도 했다. 그러나 과연 대통령이 각계각층의 의견을 듣고 아울러 그들이 양해하는 것으로 '역사 바로 세우기 운동'이 제대로 펼쳐지는 것이 될 수 있을지 해설 기사는 의문을 표시하고 있었다. 시민단체, 운동단체들은 몇 사람의 구속이 중요한 것이 아니라면서 과거 정권들의 반민주적이면서 반민족적인 행태들에 대한 진실 밝히기 역사 운동은 대통령보다도 국민들의 몫이 되도록 해야 한다고 강력하게 주장하고 나섰다는 점도 지적하고 있었다. 하지만 정작 신문이 밝히려고 하는 것은 이런 여론의 동향만은 아니었다. 두 전직 대통령이 돌아오는 총선을 겨냥, 파당을 꾸며 꿈틀대려는 것을 막아 놓기 위한 고육지책으로 구속시킨 것이라는 설이 있다는 것을 신문은 슬쩍 내비치고 있었다. 아울러 목전에 당도한 경제 불황을 은폐시키기 위한 와이에스식 현상 돌파 수법으로 '극약처방'을 하고 있는 것이라는 설도 있다 했다.

'역사 바로 세우기 운동'의 핵심은 과연 무엇인가. 도대체 신문은 무엇을 알리고자 하는 것일까. 이만평은 갑자기 욕지기가 났다. 국민은 정치의 차원에서 우롱당하고 있고 독자는 언론의 차원에서 농간의 대상이 되고 있을 뿐이 아닌가. 이어서 연말에 디진 황해그룹 비리 사건을 언급한 기사가 이만평의 관심을 끌었다. 신문은 해산건설이 리베이트 사건으로 검찰의 내사를 받게 되었던 데에는 모종의 내막이 있었다는 것까지도 적어 놓고 있었다. 혹시나 내 이름이 활자화되어 나오는 것이나 아닌가 그가 덜컥 가슴을 졸였지만 조금 후에 간신히 안도의 한숨을 쉴 수가 있었다. 황해그룹은 노태우 대통령 시절의 '주택 2백만호 건설 사업'에 관여하면서 갑자기 재계 중앙무대로 부상하게 되었다고 그 기사는 전제해 놓은 다음 정치자금 의혹설을 제기하고 있었다. 현재의 집권 여당 쪽에는 반 와이에스의 흐름도 있는데, 이를 차단하기 위한 모종의 조치일 수 있다는 것이었다. 과연 황해그룹과 그 계열회사인 해산건설은 고래들의 정치 싸움에 휘말려 들었던 새우 신세였던 것일지?

한국 사회에서 살아가고 있다는 것이 넌덜머리 나도록 싫어질 때가 간혹 있었다. 탐욕과 위선과 가식으로 본의 아니게 자기 자신을 휘감아야 하는 것을 좋아할 자가 어디 있을까. 이만평이 신문을 내팽개쳤다. 마시다 남긴 술이 있는 것이 다행이었다. 구내전화를 이용한다는 것이 찜찜하기는 하였지만 그가 서울에 있는 어느 집의 어떤 여자와 통화를 했다. 전화를 끊고 나니 마음이 더 헛헛하였다. 가정의 가장 노릇 하나 제대로 건사 못 해 온 사내. 그가 사회생활에 지쳐 아내 정숙에게 잔정은 커니와 덧정도 별로 없었다. 19세기 프랑스 화가 모네에게는 항상 꽃이 부족했다지만(아내는 남편에게 늘상 고자질하듯 이런 말을 하면서 불평을 늘어놓곤 했었다), 20세기 한국의 건설노동자 관리인이며 고급 기술자인 이만평에게는 항상 휴식과 안식이 부족하기만 했다.

아내가 잔병치레의 약골에다가 선병질로 정신과 치료를 받았던 것이 모두 그가 책임져야 할 일이었다. 실은 한때 그가 바깥 살림을 차렸던 적이 있어서 꼼짝 못 하게 아내에게 덜미를 잡히게 되었다. 아내 몰래 주전부리 부리듯 딴청을 피우곤 해 오는 버릇을 이제껏 버리지도 못하고 있었다. 둘째 딸에게마저 아버지가 약간은 지저분한 늙은이임을 들키어 연민의 대상이 되고 있으니 이런 주책바가지가 그였다. 가정적으로는 그렇다 치고 사회적으로는 어떠한가. 자기 자신으로서는 양심적으로 살아왔다고 믿는 체해 두고 있지만 구조적 부패 속에서 개인적인 청결 감각이 다 무슨 소용이란 말인가. 양심선언이라는 것마저도 더 이상 코걸이 귀걸이로 내세울 처지가 못 되게 되어 버렸다. 알랭 들롱이 형사로 나오는 어떤 프랑스 영화의 대사대로 하자면 '사람이 나이를 먹는다는 것은 자기도 모르게 범죄를 쌓아 가는 것을 뜻한다'는 것이 되겠는데, 구태여 털어 보지 않더라도 그는 먼지투성이 사내가 되어 버린 것이 아닌가. 차라리 왕창 실패를 해 보거나 시련을 겪어 보는 그런 활극 인생이 아스팔트정글사회에서는 제격일 수도 있었겠지만 그에게는 언감생심이었다. 그렇다 하여 그냥 무사안일에 복지부동 쪽으로만 버티어 온 무능무력 인생이 누리는 뱃보 같은 것도 그에게는 없었다.

이제 와서 과연 나의 몰골이 어찌 되어 있는가. 더 이상 위로 올라갈 데가 없고 어쩌면 옆으로 비켜날 데도 없게 좁아터진 골짜기 벼랑에 놓여 있는 게 아닌가 따져 보며 지난가을 무렵 아찔해 한 일이 있었다. 아래로 아래로 굴러떨어져 가는 쓰잘데없는 바위 부스러기 신세인 것 같은 자기 자신을 이처럼 그가 한심한 심정으로 다시 느껴 보고 있었다.

1996년이 '문학의 해'로 지정되었음을 알려 주는 어느 주간지의 특집기사를 그가 건성으로 들척거리고 있었다. 잠이 오지 않으니 정신을 다른 곳에 팔기 위해서였다. 이 특집은 '문민정부'가 집권 3년째를 맞이하여 나름대로 위기의식을 갖고 있는 중이어서 골치 아픈 정치인·경제인 아니라 그래도 순수성을 지니고 있을 문학인의 문화 능력을 통해 새로운 사회 분위기를 조성해 보려는 것일 수도 있다고 했다. '문학의 해'로 지정해 놓아 여러 가지 행사들에다가 문예진흥을 위한 사업도 벌이게 된다는데, 몇몇 문인들의 프랑스 초청 방문도 그러한 기획의 하나로 마련되고 있다 했다.

20세기는 이제 5년도 남지 않았다. 1996년이 '문학의 해'로 지정되었다는 것에 대한 의미를 여러 각도에서 되새기는 주간지의 특집기사들 중에는 「'소설의 죽음'에 관한 우울한 보고서」라는 제목을 붙인 것도 있었다.

소설의 죽음? 문학에 대해서는 문외한일밖에 없는 이만평으로서는 '소설의 죽음'이라는 이러한 화두가 전혀 낯설었다. 그렇기는 하지만 '……에 관한 우울한 보고서'라는 어법이 생소하지 않았다. 어디서 그 같은 '우울한 보고서'를 받아 본 적이 있었던 것인가, 하고 그가 생각해 보았다. 하기야 요새는 신문이나 방송의 뉴스라는 것이 모두 우울한 보고서에 다름 아닌 것이기는 했다. 그러고 보니 떠오르는 것이 있었다. 그가 직장을 옮기기로 결정을 보고 나서 앞으로 새로운 상전으로 모셔야 할 마한건설 마갑동 회장을 만나 점심을 함께 할 적에 들었던 말이 기억났던 것이다. 칠순 나이로 접어드는 마갑동이 체구는 왜소한 쪽이었지만 그 얼굴만은 안동 하회마을의 양반탈을 옮겨 놓은 듯싶게 이목구비가 모두 크고 아울러 그 표정도 풍부하기만 하였다. 낮술로 소주잔을 늘름늘름 비우며 한국 경제의 앞날이 정말 걱정이라는 이야기를 중소업체 회장 영감이 늘어놓고 있었다. 노태우 정권 때의 '200만호 건설'이 마지막 건설붐이었다면서, 앞으로는 건설이 죽고 부동산 경기가 죽고 따라서 '건설의 죽음에 관한 우울한 보고서'를 계속 들어주게만 생겼다고 했었다.

'소설의 죽음'과 '건설의 죽음'이 이 사회에서 동시에 발생되고 있기라도 한 것일까. 그래서 이만평은 4페이지로 이루어진 그 '소설의 죽음' 기사를 읽어 보기로 했다.

우선 '소설의 죽음'에 대한 예고는 1960년대 초 미국의 강단 문학계 쪽으로부터 나오기 시작한 것이었다면서 이렇게 설명을 달고 있었다. 문학 중에서도 소설은 특히 근대정신의 산물이자 그 표현이었다. 근대정신은 비인간적인 근대화 과정에서 빚어지는 온갖 모순을 적발해 내는 서사 구조의 탐구를 특히 소설의 몫으로 담보케 하였다. 18세기는 인류의 미래에 대한 진보주의적인 생각들로 넘쳐나고 있었다. 18세기 후반기의 영국 산업혁명과 프랑스 대혁명으로부터 전개되기 시작한 근대 계획은 장대하였다. 기사는 근대 계획이라는 용어에 대해 디벨로핑 프로젝트라고 영어로 명기해 놓고도 있었다. 근대는 개발 내지 발전과 동의어였다는 것이다. 하지만 근대 계획이 낙관적인 전망을 제시하면 할수록 시민사회가 맞부닥뜨린 사회 갈등은 이에 반비례해서 더욱 비관적인 현실적 국면을 노정시키게 했다. 그랬기에 '인간 해방'의 대장정에 나서야 하는 19세기적 근대인은 그 자체로 아틀라스이며 그 자체로 시시포스일 수 있었다. 엔간했으면 도스토옙스키가 그런 장담을 했을 것인가. 소설가는 조물주에 버금가는 신적인 존재인 것이니, 왜냐하면 그가 소설로써 창조해 내지 못하는 것은 없기 때문이라 했다. 중세 인간과 달리 근대인은 인간 사회의 구조적 모순에 의해 그들의 현세적 삶이 부당한 처지에 놓이게 된다는 것을 특히 소설의 능력을 통해 적발해 낼 수 있었다. 루카치가 소설을 근대정신의 가장 위대한 산물의 하나로 파악하게 되는 까닭이기도 하였다. 20세기는 무엇보다도 이데올로기 갈등의 연대기였는데 이에 관한 최대 담론 공급 기지가 바로 소설이었고 리얼리즘 문학이 개선가를 부르고 있었다. 뒤늦게

'근대의 학습'을 받아들이게 된 한국의 1970년대로부터의 이른바 민중문학은 이미 제1세계, 제2세계에서 침몰당하기 시작한 근대 소설 지평의 마지막 불꽃이었다고 긍정적으로 평가하는 외국 문학인들이 있다 하였다. 그러나 늦깎이로 근대정신의 광활하면서도 험악한 지평을 열어 나가게 한 한국의 그런 문학도 오래 버틸 수는 없었으니 1980년대 후반기를 넘어서면서 '참을 수 없는 한국자본주의의 가벼움'과 '건사할 도리가 없는 민중문학의 무거움'이 도무지 너무 기우뚱거려 한 잣대에 놓일 수 없게 된 까닭이었다.

이 특집기사는 '소설의 죽음'이라는 진단이 일시적 현상으로 나타나게 된 것이 아니라 필연적인 과정을 밟아 온 것이라 했다. '구텐베르크 성서'가 발간된 것이 1450년 독일에서였다는 사실을 상기시키면서, 금은 세공사인 푸스트의 도움을 얻어 구텐베르크가 금속활자를 사용하여 36행의 라틴어 성경을 최초로 인쇄해 낸 이래로 이른바 '활자문명'이 세계를 이끌었지만 20세기를 미처 넘기지 못한 채 '전자문명'이 이를 대체하게 되었음이 확실해졌다 했다. 소설이 맡아 왔던 문학 담론의 역할과 기능들은 거대 자본에 속하는 대매체인 언론과 영화와 스포츠 등의 문화산업들이 빼앗아 갔다. 아울러 컴퓨터·멀티미디어·정보통신의 시뮬레이션 능력이 발휘되면서 단조로운 언어 문자에만 매달리는 소설 문학은 동영상과 음향과 워드프로세스까지 동원시켜 복합매질로 이루어지는 '하이퍼텍스트'의 문서 양식에 밀려 버리게 되는 것은 어쩔 수 없는 일이라 하였다. 모든 것을 '끔찍하게' 해체시켜 버리는 전자문명의 세상을 맞게 되면서 이제 문자에 의존되는 문학의 시대가 그 전성기를 마감해 가는 중이라 했고 특히 '활자문명의 꽃'인 소설 문학이 위기를 맞기에 이른 것이라 했다. 대서사의 시대가 종언을 고하게 된 것이지만 과연 분단 한국이 또한 그러한 것일까 하고 특집기사는 반문하고 있었다.

'근대의 학습'은 한반도 땅에 참으로 기형적인 형태로 주어졌던 것이지만 대충 이를 마스터하게 되었다고 주장되는 소리들이 들려 나오면서, 그와 동시에 한국 근대 문학이 과연 무엇을 얼마나 제대로 해 왔는지 따질 경황도 계제도 미처 갖출 사이 없이 '(근대)문학은 없다.'―'소설은 죽었다.'라고 외치는 소리가 들려 나오게 되었다는 것이었다.

소설의 죽음이라…… 무슨 고담준론이란 말인가, 이것들아.

네 것들이 신선 시늉으로 고담준론일 적에 나는 열사의 땅에서 오일달러 한 푼에 피눈물 쏟았던 건설역군이었다. '역군'이 무엇이더란 것인가. '공사 터에서 삯일을 하는 사람'이라는 게 국어사전적인 풀이였다. 옛날에는 농민들은 군인도 될 수가 없어 고작 역군이나 되었다는 것인데, 이만평이 가장 듣기 싫어하는 것이 건설역군이라는 소리였다. 피땀 흘린 보람은 없이 부실공사니 건설 비리니 하는 몰매질에다가 이제 와서는 토사구팽이 되고 있는 역군의 신세에는 노사가 따로 있는 것도 아니었다.

이만평의 여러 방면의 친구들 중에는 명색 소설가입노라 하는 녀석들이 물론 있었다. 대학 다닐 적부터 그는 그런 녀석들을 밉보게 된 개인적인 이유가 있었지만, 견딜 수 없는 것이 그 녀석들의 참을 수 없는 순진함이었다. 세상 물정을 누구보다 구체적으로 꿰고 있어야 할 것들이 아무런 깜냥도 모른 채 허황한 감수성에다가 몽환가적 공상으로 엉뚱하게 세상을 재단해 내려 하는 것으로만 보였기 때문이었다. 이만평은 비록 건설 분야의 일선에서 역군이라는 것으로 험난하게 한 시대를 도강해 왔지만 그 자신 결코 박정희주의

자는 아니었다. 도덕적인 자본과는 전혀 거리가 먼 박정희류의 정글자본주의, 온갖 비리와 부정부패가 난무하던 그 밀림의 수렁을 과연 소설가들이 제대로 파헤쳐 보기나 한 것일까.

그건 그렇고 주간지 특집기사가 말하고자 하는 것은 무엇인가. 소설가가 정신적 촌장 역할을 해 왔던 것이 '근대문명의 전개 과정'이었다는 주장인 것 같은데, 산업사회가 마감을 고하여 지식정보사회로 진입되고 있다는 전환기에 정작 그 촌장들의 말씀을 더 이상 참고 들어주려는 인간들이 없어지게 되었다는 것인가 보았다. 저희들은 민주화운동을 해 왔노라 내세우고 싶어 하는 모양이었으나 토사구팽 격인 것은 건설역군들이나 매일반이었던가.

한 시대가 미처 지나가기도 전에 경제개발에 매달렸던 자들이건 민주화운동에 나섰던 자들이건 가릴 것 없이 한꺼번에 침몰되어 버리는 것일까. 그렇다면 역사의 심판이니 정의의 여신이니 하는 것은 도대체 어떠한 잣대와 저울을 가지고 있다는 것인가.

이만평은 저 혼자 킬킬 웃었다. 정녕코 소설은 자살을 하고 있는 중이기보다는 피살당해 가고 있는 것이렷다! '골치 아픈' 소설 따위 맥을 쓰지 못하는 세상 되었다면 좋아할 사람들 또한 많으렷다! 소설가를 입바른 소리나 잘하는 딸깍발이 떼쟁이처럼 치부해 온 정치인들이라든가, 한국 경제를 부정적인 시각으로만 살펴 여론을 오도시킨다고 판단하는 기업가들이라든가, 하다못해 잡가보다 아래 급으로 치부해 온 소설가들과 문화 권력을 놓고 부질없이 다투고 있었다고 느끼는 대설가들인 대학 교수나 언론인들까지라도…….

그러나…….

소설이 그 자체로 딱히 중요하달 것까지는 없다손 치더라도 권력 욕망이라든지 이윤추구라든지 하는 이기적인 동기로 사회 행위를 하는 정치나 경제와는 달리 소설쟁이는 '글'이라는 것이 갖는 무서운 정직성에 우선적으로 복무해야 하는 자들인만치 그들의 소설이 제 기능을 발휘하지 못하는 그런 세상이란 어쩐지 허전할 것 같다는 느낌이 문득 그에게 들기는 했다. 마한건설 전무로 스카우트된 직후에 그가 마갑동 회장을 만나 점심을 함께 할 적에 들었던 말이 떠올랐던 것이다.

"자본주의 원론들은 많은데 말이오." 갑동 회장이 소주잔에 마음을 열어 겁 없이 거창한 발론을 펼치려 했었다. "내가 정말 모르겠어요. 나의 자본주의는 과연 무엇이었던 것인지?"

"나의 자본주의라니요?"

"나 자신의 불황, 아니지 공황인 거요. 왜 그런 소리 씌어 있지 않소? 자본주의는 반드시 불황, 공황을 필요로 한다는 것 말이오. 옛날에는 이런 공황을 대체로 함께 겪어 줬지만 앞으로는 고독하게 배당이 될 것 같소."

"사업 걱정입니까? 마한건설, 마한파이낸스, 마한레저…… 그냥 그런대로 굴러가고 있지 않은가요?"

"사업 걱정 같은 건 전문경영인인 당신이 있으니 접어 둔다 이 말이에요. 인간 걱정인 거요. 나 자신의 불황, 공황. 천민자본가의 천민성 말이오. 내가 천민이라는 건 누구보다 내 자신이 가장 잘 아는데 이제 그 끝이 보이거든. 그 불황, 공황. 뭐라더라 최종심급이라 하던가. 종교인들이 말하는 최후의 심판과 비슷한 거, 아수라 비슷한 거. 자본주의적 생산력·생산관계 경제의 종말론 같은 그런 극단 상황. 물론 다 함께 겪는다면야 아무 문제도 아니지만 나 혼자서만 그런 몰매를 맞는다면 이게 보통 일이오? '나의 자본주의는 무엇인가' 묻게 되는 게 바로 이런 소치예요. 나의 자본주의의 공황."

마갑동이 개똥철학 보유자라는 풍설은 들었어도 도리어 그것을 그의 인간적인 매력으로 치부해 두고 있었던 것은 제법 그가 입지 전적인 요소들을 풍성히 갖추어 놓고 있는 인물이라는 평판 때문이었다. 그런데 막상 그를 상전으로 모시기 위해 만나 보니 이만평이 참으로 황당하였다. 그가 그 전의 직장들에서 '교과서 같은' 천민자본가들을 보아 왔다면 새로운 직장에서는 교과서는 커니와 참고서를 갖고서도 풀 수 없는, 그러니까 럭비공 같은 상전을 모셔야 하는가 싶어 암담해지기 시작했다. 시련은 있어도 실패는 없다는 소리를 꺼내는 상전을 모시는 부하 노릇은 문자 그대로 시련은 받을지라도 실패할 건더기는 없을 일이고, 신화는 없다면서 자기가 신화라 내세우는 풋내기는 아전들에게 귀염성스러운 원님일 따름이었다.

　'나의 자본주의의 공황'이라는 말이 하도 어이가 없어서 만평이 눈 딱 감고 물었다.

　"공황, 공황 그러시는데 세상은 그냥 멀쩡하기만 한 듯이 굴러가고 있지 않습니까. 개인적인 공황이시라면…… 혹시 정신과 의사의 치료를 받아야할, 그런 고민거리라도?"

　"역시 전문경영인다운 충고이자 조언이구만. 아무렴 전문경영인은 그런 합리주의로 모든 걸 판별해야겠지. 그렇지만 내게 필요한 건 정신과 의사 아니라 괴팍스러운 소설가 같은 자인 거요. 자기 육체가 묻어 나오는 눈을 가지고 세상을 바라보는 그런 고집불통이로 똘똘 뭉친 소설가 말이오."

　"이 바닥에 그런 소설가가 과연 있을 것 같지 않은걸요. 존재하도록 어디 이 사회가 내버려 뒀겠습니까?"

　"그건 그래요. 한국 소설이 특히 요 근래 제 구실을 못 하는 것 같애. 사회과학적 분석과 추상력만으로는 한 사회를 제대로 재단해 내지를 못하는 거요. 문학의 인문주의 정신이라는 것도 그러려니와 소설의 대하성, 서사성이라는 것으로 이 땅의 총체적 진실의 구성력을 발휘하도록 하는 일은 여전히 유효한 것이란 말이에요. 소설적 통찰력은 필요한 것이고 특히 내가 요즈음 그런 소설성에 굶주려 있는 중이거든."

마갑동 회장의 인생이 워낙 거친 쪽이어서 그의 입담이 아울러 대하소설이었다. 이만평이 그러한 마갑동과 함께 점심을 들면서 '소설가의 부재'를 이야기한 일이 있었는데, 주간지에서 그와 흡사한 특집기사를 보게 되었던 것이었으니, 웬일이었을까. 소설의 부재 아니라 죽음을 공언하고 있는 특집기사였으니 더욱 강도가 높은 것이기는 하였지만……

2.

이만평이 소설 쓰는 그의 친구를 만난 것은 그로부터 한 달여쯤 뒤의 일이었다. 그의 둘째 딸 아경이가 촐랑거리며 따라붙었다. '제5기획'이라는 회사에 다니고 있는 아경이는 소설가 방알지의 이름을 이미 알고 있었다.

"자기 육체가 묻어 나오는 눈을 가지고 세상을 바라보는 그런 고집불통이는 못 된대요. 그 사람 나름으로 노려보는 눈은 갖고 있다지만."

"노려보는 눈?"

"세상과 타협하려 하지 않는 어떤 기준 같은 것은 지키려 한다는 이야기인 거예요. 물론 그 세상이라는 건 잘못된 세상이 되는 것이

어서 그런 거지만, 요즈음에는 그나마도 만만치 않은 노릇이거든
요.”

“잘못된 세상에 영합되려 하지 않는다는 것은 요컨대 자기 세계
가 있다는 이야기일 것 같은데, 그 문학세계가 어떠한 것이라데?”

이만평이 방알지가 지어낸 책권깨나 모아 보았는데, 들추어보다
가 말고 모두 아경에게 넘겨주었다. 이런 먹자판 세상에 외곬으로
소설을 끄적이는 자가 있다는 것이 신통한 일이기는 하겠지만, 그
러자니 그 노릇이 고달프겠다 하는 느낌밖에는 그가 건져 올리지
를 못했었다.

“큰 소설을 쓰려고 하는 게 있는 모양이라던데요. 뭐니 뭐니 해도
소설은 시민사회가 탄력 있게 펼쳐지는 곳에서라야 힘을 받는 건
데, 어디 여기가 그렇던가요? 박정희 땜에 문학 동네가 땜통이 되기
도 했던 건데, 뒤늦어서야 제 시간을 벌어 보고 있는 것 같다 해
요. 서울을 벗어나 지낸다는 것이 그 사람에게는 모처럼 자기를 해
방시키는 기회를 잡은 폭이 될 거라데요. 그러니까 뛰면서 생각하
자, 하는 것이 아니라 꼼짝 말고 틀어박혀 생각해 보자 하는 쪽으
로……”

이만평은 그냥 개인적으로 친구를 만나러 가는 것이 아니었다.
실은 ‘프로젝트’를 위해 소설가를 찾아가는 길이었는데 아경이 다
니는 회사가 그 프로젝트와 관련을 맺으려 하고 있었다. 방알지는
이만평이 전화에 대고 설명해 주는 ‘프로젝트’에 대하여 전혀 시큰
둥한 반응밖에는 보이지 않았지만, 전화기를 바꾸어 아경이가 들
려주는 ‘사업 계획안’에 대해서는 그냥 헛걸음치는 셈 치고 한번 찾
아와 보라는 대답을 했다. 아경이 다니는 회사가 이른바 문화산
업 쪽으로 진출해 보고 있는 중이었는데 주요 공략 대상은 연예계

쪽이었지만 그 한 끄트머리에 문학 동네 쪽도 껴묻어 있었다.

"「'소설의 죽음'에 관한 우울한 보고서」라는 제목을 내세운 기사가 주간지에까지 실리고 있던데 어찌 된 노릇이야?"

소산동이라는 시골구석에 처박혀 지내는 소설가 방알지를 만나자마자 대뜸 이만평은 이렇게 물었다.

"소설의 죽음에 관한 우울한 보고서? 아무렇게도 생각지 않지. 그건 그냥 무의미한 소리일 뿐이니까."

"그냥 무의미? 소설이 죽어 버린다면 소설가는 어찌 될꼬, 하는 걱정을 내가 괜히 했던 건가?"

이만평이 연초에 동해안에서 주간지 특집기사를 읽으며 무엇을 느꼈던 것인지 장황하게 부연 설명을 했다.

"재래시장이나 5일장보다 더 초라해진 것이 소설시장이기는 해. 앞으로 소설 경제는 장똘뱅이 아니라 각설이 꼴이 될지도 모르지. 아니 이미 그렇게 되어 가고 있는 중이지만…….

"소설은 낙후된 문화산업이 돼 버린 거구만. 적어도 경제학상으로는."

"한때에는 가장 앞섰던 문화산업이었지. 지배층, 특권층들만 문자 속을 알고 상것들은 육두문자나 지껄이고 있을 적에 구텐베르크가 새로운 시대를 열었더란 말이지. 인쇄술 보급으로 출판시장이 광활하게 뚫렸으니 이런 문화혁명이 어디 있었던 거겠어? 도리어 지배층, 특권층들만 무식쟁이들처럼 되어 버렸단 말야. 제대로 된 세상 찾기를 대중사회는 열망하게 되는데, 잘못된 세상을 그냥 움켜쥐려고만 하는 특권층의 모습이 문학으로, 특히 소설로 들켜 버리게 되는 꼬락서니였으니…….

"그런데 좋았던 시절은 지나갔다?"

"글쎄, 꼭 그렇기만 할까? 19세기에 카메라가 발명되었을 때 미술은 모두 죽었다고 했거든. 그러나 미술은 인상을 쓰기 시작해서 기계가 못 가진 눈을 뜨게 했지. 컴퓨터가 과연 소설이 갖는 고유의 문화 권력을 대신해 줄 수 있을까. 시골에 내려와서 나는 낙천적인 기질을 오랜만에 즐기고 있는 중이라네. 여전히 유효한 한 사람의 소설가로서……."

방알지는 다른 것은 몰라도 건강만은 아주 좋아 보였다. 염치없이 건강하다는 것은 이자가 무슨 안빈낙도 같은 것을 하고 있기 때문에서는 아닐 것이었다. 이만평은 슬슬 배가 아파 오기 시작했다. 오랜만에 낙천적인 기질을 즐기고 있다고? 이자는 낙천적인 기질을 즐기는 것이 바로 문화 권력인 것처럼 말하고 있었다. 이만평은 물론 그런 종류의 문화 권력은 갖지 못했지만 그러나 나름대로는 건강했고, 경제 능력을 아직은 그가 갖고 있었다. 이자의 문화 권력은 그러니까 또 하나의 능력인 것일까. 그러니까 이만평은 소설가 친구의 문화 능력을 은연중에 탐문해 보고 있는 중인지도 몰랐다. 방알지의 표정이 다시 밝아졌다.

"이 사회는 여전히 소설성을 갖고 있는데 '소설 죽음론자'들은 바로 그렇기 때문에서라도 소설을 죽여야겠다고 이를 갈고 있는지도 몰라. 한국자본주의의 모순이 얼마나 극심하고 그것이 얼마나 왜곡되이 문학자본주의를 관통시키고 있는가를 정직하게 직시하는 일은 아무한테서도 환영받을 짓이 못 돼. 그러니 엉뚱하게 정보화사회에 그 탓을 돌리는 거지."

"문학자본주의? 그대는 그런 자본주의와 무관하게 지내도 괜찮나? 뭐라더라 패러다임을 바꾸어야 하는 거 아니야? 그게 그렇다면……?"

"그건 패러다임의 문제가 아니라네. 이른바 정보화시대의 하이퍼 텍스트를 새로운 문학 언어로 접수시켜야 한다고 장한 듯이 주장하는 자들이야 많지. 소설가가 그런 텍스트에 서툰 것이라면 그건 조만간 훈련을 받아 얼마든지 익숙해질 수 있는 일이야. 컴퓨터에 대해 문학인이 정치인이나 경제인에 비해 특별히 아둔한 청맹과니일 까닭은 없어. 문제는 다른 데 있는 거라. 소설이여 문학성을 포기하고 오락성만 건사해라 하는 게 어떻게 패러다임이겠어? 가령 박정희 시대에는 중앙정보부 요원들이 그런 소리를 자주 했지. 문학은 별거 아니다, 소설은 아무 짓도 못 한다 하면서 윽박질렀지. 지금에 이르러서는 대학 교수나 문예 평론가, 또는 기자들의 입으로까지 옮아간 거야. 물론 전부는 아니고 일각의 일부에서 그러는 것이기는 하지. 바깥 아니라 안쪽에서 새로운 허무 담론 내지 말살 담론이 터져 나오는 거라."

"과거에 독재정권이 하던 일을 지금 일각의 일부 문예 종사자들이 자청해서 하고 있다면……. 자네 혹시 실언하는 거나 아닌지? 그런 소리 함부로 꺼낼 거리가 될 것 같지 않아서 하는 말이지만……. 그건 그렇고 어떻게 그런 불가사의한 이동이 일어난다는 건가?"

"이 사회의 구조적 모순의 가장 민감한 핵심 부위, 그 환부를 건들지 말고 파묻어 버리자고 공모하려는 거야. 체제는 완성돼 버렸다고 간주하거든."

"체제는 완성돼 버릴 수 없으며 미완성 속의 모순과 아픔을 들여다보는 것이 소설의 몫이라? 여전히?"

"당연하지. 모순과 아픔으로 이루어지는 혼란덩어리가 인간 세상이고 이것이야말로 결코 완성되지 아니하는 모든 체제의 진상이며 나아가서 역동성이겠지. 하지만 기를 쓰고 이를 숨기려 하고 망각시키려 하는 까닭은 저들 '체제 완성론자'에게는 '미완성론'을 계속 퍼뜨리는 자들이 무척 싫은 방해꾼이거든. 정치권력이야 '문학의 해'나 설정시키면 되는 거고…….."

"키치 문학, 퍼포먼스 문학, 엔터테이닝 문학이라 하는 그런 문학이 그냥 우연히 나오게 된 것일까요?"

더 이상 방관할 수 없다는 듯이 아경이가 껴들었다.

"너는 아직 나서지 말렴. 곧 네가 발언해야만 할 기회가 올 듯하니."

이만평이 딸을 나무라듯 말하면서 웃었다.

이때에 그는 문득 친구 소설가의 말을 얼핏 이해할 수 있을 것처럼 생각되기도 했던 것인데, 문제는 외제 이론이 아니라 이 바닥의 기묘한 생존 감각일 듯했다. 요컨대 기성 체제 속에서 자기의 이득이나 열심히 챙기면 그것으로 한 세상 제대로 사는 것 아니냐 하는 사람들에게는 문학이라는 게 도움을 주는 것이기는커녕 머릿속만 복잡하게 만들고 현실 적응 능력을 방해케 하는 것으로 비치고 있다는 소리가 될 듯하였다. 그런 사회인에게 문학은 없는 것이고 소설은 이미 죽은 것처럼 보일 수 있을 일이었다. 아니 그런 사회인에게는 오락적 기능과 역할에만 전적으로 충실한 '문학 죽이기 소설'이 대중시대의 문학일 수 있을 터.

"광주 비엔날레를 가 보니까 일부 한국 화가들은 여전히 고집과 배짱 같은 것을 씩씩하게 유지하고 있는 것 같아 조금 안심은 되던데요, 그래 선생님께서 요즘 쓰고 있는 소설은 어떤 것인가요?"

아경이가 방글거리면서 다시 물었다. 방알지가 그냥 우직하고 고집스럽게 외곬으로 한길만 파는 그런 소설가로 비치고 있다는 것을 아경이가 자기 어조를 바꾸어 우회적으로 지적하고 싶은 모양이었다.

"이 숙녀께서 소설가의 환부를 찌르고 싶어 하네. 그러니까 소설가가 갖는 문화 권력의 형식과 내용이 어찌 되느냐 하는……."

"자네가 그런 문화 권력자라는 거겠는데 진짜로 그런 권력이 있기는 있는 건가?"

"있지. 사이먼 앤 가펑클의 팝송 〈사운드 오브 사일런스〉에 이런 가사가 있지 않던가. 'People talking without speaking' 사람들은 잡담만 지껄여 댈 뿐 발언을 하려 하지 않네. 'People hearing without listening' 사람들은 흘려듣기만 할 뿐 경청을 하려 하지 않네, 라고 하는 그런 가사. 사람들이 토킹, 히어링만 하고 있을 적에 스피킹, 리스닝을 해 보려는 자가 있다면 외롭고 고단하기는 하겠지만 그게 나름대로 문화 권력인 거겠지. 붓끝이 세상을 어떻게 변화시킬 것인가. 사람들의 생각을 바꾸도록 해야 한다. 사람들의 생각을 어떻게 바꾸게 하는가. 이제는 선전 선동이 아니라 고독 고립이 필요해진 거야. 크게 행동하는 개인 아니라 깊게 사색하고 또는 고민하는 개인."

"붓끝으로 세상을 바꾼다? 다른 세상을 붓끝으로 찾아내기 위해 우선 붓쟁이에게 절대고독 절대고립이 필요하다? 뛰면서 생각하는 게 아니라 꼼짝 않고 틀어박혀 생각해가지고."

"이제 숙녀의 질문에 대답해야겠지? 요즘 쓰고 있는 소설은 어떤 거냐고 물었는데, 내가 실은 소설 죽이기 소설을 쓰고 있는 중이야."

"소설 죽이기 소설요?"

"소설은 끊임없이 죽어야만 해. 기를 쓰고 새로 태어나야만 하고 새롭게 적용되어야만 하니까. 지금까지의 내 소설은 모두 엉터리였어. 나는 우선 내가 써 온 소설들을 모두 부인하고 파괴하는 작업을 했어. 이제 다시 원점으로 돌아왔네."

방알지가 갑자기 배꼽을 잡으며 웃어 대었다.

"원점이라면…… 「'소설의 죽음'에 관한 우울한 보고서」라는 제목의 기사가 그냥 무의미한 소리에 불과하다는, 그건가요?"

아경이가 조심스럽게 물었다.

"나도 그 주간지 기사 읽었는데 '우울한 보고서'라고 한 그 제목이 잘못 붙인 것이었어. '유쾌한 보고서'라 했어야 했어. 그랬다면 소설 죽이기가 아주 유쾌한 작업이 되는 거구, 지금까지 내가 지껄인 말들이 모두 뒤집혀지는 거야. 이 사회의 구조적 모순의 가장 민감한 핵심 부위, 그 환부를 건들지 말고 파묻어 버리자 공모하려는 것이 '소설 죽이기'라 했는데, 실은 소설보다도 영화니 만화니 인터액트의 디지털혁명이 더욱 능란하게 그런 일을 해내고 있어. 온라인 아니라 오프라인으로 밀어내어 벌써 소설을 죽여 놓고 있는 중이고, 또 다르게 죽여야 하는 것이기도 해. 사람들이 토킹, 히어링만 하고 있을 적에 스피킹, 리스닝을 해 보려는 자가 소설가라면 그런 그의 소설 또한 죽어야만 하는 거 아니야? 그는 무엇보다도 토킹, 히어링의 소설을 써야만 하는 거거든. 제가 뭐길래 대다수의 사람들과는 다른 입과 귀를 갖고 있다고 설친다는 거야? 키치 문학, 퍼포먼스 문학, 엔터테이닝 문학이라 하는 그런 문학이 당연히 필요하구 말구."

어리둥절하여 만평과 아경 부녀가 방알지를 바라보는데 그가 좀처럼 웃음을 거두려 하지 않았다.

"이제 됐나니까? 소설의 죽음에 관한 우울한 보고서를 작성하고 있을 때 그는 누구의 간섭도 받지 않는 유아독존적 문화 권력자가 되고 있는 것이 당연하지. 내가 우선 이 때문에 시골로 내려온 거라네. 지엽말단이 아니라 전체를 호흡해 보려고 말이야. 여전히 유효한 한 사람의 소설가로서 시골에 내려와 낙천적인 기질을 오랜만에 즐기고 있는 중이라고 아까 내가 말했던 게 그런 뜻이야. 자네가 배가 아픈 표정을 짓던데, 진즉 그런 대목을 훔쳐 읽지 않았던가? 소설가 방알지가 얼토당토않은 문화 권력을 갖고 있다면 그거야말로 이자가 가짜인 증거이다, 라고 읽어 냈던 것 아니었나? 시골 처박혀 지내는 꼬라지가 생활 능력마저도 엉망인 것처럼 보이는데 무슨 놈의 문화 권력인 거냐 하겠지만, 원래 문화 권력이라는 게 그런 거라네. 모든 걸 한꺼번에 다 누릴 수는 없으니 나름대로 세상이 공평한 거 아닌가. 이 단계를 거쳐서 그다음 단계로 나는 소설의 죽음에 관한 유쾌한 보고서를 작성해 볼 수 있게 되었다고 믿어. 정치권력의 독재가 타도되어야 한다면 문화 권력의 독점 또한 말도 안 되는 소리이니 타도시켜야 해. 독자가 이를 타도시키려고 키치, 퍼포먼스, 엔터테이닝의 문학으로 저 고급문화를 압살시켜 가고 있는 것이겠지. 아무렴 그렇고말고인 거지. 잘못된 문화 권력의 파괴이면서 동시에 새로운 건설. 이제 자네가 입증할 차례야. 도대체 나한테 찾아온 용건이 무어지? 나의 엉뚱한 고집 소리로 자네가 한바탕 어리둥절해지기는 했겠지만서두……."

"소설가로서 그대가 놀려 주어야 할 사람이 따로 있기는 있어."

더 이상 미룰 수가 없어서 이만평이 찾아오게 된 용건을 말하게 되었다. 그가 봉투를 꺼내었다. 60분짜리 녹음테이프 하나와 경찰서에 끌려간 피의자가 써 놓은 자술서 비슷한 육필 원고 복사본 뭉치였다.

"혹시 자서전 대필 같은 건가? 굶어 죽을까 봐 걱정되어 아르바이트를 시키려는…….”

목소리는 부드러웠으나 방알지의 눈에 노기가 어려 있음을 아경이가 걱정스레 살펴보고 있었다.

“우선은 심사평 비슷한 거야. 문학 지망생이 자기 겪은 걸 토대로 해서 삐뚤빼뚤 써 놓은 초벌 소설 비슷한 것이라고나 할까, 그걸 심사해 보는.”

“내게 그럴 여가가 없는데 어쩐다?”

“헛말이 아니라 엉뚱한 노가다판에 구식 문학도가 한 사람 있다네. 과연 이 녹음테이프와 소설 형식으로 쓴 자술서가 문학이 될 만한지 어떤지 한번 봐주게. 실은 월급쟁이 내 모가지가 이 프로젝트에 달려 있어.”

브리핑을 하듯이 ‘사건의 개요’를 이만평이 요약해서 들려주었다.

직장을 옮겨 마한건설 전무가 된 그가 뜬금없이 경영 위기에 놓인 남의 회사 덤터기를 맡고 있는 꼬락서니가 되어 있는 중이었다. 겉으로만 보자면 아버지와 아들이 경영권을 놓고 다투는 현장에 들러리로 참견을 하고 있는 몰골과 비슷했다. 그런데 그 환부가 합리적인 진단으로서는 도무지 처방을 할 수 없게 곪아 터진 것이었다. 그냥 부자 갈등, 세대 갈등이 아니었다. 어떤 면에서는 한국자본주의의 현 단계를 어떻게 이해해야 하는가 하는 것을 가지고 부자가 서로 으르렁거리는 것과 흡사한, 그처럼 이상하게 고약스런 갈등이었다. 이만평이 구식 자본주의와 신식 자본주의 사이에 보리알처럼 끼여 버린 처지가 되어 있었다.

마갑동 회장은 마한건설을 자기 사업의 주력 업체로 계속 이끌어 가려고 하는데, 그의 아들 마일한은 전망이 보이지 않는 건설회사 따위 적당한 선에서 처분해 버리는 게 좋겠다는 판단을 하고 있었다. 아버지의 뜻을 무시한 채 아들이 주력 업종을 금융서비스와 정보서비스 분야 쪽으로 옮기려 하는 데에서 일어나는 갈등이기는 한데, 이만평이 그 어느 편의 손을 들어 주어야 할지 얼떨떨해하고 있었다. 처음에는 아들의 말을 어수가하니 들었다. 사장인 마일한이 은밀하게 이만평 전무를 부르더니

"마한건설을 이 전무께서 아예 인수해 보는 게 어때요?"

이런 제의를 해 왔다. 마한건설이 큰 것으로만 꼽아 전국에 일곱 군데 건설 현장을 갖고 있었다. 그중에서도 세 군데의 사업 전망은 괜찮은 쪽이었기 때문에 이만평이 뜬금없는 이런 제의에 솔깃해지기도 했었다. 부담이야 되겠지만 그가 현장에는 강한지라 땅장사와 집장사를 잘 요량해 본다면 건설업이 아직은 확대재생산 구조를 잃어버릴 지경은 아니었다. 재개발이니 재건축이니 하는 것이 무엇이던가. 초기 산업시대에 이룩하였던 개발과 건축은 성수대교처럼 삼풍백화점처럼 철거시키게 되어 있어 '재'라는 전치사로 또 한 번의 개발과 건축의 기회를 확보해 놓고 있음을 뜻하는 것이었고 바로 그렇게 후기 산업시대의 건설시장 공간을 새롭게 열어 놓고 있는 것이었다. 건설업으로 읽어 내는 한국자본주의는 이처럼 국면 재조정기에 들어와 있는데 혼란과 갈등의 풍경이 안 보이는 것은 아니었다. '이윤의 창출'을 놓고 끈덕지면서도 지루한 공방전, 소모전이 벌어지는데 실은 사회 제 세력 간의 이권 싸움 양상을 드러내 보이고 있었다. 정치권력은 리베이트를 강요하고 관계당국 당사자들은 뇌물을 강조하고 재개발 재건축 주민은 이득 보장을 강압하고 있는 그런 교향악이었는데 여기에 지방자치시대가 열리면서 말단 관청마저 사업가 흉내를 내려고 덤벼들고 있었다. 항상 상전은

너무 많은 데다가 집단 이기주의와 '나 아니면 안 된다 주의'가 한국식 자본주의의 기류를 타고 팽창될 대로 팽창되어 있었다. 건설업의 양상도 입도선매식으로 바뀌어져 있었다. 아파트 상품의 선분양 후입주의 묘리를 잘 활용하고 또는 컨설팅회사가 누릴 수 있는 온갖 기교를 세련되게 활용해서 법정 이자를 웃돌게 하도록 그런 이윤 창출의 공간을 유지시키도록 하는 사업을 건사 못 해 볼 까닭도 없었다. 무엇보다도 월급쟁이 노릇에 넌덜머리를 내고 있는 중 아닌가.

하지만 사장인 자기 아들의 꿍꿍이속을 회장이자 아버지인 마갑동이 꿰뚫어 보고 있었다. 어느 날 마 회장이 넌지시 말했다.

"이보시오, 이 전무. 당신을 내가 전무로 불러온 것은 저 아들 녀석의 난봉꾼 노릇을 막아 보려고 하는 그런 뜻이 있었던 거요. 내가 현장의 사나이로 출발한 이상 내 본업은 어디까지나 그 건설 현장의 지휘봉으로 합창 교향악을 연주해야 하겠다는 쪽에 있는 거라오."

"그 점은 명심하고 있습니다. 회장님의 꿈을 어찌 모르겠습니까."

마갑동은 디즈니랜드와는 전혀 개념이 다르지만, 꿈의 동산 설계라는 점에서는 유사한 점이 있다고 할 '갑동이랜드'를 건설해 보고 싶어 하는 그런 소망을 갖고 있었다. 자급자족의 생활공동체 공간이면서 첨단설비와 장치로 이루어지는 새로운 인프라 마을.

마갑동과 마일한 부자의 싸움은 그들이 그런 이름을 얻게 된 작명 내력과 닮은 데가 있었다. 마갑동은 으뜸동이가 되거라 하는 소망을 자식에게 심어 놓고 싶어 하였던 농사꾼 아버지의 뜻에 따라 '갑동'이란 이름을 지어 받았다고 했다. 과연 마갑동은 시골 고향의 또래 친구들 중에서 도시로 진출하여 가장 성공한 사람이 되었으

니 그런 이름을 통해 아버지의 소원을 성취시켜 드린 셈이었다. 마
일한은 마갑동의 본부인 아니라 60년대식 원조교제라 할까 갑동
씨가 바람둥이 노릇으로 만났던 여인을 어머니로 하여 태어났다.
한동안은 '숨겨 놓은 아들'의 신세에 놓여 있었다. 일한이 여섯 살
되던 때에 생모와 생이별을 하여 숨겨 놓은 쪽으로부터 '내어놓는
아들'로 환경이 뒤바뀌게 되었는데 아예 그때에 원석이라 부르던 이
름마저도 한국에서 첫째가 되거라 하는 아버지의 소망으로 일한이
라 바꾸어 호적에 등재하게 되었다.

　"마한건설이 왜 마한건설이냐 하면, 마 씨가 일으켜 세운 건설회
사가 한국을 휘어잡아야 한대서 그런 작명을 했다는 것이거든. 삼
한 시대의 마한을 오늘에 새롭게 건설하자는 뜻이 아니라 말이지.
그런즉 마갑동 회장은 아들이 아버지 회사를 상속해서 마 씨가 세
운 마한건설의 차원 아니라 한국에서 제일가는 일한건설로 키워
내기를 바라는 거라. 실제로 마 회장은 마한건설이란 이름을 버리
고 일한건설로 회사 명칭을 바꾸려고 하는 중이거든. 아들인 마일
한은 전혀 다른 꿈을 꾸고 있지만."

　일한이는 마한건설을 상속받을 마음이 없었기 때문에 일한건설
로 개명할 뜻을 조금도 가지고 있지 않았다. 건설로서는 일등 가는
한국인이 될 수가 없다고 느끼고 있었기 때문에 '일한정보'라는 회
사를 그는 차려 보려고 하는 중이었다.

　"파괴는 곧 건설이요, 건설은 곧 파괴인지라……. 선배님은 이런
담론을 어찌 생각하세요?"

　벌써 몇 달 전에 일한이가 만평에게 물었던 적이 있었다. 해산건
설 상무이던 그가 회사 쫓겨나게 될 경우의 자기 앞갈망으로 마갑
동 회장을 찾은 김에 그 아들 일한마저도 만나고 있을 적이었다. 성

수대교 붕괴에 이어 삼풍백화점이 무너져 건설회사들에 대한 비난 여론이 비등하던 무렵이었는데

"잘못된 과거에 세워진 성수대교·삼풍의 파괴가 실은 그 자체로 새로운 건설의 약속이 되어야 하듯이, 파괴에 긍정적인 점도 있겠지."

이만평이 이런 식으로 얼버무리고 말했다.

"조선봉건주의가 '효'를 내세워 예의지국임을 자부했다면, 분단 자본주의는 '불효'를 새로운 전통으로 삼아 발전이라는 걸 예약시키게 하는 것일 거라고 저는 이해하는 거거든요."

'불효가 새로운 건설이라는 것일까?'

이만평이 새삼스러운 눈길로 '야타족' 소리를 듣던 압구정 공자 출신인 30대 중반 나이의 마 사장을 바라보았다.

"아버지의 참회록을 어찌 말리겠어요? 일테면 참회록 프로젝트인 거지요. 그 프로젝트가 실제로는 불효를 내장시키고 있지만 겉으로 보자면 효성스러운 아들이 진상하는 것이 되어야 하는 것이거든요. 아들이 주선을 해서 아버님이 '참회록'을 펴내시도록 하는 그런 프로젝트인 거니까요."

마갑동 회장이 원래 고등학교 1학년 중퇴 학력밖에는 갖지 못했었는데 대단한 잡학파여서 무슨 무슨 대학원을 두 군데나 수료했고 아울러 본인 표현으로 하자면 '무식하지 않은 양심'을 갖고 있었다. 자기 나름의 독서광이어서 '체계 잡히지 아니한 학예술'을 그가 소유하게 되었는데 그의 표현대로 하자면 '인생파적 학문과 예술'이었다. 실은 그가 인생파 인간이 되고 싶은 소망을 '학예적으로' 갖고 싶었던가 보았는데

"반드시 내가 참회록을 꼭 써야만 해."

하는 소리를 마 회장이 입에 달고 다녔다.

마갑동이 쓰고 싶어 하는 것은 아우구스티누스나 루소의 참회록 같은 것과는 유형을 달리하는 것이었다.

'참회'는 그리스도교에서만 행해지는 것은 아니었다. 마갑동은 불교식의 회과(悔過)를 통해 참회멸죄하게 되기를 진심으로 바라고 있었다. 자기의 지은 죄업을 진정으로 뉘우치고 아울러 이를 조금도 감추지 않는 그런 마음자리가 중요한 일이었다. 불교의 참회에는 사참(事懺)과 이참(理懺)이 있으니, 사참은 일생을 살아오면서 자기가 저지른 모든 잘못을 일일이 들추어내는 것이고 이참은 일체의 망상을 씻어 버리고 모든 것이 공이라는 것을 일깨워 적연 부동의 본디 자리로 돌아가고자 함이었다. 마갑동이 참회록에서 쓰고자 하는 것은 궁극적으로는 이참 쪽이었다. 가난한 농사꾼 자식으로 태어나 불량소년 시절과 반항청년 시기를 거치어 도무지 정상적인 사회인이 되지 못할 처지에 빠져 전과자 노릇이나 하던 깡패였던 그가 '노가다' 판에서 나름대로 입신의 기회를 잡아 천민 자본가로 행세해 오게 된 자기 인생을 '참회'하는 개인적인 사연이야 중요한 것이 아니었다. 그는 자신이 겪어서 알게 된 '한국 천민자본주의'를 '이참'시키고 싶어 하였는데, 그러한 참회에 각별한 의미부여를 하고 있었다. 도대체 왜 어째서 '한국자본주의 참회록'이 안 나오고 있느냐 하는 것이었다.

불교에서는 참회의 등급을 상중하의 셋으로 나누고 있었다. 하위의 참회일 적에는 진신이 달아오르면서 눈에서 펑펑 눈물이 쏟아지고, 중위의 참회에서는 전신의 땀구멍으로 땀이 나오고 눈에서는 피눈물이 나오게 되며, 상위의 참회에 이르면 눈으로부터만 아니라 전신의 모든 구멍으로부터 피가 쏟아져 나온다고 했다. 한국

자본주의가 과연 식은땀이라도 한 번 흘려 보았던가, 나아가서 회개의 눈물을 한 번이라도 쏟아 본 적이 있었던가.

원자폭탄 피해자, 줄여서 피폭자. 한국자본주의의 피폭자들만 진땀을 흘리고 피눈물을 흘렸던 것이 아니던가. 마갑동이 이런 소리를 하고 돌아다니고 있었으니.

"우리 아버지가 정상이 아니거든요. 그러함에도 당신 혼자서만 정상이라고 주장하는 겁니다. 도대체 왜 한국사본주의가 참회를 해야 한다는 겁니까? 그 출발이 정상적으로 자본축적을 할 수 있는 상황이 아니었다는 것, 그걸 어떻게 참회한다는 거지요? 여러 비정상적인 수단과 방법들에 대한 도덕적인 비난, 나아가서 비판이야 필요한 일이겠지요. 하지만 그것마저도 육하원칙을 잘 가늠해서 요령 있게 펼쳐 보아야 하는 것 아닙니까. 무대뽀인 겁니다. 무대뽀."

"무대뽀는 일본말이라네. 무철포(無鐵砲)라는 일본식 한자어를 저들이 그렇게 발음하는 건데, 철대포도 갖지 못한 무사가 전쟁터에서 큰 소리 지르는 것을 가리키는……"

이만평이 일한이가 아직 젊어 일본식 어휘인 줄도 모르고 쓰는 말을 이렇게 교정해 주었던 적이 있었는데, 그가 마한건설로 직장을 옮긴 후에

"우리 아버지가 진짜로 참회록 준비를 해 놓으셨어요. 60분짜리 녹음테이프에 울음마저 섞인 목소리를 풀어놓으셨고, '한국자본주의가 진심으로 참회해야 할 세 가지 이유'라는 부제에다가 「전쟁과 여인의 자본주의」라는 이상한 제목을 내걸고 있는 논설도 못 되는 소설을 작성해 놓으셨거든요. 그러니 전무님께서 '참회록' 프로젝트를 구체적으로 진행시켜 주세요. 아버지 스스로 경영 일선에서

물러나시게 하는 방도로 말이지요."

마일한 사장이 이만평 전무에게 이렇게 특별 프로젝트 업무 지시를 내리니 마지못해 그가 나서게 되었는데, 그의 딸 아경이가 '재미있는 문화기획'이라며 출판대행을 맡겠다고 나선 것이었다. 자본주의를 두들겨 대는 글이야말로 자본주의 시장에서 인기를 끌기에 더없이 좋은 상품이 되는 까닭이었다. 마갑동 회장의 테이프와 글을 훑어본 그녀 회사의 상사 장갑택 부장이 오케이 사인을 내려보냈다는 것이었다. 마갑동이라는 괴팍한 영감의 '한국자본주의 두들겨 대기'가 10분지 8쯤은 허황하지만 10분지 2가량은 기발 난 데가 있다는 것이었다. 이만평이 그의 둘째 딸 아경과 함께 방알지를 찾아오게 된 까닭이었다.

방알지가 그냥 웃었다. 녹음된 테이프 그냥 한 번 들어보는 것과 자술서 비슷하게 쓴 소설 원고 그냥 한 번 읽어 보는 거야 무엇이 어렵겠느냐 하여 소설가 방알지가 엉겁결에 '참회록 프로젝트'에 말려들게 되었다.

3.

"자본주의는 분단 한국인을 과연 어떻게 변모시켰는가."

소설을 이런 문장으로 시작하는 것은 무모한 일임에 틀림없다. 소설 독자는 문학 작품에서 '사회적'인 것이 아니라 사랑 이야기와 같이 '인간적'인 내용을 읽고 싶어 한다고 주장되고 있는 중이기 때문이다. 그러나 나는 한국 소설가라면 이 같은 '테마'에 한 번은 깊숙이 매달려 보아야 한다는 생각에 강하게 사로잡혀 있었다. 나는 문단에 데뷔해 본 적도 없고 전업 작가도 아니지만 아무도 쓰려고 하지 않는 ‘소설’을 엉뚱하게 시작해 보려고 하는 것이다. 그것도 내 나이 예순네 살에…….

소설가도 아닌 주제에 나는 왜 엉뚱한 소설을 써 보려는 생의를 내게 되었는가. 우선 나 자신 어떠한 자격을 갖추어 놓고 있는지 밝히기로 한다. 인생 실패자는 역사에 대해 발언할 자격이 없다고 나는 믿고 있는데, 나 자신은 그런 실패자는 아니라고 생각해 보고 있다. 내가 쓰고자 하는 것은 패자의 항변 따위가 아니라는 뜻이다. 다음으로 나는 역사와 이 바닥의 삶을 꿰뚫어 생체험에서 우러난 진정한 지혜인 통찰력을 내 나름으로 갖추게 되었다고 믿고 있다. 나는 격변과 풍랑의 시대를 증언하고 아울러 사람들의 꿈과 희망의 궤적이 어떠하였던가에 대해 발언해야만 할 자기 지분을 갖고 있다고 일깨우고 있다. 내가 쓰고자 하는 것은 잘못된 세상의 구조적 모순을 적발하려는 엄격한 고발문이자 통절한 참회록이라는 뜻이다.

다음으로 ‘왜 쓰고자 하느냐’를 밝혀 보아야 하겠는데 나는 비록 선지자는 못 되더라도 내가 해 볼 수 있는 후지자 역할마저 포기해서는 안 되겠다고 절박하게 일깨우게 되는 바를 갖게 되었다. 남보다 먼저 깨우치는 것이 아니라 가장 늦게 깨우치게 된 것이기는 하지만, 후지자인 내 눈에는 두 개의 절망이 보인다. 출발지에 절망이 있고 종착지에 절망이 있다. 출발지의 절망을 나는 글로써 샅샅이 체현해 보여야만 하는데 오늘의 젊은이들은 교조적인 역사 교과서에 문법적으로 기술되어 있는 사건들로서만 그 절망을 만나고 있을 따름인 것이다. ‘왜’ 이를 아니 쓸 수가 있겠는가. 종착지의 절망에 대해서는 미처 내가 겪지 못한 바의 것이고 어쩌면 겪지 못하고 내 생을 마감할지도 모른다. 그러나 지금의 젊은이들은 장차 언제인가는 현실로써 그 끔찍한 상황에 맞닥뜨릴지도 모른다. 참된 역사서는 과거에 대한 기록이 아니라 미래를 향한 기록인 것이니 내가 무슨 소리를 써 놓았는가를 새겨 보되 맞으면 맞는 대로, 다르면 다른 대로 내 글은 하나의 이정표 구실을 할 수 있을 터이다. '왜' 이를 아니 쓸 수가 있겠는가.

이제 출발지의 절망에서부터 나의 이야기를 시작해 보기로 한다.

'과연 우리에게 자본주의는 무엇이었는가' 하는 문제를 떠올릴 적에 나는 큰 학자라는 이들의 분석보다는 오히려 〈바보처럼 살았군요〉라든가 〈잃어버린 30년〉 같은 유행가가 솔직하게 답변을 해 주는 쪽이라고 느끼게 된다. 자본주의 앞에 바보 아닌 사람은 없고, 남들이 100년 200년 걸려서 이룩해 온 것을 20년 30년 만에 해치웠다는 오만한 성공 담론의 밑바닥에는 바로 그 세월을 '잃어버린 시간'으로밖에는 감당을 못 했던 천형의 불가촉천민과도 같은 이들의 고통과 절망이 담보되고 있는 것이기 때문이었다.

자본주의가 분단 한국인을 어떻게 변모시켰는가 하는 데 대해서 가장 열성을 내어 답변을 마련코자 한 이들 중에서는 우선적으로 현실 정치를 담당해 온 정치인들을 꼽아 볼 수 있다. 분단 북쪽의 사정은 논외로 친다 하더라도, 기회가 있을 때마다 한쪽에서는 개발과 발전을 쳐들고 다른 한쪽에서는 반독재와 민주화를 내세워 정치 소비자(곧 유권자)들을 제 편으로 끌어들이기 위해 혼란과 갈등을 자초하게 하면서 권력 쟁탈에 혈안이 되었던 자들의 자중지란이 오히려 사회적 역동성을 발휘하게 하였던 것을 살펴볼 수 있기 때문이었다. 권력 공간을 확보하기 위한 이들의 집요한 노력은 국민총동원령에나 해당됨직한 비상한 방식을 통해 고도화시킨 근로 대중의 생산력을 중앙 집중화된 정치력으로 음험하게 맞바꾸어

치기 하려는 노력으로 한 사회를 엉뚱하게 개조시키게 하였다는 것을 살필 수 있게 하는 것이다.

다음으로 새로운 봉건 영주들이라 할까, 실속을 자기들이 챙겨 놓기 위해 정치인을 가설무대에 올려놓아 뒷전에서 이를 조정해 온 경제인이라 불리는 이들의 역할을 소홀하게 살필 수도 없다. 8·15 해방 공간에서 '반민(反民)'이었던 자들이 4·19 변혁 공간에서는 '부정축재자'로 어느덧 신분상승을 하게 되었거니와, 5·16 쿠데타 공간에서 저들은 감옥으로 가는 것이 아니라 '엉뚱한 역사'가 그들을 호명하고 있음을 알아차리게 되었던 것이다. 부정축재의 테크니크를 국가재건에 필요한 인프라로 제공하는 대가로 자기들을 '호명'시키게 하여 '압축 성장'의 압축력을 그들만이 독과점적으로 발휘하도록 하는 발판을 얻게 되는 과정을 주목해 보아야 할 까닭이 있다.

이와 함께 언론의 역할이 중요하게 대두되어 왔다는 사실도 살펴보게 된다. 국가사회와 국민사회의 사이에 놓여 있는 거칠기 그지없고 바람 잘 날 없는 망망대해에 유령선처럼 또는 해적선처럼 출몰하고 부침하던 언론은 코앞에 닥쳐온 '개발 독재'에 대해 자칫 양비론적인 비판의식을 견지하는 듯하면서도 실제로는 양시론적인 '한국자본주의 찬가'를 외쳐 대고 아울러 홍보하는 데 있어서 그 이상의 선전선동 일꾼들이 따로 없을 지경의 '과업'을 수행하게 되었던 것이 아니었던가.

이와 아울러 아카데미안들의 공로를 인정하는 데 인색할 수도 없다. 외래자본주의의 한국적 적응력을 평가하는 데 있어서 그들은 바로 그 외제의 눈금으로 반(半)봉건반식민 역사와 사회에 대한 투시력을 발휘하게 하여 '개발'을 관철시키게 할 수 있었기 때문이다.

도저히 합리화될 수 없는 온갖 비리(非理)가 논리적 구성을 갖게 되도록 해 주면서 세계사의 보편성에 한국사의 특수성이 특수하게 (신화적으로, 또는 한강의 기적으로) 합류되고 있음을 엉뚱하게 검증하는 업적을 나타냈던 것이 그러하였다.

이제 우리는 공신의 대열에 빠뜨려서는 아니 될 중요한 두 집단의 역군들이 존재하게 됨을 아울러 확인해야 한다. 그 하나가 행정관료라 한다면 다른 하나는 군부였다. 지배 담론으로서의 자본주의가 외래사조로 수용되는 측면의 소극성과 수동성을 탈피하여 적극성, 능동성을 띠게 되는 계기가 이들에 의해 장만될 수 있었다. 5·16 쿠데타가 발생된 때로부터 반년쯤 후인 1961년 11월 색안경을 쓴 국가재건최고회의 박정희 의장의 방미를 통해 한국 군사정부가 미국 케네디 정권으로부터 엔도스(endorse: 추인/보증)를 부여받게 되고 있음을 과장할 까닭은 없다. 이소사대의 조공일 턱도 없건만 이때에 분단의 사우스코리아가 미국의 자유우방 변방에 놓인 제후국임을 새삼 확인받고 아울러 시키면서 얻게 된 하사품을 주목해야 한다. 미국자본주의의 지도와 편달로 한국 경제를 지배해 주기를 자청하게 되었던바 엘리트 수행원들은 이처럼 '차관'의 문호개방 시대를 열게 할 수 있었다. 드디어 1962년으로부터 시작되는 제1차 경제개발 5개년계획은 외교 비사의 안쪽으로부터 그 입안자들의 숨은 노력이 이처럼 혁혁하였기 때문에 가능할 수 있었던 것임을 확인해 주어야만 할 일이다.

그렇기는 하시만 '미국자본주의의 이식 도입'을 위해 일군의 행정·경제 관료와 청년 장교들이 수시로 불려 가서 '조국 근대화'의 초석을 '친미적으로' 놓아 가게 되는 과정은 실로 한국사의 격동기 때마다 등장되는 '신사유람단'적인 운동을 연상케 하기에 부족함이 없다. 당나라에 입국했던 삼국통합 연대기의 신라인들, 몽고 지배자 쿠빌라이 칸을 찾았던 고려인들, 명나라 황제를 배알하였던 조선왕조 초기의 사대부들, 신사유람단으로 일본을 견문했던 조선 말기 개화파 관료들, 대륙성 문화를 버리고 해양성 문화를 받아들이기 위해 관부연락선에서 신시니 개화소설이니 하는 것을 구상했던 '현해탄문학'의 그 같은 신문물찾기 전통이 1961년 전후 무렵에 비록 단조로운 형태이기는 할망정 새롭게 재현되고 있음을 살피게 되기 때문이다.

다만 유감스러운 일은 이 같은 시점에서 경제행위의 주체자를 어떻게 설정하느냐 하는 문제에 대해 제대로 고민해 본 흔적이 많지 않다는 사실이다. 중산층 논쟁 같은 것이 더러 학계로부터 제출되기는 했지만, 경제개발은 '국민경제'를 젖혀 놓은 채 '특권경제'의 틀부터 짜 놓았던 것이 아니었던가. 경제개발이 진행된다고 하더라도 그 개발은 전적으로 '위쪽'—'바깥쪽'으로부터의 경제인 것이어서 '아래쪽'—'안쪽'은 그 같은 사회변동의 온갖 혼란과 고통을 덤터기로 뒤집어쓸 수밖에 없는……

자본주의가 분단 한국인을 어떻게 변모시켰는가 하는 데 대해서 그 외연이 아니라 내실을 살펴보고자 한다면 어떠한 풍경이 나타나는가. 변화가 요청됨에도 이를 충동할 내부적인 자극이 발생되지 아니하면 외부적 충격의 요법이 필요하다는 것은 19세기 제국주의 전파론의 논거가 되었거니와 20세기의 60년대 초에 이 전파론의 새로운 변용이 극적으로 분단반도의 남한에서 이처럼 실현되고 있었다. 하지만 자기 자신의 절박한 필요성보다도 강요에 의해 대응시켜야 하는 '변모'는 실상 고통스러운 일이 아닌가. 변모를 일으키게 하기 위한 원인의 제공과 계기의 창출이 당대에 민족사적으로 어떻게 주어지고 있었던가에 대한 해명과 성찰이 제대로 이루어지지도 않은 채 '변모'는 무조건 좋은 것이라고만 읊어 온 한국자본주의 출발지의 지형에 대한 내부적 5만분지 1지도를 어떻게 '새롭게' 그려볼 수 있을 것이겠는가 하는 점이다. 8·15의 혼란과 6·25의 열전과 1950년대 백색 독재의 억압과 빈곤에 완전히 탈진이 된 1960년대식 조선토종에게 박래품자본주의는 과연 무엇이었던가 하는 물음이 그것이다.

한국자본주의가 무엇인가에 대한 답변 내용 중에서 빠뜨릴 수 없는 것으로 노동자의 목소리가 있다. 청년노동자 전태일은 '자본가가 설명하는 한국자본주의'가 아니라 '노동자가 설명하는 한국자본주의'를 한국인 모두가 반드시 알지 않으면 안 된다는 것에 대한 신념을 갖고 있었다. 그런데 그의 이 같은 목소리는 철저히 봉쇄되어 아무도 들으려 하지 않았고 아울러 들도록 할 수도 없다는 것을 일깨우게 되자 그는 급기야 '나 하나 죽어지면 무언가 달라지겠지'라는 결단을 내리기에 이르렀다. 그의 대속적 죽음의 제의(祭儀)는 서로 상반되는 두 가지 내포를 갖고 있었다. 그 하나는 그가 자본주의 체계의 이론과 실제에 관한 총체성을 거의 완벽하게 인식해 낸 최초의 노동자라는 사실이었고(한국의 어떠한 학자도 이런 실천운동가적 인식의 단계에 도달되어 있지 못하였다), 다른 하나는 노동자의 자기 자각이 이루어지지 않는다면 한국 사회의 총체적 모순을 해결할 수 없다는 일깨움이었다. 노동 당국은 그의 죽음에서 불순─불온의 냄새를 맡아 보려고 안간힘을 내었지만 이에 실패했는 바, 도무지 그를 '이데올로그'로 얽어맬 수 없었기 때문이었다. 노동자의 자본주의 담론은 과연 어떻게 계승되었나.

자본주의가 분단 한국인을 어떻게 변모시켰는가 하는 데 대해 가장 왕성한 표현력을 보였어야만 하는 것이야말로 문학이었다. 정치, 경제, 언론, 학술, 행정, 군사문화, 노동운동과는 달리 문학이 답변해야 할 대목은 바로 자본주의의 관점이 아니라 한국인의 관점에서 그 문화변동과 사회변동의 핵심을 통찰해야만 하는 것이었다. 그것을 수긍하려는 쪽에서였건, 의심쩍어하는 쪽에서였건, 나아가서 반대하는 방식으로서였건, 그런 차이가 중요한 것은 아니며 특히 소설이 이를 '인간의 눈'으로 살펴서 그 변모의 대서사를 그려 보이는 일이야말로 장엄하게 필요한 일이었다.

1932년생인 나는 고백하거니와 내 나이 서른 살 전후가 되던 1962년의 그 무렵까지도 '자본주의란 무엇인가'라는 것에 대한 가장 초보적인 인식의 틀은커녕 이해의 바탕마저도 갖고 있지 아니하였다. '대망의 70년대' 소리가 드높게 울리는 가운데 맞이하였던 1970년 봄에 정인숙이란 미모의 여인이 죽고 그 가을에 전태일이란 건강한 청년이 죽고 그리고 광주대단지 소요사건이라는 것이 일어나고 '10월 유신'이라는 것이 터지고 하면서 '아, 자본주의란 참으로 힘들고 고통스러운 것이로구나.' 하는 소리를 내뱉게 되고 '과연 분단 한국인에게 자본주의란 무엇이겠느뇨.' 반문을 해 보게 되었던 것이다. 선지자 아닌 후지자가 초학을 제대로 못 하여 만학도가 되었던 것이니 때늦게 나에게 하나의 화두가 생기게 되었다. 서론에 대신하여 이렇게 적어 놓고 있는 이 글은 내 나이 환갑을 넘기게 된 1990년대에 들어와 나름으로 1차 사료에 해당되는 여러 자료와 기록과 연구 서적을 섭렵하고 아울러 내 몸뚱이를 관통해 간 한 시대의 대하성을 되살려 짜맞추기해 본 것에 다름 아니다. 문안 작성으로 이를 쓰는 일이 너무 힘에 부쳐 나로서는 실은 고통스러운 노릇이었으니 독자들이 읽기에 고역스런 글이 되고야 말았지만 어쩌겠는가. 지금부터는 이 글이 재미있게 되리라는 것을 감히 약속드리고자 한다.

자본주의란 무엇인가에 대한 나의 첫 눈뜸은 그것이 '전쟁과 여인'의 틀그림으로 다가들고 있다는 것이었다. 나는 소설을 쓰려는 자의 특권으로 한국인에게 습격해 들어온 그 첫 모습의 자본주의를 '전쟁과여인자본주의'라 명명해 두고자 하는 바이다.

도대체 무슨 그런 자본주의가 다 있느냐 반문하는 일은 일단 용납하지 않는 것으로 하겠다. 있으면 있는 것이다. 민족주의에 한국적 민족주의가 있었던 것처럼.

천의 얼굴을 가진 자본주의. 껍데기로 내걸고 있는 제목과 알갱이로 안에 감추어 놓고 있는 실속이 항상 이율배반이며, 그리하여 껍데기와 알갱이가 항상 자기모순과 갈등을 일으키게 하는 자본주의. 심층적 구조로는 '전쟁과여인자본주의'이지만 표층적 구조로는 그것은 '군사작전자본주의'였었다. 박정희가 감행한 것은 군사작전자본주의였고 국민들이 겪은 것은 전쟁과여인자본주의였다는 뜻이다.

전쟁의, 여인의, 자본의 깃발이여! 그 함성과 분노가 당신들의 귀에 들리는가. 아니 들린다면 너의 귀때기를 후려쳐라!

4.
자본주의는 과연 한국인을 어떻게 변모시켰을까. 이만평으로서는 그런 질문이 왜 중요하다는 것인지 알 수 없었고, 아울러 그에 대한 대답을 어째서 어렵고 복잡하게 장만해야 하는지 짐작하고 있는 것도 아니었다.

'한 시대에 대한 정신사적 설거지'가 필요하다고 했다. 방알지는 소설이 그런 역할을 맡아야 하는 것이라 했는데, 문학 동네의 표현대로 하자면 '근대 극복 명제'가 된다는 것이었다.

이만평과 아경 부녀가 하룻밤을 소산동 시골 마을에서 묵었는데, 도시의 소음 못지않게 동틀 무렵의 농촌이 시끄러웠다. 달구리 새벽이라 하던가. 어둠이 걷히기 전부터 온 동네 수탉들이 극성스럽게 울어 대고, 잡새들이 짹짹거려 대고 있었다. 개들이 짖어 대고, 거기에 옆집의 외양간이 이쪽 담과 붙어 있어서 어미 소와 새끼 소가 울어 대는 소리마저 성가시기 그지없었다. 마치 동물들이 주인 노릇을 해야 하는 곳에 잘못 끼어든 곁방살이 사람들이 싸게 구박을 받고 있는 듯하기만 했다. 더구나 새벽 공기가 한 봉 꿀처럼 알알하여 도시의 탁한 숨만 쉬어 버릇한 이만평 부녀가 번갈아 가며 가래 긁는 소리를 내기도 했다. 흔히들 전원이 좋다 하지만 이만평은 개조시키지 않은 낡은 농가의 허름함과 불편함을 고스란히 자기 생활 속에 끌어들여 놓고 있었다. 뒷간은 본채에서 멀리 떨어져 있는 데다가 전등도 없어 뒷일 보기가 만만치 아니하였다. 아경이는 이런 '전근대적인 환경' 속에서는 못 살 것 같다고 푸념하기도 했다. 소설가는 도리어 그 자신 '원점'으로 회귀하여 '근대의 설거지'를 해 보고자 하고 있는 중이었을까.

방알지가 시골 내려와 지내면서 날짐승, 길짐승 들의 북새에 새벽 귀가 밝아져서 아침나절을 참으로 길게 활용하게 된다 했으니 하룻밤 나그네들마저 잠을 설쳤다. 방알지에게 구독하는 신문이 없는 것은 물론이려니와 텔레비전마저도 있지 않았고 고작 라디오 하나뿐이었다. 아직 일곱 시도 되지 않았는데 도시 손님들이 잠자리에서 일어났다. 방알지는 벌써 마갑동의 글과 녹음테이프를 대충 훑고 난 참이었다. 그는 구공탄 난로를 피워 놓고 있는 거실 겸 작업실에 나타난 손님들에게 허브차를 마시라고 내주었다.

"이 원고의 첫 부분, 그러니까 '전쟁과여인자본주의'라는 엉뚱한 명칭을 붙인 소리를 내뱉으면서 끝을 낸 서문이 말이야……."

"어떻던가? 과연 소설 문장으로 받아 줄 수 있어? 나로서는 무척이나 읽어 내기 거북하던데."

이만평이 머리를 흔들었다.

"소설의 시작이야 논설 조로 해 볼 수도 있는 거겠지. 그 논리적 구성이 적실한 것이냐 따질 나위는 없어. 하지만 이 노인이 엉뚱한 글쓰기로 푼수 없는 고생을 했을 정경이 남의 노릇만은 아니게 보이는구먼. 배포가 센 노인이야. 그럼에도 이 서문이 호흡이 짧아 공연히 많은 것을 주워 담으려 하다 보니 어질더분해졌네. 전쟁과여인자본주의가 무슨 소리인지를 당자는 신이 나서 설명해 주려 애쓰고 있지만…… 글쎄올시다."

"저는 이 노인의 대드는 품이, 그러니까 스케일을 넓게 잡아 서론에서 거창한 개괄을 펼쳐 보이고 있는 것이 일단 대단해 보이기는 해요. 나름대로의 진정성을 느끼게 되거든요. 과연 무엇이었을까요? 예순네 살 노인으로 하여금 '소설'을 쓰지 않으면 안 되게 만든 것은……."

아경이는 이미 필기도구를 꺼내 들고 있었는데 '프로젝트'를 위해 방알지와 나누는 대화를 모두 노트해 두려는 모양이었다.

"이 노인은 주장하고 있네. 자본주의의 관점이 중요한 것이 아니라 한국인의 관점이 중요한 거라고 말이지. 한국문학이 제 할 일 했느냐 큰소리도 쳐 가면서 말야. 자본주의를 겪어 본 사람이 할 수 있는 이야기를 한다는 것이고 보면 자기 실감을 얹어 놓은 관찰을 펼쳐 보이려고 하는 것일 수는 있겠지."

"정치인, 경제인, 언론인, 아카데미안, 엘리트관료, 엘리트군부, 나아가서 노동자가 다 다른 것이 맞아요? '신사유람단적인' 이소 사대 외교로 미국에서 하사받아 온 자본주의를 한반도에 영접하기 시작했을 적에 그 영접의 접점이 그렇게 각각 차이가 나는 것이었어요?"

"영감님이 그렇다고 하니 일단은 그런가 보다 받아들여 보기로 하고……" 방알지가 웃었다. "왜 그렇게 분간을 해 보려는 것인지 그 발상에 나름대로 문학적인 점이 있다는 걸 인정해 주기로 해 봐요. 다름 아니라 '자본주의는 한국인에게 과연 무엇인가' 하는 질 문을 소설로 제기하고 싶은 때문이겠는데…… 욕심을 내볼 만한 화두인 것은 틀림없으나 불필요하게 늙마의 호통 소리가 끼어들 었어."

"그래 과연 자본주의는 한국인에게 무엇인 건가요? 그러니까 왜 그런 질문이 그렇게 중요하다는 거예요? 출발지의 절망이 도대체 어떻게 되는 거죠?"

보채는 아린아이처럼 아경이가 다시 재우쳐 묻고 있었다. 이만평 에게는 소설가와 문화 기획가가 나누는 대화가 부질없게 들리는 점이 없지 아니하였으나, 그 자신 '소외의 신세'가 된 것에 불평을 갖지는 말자고 속으로 스스로 타이르고 있었다.

"이 노인은 일단 반자본주의자거나 아니면 미자본주의자로 한 국인을 상정시키고 있구먼. 그때까지 한국 사회에 살아 흐르던 봉 건 유교주의만 해도 이 노인은 반자본주의적인 성격을 가진 것으로 파악하고 있는 듯하고, 또는 자생적 자본주의로 전환시켜 볼 자 체적 능력은 발휘해 볼 수 없었던 것처럼 보는 듯도 하고……."

"농촌 토지와 고향 공동체에 결박돼 있던 '전근대적인' 사람들을 풀어 주었다고 자화자찬하는 초기자본주의 운동에 대해서는 사회주의마저도 일단은 그것을 '진보'라 인정해 주는 거 아니에요?"

"그렇지만 아래 사람들은 새로운 질곡 속에서 헤매게만 만들고 위쪽만 진보하려 했다는 점에서 '봉건 극복'의 초기 운동은 그 첫걸음마부터 벌써 '근대 극복'의 명제를 배태시켰다는 것 아니야? 부르주아사회로의 재편성 과정에서 드러내게 되는 모순과 갈등의 자기 정체성을 이 노인이 문제 삼는 것은 일단 당연한 것이겠지."

"소위 자본주의적 발전 법칙은 한국 사회의 필요성에서보다도 냉전 체제하에서의 자유우방의 전진기지로 남한을 포섭해야 할 미국의 요청에 의해서 전개되기 시작했던 건가요? 그게 맞는 거예요?"

"아니야 내부적 자극이 먼저 있었고 여기에 외부적 전파론이 비정상적인 방식으로 합류되었던 것에 틀림없는데 이 영감님은 그것을 제대로 읽어 내지 못하고 있어. 자본주의가 어떤 속성을 가진 것인지를 그는 1960년대 내내 알지 못하고 있었다고 실토한단 말야. 그건 당시의 대다수 한국인들이 그랬다고 할 수도 있겠지만 실은 이 노인의 한계야. 내가 이 노인보다 10년 연하인데 이 노인은 5·16 변수만 이야기하고 있지 4·19 변수를 묵살시키고 있어. 4·19로 근대의 물정을 읽을 줄 알게 된 소수 청년지식인 중에는 박정희자본주의가 필연적으로 파쇼의 길을 갈 수밖에 없음을 예단하여 초조해하고 조급해하던 흐름들이 없지 않았거든. 미국은 뻔히 그렇게 되는 것을 알면서도 방관하고 어떤 면에서는 묵과했지. 미국의 이익이 중요했기 때문에 한국인들이 어떤 고통을 당하든 알 바 아니었으니까. 이 노인이 선지자 아니라 후지자인 것은 틀림없겠으나, 되레 그런 까닭에 전체를 보려고 하면서도 실제로는 지엽말단만 살피고 있어.”

“이 원고는 한국 사회에 어떠한 변모가 일어나게 되었던가 하는 데 대해서는 자본주의 일반의 관점보다도 그 당시의 한국인의 관점에서 살펴보아야 한다고 했는데, 그 한국인의 전형이라는 게 정치인, 경제인, 언론인, 아카데미안, 엘리트 관료나 군부는 아니라 한 단 말예요. 한국 특유의 민중자본주의론을 가설로 내세워 그 출발지의 지형지물이 어찌 되어 있었던가를 설명해 보려 하는 것 같은데…….”

“노동자가 당대 자본주의를 어떻게 읽고 있었던가 짤막하게 삽입시키고는 있지만, 그렇다고 이 영감이 민중자본주의론을 제시하는 것 같지는 않구면. 자본주의는 필경 자본자자본주의이기 마련이니 민중자본주의라는 그런 운동장을 정중앙에 마련할 수는 없는 노릇이기도 하고…….”

방알지가 마갑동의 육필 원고를 뒤적거렸다. 이 초벌 소설은 ‘서문’에 이어 제1장의 제목을 ‘누가 이 여인을 모르시나요’라 붙여 놓고 있었다. 방알지가 다시 말했다.

“영감님께서는 이상한 상상력을 발동시키고 있어. 소설의 서문에 이어 등장하는 제1장에는 1932년생인 이 영감이 열여덟 나이로 국민방위군에 동원되며 목도했던 일들이 적혀 있는데 대한민국 국군 사회의 부패상이라든가 미8군의 만행이라든가 하는 것 말이지. 초반부터 강간, 윤간 풍경을 마구잡이로 써 놓고 있어. 미군에게 강간당하는 농촌 처녀와 아낙의 모습이 사춘기 소년 마갑동에게 너무 강렬하게 각인되어 있어서 그게 미국자본주의에게 강간당하는 고요한 은둔의 나라, 조선예의지국 처녀지의 이미지로 표상되고 있는 듯해. 전쟁과여인자본주의라는 명칭이 바로 그렇게 나오게 되는 것 같은데, 졸렬한 작명임에 틀림없어 보이니 소설의 밑천이 벌써 초장부터 바닥을 드러내 보인 것 아니야?"

방알지는 애매하게 웃음을 지으며 마갑동의 초벌 원고가 소설로서는 기본적인 한계를 가지고 있다는 것을 내비치고 있었다.

그렇지만 초벌 소설 속에서 6·25 전쟁의 실화는 삽화처럼 잠깐 삽입되는 것에 불과했다. 마갑동의 원고는 1962년 제1차 경제개발 5개년계획이 처음으로 추진되던 시기를 한국자본주의의 새로운 원점으로 설정하여 그로부터 일어나게 된 '변모'를 설명해 보려고 낑낑거리고 있었다. 그것은 물론 논문 작성을 위해서가 아니고, 그가 명명한 '전쟁과여인자본주의'라는 것의 시대적 성격을 밝혀 보이기 위해서였다. 그 무렵 그는 '국토건설단'에 끌려갔다가 철조망을 뚫고 도망쳐 서울의 난민촌에 잠입하여 깡패 노릇으로 '천민자본주의자'가 되기 위한 밑그림을 그리기 시작한 것으로 묘사되어 나오고 있었다. 전쟁 중이던 때에 만났던 어떤 여자와 재회하여 '순애보'를 나누면서…….

간단히 아침 식사를 하고 났을 적에 아경이가 물었다.

"마갑동 영감님의 원고 말예요. 소설프로젝트로 추진해 볼 만한 것인가요, 어떤가요?"

"글쎄 첫 대목에 나오는 전쟁과여인자본주의라는 표현이 아무래도 너무 튀는 것 아니야?"

방알지의 이런 말에는 이만평도 동감이었는데 그의 딸이 엉뚱한 반응을 나타내 보이고 있었다. 아경이는 제 오른쪽 손의 손톱을 입술 속으로 넣어 잘근잘근 씹고 있었는데 깊은 궁리에 빠졌을 때의 습관이었다.

"저는 안 그런데요. 이 원고 앞부분의 어렵고 복잡한 설명은 그냥 따분하게 읽어 보게 되는 것이지만요, 전쟁과여인자본주의라는 이 말 한 쪼가리로부터는 느낌이 오는 거예요. 도리어 이 한 쪼가리를 저는 건져 올리고 싶어요. 이런 명칭이 우스꽝스럽고 서툴러 보이기는 하지만 굉장한 스토리를 저장시켜 놓고 있는 것 같기만 하거든요. 실제로도 그렇고……"

"이 영감의 서문은 맨 앞머리에서 뭐라 했지? 소설 독자는 문학 작품에서 '사회적'인 것이 아니라 사랑 이야기와 같이 '인간적'인 내용을 읽고 싶어 한다고 주장되는 중이라 써 놓았어. 그러면서 서문은 '사회적'인 질문을 던지고 있었는데, 본문에 와서는 전혀 그게 아니야. '인간적'인 사랑 이야기, 그것도 강간당하고 윤간당하고 하는 이야기부터 깔아 놓고 있어. 서문은 그냥 눈 가리고 아웅 하려는 목적으로만 써 놓은 걸까."

"그럴지도 몰라요. 하지만 그게 뭐 어떻다는 거예요? 요즈음 아이들은 1960년대식 자본주의운동에 대해서는 제대로 알지도 못할 뿐 아니라 관심도 없어요. 고통스럽게 겪었던 사람들은 그게 억울하고 부당하다고 느끼는 나머지 이를 꼭 알게 해야 한다고 조바심마저 느끼는 모양이지만, 요새 아이들이 왜 꼭 그런 걸 꿰고 있어야 한다는 거예요? 그건 무리스런 요구이고 억지에 가까워요. 그러니까 초장부터 강력한 메시지를 띄워 올려야만 반사적으로 반응이 오게 되는 걸 거예요."

"결국 상품이라야만 한다는 건가? 당대적 절망과 고통의 역사적 통찰이 아니라 그것의 상품화, 그 이야기성의 시장가치……"

소설가가 비로소 무엇을 뒤늦게 깨달은 것처럼 말했다.

아경이가 여대생 아니라 직장인이지만 핸드백 대신에 늘상 배낭을 메고 다녔는데, 두툼한 파일 뭉치를 꺼내었다. 아경이가 다시 말했다.

"제가 약식으로 기초 조사를 한 번 해 봤어요. 대학가 한 군데로 나가서 지나가는 스무 명 남짓 되는 애들을 불러 세워 물어봤어요. 자본주의에는 여러 종류가 많은데 전쟁과여인자본주의라는 것도 있다고 하더라. 그런 자본주의를 들어본 적이 있는지, 그리고 있든 없든 상관없이 과연 그런 자본주의에 대해서 어떤 느낌이 드느냐고 말예요."

아경이가 배실배실 웃었다. 만평과 알지가 모두 어리뻥뻥해져서 어이없는 표정을 지었다.

"대학생들은 처음에는 깔깔거리며 재미있어하더니 다음번에는 두 패로 나뉘었어요. 대체로 남자애들은 신나게 전쟁을 일으키고 아울러 여인과 뜨거운 연애를 벌이게 하는 그런 서부활극식 자본주의를 연상하는 쪽이었구요, 여자애들은 심드렁해하는 편이었어요. 막연하게 들었던 적이 있던 정신대라든가 밀라이 학살이니 뭐니 하며 강간에다가 살상을 하는 그런 폭력을 연상하게 되는 모양이었구요. 물론 무슨 장난을 치느냐고 화를 내거나 아무 통빡도 재지 못하는 애들도 꽤 있었지만."

"전쟁과여인자본주의라는 명칭이 모래시계 세대의 정서에 엉뚱한 연상 작용을 일으켜 부합될 수도 있다는 이야기인 것 같은데……."

방알지가 못마땅해하는 표정을 지으며 말했다.

"바로 그거인 거죠. 〈모래시계〉라는 드라마는 전두환자본주의의 네거티브 한 총천연색을 그려 보이고 있었지요. 나이에 상관없이 시청자들마저 이미 강렬한 인상을 각인 받았기에 '모래시계 세대'라는 그런 명칭마저도 생겨나오게 되었구요. 그런데 박정희자본주의는 그보다 훨씬 더 강렬했겠죠? 더구나 서부활극보다 더 소란스러웠을 전쟁과여인자본주의야 더 이상 말할 것도 없는 것 아니겠어요? 말씀드렸잖아요? 제가 우리 회사에 이 프로젝트를 정식으로 접수시켜 사업 계획을 세워 추진해 보게 된 까닭은 바로 자본주의를 참회시키려는 그 반자본주의적인 이야기의 상품성 때문이라고 말예요. 이 프로젝트는 영화를 최종 목표로 하되 우선 강렬한 소설로 꾸며져 나오도록 출발시켜 보자는 쪽으로 방침을 세웠거든요."

"마갑동 회장이 과연 너의 그런 프로젝트를 받아들일 것 같으냐? 네가 착각을 일으키고 있는 것은 아니냐?"

이만평이 아경이를 어이없는 표정으로 흘겨보았다.

"마갑동 회장님은 이미 제 프로젝트를 알고 계시는걸요."

아침 아홉 시를 조금 넘겼을 무렵이었는데 전화 벨 소리가 울려 방알지가 받았는데, 이아경을 바꾸어 달라는 노인의 목소리가 들려 나왔다. 아경이 전화를 받고 나서 쾌활하게 웃었다.

"어제 제가 아버지를 회사로 찾아갔을 적에 마갑동 회장님을 잠깐 만났었다는 거 모르시죠? 소설가 방 선생님 댁에 미리 가 있을 테니까 회장님은 내일 아침에 당도하도록 하세요, 하고 말씀드렸더랬는데 벌써 오셨네요. 새벽 다섯 시에 댁에서 출발하셨대요. 손수 운전을 하셔서……."

방알지가 뜻밖의 내방객을 맞게 되었다. 둘째 딸 아경이의 당돌함에 이만평이 속수무책의 심정이 되었다.

1미터 58센티의 단구에 체중이 50킬로그램이라는 예순여덟의 마갑동은 모스크바 패키지투어 때에 샀다는 레닌모를 머리에 쓰고 나타났다. 턱수염도 약간 자라나도록 내버려 두어 얼른 보자면 블라디미르 일리이치 레닌이라는 역사 인물을 연상시키게 할 것도 같았으나 실은 그렇지가 않았다. 이 노인은 의도적으로 제 얼굴 연출을 시켜 놓고 있는가 보았는데, 그 모자가 레닌모라는 것은 나중에서야 알게 된 것이었다. 처음에는 그것이 '도리우찌'인 것처럼 보이기만 하여 친일 앞잡이 노릇에 이골이 난 약삭빠른 '조센징'이 엉뚱하게 시대를 건너뛰어 시골 마을로 찾아온 것처럼 느끼게 하였다. 연신 두 눈을 꿈벅거리고 있는 그 얼굴 표정이 의뭉스런 정탐꾼의 형용이었기 때문이었다.

마갑동은 '방알지문학'을 나름대로 꿰고 있나 보았다. 수인사를 나눈 직후에 단도직입적으로 그가 물었다.

"어때요, 방 선생? 내 소설이 방 선생의 초기 작품 『밤의 출구』보다는 스케일도 크고 그리고 더 에피쿠로스적이라는 건 인정하시겠지?"

"아직 정독은 못 했지만, 스케일을 크게 잡으신 것만은 사실이겠습니다."

"당연하지. 방 선생은 이곳 소산동이 어떤 곳인지 아시오? 6·25 때 내가 국민방위군에 자의 반 타의 반으로 입대하여, 그러니까 그것이 1951년 4월 무렵이었던 것 같은데 인해전술의 중공군과 격전을 벌였던 곳이란 말예요. 방 선생이 나보다 불과 10년 연하지만, 역사 체험의 깊이로 따지자면 한 세대 아니라 두 세대 차이는 나게 될 게요. 한국적 자본주의 체험담으로 말해 보면 간격이 더 벌어질지도 모르지. 방 선생은 정인숙자본주의는 알아도 전쟁과여인자본주의는 겪음해 보았을 턱이 없으니……."

"정인숙자본주의? 선생님 소설 속에는 그런 표현은 없었는데요?"

두 사람의 대화를 열심히 메모하고 있던 아경이가 물었다.

"1970년 1월 13일 정인숙이라는 미모의 여인이 드라이브 코스의 한강 강변도로에서 총에 맞아 죽었는데, 박정희자본주의의 실상이 한꺼번에 들통 나게 된 것이었지. 내가 소설 속에는 정인숙자본주의라는 표현은 안 했지만, 전쟁과여인자본주의의 다음 단계인 거라."

"재미있는 말씀 같은데, 좀 더 구체적으로…….."

"제1차 경제개발 5개년계획 때에는 군사 작전하듯 정부가 보증서서 차관 끌어들이고 수출 특혜 주는 식으로 기간산업을 일으켰는데, 다음 단계로는 정치자금 뽑는 거와 이권 배분하는 것을 중정에서 요리했단 말이야. 중앙으로 정보를 통하게 하자면 요정도 있어야 하고 미인도 있어야 했지. 전쟁 때에는 입에 풀칠하기 위해 여자가 몸을 팔아야 했지만, 이 무렵이 되면 권력과 자본을 벌써 미인으로 매개하게끔 하였던 것이니 〈모래시계〉 저리 가라 할 재미있는 이야기들이 참으로 많거든. 전쟁과여인자본주의에서 미인자본주의로 진전되고 있었던 것이라 할까."

"소설 속에 그런 재미있는 이야기들이 더 삽입되어야겠는데요."

"아무렴, 한국천민자본주의를 참회시키기 위해서는 어이없는 일들이 얼마나 횡행하였던지 기를 쓰고 밝혀 보아야만 해. 내 비록 이 나이에 어떤 봉변을 당하는 한이 있더라도…….."

마갑동의 이런 말에 아경이가 씽긋 웃으며 방알지를 바라보다가 말고 물었다.

"선생님이 '소설의 죽음'이라는 문학 명제와 관련해서 어제 그런 말씀을 하셨죠? 체제는 완성돼 버릴 수 없으며 미완성 속의 모순과 아픔을 들여다보는 것이 여전히 소설의 몫으로 남아 있다고 말이죠."

"아, '소설의 죽음'이라고? 나도 그런 주간지 기사 읽었어. 금년을 '문학의 해'로 지정한 것에 대해 특집을 마련하여 '소설의 죽음'에 대해 말한 기사 말이지? 나도 동의하지 못하겠더구먼. '소설의 삶'이야 아직은 소설의 삶이 지속되고 있는 중이고, 소설의 죽음은 좀 더 뒤로 물려 놓은 다음에야 찾아오겠지."

마갑동이 잔소리꾼 노인의 기질을 발휘했고 방알지가 쓴웃음을 지었다.

"마 선생님께서는 자본주의 참회록을 왜 꼭 소설로 써야 하겠다고 생각하시게 되었나요? 무슨 계산을 하고 계시나 본데……."

"아무렴, 내 나름대로 계산을 했소. 한 시대는 정치권력으로 막을 열지만 문화 권력으로 대단원의 막을 내리게 되는 것 아니오?"

"도대체 무슨 이야기들을 하고 있는 거지요?"

더 이상 참지 못하고 이만평이 물었다. 방알지가 싱겁게 웃었다.

"소설은 진짜로 죽어 버린 것이 되었다는 것을 지금 회장님께서 말씀하시는 중이겠지. 한국문학은 '근대 극복 명제'를 부둥켜안고 있는 중이고, 그게 대단히 소란스럽고 거칠기 그지없었던 한 시대에 대한 정신사적 설거지 작업인 것이지만 아무도 그런 데에는 관심을 가지고 있지 않지. 그 설거지가 왜 중요한가 하면 새로운 시대를 제대로 열어 보아야만 하는 것이기 때문에 그런 것인데, 아무도 그런 데에는 흥미가 없는 거야. 새로운 시대를 제대로 열어 보아야만 한다는 그런 자각이 왜 소비대중에게 필요하냐 하는 거란 반문이겠지. 바로 여기에 키치가 끼어드는구먼. 진지하고 성실하고 심각하게 생각하고 고민하고 탐구해야할 바를 한바탕 농담과 재담과 익살의 회오리바람으로 뭉개 버리려는……."

"잘난 척하지 말아, 이 자식아."

느닷없이 마갑동 영감이 호통을 치는 바람에 소산동 마을 농민들이 구경거리를 갖게 되었다.

1996년이 미처 지나가기도 전에 '역사 바로 세우기 운동'은 흐지부지되고 말았다.

1997년은 연말에 대통령 선거를 치르기로 예정되어 있었기 때문에 연초부터 그냥 뒤숭숭하였다. 1년 전의 '역사 바로 세우기 운동'은 이미 아랑곳없게 되었고 새로운 구호가 등장되고 있었다.

'진정한 경제 민주화', '재벌 개혁'이라는 것이었다. 연초부터 엉뚱한 태풍이 불었다. 1997년 1월 23일 재계 랭킹 14위의 한보철강이 부도 사태를 만나고 있었는데, 청와대의 비서들이 관련되고 은행장들이 울상을 짓고 있었다. '혹독한 구조조정'이 아니면 진정한 경제 민주화를 달성시킬 수 없다 하였는데 한보에 이어 기아 삼미 해태 쌍방울 한신 등등의 회사 이름들이 엎어지고 자빠지고 고꾸라지는가 하였더니 연말의 대통령 선거의 흥분된 분위기 속에서 드디어 아이엠에프라는 꼬부랑말을 시골 할머니들마저 입에 달달 외게 되는 기이한 상황을 만나게 되었다.

이만평은 1997년을 허망하게 보내야만 하는 일을 겪었다. '건설의 죽음'이었다. 1년 전에 그는 동해안에서 「소설의 죽음」에 관한 우울한 보고서」라는 제목의 주간지 특집기사를 읽었는데, '건설의 죽음'은 그러한 보고서조차 제출됨이 없이 그냥 암울한 현실로 다가들고 있었다.

이만평이 전무로 재직 중이던 마한건설을 인수하여 사장이 된 것이 1996년 말이었다. 그때 마한건설이 전국에 규모가 큰 것으로만 따져서 일곱 군데의 현장을 갖고 있었는데 현장들마다에서 소리 없는 아우성이 일어나고 있었다. 천신만고 끝에 완공시켜 놓은 대단위 아파트와 공동주택 들은 물론이려니와 '드림랜드'로 지어 놓은 인프라 마을 실버타운마저 그냥 텅텅 비어 있었다. 말짱한 새 집들이 유령 출몰의 흉가처럼 내버려져 있었다.

〈전쟁과 여인과 자본주의에 관한 이야기〉

1999년이 저물어 갈 무렵이었다. 마한건설 사장 이만평이 부도 사태를 피치 못할 형편에 놓여 있었다. 엉뚱한 인수자가 나타나게 되었다. 그의 둘째 딸 아경이가 새로운 사업 계획을 가지고 마한건설이 소유하고만 있었지 도무지 분양이 되지 않는 전국의 3개소 아파트단지와 5개소 연립주택 건물들과 실버타운 단지를 시세의 3분지 2 가격으로 인계받기로 한 것이었다. 아경이가 다니던 회사를 그만두고 독립 프로덕션을 차렸었는데 실은 마갑동의 아들 마일한이 돈줄을 대고 있었다. 아경이의 첫 사업이 〈전쟁과 여인과 자본주의에 관한 이야기〉라는 일련의 흥행물들이었다. 아경이 방알지라는 소설가에게 마갑동 노인이 쓴 초벌 원고를 토대로 하여 그것을 장편소설로 구성해 줄 것을 청탁했다가 거절당하자 어느 사립대 국문과 대학원생 세 명을 채용하여 3권의 대하소설집으로 묶어 내게 하였는데, 그 처음 제목은 『전쟁과 여인과 자본주의에 관한 참회록』이었다. 때가 마침 아이엠에프 한파가 한바탕 불어 닥쳐오던 무렵이어서 이 '참회록'이 시대의 분위기를 타게 되었다. 다음으로 아경이 김완세라는 잘나가는 만화가로 하여금 장편만화를 그리게 하였는데 그 제목은 『나의 전쟁, 나의 여인, 나의 자본주의』라는 것이었다.

아경이의 이런 기획들이 예상했던 것보다 더 큰 성공을 거두게 되자 마일한이 아예 아경이를 내세워 벤처산업을 일으키게 하였는데

'아경퍼포먼스'라는 회사였다. 아경이가 영화를 찍으려 하면서 스튜디오가 필요하게 되어 이만평의 마한건설이 소유하던 실버타운을 사들였다. 그리고 '인터넷공동체'라는 프로젝트의 필요에 의해 전국에 산재하던 마한건설의 아파트들과 공동주택들을 인수하였는데 나름대로 실리콘밸리 격의 사무실로 쓰기 위해서였다.

그리하여 마침내 아경이 영화를 만들었는데 그 제목은 그냥 〈전쟁과 여인과 자본주의〉라고만 붙였다. 지독한 컬트 영화였다. 영화의 마지막 장면에 이런 자막이 비쳐지고 있었다.

"자본주의는 분단 한국인을 과연 어떻게 변모시켰는가. 한국인은 피눈물을 흘려야만 한다."

《다리》, 2000년 복간2호

미인의 돈

미인의 돈

1.

"모란아파트에는 모란이 없다."

이말희는 이렇게 중얼거리면서 걷고 있었다.

"모란아파트에는 아파트도 없다."

그녀는 다시 이렇게 중얼거리면서 아파트 단지 정문 쪽으로 다가갔다.

재건축 사업이라는 것을 놓고 분쟁이 벌어지고 있는 중이었다. 철거 전문 용역회사 고용원들이 모란아파트 일대를 난공불락의 요새처럼 만들어 놓고 있었다. 재건축조합과 이에 반발하는 비상대책위원회가 서로 원수지간이 된 지는 벌써 오래전부터였다. 소송 사건만 해도 쌍방 간에 일곱 건이나 걸려 있었다. 인부들은 당장이라도 아파트 철거 작업에 들어갈 만단의 준비를 갖추어 놓고 있었다. 하지만 이제껏 철거 전문 아니라 경비 전문 역할만을 하고 있는 까닭은 바로 '재건축 결사반대'를 내걸어 농성을 벌이며 살고 있는 사람들이 있기 때문이었다. 재건축 시공회사는 입주자들의 95퍼센트의 동의를 얻어 2년 전에 가계약을 맺었지만 본계약을 작성하려 할 적에 이미 추가 공사비와 별도 부담 비용을 얹어 놓고 있었다. 30퍼센트가량의 주민들이 반발을 일으켜 본계약 체결을 거부하면서 분쟁이 시작되었다. 6층짜리 아파트 7개 동으로 이루어진 이 단지에는 267세대가 입주해서 살고 있었는데 재건축은 17층 및 15층짜리 아파트 5개 동에 480세대가 살아갈 주거단지를 조성해 보려는 것이었으나 백년하청 꼴이 나고 말았다. 시공회사는 아예 철거 전문 용역회사에 하청을 주어 모란아파트 일대에 1980년대식 대학가 풍경을 재현시켜 놓고 있었다.

건장한 청년들이 아파트 단지 입구를 컨테이너 가건물로 막아 놓아 지키고 있었다. 말희가 배낭을 멘 채 흡사 등산꾼 차림으로 다가서고 있는 것을 저들이 멀뚱히 바라보고 있었다. 자동차 통로는 커녕 사람 통로로도 사용하지 못하도록 용역회사 인부들이 아파트 입구를 차단시켜 놓고 있은 지는 이미 1년여 전부터였는데 '외인 출입 금지'라는 것이었다. 그런데 말희는 '외인'은 아니었으니 이 아파트가 세워진 1972년 3월 무렵부터 그녀의 가족들이 살아왔던 일 테면 원주민이었기 때문이었다.

분명 그러했다. 모란아파트에는 모란이 없을 뿐만 아니라 아파트가 또한 없었다. 중앙 집중 난방이 끊어진 것은 이미 오래전이었다. 두 달 전부터는 전기와 수도와 도시가스도 들어오지 않게 되었다. 공공서비스가 베풀어 주는 모든 기능을 상실해 버린 아파트란 철거 부족 시대의 고인돌 비슷한 형태 이상의 것일 수가 없었다. 아니 고인돌이란 환경 친화의 유적일 수가 있지만 껍데기뿐인 콘크리트 덩어리는 그 자체로 흉측한 쓰레기 공해물일 따름이었다. 재건축 결사반대를 외치던 잔류파들 중에서 더 이상 견디어 배기지를 못하여 뒤늦게 항복을 하는 쪽들이 생겨나게 되어 234세대가 이주비와 은행 융자금을 받아 이미 이사했다. 그러나 '잔류파'라 부르는

33세대만은 이때껏 완강히 퇴거를 거부하며 시공회사의 용역 인부들과 으르렁거리고 있었다. 자기 살아온 아파트에 대한 애착 때문에 버티는 것은 아니었다. 요는 돈 문제였다. 재건축을 하는 데에는 3년여의 공사 기간이 필요했다. 부동산 투기로 살필 때 이득을 남길 전망이 과연 어떠한가 하는 것을 놓고 다투는 셈이었다. 재(財)라는 것이 제 노력으로 벌어들여야 하는 것이 아니라 '테크닉'이 되고 있는 세상에서는 이른바 '시세 차익'이라는 것이 세상살이를 가늠하는 잣대가 되고 있었다. 시공회사는 불경기 타령을 하고 있었고 잔류파들은 본전 타령으로 실 평수를 시세로 따져 아예 매수하라는 쪽이었다.

다른 나라들에서는 50년 아니라 1백 년, 1천 년까지도 수리하고 또 수리하며 옛 건물들 속에서 살아가고들 있다는데 5천 년 유구한 역사를 자랑한다는 이 나라에서는 '조국건설'로 일으켜 세운 건축물들의 수명이 20년을 넘기는 것을 꺼려하게 되고 있었다. 성수대교, 삼풍백화점이야 기왕에 무너졌으니 어쩔 수 없다 치더라도 멀쩡한 건축물들을 붕괴시키는 것은 결국 한국 산업자본주의의 성격이 얼마나 성급하고 조급한 것인가를 보여주는 것에 다름 아닐 노릇이었다. 모란아파트는 전혀 시적인 것과는 거리가 멀고 너절하게 산문적인 사연들만 읽어 보도록 하고 있었다.

말희는 홍콩에 나갔다가 어제 돌아왔는데 오늘 오후까지는 그냥 바빴다. 커리어우먼에게는 시간이 곧 돈이었다. 돈은 짐승같이 벌어야 하는 것이지만 정승같이 써야 하는 아주 드문 기회마저 봉쇄한다면 그 돈쟁이야말로 짐승이 되어 버리고 말 일이었다. '나 자신에 대한 투자'는 증권가에서 말하는 소위 '나몰라 주식'이나 '묻지마 주식' 같은 것을 사 두는 따위와는 다르다는 것을 일깨우며 그녀는 일테면 자기 자신만을 위한 펀드를 마련해 두고 있었다. 그러니까 세탁된 돈과 흡사하게 '세탁된 시간'을 될수록 만들어 보려고 안간힘을 내는 중이었다. 남들은 들어갈 수 없고 오직 해커만이 알고 있는 비밀 코드를 통하여 찾아가는 인터넷 방과 비슷하게 말희는 그녀 자신만을 위한 '시간의 홈페이지'로 찾아가는 때가 있었다. 말희는 강동 신시가지 쪽에 살림을 차려 놓고 있는 아파트가 있었지만 때로는 모란아파트로 나타나곤 했는데, 일상생활과 비상생활을 그처럼 구분해 두고 있었다. 악착같은 생존을 위해 일과 돈을 좇는 것이 일상생활이라면 남에게 침범당하지 않으며 사회적인 일 때문에 방해받지 않는 그녀만의 사이버 공간에서 환상과 공상과 상상을 넘나드는 그런 시뮬레이션의 시간을 갖는 것이 비상 생활이었다. 모란아파트에서 보내게 될 오늘 밤이 바로 크로스 오버의 시간이 될 것이었다.

B동 210호의 외벽에는 '210호 여주인에게 고함! 2×10=쌍십아, 떠나거라!'라는 빨간 페인트 낙서가 개발새발 그려져 있었다. 용역회사 인부들은 80년대식 대학가에 질펀하니 나붙던 대자보들보다 더 야비하게 아파트 도처에 붉은 스프레이 페인트로 온갖 낙서들의 휘갑을 쳐 놓고 있었다. 그들은 말희를 흘끗흘끗 만나면 도리어 깍듯한 쪽이었다. 하지만 그들은 의도적이며 직업적인 증오를 자신의 사회생활로 전문화시키고 있었다. 그녀가 아직 성행위의 능력을 간직한 그러한 여성임을 최대한 격발시켜 보고 있는 까닭은 '철거 전문'의 직분에 충실하기 위해 그녀로 하여금 '지구를 떠나거라' 하는 감정을 촉발시키고자 함이었다. 그래서였을까, 어느 밤엔가는 말희가 어이없는 악몽을 꾸고 나서 아직도 내 마음이 이토록 여린 것일까 자책해 본 적도 있었다. 말희는 저 낙서가 한 편의 시임에 틀림

없고 용역 인부들이 이 시대의 엉뚱한 계관 시인들임에 틀림없다는 쪽으로 마음을 느긋하게 잡아 두고 있었다. 그녀는 두 개의 열쇠로 철문을 열어 210호 안으로 들어갔다. 습관이 되어 전기 스위치를 눌렀지만 물론 현관 형광등은 켜지지 않았다. 실내는 캄캄하여 사방을 분간할 수 없었다. 그녀는 '등산'을 하러 이 아파트에 들어왔음을 실감하였다. 배낭을 열어 다섯 개의 양초부터 꺼내어 다섯 개 모두에 불을 붙였다. '환상 공간'이 펼쳐졌다.

도시의 밤은 한낮의 시끄러움을 연장시키고 있었다. 5월의 날씨임에도 30도를 웃도는 더위가 연일 밀려들고 있었다. 아파트의 밤은 깊어지지 않는 쪽이었다. 쥐 갉아 대는 것 같은 소리, 전쟁이 났다고 탱크 캐터필러들이 돌진해 오는 듯한 소리, 느닷없이 나이 어린 소녀가 강간을 당하는 듯한 소리가 끊임없이 이어지고 있었다. 이 아파트가 언덕 위에 세워져 있어서 더욱 모든 소음들이 모이게 되는 모양이었다.

말희는 남자를 기다리고 있는 중이었다. 이 남자는 아직 오지 않고 있었다. 마치 그녀의 결혼 생활 초기에 그러했던 것처럼.

그러나 이제 말희는 결혼 생활 초기에 놓여 있지 않을 뿐 아니라 실은 독신녀로 살아가고 있었다. 낮의 남편을 기다리는 밤의 아내가 아니었다. 젊지도 않았다. 그녀는 이제 마흔한 살이었다. 남편을 기다리면서 조무래기 불평의 사연들을 많이 마련해 놓고 있는 초저녁 하품이 잦은 아내 아니라 밤을 온존하게 챙겨 놓아 이제 나타나게 될 남자에게 밤다운 밤으로 그를 영접해 줄 모든 준비를 다 갖춘 밤의 여왕 같은 여인이었다. 여인들은 자기가 정성껏 마련해 놓는 밤으로 남자들의 낮을 설거지해 주어야 하는 것이지만 그런 일이 서툴러 쩔쩔매는 아낙같이 말희는 공연히 싱숭생숭해져 있었다.

밤 화장이 곧 낮을 설거지하는 일이었다. 말희는 그렇게 낮의 여자를 지워서 밤의 여자로 자기를 되돌려 놓고 있었다. 촛불 놓아 손거울 들여다보며 보동보동 화장을 해 보려 하는 일이 조련찮았다. 밤을 밤답게 맞이하려는 제의, 곧 자기가 자기에게 깍듯이 차려 보고 있는 인간에의 예의.

밤은 6층짜리 아파트의 2층 방에 어떤 모습으로 언제 나타나는 것일까. 밤은 퇴근한 남편이 도시의 미아로 되었다가 술 취한 구두 발자국 소리를 쿵쿵거리며 낭하에 울려 대게 하다가 말고 현관에 들어서는 순간에 갑자기 찾아오곤 했었다. 그녀는 그렇게 하염없이 지루해하다가 느닷없이 공습 비슷하게 습격을 맞아 비로소 자기의 밤을 맞아들이게 되곤 했었다.

결혼 생활을 하고 있었을 적에는 말희가 밤 화장 같은 것은 전혀 하지 않았다. 하지만 지금은 온갖 정성을 다하여 그녀 자신을 향기 있는 여인으로 뿜어내기 위해 밤 화장을 하고 있었다. 화장은 자기의 지저분해진 얼굴을 정화시키는 바로 그와 같은 제의적인 뜻을 갖고 있었다. 수돗물이 나오지 않으므로 아예 배낭 속에 물병들을 여럿 준비해 가지고 왔지마는…….

그런데 남자는 아직 오지 않고 있었다. 남자를 기다리는 중인데 모랑이가 왔다.

"어제 오셨어요? 오늘 오셨어요? 홍콩에서."

모랑이가 첫 마디로 물어와 말희는 저도 모르게 가벼운 거짓말을 했다.

"방금 전에 돌아왔어. 이렇게 화장으로 피곤을 지워 보고 있는 거야."

실수는 그렇게 가벼운 거짓말로부터 시작되게 된 것일까.

말희는 모랑이와 미리 약속을 해 놓았던 일을 까마득히 잊어 먹고 있었다. 말희를 고모라고 부르는 만 20세짜리 이 아이는 그러니까 일주일 전이었는데 외계로부터 들려오는 것 같은 이상한 잡음이 끼어든 전화를 강동 신시가지의 그녀의 아파트로 걸어 왔다.

"어머나, 고모예요? 저는 '여성의 전화'에 전화를 걸었다고 생각했는데 왜 고모가 받지요?"

모랑은 전화를 받아 든 말희에게 이상한 소리를 지껄여 대었다.

"너 모랑이 아니니? 고모에게 전화하면서 '여성의 전화'라니 웬일이야?"

모랑이가 꽤 길게 느껴질 만큼 동안을 띄어 놓고 있다가

"실은 제가 고모한테 상담을 드리고 싶은 일이 있는 거예요."

나지막이 말했는데, 무슨 일이 이 아이에게 있다는 것을 말희가 그렇게 알게 되었다. 그래서 말희가 홍콩에 다녀올 일이 있음을 알려 주면서 일주일 뒤의 저녁 시간에 사이버 공간으로 찾아오라 했던 것이었다.

"사이버 공간? 아 모란아파트요…… 전 거기 찾아가기 싫은데, 왜 하필 모란아파트로 오라 하세요?"

홍콩에 나가 엿새 머물렀다가 어제 돌아왔는데 일정을 하루 앞당긴 것이었다. 그리고 일주일째인 오늘 밤에 모랑이가 찾아오게 약속이 되어 있다는 것은 깜깜하게 잊어버린 채 남자가 오기만을 기다리고 있었으니…….

"약속대로 잘 와 주었구나. 그래 우리 서론 본론 다 빼고 결론 이야기로 바로 들어가기로 하자. 상담할 일이 있다니 그게 뭐지?"

"숨부터 돌리게 해 주세요. 용역 새끼들 노나리 통에 이 방 들어오기까지 정말 끔찍했다구요. 왜 이런 곳에서 만나시자는 건지."

다섯 개의 촛불이 너울거리는 18평짜리 실내에 살림 세간이라 할 것도 변변한 것이 없으니 굴왕신 굴형이 따로 없을 지경이었다. 낡은 소파에 덜퍼덕 주저앉는 모랑이를 맞은편 소파 쪽에 앉아 촛대 하나와 손거울을 바짝 갖다 대고 화장을 하던 말희가 흘끔 건너다보았다.

"너 너무 허술해 보이는구나. 한창 젊은 애가 제 몸 간수도 안 하니?"

"제 몸 간수요? 아…… 저는 고모처럼 미인 소질이 아니걸랑요. 치장해 본댔자 남들의 눈맛에 들지 못하는 거니까, 그냥 제가 편하기만 하면 되는 거예요."

말희는 모랑이를 만날 적마다 은근히 잔소리를 하곤 했다. 너는 몸살 기운 아니라 군살 기운이 있구나 하고 넌지시 타이르는 식으로…….

한창 젊으니까 미인 소리 듣기 위해 깡말라야 한다는 것은 아니지만, '군살 기운'을 남에게 내보인다는 것은 여자애로서 창피한 줄을 알아야 할 일이었다. 살이 찐다는 것은 자기가 자기를 관리해야 하는 '여성 본분'에 게으르다는 표시가 되는 노릇이었다.

"미인 소질? 그건 체질이 아닌 것처럼 소질이 또한 아니란다. 그건 일종의 바지런함 같은 거다. 자기가 자기를 챙기는 바지런함. 그 이름이 뭐랬지? 네가 만난다는 남자애 말이다, 그 녀석이 너를 건사해 주려 하는 게 아니라 그냥 방치해 두고 있는 것 아니니?"

말희가 할낏 모랑이를 한눈으로 훑었는데, 이 아이가 상담할 것이 있다는 그것이 그 남자 녀석과의 문제일 거라고 지레짐작을 해 보고 있었다.

"준완이가 저를 방치해 두고 있는 것 아니냐구요? 아이 기가 막혀. 그 애가 너무 정성을 바쳐 와서 제가 도리어 방심해 있는 중이에요. 개는 제가 미인은 아니라도 좋으니 건강하게만 자라다오, 하는 걸요."

모랑이가 노랑머리 염색을 하고 있는 제 남자 친구를 고모에게 보여준 일이 두어 달 전에 있었는데, 네티즌 곧 엔세대 녀석임을 말희가 읽었다.

온라인과 오프라인. 모랑의 남자 친구 한준완은 말희를 라인 바깥의 사람으로 일단 규정하면서 엉뚱한 벤처 사업가 시늉을 내보이고 있었다.

"고모님은 한때 운동권이셨다면서요? 청산하셨다던가요? 그래서 지금은 국제적인 연결망을 가진 관광레저 분야에서 독특한 경력을 쌓아 놓으셨다는데 저희와 손을 잡으시겠다면 언제든지 접속해 드리도록 해 보겠습니다."

녀석의 말본새가 마음에 아니 들어 말희가 공연히 발끈해 했었다.

"운동권이니 청산이니 그게 다 무슨 소리? 귀하의 소속은 어디길래?"

대충 화장을 마무리하고 나서 말희가 소파에서 일어섰다. 그녀는 베란다 쪽으로 다가가 흡사 바깥 땅으로 뛰쳐나가고 싶어 하는 듯한 묘한 동작을 해 보이다 말고 한숨을 한 번 쉰 다음 거실 안을 뱅글뱅글 맴돌기 시작하였다. 모랑이가 꺼내 놓으려는 인생 상담이라는 것에 과연 어떻게 응해야 하는 것일까. 말희가 궁리에 잠겼다. 후일담 세대, 모래시계 세대, 야타족 세대, 신세대, 386세대, 엔세대 그리고 21세기라…….

모랑이는 말하곤 했다. 고모에게는 생활력이 강한 반면에 고집스럽고 거칠어진 독신 여성의 기질이 있다고. 고모의 이런 기질은 자기 자신을 단속하거나 생계를 위한 생활 전사로 나서서 세상과 무섭게 싸워야 하거나 또는 불의를 못 참아 하는 날카로운 성격에 도무지 견딜 수 없게 만드는 잘못된 사회현상에 맞닥뜨리게 될 때 폭발되어 나오곤 하는데 모랑으로서는 이런 고모의 강한 기질을 어느 일면 존경하기조차 하지만 때로는 왜 저러는 것일까 걱정이 되기도 한다 했다. '고모의 독립군 기질'이라는 것이었다. 그러면서 모랑은 또 다른 소리를 하는 적도 있었다.

반면에 고모에게는 아주 나약한 기질도 있어요. 고모는 어린 시절부터 독특한 분위기를 갖고 있었다면서요? 그 당시만 해도 시골에서는 훈장들이 서당 글공부를 시키고 있어서 고모가 예닐곱 살 적에 벌써 시서화를 배웠다지요? 여중생이었을 적에 같은 또래 계집애들은 고모를 따돌리는 쪽이었는데 사내애들은 전혀 달랐다면서요? 한쪽으로는 왕따이면서 다른 쪽으로는 여왕이셨다니 그런 데에서 굉장히 여린여린한 성품이 생기셨나 본데, 저는 도대체 어떻게 된 걸까요. 독립군 기질도 없고 여왕은커녕 공주병조차 앓아 본 적도 없으니…….

모랑이가 자기를 비교시키면서 고모에 대해 이 같은 '인물평'을 하기 시작한 것은 최근의 일이었다. 실은 자기 남자 친구의 목소리를 이 아이가 대변하고 있는 것일 수가 있었다. 모랑이 '형'이라 부르는 사내 녀석 한준완은 만나자마자 모랑의 고모에게 잘 보이려고 제 딴에는 애를 쓰고 있었다. 그 녀석이 말했다. 고모님은 자기 눈 코 입 뺨이 모든 남자들의 눈길을 받아내게 되어 있다는 것을 항상 의식하고 계시는군요. 항상 그 눈 코 입 뺨을 어떤 미적 기준에 따라 긴장시켜 놓고 정리정돈시켜 놓는 일을 게을리하지 않으시네요.

그건 사실이었다. 말희는 그렇게 타인의 시선을 의식해 왔고, 아니 어떤 면에서는 타인들에게 나포되어진 삶을 살아온 셈이었다. 그녀는 여중생일 적에 자기가 못나고 못생겼다는 열등감이 대단했었다. 지금에 이르도록 자기 얼굴이 여전히 못나고 못생겼음을 알고 있었다. 자신의 인생 주변에 얼쩡거리며 구차스럽기 그지없는 유혹의 시선들을 뱉어 내던 뭇 남성들이 말희로 하여금 방심하지 못하게 한 것은 있었다. 손자병법식으로 표현하여 무장이 되어 있지 않으면 정복당한다는 소리가 될지도 몰랐다. 그녀는 이처럼 완강한 기질을 발휘하여 그런 시선들을 쫓아내었지만, 다른 때에는 한없이 허약하여 애처로운 문학소녀 취향을 드러내 보이는 적도 있었다. '적의'에는 강했지만 '선의'의 시선들에는 그녀가 그처럼 허약하기만 했다. 적의는 너무 많았던 반면에 선의는 그녀의 주변에 그만치 적었던 까닭이었을까.

말희는 그러면서 자기 나름의 어떤 미적 기준을 세우게 되었다.

말희는 베란다 바깥으로 뻗어 내보내고 있는 눈길에서 이색적인 것 하나를 낚아내었다. 머리가 텅 비어 버린 여자 얼굴 같은, 누군가로부터 얻어맞아 볼따구니가 부어버린 듯한 달이 도시의 우중충한 대기 위에 저공으로 걸려 있었다. 열여드레 달쯤 될까, 열아흐레 달쯤일까.

"이리 와 보렴. 달이 아파트 위가 아니라 옆으로 떠 있는 거……."

말희는 아예 창문을 열어젖혔다. 모랑이가 다가와 이미 보름의 온달에서 형편없이 뭉그러져 찌그러져 가는 달을 바라보았다.

"얼뜨기 같은 달이 떴네. 촌뜨기 아줌마 같은 달이에요. 서울이 어리둥절해서 갈팡질팡 헤매는 것 같은……."

말희는 소파 있는 쪽으로 돌아와 앉았다. 모랑이가 눈길을 돌려 조금 전부터 고모의 좀 비정상적인 태도를 걱정스레 지켜보고 있었다.

"내가 꼭 저 달처럼 보인다는 거겠지?"

"어머, 고모. 무슨 말씀을 하시는 거예요?"

"그래. 나야말로 얼뜨기, 촌뜨기 같은 달이야. 아무리 치장을 하고 화장을 하고 난리를 쳐 봐도 내 본색이 원래 그래."

말희가 몸을 비꼬았다. 내가 왜 이러지?

모랑이가 놀라는 표정을 지었다. 얼뜨기, 촌뜨기 같은 달이라고 무심코 말한 것이 잘못이었나? 고모가 만월을 지나 뭉그러져 가기 시작하는 달을 보라고 하기에 그냥 그런 달을 보면서 한 말이었지 결코 고모 얼굴이 그렇다고 한 것이 아니었다. 고모는 왜 저토록 이상하게 구는 것일까. 모랑이가 마치 어른 몰래 나쁜 짓을 하다가 들킨 어린아이처럼 얼굴을 붉혔다.

고모와 조카딸은 초저녁 나절 얼뜨기, 촌뜨기 같은 달 때문에 서로 토라진 이후로 그냥 촛불만 켜 놓은 채 뿌연 어둠 속에 내버려져 있었다. 한참 뒤에 말희가 말했다.

"오늘 내가 좀 이상하니?"

"솔직히 그런 점이 있어요."

"이 모란아파트 말이구나. 드디어 철거란다. 다음 주일부터 재건축에 들어간대."

"시원이잖아요? 섭섭이가 있을 턱 없는……."

"아니야. 한 시대가 철거되고 있는 중이라는 걸 나는 느끼는 거다."

"하기야 그런 점도 있겠어요. 고모가 시골 외가에서 초등학교 마치고 여중생 되기 위해 서울 올라오면서 내처 뿌리를 박았던 곳이고 보면."

"시적인 것은 못 되고 지저분한 산문 깜어리밖에 못 될 사연들이야 많지. 지금은 내 소유지만 원래는 이 아파트가 네 아버지 명의로 돼 있었던 거고, 네가 태어난 곳이 여기야. 이 아파트를 허물고 나면 네가 태어난 곳이 공중분해 되는 것이기도 해."

"저는 그런 거 관심 없어요. 지난번 워드프로세스 아르바이트하려고 할 적에 보니까 고향하고 학력을 꼬박 묻더라구요. 지식정보 사회라니까 학력이야 따질 수 있겠지만 고향이 도대체 워드프로세스하고 무슨 상관이에요? 저는 고향을 없애 버렸다고 대답했죠. 모란아파트라는 데에서 태어났는데 철거 중이라서 그렇게 되어 버렸다고 했더니, 사이버 공간이 고향인가 보구만 해서 제가 웃었어요. 앞으로 누가 그따위 것 따지면 그렇게 대답해야겠구나 생각해 보면서……."

"난 안 그래. 이 아파트만 해도 그래. 철거돼 버린다 해도 바람과 함께 사라지는 것은 아니고 남아 있는 건 있는 거야. 나는 내가 잃어버린 것들을 비록 되찾지는 못해도 마음속의 홈페이지에만은 복원 입력시켜 둘 거야. 실은 미안하다. 찌그러진 달을 보면서 괜히 짜증을 낸 거 말이다. 20년쯤 전이었는데 바로 이 아파트에서 바로 저 달을 보았던 기억이 되살아나며 순간적으로 내가 황당해졌던 것이었구나."

"고모가 시 쓰고 계시네요. 너절한 산문 깜어리밖에 못 가진 이 콘크리트 덩어리를 제목 삼아서."

"내가 문학 치료를 받았던 적이 있잖니?"

말희가 이렇게 말하다가 말고 뚫어지게 모랑이를 바라보고 있었다.

"왜 그러세요?"

"내게 비밀이 있어. 그게 무언지 짐작할 수 있겠니?"

"비밀이라니, 무슨 비밀이에요?"

모랑이 반색을 했다. 고모에게 좋은 일이 생겼는가 부다 하고 이 조카딸은 홀락거리고 있었다.

"남몰래 해 온 일, 그래 남모르게 해 온 일이었지만…… 실은 내가 시를 써 오고 있었단다. 남모르게 시를 썼지. 김지하처럼. 아니 김지하와는 전혀 다르게."

말희가 배낭에서 무언가를 꺼내었는데, 두툼한 대학 노트였다.

남자와 여자 사이에
세상이 가로놓여 있다.
그 세상으로부터 벗어나고 싶다.

남자와 여자가 한 세상 속에서 만나는 것이 아니라 그 사이에 세상이 가로놓여 있다니? 모랑이가 얄궂은 표정을 지었다.

사람과 사람 사이에
섬이 있다
그 섬에 가고 싶다

그러한 섬이 과연 있을까. 있다면 과연 어떤 섬일까. 숲으로 나 있는 좁은 오솔길이라든가 노루가 물을 마시러 찾아오는 옹달샘도 있는 그런 섬일까. 너와 내가 찾아가서 온갖 근심 걱정 놓아 안식 맛보고, 사랑 나누고, 참 기쁨 누릴 수 있는 곳일 것이며 그래도 괜찮은 곳일까.

"남자와 여자 사이에 세상이 가로놓여 있다. 그 세상으로부터 벗어나고 싶다. / 사람과 사람 사이에 섬이 있다. 그 섬에 가고 싶다."

모랑이가 두 편의 시를 하나의 산문처럼 연이어서 읽어 보고 있었다.

그 세상으로부터 벗어나고 싶다는 그 세상은 웬 세상이며, 그 섬으로 가고 싶다는 그 섬은 또한 웬 섬일까. 모랑이가 고개를 갸우뚱거리다가 제 수첩을 꺼내어 낙서를 해 보고 있었다.

남자—세상—여자. 사람—섬—사람

"세상은 벗어나고 싶은 곳이고, 섬은 가고 싶은 곳인 거예요? 허균의 홍길동이나 박지원의 허생처럼?"

말희가 아무런 대꾸도 하지 않고 있었다.

말희가 그러다가 다른 대학 노트를 꺼내었는데 '이말희 파경 시집'이라 적혀 있었다. 모랑은 고모가 이날따라 유별나다는 것을 일깨우고 있었지만 그 까닭을 알지 못해 하고 있었다. 흡사 고모 쪽에서 '인생 상담'을 모랑에게 구해 보려고 하는 것만 같았는데, '파경시집'이라는 것을 통해 무언가 '상담'을 해 보려는 것이 있는가 보았다.

2.
구체성의 상실.
무한한 추상.

추락하는 것은 날개가 없지만 비상하는 것은 날개가 있다.

"한때 내가 이런 나락에 떨어져 있었지 무어냐."

"이 세상에 나락이 어디에 있다는 거예요?"

모랑이 고모를 걱정스럽게 바라보는데 무슨 말을 어떻게 골라서 해야 할지 여간 조심스럽지 않았다. 고모는 언제인가부터 남몰래 시를 써 오고 있었다. 말의 사원을 짓고 있었다. 언사(言寺), 곧 시(詩).

모랑은 고모가 지어 놓은 언사, 곧 시를 들여다보고 있었다.

고모가 지어 놓은 말의 사원에는 한 중년 여인의 고달픈 그림자가 우상처럼 모셔져 있었다.

구체성의 상실. 곧 이혼.

무한한 추상. 곧 독신의 막막함.

추락하는 것은 날개가 없지만 비상하는 것은 날개가 있다. 곧 자리를 털고 일어나서 무엇이든 해야 하며 이대로 주저앉아 있기만 하다가는 도저히 헤어 나오지 못하게 된다는 무서운 일깨움.

고모가 말의 사원에 모셔 놓고 있는 말들을 모랑은 자기 나름으로 번역해 보고 동시통역을 해 보면서 다시 한 번 눈으로 읽었다.

"그래, 나락에 떨어진 것은 아닐 수도 있었겠지. 그냥 나만의 가상공간."

"제가 보기에는 고모가 좀 특수하게 자기를 즐겼던 것 같은데요."

고모는 그때에 겉으로는 이렇다 할 내색을 하였던 것은 아니었다. 하지만 이혼 무렵 고모가 속으로는 굉장한 고통을 내장시켜 놓고 있었던 것이었음을 모랑이 새삼 짐작해 보게 되었다.

"그랬을지두 모르지. 비참함의 원점 같은 것. 우선 나 자신을 그러한 데에 세워 놓고 거기서 모든 것들을 새롭게 바라보고 아울러 출발시키고자 했던 거니까."

"'이말희 파경 시집'이란 제목부터가 제 마음에는 안 들어요. 뭣 하러 '비참함의 원점'을 기록해 둔다는 거예요. 델리트. 그냥 키보드의 그 키를 눌러 싹 지워 버리고 말 일이지……."

고모가 그때에 살짝 웃으며 지나가는 말로 그런 소리를 꺼내기는 했었다. 나 이혼 아니라 파혼했단다. 모랑이 물었었다. 뭣 하러 그렇게 구분을 하려 하세요? 고모가 대답했었다. 이혼은 결혼의 결이라는 것을 찢어 내는 거구, 파혼은 결혼의 혼을 아예 무너지게 하는 거란다. 모랑이 웃으며 말했었다. 제가 보기에는 해혼일 것 같은데요. 결자해지라 할 적의 그 '해' 말이에요. 시원하시겠어요. 묶이던 것을 풀어 버리셨으니. 고모는 이런 소리에 그래그래 하며 웃었었다.

이혼 아니라 파혼이라 하던 고모가 그런데 그 무렵 '파경 시집'이라는 사원을 짓고 있었던 것이었음을 모랑이가 뒤늦게 알게 되었다. 파경이라…….

무사는 자기가 섬기는 장수를 위해 죽을 수 있어야 하며, 여인은 자기가 사랑하는 님을 위해 거울을 깨뜨릴 수 있어야 한다는 사마천의『사기』에 나오는 그 파경일까.

아니면 그냥 국어사전에 나오는 뜻풀이들 중의 어느 한 가지인가.

파경: ① 깨어진 거울. ② 이지러진 달을 비유하는 말. ③ 부부의 영원한 이별을 비유하는 말.

'이말희 파경 시집'이란 제목을 붙인 대학 노트의 겉장을 넘기니까 거기에 이상의 시에서 인용한 구절이 적혀 있었다.

'절망은기교를낳고 기교는절망을낳고'

이말희를 고모로 둔 조카딸 이모랑은 숨을 몰아서 푸 뱉었다. 그녀는 이상해져 버린 고모를 염려하는 조카딸의 처지에서 벗어나 '박제된 천재'의 미발표 육필 시집을 발굴해 내고라도 있는 문학 비평가의 자세를 꾸며 보는 체하고 있었다. 모랑은 대학 노트의 앞쪽에 적혀 있는 글자들을 하나로 연결시켜 읽었다.

　"절망은기교를낳고 기교는절망을낳고……. 구체성의 상실, 무한한 추상……"모랑이 이렇게 중얼거리다가 말고

　"이것이 꼭 아이엠에프의 자본주의에 대해서 읊고 있는 것만 같네요."독백하듯이 늘어놓으며 부러 소리를 내어 웃었다.

　절망은 희망을 낳아야 하지만 어째서 기교를 낳는 것인가. 절망에 정면 승부를 걸어 볼 도리가 없기 때문이다. 양파 벗기듯이 조심스럽게 절망을 벗겨 내어야 한다. 식민 시대의 암울한 심연에 맞닥뜨린 이상을 향하여 그 완고한 절망에 어째서 의병장처럼 들고 일어나지 못하느냐 힐난하는 것은 온당하지 못한 일일 수 있다. 말의 절집을 짓는 그로서 할 수 있는 일이란 우선 절망을 접수시켜 자기 자신을 온갖 기교로 괴롭히는 일이 될밖에 없다. 온갖 기교를 다 짜내어 자기 자신을 괴롭혀 보아도 달리 뾰족한 해법이 나오지 않으니 어쩔 것인가. 절망은기교를낳고 기교는절망을낳고…… 다시 정직한 절망 쪽으로 정직하게 회귀해 보아야 한다. 다람쥐 쳇바퀴 돌리기의 시시포스 문학이 될밖에…….

　모랑이가 대학 떨어져 재수를 할 적에 문학사 공부하며 학원 선생에게서 들었던 이런 강의 내용을 떠올려 보고 있었다.

　"표현될 수 없는 절망, 표현될 수 없는 기교…… 그것이 어떤 원점이었던 것인지 짐작하겠니? 실은 그것이 역사에 관한 것이었단다. 그때 거울을 깨뜨린 여자로서 내가 깨닫고 있던 것은 그런 유형의

것이었다니까."

"절망은기교를낳고 기교는절망을낳고⋯⋯. 그렇게 낳고 낳고 하면서 구체성의 상실, 무한한 추상으로 나가는 것이 역사라는 뜻이에요?"

"그래. 하지만 내 나름으로는 좀 더 심각한 역사였어. 그게 여자가 말해야 하는 역사였거든. 그때에는 그랬었어. 남자가 말하는 역사 아니라."

"여자가 말하는 역사?"

"그래. 여자에게 사랑은 역사거든. 사랑은 자기를 바치는 것을 통해서 구원을 얻으려 하거든. 절망은기교를낳고 기교는절망을낳고⋯⋯ 하는 사랑이 말이구나. 절망은 자기를 바치는 사랑으로 기교를 낳고, 그러면 기교는 자기를 바치는 사랑으로 그보다 한 단계 진전된 무언가를 낳아야 하는 거야. 실은 낳을 수 있을 것 같았지."

모랑이가 얼굴을 찌푸려 보이다가 말고 어깻짓을 했다. 최윤관이라는 사람의 얼굴이 떠올랐다. 지금은 타인이 되어 버렸지만 한동안은, 그러니까⋯⋯. 1981년에 가벼운 연애로부터 시작하였다가 남자가 감옥 가게 되면서 여자가 혼인 신고부터 먼저 하고 출옥하여 비로소 결혼식 올리고 그리고 세 번의 유산으로 둘 슬하에 자식은 없었지만 고모 이말희에게 아내 노릇을 하게 하여 그 남편으로 있었던 사람이 최윤관이었다. 두 사람이 어떻게 해서 왜 이혼을 하게 되었는지 그 자세한 사정은 모랑이가 알 수 없지만 그냥 객관적으로 보자면 두 사람은 각기 자기 나름의 문제를 안고 있었다. 하나의 문제 아니라 그것이 두 개의 문제로 따로 놀게 되었던 모양이었다. 남자와 여자 사이에 세상이 가로놓여 있다, 그 세상으로부터 벗어나고 싶다⋯⋯ 조금 전에 고모가 보여준 시가 그냥 우연한 소리를 늘어놓은 것이 아닌가 보았다.

"여자가 말하는 역사는 그렇다 치고 남자가 말하는 역사는요?"
침묵을 견디자니 너무 무거워 모랑이가 그냥 아무렇게나 물어보았다.

"남자가 말하는 역사? 그래 그건 권력이지."

"사랑과 권력과 역사?"

깨어진 거울을 통해서 본 여자의 역사와 남자의 역사. 깨어진 거울로 들여다보는 것이기 때문에 그 역사의 형상마저 깨어져 사랑인 여자의 역사는 구체성의 상실, 무한한 추상, 추락하는 것은 날개가 없지만 비상하는 것은 날개가 있……로 되어 어딘가 해방 공간으로 날아가게 되어 있다 치고, 권력인 남자의 역사는 어떤 내용을 담아내고 있는 것일까?

"권력인 남자의 역사…… 알고 싶니? 그러나 네가 알 수 있겠니? 알 수 없을 거야. 생여진 숙여진이거든."

"그건 또 무슨 소리예요?"

"응 내가 최윤관이랑 중국 놀러 갔을 적에 숙남자 생여자 타령을 하며 웃었던 적이 있었어. 이런 이야기인 거야. 평야에서 사는 중국인이 북방 산악에서 사는 여진족들 때문에 역사 생긴 이래로 내내 골머리를 앓았던 거야. 야생의 짐승과 다를 바 없이 날뛰는 이 야만족을 길들이려고 무진 무진 애를 썼어. 길을 들인다는 게 곧 교화라는 것이거든. 인의예지로 교화를 시키려 해 보다가 둘로 나누었지. 생짜 그대로인 생여진과 삶아 놓은 숙여진으로 말이로구나. 금수지국에 그대로 놓아두고 있는 생여진과 예의지국으로 포섭시켜 놓고 있는 숙여진으로…… 생여진은 지금의 하얼빈 근처에서 살게 하고, 숙여진은 지금의 셴양 근처로 이주시켜 살게 했다는구나. 하기야 그 숙여진을 잘못 삶아 놓았던 것이어서 나중에 누루하치가 나오게 됐다더라마는……."

"그래서 그게 어떻다는 거예요?"

"여자가 보는 남자가 그런 거야. 생남자와 숙남자. 네가 여자이기는 하지만 숙여자 아닌 생여자이니까, 따라서 생남자는 알아두 숙남자는 모르지 않겠니? 그러니 내가 권력인 남자의 역사가 어찌 되는지 아무리 설명해 주려 한들 네가 알 수 없을 거다, 그런 소리인거지."

"내가 남자를 모를 거라는 것은…… 그렇다 치고 고모는요? 생남자 숙남자를 두루 겪어서 아는 고모가 살피게 된 권력인 남자의 역사는 어떻게 되는 거예요?"

생남자 최윤관은 고모에 의해 어떤 숙남자가 되었을까. 1981년에 멤버십 트레이닝을 통해 두 사람이 단순한 MT 이상의 것을 느끼는 관계가 되기 시작했다던데 '역사'를 만들자 한 것은 생남자가 먼저였을까, 숙여자가 먼저였을까(모랑이가 1980년생이어서 그때의 자세한 사정이야 모르고 있었지만, 실은 고모가 그 무렵 이미 '숙여자'이었다는 것은 나중에 들어서 알게 되었다). 그런 얼마 후 나라의 명령으로 최윤관이 붙들려 들어가 고모로 하여금 시집살이 아닌 옥바라지살이부터 하도록 만들었는데 혼인 신고부터 해서 친척이 되어야 면회가 가능했기 때문에 그들이 먼저 법적인 부부부터 되어 놓고 보았다. 최윤관이 1년 4개월쯤 만에 감옥으로부터 해방된 뒤로는 더할 나위 없이 자기 아내에게 살뜰했었다고 하는 것은 이미 널리 소문이 난 이야기였다. 최윤관·이말희 부부의 1980년대는 참으로 화려하면서도 아울러 열정적인 쪽이었다. 극성스러웠던 것으로 친다면 이말희가 최윤관 못지않았다는 평판도 나 있었다. 그 또한 나중에서야 대학 운동권 선배들 사이에 전설처럼 퍼져 있는 입담을 통해 모랑이가 알게 된 것이지만, 1992년의 14대 총선에 최윤관이 갓 결성된 진보신당의 후보로 될성부르지 않은 출마를 하게 되었던 데에는 그 누구보다도 아내인 이말희의 적극적인 권유와 선동이 있었기 때문이었다. 그 당시의 유별났던 고모의 선거 운동에 대해서는 초등학교 6년생이던 모랑이도 인상 깊게 기억하는 것이 있기도 했다. 원래부터 떨어지기 위해 출마했던 것이었다. 그랬기 때문에 낙선의 후유증이란 것은 애당초 없었던 것이기도 했다. 그러나 4년 후인 1996년의 15대 총선 국면에서는 상황이 달라지게 되었다. 여소야대를 돌파하기 위해 노태우 대통령이 김영삼·김종필과 한 짝이 되어 여대야소로 환원시킨 정치 상황에서 이른바 운동권들이 대거 제도권의 포섭 대상이 되었는데 최윤관도 거기에 편입이 되려고 했다. 남자는 변신이라 하고 여자는 변질이라 하면서 부부가 논쟁을 벌였다. 어쩌겠는가 남편의 또 한 번의 출마에 아내는 미워도 다시 한 번 열심히 선거 운동원 노릇을 할밖에 없었다. 하지만 아슬아슬한 낙선이었다. 지난번과 달리 이번에는 애당초 당선되기 위해 출마했던 것이었다. 그랬기 때문에 이번의 출마가 낙마로 되어 버린 후유증은 큰 쪽이었다. 부부 금슬이라는 측면에서도 대단한 충격으로 다가왔다.

"내가 운동권에 있었기 때문에 사회과학 서적을 덩달아 보게 되었다마는…… 권력은 그것을 절대 권력으로 바라보는 관점이 있고 상대 권력으로 바라보는 관점이 있다는 거야. 마키아벨리라든가 홉스, 베이컨 또는 루이14세라든가 하다못해 박정희, 김일성은 앞쪽이었지. 그런데 베버라든가 마르크스 또는 그람시라든가 푸코는 권력은 주어지는 것이 아니라 관계라는 것을 알아내게 되었다고

미인의 돈　　　　423

해. 관계와 관계의 수평적인 맺음이 아니라 수직적인 맺음이 곧 권력이래. 정치권력만 권력이 아니게 되는 거지. 권력인 남자의 역사는 항상 여자를 관계로 대상화시켜 왔다더라."

"남자는 권력이고 여자는 관계인 거예요?"

"그래. 남녀 관계는 기본적으로 권력관계인데 거기에서마저두 권력은 남자가 차지하고 관계는 여자의 몫이라지 무어."

과연 그랬던가? 최윤관은 권력이고 이말희는 관계였을까.

"왜 고모가 권력을 차지하지 않고 관계를 차지한 거예요?"

"내 쪽에서야 내가 권력인 줄 알았지 무어냐. 물론 윤관이도 권력이고 말이다. 권력과 권력이 평등, 대등으로 맞물려 있으려니 그냥 그렇게만 믿었더랬는데 혹시나가 아니라 역시나였어. 역시나 그게 아니었지. 하지만 그것까지는 얼마든지 양해할 수 있었던 거지만…… 다른 큰 권력의 파장이 몰려와서 작은 권력 쪽의 것을 밀쳐내고 있었다고 할까……."

그 반대의 가능성, 그러니까 이말희가 권력이고 최윤관이 관계이었을 가능성에 대해서 모랑이가 잠깐 머리를 굴려 보았다. 그럴 가능성은 역시 빈약하였다. 운동권 종자들이라 해서 모든 것에 대해 다 진보적인 것이 아니었다. 1999년의 세기말에 99학번으로 대학생이 된 모랑이로서도 이런 사정은 충분히 알 수 있었다. 특히 남자애들의 경우 혼자 진보라고 독판을 치는 종자들 중에서도 아주 보수적인 여성관을 갖고 있는 자들을 보는 일은 전혀 새삼스러운 것이 아니었다. 21세기의 운동권은 다르게 형성될 수 있으려는지…….

"고모는 관계에서 해방된 거네요? 그러니까 해혼 정도가 아니라. 물론 이혼 파혼도 아니었구요."

"해방은 거창하다 얘." 말희가 비로소 웃었다. "해체 정도로 해 두

자. 어쩌면 결혼이라는 것이 사회적인 계약의 일종에 불과하다고 한다면 그것은 해약쯤일 수도 있지만."

접시 아니라 거울을 깨뜨려 버린 이말희 여사가 또다시 웃었다.

이말희의 조카딸 모랑이도 덩달아 웃었다. 표현될 수 없는 절망, 표현될 수 없는 기교, 또는 절망은기교를낳고 기교는절망을낳고…… 박함에 사로잡혀 스스로 나락에 떨어져 몸부림치고 있던 한 중년 여인의 가슴은 아리기만 했을 것이다. 그래서 그 중년 여인은 돈 세탁 아니라 말 세탁을 하고 있었으리라. 얼토당토않은 소리를 되뇌는 것 같은데 그것이 언어 질병 같기도 하건마는 가만히 들어보면 새로운 기호 체계라 하던가, 나름대로 명료한 메시지를 꾹꾹 그 언어의 보늬 속에 담아내려 했던 것만은 분명하였다. 이상하게 유식해져 버렸는가 하면, 어린아이의 칭얼거림같이 단순명료하게 생각의 뼈다귀들을 간추려 놓기도 했다.

문학 치료라는 것을 그 무렵 이 중년 여인이 받고 있었다. 대체 의료로서의 문학. 의학의 미개척 분야에 드디어 문학이 당도되고 있었다. 모든 문예학 중에서도 특히 문학의 사회적 기능과 역할이 새롭게 자리매김되려는가 보았다. 미술 치료, 음악 치료, 연극 치료라는 것은 그 전에서부터 정신과 병동 같은 데에서 행해진다는 이야기는 들어왔었다. 그런데 문학이 의술이며 인술이 된다는 것은 새로운 사실이었다. 한국 문학에 새로운 노신들이 나타나고 있는 것이었을까. 20세기 초 일본 구주대학에 유학하고 있던 노신이 말했다 하지 않았던가. 지금의 중국인은 몸이 아픈 것보다 마음이 병에 걸려 있다. 나는 의학 아니라 문학을 해야겠다, 라고.

현대 의학과 과학이 만나면서 이룩한 발전은 획기적인 것이지만 푸코는 『진료소의 탄생』에서 의사를 중심으로 하는 의료 체계의 확립 과정은 개인의 신체를 구속하는 권력화의 과정임을 투시하였다. 병원은 인간 유기체의 전체성을 치유하는 곳이기보다는 그 자체로 학교나 공장 또는 감옥과 같이 감시와 처벌이 행해지는 '근대적인' 공간이 되고 있음을 살펴보고 있었다. 프로이드 계통의 무의식 심리학을 알게 된 서구의 문학인들 중에서는 '의식의 흐름 수법'의 문학 양식을 써먹는 작자들이 나타나게 되어 실존주의 문예학을 키우게 되었다. 그런데 프로이드보다는 칼 융 계통의 무의식 심리학이 더 문학적이고 아울러 더욱 동양 문학적이었다.

그 무렵 이말희 여사는 조카딸에게 문학 치료 받으러 다닌다면서 스스로 신기해하고 있었다. 문학은 없다느니 소설은 죽었다느니 하지만, 문학이 문학 치료라는 분야 개척만으로서도 충분히 새로운 역할과 가능성을 발휘해 볼 수 있게 되는 거라면서, '신통한 일'이 일어나고 있다 했었다.

저 고대로부터 조선족들이 섬겨 온 당골이니 무당이니 만신이니 하는 이들이 푸닥거리 굿판으로 사람들의 한풀이도 시키고 넋건지기도 해 주면서 심령 치료를 해 주게 했던 그러한 무의(巫醫)의 제의성과 같은 것을 칼 융의 집단 무의식이 새롭게 해명시켜 주게 한다고 했다.

집단 무의식의 심리학과 성령주의의 종교 제의와 정신 요법의 현대 의학이 문학에 매개되어 함께 만나는 문학 클리닉.

이말희가 그런 클리닉에 다니게 된 것이 1996년 가을부터였다. 이혼이라는 것을 하고 나서 석 달쯤 지났을 적이었다. 왜 그녀가 포스트모던의 무병(巫病)을 앓게 되었을까. 문학 클리닉을 꾸려 가는 소설가가 물었고 말희는 정신 요법의 절차에 따라 상담의 넋두리, 그러니까 그녀 자신의 바리데기 사설을 풀어놓게 되었다.

"그래. 좋아"라고 최윤관이 말했는데, "서로가 서로를 해방시키는 일"에 관해 먼저 제안을 한 것은 말희 쪽이었다.

"서로가 서로를 구속시키고 있다고 느낀다면 아무럼 당연히 해방을 해야 하고말고. 해방처럼 좋은 일이 어디 있던가."

해방이라는 말을 말희와 최윤관이 참으로 오랜만에 입에 담아냈다. 온갖 열정을 가지고 이런 단어를 섬겼던 적이 있었다. 열정은 이미 사그라졌지만 이 단어의 향기는 아직껏 뒷맛을 남기고 있었다. 최윤관이 말했다.

"어쨌든 서운하구나. 괴로움만 함께 나누었지 즐거움을 같이할 수는 없는 사이로 마감되어 버리는 것이……."

괴로움 함께 나누기의 '동고'를 그들이 해 왔으면서도 어째서 '동락'을 같이 누릴 수는 없었던 것이었을까.

엄청난 빚만 잔뜩 덤터기 씌워 놓고 정작 그 자신은 여의도 국회의사당 쪽으로만 달려가고 싶어 안달을 내었던 사내. 1992년의 제13대 총선에서는 낙선을 달성시키기 위해 출마한 진보신당 후보와 그 아내가 마냥 새로운 보람만 느끼고 있었다. 국회의원 선거라는 것이 제공해 줄 수 있는 온갖 특별 메뉴를 통해 그들이 한국 사회의 질기디질긴 모순이라든가 비곗덩어리 갈등이라든가의 심오한 맛들을 즐겨 볼 수 있었기 때문이었다. 하지만 1996년의 제14대 총선에서는 그들이 초대받지 않는 손님으로 최악의 만찬장에 끼어들었던 것에 다름 아니었다. 온갖 곤욕에 졸경만 치렀기 때문이었다. 엄청난 표차로 낙선했다면 그나마 좋을 뻔하였는데 아슬아슬하게 낙마했다는 것이 도리어 더욱 나빴던 결과가 되었다. 남녀 관계는 기본적으로 권력관계이다, 라는 이야기야 하나도 대수로울 것이 없는 성 담론이지만, 실은 그런 것을 자각하게 만드는 남녀 관계라는 것이 이미 비참한 노릇이었다. 주요 모순과 기본 갈등은 한국 사회만 아니라 둘의 관계에 있어서도 해소되고 있던 것이 아니라 내장되고만 있었다. 무엇보다 참을 수 없는 것이 최윤관의 권력 욕망을 위하여 이말희가 이중으로 그 욕망의 먹이사슬이 되어야 한다고 느끼게 되었다는 점이었다. 큰 덩어리의 성 담론은 항상 감동적인 언어로 장식되지만 거품을 걷어 내어 그 뿌리 쪽에 도사린 권력 담론을 파내게 되면 그것은 차가운 언어로 남자와 여자 사이에 가로놓여 있는 세상만사를 분해시켜 볼 것을 요구하고 있었다. 사랑은 어이없이 지나갔고 증오는 생생하게 남았다. 최윤관은 다가올 2000년의 16대 총선 준비를 위해 다시 지옥 훈련에 동참해 줄 것을 말희에게 요청했던 것이지만 이때에 "서로가 서로를 해방시키는 일"에 관해 먼저 제안을 한 것은 말희 쪽이었다. 남자와 여자 사이에 세상이 바로 놓여 아니라 가로놓여 있어 그 세상으로부터 벗어나고 싶어 하는…….

"그래. 좋아"라고 최윤관으로서도 동의할밖에 없었을 일이었다. 억압과 구속이 있는 곳으로부터는 당연히 그도부터 해방과 자유가 있어야 한다는 것은 그들의 전투적인 청춘 시절에 철석같이 믿었던 신조이자 신념이었다. 하지만 최윤관은 안타까워했다.

"우리가 무엇을 해 왔던 거지? '운동'은 이념으로부터 출발하지만 헤게모니를 종점으로 한다. 헤게모니를 잡지 못하면 자기의 이념을 실천할 방도가 없어. 너는 왜 내가 권력을 향해 뛰고 있는 줄 모른다는 거니? 권력은 몸통이야. 아무리 위대한 정신이라도 몸을 만들어 놓지 않으면 살아날 수가 없고 살아남을 수도 없는 거야. 해방의 몸짓으로 우리가 정작 추구하려던 것이 무엇인데? 그런데 너는 '그 세상'을 벗어나서 '그 섬'으로 가고 싶다는 거지? 후일담이니 모래시계니 말장난하는 애들이 말하는 '그 섬' 말이구나."

해방처럼 좋은 것이 어디 있던가. 그들은 앞 세대와 다른 것처럼 뒤 세대와도 달랐을 것이었다. 온갖 열정을 가지고 해방이라는 몸짓을 꾸몄던 적이 있었기에 열정은 이미 사그라졌어도 그 단어의 향기는 아직껏 뒷맛을 남기고 있었다.

세상에 대해 말하기. 세상에 대해 말을 하려면 그럴 수 있는 자기 자리를 마련해야 한다. 최윤관은 그 자리를 찾아야겠다고 한다.

세상에게 말 걸기. 겸손하게 때로는 비굴하게, 나아가서는 비참하게라도 세상에게 말 걸기를 통해 어째서 그 세상 속으로 들어가 볼 수 없다는 것인가. 바깥에서 너무 서성거렸지 않은가. 말희는 이제는 안으로 들어가야겠다고 한다.

한 남자와 한 여자 사이에 가로놓여 있는 '그 세상'은 벗어나더라도 사람과 사람 사이에 있는 '그 섬'으로는 가야겠다고 한 것이었다고 말희는 문학 클리닉의 소설가에게 설명해 주었다. 권력만 보이는 '그 세상' 아니라 사람이 비로소 보이는 '그 섬'이야말로 내가 가 보아야 할 '이 세상'이기에.

나중에 386세대라는 괴상한 명칭을 자학적으로 즐기는 세대가 튀어나오게 되었지만, 말희와 최윤관은 그보다 약간 앞서서 풍진 세상을 겪음 했던 '후일담문학 세대'였고 '모래시계 세대'였다. 하기야 그 후일담이라는 것이 도대체 말이 되지를 않는 것이었고, 모래시계의 허무주의는 더욱 말도 막걸리도 아니었다. 말희는 '후일담'이니 '모래시계'니 하는 그런 어휘가 싫어 자기는 '(5·18항쟁) 후유증 문학 세대'라 내세우고 있었고 '해시계 세대'였다고 주장하고 있었다. 그렇기는 했지만 아무튼 말희와 최윤관은 그들의 결혼을 후일담으로 만들어 버리고 세월이 흐르면서 모래마저 탕진시켜 버린 그런 잘못된 시간의 담론을 엉뚱하게 즐기게 되었다.

이말희와 최윤관 사이에 이혼이 이루어진 것이 1996년 여름이었는데, 그러니까 그들이 16년을 함께 살았었다. 해방을 위해 함께 살았던 것이지만, 또한 서로를 구속시키고 있다고 느끼는 것을 해방시키기 위해 서로 갈라졌다.

말희는 최윤관을 게워 놓고 난 빈자리를 과연 무엇으로 메꾸어 놓고 있었던 것이었나.

> 떠나간것들은좀처럼뒤를돌아보지않는다
> 너는아직도가끔씩나의망막에상을맺고
> 난네가나타나면애써아무렇지않은척
> 시선을돌리고다른일을하고있는척한다
> 네가나를뒤돌아보지않는것처럼
> 떠나간시간들과사람들과또한그리움들
> 내가떠나보낸것들을난결코뒤돌아보지않았다
> 나를떠나간무언가들은결코나를뒤돌아보지않고그냥
> 그대로
> 온전히남겨져있음을안다해도나는뒤돌아보지않는다
> 나자신을위해남겨진누군가를위해혹은무언가를위해.

이말희의 조카딸 모랑은 '파경 시집'의 다음 쪽을 넘기면서 아무렇게나 날림 공사로 조립시킨 듯한 이런 줄글들이 나열되어 있는 것을 읽었다. 「뒤는 없다」는 제목이었다. 문학 클리닉에서 문학 치료를 받으며 제출시킨 말의 절집이었다.

모순된 관계에 중독되어 버리지 않는 법을 이젠 조금 익힌 것도 같지만, 모순된 관계에 중독되어 버린 것을 알면서도 중독이 되는 그것에는,

중독의 그 순간에는 무한할지도 모르는, 무한해 보이기만 하는 쾌락을 약속하는 것이지만

중독이 사라지고 나면 역시나 무한할지 모르는, 아니 이번엔 무한한 것이 확실한 금단의 고통만을 남기는 것이 아닌가.

관계에서의 약육강식의 도식은 너무나도 강하고 또한 그래서 너무나도 건재하게만 되는 종류이다. 난 줄곧 약자였지만, 백 번에 한 번쯤의 다른 관계에선 한꺼번에 강자가 되어 너를 억압하고 폭력을 행사하기도 했다.

모순된 관계로부터 중독되어 버리지 않는 법을 이젠 조금 익힌 것도 같지만, 해독이 되었으면서도 해독이 되지 않는 어떤 때에는, 나의 억압과 폭력에 상처받아 버린 네가 아직 안쓰럽다는 것을 생각하고 있는 나는 아직도 약자일지 모른다. 관계에서의 모순에서 풀려나고 있는 것도 같지만 새로운 모순이 또 다른 관계로 나를 붙잡는다.

「관계모순」이라는 제목을 붙여 약육이니 강식이니 으스스한 문자들로 무슨 공갈 협박을 하는 것 같은 불량 언어들이 '이말희 파경 시집'의 다음 쪽에 씌어져 있었다.

문학 클리닉을 꾸려 가는 그 소설가는 이말희로 하여금 이렇게 말의 사원을 짓게 해 놓고 그리고 문학 치료를 해 주고 있었는데 '차도가 나타난다'는 격려를 끊임없이 해 주었다.

"이에는 이, 눈에는 눈이라 했듯이 이말희 씨의 이빨이 제법 야물어졌고요, 유순하기만 하던 눈빛이 제법 세상을 흘겨볼 수 있게 되었네요. 아무렴 다행입니다. '추락하는 것은 날개가 없지만 비상하는 것은 날개가 있다'라는 것을 이미 알고 계시니까, 이제 슬슬 '날자꾸나, 한 번만 날자꾸나' 해 보셔도 좋겠습니다."

그 소설가가 이렇게 진단을 내렸다고 했다.

옛날 궁중의 의사들이 여인의 손을 만질 수는 없어 실을 매개하여 그 실 끝으로 진맥을 하였듯이 그 소설가가 맨 처음에는 이말희를 만나지는 아니하고 다만 그녀가 쓴 글만을 가지고 진맥을 하기 시작했다는 것이었다. 그리하여 그 소설가가 이상과 김수영을 읽어 보라 하였고 그리고 김지하와 박정만과 기형도를 읽어 보라 하였는데 이말희가 그러한 처방을 그대로 따라서 이상과 김수영과 김지하 등을 새롭게 읽었다. 이상과 김수영과 김지하 등은 20세기의 전반과 중반과 후반의 대표적인 글 만신들, 곧 문학 무당들이었다. 그들은 20세기의 전반과 중반과 후반에서 그들이 끔찍이 겪었던 상처의 풍경들을 폭로하는 데에서 나름대로 정직한 필법들을 개발했다. 그들의 문학은 외상만 아니라 내상을 더욱 교묘하게 보여주고 있는데 자기 시대의 상처를 그렇게 스스로 독점해 보인 것이었다. 상처를 통해서만 한 시대의 진면목이 드러나고 상처에 의해서만 한 인간의 진실이 누설된다. 절망은기교를낳고 기교는절망을낳고……라는 비명 소리는 상처가 상처 아니라고 우기고 싶은 '의식'을 넘어서서 상처를 상처로 아파하면서 그 상처가 대단히 깊고 크고 넓다는 것을 받아들이는 '무의식'에로의 문지방 넘기가 되는 것이라 했다. 그렇게 이말희가 이상의 문학을 복용해 보기 시작했다. 절망은기교를낳고……를 마냥 되풀이하다 보면 절망은

기교 이상의 것을 낳게 된다는 것도 깨우치게 되는 것인데, 이말희가 그렇게 글 푸닥거리로 안수 기도를 받기 시작하면서 무병에 차도가 있게 되었다. 그 소설가는 그녀 자신 엉뚱한 문학 만신이 될 수도 있을 가능성도 있다 했는데 과연 그녀가 특효의 효험을 보게 된 것이었다.

　　오늘의 비는 이제 더 이상 흐르지 않는 어제의 내 눈물의
대신이다.
　　더 큰 상처를 보다 작은 상처로 치유한다.
　　지나버린 시간 속에
　　이제 떠나고 나서도 여전히 어색하기만 한 소모적인 관
계들만
　　남았다. 내가 남았듯이.
　　어제의 내 눈물을 오늘의 비로 흐르게 하는 건 모순이다.
　　더 큰 상처를 보다 작은 상처로 치유한다는 것은 모순
이다.
　　모순은 수정되어야 한다. 시정되는 것은 아니다.
　　비가 우습게 그쳤다. 바람이 분다. 살아보아야겠다.
　　또다시 비가 내려서는 안 된다고 명령할 수는 없다.

「오랜만에 엉뚱한 남자와 함께 비를 맞고 나서」라는 야릇한 제목을 붙인 유행가 가락 같은 글빛들이 대학 노트의 다음 종이쪽에 낭비되고 있었는데, 문학 클리닉의 소설가가 웃었다 했다. 절망은 기교를낳고……의 단계를 뛰어넘을 수 있는 가능성이 나타났다는 것이었다. 더 큰 상처를 보다 작은 상처로 치유한다는 것은 모순이

겠지만, 더 큰 절망을 보다 작은 기교로 해명해 낼 수 있는 능력이 말희에게 생기기 시작했다고 그 소설가는 그렇게 읽어 내고 있었다는 것이다. 말희가 '국제협력단'의 봉사 단원으로 해외 나들이를 해 보려던 생각을 포기하고 관광 가이드라는 전혀 다른 분야를 통해 해외 나들이를 이루어 보려고 무섭게 준비하기 시작하던 무렵이었다. 일류 가이드가 되자면 다른 언어들의 장벽을 돌파해야 할 뿐 아니라 오사카 후쿠오카 타이베이 베이징 홍콩 싱가포르 쿠알라룸푸르 등등의 역사와 풍경과 사람들에 대해서 세련되게 알아 놓아야 하기 때문이었다. 그녀가 이런 공부에 바쁜 한편으로 문학 치료에 있어서도 새로운 점입가경으로 들어가게 되었다. 클리닉의 그 소설가는 말했다. 축하드립니다. 환자께서는 이제 이혼을 파혼으로 해혼으로 되게 하고, 해약에서 해체로 해제로 되게 해서 마침내 해방의 경지 쪽으로 나아가게 되었네요. 하지만 칼 융의 무의식은 좀 더 거슬러 올라갈 것을 요구하고 있어요. 바리데기 공주는 남편 곁을 떠나 오디세이의, 오르페우스의 항해와 탐험의 길로 나서야 하게 되었으니까요.

이제 다음 단계의 문학 요법 시술이 있게 되었다.

3.
"어린 울보가 계속 울어 대고 있다. 머릿속에서, 마음속에서, 가슴속에서……?"
"네 그래요."
"왜 울고 있는데요?"
"떨어지기 싫어서, 헤어지기 싫어서요."

"누구랑요?"

"처음에는 외할아버지랑, 나중에는 외갓집 식구들이랑."

"미소니즘의 일종이었던 건가요?"

"미소니즘이 뭔데요?"

"자기에게 낯선 것, 알지 못하는 것들에 대해 두려워하는 강박적인 심리 상태. 그러니까 보수주의하고는 다르구요, 새로운 것, 미지의 것에 대한 본능적인 가역반응 같은……."

"그럴지도 몰라요."

"어린 울보가 계속 울어 대고 있는 그게 언제였지요? 그러니까 그 울보가 몇 살이었을 때인가요?"

"제가 1959년생이거든요. 4·19 나기 1년 전이었다는데 저를 낳아준 사람들이, 그러니까 어머니와 아버지가 되겠지만, 나쁜 사람들이라 할 수는 없겠으나 아무튼 좀 이상한 사람들이었어요. 본래부터 이상했던 것이 아니라 만남이 이상해져서 이상해지게 된 남녀들이 되었겠는데……."

무언가를 기억해 냈을 때 그것은 회상이 아니다.

이를테면 방 안이 으스스하다고 느끼다가 으스스하다는 이것이

지금 내가 느끼는 것이 아니라 그 전에 느꼈던 것의 재탕이라는

느낌의 거대한 한 조각을 검색해 내게 되고 무언가를 회상해 낼 때

그 사소한 회상은 처음엔 정말로 원망스러운 것이었다가

무서운 기억으로 덤벼들어 나를 타누른다.

어린 울보가 계속 울어 대고 있다

내 머릿속에서, 마음속에서, 가슴속에서

내가 어린 울보로 돌아가 계속 울어 대고

지금의 내가 너무도 싫다

이목훈. 1934년생. 1950년 9월 동암사범 재학 중 국민방위군으로 군 입대 직전에 유강례(1937년생)와 성혼.

(이목훈의 이씨네는 철종 고종 연간에 관찰사를 내기도 했다가 낙향을 하였다는 양반 푸네기들이었는데 일제시대에 일본 유학을 다녀온 바로 윗대의 막냇삼촌 영향을 받아 그 집안 소년들이 약간 붉은 물이 들었던 그런 인텔리 집안 분위기를 갖고 있었음. 8·15 직후에 고향에서 멀지 않은 백암읍의 인민위원회 부위원장으로 설치던 결찌가 나오게 되었고 6·25를 전후해서는 폭삭 망했다고 해도 과언이 아닐 형편이었음. 유강례의 유씨네는 근본이 백암 읍내에서 대대로 약포를 경영해 오던 중인 계급이었지만 적당히 친일 노릇을 하여 근동을 울리는 지주 집안으로 발돋움을 해서 8·15 이후 대체로 한민당 계열이었으며 푸네기 중에서 도의원이 된 이도 있었음. 두 가문이 결혼으로 맺어진 것은 신문사 지국을 꾸려 가던 이목훈의 부친 이강세와 대동약포 주인이면서 세화회라는 친일 단체의 회원이기도 했던 유강례의 조부 유완채가 '지복위혼'이라는 것으로 자기 아들과 손녀의 백년가약을 약조하였던 일이 있었던 바, 이를 어길 수 없었기 때문이었다고 함.)

1952년 4월 왼편 다리를 절룩거리는 상이병으로 제대한 이목훈은 서암중학교 교편생활을 하게 됨. 유강례와의 사이에 1953년생의 건문, 1956년생의 건무를 두게 되었으나 순종적인 아내가 봉건적이라 여겨 결혼 생활은 원만치 못하였고 빈곤과 억압이 가중되기만 하던 농촌 고향을 벗어나 보다 넓은 세계로 나가고 싶어 하였음.

장정녀. 1940년생. 1955년 서암중학 졸업 후 집에서 농사지으며 지내다가 1959년 2월 가출하여 여중 시절 은사 이목훈과 함께 상경, 동거 생활.

"이목훈 씨는 스물다섯 나이로 신흥대학 철학과에 뒤늦은 입학 시험을 치르고 그리고 합격을 하였어요. 그리고 두 달 후 딸의 아버지까지 되었는데 '이 풍진 세상을 만났으니 너희 희망이 무엇이냐' 하는 식민지 시대의 유행가를 걸핏하면 부르곤 하던 이목훈 씨는 장정녀 씨에게 '우리에게도 마지막으로 희망이 생겼소' 하고 말하며 좋아했대요. 네 이름이 그렇게 해서 말희(末希)가 된 거란다, 하는 이야기를 나중에 제가 어머니(장정녀)로부터 들었거든요. 이목훈 씨가 대학 2년이 되던 해에 4·19가 났어요. 나중에 제가 어머니로부터 들었던 바에 따르자면 '그냥 좋기만 하였던' 시절이었대요. 4·19 후에 민민청이니 통민청이니 하는 청년학생운동이 벌어지게 되는데 이목훈 씨가 통민청 활동에 나서고 '가자 북으로, 오라 남으로' 하는 민통연 학생운동도 했대요. 5·16이 나서 이목훈 씨가 지명 수배를 받게 되어 행방을 감추었어요. 이목훈 씨는 그로부터 5년 동안이나 아무 기별이 없었는데 일본으로 밀항을 하였다는 소식이 날아온 후에도 이냥 이때껏 재일교포가 돼 버리고 말았어요. 일본 오사카에서 '조국통일'이라는 문제로 고민을 해 보게 된 탓으로 귀국을 할래야 할 수 없었다는 것이었으니 오나가나 딱서방인 그런 남자이었을 거예요. 1993년도에 처음으로 귀국을 했을 적에는 일본인 아내와 두 명의 딸과 막내아들을 함께 데리고 왔었어요. 이목훈 씨가 정식 결혼을 한 첫 부인에게서 두 아들 건문 건무를 낳게 하고 두 번째 동거녀에게서 딸 말희를 생산해 내게 한 것만으로도 부족하여 그렇게 또 다른 자식들도 만든 것인가 보았는데, 그런 일이야 이미 중년 여인이 되어 가던 그의 딸에게는 상관할 바가 아니었지요. 이말희는 아버지를 그냥 거북살스런 존재인 것처럼만 여겨 왔으니까요. 한편 어린 핏덩이를 등에 업어 걸핏하면 특무대라는 곳으로 끌려가 입은 옷을 벗기어 가면서 남편 있는 곳을 대라는 닦달을 받곤 하던 장정녀는 고향으로 돌아갈 수도 없는 처지에서 당신 딸을 우선 시골 외가에 맡겨 놓게 되었지요. 얼굴 고운 덕에 직장이 생기게 되고 항공사에 다니던 남자의 아내가 되어 버려 말희가 여중생이 될 적까지 제 어머니 얼굴을 본 적이 없었지요. 외할아버지는 말희가 고사리손으로 아침마다 등이며 허리를 팡팡 두들기면 좋아하셨지요. 수염 채가 깔끄러워 외할아버지 품에 안기려 하지 않게 된 저에게 이 애야 네 고사리 손을 달리 써 보아야겠구나, 하셨을 적에는 제가 아마 다섯 살은 아니고 예닐곱 살쯤이었을 거예요. 문.인.화. 외할아버지가 저에게 한시를 외우게 하고 글씨를 쓰게 하고 그림을 그리게 했어요. 한시라는 건 춘수만사택 하운다기봉 추월양명휘 동령수고송 같은 오언절구라든가 칠언절구 같은 것들이었어요. 뜻은 아무것도 모르는데 그냥 외우게만 해서 한 2백편가량 외웠을 것인데 지금은 도연명의 「사시」라는 그런 시밖에는 기억에 남아 있지 않아요. 이렇게 글을 외우게 하고 붓글씨를 쓰게 하고 난을 치게 했는데, 붓 잡는 네 손매가 야무지다 하시며 온갖 칭찬을 꾸어 와서 외손주를 온통 그런 말들로 꾸며 놓으셨지요. 길 영(永)이라는 한자 글자를 놓고 몇 날이고 몇 달이고 붓으로 쓰는 게 아니라 그렸지요. 문, 인, 화, 라는 것. 글과 사람과 글씨가 따로따로 떨어져 놀기만 하였던 게 외할아버지 당신이셨다면서 저더러는 글과 사람과 글씨가 함께 붙어 있도록 해야 한다고 누누이 그러셨지요. 제 나이 일곱 살 때 그러니까 남촌초등학교에 입학할 무렵에 외할아버지가 제 손을 잡은 채 돌아가셨고 제가 눈물을 많이 흘렸어요. 제가 가족이라고 피붙이라고 느꼈던 이로는 외할아버지 한 분뿐이었기 때문에 걸핏하면 무덤으로 찾아가 하염없이 울곤 해서, 그렇게 지금껏 제 속의 어린 울보가 그렇게 울어 대곤 하나 봐요. 그리고 제가 중학교 들어가던 때 눈물을 많이 흘렸어요. 남촌에는 초등학교밖에 없고 중학교는 도시로 나가야만 있는데, 외할아버지 돌아가시고 난 다음부터 외삼촌이 제대로 건사해 내지 못해 집안이 엉망이었어요. 그 집안 형편에 제가 중학교 들어갈 처지가 되지 못했는데, 되지 못할 것을 되게 하느라고 제가 헤어져야 했고 떨어져야 했어요."

"그래서 어린 울보가 계속 울어 대고 있다 이 말이지요? 말희 씨의 머릿속에서, 마음속에서, 가슴속에서…… 시골 초등학교에서 도시 중학교로 나가게 된 다음에 그 여중 생활은 어떠했나요?"

"남자애들이 도무지 저를 가만 내버려 두려 하지를 않았어요. 하지만 그게 그냥 나쁜 것만은 아니고 재미있기도 했어요. 시골에서 지낼 때와는 달리 제가 아주 성질 나쁜 샘바리 계집애 노릇하기에 바빠졌기 때문이었어요."

"미소니즘에서 벗어날 수 있었던 것이었을까요?"

"미소니즘? 아 네에. 그런 용어는 잘 모르겠지만, 그 무렵 너무도 달라진 환경에 제가 혀 빼물고 이빨까지 악물었던 그런 기억은 있어요."

"달라진 환경이라…… 어떻게? 여기가 경찰서도 아니고 왕년의 중앙정보부도 아니지만, 자술서 쓰는 세음치고 여중 들어가면서부터 무슨 일이 있었던지 적어서 다음번에 가져오십시오."

여중생이 되던 무렵 말희는 '큰어머니'라 불러야 하는 그런 사람과 함께 배다른 오빠가 두 명 있다는 것을 알게 되었다. 말희가 도무지 중학교로 진학할 처지가 되지 못하였는데,

"우리 형편에 어찌 너를 도시로 유학 보낸단 말이냐."

외삼촌댁이 질증을 내어 말희가 앞길이 콱 막히는 것 같은 신세에 놓이게 되었다. 외할아버지 장용표 씨는 1966년에 일흔둘의 나이로 돌아갔고 말희가 술주정꾼인 작은외삼촌 장종주 씨에게 얹혀 지내고 있었는데,

"이씨 가문에 태어난 여식을 돌려주오."

라는 뜬금없는 소식에 접하게 되었다.

말희가 아버지 없이 자랐지만 그와는 상관없이 아버지 집안인 이씨 문중은 있었다. 말희가 이씨 성을 타고났다는 것의 '의미'를 알게 된 것이 중학교에 들어가던 그녀의 나이 열세 살 때인 1972년 봄이었다.

이씨 가문에서 건문, 건무의 두 형제와 함께 배다른 동생인 말희를 되찾겠다고 나선 것은 '문중회의'의 결의가 그렇게 났기 때문이었다. 금쪽같고 은쪽 같은 연안 이씨 집안의 귀한 손들을 내팽개치고 거기에다가 종가댁 장손이 해야 할 본분마저 내던지고 일본 밀항을 가 버린 장손(그러니까 이목훈)이 괘씸하기는 하지만 그렇다 하여 종손들을 어찌 문중에서 모른 체할 수 있겠느냐 하는 공론이 났다는 말을 나중에 말희가 듣게 되었다. 이목훈의 동생이 이갈수였는데 형님의 아들과 딸을 챙겨 보아야겠다고 작정을 내게 된 것이었다.

이갈수 목사는 자기 형 목훈과는 전혀 다른 유형의 사회인이었다. 건문, 건무의 두 조카를 혼자서 키우는 형수 유강례가 퍽이나

어려운 처지임을 짐작하여 바라지를 해 오고 있던 중에, 말희가 더 더욱 곤란 지경의 외삼촌 밑에서 천덕꾸러기 노릇을 하고 있다는 것을 알게 되어 결단을 내린 일이었다. 말희의 생모 장정녀는 서울에서 김만홍이라는 항공회사에 다니는 이의 아내가 되어 있었기 때문에 자기 딸을 건사할 형편이 전혀 되어 있지 아니하였는데, 이갈수 목사가 은밀히 만나 말희의 학비만은 어떻게 하든 보태어 보겠다는 장정녀의 내락을 얻어 냈다.

이갈수 목사는 그 당시 서울 모란동에서 개척 교회를 이끌어 가고 있었는데 그 난민촌에 재개발 사업이 벌어져 일대 혼란이 일어나고 있는 와중에서 형님의 정실에서 태어난 두 아들과 동거 여인에게서 얻게 된 한 딸을 서울로 끌어올리게 되었는데, 형수가 되는 유강례만은 서울 무서워 못살겠다고 고향으로 내려가 버리고 말았다. 말희가 목사 집안에서 비로소 가정다운 가정 맛을 보게 되었지만 말희의 난생처음 서울 구경이 곧 철거민들의 농성 투쟁 구경이었다. 피 터지게 얻어맞고 붙잡혀 가며 그렇게 싸움에 싸움으로 물고 늘어져 '딱지'라 부르던 모란아파트 입주증, 분양증들을 그 철거민들이 어렵게 받아 내게 되었던 것이지마는, '작은아버지'가 고지식하고 융통성 없고 게다가 도시산업선교라는 것에 관여하고 있었는데 이때에 '선동'이라는 죄목으로 8개월 감옥살이를 하게 되는 것을 지켜보며 말희가 '사회정의'라는 단어를 익히게 되기는 하였지만…….

여중생이 된 이후로는 말희가 시라든가 그림 따위는 전혀 중요하게 건사할 것이 되지 아니한다는 것부터 일깨우게 되었으니, 성질 나쁜 샘바리 계집애 노릇 하기에 바빠졌기 때문이었다. 웬일로 서울 변두리 동네의 까까머리들은 도무지 말희를 가만 내버려 두려 하지를 않았던 것이었을까. 말희에게 쫄쫄거리며 따라다니는 땅강아지 같은 선머슴 애들이 '줄줄이 사탕'이었다. 그렇다고 나쁜 애들인 것만은 아니었다. 다만 그 당시 말희가 미처 알지 못했던 일은 있었다. 자기 얼굴이 못생기고 못났다는 그런 열등감이 말희에게 대단했다. 아울러 생모에게 찾아갔다가 허방을 치고 울며불며 되돌아온 일이 있은 후로는 자신의 장래에 대한 비관적인 생각으로 꽉 차 있기도 했다. 그런데 이런 열등감과 허무감이 그녀의 마음속에만 머물러 있는 것이 아니라 얼굴에까지 상륙하고 있었던 것인가 보았다. 그렇더라도 또래의 사내애들이 엉뚱한 방식으로 그녀를 읽어내고 있었을 줄은 짐작도 못 하고 있었다. 스스로 못난 얼굴에 절망하여 눈살을 찌푸리는 것을 선머슴 애들은 눈에 장미꽃이 피어난 것 같다고 하염없이 처다보고, 제 신세 한탄하며 말희가 김일엽 스님의 수필집이라도 보고 있을라 치면 되도 않은 연애편지들을 쥐여 주면서 '너는 수녀가 되어서도 안 되고 여승이 되어서도 안 된다' 하고 빠락빠락 소리 지르고 내빼는 아이들이 늘었다. 하기야 어찌 짐작이나 할 수 있었을까. 예쁘다는 것, 아름다움이라는 것은 여자인 내가 나에 대해서 내리는 것이 아니라 남들이 그러니까 특히 남자애들이 그들 나름의 어떤 기준에서 나로부터 감동을 읽어 내게 되면 그것이 그런 쪽으로 판정을 내주게 한다는 사실을…….

　말희가 이미 여중 시절부터 불량소녀 노릇을 하는 것이 너무 탈선만 하지 않는다면 남들의 관심을 불러 모으는 엉뚱한 매력도 있다는 것을 살짝큼씩 맛보게 되었던 것이지만 여고 시절에는 드디어 사고를 치기 시작했다. 여고 1학년 때에 말희가 제 마음을 처음으로 열어 주었던 2년 선배의 남자애가 실은 그냥 돈 있는 아버지 덕에 귀공자일 수 있었던 아이였다. 고지식하고 순직하여 하늘우러러 한점부끄러움……이 자기에게 있다고 눈물 흘리던 착한 아이가 슬픈 사랑을 만났다. 말희가 남온만을 만날 수 있었음의 첫 출발은 행운일 수가 있었다. 말희는 자신의 인생이 플러스알파 아니라 마이너스알파 쪽으로부터 전개돼 나가게 돼 있다는 것을 깨닫고 있었다. 우선은 제로섬 게임으로부터 출발하여야 곧 윈―윈 게임으로 진출을 시켜 볼 수 있다는 것을 이미 말간 눈치로 알아차리고 있었다(물론 마이너스알파니 하는 그런 단어야 나중에 알게 된 것이었지마는). 실은 말희가 선택해서 즐긴 것은 당대적 무모함 이외에 다른 것일 수도 없었을 것이니, '온만이 형'이 '당대적 거칠음'에 부딪쳤던 것과 관련되는 일이었다. 온만이 형이 1년 재수하여 1977년에 대학생이 되면서 과감히 자기 자신부터 변혁시키고자 하였다. 그런 변혁의 하나가 대학 운동권에 빨간 줄이 그어지는 자기 호적을 심어 놓게 한 것이라면 다른 하나는 하늘로부터 내려와서 목욕을 하다가 나무꾼인 자기에게 알몸을 들킨 그런 선녀처럼 말희를 섬겨 주려 하였던 일이었다. 말희가 나는 그런 선녀 아니라면서 막무가내로 뻗대 보아도 온만이 형은 성실한 미소만 띠었을 따름이었다. 네가 선녀 아닌 줄은 알지만 그래도 나는 너를 선녀로 삼을 테다 하였다. 왜냐하면 온만이 형 자신은 너무 추하고 형편없는 나무꾼이어서 어차피 선녀가 있어야만 하기 때문이라 했다. 온만이 형은 가없은 선녀가 행복해질 수 있도록 바라지하는 것을 통해 '잘못되어 있는 역사'를 바로잡으려는 사명도 가지고 있었다. 따라서 말희에게도 온만이 형을 통해 '잘못되어 있는 내 인생의 세상'을 바꾸어 보려는 그런 마음이 아주 없지는 않았다. 온만이 형은 고3 시절 서울 근교 유원지 강둑에서 이미 '선녀'의 알몸을 보아 버렸던 것이니 어찌 그 선녀를 나 몰라라 할 수 있었을 것인가. '비상하는 것은 날개가 있다'라고 나중에 말희가 '파경 시집'에 표현했던 바대로 하자면 괄호 묶음 속에 넣어 '추락하는 것은 날개가 없다'의 상태로 말희를 내팽개쳐 버릴 수는 없었기 때문이었다. 이복 오빠 건무는 온만이 형과 말희를 함께 불러 앉혀 타이르기도 하고 야단을 치기도 했지만…….

1980년 5월에 무슨 일이 있었던가. 말희의 나이만으로 따져 스물한 살이었고, 남들에게 여고 2년 중퇴의 학력으로 자신을 설명해야 하는 것이 서럽기만 하여 혼자서 대입 검정고시를 준비하고 있었을 적이었다. 봉급은 낮았지만 직장이 있었기에 작은아버지와 이복 오빠네들의 신세는 지지 않았다. 온만이 형에 대해서도 이제부터는 형이 아니라 이성의 남자일 뿐인 그런 사람으로 대하여야겠다고 마음을 고쳐 잡고 있었다. 고객들에게 전화 서비스를 해 주는 여행사의 임시직이었는데 실은 생모 장정녀가 알선해 준 직장이었다. 이때에 말희가 영어 회화를 열심히 배웠는데 타이베이라든가 싱가포르에서 눈썰매 타려고 찾아온 관광객들의 가이드 노릇을 하면 좀 더 돈을 벌 수 있다는 것을 알게 되었기 때문이었다. 온만이 형은 1978년에 감옥에 가게 되었다가 9개월 후에 고등법원의 집행유예 판결로 풀려나왔는데, 그 무렵에는 그의 집안에서도 말희의 존재를 알게 되어 두 남녀에게 서로 찢어질 것을 강요하고 있었다. 말희 또한 드디어 제로섬 게임을 졸업할 때가 되었다고 느끼어 '온만이 형'을 '온만 씨'로 대하면서 이 남자로부터 자립하고 독립해야겠다고 느끼고 있었다. 그러나 예기치 않은 일이 생기어 1980년 5월에 말희가 새로운 운명의 격변 속에 휩싸여 들게 되었다.

그해 5월에 과연 무슨 일이 일어났던가.

"그해 5월에 과연 무슨 일이 일어났어요?"

말희 여사의 '문학요법 진료기록'이 이 대목에서 갑자기 끊어져 버렸기에 조카딸 모랑이가 고모에게 물었다. 말희 여사는 눈자위 쪽으로 장미꽃 아니라 노란 민들레꽃 같은 것만 피우게 하면서 대답을 하려고 하지 않았다.

모랑이는 말희 여사의 '진료기록'을 훑어보아 가는 중에 그 '봉건주의적 사연'에 이미 질증이 나기 시작했다. 도대체 지금 세상이 어디까지 와 있는데 그 무슨 자랑할 만한 가문사이며 순애보 타령이더란 말인가.

'진료기록'의 말미에 소설가의 진단과 처방이 있었다.

"이상 문학의 복용은 이로써 마치고 앞으로는 김수영 문학을 복용할 것."

그 소설가는 말희 여사가 복용해야 할 처방도 적어 놓고 있었다. 김수영의 「미인」이라는 제목의 수필과 「거리」라는 제목의 시를 복사하여 첨부시켜 놓고 있었는데, 이를 읽어 '독후감'을 적어 내는 것이 '진료'가 되고 있었다. 모랑이가 김수영의 작품들은 더러 보았으나 이런 수필과 시는 처음 대하는 것이어서 읽었는데, 이런 김수영 글의 독서 아닌 '복용'이 어떻게 말희 여사에게 '문학 진료'가 된다는 것인지 궁금하기도 했기 때문이었다.

"30대까지는 여자와 돈의 유혹에 대한 조심을 처신의 좌우명으로 삼고 있던 것이 요즘에 와서는 오히려 그것들에 대한 방심이 약이 되고 있다. 되도록 미인을 경원하지 않으려고 하고, 될 수만 있으면 돈도 벌어 보려고 애를 쓴다. 없는 사람의 처지는 있는 사람은 모른다고 하면서 있는 사람을 나무라는 없는 사람들의 가치관에 대한 공감도 소중하지만, 사실은 있는 사람의 처지를 알아주는 있는 사람들의 가치관에 대한 없는 사람으로서의 공감이 따지고 보면 더 어려운 것 같다…… 그런데 미인과 돈은 이것이 따로따로 분리되면 재미가 없다. 미인은 돈을 가져야 하고 돈은 미인에게 있어야 한다. 그런데 미인과 돈의 인연이 가까운 경우를 예나 지금이나 우리들은 흔히 우리들의 주변에서 보게 되는데 그런 경우의 대부분이 돈이 미인을 갖게 되는 수가 많지 미인이 돈을 갖게 되는 일이 드물다. 말할 필요도 없이 자본주의의 사회에서는 돈이 없이는 자유가 없고, 자유가 없이는 움직일 수가 없으니, 현대 미학의 제1조건인 동적미(動的美)를 갖추려면 미인은 반드시 돈을 가져야 한다. 그리고 이 돈 있는 미인을 미인으로 생각하려면, 있는 사람의 처지에 공감을 가질 수 있을 만한 돈이 있어야 한다. 시를 쓰는 나의 친구들 중에는 나의 시에 '여편네'만이 많이 나오고 진짜 여자가 나오지 않는다고 불평을 하는 친구도 있지만……."

"별별 여자가 지나다닌다 / 화려한 여자가 나는 좋구나 / 내일 아침에는 부부가 되자 / 집은 산 너머가 좋지 않으냐 / 오는 밤마다 두 사람 같이 귀족처럼 / 이 거리 걸을 것이다 / 오오 거리는 모든 나의 설움이다."

'진료기록'은 말희 여사가 김수영의 수필과 시를 성심껏 복용했음을 보여주고 있었다. 김수영 문학을 복용하여 어떠한 '효험'을 보았는지를 말희 여사가 그 노트에 적어 놓고 있었다.

"최윤관 또는 제2의 김수영. '여편네' 벗어나기. '미인과 돈'으로 거듭 태어나기."

모랑이 이 대목을 읽으며 배꼽을 잡고 웃었다. 김수영이라는 사람이 무심한 척 뱉어 내는 저 징글징글한 남성 권력의 솔직함.

고모는 연이어 "나의 시에 '여편네'만이 많이 나오고 '진짜 여자'가 나오지 않는다고 불평을 하는 친구도 있지만……"이라는 김수영의 수필 구절을 인용해 놓은 다음 우렁차게 외치고 있었다.

"만국의 '여편네'들이여 단결하라! 궐기하라! '진짜 여자'를 쟁취해라."

"고모가 그렇게 여편네로부터 궐기하여 진짜 여자를 쟁취한 거예요?"

고개를 갸우뚱거리며 모랑이가 물었다.

"한 남자만의 여편네에서 만인들의 진짜 미인으로 될 수 있다면야 그건…… 한참 복잡하게 계산해 보아야만 할 고등 산술일 텐데 나는 원래 수학에는 소질이 없었단다." 말하다 말고 이말희 여사가 웃었다. "아무튼 내가 김수영의 글을 읽은 것은 '여편네 벗어나기'가 이루어진 때로부터 반년쯤 넘기고 났던 훗날이었다는 것만 말해 두기로 하자꾸나. 김수영이 문제의 사나이인 까닭이 무어겠니? 그의 엉뚱한 남성 권력이 하나이어야 할 여자의 잣대를 둘로 나눈다는 데 있는 거 아니니? 여자는 하나다, 분단시키지 말라, 하는 소리야 여성 일반의 한 명인 나로서도 해 볼 수 있는 거지만 어느 쪽이 나은 것일지는 모르겠다. 구체성을 확보하고 있는 여편네가 좋은 것인지, 그런 것을 잃어 추상적으로만 진짜 여자로 추켜세워지는 쪽이 나은 것인지는……."

'진료기록'에는 말희 여사가 낙서하듯 써 놓은 글이 한 구절 더 있었다.

'정치권력은 좁고 문화 욕망은 넓다. 권력은 네가 가지고 욕망은 내가 차지하련다. 대해로 나가자.'

4.
여성 권력은 어떻게 출발되는가. '여자는 없다'로부터이다.

말을 바꾸면 여자가 여자를 없앨 때 그는 비로소 인간이 된다. 여자가 자기의 여자를 없애 인간으로 부상해 올라올 적에 이를 유지하게 하는 사회적 비용으로 두 가지 청구서를 한꺼번에 받게 된다. 영어 대문자로 표기되는 '미'와 한자어로 표기되는 '미'의 그 두 가지. 그 변증적 결합이 곧 여성 권력이다.

"무슨 이야기가 이리도 어려워요?" 모랑이 고모에게 물으며 고개를 절로 흔들었다.

"'여자와 돈'이라는 화두를 간화선으로 풀어내니까 바로 그런 소리가 되더구나. 돈 없이 여자가 어찌 살아가겠니? 막벌이로 사는 수야 있겠지만, 내가 '여성 권력'이라는 말을 그냥 쓴 건 아니야. 막벌이 아니라 나름대로 보람을 느끼는 벌이를 찾아내려면 결국 '능력' 소리가 나오게 되겠는데 그걸 '여성 권력'이라는 단어로 내가 소화를 시킨 거란다. 문학 진료를 받으면서 일깨우게 된 것인데, 말이라는 건 교환 가치보다 사용 가치가 항상 더 중요하더라. 혼자 몸이 된 내가 무슨 능력으로 이 험한 세상 살아갈까 궁리해 보느라니 음울해지게 되던데, 단어 하나만 바꾸면 거기에 새로운 길이 나오더라. 혼자 몸이 된 내가 무슨 '여성 권력'으로 이 험한 세상 살아갈까 궁리해 보느라니 길이 보이는 거야. 김수영은 '미인과 돈'에 대해서 말했지만 나는 미인은 결코 되지를 못하니 '여자와 돈'이라는 화두만 먼저 건져 올린 거다. 그리고 나서 앞쪽의 문장을 내가 적어 본 거지."

커리어우먼의 세계. 여자가 자기의 여자를 없애고 거기에 '커리어'를 집어넣는 것. 사회인, 그것도 능력 있는 사회인으로 자기를 키워야 하는 일.

이에 말희가 자기 능력을 키우고자 하였으니 곧 '미'를 확보해야만 하는 일이었다. 말희에게 '미'는 한글로 표기되어서는 그 뜻을 제대로 알 수 없는 유형의 것이었다. 영어 소문자의 '미(me)'가 아니라 대문자의 '미(Me)'. 말희는 우선 영어 대문자로 표기되는 '미'를 찾아냈으니 곧 타인에게 목적격 인칭으로 호출되는 자기를 확보해야 하는 일이었다. 주격의 나 아니라 목적격의 나를 어떻게 확보한다? 사회적인 활용 가치를 지니어 '호명'을 받게 되는 '나를'을……

이처럼 영어 문자의 '미'를 찾으려 하면서 말희가 또 하나의 '미'를 확보해 내야 하겠다고 깨닫게 되었으니 다름 아니라 한자어로 표기되어야 하는 '美'였다. Me와 美는 말희에게 둘이 아니라 하나이어야 했다. '나를'을 가져야 하면서 동시에 '아름다움'을 가져야만 하겠다는 것이니까.

여중생이었을 적부터 그녀는 자기가 못생겼다는 것에 대한 열등감이 대단했지만, 주변에서 촐랑대던 사내애들은 엉뚱한 눈으로 그녀를 읽어 주곤 하던 것을 생각해 내게 된 것이었다. 김수영의 수필도 도움이 되었다. 아름다움은 '있는' 것이 아니라 '갖는' 것이었다. 주어지는 것이 아니라 만드는 것이었다. 한국 여성들처럼 남자들의 따가운 눈총에 '죄지은 듯' 고개 숙이고 걸어 다녀야 하는 이들이 어디 따로 있을까. 남자들의 따가운 눈총은 무엇을 사냥하고자 함인가. 한자로 표기되는 '미'를 포획하기 위해서가 아닌가. 왜 여자들은 죄지은 듯 고개 숙이고 걸어 다니는가. 왜 고개를 들지 못하는가. 남자들이 포획하고자 하는 '미'를 자기가 선물하지 못하는 것에 지레 미안해서일까.

"고개를 들자, 날개를 펴자." 말희가 웃으며 말했다. "이런 제목으로 수필집을 내면 꽤 팔리지 않을까. '고개 숙인 남자' 따위 소리로 지금 남성들이 아우성이기도 하니 말이다."

모랑이가 고모에게서 부러움을 느끼는 것은 있었다. 고모는 '독립군 기질'을 발휘해 볼 수 있었던 세대들 중에서도 마지막 쪽에 속해 있었겠지만 그런 '행운'을 모랑은 갖지 못하고 있었다. 모랑은 이혼을 한 고모가 집으로 찾아와 아버지와 나누었던 대화를 떠올렸다.

"나에게 여자는 없어졌어요. 여편네에서 벗어나 사회인이 되려는 중이어서, 내 속의 여자를 일단 없애기로 했거든요."

"여자가 없는 여자라? 어려운 이야기를 하는 여자는 좋지 않은데……." 아버지 이건무는 이런 말을 하면서 의혹에 찬 눈길을 보내면서도 말희를 염려해 주었다. "하기야 너는 무어든 해내겠지. 팔방미인 기질이 어디로 가겠니? 다만 운동권 기질은 버리려무나. 학생운동, 노동운동도 그렇더라마는 제일 눈꼴사나운 게 텔레비전 나와 설치는 여성 운동가고, 귀에 거슬리는 게 여성운동 소리더라."

"무슨 소리예요? 운동권에서 제가 무얼 얻었는 줄 알아요? 요즘 걸핏하면 '운동'이 죽었다고들 하는데 웃기지 말라고 해요. '운동'도 안 해 본 비겁자들이 무얼 알겠어요? 변절자, 배신자들만 보게 된다고요? 그게 아니에요. 물론 제가 제대로 된 '운동권 출신'이라는 건 아니지만, 어떻게 사는 게 올바른 길인가 하는 것을 끊임없이 물어 대지 않으며 사는 삶이란 정말이지 맥이 빠진 거예요."

말희는 어느 쪽이냐 하면 '보통 여자'와는 다른 점이 있었다. 슈퍼우먼이라는 뜻이 아니라 '가족과 과거의 아늑함에 파묻혀 지내는 여자'가 전혀 되어 볼 수 없었다는 뜻이었다. 말희에게는 생모와 생부가 있기는 하였지만 전혀 '왕래'가 없었던 것인데 이때에 비로소 '거래'가 있게 되었다.

"그래그래, 잘 뛰쳐나왔다. 남자의 야망이라는 건 주위 사람들의 무조건적인 헌신과 복종과 노예근성을 먹고 자라나는 거니까."

다른 곳으로 시집을 가서 다른 남자의 부인이 되어 있는 장정녀 여사는 '무엇을 도와주어야 하겠니?'라는 질문을 한참 뒤에 했다.

"미인박명이라는 말은 그게 다 옛날이야기란다. 너는 새로이 출발을 할 수 있을 게다. 힘찬 출발을."

이복 오빠 이건무는 말희에게 팔방미인이라 하더니, 생모는 미인박명 타령을 하고 있었다. 언젠가 고모는 모랑에게 이런 이야기를 들려주면서 웃었던 적이 있었다.

말희가 자신 속의 여자를 없애어 처음에는 〈국제협력단〉의 봉사 단원이 되려고 했었다. 하지만 자격 미달에다가 능력 부족이었다. 그 봉사 단체는 한국보다 가난하게 사는 나라들에 한국 남녀를 파견시켜 봉사 활동을 펴도록 해 주고 있었다. 6개월가량 훈련을 시킨 다음 3년가량 해외 생활을 보낼 수 있게 하고 있었다. 남자에게는 병역 면제를 해 주게 하는데, 지원자는 되레 여자 쪽이 많았다. 아무나 선발하는 것은 아니고 나름대로 까다로운 심사를 거쳐야 했다.

기본자세, 곧 인생관 세계관이 올바르며 굳건한가. 봉사 정신, 곧 남을 위해 자기를 바칠 수 있는 헌신적인 자세가 제대로 되어 있는가. 능력과 자질, 곧 어떠한 어려움을 만나도 참고 이겨낼 만큼 강한 지덕체의 소유자인가. 주로 이 같은 세 가지 테스트를 받는 데에서 그녀는 '운동권의 경험'이 좋은 밑받침이 될 것이라 우선 믿었다. 그러나 아니었다. 더구나 그녀는 인생 실패자로 비쳐졌고 거기에다가 이미 '늙어 버린' 자격 미달자였다.

아, 너는 그런 정도의 인간이었던가. 말희는 '날개'를 자기 스스로 직조해 내지 않으면 안 되었다.

해외 취업은 여자에게 얼마나 가능한 것이며 어떻게 가능한 것인가.

말희의 생부는 일본 오사카에서 살고 있었다. 그녀는 생전 처음 이 도시로 찾아갔었다. 이목훈 씨는 '내가 무슨 말을 하겠나' 하였다.

"하지만 너는 아직도 나에게 말희인 것만은 틀림없구나. 나의, 우리의 마지막 희망……."

이목훈 씨는 '심플 라이프, 하이 싱킹'이라는 영어 문장이 들어 있는 액자를 걸어 놓고 있었다. 오사카의 한국인들은 비참한 빈민촌을 이루어 살고 있었다. 말희는 막벌이 일거리를 얻어 내고 있었으나 일본말과 된씨름을 하면서 전공이기도 했던 역사 강좌를 들으러 다녔다. 이목훈 씨는 파친코 가게를 일본인 여인과의 사이에서 낳은 아들에게 물려주고 식당은 시집간 딸과 사위가 꾸려 가게 하고 있었는데 고대사에 대한 관심이 있어 '도래인'에 관한 나름대로의 아마추어 학자였다. 이목훈 씨의 또 다른 아들인 차남 마에다는 한국말을 할 줄 모를 뿐 아니라 귀화를 하였는데 그러함에도 한국 및 한국인에 대한 편견이나 콤플렉스는 갖고 있지 아니하여 말희를 그냥 좋은 누님으로 섬겨 주고 있었다. 장차 관광 가이드 계통으로 진출해 보고 싶다는 말희에게 필요한 많은 도움을 그가 주었다.

오사카는 세 개의 도시였다. 응신천황과 인덕천황이 다스리던 고대 도시, 풍신수길이 만든 봉건 막부 도시, 조선인들이 뒤늦게 껴묻고 있는 천민자본 도시.

"한국인들은 일본 발음이 서툴러서 일본 문화에 무지스럽지." 노인이 말했다. "오사카를 한국인들은 오사까라 발음하는데 그건 다른 도시란다. 오사카는 대판(大阪)이고 오사까는 소판(小阪)이거

든. 고대 한국인들은 일본에 도래하여 오사카에서 살았고 지금의
재일동포들은 오사까에서 살고 있구나. 관광이나 사업으로 일본
찾는 한국인도 오사까만 살필 뿐 오사카는 아예 보려고도 하지 않
고 있고. 너는 무엇을 보러 온 거겠냐."

"그냥은 섬에 온 거예요. 와 보고 싶었던 그 섬에……"

"그 섬이라니, 어떤 섬 말이냐?"

하지만 말희는 그 섬이 어떤 섬인지 말하려 하지 않았다. 그렇기
는 하더라도 팔순이 가까워서야 '우리의 마지막 희망'의 아비 노릇
을 조금은 과장된 감정으로 즐기려는 이 노인으로부터 그녀는 많
은 것을 일깨웠다.

> 일찍이 아시아의 황금 시기에
>
> 빛나던 등불의 하나인 코리어
>
> 그 등불 한번 다시 켜지는 날에
>
> 너는 동방의 밝은 빛이 되리라

"1929년 일본에 찾아왔던 인도 시인 타고르가 이렇게 시작되는
시를 조선 기자에게 적어 준 일이 있었어요."

"그런 시는 우리도 압니다."

서울에서 날아온 손님들은 중소기업가들로 이루어진 산업 시찰
단이었는데 하루 말미를 잡아 오사카의 백제 마을과 나라의 법륭
사와 아스카 유적지를 둘러보는 역사기행의 가이드를 말희가 득
별히 맡게 되었다. 오사카에 온 지 일 년을 넘기게 면서 말희가 때때
로 이런 아르바이트를 하고 있었다. 말희는 오사카의 도처에 있는
백제대교, 백제역 등 '백제'라는 이름이 붙은 곳들을 안내하며 6세

기에서 7세기까지 백제인들이 어떻게 살았던지 설명해 주고 이어서 법륭사로 구경을 갔을 때 타고르의 시에 관한 이야기를 꺼냈다. 마에다에게 부탁을 해서 컬러 사진을 곁들여 제법 근사하게 만든 6페이지짜리 관광안내 팸플릿을 꺼내 들도록 하여…….

"그 당시 동아일보 기자는 타고르를 조선에 초대해 보고 싶어 그를 찾은 것이었지요. 하지만 시인은 이를 거절했는데 바쁜 일정 때문보다도 일본제국주의 눈치를 보아야 했기 때문이었겠지요. 그러다가 미안해하며 메모지에 끼적끼적 시를 하나 즉석에서 지어 준 것이었어요."

그해 4월 2일 동아일보가 타고르가 건네준 시를 소개하여 전 조선인들을 감격에 떨게 했다. 타고르의 시를 옮긴 이는 '볼노리'라는 제목의 신시를 처음으로 쓴 주요한이었다.

그런데 타고르의 시는 여기에서 끝나는 것이 아니었다. 그는 '코리어'가 일찍이 아시아의 황금 시기에 어떻게 '빛나던 등불의 하나'이었던가를 앞 구절에 이어 다음과 같이 노래하고 있었다.

마음엔 두려움이 없고
머리는 높이 쳐들린 곳
지식은 자유스럽고
좁다란 담벼락으로 세계가 조각조각 갈라지지 않은 곳
진실의 깊은 속에서 말씀이 솟아나는 곳
끊임없는 노력이 완성을 향해 팔을 벌리는 곳
지성의 맑은 흐름이
굳어진 습관의 모래벌판에 길 잃지 않은 곳
무한히 퍼져 나가는 생각과 행동으로

우리들의 마음이 인도되는 곳

그러한 자유의 천당으로

나의 마음의 조국, 코리어여 깨어나소서

"타고르가 진정으로 '코리어'에 대해 찬미하고자 했던 것은 '일찍이 아시아의 등불'이었다는 언술 자체에 있었던 것은 아니었어요. 그런데 당시의 조선인들은 이러한 언술 자체에 대해서만 감격했을 따름이었지요. 고대 코리아가 어떻게 빛나는 등불이었던가에 관해서 타고르가 구체적으로 감동적으로 관찰했던 알맹이 내용은 안중에도 없었단 말예요."

'백제관음'. 정식 명칭은 '법륭사 몽전(夢殿) 관음보살 입상'.

"아! 타고르는 백제관음을 보고 '일찍이 아시아의 황금 시기에 빛나던 등불, 코리아'를 알게 된 것이었군요."

일행 중에 있던 남주현이 백제관음과 팸플릿에 적힌 타고르의 시와 말희의 얼굴을 번갈아 바라보며 탄식했었다.

"그런가 하면 이런 일도 있었지요. 타고르가 일본을 방문했던 다음 해인 1930년에 앙드레 말로가 일본을 방문하는 길에 법륭사를 찾아 금당벽화를 보고 찬탄을 금치 못했어요. 1958년에 말로는 두 번째로 일본을 방문했는데, 법륭사 벽화는 1947년 1월 26일 새벽 원인 모를 화재로 타 버리고 말아 이때에는 그냥 흰 벽만이 세워져 있었을 따름이었지요. 말로는 동행 중인 사진사에게 "이 흰 벽을 배경으로 하여 내 그림자를 찍어 주시오." 하고 말했으니 세계문화유산의 걸작이 사라져 버린 것을 그처럼 아쉬워했지요. 그런데 나라의 법륭사에는 이미 불타 버린 금당벽화와는 달리 '백제관음상'은 그대로 정성스럽게 보존이 되고 있었지요. 말로는 금당벽화의 상실감에 촉발된 탓인지 관음상을 대하면서 더욱 감격해 마지아니하였고 '내가 일본에서 하나를 고르려 한다면 그것은 백제관음이다' 이런 말을 서슴지 않았어요. 일본 기자들은 그에게 백제관음이 일본 아닌 북방인(곧 백제인)에 의해 만들어졌다는 설이 있는데 이에 대해서 어찌 생각하는지 물었지요. '나도 그러한 설은 알고 있다. 그러나 나는 찬성하지 않는다. 이 얼굴만으로도 판단된다. 이것은 일본인의 얼굴이다. 완전히 일본인의 얼굴이다. 대륙에서 온 조형의 요소는 물론 있지만 새로운 일본적 요소가 확실히 드러나 있다. 의심 없이 일본적 포름이나 정신성이 느껴진다.' 어떠세요, 여러분?"

관광객들은 두 패로 나뉘었다. '일본적'이라 하는 이들은 소수에 그치기는 했지만, 말희가 그렇게 열심히 설명을 해 주었어도 타고르의 시와 백제관음을 연관시켜 '일찍이 아시아의 황금 시기에 빛나던 등불'의 의미가 오늘에 과연 일본과 한국에서 어찌 새겨지고 있는가를 곰곰 생각해 보려는 이들은 거의 없었다.

비행장에는 어디를 막론하고 국제 부랑아들의 모습이 늘상 있었다. 노무자로 떠돌아다니는 사내들과 위장 취업으로 여러 나라들의 유흥업소로 흘러 다니는 여자들과, 그리고 이른바 보따리 무역의 여편네들……

전체가 유리 구조물로 되어 있는 쿠알라룸푸르 공항은 또한 항상 청결하여 그 품에 안기는 맛이 싱그러웠다. 말레이시아는 '산소 같은 남자'라고 말희는 생각해 본 적이 있었는데, 국토의 8할이 밀림 지대여서 이 나라에 들어서는 순간부터 자기의 폐활량이 커지고 넓어지는 느낌이기 때문이었다. 울창한 야자나무로 터널을 이루고 있는 고속도로를 뚫고 들어가 도심 지대를 쏘다녀 보아도 어디서나 삼림욕을 하고 있는 것처럼 호흡이 상쾌하였다. 말레이시아에서

는 자동차들이 오른쪽으로 다니고 사람들이 왼쪽으로 통행을 하
는데 영연방에 속해 있는 나라이기 때문이었다. 영국 왕실의 마차
는 마부석이 오른쪽에 있고 왕은 왼쪽으로 올라타서 앉게 되어 있
었다. 자동차가 그대로 그 구조를 따르게 된 것이라는데, 이 나라가
이처럼 영국 흉내를 내지만 또 다른 면도 있었다. 신라 화백회의처
럼 5부 대표들이 왕을 선출하고 또한 임기도 있다지만 국정에는 관
여하지 않았다. 국민들이 선거를 통해 수상을 뽑아 정치를 맡겨 놓
고 있는 입헌군주제이며 어떤 면에서는 이원집정제이겠는데 거기
에 여러 인종들이 섞여서 살고 있었다. 지방색 타령에 골이 팬 한국
과는 달리 작은 분쟁은 있는 듯하지만 큰 혼란은 없었다. '닥터 마
하트'라는 애칭으로 불리는 이 나라 수상은 아이엠에프에 대 놓고
큰소리를 쾅쾅 치고 있었다. 말희가 스물세 명으로 이루어진 패키
지 투어 한국 관광객들에게 설명해 주었다.

"조그만 나라이긴 해두 믿는 구석이 있거든요. 산유국의 하나이
며 회교국이라는 걸 믿고 있고, 영연방에 속해 있다는 걸 믿고 있고,
주석과 목재의 주요 수출국이고 그리고 자급자족이 어느 정도는
가능한 자원국이라는 걸 믿고 있는 거지요. 한국처럼 믿을 구석이
별로인 그런 불쌍한 나라는 아니거든요. 산유국이고 회교권이고
영연방이어서 아이엠에프에 버틸 만하다고 맞짱을 뜨는 거예요. 아
세안의 맹주가 되고 싶어 하는 이 나라에서 보면 아시아의 끄트머
리에 놓인 코리아가 꾀죄죄해요. 한국에서는 물론 이 나라가 꾀죄
죄하지만."

초등학교 학생 같은 일행들을 경치 좋은 해안 휴양지 팡코르에
풀어놓은 다음 말희는 수상한 눈으로 그녀를 핥곤 하는 남주현과
함께 테라스에서 방풍림 쪽의 잘 손질된 화원을 바라보고 있었다.

남주현은 말희의 단골 고객 중의 하나였다. 프리랜서로 일하고 있기는 하지만, 말희가 외국으로 관광 가이드 나가는 일정이 잡혔을 적에 남주현은 이를 용케 알아내어 패키지 투어에 등록을 하곤 하였다. 그리고 은근과 끈기를 가지고 말희 앞에서 기사도의 시늉을 내보이곤 하였다. 말희가 처음 그를 알게 되던 오사카에서 백제 관음을 보고 숙소로 돌아왔을 적에 남주현이 이런 말을 했었다.

　"마음엔 두려움이 없고 머리는 높이 쳐들린 곳, 지식은 자유스럽고 좁다란 담벼락으로 세계가 조각조각 갈라지지 않은 곳…… 삼국 쟁패를 일으키고 있는 한반도에서만 아니라 다른 종자들이 사는 일본 땅에 와서도 이처럼 당당했다는 것, 바로 그런 백제인의 모습을 타고르가 단박에 읽어 읊고 있다는 것…… 제가 새로운 세상을 찾은 것 같습니다."

　남주현은 마흔아홉 살의 남자였는데, 그냥 평범한 직장인이었다.

　"한국을 벗어나는 게 그냥 좋은 겁니다. 말희 씨를 오사카에서 처음 만나던 날 백제관음과 타고르 덕분에 새로운 세상을 찾아냈던 것 같았던 그런 느낌은 아직껏 내 마음속에서 울렁거리고 있지만요, 그렇게까지는 아니더라도 아무튼 한국을 벗어나는 게 그냥 좋은 거예요."

　그가 주로 혼자서 지껄여 대고 말희는 아무런 부담을 느낄 까닭도 없이 들어주고만 있었다.

　"신문을 안 봐도 되고, 텔레비전으로부터 해방될 수 있습니다. 국회에서 어떤 짓들을 벌여 놓고 있는지, 검찰청에 어떤 거물이 출두하고 있는지 몰라도 됩니다. 국내에 있을 적에는 한국의 정치, 경제, 사회, 문화…… 그 모든 것들이 어떻게 돌아가고 있는지 도무지 무관심할 수가 없지 않습니까. 그래서 한국을 벗어나는 게 그냥 좋은 겁니다. 지겹고 또 지겨운 한국 사정을 몰라도 된다는 것, 한국이 뚱딴지같은 별나라처럼 보인다고 느껴도 괜찮다는 것이 그냥 좋은 거지요. 국외에서는……."

"아시겠습니까. 나는 외국으로 나와 있는 게 아니라 국외로 나와 있는 것이라는 이런 깨달음을 사랑하는 것이지요. 말희 씨는 외국을 구경시켜 주려는 것을 좋아하는가 본데 나는 국외가 국내와 다르다는 것을 관광하는 것이 그냥 그것으로 좋아요……."

피곤해하는 남자. 남주현은 그냥 그러한 남자였다. 그런데 분위기를 잡더니 자기 속내를 열어 말희로 하여금 자기 마음속을 들여다보아 주기를 바라고 있었다.

말희가 김수영 문학을 복용하던 2년여 전의 일을 떠올렸다. 미인과 돈.

남주현이 제3의 김수영이려나 보았다. 말희가 김수영의 시를 남주현에게 들려주었다.

"별별 여자가 지나다닌다 / 화려한 여자가 나는 좋구나 / 내일 아침에는 부부가 되자 / 집은 산 너머가 좋지 않으냐 / 오는 밤마다 두 사람 같이 귀족처럼 / 이 거리 걸을 것이다/ 오오 거리는 모든 나의 설움이다."

"누가 쓴 시인가요? 어쩌면 내 마음을 그렇게 콕 집어낼까? 우리나라 시인은 도저히 못 쓸 것인 것 같고, 프랑스 시인일 듯한데……."

홍콩 푸껫공항. 면세품 매점에서 브이시아르이라든가, 카네라라든가, 하다못해 마오타이 술 같은 것을 사느라고 한국인들이 눈을 밝히어 들개들처럼 싸돌아다니고 있었다. 그 청사에서 말희는 캐세이패시픽 항공회사 여직원과 엉뚱한 대화를 나누었다.

"지겨운 한국인들. 더욱 저질인 나라, 코리아."

"왜 그러세요?"

푸껫공항은 캐세이패시픽 에어버스의 위세가 대단한 곳이었다. 홍콩이 중국에 반환된 뒤에도 영국계 백인들이 경영하는 이 항공사의 아시아―오세아니아에 대한 지배력은 변함이 없는 듯이 보였다. 항공회사 여직원이 영어와 중국어와 한국어 차례로 안내를 하고 있었는데 영어일 적의 분개해하는 목소리, 중국어일 적의 한심해하는 목소리, 한국어일 적의 경멸해하는 목소리를 말희가 되풀이하여 들어주고 있었다.

"우리 캐세이 항공은 실수를 하지 않는 회사입니다. 김포공항 사정으로 우리 비행기가 푸껫공항에서 출발하지 못하고 있는 것입니다. 캐세이의 잘못 아니라 코리아에서 잘못된 일이 일어났기 때문입니다."

김포공항에서 갑자기 데모 사태가 발생되어 활주로가 봉쇄된 것이라 했다. 그런 사정으로 출발이 지연되고 있다는 것을 알리는 것이야 나무랄 일은 아니었다. 그렇지만 캐세이의 잘못 아니라 코리아에서 잘못된 일이 일어났다는 이야기가 이상하였다. 일개 항공사와 일국의 국가를 어찌 동격에 놓아 비교시킨다는 것인가. 말희가 동행 중인 정익환 사장을 바라보며 말했다.

"캐세이패시픽 항공은 여전히 건방지군요. '캐세이'라는 것이 무슨 뜻인지 아세요?"

"캐세이? 글쎄요…… 창업주 이름일까."

"캐세이는 올드 차이나의 뜻이에요. 제국주의에 짓밟혔던 불쌍한 지나(支那)나 만다린이 아니라 위대한 문명을 뽐냈던 고대 중국을 캐세이라 하는 거예요. 캐세이패시픽은 그러니까 번역하자면 '대

중국제국 태평양 항공'이라는 뜻이 되는 거구요."

"아하, 우리 커리어우먼께서 기분이 언짢으시구먼요."

"뭐가요?"

말희가 짐짓 반문하니 정익환이 왼쪽 보조개가 지는 웃음을 웃었다.

"저 안내 방송. 캐세이의 잘못이 아니라 코리아에서 잘못된 일이 일어났다는 소리 말예요. 마치 위대한 중국은 옳기만 하고 한국은 잘못만 일으키는 것이라 들린 것이었지요?"

"네 그래요."

"역시 마리이 리 여사시네. 항의해 볼까요."

그러나 말희는 물론 그런 것으로 항의해 볼 생각은 추호도 없었다. 세계화라는 건 사람을 피곤하게 해요, 라는 소리만 입속말로 중얼거렸을 따름이었다. 미국 프랑스 일본이야 말할 나위 없고 하다못해 홍콩의 국제화는 언제나 기세등등한 것이고 우리의 국제화는 항상 잘못된 것으로만 되어 있는 것이고…….

"마리이 리. '그 섬'으로 아예 나갑시다."

이런 소리를 정익환은 줄기차게 하고 있었는데, 이말희를 그는 마리이 리(MARIE RHEE)로 정말 바꾸어 놓으려 하고 있었다. 여권에 영어로 기재시킨 마리이 리라는 여성에게 정익환은 함뿍 빠져 있었으나 그녀는 그냥 자기 자신을 이말희로서만 유지해 내려 하고 있었을 따름이었다. 말희가 해외관광 가이드를 하는 중에 아주 특별한 고객을 상대하는 일도 생겨나 있었다. 단체 관광 아니라 단독 관광의 안내를 하는 경우도 있었다. 그런가 하면 출장 나가는 사람을 위해 여비서 비슷하게 수행하며 가이드를 하는 일도 생겨났는데 말희에게 오사카라든가 홍콩 등의 관계 요로에 아는 사람들이 많아지게 되면서 수속이라든가 절차라든가 신청이라든가 하는 것을 제법 능란하게 대행해 줄 수 있는 능력이 생겨나게 된 때문이었다.

모랑이가 '거기 여성의 전화 아닌가요' 하면서 전화를 걸어 왔을 적에 홍콩 갈 일이 생겼다는 것이 정익환 사장을 위한 가이드 일 때문이었다. 홍콩을 새로운 전진 기지로 삼아 방콕 양군 쿠알라룸푸르 싱가포르와 서울 오사카 타이베이를 연결하는 관광레저 사업망을 그가 세우려 하고 있었다.

정익환이 이말희 아닌 마리이 리의 시를 무척이나 탐닉하고 있었다. 말희가 최근에 수첩에다가 적어 놓았던 시를 그가 우연히 보게 된 일이 있었다.

나는 기뻤다.
아플 만큼 아파야 상처가 아물듯이
내 노래가 이제 아물어
사랑을 부르려는가.

보이지 않던 것이 보이고
내가 감추어 놓은 마지막 비밀까지
모두 내놓아
나는 기뻐했다.

산전수전 모두 겪어야 사람이
사람을 알게 되듯이
내가 사람이 되어
내 속의 여자를 부른다

기뻐해라

표현될 수 없는 사랑을

여성 권력만이 누린다

영원히 여성적인 것이 우리를 끌어올린다.

이 시의 마지막 연은 괴테가 『파우스트』의 마지막 대목에 써 놓았던 그 유명한 구절이었으니 말희가 '영원한 여성'이라는 테마를 찾아내게 되었음에 스스로도 크게 기뻐하고 있는 중이었다. 그가 문학 치료를 통해 완쾌의 건강을 찾았을 뿐만 아니라 스스로 따져 볼 적에도 제법 괜찮은 시를 지을 수도 있게 되었다고 느끼고 있었기 때문이었다.

"홍콩에서 돌아오는 비행기 안에서 네 생각을 많이 했어."

말희가 모랑에게 말했다.

"그러시는 줄 저도 알아요."

"실은 내가 오늘 밤에 이리로 오라고 한 남자가 있구나."

"남자라니요?" 모랑이 반색을 했다. "물론 좋은 분이시겠지요?"

말희가 어이없어하며 웃었다.

"내게는 오빠가 되는 분, 이복 오빠인 것이 좀 안타깝기는 하다마는…… 네게는 아버지가 되는 이건무 씨."

모랑의 안색이 홱 변하였다.

"그래서 드라마를 연출하시는 거군요."

"드라마?"

"고모가 저에게 고모 아니라 생모인 거를 제가 벌써부터 알아요. 저의 생부가 그러니까 81년 가을에 광주항쟁 만세 외치며 투신자살한 대학생 4년짜리 정의파 청년 남온만이라는 것도 알구요. 지금부터 3년 전이었으니 고2 때였는데, 조금쯤은 고민을 했으나 그냥 잠깐뿐이었구요. 그래 새삼스럽게 왜 그러세요? 그냥 아는 체 모르는 체 지내는 것이 훨씬 좋은 건데."

"네가 무엇을 알고 있다고?"

말희가 엎어질 듯 자빠질 듯 소파에서 나뒹굴었다.

"1980년 5월에 과연 무슨 일이 일어났던 거지요? 제가 1980년 5월 23일에 태어난 거니까, 바로 그런 일이 있었던 것이지요. 저는 도리어 감사드려요. 그때의 그 상황이 제 눈에 잘 보이거든요. 만 21세의 처녀는 애를 태우며 배 속의 애와 함께 몸부림을 쳤겠지요. 대단한 분들이셨어요. 도저히 아이를 가질 상황이 아니었지만 그들의 양심, 정의감, 책임감이 결국 신생아를 이 세상에 존재하게 하도록 해 주었을 것이니까요. 그러나 어쩔 도리가 없었던 거예요. 이복 오빠 이건무 씨라는 분, 올케 황애순이라는 분, 참으로 성실하고 우애 깊고 의리에 밝은 분들이셔요."

"내가…… 내가 무슨 소리를 너에게 할 수 있겠냐마는…… 큰 죄인이, 죄 많은 내가……."

"아니에요. 이말희 여사는…… 제 눈에는 백제관음의 그 바탕이셔요. 마음엔 두려움이 없고 머리는 높이 쳐들린 곳, 지식은 자유스럽고 좁다란 담벼락으로 세계가 조각조각 갈라지지 않은 곳……. 그런 곳에 사시는 분."

"아니야, 아냐. 나는 찌그러진 달이야. 머리가 텅 비어 버린 여자 얼굴 같은, 누군가로부터 얻어맞아 볼따구니가 부어 버린 듯한 달. 얼뜨기 같은 달, 촌뜨기 아줌마 같은 달이야. 1980년 5월에 바로 이 모란아파트에서 내가 그런 달을 보고 있었어. 그리고 아까 네가 왔을 때 너랑 함께 그런 달을 다시 보았어. 나 자신의 모습, 그 추한 얼굴. 아무리 립스틱 짙게 바르고 눈썹을 꺼멓게 칠해 보아도 도무지 감출 수 없는 그 죄 많은 모습."

"그러지 마세요. 저로부터 위안을 받고 싶으시다면 얼마든지 그러겠어요. 제가 문제 아니라 당신께서 문제시라면 결국 그건 저와는 아무런 관련도 없는 당신만의 문제시잖아요? 문학 클리닉의 요법대로 한다면 인간 이말희의 원초적 무의식이겠지요. 그 무의식을 왜 제가 꺼내야 해요? 저는 꺼내지 않아요. 꺼내지 마시고 도로 집어넣으셔요."

"너는…… 너는 정말로 야무지구나. 어쩌면 그렇게……."

"아녜요. 저는 멍청하고 똑똑지도 못하고, 그리고 아까도 그런 말씀을 저에게 하셨지만 늘 군살 기운이 있는 데다가 방심해 있어요. 지난번에 한준완이를 보셨지만, 준완이한테 끌려다니고 있어요. 그냥 내주어야 할라나 보다 하고 생각하기도 하는걸요. 저를요 준완이한테 내줄까 하는 중이거든요. 저를 지켜낼 수가 없어요. 걔가 내 안에 벌써 들어와 있거든요. 그 녀석은 틀림없이 제국주의자예요. 사랑의 제국주의자. 저는요 사랑의 식민지가 되려고 하는 중이고……."

이말희 여사의 표정에 다시 노기가 되살아났다.

"너 지금 무슨 소리를 하고 있는 거냐? 제 몸 간수가……."

"저는 제 몸 간수를 잘 못 해요. 화장 같은 것도 제대로 할 줄 모르고, 그리고 결코 미인도 못 되고, 미인의 돈 같은 것도 없고 말예요. 그냥 멍청하고 평범해요. 그러나 저는 그냥 이런 못난 세가 좋아요. 잘나고 싶지가 않거든요. 그런데 고모는 어떤지 아세요? 고모의 주변에서는 늘 낯선 바람이 불어요. 사나운 느낌의 냄새. 독립군의 시대는 지나갔는데도 기를 쓰고 독립군으로 살아가려고 하기 때문에 이 세상과 어딘가 아귀가 맞지 않는 그런 어색하기 그지 없는 사나움. 민중운동이 무슨 특권인 것이었어요? 너희들은 민중 해라, 나는 운동 하겠다, 너희들은 못났으니까 민중밖에는 못 하고 나는 잘났으니까 운동을 하겠으며 해 볼 수 있다, 그런 것이었나요? 모든 여자들이 다 미인으로 살 수는 없는데 어째서 미인으로만 사시려고 그러세요? 미인이라는 게 악질 자본주의가 만든 허구의 상품이고, 고모는 가부장제 자본주의 시장의 고급 여성 상품이 되려고 기를 쓰고 뛰어들고 있는 거 아니에요? 저는 그런 고모가 사실은 싫어요. 생모이기는 하시겠지만, 저를 키워 준 것도 아니고 베풀어 준 것도 사실은 없어요. 그래서 제게는 그냥 고모세요. 고모로만 생각할 거예요."

낭하에서 쿵쾅쿵쾅 구두 발자국 소리가 들려왔고 이어서 B동 210호인 이 아파트의 철문 두들기는 소리가 났다. 모랑이가 일어섰다.

"아버지가 오셨나 본데, 고모는 그냥 혼자 계시는 게 좋겠어요. 아버지가 이 집으로 들어오실 까닭은 없을 것 같으니까, 저는 그냥 아버지 모시고 우리 집으로 돌아갈게요. 고모님이 아버지한테 하시고 싶었던 말씀이 어떤 것인지는 저로서도 충분히 알 수 있으니, 제가 대신 잘 전해 드리겠어요. 모란아파트가 철거되려 하니까, 오만 가지 감회가 다 들으신 거겠지요. 한 시대가 철거되니, 아마 저에게 이 집 문서라도 주고 싶으신 것인가요? 주신다면야 감사히 받겠어요. 일종의 유산이고 상속일 테니까요. 그런 상속은 받겠지만, 딸이 되고 싶지는 않아요. 딸을 찾아내어 그동안 해 주실 수 없었던 것을 새삼스럽게 해 주시겠다는 그런 건, 저와는 상관없는 일이니까요. 자, 그럼 안녕히……."

모랑이가 갔고, 그리고 다른 한 여인은 사그라져 가는 다섯 개의 촛불 속에서 혼자 남아 있었다. 배낭 속에서 그 여인이 책을 꺼내 들었는데 시집이었다. 그녀는 밤새도록 시를 읽어야 하겠다는 생각을 하고 있었다. 이상, 김수영, 김지하……의 시 작품으로 20세기 1백 년의 상처를 다시 보듬어 보아야 하겠다고 느끼고 있었다.

《21세기 문학》, 2000년 여름호

어느 역사가의 욕망

박윤영

어느 역사가의 욕망

박윤영(문학평론가)

1. '역사'와 '문학'이라는 짝패

1960년대에 문단에 등장한 박태순은 2019년 작고하기까지 소설, 기행 에세이, 르포, 사회 비평 등 다양한 장르를 종횡무진하며 남다른 사명감을 가지고 '쓰기'에 매진해온 작가이다. 노년의 박태순은 자신의 문학적 여정을 정리하는 자리에서 문학보다는 항상 자신이 관통해온 시대의 정치사회 현실을 먼저 중요하게 언술함으로써 역설적으로 자신의 문학관을 드러낸다.[1] 이는 박태순의 글쓰기 행위가 정치사회 현실에서 촉발되고 지속되었다는 사실을 의미한다.

박태순은 「역사의 서사적 구조와 서사문학」에서 "역사학의 형태로 역사는 존재한다."[2]는 명제를 중심으로 역사와 역사소설에 대한 자신의 생각을 드러낸다. 그는 역사는 과거사를 축적한 것일 뿐만 아니라 그 가치판단의 체계여야 한다고 하면서 역사학에 의해 구성되고 성립되는 역사에 대해 언급한다. 이러한 박태순의 평가에는 역사학이 단순히 사실만을 다루는 학문이 아니며 창조성을 바탕으로 새로운 가치 체계를 형성해야 한다는 인식이 담겨 있다. 또

---

1) 이와 관련한 자료로는 박태순, 「1960년대 문학, 문화원형의 문학공간으로 평가되기를 기대하며」,《상허학보》40집, 상허학회, 2014., 박태순·이소영, 「소설가 박태순이 제안하는 한국문학의 출구전략–소설가 박태순 인터뷰」,《상허학보》49집, 상허학회, 2017. 등이 있다.

2) 박태순, 「역사와 문학4 : 역사의 서사적 구조와 서사문학」, 월간《사회평론》vol.92 No.4, 사회평론, 1992, 144쪽.

한 이를 바탕으로 격동의 근현대사를 겪으며 왜곡된 민중의 역사의식을 바로잡아야 한다는 위기의식 또한 담고 있다.

이처럼 역사적 사실과 문학적 상상력을 하나로 보고 문학을 통해 왜곡된 역사의식을 바로 잡고 문제적 정치 현실에 개입하고자 했던 박태순의 문학관은 역사와 허구의 양식들에 관한 랑시에르의 논의와 상당 부분 겹친다.『감각의 분할』에서 랑시에르는 허구를 실정적인 것으로 인식하며 역사와 스토리들 사이의 관계에 주목한 바 있다. 그에 따르면 "역사를 쓰는 것과 스토리들을 쓰는 것은 하나의 동일한 진리 체제에 속"[3]하는 것으로, 이들은 모두 실재 속에서만 효과를 지닌다. 이는 정치적·문학적 진술 모두가 단순한 언어적 행위나 논리적 주장에 그치지 않고, 현실 세계에 깊은 영향을 미치며, 사람들의 감각과 경험을 조직하고 규정하는 중요한 역할을 한다는 것을 의미한다. "보다 정확하게 말해서 문학은 특정한 사회역사적 국면과 새롭게 도래할 사회역사적 국면의 '사이'에 존재하며, 이 사이를 창조한다."[4]고 할 수 있다.

박태순이 창작 활동을 시작한 1960년대는 제1, 2차 경제개발 5개년 계획이 발표되면서 정부 주도의 근대화가 가속화된 시기이며, 1970년대는 1964년의 한일협정을 기점으로 대두된 국가 파시즘이 자본주의와 결합되어 국가독점자본주의 체제가 본격화된 시기이다. 박태순의 글쓰기는 한마디로 괴물과도 같은 개발 독재가 초래한 연쇄적이고 복합적인 문제들과의 지난한 투쟁이었다고 볼 수 있다.[5]

---

3) 오윤성 역, 자크 랑시에르,『감성의 분할』, 도서출판 b, 2012, 53쪽.

4) 정의진, 「문학의 역사성, 특수성, 정치성–민주주의와 문학에 대한 비교연구 시론(1)」, 《비교한국학》 Vol.25 No.2, 2017, 40쪽

5) 박태순·이소영, 위의 글, 420~424쪽.

특히, 당대 사회를 "지배담론과 대항담론의 길항관계"[6]로 이해한 박태순은 문학을 통한 반독재 투쟁을 작가적 사명으로 삼는다.

랑시에르는 문학성을 문학적 진술들의 순환적 결과이자 조건으로 정의하며 문학이 텍스트의 집합체일 뿐만 아니라, 그 텍스트들이 생성하고 순환하는 의미의 복합체임을 강조한다. 즉, 문학적 진술은 문학성을 형성하는 조건이면서, 그 자체로 문학적 진술의 순환 과정을 통해 문학을 지속적으로 재창조하고 발전시키는 원인이기도 한 것이다. 이 같은 랑시에르의 주장은 문학이라는 언어 예술이 지닌 실질적 힘과 그로 인해 발생하는 변화의 중요성을 부각하고 있다. 이처럼, 박태순의 문학적 여정은 파시즘적 독재정권의 위계질서에 반하는 민주주의적인 감수성을 강화해 나가는 과정과 맞닿아 있다. 그는 문학을 통해 현실에 개입함으로써 왜곡된 과거사를 바로 잡고, 파시즘이 써 내려가는 폭력적이고 왜곡된 역사가 아닌 '민중', '민주' 등 근대적 가치관에 기반을 둔 새로운 역사를 구성하고자 한 것이다.

박태순에 대한 지금까지의 연구는 크게 1960년대에 발표된 박태순의 초기작 집중되어 있으며, 반(反) 정부 투쟁과 관련한 실천을 키워드로 한 연구나 국토 기행 및 에세이에 대한 연구 등도 최근 활발하게 이루어지고 있는 실정이다. 그러나 박태순 문학 전반을 본격적으로 다룬 연구나 1990년대 이후 발표된 후기작에 대한 연구는 아직 미비한 실정이다. 박태순 문학전집 7권에 수록된 여섯 편의 작품은 박태순이 관통했던 1970년대부터 2000년대까지 정치사회 현실과 밀접한 관련을 맺고 있으며 모두 정치사회적 격변기를 다

---

6) 같은 글, 421쪽.

루고 있다는 공통점을 지닌다. 이에 이 글은 박태순의 초기작인 「뜬눈」(1972)을 비롯하여 중기작인 『고향 그리고 도시의 벽』(1985) 연작, 「울력 2」(1988), 「밤길의 사람들」(1988)과 후기작인 「'소설의 죽음'에 관한 우울한 보고서」(2000), 「미인의 돈」(2000)을 통시적으로 고찰함으로써 박태순의 다양한 문학 활동 및 사회 변혁 활동에 내재한 근원적 욕망을 살펴보고자 한다.

2. 거리의 리미널리티(liminality)와 대항 기억

작가 스스로 성장소설 계열이라고 언급한 바 있는 중편 「뜬눈」은 갓 초등학생이 된 '그'가 거리의 경험을 통해 민중, 민족, 역사에 대해 어렴풋하게나마 눈을 뜨게 되는 과정을 그린다. 소설은 '그'의 가족이 서울의 중심지라 할 수 있는 '시구문 시장' 근처로 이사 오면서 시작된다. 우리에게는 신당동 시장이나 광희문이라는 이름으로 더 익숙한 이곳은 과거 "죄지은 사람들의 시체"(10쪽)를 내다 버리는 곳이라는 뜻의 시구문으로 불리던 곳이다.

여덟 살인 '그'는 신문팔이인 외삼촌 용석을 동경하며 지루하고 답답한 집을 나와 돌아다니고 싶다는 생각을 한다. 자아의식을 형성하기 시작한 유년기 화자인 '그'는 집이나 학교가 아닌 거리에서의 다양한 경험을 통해서 역사의식을 형성해 나간다. 박태순이 「뜬눈」에서 기억해 낸 것들 대부분은 어린아이가 자신이 속한 세계를 인식하고 역사적 존재로서 스스로를 자각하게 되는 최초의 기억들과 관련이 있다. 시구문 시장에서 만난 약장수를 비롯하여, 청계천변에서 본 거지 아이와 쓰리꾼, 김구 선생의 장례식 행렬을 뒤따르는 사람들까지 '그'는 거리에서 마주한 무수한 민중들을 통해 한국 전쟁 직전의 혼란한 당대를 온몸으로 경험한다.

이 가운데 약장사의 언술과 김구 선생의 장례식은 '그'에게 민족, 국가, 역사 등에 대한 인식의 틀을 마련해 주는 계기가 된다. 먼저, 약장수의 언설은 신탁통치를 받게 된 현 상황에 대한 개탄, 점점 고착화되어가는 삼팔선에 대한 우려 등 당대 민중의 절실한 시대인식을 담고 있다. 약장사의 정치적 발언과 그에 호응하는 현장의 열띤 분위기를 경험한 후 어두운 밤거리를 걸어 집으로 돌아오던 '그'는 "하늘을 치솟을 듯이 높이 피어오르"(36쪽)는 불길을 회상한 후 감동에 떨며 "불이 일어났을 때 사람들의 당황해하는 태도와, 걷잡을 수 없는 태양빛으로 번져 가는 시뻘건 연소를 사랑"(36쪽)하게 되었음을 고백한다. 또한 그는 "시구문 땅 밑에 잠든 원혼들의 저주와 증오가 땅 위로 넘쳐나서 불이 있어났다."(36쪽)는 사람들의 말을 떠올리며 자신 역시 귀신을 보게 되었음을 밝힌다. 소설 속에서 그는 서울 거리 곳곳에서 이 귀신의 형상과 마주한다. 모든 것을 사르는 불길과 죽어 던져진 원혼들의 땅 위로 넘쳐흐르는 저주와 증오는 기존 체제에 대한 강렬한 저항의 파토스를 응축하고 있다는 점에서 중요하다.

이는 김구의 암살 사건 이후 민중이 보여준 거대한 감정의 연대를 통해 보다 구체적으로 드러난다. '그'의 회상에 의하면 김구의 장례식은 그야말로 3천만 동포가 하나 된 추모와 애도의 장으로, "사람들은 슬픔에 겨워서 제정신들이 아니었"(50쪽)다고 묘사된다. 어린아이인 '그'는 이러한 슬픔의 공동체에 속해 있으면서도 정작 김구의 인물됨이나 그가 한국의 근·현대사에 미친 영향, 그의 죽음에 얽힌 정치적 이해관계에 대해서는 전혀 알지 못하는 상태이나 어느 순간 김구의 장례 행렬 속 민중과 같은 감정을 공유하게 된다.

이처럼 한국전쟁 직전의 혼란한 사회상과 모든 것이 우연적이며 즉흥적으로 흘러가는 거리라는 공간은 국가, 민족, 민중, 정치, 역사, 문화 등에 대한 광범위한 자극을 매개한다. '분리―전이―통합'의 세 단계를 거쳐 이루어지는 통과의례의 과정에서 거리는 전이영역으로 문지방처럼 안과 밖이 혼재하는 경계의 영역인 '리미널리티(liminality)'의 공간이라고 할 수 있다.[7] 애초에 통과의례를 설명하기 위해 고안된 이 개념은 제의의 당사자가 사회적 정체성을 형성하는 과정에서 경험하는 혼란과 그 혼란에 내재한 파괴성과 창조성에 주목하는데 그 때문에 전이단계에 놓여 있는 개인은 불명확하며 불확정적인 상태로 존재하게 된다. '그'는 거리의 소음과 다양한 인간군상 등이 만들어 내는 혼란과 무질서에 충격을 받기도 하고 의아함을 느끼기도 하면서 그들과 하나가 되는 경험을 한다.

본래 통과의례란 사회질서의 유지 및 재생산과 관련하여 지배질서의 강화와 영속이라는 정치적 성격을 지닌다. 이와 관련하여 강인철은 "'변혁/해방의 리미널리티'(liminality of transformation and liberation)와 '질서/충성의 리미널리티'(liminality of order and loyalty)라는 두 가지 유형의 리미널리티"[8]를 제시하며 '변혁/해방의 리미널리티'가 "기존 체제에 대한 저항을 촉진하고 나아가 구체제를 타파할 새로운 유토피아적 비전과 희망을 만들어"[9] 낸다고 주

---

7) 유선영, 「1919년 동아시아 근대의 새로운 전개 : 3·1운동 이후의 근대 주체 구성―식민적 근대주체의 리미널리티」, 《대동문화연구》 66, 성균관대학교 대동문화연구원, 2009. 284~289쪽.

8) 강인철, 「변혁의 리미널리티와 해방의 커뮤니타스: 광주항쟁에 대한 새로운 접근」, 《신학전망》 제205호, 광주가톨릭대학교 신학연구소, 2019.6., 121쪽.

9) 강인철, 위의 글, 121쪽.

장한다. 「뜬눈」에서 '그'에 의해 전달되는 거리의 야단스러운 소음에는 진정한 의미의 변혁과 해방을 소망하는 당대 민중의 강렬한 열망이 담겨 있으며 이는 고스란히 유년기 화자인 '그'에게 전해진다. 소설의 끝부분에서 언급하고 있는 『백범일지』나 관창, 온달, 평강공주 등 역사적 인물에 얽힌 이야기는 '그'로 하여금 나라를 지키는 일의 고됨과 엄숙함에 대해 깨닫게 하며 더 나아가 "죽음이 삶을 구제할 수 있다."(61쪽)는 깨달음에 이르게 한다. 이처럼 '그'는 민중의 목소리로 가득한 거리의 리미널리티를 통해 나름의 역사의식을 형성하며 이후 우리 민족이 겪었던 수난을 재구성한 놀이나 문화체험 등을 통해 이를 인식을 확장해 간다.

1972년에 발표된 「뜬눈」은 박태순에 의해 회상된 과거를 다루고 있다는 점에서 새롭게 톺아볼 필요성이 발견된다. 알박스에 따르면 "개인의 기억은 사회적으로 매개됨으로써 형성"[10]된다. 이는 "기억이 사회적으로 구성된 것이며 본질적으로 집단적 특성을 지니고 있"[11]다는 사실과 관련된다. 개인의 기억은 그 자신의 삶에 대한 경험으로서 비교적 가까운 과거에 대한 회상으로 인식되는 반면, 역사 교과서는 더 먼 과거의 사건들을 체계적이고 객관적으로 정리한 종합적 기록물로 이해된다. 대부분의 사람들은 공식적인 역사와 개인적 기억을 뚜렷하게 구분하지 않는데, 이는 자신이 속한 사회나 집단의 역사를 개인적 기억과 동일시하는 경향 때문이다.[12]이미 서른을 넘긴 박태순이 이 시점에 자신의 유년기를 회상하여 한편의 성장소설로 재구성한 것은 공식기억이 억압하려는 숨겨진 기억을

---

10) 양호환, 「집단기억, 역사의식, 역사교육」, 《역사교육》 109, 역사교육연구회, 2009.3, 1쪽.

11) 양호환, 위의 글, 2쪽.

12) 같은 글, 2쪽.

되살림으로써 민중에 의해 구성된 역사라는 대항기억을 발굴하려는 시도로 보아야 할 것이다. 그런 의미에서 「뜬눈」은 점차 파시즘화되어 가는 당대를 염려해 뜬눈으로 밤을 지새울 수밖에 없었던 당대 지식인의 고뇌를 담고 있는 작품이라고 할 수 있다.

3. 상상된 장소와 주체의 목소리

1960~70년대 박태순은 「서울의 방」을 비롯하여 「무너진 극장」, '외촌동' 연작 등에서 '서울'이라는 도시 공간에 주목하면서 급속한 산업화가 야기한 도시의 모순에 주목한 바 있다.[13] 1960~70년대 이루어진 전례 없는 급격한 도시화는 모든 물적·인적 자원을 공업과 도시에 집중하라는 박정희 정권의 산업화 정책에 힘입은 바 크다. 이처럼 1960년대부터 시작된 공업 중심의 급속한 산업화는 농업 위주의 기존의 산업구조를 재편함으로써 농촌의 경제적 기반을 붕괴시켰다. 산업화 정책에서 소외된 농촌의 경제적 어려움은 구성원들의 대규모 이농을 촉발함으로써 도시와 시골이라는 이분법적이며 이질적인 공간 구도를 형성하였다. 특히, 박정희 정권은 농촌 구성원을 산업화의 주체로 호명하는 다양한 담론적 동원을 통해 농민의 자발적 참여를 유도하였으며 이 과정에서 시골은 도시에 거의 모든 자원을 제공하는 사실상의 식민지로 전락하였다.[14]

1970년대 이후부터 시골은 박정희 정권의 민족주의 담론에 의해

---

13) 백지연, 「박태순 소설에 나타난 도시공간 고찰–1960년대 작품을 중심으로」, 《비평문학》 제26호, 한국비평문학회, 2007.8.

14) 황병주, 「박정희 체제의 근대적 시공간 인식과 시골/도시 담론」, 《역사연구》 제31호, 역사학연구소, 321~323쪽.

근대화가 절실한 가난하고 낙후된 공간에서 도시의 문제를 해결할 수 있는 전통적 가치를 내장하고 있는 공간으로 재맥락화되기 시작한다. 이는 극도로 자본주의화된 도시적 삶의 방식이 초래한 문제를 공동체적 규범이 작동하는 농촌의 가치체계를 통해 극복해야 한다는 논리와 맞닿아 있다. 황병주는 "도시와 농촌에 대한 박정희 체제의 이러한 인식이 1970년대 비판적 지식인들의 인식과 기본적으로 동형 구조를 보여준다고 하"면서 "1970년대《창작과비평》에 나타난 비판적 지식인들의 인식도 도시에 의한 농촌의 착취, 산업화 과정에서의 농촌의 몰락과 타락 그리고 역으로 도시적 타락을 구원할 민족전통의 보고로서의 농촌과 농민의 재현이라는 구도를 반복했"[15]고 주장한다.

1980년대에 들어 경제개발정책의 성과가 가시화되고 경제구조가 재편되면서 노동자들의 전반적인 생활수준과 의식수준이 1960~70년대에 비해 향상된 것은 사실이나 이와 동시에 도시와 시골 간 격차는 단순히 경제적 차원을 넘어 사회 인프라 전반으로 광범위하게 확산되었다. 1980년대 중·후반에 이르러 박태순은 도시와 대비되는 공간으로 인식되어 온 '시골'이라는 장소에 주목하면서 지배 이데올로기에 의해 구성된 농촌 담론에서 탈각하려는 시도를 드러낸다.『고향 그리고 도시의 벽』(1985)과 「울력 2」(1987) 등의 작품은 시골이라는 공간과 깊이 연관된 주체의 목소리를 통해 폭력적인 근대화의 과정과 도시적 삶에 내재한 여러 모순을 비판하고 이분법적 공간 구도를 해체하려는 노력을 보여준다.

연작소설『고향 그리고 도시의 벽』과 「울력 2」의 배경이 되는 시

---

15) 황병주, 위의 글, 336쪽.

골은 도시에 비해 모든 것이 뒤떨어진 궁벽한 농촌 마을로 자식들은 모두 대처로 떠나고 나이 든 부모 세대만이 남아 고향을 지키고 있다. 박태순은 산업화 시대 농촌의 가족 공동체가 붕괴된 현실을 '이산가족'에 빗대며 먹고살기 위해 고향을 등지고 도시로 향할 수밖에 없는 현실을 숙명처럼 받아들여야 하는 시골 사람들의 처지를 연민 어린 시선으로 바라본다. 이는 덕진의 시아버지인 오완갑이 식민지 백성으로서 어린 나이에 조선을 떠나 만주 등지를 떠돌며 정처 없는 삶을 살아야 했던 사실이나 정안 마을이 한국전쟁 당시 근처 "개벽산에 웅크렸던 빨치산들로 인해 애꿎게 앙화"(143쪽)를 입었던 일, 또 광양 백운산 자락이 고향인 세벌댁 내외가 여순반란사건에 억울하게 휘말려 자라올 마을로 이주할 수밖에 없었던 일 등과 겹쳐 읽히며 오랜 시간 시골 사람들이 겪어 온 광범위한 구조적 폭력에 대해 사유하게 한다. 박태순은 시골 사람들의 미덕으로 줄곧 언급되어 온 '순박'이라는 가치가 사실상 "외계에 대한 무방비"[16]에서 기인한 체념이나 무력감과 같은 태도일 수 있다고 지적한다.

「울력 2」는 87년 민주화 이후 농촌의 모습을 담고 있다. 소설은 큰 홍수가 난 이후 마을 사람들이 수해 복구 사업에 반강제적으로 동원되면서 발생하는 갈등을 다룬다. 구장인 정만구는 자재와 장비 등을 지원받을 수 있는 '내 마을 가꾸기 사업'이 유신시절 농촌 사람들을 괴롭혀 온 '새마을 운동'과 전적으로 다르다는 사실을 여러 차례 강조하지만 세벌댁을 비롯한 마을 사람들은 그다지 공감하지 못한다. 일꾼들의 식사를 마련하는 것으로 울력을 대신하게 된 세

---

16) 박태순, 『작가기행』, 민음사, 1975, 17쪽.

478

벌댁은 된장과 고추장조차 갖추지 못한 가난한 살림살이를 떠올리며 반찬을 마련할 걱정에 한숨을 쉰다. 원래 '울력'은 마을 공동체의 자발적인 협동을 의미하는 말이었으나 구성원들의 필요와 달리 강제 동원에 가까운 성격을 띠게 됨으로써 부정적인 의미망을 형성하게 된다. '울력질 공론에 진절머리가 난다'는 세벌댁의 발언은 지배 담론이 만들어 낸 공동체 의식의 허상을 폭로하며 반복적인 동원에 지친 농민의 피로감과 그 속에 내재된 폭력성을 고발한다.

한편,「울력 2」는 도시의 경제적 영향력이 확산됨에 따라 '지역 식민화'가 서서히 진행되는 과정을 보여준다. 천봉산이 도립공원으로 지정되면서 마을을 찾는 등산객이 늘어나자 마을 사람들은 등산객을 상대로 민박을 치기 시작한다. 서울에서 요양 차 내려와 세벌댁의 집에서 머물게 된 회장 내외는 말끝마다 '돈은 얼마든지 줄 테니'라는 말을 덧붙이며 몸에 좋다는 것을 이것저것 요구하고 구장을 비롯한 마을 사람들은 회장 내외를 극진히 대접한다. 이는 물질적 우위를 바탕으로 한 도시인의 우월의식과 지배심리를 드러냄과 동시에 도시 자본에 대한 의존을 무의식적으로 내면화한 시골 사람들의 집단 무의식을 드러낸다는 점에서 문제적이다. 그러나 회장 내외가 떠난 후 세벌댁이 느끼는 홀가분함은 도시(인)에 대한 경제적 종속관계 이면에 자리 잡은 시골 사람들의 자존감과 자립 의지를 암시한다는 점에서 눈여겨볼 필요가 있다.

『고향 그리고 도시의 벽』에서 고향은 "어미의 품"(148쪽) 또는 "든든한 '빽'"(148쪽)과 같은 영혼의 안식처이자 "잘 사는 게 아니라 제대로 사는 게 중요한"(148쪽) 것임을 일깨워주는 공간으로 묘사된다. 박태순은 덕진이라는 인물을 통해 '아스팔트'와 '아파트', '조미료', '인스턴트' 등으로 상징되는 획일화되고 인공적인 도시의 삶에 대해 비판 의식을 드러낸다. 덕진은 도시와 시골의 중간지대라 할 수 있는 지방의 한 공업도시에 거주하며 도시적인 삶의 방식과 고향에 대한 지향 사이에서 당대인의 삶의 방식과 이분법적 공간 인식 등이 지니는 한계를 성찰한다.

작품은 또한 고향 집의 재건을 위해 서울에서 고군분투하는 윤실네 가족처럼 쉽사리 귀향하지 못하는 시골 사람들의 속사정을 들여다봄으로써 도시라는 공간이 지니는 복잡한 의미망을 섬세하게 포착해 낸다. 박태순은 도시와 농촌이 상반된 가치를 지닌 대립되는 공간이 아니라 상호보완적인 관계 속에서 서로의 의미를 재발견할 수 있게 될 가능성을 제기한다. 즉, "도시와 농촌을 적대 관계로 구분하거나 서울과 지방을 상대적으로 나누는 사고방식으로부터 탈출"(200쪽)해 "서로 격려하고 북돋아 줄"(204쪽) 관계로 나아가는 것이 중요하다 것이다. 이처럼 박태순은 시골이라는 상상된 장소를 도시와 시골의 조화로운 공존이라는 새로운 삶의 방식을 모색하는 화해의 장소로 호명해낸다.

4. 혁명의 밤과 노동자의 실존

박태순은 1987년 6월 항쟁 직후에 발표한 르포소설인 「밤길의 사람들」을 통해 「뜬눈」에 이어 다시금 거리의 서사를 써 내려간다. 1970년대 초반 전태일의 분신과 광주 대단지 사건을 각각 「소신의 경고」와 「광주단지 4박5일」이라는 르포의 형식으로 기록한 바 있었던 박태순은 1980년대 후반 다시 르포 형식을 차용한 「밤길의 사람들」을 발표한다. '서울의 봄' 이후 전두환 정권의 독재가 지속되면서 국민의 기본권과 언론의 자유가 박탈되었고 민주주의가 후퇴하였으며 빈부격차는 더욱 심화되었다. 이렇듯 기존의 매체로는 시대의 모순을 충실히 담아낼 수 없게 된 상황에서 등장한 장르가 바로 이 '르포'이다.[17] 장성규는 박태순의 르포문학이 공적 담론장 외부의 증언을 담고 있으며 기존의 역사학이나 사회학의 공식 기록이 다룰 수 없는 새로운 리얼리티를 복원해 내고 있다고 평가한다.[18]

6월 민주 항쟁의 명동성당 농성을 배경으로 하고 있는 이 작품은 항쟁보다도 조애실과 서춘환이라는 두 명의 초점 화자를 중심으로 혁명의 경험이 존재의 내면에 초래한 파장을 그리는 데 집중한다. 소설은 "공장 노동자들이 잔업까지 끝내고 바깥으로 몰려나오"(247쪽)는 영등포의 밤거리를 묘사하면서 시작된다. 노동자들의 거센 시위와 전경부대의 탄압, 그리고 그 사이에서 데이트를 즐기는 근로자 출신의 한 남녀의 모습은 거리의 이질성을 압축적으로 보여준다.[19] 더욱이 함께 데이트를 즐기고 있는 조애실과 서춘환조차도 노동자의 시위를 각기 다르게 받아들이고 있다는 설정은 흔히 '민중'으로 호명되었던 1980년대 거리의 존재들이 하나의 계급성으로 규정될 수 없는 비균질적인 집단임을 보여준다.

조애실은 자신과 서춘환 모두 산업 사회의 거대한 시스템에 의해 삶을 도둑질 당해 온 "못생긴 인생"(254쪽)이라는 사실에 공감대를

---

17) 『표준국어대사전』 참조.
  https://ko.dict.naver.com/#/entry/koko/87de9c477fb2409e9d35fe177be00d6b

18) 장성규, 「한국현대르포문학사 서술을 위한 시론」, 《국제어문》 제65권, 국제어문학회, 2015.6.

19) 강소희는 1970~80년대 박태순이 당대 민중문학의 주류적 경향에서 벗어나 『작가기행』, 『국토와 민중』 등의 산문적 글쓰기를 통해 '민중의 재현'이라는 과제를 수행했다는 사실에 주목한 바 있다. 강소희. 「'비―동일성'의 민중을 기입하는 글쓰기―박태순의 르포와 기행문을 중심으로―」, 『현대문학이론연구』 79권, 현대문학이론학회, 2019.12.

느끼면서도 당장 결혼할 형편이 못 되는 남자의 처지 때문에 이별을 통보한다. 애실은 집으로 돌아가는 택시 안에서 자신을 붙잡거나 따라오지 않는 춘환에게 모욕을 당했다고 생각하며 춘환 스스로가 "누구"이며 "무엇"인지에 대해 자신에게 해명해야 한다고 생각한다. 1장의 끝 부분에 제시된 "서춘환 씨, 당신은 누구이며 무엇인가요?"(263쪽)라는 여자의 내적 독백은 소설 전체를 관통하는 가장 중요한 질문으로 민중, 노동자라는 개념에 포획될 수 없는 개개인의 고유성에 대한 존재론적 함의를 담고 있다.

서춘환은 조애실이 인편에 보내온 편지를 읽고 그녀가 자기에게 던진 '당신은 누구이며 무엇인가요?'라는 질문에 시종일관 천착하며 마음의 동요를 느낀다. '나는 누구인가?'라는 근원적인 물음에 맞서 춘환은 '국민교육헌장'을 되뇌며 "사명감 갖고 이 땅에 태어나고 신성한 의무 완수하여 신성한 권리 누릴 자격 있는 평균적인 대한 남아"(268쪽)라고 당당하게 자신을 소개해 보기도 하지만 이내 스스로를 짐짝이나 노예에 비유하거나 학대당하는 고아와 동일시하고 있음을 깨닫는다. 이처럼 그는 자기가 자기를 경멸하는 낮은 수준의 자아 정체감을 지니고 있다. 무엇보다 그가 평균적인 '대한 남아'에 미달한다는 사실은 박정희 정권 하에서 이루어진 정치 사회화의 허상과 모순을 꼬집는 것이기도 하다. 소설 속에서 서춘환이 겪는 내적 혼란은 그가 기존의 '노동자'라는 계층성에 여러모로 미달하기 때문이다. 그는 노동자이면서도 계급적 투쟁성을 지니지 못했으며 심지어 스스로를 노동자로 여기지도 않는다.

1987년 6월 10일 민주화 항쟁 당일, 아이러니하게도 서춘환은 이와 무관하게 떼인 돈이나 밀린 노임을 받으러 이곳저곳을 다니며 시간을 보내다 중요한 일이 있다며 망설이는 조애실을 졸라 겨우 만날 약속을 잡는다. 그는 조애실과 만나기로 한 장소인 동대문으로 향하던 중 시내 곳곳에서 격렬한 시위를 접하게 된다. 서춘환은 공권력을 압도하는 시민의 엄청난 힘을 경험한 후 이 혼란과 무질서를 아름답고 사랑스러운 것으로 느끼고 시위가 지속되는 내내 밤길의 사람들 속에 끼여 있게 된다. 이처럼 조애실과의 만남과 6월 민주 항쟁의 경험은 춘환으로 하여금 새로운 역사적 자아를 형성하는 계기를 마련해 준 것이다. 즉, 서춘환은 공포와 고통의 축제가 한창인 거리에서 비로소 자신의 새로운 사회적 정체성을 재구성해 냄으로써 기존의 정체성을 탈각하고 새로운 주체화의 가능성을 드러낸다.

박태순은 1987년 6월 10일 경으로 추정되는 서춘환의 하루를 독자와 공유하는 방식을 통해 '87 민주화 항쟁'의 양상을 구체적으로 형상화하고 이와 동시에 이를 바라보는 서춘환의 복잡한 내면을 제시함으로써 당대 사회의 모순을 폭로하고 공적 담론장에 진입하지 못한 사회적 소수자들[20]의 고민과 갈등을 핍진하게 그려 낸다. 무엇보다도 박태순은 기계처럼 일하고 투쟁하는 노동자가 아닌 노동자로서의 정체성이나 계급의식을 지니지 못한 채 방황하고 고민하는 노동자를 전면에 내세움으로써 노동자나 민중으로 통칭되면서 매몰되었던 한 개인의 복잡한 내면을 사회 정치적 변화와 함께 섬세하게 읽어낸다. 1인칭 화자의 독백과 3인칭 화자의 서술로 이루어져 있는 이 작품은 6월 항쟁의 주체로 호명되었던 민중의 다기한 유형과 그들 나름의 주체화 과정을 수기와 르포의 형식을 차용해 소설적으로 복원해 냈다는 점에서 그 중요성이 발견된다.

---

20) 김원, 「르포문학의 이해 : 이제, 귀 기울일 시간이다」, 《작가들》 70, 인천작가회의, 2019, 118~120쪽.

랑시에르는『프롤레타리아의 밤』의 서문에서 "여기서는 공장 노예의 슬픔을, 누추한 노동자 주택의 비위생을, 통제되지 않는 착취에 의해 고갈된 신체의 비참을 상기시키려는 것이 아니"[21]라고 하면서 "인물들의 시선과 말, 꿈과 이성"[22]만을 문제 삼을 것임을 밝힌 바 있다. 박태순이 쓴 르포소설 「밤길의 사람들」은 노동자가 직접 자신의 이야기를 풀어 놓는 수기나 노동자의 삶을 사실 그대로 보여주는 르포와도 조금 결을 달리한다. 그는 스스로의 존재 이유를 탐문하고 정신적인 것에 관심을 두는 나를 규정하고 싶다는 민주적인 욕망을 가진 "노동자처럼 살면서 부르주아처럼 말하는"[23] 가상의 노동자를 재현함으로써 새로운 노동자 글쓰기를 시도하고 있다.[24] 87년 6월 항쟁은 "예속의 힘을 지배의 힘에 무한정 연계시키는 것 이외에 다른 목표 없이"[25] "매일매일 시간을 도둑맞는 슬픔을 더 이상 견디지 않겠노"[26]라며 기존과 다른 실존 방식을 고민해 온 애실과 춘환에게 새로운 차원을 열어 보인다. 이러한 박태순의 작업은 "일상의 관습과 감수성으로 고착화된 제도적인 사회적 위계질서와 역할을 새롭게 재구성하는 작업"[27]이라는 점에서 의미가 있다.

---

21) 안준범 역, 자크 랑시에르,『프롤레타리아의 밤』, 문학동네, 2021, 9쪽

22) 안준범 역, 자크 랑시에르, 위의 책, 9쪽.

23) 같은 책, 12쪽.

24) 정의진,「문학개념의 역사적 재구성과 노동자 글쓰기–1830~1850년대 프랑스 노동자들의 텍스트와 전태일의 유고에 대한 비교연구 시론」,《한국한연구》45, 인하대학교 한국학연구소, 2017, 536쪽.

25) 안준범 역, 자크 랑시에르, 위의 책, 9쪽.

26) 같은 책, 9쪽.

27) 정의진, 위의 글, 532쪽.

5. 혁명의 상처와 회복의 가능성

밀레니엄의 첫 해에 발표된 박태순의 중편 「'소설의 죽음'에 관한 우울한 보고서」와 「미인의 돈」은 소설로서는 거의 마지막 시기에 해당하는 작품이라는 점에서 주목을 요한다. 이 가운데 「미인의 돈」은 '이말희'라는 여성 인물을 중심으로 386세대의 한계를 응시하고 그것을 극복하려는 의지를 드러내고 있다는 점에서 '후일담 소설'의 범주에서 논의될 수 있을 것이다. 민주화의 성취와 동구권 공산주의 국가의 몰락 등으로 투쟁의 목표와 이념적 지표가 지워진 1990년대에 등장한 후일담 소설은 '1980년, 광주'를 기억의 중심에 놓고 지나온 1980년대에 대한 향수와 성찰이라는 양가적 측면을 동시에 담고 있는 것이 특징이다.[28]

1960년생인 이말희는 1980년대 초에 대학에 다니며 운동권으로 활동한 소위 '386세대'이나 "혁명 세대의 주체는 청년–남성 지식인으로 기억"[29]되어 왔기 때문에 공식적 역사에는 기입된 적이 없는 사실상 지워진 흐릿한 존재이다. 이말희는 광주 민주화 운동 만세를 외치며 대학 4학년 때 투신자살한 정의파 청년 남온만을 대신하여 모랑을 홀로 낳은 후 이복 오빠에게 맡긴다. 이후 최윤관이라는 남자와 가벼운 연애를 시작한 말희는 학생운동을 하다 감옥에 들어간 윤관의 옥바라지를 위해 옥중 결혼을 감행하고 그와 20년 가까이 결혼 생활을 이어 간다. 출소 후 진보정당의 후보로 입후보한 최윤관은 두 번이나 국회의원 선거에 출마해 낙선한 전력이 있음

---

28) 이채원, 「후일담 소설의 젠더 지평」, 《여성문학연구》 제46호, 한국여성문학학회, 2019, 192~194쪽.

29) 김은하, 「386세대 여성 후일담과 성/속의 통과제의–공지영과 김인숙의 소설을 대상으로」, 《여성문학연구》 23, 한국여성문학학회, 2010, 46쪽.

에도 또다시 출마 의사를 밝히고 빚더미에 앉은 말희는 더 이상 윤관의 선거운동을 도울 수 없다며 이혼을 선언한다. 최윤관과 부부가 된 이후로 그와 동등한 위치에서 사회 변혁 운동을 지속해 왔다고 생각했던 말희는 자신이 그의 권력욕망을 충족시키기 위한 이중의 먹이사슬에 불과했다는 사실을 새삼 깨닫게 된 것이다. "386세대 남성들 상당수가 운동의 이력을 영광의 훈장 삼아 현실에 편입된 것과 달리 386세대 여성들은 80년대에도 90년대 이후에도 온전히 속하지 못한 채 붕 뜬 시간 속을 산다."[30]

박태순은 이말희의 가계와 출생 및 성장 과정 등을 구체적으로 다룸으로써 혁명이라는 사건 이면에 존재하는 여성의 굴곡지고 그늘진 삶을 들여다본다. 유강례와 장정녀, 이말희와 말희의 딸인 모랑까지 소설 속에 등장하는 여성 인물들은 남성 인물들과 그들이 선택한 혁명 대의 때문에 순탄하지 못한 삶을 살아간다. 이처럼, "여성이 겪는 고통은 늘 민주주의, 계급해방, 민족 자주보다 덜 중요한 것으로 간주"[31]되며 역사의 전면에 나선 남성들을 대신해 가정과 같은 사적 공간에 머무르기를 강요받는다.

1990년대는 혁명의 실패를 거듭 확인하는 시간이었다. 가령, 모란 아파트의 재건축 과정은 한국 사회에 뿌리내린 천민자본주의를 보여주는 하나의 상징적인 사건이며, 또 상처 입은 말희의 모습은 혁명 과정에 내재한 모순성과 폭력성을 보여준다. 아울러 권력에 대한 욕망과 광기로 독재 세력과 다름없이 되어 버린 윤관의 모습은 순수성을 잃고 변절한 386세대의 쓸쓸한 이면을 보여준다. 이러한 맥락에서 "'후일담 소설'은 혁명에 실패한 세대의 불행한 의식을 담은

---

30) 김은하, 위의 글, 50쪽.

31) 같은 글, 46쪽.

'트라우마' 문학"[32]이라고 할 수 있다. 이혼 후 말희가 문학치료를 통해 갱생의 의지를 다진다는 설정은 이 작품이 '상처와 치유', '성찰과 극복'이라는 테마에 집중하고 있음을 보여준다. 이러한 시도는 문학을 통해 정치사회 현실에 참여하고 새로운 역사를 만들어 나가는 일에서 작가적 사명을 찾았던 그간의 박태순의 작가적 여정과 다소 거리가 있어 보인다. 그러나 박태순은 20세기 초 노신이 지금의 중국인은 몸이 아픈 것보다 마음이 병에 걸려 있다고 진단하며 의학이 아닌 문학을 선택하기로 결정했던 일화를 언급하며 문학치료에서 문학의 새로운 사회적 기능과 역할을 발견했음을 밝힌다.

사실 박태순은 〈문인 된 자의 죄를 업고 산 '민족문화작가회의' 20년사〉라는 기획 하에 발표한 「90년대의 「오적」 시가 없는 이유」라는 글을 통해 후일담 문학 자체에 비판적인 태도를 드러낸 바 있다. 이 글에서 박태순은 90년대 들어서 문학의 "표현의 자유는 이 시대에 '제도적으로' 소비대중에 의해 봉쇄당하고 있"[33]음을 밝히며 후일담 문학 자체를 민중문학에 대한 망각과 소비 자본주의의 결탁으로 발생한 대중 지향적인 상업주의 문학으로 규정하고 있다. 박태순은 후일담 문학과 1970년대 민중문학의 대비를 통해 문단과 대중으로부터 외면당하고 있는 민중문학의 현실을 언급하며 1970년대 문학의 정신을 기리는 작업의 필요성을 강조한다. 그렇다면, 후일담 문학에 대해 부정적인 인식을 지녔던 박태순이 2000년에 들어 「미인의 돈」을 통해 후일담 문학의 형식을 표방하고 나선 이유는 무엇일까.

---

32) 같은 글, 50쪽.

33) 박태순, 「90년대의 「오적」 시가 없는 이유」, 《사회평론 길》 Vol.94 No.12, 사회평론, 1994, 194쪽.

사십 대까지는 여자와 돈의 유혹에 대한 조심을 처신의 좌우명으로 삼고 있던 것이 요즘에 와서는 오히려 그것들에 대한 방심이 약이 되고 있다. **되도록 미인을 경원하지 않으려고 하고 될 수만 있으면 돈도 벌어보려고 애를 쓴다. … 중략 … 미인과 돈은 이것이 따로따로 분리되면 재미가 없다. 미인은 돈을 가져야 하고 돈은 미인에게 있어야 한다.** … 돈이 미인을 갖게 되는 수가 많지 미인이 돈을 갖게 되는 일이 드물다. 말할 필요도 없이 자본주의 사회에서는 돈이 없이는 자유가 없고, 자유가 없이는 움직일 수가 없으니, 현대미학의 제1조건인 동적(動的)미를 갖추려면 미인은 반드시 돈을 가져야 한다. 그리고 이 돈 있는 미인을 미인으로 생각하려면 있는 사람의 처지에 공감을 가질 수 있을 만한 돈이 있어야 한다 … **〈현대시〉를 쓰려면 돈이 있어야 한다.** 이런 만각(晚覺)은 나로서는 만권의 책의 지혜에 해당하는 것이다. **바로 이런 〈미인이 돈을 갖게 되는〉 미의 교훈을 나는 요즘 어떤 미인을 통해서 배웠다.**[34]

　　인용한 글은 말희가 문학치료 과정에서 읽게 된 김수영의 산문 「미인」으로, 이는 소설의 제목인 '미인의 돈'과도 밀접한 관련을 지닌다. 김수영은 이 글에서 지금까지 여자와 돈의 유혹 등 속물성을 극도로 경계해 왔던 과거의 태도에서 벗어나 미인을 경원하지 않고 돈도 벌어보려고 애쓰겠다며 세속화의 의지를 드러낸다. 「미인」에 나타난 '현대시와 돈의 역설'은 소설 속에서 운동권이었던 말희가

34) 김수영, 「미인」, 『김수영 전집2–산문』, 민음사, 2001, 145~146쪽., 박지영, 「혁명, 시, 여성(성)–1960년대 참여시에 나타난 여성」, 《여성문학연구》 23, 한국여성문학학회, 2010, 141쪽에서 재인용.

커리어우먼으로 변모하는 과정을 의미하기도 하지만 박태순이 후일담 소설의 형식을 차용해 소설쓰기를 시도한 진짜 의도와도 관련되어 있다.

박태순은 1990년대 초반, 한국의 대학, 언론, 출판, 문학 등의 지식 사회가 모든 문제의 원인을 환상과 환멸, 허무에 돌린 채 이를 대중에게 교묘하게 주입하는 예술의 반(反) 정치화 현상에 강한 우려를 드러낸 바 있다.[35] 박태순은 후일담 문학에 내재한 환상, 환멸, 허무 등을 독자들과 함께 경험함으로써 정치가 예술의 속성을 이용하는 '정치의 예술화'를 경계하고 그에 대한 대안으로 '예술의 정치화'를 강조한다.[36] 박태순은 실패한 혁명을 치유할 수 있는 것이 문학이고 그러한 문학정신을 1960~70년대 문학에서 발견할 수 있다고 주장하는 듯하다. 다시 말해 박태순은 후유증 문학으로서 1970년대 문학이 원인무효가 되는 현상을 문제 삼고, 혼신의 힘을 다해 '그게 아니야'라는 말을 1970년대 문학정신을 훼손하는 후일담 문학을 통해 역설적으로 드러낸 것이다.

6. 나가며

"체제는 완성돼 버릴 수 없으며 미완성 속의 모순과 아픔을 들여다보는 것이 소설의 몫"(396~397쪽)이다. 「'소설의 죽음'에 관한 우울한 보고서」는 자본주의의 심화와 대중매체의 발달로 소설의 사

---

35) 박태순, 「역사와 문학2 : 정치의 예술화, 예술의 정치화」, 월간《사회평론》vol.92 No.2, 사회평론, 1992, 136~138쪽.
36) 박태순, 위의 글, 136쪽.

회적 역할이 거의 사라진 것처럼 보이는 상황에서 다시금 소설의 자리를 더듬는다. 박태순은 이 소설에서 한국 자본주의의 구조적 모순을 은폐하려는 자들이야말로 문학의 종언을 운운하는 '소설 죽음론자'라고 하면서 시대의 변화에 따라 소설이 끊임없이 갱신되어야 함을 주장한다.

1990년대 초반 박태순은 "역사란 변혁이다. 변혁가와 시인은 하나이다. 변혁은 투시력을 수반하는 행위이며, 시는 행위를 수반하는 투시력이다."[37]라는 시리아 출신의 시인 아도니스의 발언을 언급하며 당대의 '위험한 고비'들을 정당한 방법으로 돌파할 수 있는 '역사의 대로'를 어떻게 하면 찾아낼 수 있을지에 대한 고민을 토로한 바 있다. 소설가로서 박태순이 지녔던 욕망은 역사학이 지닌 이 변혁의 욕망과 일치하는 듯 보인다. 가령, 박태순은 '1997년 체제' 이후의 한국사회의 모순을 문제 삼으며 한국문학이 어떠한 '답안지'를 제출하고 있는지 반성적으로 성찰해 볼 필요가 있다고 하면서 문제적 현실을 바로잡는 데 있어 '문학전선'의 돌격을 강조한다.[38] 이러한 발언은 문학이 사회적, 정치적, 또는 문화적 변화를 이끌어가는 가장 앞선 위치에서 활발히 활동해야 하며, 시대의 문제에 방향성을 제시하며 새로운 가치를 창출해 내는 답안지로서 기능해야 한다는 의미를 담고 있다.

1964년에 등단한 박태순은 2019년에 작고할 때까지 다양한 장르를 넘나들며 당대의 정치사회 현실을 반영한 글쓰기를 지속했다. 그는 문학을 통해 역사의 기록자이자 해석자로서의 역할을 자처하며 누구보다도 작가의 사회적 책임을 무겁게 인식했다. 또한 문

---

37) 같은 글, 135쪽.
38) 박태순, 위의 글, 2014, 384쪽.

학의 사회적 역할이 축소된 현실에서도 소설이 사회적 트라우마와 구조적 문제를 치유하고 반성하는 중요한 도구로 기능할 수 있다고 보았다.

박태순의 소설은 역사적 사실과 상상력을 결합하여 당대의 사회적 문제를 비판하고, 독자들에게 시대의 문제를 인식시키는 중요한 역할을 했다. 이를 통해 박태순은 파시즘이 써 내려가는 폭력적 역사가 아닌 '민중', '민주' 등 근대적 가치관에 기반한 새로운 역사를 구성함으로써 문학이 단순한 예술적 표현을 넘어, 사회적 변혁과 역사적 진실을 추구하는 강력한 도구가 될 수 있음을 시사한다.

---

* 이 해설은 필자의 「박태순 소설에 나타난 역사의식 연구 초기 중기 후기작을 중심으로」(《이상리뷰》No.21, 이상문학회, 2024)를 해설의 체계에 맞게 편집·수정·가감하여 재기술한 글이다.

박태순 연보

박태순 연보

1942 5월 8일 황해도 신천군 용문면 삼황리 소산동에서 아버지 박상련(朴商縺), 어머니 권순옥(權純玉)의 2남 2녀 중 장남으로 출생하였다. 본관은 밀양이다.

1947 1월, 부친이 가산을 모두 정리한 뒤 해주에서 서울로 이주하였다. 묵정동, 삼청동, 청운동, 원효로, 신당동 등지의 빈민촌을 전전하였다.

1950 12월 하순 대구로 피난했다. 그동안 다섯 군데의 국민학교를 옮겨 다닌 끝에 대구 중앙국민학교를 졸업했다.

1954 환도와 함께 서울로 이사하여 서울중학교에 입학했다. 중학교 2학년 때 막연히 작가가 되겠다고 마음먹었다. 친구와 함께 출판사 동업 중이던 부친이 휴전 이후 독립하여 출판사 박우사를 차렸다. 박태순은 국민학교 6학년 때부터 교정과 편집, 배달 일을 거들었다.

1957 서울중학교를 졸업하고 서울고등학교에 진학했다. 문천회, 바우회 등의 독서 모임에서 활동하였다.

1960 서울고등학교를 졸업하고 서울대학교 문리대 영문과에 입학했다. 곧바로 맞이한 4·19혁명 당시 경무대 앞까지 진출했는데, 함께 있던 친구 박동훈(법대 1학년)의 죽음에 큰 충격을 받았다. 이후 이때의 경험을 바탕으로 단편 「무너진 극장」과 「환상에 대하여」 등을 창작했다. 서울대 문리대 교양학부에서 김광규, 김승옥, 김주연, 김치수, 김현, 이청준, 염무웅, 정규웅 등을 동기로 만났다.

1961 학업에 뜻이 없어 학교에는 거의 나가지 않고 음악다방에만 출몰하였다. 자퇴를 결심하고 친구 따라 강원도 영월군 주천면에 가서 한동안 두문불출하는 생활을 이어 나갔다. 상경한 후에는 본격적으로 신춘문예에 도전하기 시작하였다. 시와 소설을 합해 총 스물한 번 도전하였으며 신림동 난민촌에서 한 달여간 틀어박혀 외촌동 연작을 구상하였다.

1964	대학을 졸업하고 단편「공알앙당」으로《사상계》신인문학상에 입선하였다.
1966	중편「형성」이《세대》제1회 신인문학상에 당선되었다. 단편「향연」이《경향신문》,「약혼설」이《한국일보》신춘문예에 각각 당선작 없는 가작으로 입선하였다. 외촌동 연작의 첫 번째가 되는 단편「정든 땅 언덕 위」를 발표하여 문단의 호평을 받았다.
1967	본격적인 창작 활동을 시작하였다.《월간문학》에 근무하던 이문구,《사상계》에 근무하던 박상륭 등과 알게 되어 가깝게 지냈다.
1969	1월에 출간된《68문학》제1집에 김승옥, 김주연, 김치수, 김현, 염무웅, 이청준과 함께 참여하였다.
1970	11월 청계 피복 노동자 전태일의 분신 사건을 취재하였다.
1971	르포「소신(燒身)의 경고-평화시장 재단사 전태일의 얼」을 발표하였다. '광주 대단지 사건'(지금의 성남민권운동)을 취재하고 르포「광주 단지 4박 5일」을 발표하였다. 이때의 경험을 바탕으로 다음 해 단편「무너지는 산」을 발표하였다.
1972	4월 15일 김숙희(金琡姬)와 결혼하였다. 창작집『무너진 극장』(정음사),『낮에 나온 반달』(삼성출판사)을 간행하였다. 장편「님의 침묵」(여성동아)을 세 달간 연재하였으며, 연출가 임진택이「무너지는 산」을 연극으로 각색하고 연출하였다.
1973	인문기행「한국탐험」을《세대》에, 장편「사월제」를《한국문학》에,「서향창」을《주부생활》에 연재하였다. 창작집『정든 땅 언덕 위(부제: 외촌동 사람들)』(민음사)를 간행하였다.《중앙일보》에 소설 월평을 연재하였으며, 12월 26일 민족학교 주최 '항일문학의 밤'에 참가하여 시를 낭송하였다.

1974	1월 6일 유신헌법에 반대하여 '개헌 청원 지지 문인 61인 선언'에 발기인으로 참가하였다. 4월, '문인 간첩단 조작 사건'에 대하여 문인 295인의 진정서 규합 활동을 하였다. 11월 18일, 광화문에서 '문학인 101인 선언'을 발표하며 '자유실천문인협의회'의 창립을 주도하였다. 이날 경찰에 연행되었다가 이틀 후 풀려났다. 장편 「내일의 청춘아」를 《학생중앙》에 연재하였다.
1975	창작집 『단씨의 형제들』(삼중당), 산문집 『작가기행』을 간행하였다. 《한국문학》에 '언사록'이라 하여 개항 이후의 상소문, 격문, 선언문, 민요, 풍요와 유언비어 등을 수집·정리해 3회에 걸쳐 소개하였다. 김지하의 '오적필화사건'과 연이은 긴급조치 등 폭압적인 유신 체제에 항의하는 의미로 절필을 결심하였다. '동아일보 광고탄압사건'에 항의하여 자유실천문인협의회 문인들의 격려 광고를 주도하였다.
1976	번역시집 『아메리칸 니그로 단장(斷章)-랭스턴 휴즈 시선집』(민음사)을 간행하였다. 침묵이 길어지는 동안 「사서삼경」을 독파하였는데, 훗날 이것이 이후의 재창작에 큰 도움이 되었다고 고백한다.
1977	3월 '민주구국헌장'에 서명한 혐의로 고은, 김병걸, 이문구 등과 함께 연행되어 수일간 조사를 받았다. 7월 24일 전태일의 모친 이소선이 구속되고 평화시장 노동 교실이 폐쇄되자 이후 '평화시장사건 대책위원회' 결성에 참여하였다. 12월 23일 한국 최초로 발표한 '한국노동인권헌장' 작성에 참여하여 교열 보완 작업을 하였다. 장편 『가슴 속에 남아 있는 미처 하지 못한 말』(열화당)을 간행하였다. '자유실천문인협의회 제3선언'에 참가하였다. 장남 영윤(榮允)이 출생하였다.
1978	4월 24일 자유실천문인협의회와 백범사상연구소가 공동으로 주최한 '제1회 민족문학의 밤'에서 한용운의 시 「님의 침묵」을 낭송하였다. 이 행사를 빌미로 고은과 백기완이 중앙정보부에 연행되었고, 박태순과 이문구 등이 고은의 화곡동 집에서 단식 농성을 주도하였다. 12월 21일 '김지하 문학의 밤' 행사에서 「세계 지식인 및 문학인에

게 보내는 메시지」를 낭독하였다. 장편「백범 김구」를 《학원》에 연재하였으며, 번역서『자유의 길』(하워드 파스트, 형성사),『올리버 스토리』(에릭 시걸, 한진출판사)를 간행하였다.

1979 2월 5일 광주 YWCA에서 열린 '양심범을 위한 문학의 밤' 행사에서 사회를 맡았다. 6월 23일 종로 화신 앞에서 '카터 방한 반대 시위'에 참가했다가 연행되어 김병걸, 김규동, 고은 등과 함께 구류 25일 처분을 받았으며, 정식재판 청구 후 10일간 구금되었다. 8월 31일, '1979년 문학인 선언' 발표와 관련하여 퇴계로 시경 안가로 연행되었다. 11월 13일, 윤보선 전 대통령 집에서 불법 회합을 가졌다는 이유로 계엄사에 의해 염무웅 등과 함께 연행되었다가 경고 훈방 조치를 받았다. 고은, 이문구 등과 함께 무크지《실천문학》창간을 주도하였다. 11월 24일, '명동 YWCA 위장 결혼식 사건'에 참가했다가 연행되었다. 장편『어제 불던 바람』(전예원),『님을 위한 순금의 칼』(경미문화사)을 간행하였다. 둘째 아들 영회(榮會)가 태어났다.

1980 3월 25일, 무크지《실천문학》의 창간호가 간행되었다. 여기에『팔레스티나 민족시집』을 번역하여 소개하였고, '사회과학자가 보는 한국 문학' 조사를 발표하였다. 4월 19일 연세대학교 '4·19 문학의 밤' 행사에서 '문학에 있어서 4·19의 의미'에 대해 강연하였다. 장편『어느 사학도의 젊은 시절』(심설당)을 출간하였다.

1981 번역 시집『팔레스티나 민족시집』(실천문학사)을 간행하였으며, 번역 소설『대통령 각하』(앙헬 아스투리아스 , 풀빛),『민중의 지도자』(치누아 아체베, 한길사),『파키스탄행 열차』(쿠스완트 싱, 한길사)를 간행하였다. 산문「국토기행」을 《마당》에 연재하였으며 평론「문학과 역사적 상상력」(실천문학)을 발표하였다.

1982 장편「골짜기」를 《실천문학》에 연재하다가 중단하였다.『무너지는 사람들』(후앙 마르세, 한벗),『우편배달부는 벨을 두 번 울린다』(제임스 M. 케인, 한진출판사)를 번역 출간하였다. 12월 실천문학사가 전

예원에서 분리·독립하면서 독립문 근처 박태순의 집필실 옆으로 이주하였다. 그로 인해 무크지《실천문학》편집은 물론『문학과 예술의 실천논리』『아프리카 민족시집』등 실천문학사의 초기 출판 목록에 적잖은 영향을 미친다.

1983 『문학과 예술의 실천논리』(실천문학사)에 아시아 아프리카 작가 운동을 집중 소개하였다.「국어교과서와 민족교육」을《교육신보》에 연재하였으며, 기행문『국토와 민중』(한길사)을 간행하였다.

1984 자유실천문인협의회 개편 작업에 참가하였다. 장편「풀잎들 긴 밤 지새우다」를《마당》에 연재하였다. 무크지《제3세계연구》(한길사) 창간호에 팔레스타인의 민족시인 마흐무드 다르위시에 대한 소개글과 르포「잃어버린 농촌을 찾아서」를 발표하였다.『종이인간』(윌리엄 골딩, 한진출판사)을 번역 출간하였다.

1985 연작 소설「고향 그리고 도시의 벽」을《열매》에 연재하였으며,《실천문학》에 보고문「자유실천문인협의회와 1970년대 문학운동」을, 장편「어머니」를 발표하였다. 후자는 미완으로 남았다.「역사와 인간」을《오늘의 책》에,「한국의 장인」을《동아약보》에 연재하였다. 8월 '갑오농민전쟁의 전적지를 찾아서'를 주제로 하는 '제1회 한길역사기행'을 강의하였다.

1986 8월 10일부터 2박 3일간 한길사『오늘의 사상신서』101권 발간을 기념하는 '병산서원 대토론회'에 80여 지식인 학자들과 함께 참여하였다. 창작집『신생』(민음사), 산문집『민족의 꿈 시인의 꿈』(한길사)을 간행하였다. 월간《객석》에「작가가 본 연극무대」라는 공연평을 연재하였다.

1987 4월, 자유실천문인협의회가 주최하는 '시민을 위한 민족문학교실'에 강사로 참가하여 '제도 교육 속의 문학'을 강연하였다. '4.13 호헌조치'에 반대하는 문학인 193인 서명에 참가하였으며, 6월항쟁 이후 자

유실천문인협의회를 '민족문학작가회의'로 개편하는 작업에 참여하였다. 신동엽창작기금을 수혜하고, 무크지《역사와 인간》에 「문학은 곧 역사 탐구」라는 창간사를 집필하였다.

1988 '4월혁명연구소'의 발기인으로 나섰다. 「광화문」을 《월간조선》에, 국토기행 「한국의 기층문화를 찾아서」를 《월간중앙》에 연재하였다. 중편소설 「밤길의 사람들」로 한국일보문학상을 수상하였다.

1989 3월 27일, 민족문학작가회의 대표단으로 남북작가회담을 위해 판문점으로 가던 중 연행되었다. 국토기행문 「사상의 고향」(월간중앙), 역사 인물 소설 「원효」(서울신문)를 연재하였으며 《사회와 사상》에 실록 「광산노동운동과 사북사태」 「거제도의 6·25 그 전쟁범죄」 등을 발표하였다.

1990 사회학자 김동춘과 함께 「1960년대의 사회운동」(월간중앙)을 연재하였다. 한길문학예술연구원에서 소설 창작을 강의하고 한길문학기행을 주도하는 등 《한길문학》 편집위원으로 활동하였다. 역사 인물소설 「연암 박지원」(서울신문)과 「원효대사」(스포츠서울), 「박태순의 분단기행」(말)을 연재하였다. 10월, 윤석양 이병이 공개한 '국군보안사령부 민간인 사찰 폭로 사건'의 보안사 사찰 대상에 포함된 것으로 밝혀졌다.

1991 사단법인 한글문화연구회의 이사를 맡았다. 4월 「신열하일기」(서울신문) 연재를 위해 첫 번째 중국 기행을 다녀왔다. 이때는 대한민국과 중국 간의 공식 수교가 이루어지기 전이었다.

1992 《민주일보》에 객원 논설위원으로 참여하였으며, 《한겨레신문》에 「역사의 승리자로 남기를」을 발표하였고, 《사회평론》에 「역사와 문학」을 연재하였다.

1993　충북 중원군 상모면 온천리(수안보)에 집필실을 마련하였다. 역사 인물 평전『뇌봉』(실천문학사)을 조선족 동포 최성만과 공동으로 번역 간행하였다. 부친 박상련이 별세하였다.

1994　일본 후쿠오카 아시아태평양센터 주최 국제학술심포지엄에 '국토 소설가' 자격으로 참가하였고, 그 방문기를《황해문화》에 발표하였다. 역사 인물 평전『랭스턴 휴즈』(실천문학사)를 번역 간행하였으며 《공동선》에「서울 사람들」을 연재하였다.

1995　계간《내일을 여는 작가》창간호에 첫 장시「소산동 일지」를 발표하였다.

1997　《내일을 여는 작가》에「자유실천문인협의회 문예운동사」를 연재하였다.

1998　제15회 요산문학상을 수상하였다.《실천문학》에 장편「님의 그림자」를 연재하다 중단하였다. 8월 연변작가협회의 강연 초청을 받아 백두산과 길림성 일대를 방문하였다.

2000　'안티조선 운동'에 동참하였으며《현대경영》에「고전으로 세상 읽기」를 연재하였다.

2001　'광주대단지사건' 30주기를 맞이하여 성남 지역 시민단체들이 마련한 심포지엄에 발제자로 참석하였다.

2004　『문예운동 30년사 : 근대운동으로 살펴본 한국문학』(전 3권, 작가회의 출판부)을 간행하였다. 이는 훗날『한국작가회의 40년사』(2014) 집필에 가장 중요한 자료로 쓰인다.

2005	기행문 「우리 산하를 다시 걷다」(경향신문)를 연재하였다.
2006	《공공정책》에 「박태순의 신택리지」를 연재하였다.
2007	첫 창작집 『무너진 극장』(정음사,1972)을 책세상 출판사에서 '소설 르네상스' 시리즈로 재출간하였다.
2008	『나의 국토 나의 산하』(한길사)를 완간하였다.
2009	《프레시안》이 주최하는 '박태순의 국토학교'의 교장으로 취임하며 "찾지 않는 한 국토는 없으며 깨닫지 않는 한 현실은 보이지 않는다"는 소신을 30여 회에 걸쳐 실천하였다. 『나의 국토 나의 산하』로 한국일보사가 주관하는 한국출판문화상 저술상(교양)을 수상하였으며, 제23회 단재상을 수상하였다. 전통공예의 장인들을 취재한 기록 『장인』(현암사)을 발간하였다.
2013	5월 2일, 모친 권순옥이 별세하였다.
2014	'한국작가회의 30년을 말한다' 좌담회의 첫 대상자로 초청되었다. 한국작가회의 창립 40주년 기념식에서 문학운동에 관한 각종 기록을 정리하고 보존한 데 대하여 특별 감사패를 받았다.
2019	8월 30일 오후 3시 30분 서울 신촌 세브란스병원에서 향년 77세의 나이로 타계하였다. 9월 2일 경기도 파주시 파평면 청송로414번길 7-19 망향동산 묘지에 안장되었다.

출전 및 저본 정보

작품명	최초 게재지	저본
뜬눈	《세대》, 1972년 9월호	최초 게재지와 동일
울력 2	《월간경향》, 1988년 1월호	『낯선 거리』 나남, 1989
고향 그리고 도시의 벽	《열매》, 1985년 1~12월호	최초 게재지와 동일
밤길의 사람들	『밤길의 사람들–신작중편선 1』 1988년	최초 게재지와 동일
'소설의 죽음'에 관한 우울한 보고서	《다리》, 2000년 복간2호	최초 게재지와 동일
미인의 돈	《21세기 문학》, 2000년 여름호	최초 게재지와 동일

박태순 중단편 소설전집 7권

2024년 12월 13일 1판 1쇄 펴냄

지은이   박태순

엮은이   박태순 전집 편집위원회

          김남일 김영찬 김우영 박윤영 백지연 서은주 오창은 이수형 이승철

펴낸이   김성규

편집   김안녕 조혜주 한도연

작품 검수   김사이 노예은 선상미 신민재 안현미 이준재 윤효원 황채연

디자인   신혜연

펴낸곳   걷는사람

주소   경기도 용인시 기흥구 동백중앙로 358-6, 7층(본사)

          서울 마포구 월드컵로16길 51 서교자이빌 304호 (지사)

전화   031 281 2602 / 02 323 2602

팩스   02 323 2603

등록   2016년 11월 18일 제25100-2016-000083호

ISBN 979-11-93412-81-7 04810

ISBN 979-11-93412-74-9 [04810] (세트)